DU MÊME AUTEUR

*Aux Éditions Gallimard*

TON VISAGE DEMAIN / I. FIÈVRE ET LANCE
TON VISAGE DEMAIN / II. DANSE ET RÊVE
TON VISAGE DEMAIN / III. POISON ET OMBRE ET ADIEU
LE ROMAN D'OXFORD
L'HOMME SENTIMENTAL
CE QUE DIT LE MAJORDOME
UN CŒUR SI BLANC
LITTÉRATURE ET FANTÔME
DEMAIN DANS LA BATAILLE PENSE À MOI
COMME LES AMOURS

*Aux Éditions Rivages*

VIES ÉCRITES
QUAND J'ÉTAIS MORTEL
DANS LE DOS NOIR DU TEMPS

*Du monde entier*

JAVIER MARÍAS

# SI RUDE SOIT LE DÉBUT

roman

*Traduit de l'espagnol*
*par Marie-Odile Fortier-Masek*

*nrf*

GALLIMARD

*Titre original :*

ASÍ EMPIEZA LO MALO

*À Tano Díaz Yanes*
*qui, après quarante-cinq ans d'amitié, est toujours là*
*pour me prêter main-forte quand charge le taureau.*

*Et à Carme López Mercader*
*qui, si incroyable que cela puisse paraître,*
*n'est pas encore lasse de m'écouter. Pas encore.*

# I

Il n'y a pas si longtemps que cette histoire est arrivée — moins que ne dure, en général, une vie, et une vie c'est bien peu, une fois terminée, quand on peut la résumer en quelques phrases et qu'elle ne laisse dans la mémoire que des cendres qui s'éparpillent à la première secousse et s'envolent au premier coup de vent — mais, de nos jours, elle serait inconcevable. Je fais surtout allusion à ce qui leur est arrivé à eux, à Eduardo Muriel et à sa femme, Beatriz Noguera, quand ils étaient jeunes, plutôt qu'à ce qu'il m'est arrivé avec eux, quand le jeune c'était moi et leur mariage, un interminable et indissoluble désastre. Ce dernier point, à savoir ce qui m'est arrivé à moi, serait toujours d'actualité puisque cela m'arrive encore à présent, à moins que ce ne soit la même chose qui continue. On pourrait aussi mentionner, je suppose, ce qui est arrivé à Van Vechten et d'autres faits relatifs à cette époque. Il y a toujours eu des Van Vechten et il y en aura toujours, la nature des personnages ne change jamais, semble-t-il, vous avez ceux de la réalité et ceux de la fiction, sa sœur jumelle, ils se répètent au cours des siècles comme si les deux univers manquaient d'imagination ou d'une échappatoire (l'un et l'autre sont, en fin de compte, l'œuvre des vivants, peut-être trouverait-on plus de créativité chez les morts), d'où parfois l'impression que nous ne jouissons que d'un seul spectacle, d'un seul récit, comme les très jeunes enfants. Avec leurs variantes à l'infini qui leur donnent un coup de vieux ou un coup de jeune, mais demeurent par définition les mêmes. Il doit donc y avoir eu de tout temps des Eduardo Muriel et des Beatriz Noguera, sans parler de leurs comparses, et pléthore de Juan de Vere, c'est ainsi que je m'appelais et que je m'appelle. Juan Vere ou Juan de Vere, selon celui qui prononce ou pense mon nom. Mon personnage n'a rien d'original.

Il n'y avait toujours pas de divorce et l'on était loin de s'attendre à le voir un jour réapparaître, à l'époque où Eduardo Muriel et sa femme se marièrent, une vingtaine d'années avant que je ne m'immisce dans leur vie ou plutôt qu'ils ne traversent la mienne, celle d'un débutant, comme on dit. Mais dès l'instant où l'on vient au monde, des choses commencent à vous arriver, sa faible roue vous intègre avec scepticisme et lassitude et vous entraîne à contrecœur, car elle est vieille et elle en a broyé des vies, posément, à la lumière de sa nonchalante sentinelle, la lune froide qui somnole et observe d'un œil mi-clos, elle connaît les histoires avant qu'elles n'arrivent. Il suffit que quelqu'un vous remarque — ou promène sur vous un œil indolent — pour que vous ne puissiez plus vous y soustraire, dussiez-vous vous cacher, ne pas bouger, garder le silence, ne prendre aucune initiative, ne rien faire. Vous auriez beau vous efforcer de disparaître, vous avez déjà été repéré, telle, dans l'océan, une masse lointaine dont on ne saurait faire abstraction, qu'il faut éviter ou dont il faut s'approcher ; vous comptez pour les autres et les autres comptent sur vous, jusqu'à ce que vous disparaissiez. Ce ne fut pas, en fin de compte, mon cas. Je n'ai pas été totalement passif et n'ai pas prétendu être un mirage, je n'ai pas cherché à me rendre invisible.

Je me suis toujours demandé comment les gens osaient

contracter mariage — et l'ont osé pendant des siècles — quand cet état présentait un caractère définitif ; surtout les femmes, pour lesquelles il était manifestement plus difficile de trouver des petites consolations, ou qui devaient se donner deux ou trois fois plus de mal pour les cacher, voire jusqu'à cinq fois plus de mal, pour peu qu'elles reviennent de ces moments de petites consolations avec un fardeau, contraintes de dissimuler un être nouveau avant même qu'il n'ait un visage et qu'elles ne puissent le montrer au monde : sitôt qu'il a été conçu, détecté ou suspecté, pour ne pas dire annoncé, et d'en faire un imposteur toute son existence, souvent sans que lui-même se rende compte de son imposture et de sa bâtardise, fût-ce le jour où, l'âge venu, il ne risquera plus d'être confondu par qui que ce soit. Nombreux sont les enfants qui ont pris pour père quelqu'un qui n'était pas le leur et pour frères certains qui ne l'étaient qu'à moitié ; ils sont descendus dans la tombe sans jamais remettre en question ni leurs convictions ni la faute, à savoir la duperie à laquelle les ont soumis, depuis leur naissance, les mères impavides. À la différence des maladies et des dettes — les deux autres choses qu'en espagnol, on « contracte » le plus, toutes trois se partageant ce verbe, comme si le pronostic était réservé, de mauvais augure ou pour le moins éprouvant — il était sûr, en ce qui concernait le mariage, qu'il n'y avait ni cure, ni remède, ni acquittement. À moins que n'y supplée la mort de l'un des conjoints parfois longtemps attendue en silence et plus rarement facilitée, provoquée ou encouragée, en silence, tel un inavouable secret. Ou la mort des deux, bien sûr, et, dans ce cas, il n'y avait plus rien, seuls des enfants laissés dans l'ignorance, si tant est qu'ils en aient eu et qu'ils aient survécu, et un souvenir fugace. Ou, à la rigueur, une histoire. Une histoire ténue, presque jamais racontée, on ne raconte pas celles qui touchent à la vie intime — tant de mères impavides jusqu'à leur dernier souffle et aussi tant de femmes qui ne sont pas mères — ou peut-être que si, on les raconte, mais en chuchotant, pour ne pas leur dénier toute existence, pour qu'elles ne restent pas sur l'oreiller muet dans lequel s'est enfoui le visage en larmes, ni même sous le regard de l'œil somnolent, mi-clos de la lune, froide sentinelle.

Eduardo Muriel portait une fine moustache, comme s'il l'avait laissée pousser à l'époque où l'acteur Errol Flynn donnait le ton, et avait, par la suite, oublié de la tailler ou de l'épaissir. Il était de ces hommes qui tiennent à leurs habitudes en ce qui concerne leur aspect, de ceux qui ne se rendent pas compte que le temps passe, que les modes changent et qu'ils vieillissent — comme si cela ne les concernait pas, comme s'ils s'en moquaient et se sentaient à l'abri du ravage des ans — et jusqu'à un certain point ils ont raison de ne pas s'en soucier ou de ne pas en faire cas : en n'épousant pas leur âge, ils le tiennent en respect ; en ne lui cédant rien sur l'extérieur, ils finissent par ne pas l'assumer, et les années, apeurées — elles défient la plupart d'entre nous —, les surveillent, les contournent, mais n'oseraient s'en prendre à eux, elles ne s'incrustent pas dans leur esprit, ne s'attaquent pas à leur apparence, se contentant de jeter quelques poignées de grésil ou une lente pénombre. Il était grand, bien plus grand que la moyenne de ses contemporains, ceux de la génération après celle de mon père ou même de la sienne. Aussi avait-on, à première vue, le sentiment d'un homme robuste, au port élégant, même si, selon les critères traditionnels, sa silhouette n'était pas virile, à proprement parler : il était plutôt étroit d'épaules pour sa taille d'où l'impression qu'il avait du ventre bien qu'il n'eût là aucun embonpoint, pas plus que sur ses hanches d'où surgissaient des jambes interminables dont il ne savait que faire quand il était assis : s'il les croisait (sa position préférée), le pied de celle du dessus touchait, tout naturellement, le sol, ce à quoi certaines femmes, fières de leurs jambes — soucieuses de ne pas en montrer une qui pende, enflée ou déformée par le genou qui la supporte —, parviennent par quelque artifice ou effet d'optique et grâce à leurs hauts talons. Compte tenu de ses épaules étroites, Eduardo Muriel portait une veste rembourrée, je pense, de très discrètes épaulettes, à moins que le tailleur ne leur donnât à la confection une subtile forme de trapèze inversé (dans les années soixante-dix et quatre-vingt du siècle dernier, Muriel allait chez le tailleur ou le tailleur venait chez lui, ce qui ne se faisait plus guère). Il avait le nez très droit, sans la moindre courbure en dépit de sa longueur et, dans ses cheveux épais, séparés par une raie et plaqués à l'eau, comme le coiffait sûrement sa mère quand il était enfant — il n'avait pas jugé bon de contrevenir à cette antique prescription —, brillaient quelques fils blancs sur une base châtain foncé. La fine moustache atténuait à peine la spontanéité, l'éclat et la jeunesse de son sourire. Il avait beau s'efforcer de le réfréner ou de le garder pour lui, souvent il n'y parvenait pas : on percevait dans sa nature un fond de jovialité ou un passé qui émergeait sans qu'il fût nécessaire de jeter la sonde à de grandes profondeurs. Il n'y faisait toutefois pas appel dans les eaux très superficielles où flottait certaine amertume contrainte ou instinctive dont il ne devait pas se sentir responsable mais, à la rigueur, victime.

Le plus frappant pour qui le voyait pour la première fois en personne, ou de face sur l'une de ses rares photos de presse, c'était le bandeau qu'il arborait sur l'œil droit, un bandeau de borgne, tout ce qu'il y a de plus classique au théâtre ou au cinéma, noir, saillant, que maintenait en place un élastique de même couleur qui lui traversait le front en diagonale et s'ajustait sous le lobe de l'oreille gauche. Je me suis toujours demandé pour quelle raison ces bandeaux présentaient une protubérance, j'entends ceux qui ne se limitent pas à cacher l'œil d'un bout de tissu, mais sont inamovibles, comme encastrés, faits de je ne sais trop quelle matière rigide et compacte. (On aurait dit de la bakélite, ça vous donnait envie de tambouriner dessus avec vos ongles pour voir quel effet ça produisait au toucher, ce que je n'ai jamais osé vérifier avec celui de mon employeur, bien entendu ; en revanche, j'en connaissais le bruit car, pour peu qu'il soit tendu ou irrité, ou même qu'il fasse une pause pour réfléchir avant d'émettre une sentence ou un discours, le pouce sous l'aisselle, comme la minuscule cravache d'un militaire ou d'un cavalier qui passe en revue ses troupes ou ses montures, Muriel tambourinait précisément sur la coque du bout des ongles de sa main libre, comme s'il sollicitait l'aide du globe oculaire inexistant ou inutile, le bruit devait lui plaire et il était, en effet, agréable, cric, cric, cric ; disons que cela vous donnait un peu le frisson de le voir ainsi faire appel à l'œil absent, jusqu'à ce que vous finissiez par vous habituer à ce geste.) Peut-être cette bosse cherche-t-elle à donner l'impression qu'il y a un œil pardessous, alors qu'il n'y en a sans doute pas, mais juste une grotte, une orbite vide, un creux, une fosse. Peut-être ces bandeaux sont-ils convexes à seule fin de nier la macabre concavité qu'ils dissimulent, dans certains cas ; qui sait s'ils ne recèlent pas un globe élaboré, de verre blanc ou de marbre, dont la pupille et l'iris sont peints avec un réalisme superflu, à la perfection, un globe que l'on ne doit jamais voir, enveloppé de noir, ou que seul verra son propriétaire, à la fin de la journée, quand, fatigué, il l'exposera devant le miroir et, le cas échéant, l'extraira.

Et si cela ne manquait pas d'attirer l'attention, il en allait de même pour l'œil valide et découvert, le gauche, d'un bleu sombre et intense, telle la mer à la tombée du jour ou à l'approche de la nuit ; de par son unicité, il semblait tout capter et se rendre compte de tout ; comme s'il adjoignait à ses facultés propres celles de son compagnon invisible et aveugle ou comme si la nature avait voulu compenser par un surcroît d'acuité la perte de son jumeau. La force et la rapidité de cet œil étaient telles que j'essayais parfois, petit à petit et en catimini, de me placer hors de sa portée, afin qu'il ne me blesse pas de son regard acéré, jusqu'à ce que Muriel me réprimande : « Mets-toi un peu plus sur la droite, là où tu es, tu sors presque de mon champ de vision et tu m'obliges à me contorsionner, rappelle-toi qu'il est plus limité que le tien. » Au début, quand mon regard ne savait où se poser, mon attention étant partagée entre l'œil vivant et maritime et le bandeau mort et magnétique, il n'hésitait pas à me rappeler à l'ordre : « Juan, je te parle avec l'œil qui voit, pas avec le défunt, peux-tu s'il te plaît m'écouter et ne pas te laisser distraire par celui qui ne dit pas un mot ? » Muriel faisait ainsi ouvertement référence à sa demi-vision, à la différence de ceux qui voilent d'un silence gênant tout défaut ou handicap personnel, si apparent et spectaculaire soit-il : vous avez des manchots amputés à hauteur de l'épaule qui jamais n'avoueront les difficultés qu'entraîne la perte manifeste d'un membre et qui n'ambitionnent rien de moins que de se mettre à jongler ; des unijambistes qui entreprennent avec une béquille l'ascension de l'Annapurna ; des aveugles qui passent leur vie au cinéma et enragent dans les scènes sans dialogues, se plaignant dans les plus visuelles que l'image soit floue ; des invalides en fauteuil roulant qui feignent d'ignorer ce moyen de locomotion et se mettent en tête de gravir des escaliers en faisant fi des rampes d'accès que, de nos jours, on met partout à leur disposition ; des chauves sans un poil sur le caillou qui, au moindre coup de vent, font mine de lisser leur tignasse imaginaire comme si elle était soudain devenue indomptable. (Libre à chacun de faire ce qu'il veut, il ne me viendrait pas à l'esprit de les critiquer.)

Mais la première fois que je lui demandai ce qui lui était arrivé, comment son œil silencieux s'était tu, il me répondit sur ce ton glacial qu'il prenait parfois quand les gens l'agaçaient, mais rarement avec moi qu'il traitait, en général, avec bienveillance et affection : « Comprenons-nous bien : tu n'es pas ici pour me poser des questions sur des sujets qui ne te concernent pas. »

Au début, ce qui me concernait se résumait à pas grand-chose, même si cela changea vite, il suffit d'avoir quelqu'un à disposition, à sa botte, pour se mettre à lui confier ou à lui créer des tâches ; et « ici » signifiait chez lui, mais, au bout d'un certain temps, cela finit plus ou moins par signifier « à mes côtés », quand je dus l'accompagner pendant l'un ou l'autre de ses déplacements, aller le rejoindre lors d'un tournage, ou lorsqu'il décida de m'intégrer à des parties de cartes entre amis, surtout pour faire nombre, je pense, et s'assurer du même coup un témoin admiratif de plus. Dans ses périodes les plus extraverties qui, par chance, n'étaient pas rares — ou faudrait-il dire, moins mélancoliques, voire misanthropes, il passait régulièrement d'un extrême à l'autre, comme si son esprit vivait au rythme d'un balancier plutôt mesuré qui parfois s'accélérait en présence de sa femme pour des raisons que je ne m'expliquais pas et, sans doute, très anciennes —, il aimait avoir un public tout oreille, voire qui l'encourage un peu.

Chez lui, il était fréquent, quand nous nous retrouvions le matin pour qu'il me donne ses instructions s'il en avait, ou pour discourir un moment, de le trouver allongé par terre, sur le dos, au salon ou dans le bureau attenant (les deux pièces étant séparées par une porte coulissante, presque toujours ouverte, d'où cette impression qu'elles ne formaient, en réalité, qu'un vaste et unique espace). Peut-être ce choix était-il déterminé par ses difficultés à positionner ses jambes lorsqu'il était assis et se sentait-il plus à son aise, étendu de tout son long, sans entrave ni limite, aussi bien sur le tapis du salon que sur l'estrade du bureau. Bien entendu, par terre, il ne portait pas de veste, elles auraient été soumises à trop rude épreuve, il leur préférait une chemise sous un pull en V et ça oui, toujours une cravate, vu son âge, cet accessoire devait lui sembler indispensable, du moins en ville, même si, à l'époque, on avait déjà envoyé au diable le code vestimentaire. La première fois que je le vis ainsi — allongé telle une courtisane du XIX$^{e}$ siècle ou quelqu'un qui a été victime d'un accident — je m'affolai, stupéfait, imaginant qu'il avait eu une attaque ou s'était évanoui, à moins qu'il ne se soit cogné contre un meuble, ne soit tombé et n'ait pu se relever.

— Que se passe-t-il, Don Eduardo ? Vous ne vous sentez pas bien ? Puis-je vous aider ? Vous avez glissé ?

Les mains tendues, je me précipitai pour l'aider à se relever. Après un vague désaccord (il avait insisté, dès le départ, pour que je le tutoie), nous étions convenus que je le vouvoierais et laisserais tomber le « Don » avant son nom, ce qui était loin d'être évident, car il me venait instinctivement et ne cessait de m'échapper.

— Arrête tes bêtises ! me répondit-il depuis le plancher, sans faire le moindre geste pour se relever, comme si ma présence ne le gênait en rien, il regarda mes mains salvatrices comme s'il se fût agi de deux mouches dont le vol frénétique l'agaçait. Tu ne peux donc pas me laisser fumer en paix ? Voyons !

Là-dessus, il brandit, à hauteur de mon visage, une pipe qu'il tenait par le culot. Il fumait surtout des cigarettes, sauf chez lui où il les faisait alterner avec la pipe, comme pour parachever un tableau que, d'ailleurs, nous étions peu nombreux à voir (pas plus qu'il ne la fumait lors des soirées qu'il donnait à l'occasion, la plupart du temps à l'improviste), sans doute souhaitait-il le compléter à sa façon : bandeau, pipe, fine moustache, épaisse chevelure avec raie au sommet du crâne, costumes sur mesure, gilet parfois, à croire qu'inconsciemment il en était resté à l'image des don Juan de son enfance ou de son adolescence, dans les années trente et quarante, et non seulement à celle d'Errol Flynn (par excellence et dont il partageait le sourire étincelant) mais à celle d'acteurs aujourd'hui beaucoup plus nébuleux, tels que Ronald Colman, Robert Donat, Basil Rathbone, et même David Niven et Robert Taylor qui leur survécurent, il ressemblait à chacun d'eux, si différents fussent-ils les uns des autres. Et, compte tenu qu'il était espagnol, il rappelait par moments les plus bronzés et les plus typés, voire exotiques d'entre eux, Gilbert Roland et Cesar Romero, surtout le premier, dont le nez était aussi long et droit que le sien.

— Et puis-je me permettre de vous demander ce que vous faites par terre ? Simple curiosité de ma part, ne voyez là aucun reproche, Dieu m'en garde ! Je souhaite comprendre vos habitudes, c'est tout, s'il s'agit là d'une habitude.

Il fit un signe d'impatience résignée, comme si mon étonnement ne le surprenait en aucune façon et que je n'étais pas le premier à qui il donnait ces explications.

— Qu'est-ce que ça a d'extraordinaire ? Qu'est-ce qui se passe ? Je fais ça souvent. Il n'y a rien à comprendre, oui, c'est une de mes habitudes. On ne peut pas s'allonger comme ça, sans raison, juste pour le plaisir ? Et par commodité.

— Bien sûr que si, Don Eduardo, vous pouvez faire des acrobaties si le cœur vous en dit, bien sûr ! Et même jongler avec des assiettes chinoises, glissai-je, mine de rien, façon de laisser entendre que sa posture n'était pas aussi normale qu'il le prétendait, en tout cas pas chez un homme mûr et, par-dessus le marché, père de famille, car ramper est le propre des enfants, et il en avait trois chez lui.

Je ne savais pas trop non plus si l'on appelait assiettes chinoises ce qui m'était venu à l'esprit, ce tour d'adresse où vous faites tourner plusieurs assiettes en même temps à la pointe de baguettes flexibles, longues et fines, chacune reposant, me semble-t-il, sur le bout d'un doigt, je n'ai pas idée non plus de la façon dont on y arrive, ni à quelles fins. Quoi qu'il en soit, il dut comprendre.

— Mais vous avez là deux canapés, ajoutai-je, tendant la main par-derrière, en direction du salon, lui-même étant allongé dans le bureau. Je ne me serais pas le moins du monde inquiété si je vous avais trouvé sur l'un d'eux, dussiez-vous dormir ou être en transe, mais voyons, par terre, avec toute cette poussière... On ne s'attendrait pas à ça, excusez-moi.

— En transe ? Moi, en transe ? Comment ça, en transe ?

Cela sembla l'avoir offensé, mais il esquissa un sourire comme si cela l'avait également amusé.

— Oui, disons que c'était une façon de parler. Plongé dans vos pensées. En méditation. Ou hypnotisé.

— Moi, hypnotisé ? Et par qui ? Et comment ça, hypnotisé ? — il ne put réprimer un sourire aussi manifeste que fugace —, tu veux dire auto-hypnotisé ? Que je me suis hypnotisé moi-même ? Ce matin ? *À quoi bon ?* acheva-t-il en français : les brèves incursions dans cette langue n'étaient pas rares chez les plus cultivés de sa génération ou des précédentes, c'était, pour la plupart, leur seconde langue.

Oui, j'eus tôt fait de constater que mes petites plaisanteries n'étaient pas mal reçues : jamais, pour ainsi dire, il ne les laissait tomber à plat, mais il avait tendance à rattraper la balle et, s'il ne s'y attardait pas outre mesure, ce n'était pas l'envie qui lui en manquait, mais plutôt le souci d'éviter que je ne prenne trop vite des libertés, une précaution superflue, compte tenu de mon admiration et du respect que je lui portais. Il s'arrêta, fort de son envolée française. Il leva à nouveau sa pipe encore fumante pour donner de l'emphase à ses paroles :

— Le sol est l'endroit le plus stable, le plus ferme, le plus humble qui soit, d'où l'on voit le mieux le ciel ou le plafond et où l'on pense le mieux. Et sur ce plancher, il n'y a pas un grain de poussière, précisa-t-il. Il faudra bien que tu t'habitues à me voir comme ça, parce que de là où je suis, on ne saurait tomber, ni tomber plus bas, un avantage à l'heure des décisions, nous devrions toujours les prendre en fonction de la logique du pire, mis à part toutefois le désespoir et la turpitude qui, en général, vont de pair, plus possible ainsi de vaciller et de nous bercer d'illusions. Ne t'inquiète pas, assieds-toi, que je te dicte deux ou trois choses. Et oublie une fois pour toutes le « Don », tiens-le-toi pour dit. « Don Eduardo » — il imita ma voix et c'était un excellent imitateur. Ça me vieillit, ça me rappelle Galdós, que je supporte, à deux exceptions près, ce qui, dans une œuvre aussi outrancière, fait de lui un despote. Allons, écris-moi ça.

— Vous allez me dicter de là où vous êtes ? Vous voulez dire d'en bas ?

— Oui, d'ici même. Qu'est-ce qui se passe ? Serait-ce que ma voix ne te parvient pas ? Ne me dis pas qu'il va falloir t'emmener chez l'otorhino, ce serait bien mauvais signe à ton âge ! Quel âge prétends-tu avoir ? Quinze ans ?

Lui aussi avait certaine propension à la plaisanterie et à l'exagération.

— Vingt-trois. Oui, bien sûr que votre voix me parvient. Comme vous le savez, elle est puissante et virile.

Je ne me contentais pas de lancer la balle : je lui renvoyais chacune de ses plaisanteries sur le même ton badin. Il recommença à sourire machinalement, plus de son œil que de ses lèvres.

— Mais je ne verrai pas votre visage si je m'assieds à ma

place habituelle, je vous tournerai le dos — ce qui est malpoli, n'est-ce pas ?

D'ordinaire, lors de nos discussions, je m'asseyais dans un fauteuil face au sien, son bureau XVIIIe entre nous, et lui-même était allongé à l'entrée du salon, derrière mon fauteuil.

— Eh bien, retourne-la, ta chaise, fais en sorte qu'elle soit face à moi. La belle affaire ! Je ne vois pas le problème, elle n'est tout de même pas vissée au plancher !

Il avait raison, j'obtempérai. À présent, il se trouvait littéralement à mes pieds, à angle droit avec eux, une composition pour le moins excentrique, le patron à l'horizontale sur le plancher et le secrétaire — ou ce qu'il voulait que je sois — à deux doigts de lui flanquer un coup de pied dans les côtes ou dans la hanche au moindre mouvement involontaire ou mal calculé de ses jambes. Je m'apprêtai à écrire dans mon cahier (je tapais ensuite les lettres à la machine, une vieille machine qu'il m'avait prêtée, mais qui faisait encore l'affaire, puis je les lui donnais à relire et à signer).

Cependant Muriel ne s'y mit pas tout de suite. Son affabilité, son sourire en coin de quelques instants plus tôt avaient été remplacés par un air abstrait, pensif, ou par l'un de ces chagrins que l'on chasse pour éviter de les affronter ou d'y sombrer et qui, de ce fait, ne cessent de revenir à la charge, s'acharnent et, à chaque assaut, vous affectent plus en profondeur car, loin d'avoir disparu durant la période où on les a tenus en respect ou bannis de nos pensées, ils ont repris vigueur et, furtifs et sournois, n'ont cessé de nous saper le moral, telles les prémices d'une rupture amoureuse que l'on finira par concrétiser, mais dont on ne parvient pas encore à prendre conscience : ces vagues de froideur, d'agacement, de ras-le-bol à l'égard d'un être très cher qui déferlent, s'attardent, s'en vont et dont, chaque fois qu'elles se retirent, il est de bon ton de croire que leur visite a été pure fantasmagorie — engendrée par le malaise d'être soi ou par un mécontentement général, voire des contrariétés ou, qui sait, la chaleur —, et qu'elles ne reviendront plus. Et tout cela pour s'apercevoir que ces vagues sont de plus en plus gluantes, qu'elles perdurent, qu'elles empoisonnent et embrument l'esprit, lui font perdre confiance et le poussent à s'exécrer lui-même. Ce sentiment de désamour met du temps à poindre et plus encore à se formuler dans votre esprit (« Je crois que je ne la supporte plus, il faut que je la vire, je n'ai pas le choix »), et quand la conscience a fini par l'assumer, il lui reste encore un long chemin à parcourir avant d'être verbalisé, exposé à la future victime de l'abandon qui, pour le moment, ne se doute de rien — parce que nous, lâcheurs, nous avons aussi du mal à nous détacher, trompeurs, couards, experts en échappatoires, traînards que nous sommes, nous ambitionnons l'impossible : éviter la culpabilité, épargner la souffrance — et celle dont la destinée sera de soupirer après lui sans y croire et, peut-être, de mourir de langueur.

Muriel posa les mains sur sa poitrine, l'une enserrant la pipe qui avait fini par s'éteindre sans qu'il prît la peine de la rallumer. Au lieu de commencer à me dicter, comme il me l'avait annoncé, il demeura une ou deux minutes silencieux au cours desquelles je le regardai d'un œil interrogateur, stylo à la main, jusqu'à ce que je remette le capuchon de peur que la plume ne sèche. D'un instant à l'autre, il semblait avoir oublié l'objet de sa préoccupation, comme si une pensée, un sujet, un vieux dilemme, lui avait traversé l'esprit, balayant tout le reste, sauf moi en ma qualité d'éventuel conseiller ou de simple oreille ouverte à ses inquiétudes : depuis le plancher, il me lançait des œillades dubitatives pour ne pas dire furtives, donnant l'impression d'avoir quelque chose sur le bout de la langue — deux ou trois fois il ouvrit la bouche, reprit haleine, la referma — qu'il ne se décidait pas à prononcer, ou plutôt à me laisser entendre ; comme s'il se demandait s'il était ou non pertinent de m'associer à une question qui le perturbait ou le gênait, voire le consumait. Par deux fois, il se racla la gorge. Les mots se bousculaient au portillon, retenus par mesure de prudence, par souci de réserve ou du moins de discrétion, comme si la matière jugée délicate ne devait pas filtrer, ni même être exprimée, ce qui est exprimé se fixe dans l'air et il est difficile de l'en déloger. J'attendis sans mot dire, sans insister ni l'exhorter à parler. J'attendis avec confiance et patience, déjà conscient — cela s'apprend de bonne heure, dans la petite enfance — que ce dont on a grande envie de se libérer, que l'on voudrait raconter, demander ou proposer, finit presque toujours par émerger, par surgir comme si aucune force — aucune répression du moi par le soi, aucun raisonnement — ne pouvait le refréner, nous perdons presque tous les combats contre notre langue pour peu que le feu la dévore. (Et elle peut être violente la langue, dictatoriale.)

— Toi qui appartiens à une autre génération et qui verras les choses autrement, finit par émettre Muriel, en mesurant ses paroles. Toi qui es jeune, toi qui appartiens à une autre génération, répéta-t-il croyant ainsi gagner assez de temps pour s'interrompre et se taire, oui, toi, que ferais-tu si tu apprenais qu'un ami de longue date… ? — Il fit une pause, comme s'il allait se rétracter et reformuler sa question. — Comment en venir au fait, comment t'expliquer ça… Qu'un ami de longue date n'a pas toujours été tel qu'il est à présent ? Pas tel qu'on l'a connu et qu'il est à présent, ni tel qu'on a toujours cru qu'il était ?

De toute évidence, à en juger par le flot de questions creuses, sans queue ni tête, il en débattait encore. Loin d'être un esprit confus, Muriel se prévalait de sa précision, même si, dans sa quête, il avait tendance à divaguer. En fonction de ma réponse, il pouvait se dédire (« Ça revient au même, laissons tomber », ou : « Arrête, arrête, oublie ça », ou encore : « Non, mieux vaut que je ne te mêle pas à ça, ce n'est pas de ton ressort, ce n'est pas une bonne chose, tu ne dissiperas pas mes doutes pour autant et tu n'y comprendras rien »). Ainsi, au début, décidai-je d'attendre et de feindre la plus vive attention, comme si j'étais sur des charbons ardents, pendu à ses lèvres et que rien ne me tenait tant à cœur ; voyant qu'il n'ajoutait rien — déconcerté par son propre galimatias — je compris que c'était à moi de lui délier la langue et avant qu'il ne se mure dans son silence, je m'enhardis :

— À quoi faites-vous allusion ? À une trahison ? On vous a trahi ?

Je constatai qu'il n'était pas capable de souscrire à l'équivoque, fût-elle due à des propos brumeux, obscurs ou insignifiants, j'en conclus que la seule façon d'en sortir serait d'insister, ne fût-ce qu'un peu.

Il porta la pipe à sa bouche, la mordilla, parlant entre ses dents, comme s'il préférait qu'on ne l'entende pas trop nettement. Comme si ce qu'il disait n'était peut-être que du bluff.

— Non, c'est bien là le problème. S'il s'agissait de cela, je saurais comment y faire face, comment aborder la situation. Si j'étais directement concerné, je n'aurais aucun scrupule à aller le trouver afin de mettre les choses au clair. Ou à m'opposer à lui si l'affaire s'avérait inexcusable, un *casus belli*. Mais on en est loin. Ces rumeurs ne me concernent pas, elles n'ont rien à voir ni avec moi ni avec notre amitié. Elles ne l'affectent pas, et pourtant…

Il n'acheva pas sa phrase, il se renferma à nouveau en lui-même, cela lui coûtait d'admettre ce qu'il imaginait.

Je ne croyais pas à ce que je répondis, mais je pensai ou pressentis que cela servirait à lui délier la langue : dès que l'on commence à nous raconter ou à insinuer quelque chose de délicat, de scabreux, voire d'interdit, que l'on estime grave et que l'on hésite à relater, ne nous efforçons-nous pas de délier la langue du narrateur ? Il s'agit presque d'un réflexe, nous faisons surtout ça pour ce que l'on appelait autrefois le « sport ».

— Dans ce cas, pourquoi ne passez-vous pas outre ? Pourquoi ne laissez-vous pas courir ? Il peut s'agir de rumeurs mensongères ou erronées, de calomnies. Bref, si elles ne vous concernent pas, eh bien… je ne sais pas, laissez tomber et restons-en là une fois pour toutes. Bon, vous pouvez aussi l'interroger à ce sujet. Qu'il confirme ou démente, n'est-ce pas ? Si vous êtes si bons amis, il vous dira la vérité, non ?

Muriel retira sa pipe et porta sa main libre à sa joue, savoir si la joue reposait sur la main ou la main sur la joue n'est pas facile à dire quand quelqu'un est allongé par terre. Il tourna vers moi son œil sagace qui, jusqu'à présent, errait dans les hauteurs, au plafond, sur les rayonnages supérieurs de la bibliothèque ou sur un tableau de Francesco Casanova accroché à un mur de son bureau, il m'expliqua plus d'une fois combien il était fier de posséder une œuvre du jeune frère du célèbre Giacomo, peintre favori de la Grande Catherine (« de Russie », ne manquait-il pas de préciser, comme s'il eût douté, et à juste titre, de mes connaissances historiques). Il me regarda en essayant de sonder ma bonne volonté ou d'évaluer mon degré d'ingénuité, voulais-je vraiment apporter des solutions, étais-je simplement attentionné, ou peut-être, et pis encore, fouineur ? Il dut donner son approbation provisoire à mon comportement car, au bout de longues secondes inquisitoriales qui me perturbèrent et au cours desquelles je fus moi-même tenté de me mettre en question, il me répondit :

— Pas forcément. Nul ne fait un tel aveu de but en blanc, fût-ce à un ami, à un ennemi, à un inconnu, à un juge, sans parler de sa propre épouse ou de ses enfants. Que me répondrait-il si je lui posais la question ? N'allait-il pas me demander si j'étais cinglé ? Ou pour qui je le prenais, le connaissais-je donc si mal que ça ? Il alléguerait qu'il s'agissait de rumeurs infondées, ou du vil règlement de comptes de quelque perfide éconduit qui lui gardait une implacable rancœur, l'une de celles qui ne meurent jamais. Bien sûr que non. Encore faudrait-il que je sache qui avait pu inventer une telle histoire. Et de toute évidence le rayer de mes amis, et cela, de son propre fait et non du mien. Il y perdrait, lui, et pas moi. Ce serait lui qui s'en mordrait les doigts. À moins qu'il ne se sente victime, et à juste titre, si, en fin de compte, tout cela était faux.

Il s'arrêta un instant, sans doute pour imaginer la scène absurde, l'exhortation à la sincérité.

— Voyons, Juan, ne sois pas naïf, il y a de nombreuses occasions où un « non » s'impose, et un tel « non » ne saurait clarifier quoi que ce soit, il est inutile. C'est ce que l'on répondrait, que cela corresponde ou non à la vérité. Un oui est parfois utile. Un non ne l'est presque jamais quand il s'agit de quelque chose de laid ou de honteux, ou qu'il est question de parvenir coûte que coûte à ses fins ou de sauver sa peau. Il ne vaut rien par lui-même. L'accepter relève d'un acte de foi, et la foi, c'est notre affaire, et non pas celle de celui qui répond « non ». En outre, volage et fragile, la foi chancelle, s'affermit, se fissure, se renforce. Et se perd. Croire n'est jamais article de foi.

« Qui diable lui aura rapporté ce qu'a fait ou dit cet ami douteux ou qui soudain paraît douteux ? » me demandai-je. Je réfléchis. « Après la moitié de sa vie en pleine clarté. » Peut-être n'ai-je pas pensé cela, mais est-ce, du moins, ainsi que je me le remémore, à présent que je ne suis plus tout jeune, que j'ai à peu près, pour ne pas dire au moins, l'âge de Muriel à l'époque ; il est impossible de retrouver l'inexpérience des années d'apprentissage après une longue route. Une fois que vous l'avez compris, comment voudriez-vous ne plus comprendre ce qu'en d'autres temps vous ne compreniez pas ? L'ignorance ne revient pas, fût-ce pour décrire ces jours où vous en avez joui à moins qu'au contraire, vous n'en ayez été victime. Ne vous fiez pas à celui qui raconte quelque chose en feignant l'innocence, en contrefaisant celle de son enfance, de son adolescence ou de sa jeunesse, celui qui affirme adopter le regard — l'œil de glace, candi — de l'enfant qu'il n'est plus, ou ce vieillard qui se prévaut de sa maturité et oublie le vieil âge qui régit sa vision du monde et sa connaissance des êtres et de lui-même, ou ces morts qui — s'ils pouvaient parler ou murmurer — se situeraient dans la perspective des vivants stupides et inaboutis qu'ils furent, comme s'ils n'avaient pas encore franchi l'étape du trépas et de la métamorphose, et n'avaient pas achevé tout ce qu'ils avaient à faire ou dire, car une fois qu'ils ont tout fait et tout dit, il n'y a plus aucune surprise, aucune amélioration ni aucune modification possible : les comptes sont à jamais clos et plus personne ne les rouvrira... Il a fait référence à cela en disant : « Nul ne fait un tel aveu », quelle que soit leur nature, elles doivent donc être bien troubles, bien sordides, ces nouvelles qui lui sont parvenues. « Quelque perfide éconduit », a-t-il ajouté, expression que je n'ai pas manqué d'associer à une femme, même si l'un et l'autre terme peuvent, je l'imagine, et pourquoi pas, s'appliquer à un homme, même si, en les entendant, j'ai aussitôt cru voir une femme à l'origine de cette information... Il hésite à me faire part ou non de ce dont il s'agit, de ce qu'il a appris à ses dépens. Il craint que me mettre au courant ne concrétise ou n'accrédite la rumeur et que plus il l'ébruitera, plus cela la renforcera et plus il condamnera son ami, ce que, bien entendu, il préfère éviter. Mais il ne peut pas non plus éliminer tout simplement ce qu'il a entendu et sans doute cela lui pèse-t-il et le tourmente-t-il à tel point qu'il ne peut plus le garder pour lui, cette pensée le hante jour et nuit, mais il ne sait pas à qui en parler sans lui donner du même coup trop d'importance, sans dramatiser la situation. Peut-être me voit-il comme la plus insignifiante de ses connaissances, précisément en raison de mon jeune âge, de mon inexpérience et de mon incapacité à œuvrer dans son monde d'adultes accomplis. Et s'il m'arrivait de ne pas tenir ma langue, ma voix n'a guère de poids, ni de crédibilité. Sans doute m'a-t-il choisi pour mon insignifiance, pensai-je. Me raconter cela à moi revient ou presque à ne pas le raconter. Il se sentira plus en sécurité avec moi qu'avec n'importe qui d'autre : il peut me renvoyer et ne jamais me revoir, il peut, pour ainsi dire, me rayer de sa vie, tôt ou tard, je me réduirai à un simple espace vide. Cela veut dire que je peux aussi enquêter, creuser ou faire parler. Vu le peu d'intérêt que je suscite, cela ne portera pas à conséquence.

— Je ne saurais vous donner un avis, Don Eduardo, Eduardo — je me repris aussitôt, cela sonnait aussi irrespectueux que discordant —, si vous n'êtes pas plus explicite. Vous m'avez demandé ce que je ferais, moi. À moins de savoir de quoi il s'agit, je ne me sens pas en mesure de vous donner une réponse pertinente. Et si vous me dites qu'aller trouver votre ami ne serait pas une façon de connaître la vérité, qu'il nierait quelque chose comme ça et qu'en outre, ce « Non » ne vous serait d'aucune utilité... À vrai dire, je ne vois pas ce que vous pourriez faire. Faire pression sur celui qui vous a raconté l'histoire, vous débrouiller pour qu'il revienne sur ses propos, qu'il se rétracte ? Voilà qui semble peu probable, n'est-ce pas, que quelqu'un se dédise après avoir levé le voile sur quelque vilaine rumeur qui met autrui dans une situation aussi déplaisante ? Enquêter auprès de tierces personnes pour vérifier le bien-fondé de ces accusations ? À vous de savoir si cela est possible, bien souvent ça ne l'est pas. Je m'imagine donc que tout dépend de la nature de cette rumeur, dans quelle mesure elle peut coexister avec votre amitié et jusqu'à quel point vous pouvez tolérer cette ombre. Comme je vous l'ai dit, vous pouvez juste oublier, chasser cela de votre esprit, laisser courir. Au cas où il est absolument impossible de connaître la vérité, je suppose que nous avons alors la liberté de décider de ce qu'elle est.

L'œil maritime me regarda d'une autre façon, avec curiosité, qui sait avec une pointe de méfiance, comme si Muriel ne s'attendait pas de ma part à une réflexion aussi pragmatique — on attribue à la jeunesse une véhémence et une certaine intransigeance, ainsi qu'une aversion pour l'incertitude et les compromis, une part de fanatisme dans sa quête de toute vérité, si petite et circonstancielle soit-elle.

— En fait, il est toujours impossible de connaître la

vérité. On ne peut jamais savoir, me répondit-il. La vérité est une catégorie…

Il s'interrompit, il parlait au fil de ses pensées, ce n'était pas une phrase qu'il avait dû élaborer longtemps à l'avance à moins qu'il ne se la remémorât comme une citation.

— La vérité est une catégorie que l'on met entre parenthèses pendant la vie.

Il resta quelques secondes à soupeser cette phrase, en contemplant le plafond, comme s'il la voyait s'y inscrire tels les mots et les noms qu'écrivaient minutieusement au tableau noir les professeurs d'autrefois.

— Pendant que l'on vit, répéta-t-il. Oui, il est illusoire de lui courir après, c'est une perte de temps, une source de conflits, pure folie. Et malgré tout, nous ne pouvons nous en empêcher. Ou plutôt, nous ne pouvons nous empêcher de nous poser des questions à son sujet, pour nous assurer qu'elle existe, qu'elle se trouve dans un endroit et un temps auxquels nous n'avons pas accès. Je suis conscient que je ne saurai jamais de façon sûre si cet ami a fait ou n'a pas fait ce que l'on vient de me raconter qu'il a fait, mais je sais aussi que la vérité sera de deux choses l'une ou plutôt de trois choses l'une : ou il l'a fait, ou il ne l'a pas fait ou c'était moitié-moitié, et que ce n'était ni aussi noir qu'on me l'a décrit, ni aussi blanc que lui me l'aurait rapporté. Que je sois condamné à ne pas savoir ne signifie pas pour autant qu'il n'y ait pas une vérité. Le pire c'est qu'à ce point, l'intéressé lui-même peut la méconnaître. Après de nombreuses, et parfois pas si nombreuses, années, chacun raconte les faits à sa façon et en vient à créer sa propre version, sa propre distorsion des faits. Les gens parviennent souvent à les effacer, à les bannir, à les disperser au vent, tel un chardon — il fit comme si une aigrette tremblotait sur son doigt, mais il ne souffla pas —, ils se persuadent qu'il ne s'est jamais rien passé ou que leur rôle a été très différent de ce qu'il fut en réalité. Il y a des cas d'oubli sincère, ou d'honnête incertitude, dans lesquels celui qui ment ne ment pas ou ne ment pas consciemment. Parfois, l'auteur du fait en question n'est lui-même pas en mesure de dissiper nos doutes, il n'est simplement plus habilité à raconter la vérité. Il a réussi à faire en sorte qu'elle s'estompe dans sa tête, il ne s'en souvient pas, il s'y perd ou l'ignore carrément. Et malgré tout, elle existe, cela ne l'empêche pas d'exister. Quelque chose s'est passé ou ne s'est pas passé, et si ça s'est passé cela a été d'une manière précise, c'est ainsi que cela a eu lieu. Tiens, regarde cette expression, « avoir lieu », que nous utilisons comme synonyme d'arriver, d'advenir. Elle est curieusement adéquate et exacte, car tel est bien ce qui arrive à la vérité, elle a un lieu et c'est en lui qu'elle demeure, tout comme elle a un temps et c'est en lui qu'elle demeure. Elle demeure à jamais verrouillée en ce temps, en ce lieu, impossible pour nous de revenir vers ce temps, vers ce lieu, pour jeter un coup d'œil à leur contenu. Il ne nous reste que des à-peu-près, des approximations, nous ne pouvons plus qu'en faire le tour et tenter de la discerner de loin ou à travers des voiles de brume, en vain, n'est-il pas ridicule de se gâcher ainsi la vie ! Et pourtant, et pourtant…

Il toussa, une toux nerveuse, me sembla-t-il, due à la frustration et la contrariété. Il se leva et se pencha pour prendre ses allumettes dans la poche de son pantalon afin de rallumer sa pipe, le coude calé sur le plancher. Il en profita pour sortir une boîte à pilules ancienne, en argent, au couvercle incrusté d'une minuscule boussole emprisonnée dans son verre, qu'il regardait fixement quand il était plongé dans ses pensées, quand il ne savait ni comment continuer ni même s'il fallait continuer, quand il hésitait et se perdait dans ses hésitations en espérant que l'aiguille l'orienterait, que, pour une fois, elle cesserait d'indiquer le nord. J'eus l'impression que non seulement il hésitait à me révéler le prétendu délit, la supposée bassesse, voire le sale tour que lui avait joué son ami (pour le moment je savais qu'il ne s'agissait pas d'une trahison) mais qu'il hésitait aussi à me charger de quelque chose lié à cela, peut-être une mission, une surveillance, une enquête ; ou à me faire intervenir, Dieu sait comment, cela m'aurait été déjà difficile si je connaissais les faits, mais sans eux, je ne pouvais lui être d'aucun secours. J'eus néanmoins l'impression que le plus dur pour lui était de se décider à m'impliquer dans une affaire louche, déplaisante, voire crapuleuse, et que cette éventuelle implication de ma personne, qui le tentait, risquait de faire de moi bien plus qu'un simple assistant ou même un confident, de me mêler à certains faits et même d'éveiller soupçons ou rumeurs à mon sujet. Comme s'il savait que, s'il m'expliquait la situation, il lui faudrait par la suite me guider ou me mettre sur la voie, me donner un ordre ou me demander un service.

Et pourtant, quoi ? Je ne savais comment faire pour l'inciter à parler si ce n'est lui montrer mon intérêt et ma disponibilité. Sur ce point, je m'en rends compte à présent, ma jeunesse était un handicap, car il n'y a rien de plus simple que de délier la langue de quelqu'un, il n'y a pour ainsi dire personne qui ne meure d'envie de parler.

Muriel finit par se relever, avec agilité et sans effort, et il se mit à se promener autour de moi à longues enjambées, il allait et venait dans le salon et le bureau, contournant le bureau, quant à moi, je me dévissais le cou pour ne pas le perdre de vue, la pipe dans une main, dans l'autre la boîte à pilules avec laquelle il ne cessait de se frotter le menton comme s'il lissait un bouc « par bonheur » inexistant, je dis « par bonheur », car les individus qui arborent ce genre de barbiche ne sont, en général, pas fiables. De temps en temps, il consultait la boussole. Le voir, l'œil collé à cette mini-boussole, me donnait envie de rire et, je pense, à lui tout autant, et s'il la sortait c'était sans doute en partie pour l'effet comique et, en l'occurrence, pour réduire l'effet de vacillation et d'angoisse que causaient ses déambulations.

— Et pourtant, et pourtant ? répéta-t-il en guise de réponse, il ne me reste plus qu'à essayer de me rapprocher, de dissiper une nappe de brume ou de lever un voile, qu'à gaspiller un bout de vie avec ça. Il suffit parfois de décaper un peu ou juste de faire semblant, pour justifier la prise d'une décision : pour décider, comme tu l'as dit, ce qu'est la vérité et s'y tenir une bonne fois pour toutes. Après une tentative, si timide et superficielle soit-elle, vous pouvez faire fi de ce que l'on vous a raconté, comme tu me l'as suggéré depuis le début, ou y accorder crédit et laisser s'étioler une amitié, la mettre entre parenthèses ou en finir une fois pour toutes avec elle. Mais pas avant cette tentative. Vous devez posséder ou vous assurer un indice qui vous serve de guide, si captieux ou infondé soit-il. Il nous faut trouver, par nos propres moyens, une orientation — du bec de sa pipe, il toucha le verre de la boussole —, une intuition qui nous permette de nous dire : « Bah ! C'est un mensonge pur et simple », ou bien : « Hélas, ça doit être vrai ».

Il cessa d'arpenter la pièce et me regarda soudain avec une tristesse infinie, sans que je sache s'il était triste pour lui ou pour moi, à cause de tout ce qu'il me restait à découvrir et à parcourir. À présent, je regarde ainsi les jeunes quand je perçois qu'ils ont des problèmes, quand je les sens désabusés, déçus, mais aussi quand je les vois tout excités, avec mille projets en tête, je croise alors les doigts pour que leurs espoirs se réalisent, un geste superstitieux, inutile, un geste de résignation. C'est là un regard qui se veut paternel, qui oublie que chacun est différent et que certaines générations sont plus aguerries que d'autres ; la mienne, je pense, l'était davantage que celle de Muriel et, sous nos déguisements idéalistes bigarrés, nous avions sûrement moins de scrupules.

— À un moment, je crus d'emblée ce que l'on me disait, poursuivit-il avec ce regard affligé, je doutai, mais chassai aussitôt mes doutes, persuadé que l'on ne me mentirait pas sur une question aussi cruciale et ce, non seulement pour les autres, car au fond la plupart des gens s'en moquent, mais également pour celui qui mentait ou disait la vérité. On ne va pas imaginer que l'on puisse se faire du tort, n'est-ce pas ? Oui, ça ne doit pas t'effleurer l'esprit, à ton âge, non ? À vingt-trois ans ? Pour ma part, il m'en a fallu du temps pour apprendre que l'on ne saurait écarter cette éventualité, qu'en réalité, tout est envisageable. Les gens se livrent à des calculs farfelus, ils sont souvent prêts à prendre des risques. Ils souffrent pour la plupart d'un étrange optimisme, ils s'imaginent qu'ils parviendront à leurs fins, qu'ils changeront le monde, ou que la chance leur sourira, que le préjudice qu'ils se causent sera compensé, à la longue, par un bénéfice plus grand et que personne ne se rendra compte de quoi que ce soit, ni de ce qu'ils ont dit, ni de ce qu'ils ont fait pour atteindre leur but, qu'il s'agisse de retenir quelqu'un en otage, d'en ruiner un autre, d'en expédier un troisième en prison ou de le conduire au poteau d'exécution, d'escroquer pour s'enrichir ou de coucher avec une femme. Et peut-être ont-ils de bonnes raisons, le plus plausible c'est que nous ne saurons que très peu de ce qui s'est passé, c'est là la partie cachée de l'iceberg. Ainsi, cette fois-là, je pris pour argent comptant ce qu'il me racontait, je l'acceptai, j'œuvrai en conséquence et je m'y tins, et cela fit s'écrouler une vie ou deux, peut-être trois, selon la façon dont on regarde les choses, qui sait, davantage si l'on compte les descendants, des individus qui n'étaient même pas censés naître et ces autres que l'on a empêchés de naître à leur place.

La pipe toujours dans une main et la boussole dans l'autre, il reprit ses allées et venues après cet *excursus*, et il ajouta :

— Oui, en ce qui concerne cet ami, il va falloir que je perde un peu de mon temps.

Je ne compris pas grand-chose à ce qu'il me disait. À présent, il survolait une autre histoire, en évoquait une autre passée ou lointaine qu'il gardait également pour lui. Jusqu'à ce que me vienne à l'esprit une question susceptible de l'inciter à être plus explicite. Il avait mentionné la possibilité de mettre un point final à son amitié, selon le résultat des enquêtes sommaires qu'il se proposait de mener, en fonction aussi de ses tâtonnements ou de ses intuitions. Si ce qui lui était arrivé ne l'atteignait pas personnellement et n'avait rien à voir avec lui, il fallait vraiment que ce fût quelque chose d'objectivement inacceptable, à cette époque et dans notre pays, pour envisager de trancher là une relation longue de la moitié d'une vie. En ces jours-là, en ces années-là, on commençait à ressortir en privé des racontars lointains que nombre d'Espagnols s'étaient vus contraints de taire en public durant des dizaines d'années et qu'ils avaient à peine susurrés de temps en temps, en famille avec, entre-temps, des silences de plus en plus longs, comme si, non content de les avoir interdits, on avait essayé de les reléguer parmi les mauvais rêves et qu'ils se perdaient ainsi dans la brume tolérable d'un passé défini ou imprécis. Il en est ainsi avec ce qui fait honte, avec les humiliations que l'on vous fait subir et les soumissions que l'on vous impose. Personne n'aimait à se remémorer qu'il avait été vaincu ou qu'il avait été victime, que des injustices ou des actes de cruauté avaient été commis sur lui et sur les siens, qu'il avait dû se rendre et que, pour survivre, il lui avait fallu pactiser avec l'ennemi, qu'il avait dénoncé ses compagnons pour s'attirer les bonnes grâces du nouveau pouvoir, fielleux persécuteur des vaincus, ou qu'il s'était en quelque sorte enterré vivant, s'efforçant d'attirer le moins possible l'attention, qu'il avait fait profil bas toute sa vie et s'était plié aux folles exigences du vainqueur, qu'en dépit du mal que ce régime lui avait causé à lui-même, à ses parents ou à ses frères, il avait essayé de s'y engager, de le porter aux nues, d'adhérer à ses structures et de prospérer sous sa progression. Aujourd'hui on raconte des tas d'histoires fictives d'irrédentistes et de résistants passifs ou actifs, mais il est sûr que la majorité des vrais de vrais — pas si nombreux, et ils ne résistèrent pas longtemps — furent fusillés et incarcérés au cours des années qui suivirent la Guerre ou s'exilèrent, firent l'objet de purges ou de répressions et se virent interdire l'exercice de leur profession : des vieillards ou des hommes d'âge mûr passèrent le reste de leur vie à regarder leurs veuves ou leurs filles aller gagner de quoi faire bouillir la marmite — comme si leurs épouses étaient déjà veuves — alors qu'eux-mêmes, mal rasés, squelettiques — des ingénieurs, des médecins, des avocats, des architectes, des professeurs, des savants, voire un militaire loyal qui avait sauvé sa peau —, regardaient par la fenêtre et s'efforçaient de ne pas penser. Bientôt, le gros de la population manifesta un enthousiasme franquiste, ou devint franquiste par indolence, par peur. Beaucoup de ceux qui avaient haï ce régime ou avaient souffert de sa domination finirent par se convaincre qu'il en était ainsi, qu'ils avaient vécu dans l'erreur et, qui sait, combattu du mauvais côté. Jamais on n'en vit autant retourner leur veste, une volte-face massive. La Guerre civile prit fin en 1939 et, on dira ce que l'on voudra aujourd'hui, ni dans les années quarante, ni dans les années cinquante, ni bien sûr dans l'indolence des années soixante, ni même dans les années soixante-dix jusqu'à la mort du dictateur, les gens n'aspiraient à donner leur version, j'entends celle qui n'était pas politiquement correcte. Au début, les vainqueurs avaient ressassé la leur à satiété et ils continuèrent, mais avec de tels mensonges, avec une telle grandiloquence, avec tant de cachotteries, de calomnies, de partisanneries que le récit ne pouvait que les desservir et devenir lassant à force d'être répété. À partir d'un certain moment, ils le tinrent pour connu de tous et finirent par se taire ou presque, ils cessèrent d'insister là-dessus à longueur de temps et en profitèrent pour s'appliquer à faire oublier les aspects les plus sombres de leur conduite, de leurs crimes les plus gratuits. Imposer une histoire n'est guère satisfaisant, en fin de compte cela revient à se la raconter à soi-même et cela n'a rien d'élégant : si seuls les coreligionnaires, leurs complices et leur valetaille apeurée l'approuvent, c'est comme jouer aux échecs sans adversaire. Et les perdants préférèrent ne pas se souvenir des atrocités, qu'il s'agisse des leurs ou de celles des autres — pires, plus durables, plus bestiales, plus arbitraires —, et moins encore les transmettre à leurs enfants (qui voudrait relater des épisodes et des scènes si peu flatteuses ?) auxquels ils souhaitaient surtout de ne pas en passer par là et que le ciel leur accorde une vie aussi ennuyeuse que sans surprises, dussent-ils courber l'échine et ne pas connaître la liberté. On peut vivre sans elle, on peut s'en passer. De fait, c'est la première chose à laquelle les citoyens inquiets seraient disposés à renoncer. Si bien qu'ils réclament souvent de la perdre, d'en être privés, de ne jamais plus la voir, fût-ce en peinture, et portent ainsi aux nues celui qui va la leur ravir et, après ça, votent pour lui.

— Il s'agit de quelque chose qui a trait à la Guerre, Don Eduardo, Eduardo ? Quelque chose que votre ami a fait alors, que vous ignoriez et que l'on vient de vous rapporter ? C'est cela ?

Et je m'enhardis même à être plus précis, jusqu'à le tarabuster pour qu'il s'explique une bonne fois :

— A-t-il participé à un massacre ? A-t-il fait des *paseos* ?

À présent, beaucoup de jeunes ne connaissent plus l'expression, mais ma génération la connaissait bien, nous l'avions entendue dans la bouche de nos parents et grands-parents comme si elle faisait partie de leur vocabulaire, et rares étaient les familles dont un membre n'avait pas bénéficié d'un de ces *paseos* au cours des trois années que dura la Guerre : emmener quelqu'un faire un de ces *paseos* revenait à passer prendre quelqu'un chez lui, de nuit ou au petit matin, voire en plein jour, l'emmener de force, l'embarquer dans une voiture sous mâle escorte, l'emmener à l'extérieur de la ville sur un terrain vague ou jusqu'aux murs du cimetière, lui tirer une balle dans la tempe ou dans la nuque et laisser là son cadavre aux portes de sa future demeure ou l'expédier d'un coup de pied dans le fossé, cette dernière façon de s'en débarrasser étant la plus fréquente : à Madrid ou à Séville, en zone républicaine ou en zone franquiste, on ramassait certains mois de nombreux corps sur les routes le matin, comme s'il s'agissait de déchets incongrus pour les éboueurs, lourds, difficiles à charger et dotés d'une expression. Était-il phalangiste, de ceux qui ont le pistolet à la ceinture ? Ou milicien, de ceux qui ont le fusil à l'épaule ? En a-t-il dénoncé sitôt la Guerre finie ? A-t-il balancé certaines de ses connaissances et les a-t-il expédiées au poteau d'exécution ? A-t-il jamais servi de boucher, en a-t-il tué ou ordonné de tuer beaucoup ? Qu'est-ce qu'on vous a donc raconté pour que cela vous soit si difficile à dire ?

À cet égard, les choses avaient un peu changé, dans le sens où l'on pouvait parler, pas beaucoup, en réalité. Adolfo Suárez était au pouvoir, il était le premier président élu depuis quarante ans, quant à Franco, il était mort depuis quatre ou cinq ans. D'un côté, on s'était empressé de mettre Franco aux oubliettes et on voyait en lui une sorte de dinosaure, au bout de six mois, les plus enclins à la réflexion avaient peine à croire que sa disparition remontait à si peu de temps, car on avait l'impression que des siècles s'étaient écoulés. Non seulement une partie du pays n'avait attendu que ça, l'avait tant espérée et anticipée que sous de nombreux aspects — et dans la mesure du possible — la société avait depuis longtemps commencé à se comporter comme si elle était déjà survenue, mais le retentissant anachronisme qu'il était devint manifeste à une vitesse incroyable, y compris pour ses partisans : on n'avait que faire de lui, de sa dictature et de son Église, à laquelle il avait donné pouvoir et bénéfices illimités. D'autre part, on savait que, si étonnant que cela pût paraître, son régime s'était retiré de la scène politique sans rechigner ou presque (on disait à l'époque qu'il avait fait *hara-kiri*), obéissant ainsi à la volonté du roi, et par là même favorisant l'instauration de la démocratie. Nous ne l'avions pas mise en place, car nous n'aurions pu nous y risquer sans une nouvelle effusion de sangs hybrides, mélangés, dont la fin eût été aussi prévisible que désastreuse. Ce qui est sûr, c'est qu'en ce qui concerne les libertés, nous n'avons pas perdu de temps pour en réclamer de plus en plus. Toutefois, en ces années-là, nous étions conscients que tout ne tenait qu'à un fil, que toute concession était révocable, que les suicidés pouvaient, réflexion faite, décider de ressusciter et de revenir, qu'ils avaient de leur côté la majeure partie d'une armée encore franquiste jusqu'à la moelle, qui détenait les seules et uniques armes de la nation.

Une des conditions pour cette mesure et ce *hara-kiri* si surprenant se résumait à une phrase : « Que personne ne demande de comptes à personne. » Qu'on laisse de côté les exactions déjà lointaines, les crimes de la Guerre, commis par les deux factions ; tant sur le front que dans l'arrière-garde, ou ceux, infiniment plus récents, de la dictature, commis par un seul, dans son immense arrière-garde punitive et rancunière, au long des trente-six années où ses sbires eurent blanc-seing alors que les autres se virent infliger des humiliations et furent réduits au silence. Si inéquitable fût-elle — les perdants avaient déjà amplement réglé leurs comptes, réels ou fictifs —, tout le monde accepta la condition, non seulement parce qu'ils y voyaient la meilleure façon de passer sans trop d'à-coups d'un système à l'autre, mais aussi parce que ceux qui avaient été le plus lésés n'avaient pas le choix, ils n'étaient pas en position d'exiger quoi que ce soit. La promesse d'un pays normal, avec des élections tous les quatre ans, avec des partis légitimés, un pays doté d'une nouvelle Constitution approuvée par la majorité, où la censure serait abolie — et sans doute, le divorce bientôt rétabli —, avec des syndicats, où l'on ferait cas de la liberté d'expression et de celle de la presse, sans que les évêques mettent leur nez dans les lois, eut bien plus d'impact que la vieille chasse aux représailles ou le désir de réparation. À force de les ajourner et de ne plus oser y croire, ces espoirs s'en étaient allés en charpie dans l'éternel surplace de l'attente qui n'attend rien. Les morts étaient morts, ils n'allaient pas revenir, ceux qui avaient passé des années de prison imméritées avaient bel et bien perdu ces années et n'allaient pas les récupérer ; ceux qui avaient été muselés pourraient s'exprimer, les prisonniers politiques seraient amnistiés et sortiraient dans la rue après effacement de leur casier judiciaire, les exilés pourraient finir leurs jours ici ; on ne pourrait plus arrêter ni condamner arbitrairement qui que ce soit, on pourrait châtier les tyrans en ne votant pas pour eux, en les renversant, en les privant de leurs privilèges, ou du moins de certains d'entre eux. L'avenir était si tentant qu'il valait la peine d'enterrer le passé, le lointain tout comme le récent, surtout si ce passé menaçait de gâter cet avenir qui, en comparaison, semblait si favorable. Beaucoup aujourd'hui ont oublié, ignorent, faute de souvenirs, ou n'ont même pas idée de ce qu'est une dictature, de ce en quoi elle consiste mais, venant d'où nous venions, cet horizon nous paraissait un rêve auquel nous avions peine à croire, le sentiment prédominant était un soulagement et l'impression, en fait, d'avoir de la chance : nous allions nous débarrasser d'un régime totalitaire sans passer par un autre carnage, et nous pourrions raconter enfin cette première saignée, celle qui, oui, a bel et bien eu lieu, telle qu'elle fut en réalité.

Et il en fut ainsi, on commença à raconter dans les grandes lignes, du point de vue historique, sans trop entrer dans les détails, chacun à sa façon. La condition avait été acceptée, elle fut respectée à la lettre, parfois avec certaine exagération ; en vertu du décret d'amnistie générale, personne n'essaya de poursuivre en justice et il va sans dire que cela nous épargna bien des affrontements, bien des mises en cause aussi interminables que virulentes et nous préserva d'un retour toujours possible de ceux qui avaient souscrit au hara-kiri des Cortes, même si chaque jour qui passait les confinait davantage dans un territoire fantomatique dont on s'aperçoit vite, pour peu qu'on accepte d'ouvrir les yeux, qu'il est impossible de sortir. Aussi était-il donc impensable qu'en ces années, on dénonçât qui que ce soit pour le rôle qu'il avait joué durant la dictature ou la Guerre. Que l'on ne cherchât pas à régler ses comptes devant la justice impliquait aussi un pacte social, cela revenait à nous dire les uns aux autres : « Suffit, laissons tomber. Si, pour que le pays se normalise et que nous ne recommencions pas à nous entre-tuer, il est nécessaire que personne ne paye, alors déchirons les factures et repartons de zéro. Le prix le vaut bien, parce que, au bout du compte, nous aurons en échange, sinon le pays tel que nous l'avons voulu, du moins un pays qui lui ressemblera. En tout cas, nous essayerons, sans violence, sans interdictions et sans prendre les armes contre celui qui se ferait élire à la loyale. » Ce furent des années d'optimisme, de générosité et d'espoir, et je n'ai aucun doute que ce sont les meilleurs souvenirs que l'on ait de cette époque.

Il s'ensuivit quelque chose d'étrange : ce pacte social devint si vite l'affaire de chacun que la condition établie finit par être respectée plus que scrupuleusement, et fut étendue à ce que l'on racontait au sujet du passé. Une chose sûre, édictée par le bon sens, était que nous évitions les tribunaux, que nous faisions en sorte que leurs registres ne soient pas encombrés d'affaires déplaisantes susceptibles de nuire à la convivialité et de nous amener à très mal finir. Par ailleurs nous n'aurions pu savoir, nous n'aurions pu raconter. Quoi qu'il en soit, la plupart optèrent pour cette dernière option, celle de continuer à se taire, bien sûr en public, mais souvent aussi en privé. En outre, il y avait encore certain stoïcisme, certaine pudeur, on était loin encore de l'époque, qui se perpétue, où tout le monde prit conscience de l'avantage qu'il y avait à se faire passer pour victime, à se plaindre et à tirer profit de ses souffrances ou de ses antécédents, sexe, classe, idéologie ou région, qu'ils fussent réels ou fictifs. Il subsistait un sentiment d'élégance qui vous déconseillait de faire étalage des sévices et des persécutions et invitait ceux qui avaient subi les plus grands préjudices à garder le silence. Seule dérogation à cette attitude, quelques personnalités qui, à un moment donné, soit au début quand la répression était la plus féroce, soit au milieu, soit à la fin, avaient apporté leur soutien à Franco, forcèrent la chance. Non satisfaits de leur impunité, dont on ne leur tenait même pas rigueur, ces notables que l'on laissait vivre en paix, sans même toucher à leurs émoluments, commencèrent à se fabriquer des biographies illusoires, à se prévaloir de démocrates de l'époque athénienne et à proclamer que leur antifranquisme remontait à des temps immémoriaux, pour ne pas dire qu'il était là depuis toujours. Ils profitèrent de l'ignorance des plus jeunes — et de l'ignorance générale — mais aussi de la discrétion des mieux informés de leur génération. Un romancier déclarait dans un journal que le début de la Guerre l'avait surpris en Galice, zone franquiste, il n'avait donc eu d'autre choix que de rallier cette armée, mais il ajoutait que si on l'avait surpris à Madrid, il aurait pu défendre la République, son plus grand désir à l'époque. Ses proches savaient que la Guerre l'avait précisément surpris à Madrid et qu'il avait fait l'impossible pour s'échapper de la capitale et arriver en Galice afin de rejoindre la faction qu'à présent il reniait avec un tel aplomb. Un historien se vantait de « ses années d'exil à Paris », alors qu'il les avait passées rien de moins qu'en tant qu'attaché à l'ambassade d'Espagne, représentant Franco, c'est évident. De même, un autre intellectuel se permettait de faire état de son « exil forcé » qui consistait en deux ou trois cours dans une université nord-américaine, avec à la clef un contrat lucratif, dans les années soixante, période relativement calme — personne ne s'exilait s'il n'avait risqué d'endurer le pire —, après avoir bénéficié, en des temps plus durs, des nombreuses faveurs du régime en sa qualité de membre de la Phalange, ainsi que d'adepte et d'adulateur du régime. Et bien d'autres cas de ce genre.

Ces fausses affirmations et négations, ces inventions et prétentions finirent par irriter ceux qui s'étaient vraiment opposés ou avaient refusé de collaborer : ils avaient eu la vie dure pendant des décennies et ils étaient plus ou moins au courant du rôle que chacun avait joué. Autrement dit, c'étaient eux qui savaient, qui se souvenaient de cette époque et que l'on ne pouvait pas berner. Car il était aisé, bien entendu, d'abuser la plupart des gens, et il en fut ainsi, car personne n'eût adressé ni aux journaux ni à la télévision une lettre dénonçant ces hauts personnages qui, au lieu de s'estimer heureux de s'en être si bien tirés après l'instauration de la démocratie, n'avaient aucun scrupule à inventer des histoires, à s'orner la poitrine de médailles imméritées et à se fabriquer un pedigree de circonstance. Quant à ceux qui, eux, savaient, ils étaient habitués à perdre et à se taire. À leurs yeux, les clauses auxquelles ils avaient souscrit étaient trop lourdes, tout comme le pacte social. Le déni de revanche et l'ignominie de la dénonciation leur semblaient tout aussi lourds. Ainsi laissa-t-on courir les mensonges des vieux franquistes et continua-t-on à ne rien raconter de personnel en public, à peu près tout ce que l'on entendait se limitait à leurs fanfaronnades. Ils se vantèrent tant et si bien et ils poussèrent si loin le bouchon que cela finit par inciter ceux qui étaient au courant à réagir de plus en plus en privé — il en fallut de la mesure et de la patience et il en faut encore à présent — et à rapporter ce qu'ils savaient ou ce qu'ils avaient fait, dit ou écrit les uns et les autres, quels avaient été au juste durant la Guerre et la dictature les comportements qu'à présent des milliers de personnes s'acharnaient à cacher, à embellir ou à faire disparaître. Beaucoup se soutenaient pour empêcher l'occultation et le maquillage : je te cautionne et toi tu me cautionnes, je ne dirai rien sur toi et tu ne diras rien sur moi, je te tresse des lauriers et tu m'en tresses. Je pensai qu'un bruit de ce genre, de ceux qui, loin d'être infondés, relataient la vérité — un de ces bruits atténué, discret, émis dans le cercle familial, lors de réunions et dîners entre amis ou confié à l'intimité encore plus grande de l'oreiller —, avait dû récemment parvenir aux oreilles de Muriel.

Pendant que je le soumettais à mon bref interrogatoire, Muriel avait continué à arpenter la pièce, en me lançant parfois des coups d'œil sans importance, simple contrôle ou attention à mon égard, qui m'amenèrent à conclure que je ne m'étais pas trompé. Il s'arrêta quand je m'arrêtai. Il me regarda alors avec un air circonspect et grave que je ne sus déchiffrer. Peut-être l'avais-je gêné avec tant de questions directes, le forçant ainsi à me raconter ce qu'il n'avait pas encore décidé de me confier ou non. La boussole-boîte à pilules dans une main, il alla de sa main libre rechercher la cravate sous son pull et la lissa. Il avait dû la froisser ou la déplacer quand il était par terre. Il voulut aussi arranger le nœud mais, faute de miroir, n'y parvint pas et le laissa de guingois. Je le lui signalai en faisant avec les doigts un geste vers ma gauche. Il le comprit et rectifia. Il se dirigea vers l'un des canapés, s'assit, croisa les jambes et me répondit :

— D'une façon ou d'une autre, tout a encore à voir avec la Guerre, Juan. Ah ! Puissé-je seulement voir le jour où il n'en sera plus ainsi, mais je crains, hélas, de ne pas le voir. Je ne pense même pas que tu le verras, malgré toutes les années que tu as de moins que moi ; et même si ce qui s'est alors passé te semble aussi lointain que la guerre de Cuba, les carlistes ou l'invasion napoléonienne. S'il en est ainsi, tu te trompes, tu verras. Tu entendras parler de cette abominable Guerre bien plus longtemps que tu ne l'imagines. Surtout par ceux qui ne l'ont pas vécue, qui seront ceux qui en auront le plus besoin pour donner un sens à leur existence : pour fulminer, pour s'apitoyer, pour avoir une mission, pour se persuader qu'ils appartiennent à une faction idéale, pour chercher une vengeance rétrospective et abstraite qu'ils appelleront justice, quand elle ne peut être posthume ; pour s'émouvoir et émouvoir les autres, leur faire verser des larmes, pour écrire des livres, tourner des films et faire du fric, pour s'auréoler de prestige, pour tirer quelque profit sentimental des malheureux qui sont morts, pour imaginer les peines qui leur ont été infligées, leurs souffrances que nul ne saurait imaginer même s'il les a entendu raconter de première main ; pour se prétendre leurs héritiers. Une guerre comme celle-ci est un stigmate qui ne s'efface pas en un siècle ou deux, parce qu'on le retrouve en tout, il affecte et avilit toute chose. Il représente ce qu'il y a de pire. Cela revint en quelque sorte à retirer le masque de civilisation que portent les nations dites présentables, plaqué sur le visage, comme ce patch — là-dessus, il toucha son bandeau de borgne —, et qui leur permet de feindre. Feindre est essentiel pour coexister, pour prospérer et progresser ; après ce qui s'est passé, il n'y a plus de feinte possible une fois que l'on a vu à découvert leurs visages de scélérats. Il faudra des éternités pour oublier ce que nous sommes ou pouvons être, et cela est facile, il suffit d'une allumette. Cette guerre perdra de sa virulence avec le temps, et c'est déjà le cas. Mais elle sera comme l'un de ces conflits familiaux qui se perpétuent au fil des générations : tu te retrouves avec les arrière-arrière-petits-enfants d'une branche qui détestent ceux de l'autre branche, sans avoir la moindre idée de l'objet du différend, pour la simple raison qu'on leur a inculqué cette haine dès le berceau, ce qui suffit pour qu'ils se déchirent entre eux, car ils voient dans ces agissements la confirmation de ce qui leur avait été annoncé : « Ah ! Nos aînés nous avaient bien prévenus, vous voyez comme ils avaient raison ! » Et ça continue. Le mal causé par Franco et les siens est littéralement inconcevable pour chacun d'entre nous, ils déclenchèrent cette guerre sans nécessité, avec une violence délibérée, comme une simple tentative d'extermination et, qui plus est, ils y prirent un tel plaisir qu'ils ne voulurent jamais y mettre un terme. De leur côté, bien sûr, ceux qui étaient agressés ripostèrent aussitôt tout aussi violemment. Pis encore, ils attirèrent la malédiction sur ce pays. À la différence d'Hitler, ils n'en étaient pas même conscients, abrutis qu'ils étaient. Ils ne mesurèrent pas les conséquences, car ils s'en moquaient. Et en revanche, oui, en revanche, qui sait combien de temps cela va encore durer…

Muriel s'interrompit, perdu dans ses pensées, laissant à nouveau son regard errer vers les hauteurs et, peut-être, vers le tableau de Casanova frère. On aurait dit que son œil unique contemplait non point les cavaliers du tableau (sans doute une scène de manœuvres, pacifiquement militaires, si l'on peut dire), mais un avenir très lent presque immobile, ponctué d'avancées et de reculs imperceptibles. Tel est précisément l'effet que produisent les chefs-d'œuvre, même s'ils ne bougent pas, même si l'action qu'ils représentent n'avance ni ne régresse.

Je ne sus pas si ce laïus visait à ne pas me répondre et à abandonner le sujet. Dans ce cas, pourquoi l'avait-il lancé, sans rien me demander ? Je réessayai, me jurant que ce serait la dernière fois, du moins pour la matinée. Il ne tarderait pas à partir à son bureau, où il passait un bon moment jusqu'à l'heure du déjeuner ; au début, il ne m'emmenait pas mais, par la suite, je l'accompagnais à l'occasion. Il lui arrivait de déjeuner à l'extérieur avec des connaissances et de ne pas rentrer avant le milieu de l'après-midi. Il lui arrivait aussi de ne pas réapparaître de la journée et de revenir le soir, quand son épouse, Beatriz, était déjà couchée. Pour peu que cela survienne plusieurs jours de suite, ils ne se voyaient alors qu'au petit déjeuner. Encore fallait-il, bien sûr, qu'il ne fût pas en voyage ou en train de tourner.

— Mais alors, cette histoire au sujet de votre ami, elle a un rapport avec la Guerre ou non ? Vous ne m'avez pas répondu, Eduardo ? Je ne sais toujours pas si ce que vous m'avez dit signifie oui ou non. Quoi qu'il en soit, si vous n'êtes pas plus explicite, je ne serai toujours pas en mesure de vous aider.

Il sourit de son sourire lumineux, il sourit aussi de son œil qu'il posa à nouveau sur moi avec bienveillance et estime, cette estime moqueuse avec laquelle nombre d'adultes regardent les enfants ou s'adressent à eux.

— J'allais le faire, comme tu es pressé, impatient ! J'y viens. Non, il ne s'agit d'aucune de ces choses que tu as énumérées. Pour autant que je sache, il n'a tué personne, il n'a pas participé à ces *paseos*, il n'a envoyé personne à la mort, entre autres raisons parce qu'il n'en avait pas vraiment l'âge entre 1936 et 1939, à moins d'avoir été un prodige de malfaisance précoce, et il y en a eu. Il n'est guère plus âgé que moi. Il n'a pas non plus trahi, ni dénoncé personne. Il est même connu pour n'avoir, semble-t-il, ni trahi ni dénoncé personne. Bien sûr, il a toujours eu la réputation de s'être très bien conduit durant l'après-guerre, d'avoir tendu la main à ceux qui en avaient le plus besoin, pour raisons politiques, j'entends. Un homme irréprochable en ce sens. En ce sens, du moins. Telle a été sa réputation.

L'expression « en ce sens, du moins » me frappa, comme si, en d'autres domaines, son ami n'avait pas été si irréprochable, ce qui, tout bien réfléchi, n'avait rien d'extraordinaire ; compte tenu des aléas de la vie, on ne peut pas toujours être à la hauteur. Le plus étrange ne m'échappa point, ce que j'avais le plus mal compris, mais je ne le laissai pas quitte pour autant :

— Eh bien, dans ce cas, je ne sais pas. Je ne comprends pas comment le problème peut être lié au fait que votre ami n'a trahi ni dénoncé personne, c'est bien ce que vous avez dit, n'est-ce pas ? Et ça serait plutôt une bonne chose, non ? Et si ce que l'on vous a rapporté n'implique pas de crimes et ne vous affecte pas directement car il ne s'agit pas d'une trahison à votre égard, eh bien vous me raconterez ça un jour si vous voulez, mais j'ai du mal à imaginer à quoi diable vous faites allusion quand vous parlez de « quelque chose comme ça ». Quelque chose que vous ne pouvez pas écarter comme de simples ragots et que vous ne confieriez « ni à un ami, ni à un ennemi, ni à une maîtresse, ni à un inconnu, ni à un juge, ni même à votre épouse ou à vos enfants ». Je ne fais que répéter ce que vous venez de me dire. N'allez pas croire que je ne prête pas attention à ce que vous me dites. Vous voyez bien que si.

Il passa la main sur ses joues et son menton comme pour s'assurer qu'il s'était rasé d'assez près. Après quoi, il frotta avec l'index son grand nez bien droit rappelant celui d'un acteur de télévision de mon enfance, Richard Boone, qui lui-même arborait une fine moustache ; peut-être la ressemblance était-elle plus flagrante avec cet acteur qu'avec aucun des précédents. Il tambourina ensuite du bout des ongles sur sa coque, il allait, à coup sûr, prendre une décision, sans doute en ce qui me concernait moi, et non pas la question.

— Regarde, dit-il. Je suis désolé de t'avoir mis en vain la puce à l'oreille, mais à présent il va falloir que tu tiennes le coup. Je ne sais toujours pas comment m'y prendre avec cette histoire, j'avoue qu'elle m'a bousculé. À tel point que je n'ose pas la divulguer. Je ne pense pas que je doive, du moins pas encore. Et si j'en faisais part à quelqu'un, à qui que ce soit, fût-ce à toi, je l'ébruiterais et ensuite, plus moyen de rattraper ni de freiner ce que l'on a semé à tout vent. Peut-être que par la suite, selon ce que je déciderai (et cela ne tardera pas, ne t'inquiète pas, dans un sens ou dans un autre), je devrai te confier une mission et j'aurai besoin de ton aide comme simple pion ; ou même plus que cela : comme fou, voire comme cavalier, sais-tu que le cavalier est la pièce la plus imprévisible du jeu d'échecs, capable de sauter par-dessus les obstacles de huit façons différentes ? Je dois aussi te demander d'oublier cette conversation, de faire comme si nous ne l'avions jamais eue. Je ne veux pas toutefois te laisser totalement dans le brouillard et, en outre, étant donné qu'il est possible que tu tombes un jour ou l'autre sur cet ami, ce ne sera pas une mauvaise idée que tu l'aperçoives afin que tu saches de qui il s'agit et que tu voies quel effet il produit sur toi, on finit par ne plus rien remarquer de significatif chez ceux que l'on connaît depuis des éternités. Il s'appelle Jorge Van Vechten et il est médecin. Le docteur Van Vechten.

Je ne pus m'empêcher de l'interrompre, ne pas comprendre un mot ou un nom provoque un déclic qui nous fait sursauter. À présent, je sais très bien comment ça s'écrit, mais au début, quand j'entendis ce nom (Muriel le prononça « Van Vekten » comme Van Vechten lui-même et tous ceux qui le connaissaient, même si, par la suite, on m'a dit qu'en Hollande et en Flandre on l'appellerait « Fan Fejten » ou quelque chose de ce genre), je ne parvins pas à le saisir ni à me le figurer par écrit.

— Van quoi ? Il est hollandais ?

— Non, il est aussi espagnol que toi et moi.

Et il m'épela la partie la plus mystérieuse du nom.

— Mais il est, bien sûr, de lointaine origine flamande, comme le peintre Carlos de Haes, tu sais, ou l'autre peintre, Van Loo, je me demande d'ailleurs si ce dernier n'était pas français mais, en tout cas, d'ascendance hollandaise, ou Antonio Moro qui, en fait, s'appelait Mor, ils passèrent tous par ici ou y séjournèrent, ou encore comme Juan Van Halen, officier de la marine de guerre, et peut-être le marquis de Morbecque. Tu as entendu parler du marquis de Morbecque ? Il possède une collection de *Don Quichotte* à vous couper le souffle, le professeur Rico la lui envie. Il y a eu pas mal d'Espagnols d'origine hollandaise ou flamande. Si mes souvenirs sont bons, sa famille, les Van Vechten, venait d'Arévalo, dans la province d'Ávila, il m'a expliqué ça un jour. Il y a là-bas, semble-t-il, beaucoup de blonds aux yeux bleus, car c'est un de ces coins de Castille et d'Andalousie qui se repeuplèrent avec des Flamands, des Allemands et des Suisses, je ne sais plus si c'était sous le règne de Philippe IV ou sous celui de Charles III, ou peut-être même des deux ? Bon, quelle importance ? Aujourd'hui, il est aussi espagnol que Lorca. Ou Manolete. Ou Lola Flores. Ou le professeur Rico lui-même, bon sang !

Il sourit. Il se mit à rire, de lui-même plutôt que de moi. Moi, je ne connaissais le professeur Rico que de nom. Il se tut, puis me demanda :

— Alors, je peux compter sur ton aide si nécessaire ? Comme taupe, si j'ose dire ? À moins que tu ne préfères te limiter à tes strictes obligations ? D'ailleurs, nous ne les avons jamais précisées, elles ne sauraient donc être bien strictes.

Ayant achevé mes études depuis peu, cela m'arrangeait de recevoir chaque mois l'argent que me payait Muriel, j'avais eu de la chance, de trouver aussi vite, par l'intermédiaire de mes parents, un travail, si peu ordinaire et si temporaire fût-il. La plupart des jeunes d'alors — aujourd'hui, il n'en est plus ainsi — souscrivaient à cet adage, cher à mon père : « Il n'y a pas de mauvais travail, tant qu'on n'en a pas un meilleur. » Ajoutons à cela que, dès le début, Eduardo Muriel était devenu pour moi une de ces personnes que l'on admire sans réserve ou presque, dont on apprécie la compagnie toujours instructive et que l'on veut satisfaire. Ou mieux encore, l'une de celles dont on meurt d'envie d'avoir l'estime et l'approbation. Comme celles d'un bon professeur quand on est au collège ou à l'université (enfin, dans ma fac, ils furent tous plus horribles les uns que les autres, à une exception près), ou celles d'un maître quand on est élève ou encore celles d'un savant si l'on est un ignorant qui prétend ne pas l'être tant que ça pour la bonne raison qu'il côtoie le savoir. À l'époque, j'aurais fait à peu près tout ce qu'il m'aurait demandé, j'étais à son service et qui plus est, de plein gré, le loyal serviteur en voie de devenir un de ses fidèles. Lui n'avait même pas l'habitude de donner des ordres, sauf en ce qui concernait les questions de moindre importance ou d'ordre pratique. Dès que quelque chose sortait de l'ordinaire, comme en cette occasion, il se renseignait, posait des questions, avec délicatesse, sans s'imposer. Il était, bien sûr, persuasif : après m'avoir soumis à un véritable suspense, après avoir éveillé et titillé ma curiosité (il devait se rendre compte que tout ce qui se rapportait à lui m'intéressait, comme c'est le cas de l'admirateur qui vous est proche), il devait sans doute savoir que j'irais où il m'enverrait, que je mènerais à bien la mission dont il m'avait chargé, que je me lierais d'amitié avec l'être le plus antipathique ou le plus vil qui fût.

— Je suis à votre disposition, Don Eduardo, Eduardo, dans la mesure où je puis vous être d'une quelconque utilité. À vous de me dire quand et comment. J'attendrai des précisions de votre part. Si je croise le docteur Van Vechten, voulez-vous que je vous fasse part de mes impressions ?

— Non. Si tu le croises et c'est fort possible, c'est moi qui te poserai des questions. Ne me harcèle pas de ton propre chef, compris ?

Il se tut à nouveau. Je crus qu'il allait mettre un terme à notre conversation et qu'il reporterait à une autre fois ce qu'il avait prévu de me dicter, qu'il allait se lever, enfiler une veste et se rendre à son bureau où, en général, il était seul, du moins le pensais-je, ou tout au plus en compagnie d'une espèce de standardiste, comptable, représentante et gouvernante, une femme qui n'y venait pas tous les jours, mais quand l'envie l'en prenait ou si Muriel lui avait expressément demandé de venir. Mais il ajouta quelque chose :

— Écoute, Juan. Tout à l'heure tu m'as cité et tu t'es flatté de ta bonne mémoire, tu as dit : « à un ami, à un ennemi, à une maîtresse, à un inconnu… ». Je suis sûr de ne pas avoir mentionné une maîtresse, d'où as-tu sorti ça ? Qu'est-ce qui t'a fait croire que mon ami pouvait avoir une maîtresse ? Il est exact que j'ai mentionné une épouse et des enfants, ça c'est vrai.

— Ah ! Je ne sais pas, Don Eduardo, voyez là une façon de parler. Je n'ai pas même compris que vous faisiez là précisément référence à votre ami, mais plutôt à quelqu'un qui avait quelque chose de peu honorable à cacher. Disons que tout le monde a une maîtresse, pas vrai ? De façon épisodique, au moins, n'est-ce pas ? Vu qu'il n'y a toujours pas de divorce… Jusqu'à ce qu'il soit approuvé, vous m'en direz tant… Et enfin en attendant… Une maîtresse, c'est quelqu'un de proche, à qui l'on veut aussi faire bonne impression et à qui, de ce fait, on veut cacher tout ce qui nous montrerait sous un mauvais jour. Allons, pardonnez-moi cette infidélité en vous citant, pardonnez-moi aussi ma présomption.

Il sourit, d'un sourire ironique ou amusé.

— Ah oui ? Tout le monde a une maîtresse ? Il me semble que tu as moins vécu que tu n'as lu de romans ou regardé de films. Qu'est-ce que tu peux bien en savoir, toi ? Mais qu'importe, cela avait juste retenu mon attention, c'est tout.

Une seconde plus tard, il avait retrouvé son sérieux ou sa préoccupation ou son angoisse ou son chagrin, voire un peu de colère rentrée, rentrée peut-être jusqu'à nouvel ordre. Et il ajouta :

— Tu verras, et c'est tout ce que je te dirai aujourd'hui au sujet de cette affaire aussi pénible que méprisable à laquelle j'aurais mieux fait de ne pas prêter l'oreille : ce qui m'est parvenu concernant mon ami Van Vechten n'a rien à voir avec des morts, comme je te l'ai dit, il n'a en tout cas pas de morts réelles, effectives, ni à son passif ni à son actif, je ne vois pas ce que cela vient faire ici. Ce n'est pas si sérieux mais, dans un sens, c'est plus décevant, plus décourageant, plus banal, plus méprisable. Plus incongru.

Il avait cherché un autre adjectif, plus définitif, plus global, mais il n'avait trouvé que celui-là, sans le vouloir ou presque. Lui-même parut surpris de son choix. Il secoua la tête, comme si ses pensées le terrifiaient.

— Les avantages et les faveurs obtenus ne hanteront pas sa mémoire, ne tarabusteront pas sa conscience, ne le terniront pas, car il n'a rien fait d'irrémédiable, tout peut être blanchi et donner l'impression qu'il ne s'est rien passé. Il n'aura donc aucunement à s'inquiéter à ce sujet, s'il en fut ainsi. Ce qui m'empêche d'enterrer cette affaire une fois pour toutes, de refuser d'y croire ou même d'y prêter l'oreille, c'est que, d'après cette source, le docteur se serait conduit de manière indécente avec une femme, et peut-être même plusieurs. Appelle-moi vieux jeu ou comme tu voudras mais, pour moi, c'est impardonnable, c'est ce qu'il y a de pire.

Après une courte pause, il se leva, me fixa de son œil marine comme si j'étais transparent ou comme si, au premier regard, il n'avait fait de moi qu'une bouchée avant de se mettre en quête de quelque chose qui résistât davantage à sa vision ténébreuse ; il me fixa de son œil bleu si courroucé que sur le moment il me fit peur, non que je me sentisse menacé, mais plutôt à cause de cette noirceur sans une once de pitié ; il braqua sur moi le bec de sa pipe comme si j'étais, moi, Van Vechten et sa pipe, elle, un doigt accusateur ou un couteau avec lequel on tranche un fruit et qui ne servira pas à autre chose.

— Tu comprends ? On ne saurait tomber plus bas.

# II

Ces déclarations m'ahurirent. Non qu'elles ne fussent en accord avec les traits dominants du caractère que j'attribuais à Muriel et qui m'avait fasciné dès le début, après un petit examen avant de m'engager, plus proche d'un entretien avec quelques questions, histoire de voir si je lui plaisais. Dans ses discussions, dans ses conversations, dans sa manière de se comporter avec la plupart des gens, il me semblait l'un des hommes les plus droits, les plus aimables et les plus équitables que j'aie jamais rencontrés alors et même jusqu'à ce jour. Il y avait également chez lui certaine ingénuité — pour ne pas dire certaine innocence — surprenante chez un quinquagénaire qui a beaucoup roulé sa bosse et qui n'a jamais été du genre à pantoufler, qui a réalisé d'excellents films et a dû aussi ravaler sa fierté sans dramatiser — disons qu'il s'est résigné — et participer à d'autres films vraiment nuls, à l'en croire, du moins. (« Jusqu'où l'on peut tomber ! Il faut y être préparé, Juan », me dit-il un jour) ; de la part de quelqu'un qui a eu affaire à des producteurs — des bandits au premier ou au second degré — et à des acteurs ou actrices de cinéma — puérils et malveillants, ou, ce qui revient au même, sans indulgence et sans cœur, pour la plupart ou presque, à l'en croire ; de la part de quelqu'un qui passait des éternités plongé dans le monde pragmatique de la publicité pour en tirer une manne abondante et rapide qui lui permît ne pas trop écorner la vieille fortune familiale, et qui consacrait une bonne partie de son temps à chercher des financements exotiques pour les projets qui l'intéressaient réellement et, de ce fait, à fréquenter de grossiers individus, bourrus et sournois, dans le meilleur des cas, qui vivaient là où se traitent les affaires — autrement dit, dans le seul monde universel et réel —, avec lesquels il n'avait que peu ou rien à voir : souvent l'envie le prenait de déjeuner ou de dîner ou de sortir en boîte ou d'aller boire un verre avec des promoteurs immobiliers plutôt frustes et des secrétaires d'État carrément ignares, avec des présidents de club de foot forts en gueule, des directeurs d'usines de produits laitiers aussi insignifiants qu'insipides, des cordonniers d'Elda, véritables vibrions, des fabricants de conserves de thon ou de moules de Villegarcía de Arousa ou encore des spécialistes du jambon de Salamanque — la seule idée d'un film, plus que le film lui-même, fait perdre la tête à la plupart des gens, y compris à des éleveurs de taureaux de combat, bref, à tous ceux qu'il essayait de persuader d'investir, en fait, d'embobeliner, un genre de tâche pour laquelle il reconnaissait lui-même ne pas être très doué, même s'il avait quelque peu appris au fil des ans. Il lui arrivait aussi d'accueillir des étrangers de passage à Madrid, dont l'intention de s'introduire par-ci par-là dans l'industrie cinématographique et d'apporter des fonds pour financer un film lui avait été soufflée par quelqu'un de la profession : depuis les vieux renards ou les chacals du métier en semi-retraite, avec un tas de coproductions derrière eux et chez lesquels le virus tournait à l'obsession, jusqu'aux sponsors presque fascistes de la Formule 1 ; depuis des patrons allemands de l'industrie du tabac au sens artistique, jusqu'à des constructeurs italiens véreux (si l'apposition de ces trois termes n'est pas un double pléonasme) ; depuis des fabricants de whisky écossais qui ne savaient que faire de leurs plus-values et désiraient faire plaisir à une épouse mythomane qui espérait bien engager Sean Connery ou dîner avec lui à la fin de ce parcours compliqué, jusqu'au représentant du conseiller du secrétaire de quelque cheik arabe arrogant en route pour Marbella, si tant est que ces trois termes ne soient pas pléonastiques.

La plupart du temps, il rentrait de ces soirées et de ces rendez-vous épuisé, échaudé, les mains à peu près vides. « Il faut parler à quinze personnes pour que l'une d'elles te tende un chèque ou te fasse une promesse, sinon qui l'engage, du moins à moitié crédible, se lamentait-il. Après quoi, il faut s'assurer que les chèques puissent être honorés ou que l'on se souvienne des promesses. Estime-toi heureux s'il en est ainsi et s'ils te donnent des excuses boiteuses, dis-toi qu'en principe il ne faut pas s'attendre à ce que ce genre de promesses se réalise. » Certains jours, il revenait si humilié et si frustré que c'en était risible ; une fois humiliations et frustrations digérées, il voyait le côté cocasse de la situation. Doté du sens de la parodie, il savait encaisser les coups. Pour faire bonne impression — j'ai déjà dit qu'il était naïf sur les bords : pour éblouir — il avait voulu jouer les intellos et y aller d'une petite pédanterie historique sur la Seconde Guerre mondiale devant la propriétaire raffinée et perspicace d'une chaîne de *prêt-à-porter* qui avait accepté de le recevoir dans son bureau, mais, avant qu'il n'achève son premier paragraphe (amplement truffé d'incises), la femme l'avait interrompu avec un sourire bienveillant, mais bref : « Tout cela est hors de propos et mon temps n'est pas comme ce bout de chewing-gum. » Muriel avait été désarçonné, lui qui était déjà béat d'admiration devant cette femme attirante, élégante et instruite, vêtue avec le chic auquel on était en droit de s'attendre, car il n'y avait pas trace de chewing-gum, fût-ce un petit paquet sur la table ou la plus discrète odeur de menthe ou de fraise. À vrai dire, ce bureau était si agréablement et si fortement parfumé qu'aucune autre odeur n'aurait survécu, de fait, dès le premier instant, Muriel eut l'impression de flotter indolemment, comme s'il était ivre et même drogué. « Quel chewing-gum ? Que voulez-vous dire ? » lui avait-il demandé avec une sincérité mêlée de curiosité. « Celui-ci, vous savez, n'importe lequel. Un chewing-gum, quoi », et là-dessus, elle en avait sorti un de sa bouche entre son pouce et son index — mon patron ne s'était pas aperçu qu'elle le mastiquait, distinguée et cultivée comme elle était, sans doute l'avait-elle gardé tout ce temps plaqué contre son palais ou une gencive — et elle l'avait étiré sur des kilomètres telle une langue qui n'en finirait pas ; Muriel crut qu'elle allait le lui coller sur le nez, tant elle l'en approcha, il eut un mouvement de recul, en dépit du côté vulgaire et sensuel du geste qui, tout compte fait, était loin de lui déplaire, *a posteriori*, pour peu qu'il y repensât, j'oserais même dire que cela le titilla et qu'il regretta de s'être détourné plutôt que de s'être laissé unir à elle par la gomme rose ou, ce qui revient presque au même, par sa salive. « Vous voyez jusqu'où on peut l'étirer ? » ajouta la propriétaire de la chaîne de prêt-à-porter, la dénommée Cecilia Alemany qui avait amassé une fortune en quelques années, elle ne devait pas avoir trente-cinq ans. « Eh bien, voyez-vous, avec mon temps ce n'est pas la même chose. Par conséquent, allez-y, mon brave, allez droit au but et soyez bref. » Et un seul coup de langue avait suffi à rappeler avec une agile et étonnante célérité la substance aussi interminablement longue que flexible, nul doute qu'elle était experte en bulles et que cela devait valoir la peine de les voir, bref, c'était une artiste. Muriel avouait que la menace du chewing-gum l'avait laissé balbutiant et perturbé, qu'il en avait perdu le fil de ses pensées et que le reste de son exposé (sans plus le fleurir de subordonnées) avait été une suite d'incohérences, un coup d'épée dans l'eau. En revanche, son admiration pour Cecilia Alemany n'avait fait que croître ; à présent, il voyait en elle un génie des affaires qui ne supportait pas les balivernes, ne tolérait pas les baratineurs et, qui plus est, une demi-déesse, tout en sachant qu'il ne pourrait jamais lui soutirer un centime pour aucun projet, qu'il coûtât trois sous ou une fortune, et que, devant elle, il avait ni plus ni moins fait figure de parasite. Ce qui l'avait le plus humilié — et malgré tout fasciné — était moins qu'elle eût tué dans l'œuf son préambule intellectuel et érudit, mais plutôt qu'elle l'eût appelé « mon brave », comme s'il eût été l'un de ces paysans que l'on croise sur un chemin à la campagne. Chaque fois qu'elle apparaissait à la télévision ou dans un journal, il la contemplait ébloui, un sourire s'esquissait sur son visage, il l'écoutait jusqu'au bout ou lisait l'article, puis murmurait : « Cecilia Alemany, quelle femme ! Ah ! Si j'avais droit à son estime et non à son profond mépris ! De toute évidence, aucun être humain ou presque ne saurait la mériter, moi y compris : j'ai eu une chance incroyable, et dire que je l'ai ratée, comme un tâcheron, comme un imbécile ! »

Muriel était, en général, de bonne humeur quand il ne traversait pas l'une de ses phases ombreuses, auxquelles nul n'échappe, ou même mélancoliques ou misanthropiques, comme je l'ai déjà dit. Il avait l'habitude de recevoir discrètement (seul, mais j'entrais et sortais, je restais dans les parages, sur le qui-vive) tous ceux qui venaient le trouver avec une requête ou un problème, et ils étaient nombreux en ces années d'incertitude ; il les écoutait, les demandes extravagantes l'amusaient et il s'intéressait à toutes, même à celles dont on aurait pu croire qu'elles étaient sûres de l'ennuyer ; il éprouvait, je suppose, de la curiosité pour les histoires, si réalistes parussent-elles. Je le vis prêter ou donner des sommes modiques ou conséquentes à des amis dans l'embarras, à des techniciens ou des acteurs qui avaient travaillé à l'un de ses films et traversaient des temps difficiles — y compris à l'une ou l'autre de leurs veuves qu'il n'avait jamais rencontrée ; mais le problème, c'est que le monde produit des veuves à un rythme trop soutenu et qu'il n'y a jamais assez d'argent. Il faisait ça presque en cachette (au moment de prendre congé, et de leur tendre la main, il leur glissait un chèque ou des billets ou, le lendemain, leur faisait un virement), mais souvent son geste ne m'échappa pas. Les prêts, il les tenait pour perdus. Un soir où nous prenions tous deux seuls un verre chez Chicote, il me dit : « Il ne faut pas prêter plus d'argent que tu ne serais disposé à en donner à celui qui vient te taper. Voilà pourquoi il convient de bien mesurer les quantités et d'évaluer combien tu tiens à chacun ou à quel point il te fait pitié, pour ne pas lui en vouloir par la suite. Si on te le rend, tout est pour le mieux dans le meilleur des mondes, et sinon, après tout, tu t'y attendais. »

Je suis convaincu que sa pudeur et son tact l'incitaient à dissimuler qu'il était au fond extrêmement bon (il ne faut pas en faire étalage, contrairement à ce que préconise l'époque dans laquelle nous vivons), pour ne pas dire très sentimental, ce qu'il croyait enfouir au plus profond de lui-même, dont il avait sans doute honte et s'efforçait de s'affranchir en se montrant parfois abrupt ou sarcastique, s'y employant avec une habileté et un talent indéniables, mais peu convaincants, comme s'il prenait conscience de ce que l'on attendait de lui et devait activer un ressort pour y répondre. Comme s'il décidait d'agir, après une pause quasi imperceptible, comme si l'on retrouvait toujours au fond de lui certaine détermination, si minime fût-elle — un peu de comédie, un peu de mise en scène — dans ses excès et ses outrecuidances. Sans doute la seule personne en présence de laquelle cette transition ne se produisait pas — la plupart du temps, du moins —, la seule personne qui devait supporter ses accès de mauvaise humeur, de malveillance — de froideur —, c'était sa pauvre épouse, Beatriz Noguera, ou en tout cas ainsi la percevais-je, une pauvre femme malheureuse, amoureuse, en souffrance. Pauvre infortunée, pauvre misérable.

Voici pourquoi ces affirmations me laissèrent pantois : « Pour moi, c'est impardonnable, c'est ce qu'il y a de pire. Tu comprends ? On ne saurait tomber plus bas. » Là-dessus, il avait clos la conversation — sa complainte — en tout cas pour la journée. Ce qui avait provoqué de sa part des déclarations aussi négatives et radicales et l'empêchait de laisser tomber l'inquiétante nouvelle concernant Van Vechten, c'était que ce dernier « se serait conduit de manière indécente avec une femme et peut-être même plusieurs ». Compte tenu de ses idées, de ses habitudes et de certains de ses films — surtout ceux qu'il avait tournés en deux versions à l'époque de la censure, une version réservée au marché intérieur et l'autre au marché extérieur ou à l'étranger — il me semblait impossible qu'il eût employé l'adjectif « indécent » au sens sexuel, visant ainsi à condamner ou réprouver toute activité de ce genre dans une perspective moraliste ou religieuse (ce dernier point étant inconcevable). En dépit de l'ambiguïté intrinsèque du terme, en l'entendant il l'avait pris sans hésiter comme synonyme d'« infâme », de « canaille » ou de « vil », en quelque sorte de « peccamineux » ou d'« obscène ». Et il s'avérait paradoxal, voire choquant d'entendre un jugement aussi péremptoire — et j'avais remarqué la façon dont il insistait au cas où la victime serait une femme, et même plus d'une — dans la bouche de quelqu'un qui pouvait être charmant avec quiconque ne lui paraissait pas d'emblée un prétentieux ou un imbécile, à l'exception, précisément, d'une femme, la sienne, Beatriz Noguera, celle dont il avait été le plus proche durant la majeure partie de sa vie, même s'il passait beaucoup de temps en tournages et repérages, sans oublier d'occasionnelles expéditions pour récolter des fonds, sans oublier ses visites à des acteurs et actrices qu'il devait courtiser pour qu'ils acceptent de jouer dans ses films, même si, à une époque, c'étaient eux qui lui ciraient les pompes dans l'espoir de participer à ses projets, du moins à ses projets espagnols quels qu'ils fussent à l'échelon européen et jusqu'à certains films non conformistes américains, artistiques (la signature européenne étant alors garantie artistique). Cela avait duré cinq ou six ans, car le temps où un cinéaste est à la mode peut être très court, souvent éphémère, une brise qui ne revient presque jamais.

Le temps que je fasse plus ample connaissance avec le couple, Muriel s'absentait moins, il ne travaillait plus autant qu'à d'autres époques de sa vie. Il n'avait rien perdu de son prestige et le fait d'avoir tourné deux longs métrages aux États-Unis, financés avec des fonds américains et mettant à l'affiche des vedettes assez connues, lui conféra une aura quasi mythique dans un pays aussi jobard que le nôtre. Il en tirait parti dans la mesure du possible — tout autant que de sa silhouette insaisissable, ou de son mystère relatif —, mais il ne se faisait pas d'illusions. « Je suis un peu, disait-il, comme Sarita Montiel qui profita au maximum de ses trois ou quatre apparitions hollywoodiennes, dont l'une avec Gary Cooper et Burt Lancaster. Pour les autres, elle eut moins de chance : Rod Steiger, avec son Oscar et tout et tout, ne lui a pas servi à grand-chose, car il était antipathique, cabotin et peu apprécié ; quant à ce pauvre Mario Lanza, il ne lui a servi à rien, car il est mort aussitôt après et plus personne ne se souvient de lui aujourd'hui, on n'entend même plus sa voix, pourtant célèbre. Je suis donc tributaire, en grande partie, et comme n'importe qui, non seulement de ce que je vais faire à l'avenir, mais aussi des carrières futures, lointaines, étrangères à la mienne, de ceux qui ont tourné là-bas avec moi, et plus encore, de ce qu'il adviendra d'eux dans la mémoire volage du public. Que ce soit dans ce monde qui est le mien ou partout ailleurs, on ne sait jamais de qui l'on se souviendra, non pas d'ici dix ans ou même cinq ans, mais après-demain ou même demain. Pas plus que l'on ne sait qui ne laissera pas la moindre trace, si fulgurante sa carrière soit-elle aujourd'hui, comme on dit à la télévision ou dans les magazines. On pourra se demander, d'ici quelques années, si une vedette, qui est à son zénith à présent, a jamais foulé cette terre. Quant à ceux qui auront été détestés, ils tomberont assurément dans l'oubli, à moins qu'ils n'aient fait tellement de mal que les gens se complaisent à les haïr rétrospectivement, même une fois qu'ils ne sont plus en activité ou qu'ils sont morts. »

Avec Beatriz Noguera, il pouvait être hargneux et venimeux, pour ne pas dire cruel et odieux, en paroles, j'entends. Jusqu'à devenir détestable. J'avais vu des couples se faire souvent du mal, parfois comme malgré eux, sans acharnement, incapables d'y remédier, qui n'en a pas connu ? Des êtres qui s'entêtent à rester ensemble par simple habitude, parce que l'un fait partie de l'existence de l'autre, comme l'air qu'ils respirent ou, au moins, comme la ville où ils vivent, et qu'il ne leur viendrait jamais à l'esprit de quitter, si invivable leur fût-elle devenue. Chaque conjoint a la même valeur que la vue qu'ils ont depuis leur salon ou leur chambre à coucher, il est là et il n'est plus ni bon ni mauvais, ni abominable ni plaisant, ni déprimant ni stimulant, ni bénéfique ni préjudiciable. Il est, un point c'est tout — il est l'emballage, la pâleur du quotidien, l'environnement —, on ne le remet pas en question, on n'envisage pas la possibilité de se passer ni de son souffle ni de son murmure permanent et proche, pas plus que celle de le faire changer ou d'améliorer notre relation avec lui. On le considère comme faisant partie du paysage, comme un vague quelque chose avec lequel on vit le plus naturellement du monde, sans que jamais ne s'interpose un acte volitif pour continuer en sa compagnie ni que nous vienne l'idée d'en rester là, de faire marche arrière ou de supprimer ça, comme si de rien n'était et que nous nous trouvions là par chance, tout comme nous aurions aussi bien pu naître dans tel ou tel pays ou au sein de telle ou telle famille, ou avoir tels parents ou tels frères et sœurs. Entre ces êtres, on finit par oublier qu'un jour il y a eu un choix — du moins partiel ou apparent, souvent teinté de conformisme — et que la présence de l'autre pourrait finir sans trop de problèmes, sauf, bien sûr, si l'on opte pour la manière violente et alors les complications seront infinies ou inexistantes, selon l'habileté avec laquelle on éliminera l'obstacle, à moins que cela ne se limite au décor dont on se lasse. Faute de quoi des complications peuvent surgir, mais sans être excessives, surtout s'il existe une loi sur le divorce, comme c'est le cas en Espagne depuis plus de trente ans. On ne saurait malgré tout éviter quelques scènes mélodramatiques.

Ce n'était pas le cas d'Eduardo Muriel et de Beatriz Noguera, il ne s'agissait pas de simples velléités agressives en latence, pour oser une petite pédanterie. Il y avait chez lui un antagonisme aussi profondément enraciné que vibrant, éperdu, qui n'avait rien de routinier, ainsi qu'une sorte de besoin de châtier, fréquent mais pas constant, si curieux que cela puisse sembler. Comme s'il s'efforçait de garder à l'esprit (une fois le déclic de la froideur activé) qu'il devait se montrer irrespectueux, la rejeter, la mépriser, lui faire sentir quelle calamité c'était pour lui d'être condamné à la supporter, la maltraiter, y compris l'injurier, à coup sûr lui saper le moral, susciter chez elle un sentiment d'insécurité, certaine consternation relative à sa personnalité, à ses occupations ou à son physique, et sans doute y parvenait-il ; à vrai dire, c'est à la portée du premier imbécile venu, rien n'est plus facile que de détruire et de faire mal, pas besoin d'être très perspicace, ni très malin, ni même intelligent : un crétin peut toujours triompher d'un génie, et qui plus est, Muriel était de ces derniers. Laissons là les mauvais penchants, la mauvaise foi, les mauvaises intentions, apanage des plus rustres et des plus bornés. J'avais parfois l'impression qu'à un moment ou à un autre de sa vie conjugale Muriel avait décidé d'initier une vengeance qui jamais ne s'éteindrait ni ne serait satisfaite et je m'interrogeais sur les éventuelles motivations, sur la faute impardonnable que Beatriz Noguera avait pu commettre. Non que j'en fusse convaincu. Je savais déjà que les individus les plus féroces misent beaucoup sur la perplexité d'autrui, persuadés que leurs attaques sembleront tellement disproportionnées que plus d'un, au lieu de les juger avec sévérité et d'essayer de les calmer pour qu'ils laissent tomber, se contentera de hausser les épaules et de se demander quel crime horrible a pu commettre l'objet de leur fureur, avant de conclure, aveuglément, que : « Ça a dû être vraiment horrible, sinon comment expliquer une telle haine ? Quel que soit le méfait, il justifie un tel comportement. » Et ce monstre de cruauté s'arrange pour que rien ne filtre, pour que l'on ne s'aperçoive pas que c'est précisément ce « quel que soit le méfait », le mystérieux alibi qu'on lui prête et qui, dans une certaine mesure, le protège et, incongrûment, lui sauve la face.

Je m'affolais donc de ce que je voyais et entendais car cela m'incitait à croire qu'en l'absence de témoins, l'exaspération croîtrait, les phrases blessantes monteraient d'un ton et, qui sait, les gros mots que Muriel retenait en ma présence et en celle de ses amis déferleraient. J'étais sûr que cela n'allait jamais plus loin que des mots, que jamais il n'avait levé la main sur elle (il était moins à craindre qu'elle ne le gifle un jour, et ce n'était sûrement pas l'envie qui lui en manquait) et j'étais sûr et certain qu'il ne le ferait jamais. Tel était aussi mon souhait et, de ce fait, ma conviction n'était pas absolue, ce qui ne contribuait en aucune façon à me rassurer. Au début, je n'osais demander à Muriel la raison de cette attitude méprisante, antipathique et cinglante — ne m'avait-il pas prévenu qu'il ne me payait pas pour que je lui pose des questions sur ce qui ne me regardait pas, pour la simple raison que je m'étais intéressé à un sujet beaucoup moins délicat que la triste relation qu'il entretenait avec son épouse, à savoir comment son œil s'était tu à tout jamais ? Ajoutons que, dans les premiers temps, il était rare, très rare, que je me retrouve seul en compagnie de Beatriz ; elle me voyait de loin comme un simple prolongement de son mari, ce que j'étais, je présume. Sans doute, à cause de mon jeune âge, me regardait-elle, néanmoins, avec sympathie. Qui plus est, j'étais plein d'égards et prévenant, comme on m'avait appris à l'être envers toutes les femmes (d'entrée de jeu) et, en aucun cas, les mauvaises manières de mon patron à son encontre n'eussent déteint sur moi, cela aussi eût été déplacé. Je m'efforçais, au contraire, de compenser, dans la mesure du possible, sans outrepasser mes attributions, ni me mêler de ce qui ne me concernait pas. J'entends par là que je ne manquais pas de me lever dès que Beatriz entrait dans la pièce, même si Muriel ne faisait jamais de même — à vrai dire, il serait pénible de garder ce genre d'habitude entre conjoints ; je la saluais en inclinant légèrement la tête, comme au siècle passé, je lui souriais, un sourire spontané, qui n'avait rien de forcé, et je lui laissais entendre, par mon obligeance, que si je pouvais lui être d'une quelconque utilité, j'étais à sa disposition. Après tout, elle était l'épouse de mon employeur, un homme que j'admirais, en outre. En cette qualité, elle méritait mon plus grand respect, et l'essentiel pour moi était de le lui témoigner, qu'importent leurs querelles. Il va sans dire que Muriel m'aurait réprimandé s'il avait remarqué la moindre négligence dans mon attitude envers son épouse. Je dois reconnaître qu'il y avait aussi des moments au cours desquels il s'adressait à elle ou l'écoutait avec déférence, intérêt et même affection. Comme je l'ai dit, il m'était tout naturel de lui témoigner de la considération. En fait, elle m'était sympathique, elle me fut sympathique dès le premier instant, Beatriz Noguera.

Pas moins que son mari, c'est-à-dire beaucoup ; il est clair que, par ailleurs, sa vie était triturée par la faible roue du monde avec davantage de ménagement que celle de Muriel ou la mienne, et j'imaginais que la contempler devait faire bâiller d'ennui plus que de raison l'indifférente sentinelle de toutes les autres vies. Mais allez savoir... Cette lune portera parfois son attention, comme nous-mêmes, qui écrivons (même s'il ne s'agit que de souvenirs personnels, de journaux intimes ou de lettres qui ne sont pas destinées à être lues, hormis peut-être par un unique destinataire), la portons sur des êtres dont il ne restera plus rien, sur des êtres dont on sait, dès le début, qu'ils ne laisseront aucune trace et dont on ne gardera qu'un vague souvenir le jour où ils disparaîtront (telle la neige qui tombe et fond aussitôt, tel le lézard qui, l'été, grimpe sur le mur de pisé ensoleillé, tel ce qu'a écrit mille ans plus tôt, au tableau noir, avec application, une institutrice qui a pris soin de l'effacer à la fin du cours, à moins que le professeur suivant ne s'en soit chargé). Des êtres au sujet desquels même les proches ne se rappelleront aucune anecdote. Cette sentinelle doit sûrement être lasse de contempler d'un œil mi-clos les batailles et le chaos de ceux dont elle prévoit déjà la perte et la fin, d'entendre leurs vociférations et d'avoir honte face aux bravaches, d'assister aux tragédies, bien méritées mais presque toujours évitables, de la plupart de ces créatures, confiées depuis des temps immémoriaux à sa silencieuse vigilance, aussi impartiale qu'inutile, de la tombée du jour jusqu'au bout de la nuit. Oui, il se pourrait qu'elle porte son attention pour se distraire — afin de tromper son ennui et de fuir celui que lui imposent les foules monotones — sur ces êtres qui semblent marcher sur la pointe des pieds, comme s'ils étaient de passage ou comme si leur temps était compté, consciente que certains qui préfèrent se cacher recèlent des histoires plus étranges ou plus intéressantes, plus honnêtes, plus saines que les braillards et les exhibitionnistes qui couvrent et étourdissent la plus grande partie du globe et l'épuisent de leurs simagrées.

Pendant un certain temps, je me dis que la sentinelle nocturne ne devait rien perdre de ce que Shakespeare appela *a woeful bed*, un « lit de douleur » ou « endeuillé », « inconsolable » : tel celui de la jeune princesse veuve, dont le mari avait été assassiné à Tewkesbury « dans une boutade furieuse » qui profita au coupable. À cette seule différence que Muriel, lui, était en vie et, quand il était à Madrid, cohabitait avec Beatriz. Ce qu'ils ne partageaient pas, c'était la chambre, chacun avait la sienne et je compris vite que celle de Muriel était interdite à sa femme, qu'elle était barricadée de jour comme de nuit.

Il y eut une bonne semaine de travail intense, en raison de la préparation et de la traduction frénétiques d'un scénario écrit dans la précipitation pour le présenter à Towers (j'avais déjà une licence de philologie anglaise). Muriel décida que je coucherais sur place afin de l'aider jusqu'à des heures indues et de ne pas perdre de temps pour me remettre à la tâche dès potron-minet le lendemain. Je passai donc la nuit pour la première fois dans son grand appartement (il y en eut d'autres par la suite), situé au cinquième étage d'un immeuble de la Calle Velázquez, avec vue sur le Retiro depuis le balcon situé sur le côté, un appartement ancien, pas encore morcelé en lots, comme cela a été la règle à Madrid et d'autres villes depuis que les familles aisées ou simplement bourgeoises ne sont plus aussi nombreuses et n'ont plus de domestiques à demeure ; les Muriel avaient toutefois une employée de maison, l'ancienne gouvernante de leurs enfants. L'interminable couloir avait la forme d'un U — même s'il ressemblait plutôt à un J — pour peu que l'on se tienne à la cuisine, là où l'espace semblait prendre fin et où la courbe du J s'achevait. Juste avant se trouvait la chambre de la domestique, efficace intendante, une femme dont on n'aurait su dire si elle était impassible ou ahurie — même si elle adoptait sans doute cet air par discrétion. Depuis sa sémillante jeunesse (étrange de lui appliquer cet adjectif, impossible de l'imaginer ainsi, fût-ce rétrospectivement), il avait toujours été difficile de lui donner un âge ; elle avait été baptisée Flavia, prénom pour le moins insolite vu qu'elle n'était pas romaine. Quoi qu'il en soit, au fond de la cuisine, une porte blanche fermée donnait accès à un prolongement insoupçonné de l'appartement qui, à son tour, après une chambre exiguë et une minuscule salle de bains dotée d'une douche sur une baignoire-sabot (une invention aussi stupide que bizarre dont on comprend mal qu'elle ait pu être à la mode), rejoignait le couloir, depuis un renfoncement qui ne servait à rien, par une petite porte latérale, cintrée et basse, faite, semblait-il, pour des enfants ou des nains, et l'on découvrait ainsi toute la longueur du corridor et, en fin de compte, sa forme en U. On m'alloua à l'époque cette *chambre de bonne* où l'on ne pouvait guère caser plus d'un lit et une chaise — sans doute était-ce celle de la camériste des temps jadis, la chambre de Flavia ayant dû héberger la cuisinière, plus haut placée dans la hiérarchie domestique, selon la tradition ; j'avais ainsi l'impression de loger dans un miniappartement indépendant, à l'écart ou presque du reste de la maison compte tenu que l'on n'y pénétrait que par l'arrière-cuisine. Il était loin d'en être ainsi car, comme je viens de le dire, depuis cette porte pour gnomes en principe inutilisable — elle n'avait ni poignée ni heurtoir à l'extérieur, mais on pouvait l'ouvrir de l'intérieur ; toutefois, depuis le couloir, elle paraissait condamnée, au fond de ce recoin obscur et oublié —, vous vous retrouviez au bout du U et, bien qu'à une distance considérable de l'appartement lui-même et des chambres principales, dans l'espace commun où donnaient la plupart des pièces.

C'est lors de ma deuxième nuit là-bas que je découvris ce renfoncement sans utilité, séparé de mon réduit par une autre porte, toute petite elle aussi — mais pas aussi minuscule —, que je n'avais pas remarquée le premier soir, épuisé que j'étais au moment de me coucher. En revanche, le deuxième soir, stressé sans doute par le rythme frénétique du travail et les faiblesses de ce scénario improvisé, écrit à bride abattue, je me jetai sur le lit sans me déshabiller, incapable de fermer l'œil, prêt à fumer, à lire, à tuer le temps. Je regardai autour de moi sans voir grand-chose et m'aperçus que ce que j'avais pris étourdiment pour une armoire encastrée, laquée de blanc, n'en était pas une. J'ouvris cette première porte et me retrouvai face à une espèce de boyau qui, dans le meilleur des cas, aurait pu servir de débarras, mais était vide et propre et se trouvait juste après la porte où je supposai que le couloir me mènerait. Je l'ouvris à son tour et, ce faisant, découvris son mécanisme de sortie sans entrée et compris que je ne pourrais pas la refermer derrière moi pour peu que je veuille rentrer par le même chemin en évitant la cuisine. C'est en baissant la tête et en me penchant — je n'étais pas encore passé complètement — que j'entrevis au loin une lueur et la silhouette de Beatriz Noguera en chemise de nuit, avançant à petits pas dans le couloir — ou plutôt non, les pas étaient normaux, mais la distance qu'elle arpentait était courte — elle rôdait pour ainsi dire autour de la chambre de son mari. Ma première réaction fut de regagner ma chambre à reculons mais, au lieu de cela, je m'accroupis et restai là à observer. J'eus tôt fait de me rendre compte qu'il était à peu près impossible qu'elle me repère : j'étais recroquevillé, à bonne distance et, qui plus est, dans l'obscurité, ajoutons que personne ne se serait jamais douté que cette porte s'ouvrait, car elle était fermée depuis des éternités. Beatriz ne regarderait pas de mon côté, à la fois parce qu'en ces instants elle ne se souviendrait pas que quelqu'un occupait exceptionnellement cette zone d'exil, mais aussi parce qu'elle semblait avoir ses cinq sens mobilisés par ce qu'elle faisait, à savoir fumer — tenant d'une main la cigarette et de l'autre le paquet et un cendrier — et faire les cent pas à côté de la porte fermée comme on attend quelqu'un qui est en retard à un rendez-vous.

Elle ne portait pas de robe de chambre, juste sa chemise de nuit plutôt courte qui laissait à découvert, jusqu'à mi-cuisse, ses jambes robustes. Je crus d'abord qu'elle était pieds nus, on ne l'entendait pas marcher ou bien ses pas étaient si légers qu'on aurait pu les prendre pour les gémissements de ces vieux parquets, dont on dirait parfois qu'ils se plaignent de tout ce dont ils ont été témoins, mais bien moins que les bateaux de jadis, car ils ne dansent ni ne voyagent. La chemise de nuit était en soie blanche ou écrue et soit elle était transparente, soit la lumière d'une discrète applique dans le couloir la rendait plus que de raison transparente, me permettant de la voir presque nue, ce qui pourrait bien être la façon la plus attirante de contempler la nudité d'un corps séduisant, car cette vision comporte un élément divinatoire, une forme de fraude, de vol. (J'ai dit « plus que de raison » car il s'avéra qu'il y eut un témoin, ce qu'elle n'avait pas prévu, ou du moins un témoin différent de celui pour lequel sa tenue n'aurait, hélas, rien de révélateur ni de nouveau.) Je dois avouer que ce fut la raison principale pour laquelle je restai là à la contempler, j'étais encore à un âge auquel toute capture d'une image interdite est perçue comme un trophée que la rétine conservera mystérieusement pendant des jours, des semaines, des mois, ou même pour toujours. Je garde encore celle de Beatriz Noguera, ce soir-là : je pus entrevoir — ou même voir — que sous cette chemise de nuit il n'y avait rien, fût-ce le plus discret sous-vêtement que souvent les femmes gardent durant leur sommeil, comme une protection superstitieuse, ou par peur de tacher les draps de sécrétions involontaires. Je la vis surtout de dos parce que, de temps en temps, elle interrompait ses promenades et s'arrêtait devant la porte de Muriel, comme si elle eût été tentée de frapper avec la jointure de ses doigts, mais ne se décidait, ni n'osait. Elle devait avoir une vingtaine d'années de plus que moi et je l'avais jusque-là regardée avec un intérêt distant, une pitié croissante et — comment l'exprimer sans équivoque — une vague admiration sexuelle à ce point refoulée et latente qu'en réalité elle était seulement théorique : comme si elle eût appartenu à une autre existence hypothétique, mais bien mienne, à un autre moi qui en aucun cas ne se serait révélé, fût-ce en imagination (la vie réelle exige tellement de nous qu'elle ne nous laisse pas le temps d'en élaborer une autre imaginaire, parallèle). On sait quels regards on ne peut se permettre, on sait aussi lesquels seraient déplacés compte tenu de l'âge, de la situation sociale ou hiérarchique, et il est plus facile d'y renoncer dès le premier instant, de les bannir plutôt que de les réprimer, non, « réprimer » n'est pas le mot qui convient. Ainsi, en présence de la femme d'un frère, d'un supérieur ou d'un ami, adopte-t-on dès le début un regard voilé ou neutre et cela sans effort, comme par prescription, sauf dans de rarissimes cas vraiment provocateurs où la lasciveté une fois éveillée doit être irrépressible, explosive, une véritable tornade. Si, par ailleurs, cette femme est beaucoup plus âgée que vous, la tâche se voit facilitée par votre manque d'habitude : à vingt-trois ans on a coutume de s'intéresser à celles qui en ont, au maximum, dix de plus ou cinq de moins, à quelques exceptions près, et à ne jeter qu'un rapide coup d'œil sur les autres comme s'il s'agissait d'arbres ou de meubles, voire de tableaux. Ainsi, jusqu'à cette nuit-là, avais-je regardé Beatriz Noguera comme un tableau qui attise un désir fragile et éphémère et, en outre, impossible à satisfaire : la femme que l'on observe est sur un autre plan, à jamais silencieuse et immobile, emprisonnée ; elle n'est qu'un geste, qu'une perspective, qu'une expression, même si ses pupilles vous défient ; sa chair est sans texture, sans frisson, immuable, elle n'a pas de volume ou celui qui nous attire est illusoire et, pour peu que le tableau soit ancien, sans doute est-elle morte. On la contemple un moment, on pense brièvement à ce que cela a dû être de partager l'époque et l'univers où elle a vécu, puis on s'éloigne sans regret et on l'oublie.

La vague admiration sexuelle, presque inconsciente, que j'avais ressentie à son égard était de cet ordre. En tant qu'épouse de Muriel, et vu les années qui nous séparaient, je voyais en elle, pour ce qui est de la luxure, quelqu'un dont je ne partageais déjà plus ni l'époque ni l'univers, comme si je vivais dans la dimension réelle et présente et qu'elle se cantonnait dans des représentations passées et inanimées. Et toutes les pensées qui me venaient si tant est qu'il m'en vînt — sans doute ne s'agissait-il pas vraiment de pensées, mais des flashes de l'esprit qui ne correspondaient pas aux mots que je leur prête avec le recul de la maturité — étaient au conditionnel, ce temps des fantasmes : « Si j'étais Muriel, je ne la traiterais pas de la sorte, je prendrais plaisir à répondre à ses caresses occasionnelles qu'il rejette avec une telle vigueur, et je me rapprocherais d'elle », ou : « Jeune, elle a dû être très séduisante, je comprends que Muriel l'ait voulue nuit et jour à ses côtés, j'aurais fait de même. Ne serait-ce que pour la sensualité qui compte déjà beaucoup dans le couple. » Mais je n'étais pas Muriel à l'époque, et je ne le suis pas davantage aujourd'hui.

Ainsi, ce soir-là, Beatriz Noguera ne me parut-elle ni désuète ni inanimée, ni comme une représentation, même si ses allées et venues, son attente et ses doutes avaient, pour mon regard clandestin, un côté mise en scène — c'était comme assister en voyeur à un petit spectacle voluptueux (cette chemise de nuit qui laissait tant voir) ou à un monologue haletant, sans mots. Jusqu'à ce qu'ils lui viennent. Après deux cigarettes, Beatriz se décida enfin à frapper timidement à la porte de son mari, avec une seule jointure, celle du doigt du cœur. Un coup très discret, comme celui de la fillette apeurée qui accourt trop souvent à la chambre de ses parents et craint d'être mal reçue ou de se faire gronder, car elle finit par être pénible à force de venir frapper, paniquée.

— Eduardo.

Juste un filet de voix. Il n'y eut pas de réponse, et il me vint à l'esprit que Beatriz avait choisi un mauvais soir pour sa tentative ; Muriel devait être fatigué à force de travailler, sans doute dormait-il déjà, à moins qu'il ne fût plongé dans ce scénario urgent au sujet duquel il avait des doutes.

— Eduardo, répéta-t-elle plus fort, et elle se pencha, comme pour voir si de la lumière filtrait sous la porte de la chambre.

(Quand elle se pencha — cela ne dura que cinq secondes, je les comptai pour mieux en être conscient : un, deux, trois, quatre ; et cinq — ses fesses me parurent encore plus évidentes, même si je les avais déjà remarquées quand elle allait et venait dans l'appartement, vêtue et se tenant droite : la croupe avantageuse, haute et ferme — ou « cambrée » pour se servir d'un mot dont on a abusé pour qualifier la chair tentatrice — à l'inverse de ce que Muriel pensait ou disait qu'il pensait, à seule fin de la rabaisser et l'humilier, je l'avais entendu la qualifier de « grosse » et se servir à son égard de l'un ou l'autre terme plus injurieux ; et voici qu'en se penchant, son vêtement déjà court remonta encore d'un centimètre, me donnant un plus vaste aperçu de la partie postérieure de ses cuisses robustes — cette fois, à découvert —, mais pas au point de laisser entrevoir la naissance des fesses — il eût fallu pour cela qu'elle se penchât davantage, comme pour ramasser quelque chose par terre.) Muriel s'empressa d'éteindre, mais trop tard pour faire croire qu'il dormait ou qu'il était dans un demi-sommeil, voilà qui explique ce que lui dit ensuite son épouse :

— Eduardo, je viens de voir de la lumière, je sais que tu ne dors pas. Eduardo, ouvre-moi, s'il te plaît. S'il te plaît, ouvre-moi, j'en aurai juste pour une seconde, promis.

Et elle recommença à frapper, avec plus d'assurance, cette fois. Mais de l'autre côté, toujours le silence. Elle colla son oreille à la porte, comme pour s'assurer que son mari ne s'était pas endormi — nous éprouvons parfois le besoin de vérifier ce que nous ne savons que trop bien, ou que quelqu'un nous le confirme, c'est le propre des êtres qui n'ont pas confiance en leur ressenti. Peut-être, pensai-je, parce que cela fait des années que ça dure, soir après soir, et que ni lui ni elle n'est capable de distinguer l'avant-veille de la veille, ni l'aujourd'hui du lendemain. Je pensai cela juste avant, je le jure, qu'une réaction inattendue (j'aurais parié pour l'« impénétrabilité soutenue », si lente fût-elle, comme forme de dissuasion) me fît comprendre que tel était le cas, que cette visite sans doute frustrée, Beatriz la répétait chaque soir, sitôt la nuit tombée, *a conticinio* si l'on reprend l'expression dont se servaient les Romains pour désigner l'heure à laquelle tout se tait et devient silence, un temps qui n'existe plus dans nos villes, sans doute est-ce pour cela que le mot a disparu ou qu'il languit dans nos dictionnaires.

— Tu n'en as vraiment pas assez de me faire le même numéro ? Tu en as encore pour combien de soirs ? J'ai besoin de dormir, je suis très fatigué. Juan et moi sommes engagés dans une course contre la montre, tu le sais bien.

J'entendis la voix patiente, plutôt qu'irritée, de Muriel derrière la porte. Il avait beau parler à voix basse, il était clair que ni l'un ni l'autre ne souhaitait qu'un tiers entendît cet échange. Il était également possible que, par la force de l'habitude, plus personne ne fît cas de la scène et n'y prêtât la moindre attention. Entendre mon nom me fit sursauter, même si cela n'avait rien de particulier. En fin de compte, j'espionnais, et entendre ceux que l'on espionne parler de celui qui les espionne donne à ce dernier le sentiment d'être plus exposé, c'est là une réaction quelque peu irrationnelle, un réflexe qui, par chance, ne dure pas.

— Je ne veux pas que nous parlions, ni rien, Eduardo. Je n'ai pas l'intention de t'embêter. Je ne te retiendrai pas longtemps, promis. Je veux juste te serrer dans mes bras, il y a une éternité que je ne l'ai pas fait. Ça me rassurerait. J'ai juste besoin de me sentir un peu normale avant de m'endormir. Pour pouvoir m'endormir. S'il te plaît, ouvre-moi.

Elle dit cela posément, avec douceur.

C'est un piège, pensai-je. « Il ne sait pas qu'elle est là dehors, sans robe de chambre ni rien. Rien par-dessus sa chemise de nuit, rien par-dessous. Ou peut-être qu'il le sait et que cela ne lui fait plus aucun effet. » L'idée me vint qu'il serait difficile d'en rester là, de se prêter à une étreinte avec cette silhouette voluptueuse sans s'attarder, descendre et promener ses mains. « Mais bien sûr, je ne suis pas Muriel », me répétai-je. « Pour lui c'est du déjà-vu et de longue date, pour moi, au contraire, c'est tout neuf. La toucher le laissera indifférent, il trouvera même cela sans intérêt ou déplaisant, je dois m'interdire de me l'imaginer. »

Il n'y eut pas de réponse immédiate. Je me dis que Muriel envisageait de céder à la demande, ne serait-ce que pour qu'elle lève le siège au plus vite. Quelques secondes plus tard, et dans la mesure où je pouvais le capter, le ton me parut à la plaisanterie :

— Eh ! Allez, je me suis déjà assez fait de câlins comme ça. Estime que tu en as eu ta part toi aussi et va te coucher, allez, file.

Il n'était pas en colère ou du moins pas encore, c'était un de ses traits d'humour. Et ce dernier mot, « file », était empreint de bienveillance, voire d'affection, comme un père résigné s'adressant à sa fille par trop craintive ou inquiète. Après tout, il était son aîné de six, sept ou huit ans je ne sais plus, une différence d'âge fréquente chez les couples d'alors et d'aujourd'hui encore mais, à vrai dire, tout compte finalement dans les rapports entre les êtres, à savoir qui a le plus d'années de service en ce monde, qui y a passé le plus de temps (et ce dernier ne manquera pas de se montrer condescendant), et aussi la nature de leur relation.

— Arrête tes bêtises, Eduardo. Laisse-moi t'expliquer. Je suis très inquiète. J'ai du mal à m'endormir.

Et tout en disant cela (la première phrase), Beatriz Noguera se mit à rire brièvement ; malgré la prise de bec dont elle avait fait l'objet, la réaction de son mari l'avait amusée. Sans doute était-ce là sa malédiction, son gros problème, une des raisons pour lesquelles elle persistait à l'aimer autant — il l'amusait et, à coup sûr, il l'avait toujours amusée. Il est très difficile de ne pas rester amoureux ou prisonnier de quelqu'un qui nous plaît et, qui plus est, nous amuse, même s'il nous maltraite souvent ; le plus dur c'est de renoncer à rire à deux, une fois que l'on a rencontré quelqu'un et décidé de devenir l'un de ses fidèles. (Quand on garde le souvenir bien précis de rires partagés et qu'ils se renouvellent à l'occasion, mais de moins en moins souvent, l'intervalle qui les sépare semble bien long et amer.) C'est le lien le plus fort après le sexe tant que le désir est pressant, et il le surpasse sitôt que le désir décroît.

— Je t'assure que j'y ai mis beaucoup de douceur et de tendresse, répondit Muriel en verve. À présent, un de tes baisers serait de trop.

Mais le ton de sa voix changea vite, comme s'il s'était soudain lassé ou venait de se souvenir de quelque blessure ou rancœur, il ajouta sèchement :

— Casse-toi et fiche-moi la paix, ça ne te suffit pas Roy, Rico et les autres ? Ce ne sont pas les distractions qui te manquent, mais il faut encore que tu viennes me faire chier tous les soirs ! Ça fait des années que tu connais ma réponse. Ça fait des années que je t'ai fixé les conditions. Ce que tu peux être pénible. Insupportable. Je ne sais pas comment tu peux rester là, derrière cette porte, à t'obstiner et à supplier. Tu n'es plus toute jeune, on dirait que tu es tout le temps en chaleur.

Sans aucun doute Beatriz Noguera manquait de dignité et de fierté, elle avait dû y renoncer depuis longtemps, probablement depuis ces années auxquelles Muriel avait fait allusion. Elles ne lui manquaient pas et elle n'envisageait pas de les récupérer, elles étaient absentes de sa vie, du moins de sa vie conjugale, un point c'est tout. Voilà pourquoi elle ne riposta pas, ne bougea pas, ne s'éloigna pas, n'alla pas faire un tour, ne regagna pas sa chambre comme l'aurait fait presque n'importe qui face à un rejet aussi insultant que catégorique.

— On peut dire que tu es déterminé et que ta conviction te rend service, répondit-elle, elle te permet de te sentir affranchi de tes responsabilités et de tes doutes. Tu sais qu'il n'y a ni Rico, ni Roy, ni qui que ce soit d'autre, je sors avec eux, c'est tout, et ça t'arrange bien qu'ils me distraient, car je ne peux rien attendre de toi, sauf quand il faut que tu sauves les apparences et que tu évites de t'amener à tel ou tel endroit avec une de tes starlettes. Oh ! Après tout, qu'importe.

Elle dit cela sans amertume ni reproche, comme s'il s'agissait de se montrer persuasive et elle ajouta aussitôt, en revenant à ce qu'elle venait de dire :

— Il n'y a que toi qui m'intéresses et c'est toi que j'aime, comment faut-il que je te le dise ? Même si tu m'envoies promener. Et je ne viens pas tous les soirs, n'exagère pas. Quel mal y a-t-il à essayer ? À réessayer ? Ça ne me coûte rien. Avant ce n'était pas comme ça. Je ne te lassais pas et on ne peut pas précisément dire que nous nous soyons ennuyés ensemble. Tu as tout arrêté d'un coup, pour une raison aussi ancienne que stupide. Malgré toutes les résolutions qu'ils peuvent prendre, les gens ne cessent pas de se désirer ni de se plaire comme ça, du jour au lendemain, ce n'est pas possible. Si c'était le cas, nous éviterions ainsi bien des problèmes et des drames. Si tu me voyais maintenant... Allons, laisse-moi entrer un moment et regarde-moi. Serre-moi contre toi. Et ensuite va-t'en si tu peux.

Le ton restait prudent, jusque dans ces dernières phrases un tant soit peu provocatrices, bien que prononcées avec humilité, plus pour se donner du courage que pour que Muriel les relève. Je notai néanmoins qu'elle avait dû s'armer de courage et de fierté pour les dire, compte tenu de ce que Muriel pouvait être désobligeant, voire insultant, dans ses réflexions sur son physique : « Voyons si tu vas maigrir une bonne fois, on dirait la cloche d'El Alamo », lui lançait-il sans aucune raison. Ou encore : « Tu me rappelles de plus en plus Shelley Winters, pas de visage, non, c'est déjà ça, mais pour le reste tu es sa copie conforme ; avec une perruque blonde et courte et pour des prises de vues de trois quarts ou même de dos, tu pourrais te faire embaucher comme doublure. » Il avait souvent recours à des ressemblances cinématographiques, formant un cadre avec ses mains, comme s'il prenait une photo, une déformation professionnelle, cela va sans dire. Parfois, elle se montrait fair-play — mais d'autres fois, elle semblait affectée, au bord des larmes — et ne se laissait pas démonter, elle savait riposter : « Disons que ce ne serait pas une mauvaise idée si elle épousait deux acteurs qui passent pour d'assez beaux gosses, Vittorio Gassman et Tony Franciosa », répondait-elle. Beatriz Noguera n'avait rien à voir avec la pauvre Winters, excellente mais nunuche — boulotte dans sa jeunesse, grosse à l'âge mûr, presque toujours dans des rôles qui faisaient pleurer dans les chaumières ou qui vous serraient le cœur — pas plus d'ailleurs qu'avec aucune cloche. D'abord, elle était très grande, presque de la taille de son mari et, pour peu qu'elle portât des talons, elle le dépassait. Elle était également bien charpentée, ce qui freinait les élans de solidarité des autres femmes et modérait la compassion des hommes : difficile d'imaginer que quelqu'un qui, apparemment, respirait la santé et la force, pût avoir besoin de protection ou de réconfort. Quant à sa prétendue corpulence et à ses formes, elles correspondaient, en réalité, beaucoup plus à celles de Senta Berger — mis à part la différence d'âge et le fait que Beatriz avait donné le jour à des enfants —, une actrice autrichienne qui avait connu son apogée au cours de la décennie qui s'achevait et de la précédente, sans doute davantage à cause de ses yeux verdâtres et de sa poitrine généreuse que pour ses talents d'actrice, sans pour autant qu'elle nuisît aux films. Peut-être les jeunes, de nos jours plus réservés, trouveraient-ils ces formes et ces poitrines excessives, alors qu'à l'époque, elles étaient juste plantureuses et laissaient les spectateurs béats, y compris mes amis et moi-même, encore jeunes ou même enfants. Cependant, pour toute femme aussi bien en chair (ces corps, sur le point d'exploser, non pas hors du vêtement qui les pare mais hors de cette peau bourrée de chair et sans un pli), il devient difficile d'être sûre que ces rondeurs ne sont pas excessives et de les accepter pleinement et sans complexe, si l'être le plus proche et auquel elle veut plaire lui ressasse des comparaisons dénigrantes, et parfois non dépourvues d'esprit — ce dont on ne saurait se défendre sans paraître ridicule — si tant est qu'elles ne soient pas grossières. (Les éloges et les assiduités d'autres galants ne compensent pas, ne réconfortent pas et s'envolent sitôt prononcés.) Ainsi supposai-je que pour dire ce qu'elle avait dit (« Si tu me voyais maintenant... Regarde-moi. Et ensuite va-t'en, si tu peux »), Beatriz devait avoir passé un long moment à s'admirer sous tous les angles devant son miroir dans sa chemise de nuit vaporeuse, elle devait s'être mis dans la tête et s'être convaincue qu'elle était désirable, encouragée, qui sait, par un ou deux verres ; elle avait dû affecter une indomptable fierté, qui avait fini par la rassurer. Il fallait pour cela une volonté à toute épreuve, ou une folle passion, ou une absolue nécessité, deux concepts qui faussent les perceptions et l'entendement et mènent à des erreurs dans le calcul des probabilités. J'aurais juré qu'elles étaient toutes en sa faveur, en théorie. Je n'étais pas encore très loin de l'enfance, et en m'attardant sur sa silhouette, je me souvins du vieux compliment infantile et légèrement grivois, « bien en chair » (de nos jours complètement désuet et, qui plus est, mal vu), et je conclus qu'en l'occurrence il était assez précis et bien trouvé.

Il fallut du temps pour que Muriel se remette à parler, pas beaucoup, juste un peu. Je me demandai s'il réfléchissait à la possibilité d'ouvrir la porte. En tant que spectateur, je préférais qu'il apparaisse afin que la représentation se poursuive — une fois que vous avez commencé à regarder et à écouter, vous avez hâte que ça continue. Pour peu que votre curiosité s'éveille, vous devenez tout de suite accro, c'est là un poison plus irrésistible et plus fort que celui qui nous fait jouer et agir. Si l'on joue, il faut décider et inventer, c'est du travail, et il dépend de vous de mettre fin à une conversation ou à une scène, vous prenez des responsabilités — si vous êtes simple spectateur, on vous livre ça tout cuit, comme dans un roman ou dans un film, vous n'avez qu'à attendre que l'on vous raconte des faits inventés de toutes pièces auxquels parfois vous vous intéressez tant et si bien que personne ne parviendra à vous déloger de votre canapé ou de votre fauteuil, et malheur à qui essayerait. Si ce n'est que, ce soir-là, il ne s'agissait pas de fiction. Malgré l'irréalité du couloir dans la pénombre, une vague clarté parvenait aussi de la rue, indirecte, la lumière pâle des réverbères ou de la lune, sentinelle de l'ombre qui se coulait dans les chambres et se reflétait encore plus pâle sur le plancher ciré, sur lequel, pieds nus semblait-il, une femme, plutôt grande, brûlant de désir, corpulente, la quarantaine ou, qui sait, un peu plus, frappait et attendait humblement à la porte de son mari en l'implorant de lui accorder un peu de sexe ou d'affection, je ne savais pas au juste, ou peut-être les deux, que pour elle, l'un n'allât pas sans l'autre, je ne savais pas non plus, je me dis qu'à tout moment elle pouvait perdre sa belle assurance et avoir honte, se sentir laide, pitoyable et grosse, je me dis aussi que s'il ouvrait, il ne serait pas impossible que Beatriz s'imaginât aussitôt qu'elle était en tenue trop légère, trop exposée, sa silhouette voluptueuse voilée seulement de cette nuisette, choisie après avoir passé en revue le reste de ses chemises de nuit, pas impossible non plus qu'elle se vît comme une mendigote effrontée et se couvrît avec les bras dans un élan de pudeur, maintenant qu'elle avait enfin sa chance, qu'elle se savait enfin vue comme elle le souhaitait. Elle l'eût fait, nul doute, si elle se fût aperçue de ma présence et de mon regard admiratif qui n'en perdait rien — sans trahir certaine convoitise, je pense, dans la mesure où cela se contrôle. Ce que j'avais vu et entendu suffisait à me faire espérer que la scène ne s'interrompe pas, du moins pas encore, je voulais voir si Muriel se laisserait fléchir ou s'il s'entêterait à considérer la porte comme une muraille, à faire comme si elle n'existait pas, derrière ce mur continu, quoique peu épais : pour preuve, sa voix m'était parvenue, empreinte, entre autres, de son habituelle réserve. Je vis Beatriz se pencher à nouveau pour regarder la fente au bas de la porte — fesses plus saillantes, cuisses plus rondes, de quoi me rincer l'œil — et il lui échappa un « Ah ! » d'impatience, de triomphe ou de soulagement. J'en conclus que la lampe de Muriel venait de s'allumer et crus même percevoir ses pas, sans doute parce que je m'y attendais, comme dans un film. Peut-être s'était-il levé et s'approchait-il de la porte pour regarder sa femme, ainsi qu'elle le lui avait demandé, après quoi il s'en irait ou ne s'en irait pas.

Ce ne fut pas aussi rapide que je m'y serais attendu. Il lui fallut être présentable, passer sa grande robe de chambre sombre, bleu marine, se rincer la bouche ou, peut-être, uriner, lui et Beatriz avaient chacun leur petite salle de bains à laquelle ils accédaient par leurs chambres respectives. Sans doute avait-il déjà retiré son bandeau pour dormir et dut-il le remettre et l'ajuster à nouveau devant un miroir car, quand il apparut enfin, il le portait comme à l'habitude, ce qui ne manqua pas de me décevoir, moi qui espérais voir ce qui se cachait par-dessous, malgré la pénombre et la distance. En présence de sa femme, il n'avait aucune raison de se couvrir l'œil, elle devait l'avoir vu souvent ou du moins ce qu'il en restait avant qu'il n'en finisse brusquement avec tout ça sans qu'elle l'ait lassé ou qu'ils se soient ennuyés ensemble, d'après ce que Beatriz lui avait dit et qu'il ne voyait aucune raison de mettre en doute. Pour eux, il n'y avait pas de témoins et quand il n'y en a pas, on ne ment pas sur ce qui s'est passé entre les interlocuteurs, du moins pas au début, sauf si on le fait sans en être trop conscient, parce que l'on est parvenu à se raconter l'unique version des faits qui nous paraît plausible, quelque chose du genre : « Je n'arrive pas à croire que tu aies cessé de vouloir faire l'amour avec moi. C'est une décision que tu as prise malgré toi, que tu t'es imposée et tu la respectes à la lettre parce que tu te sens pris au mot. Un de ces jours, tu passeras outre, tu te rebelleras, tu nieras avoir jamais dit cela au cours d'une nuit de frustration et de vague à l'âme. Ce soir, sinon demain ou après-demain, je serai là pour t'aider à oublier tout ça. »

Muriel ouvrit la porte d'un geste brusque, mais sans bruit, on pourrait dire avec une violence muette et mesurée afin que tout continue en sourdine et que rien ne rompe le silence de la maison, de la ville, de l'univers, comme s'il n'avait aucune envie que cette scène ou cette querelle domestique ne perturbe en aucune façon, maison, ville, univers. Peut-être avait-il dit vrai, mais Beatriz, elle, avait trouvé cela exagéré, à savoir qu'elle venait tous les soirs à sa porte depuis son « lit de douleur » ; dans ce cas, tous deux étaient experts en l'art de dialoguer presque en murmures et de maîtriser si bien leur colère qu'ils ne dérangeaient ni ne réveillaient personne. Sans doute veillaient-ils aussi à ce que leur histoire demeure une simple anecdote et ne soit jamais racontée — on garde, en général, pour soi celles qui ont trait à la vie intime — mais reste seule connue de l'œil somnolent et mi-clos. Si ce n'est qu'à cet œil s'ajoutaient, ce soir-là, les miens, somnolents, certes, mais bien ouverts, et nullement indifférents.

Muriel apparut sur le seuil qu'éclairait la lampe de sa chambre qu'il avait, en effet, allumée, las de toutes ces bêtises. Sa veste d'intérieur sombre, d'une coupe élégante, qui lui arrivait à mi-cuisse, contrastait avec son pyjama blanc dont on apercevait le col et le bas des jambes. Il n'avait pas eu le temps de se décoiffer sur l'oreiller ; mis à part ses vêtements de nuit, il se présentait comme à l'accoutumée. Il regarda Beatriz de son œil unique, croisa les bras, l'air sérieux, et la chapitra tel le maître rappelant à l'ordre l'élève surprise en train de commettre une faute si grave qu'on en oublierait toutes ses qualités — et, en l'occurrence, la seule évidente était l'exubérance — comme si l'indignation transformait aussitôt en dégoût l'estime qui lui était due. (Bon, dans cette chemise de nuit, du moins, me semblait-elle lui être due.) Dans la mesure où je pus observer ces nuances, je crus lire dans son œil de la lassitude, du mépris et de la colère et, qui sait, y détecter quelque trace de cette honte pour l'autre et pour soi-même qui contribue à exaspérer et n'a aucune pitié. Sa voix retentit, glaciale, métallique, perçant ce qui se voulait un murmure.

— Une raison aussi ancienne que stupide ? dit-il, faisant écho à ses paroles. Stupide ? Comment oses-tu dire cela, à l'heure qu'il est, après les conséquences que cela a eues et continue d'avoir pour nous ? Une plaisanterie, n'est-ce pas ? Un petit truc, non ? Et en amour tout est permis, comme c'est drôle, comme c'est malin !

Il la prit par les épaules comme pour la secouer, je craignis qu'il ne la frappât et qu'elle ne tombât à la renverse, sa nuque aurait pu heurter le mur du couloir ou le plancher, une chute, un mauvais coup et la femme était morte, on peut mourir à chaque instant. Il y avait chez Muriel une violence manifeste, j'eus peur que les mains, la main, ne s'en mêlent.

— Tu ne comprendras donc jamais ? Tu ne comprendras jamais ce que tu as fait, pour toi cela n'a aucune importance, pas plus que cela n'en a eu alors et que cela n'en aura pour le restant de tes jours, pourvu que tu ne t'éternises pas, pourvu que tu n'en aies plus pour longtemps. Ce que j'ai pu être bête de t'aimer toutes ces années, du mieux que j'ai pu, alors que je n'en savais rien. Comme si j'avais aimé une poire, une pastèque ou un artichaut.

Cette comparaison me surprit, elle me fit espérer que Muriel avait retrouvé son sens de l'humour, si offensant que fût l'humour dont il se servait souvent à son égard. Si « poire » signifiait parfois « nigaud » ou « idiot », il n'en allait pas de même pour « pastèque » ou « artichaut », j'en conclus qu'il n'avait pu s'empêcher, par plaisanterie, de les mettre dans le même panier que ces autres fruits, quelle que soit l'espèce à laquelle appartiennent les artichauts. En revanche, je m'inquiétai de voir ses mains glisser des épaules jusqu'à son cou (le long cou d'une grande femme, un cou lisse et ferme), rien de plus facile que de le serrer et, deux ou trois minutes plus tard, c'en est fini de la personne qui vous agace ou que vous détestez, la langue vipérine s'est tue, et peut-être même pend-elle, immobile, bouffie et violacée, comme dans les films après un étranglement, j'ignore s'il y a là-dedans un fond de vérité ou s'il s'agit d'un effet pour terrifier le spectateur à l'idée que la victime pourrait y passer, ou qu'elle pourrait aussi rester figée en cette horrible grimace, les yeux exorbités grands ouverts comme s'ils étaient en porcelaine peinte, ou tels des œufs.

— Voyons, qu'est-ce que tu veux ? Que je te regarde ? Cette chemise de nuit ? Qu'est-ce qui se passe ? Tu l'as achetée ou c'est un cadeau ? Ne sois pas ridicule. Crois-moi, je t'ai déjà bien assez vue, garde-la pour tes amants qui n'y connaissent que dalle, pour ces deux chauds lapins, et ne perds pas ton temps avec moi. Oui, je te regarde et tu sais quoi ? Eh bien, oui, tu n'es qu'une boule de suif, pour moi, c'est tout ce que tu es.

Et il effleura de bas en haut, du bout des doigts, le tissu vaporeux, un geste méprisant, comme s'il répugnait tout autant à toucher le tissu que son épouse. « Comment ose-t-il dire ça ? pensai-je. Soit il est dingue, soit il ment. Et comment peut-il la convaincre, à supposer qu'il y parvienne ? Boule de suif... C'est bien la dernière chose dont on puisse la traiter. » Ainsi, et par chance, les mains de Muriel se déplacèrent-elles vers une autre zone, s'éloignant du cou, je n'eus donc plus à craindre qu'elles ne l'enserrent, de fait, il les fit descendre et, si surprenant que cela puisse paraître, après cette grimace dégoûtée, il les plaqua sur ses seins pour les tripoter aussi lestement qu'effrontément, un geste qui n'avait rien d'une caresse, un geste dépourvu de tout érotisme, il est bien vrai que cela se passait sous mes yeux, qui sait ce que l'autre éprouve lors de frôlements ou d'attouchements, cela est souvent imprévisible et on fait d'étranges découvertes une fois que l'on touche ou que l'on vous touche, une fois que l'on effleure la cuisse par accident (la jupe un tantinet relevée) et que l'on constate qu'elle ne se dérobe pas sous vos doigts, cela suffit à vous donner envie de la toucher à nouveau, et cette fois non par hasard, mais par besoin de vérification, par curiosité et par un soudain désir, spontané, sous l'effet duquel tant de beautés se retrouvent coincées avec des gars horribles ou qu'au début elles détestaient, la peau est traîtresse, la chair est imprévisible. Si fermes que fussent sans doute les nichons de Beatriz Noguera, Muriel les pressa, les tripota sans vergogne, c'est-à-dire, comme le ferait un de ces rats du métro aux pattes baladeuses, prompts à assouvir leurs ardeurs en toute impunité, qui attendent d'approcher d'une station pour se jeter sur leur proie pendant d'interminables secondes, puis se carapatent sitôt que les portes s'ouvrent. L'attitude était humiliante, négligente, irrespectueuse, je me demandai ce que cela lui eût coûté de la serrer dans ses bras plutôt que de la traiter ainsi, c'était ce qu'elle lui avait demandé, rien de plus pour le moment. « Mais personne ne touche ce qui lui répugne, me dis-je, pas même de cette façon méprisante, machinale, comme si le corps que l'on touche ne signifiait rien. On ne met pas les mains sur des seins s'ils ne suscitent certain plaisir, fût-il minime. Et pourtant, j'en suis sûr, il va la rejeter et la renvoyer après ça, il ne va pas lui reconnaître pour deux sous de jugeote, alors qu'elle les a sans doute. À l'encontre de sa propre lubricité, il ira jusqu'à la faire passer pour nulle à seule fin de la dominer. Il n'a pu éviter de lui céder un instant (cette tenue qui couvre et révèle) qu'en affectant certain désintérêt à son égard, certain mépris, comme si elle l'incitait aux insultes, aux mauvaises manières, à l'outrecuidance. » Et il descendit la main encore plus bas, et de la main gauche il lui saisit le sexe à travers sa chemise de nuit qui ne faisait guère obstacle (rien en dessous, il l'avait remarqué). Il ne le caressa ni ne le pressa, ni bien sûr n'y introduisit un doigt ou deux, non, rien de cela : il se contenta de le prendre comme on prendrait une poignée de terre ou d'herbes, comme on attraperait un milan en plein vol ou comme on saisirait la poignée d'un baby-foot ou le manche d'une poêle, ce genre de geste, futile, indifférent, sans conséquence, sitôt oublié, car on pourrait tout aussi bien ne pas l'avoir fait et la vie continuerait comme si de rien n'était.

— Tu vois, lui dit Muriel pendant qu'il la saisissait ou l'assujettissait. Je te regarde comme tu le voulais, je suis en train de te regarder. Qui plus est, je te touche, mais oui, tu le sens. Et tu sais quoi ? Eh bien, tu ne me dis rien, tu te fiches pas mal de tout ça et ça sera toujours la même chose. Comme si je laissais mes doigts courir sur un oreiller, comme si je voyais un éléphant. Un sac de farine, un sac de viande.

Il était incapable de laisser passer l'occasion d'insulter. Elle se laissa happer de cette manière brutale, indélicate, elle ne tenta ni de résister ni de se dégager de son étreinte, ni même de reculer d'un pas. J'eus l'impression qu'en dépit de la rudesse du pelotage, elle était tentée de se jeter dans ses bras, de lui passer les siens autour du cou ; mais si tel fut le cas, elle n'en eut pas le courage, ou elle n'en eut pas le temps, car tout se passa très vite et dans la confusion.

— Allons, file au lit. Déguerpis, tu n'as rien raté, tu n'as rien à faire ici. Combien de soirs va-t-il encore falloir que je te le répète ? Quand diable vas-tu finir par te mettre dans le crâne que c'est sérieux et définitif, jusqu'à ta mort ou la mienne ? Je compte être celui qui t'emportera dans ton cercueil, car personne ne saurait me garantir que tu n'iras pas te frotter contre mes restes encore chauds ou à peine refroidis, pour toi, ça reviendrait au même. Mon Dieu, on croirait que tu n'enregistres rien, que tu n'as plus de mémoire depuis des années, comme si chaque nuit tu effaçais celle de la veille. Quand finiras-tu par renoncer ?

Il retira soudain les mains avec une espèce de tremblement, un geste qu'il exagéra sans doute, les leva comme le ferait un chirurgien, les secoua deux ou trois fois comme si elles dégoulinaient et qu'il devait les sécher de toute urgence à l'air libre. Il les écarta comme quelqu'un qui a accompli une tâche pénible ou a touché quelque chose de visqueux, comme quelqu'un qui extirpe d'un corps une épée enfoncée jusqu'à la garde après un coup d'estocade porté à contrecœur pour relever un défi par les armes. Après force moulinets, il enfouit ses mains dans les poches de sa veste d'intérieur, bomba le torse et s'étira. Il avait tout l'air d'un grand prêtre, d'un Dracula ou d'un docteur Fu Manchu avec sa tunique ou sa cape sombre lui arrivant presque aux pieds et son œil au bandeau noir qui semblait regarder avec encore plus de sévérité et de contrariété que celui couleur de la mer à la tombée du jour ou la nuit venue et qui, lui, pouvait voir, comme si tous deux transperçaient Beatriz avec un mélange de férocité et de honte. Sitôt qu'il la relâcha, elle chancela, et je la vis — un instant — comme lui-même la voyait ou prétendait la voir, une femme peu attirante, maussade, triste, qui ne tenait plus debout et que ses forces avaient trahie, peut-être était-elle embarrassée par sa tenue légère, comme si ses proéminences et ses courbes s'étaient affaissées ou brusquement dégonflées et que sa fermeté se relâchait ; une pauvre fille déboussolée par la déception, ployant sous les humiliations, un cadavre ou presque, une femme accablée, vaincue, qui n'est pas parvenue à se couvrir avec ses bras — cela eût été trop pitoyable, une insupportable

capitulation pour elle qui avait voulu s'exhiber par défi, s'armant de ce qui lui restait de courage, du peu qui lui en restait — mais qui n'aspirait sûrement qu'à faire marche arrière, repartir en courant dans sa chambre, s'échapper et disparaître
de là.

« Comme toute réaction adverse nous change, pensai-je, ou, du moins, me dis-je avoir pensé sans le formuler en ces termes précis, car cela remonte à bien longtemps. Comme le désaveu nous accable et de quel pouvoir dispose sur nous celui à qui nous l'avons donné ; en réalité, nul ne saurait s'arroger ce pouvoir s'il ne le lui a été confié ou conféré en premier lieu, s'il n'est pas prêt à aduler ou à craindre cette personne, si l'on n'aspire pas à être aimé d'elle ou à jouir de sa constante approbation, toute ambition de ce genre relève de la fatuité et c'est la fatuité qui nous affaiblit et nous laisse sans défense, faute d'être satisfaite ou comblée, elle initie notre propre destruction et s'y applique jour après jour, heure après heure, et il est parfaitement naturel que l'insatisfaction domine et règne dès le début, ou dès les premiers pas, ou sinon avant ou après... Pour quelle raison devrait-il nous aimer, celui que nous désignons d'un doigt tremblant ? Et pour quelle raison serait-ce précisément celui-là, comme s'il devait nous obéir ? Pour quelle raison devrait-il nous désirer, celui qui nous trouble ou nous excite et dont nous sommes éperdument amoureux ? Pourquoi un tel hasard ? Et quand il survient, combien de temps cela durera-t-il ? Pour quelle raison devrait durer quelque chose d'aussi fragile, d'aussi précaire, le plus bizarre des assemblages ? L'amour partagé, la voluptueuse réciprocité, la fièvre mutuelle, les yeux et les bouches qui se pourchassent simultanément, les cous qui s'étirent pour entrevoir l'élu parmi la foule, les sexes qui cherchent à s'unir à maintes reprises et ce goût étrange de la répétition, revenir au même corps, repartir et revenir... En règle générale, personne ou presque ne correspond exactement à l'autre, et s'il existe autant de couples qui se prétendent amoureux, c'est en partie par imitation et surtout pour faire comme tout le monde, ou encore parce que celui qui a montré du doigt a imposé sa volonté, a persuadé, a conduit, a poussé, a obligé l'autre à faire ce qu'il n'est pas trop sûr de vouloir faire et à parcourir un chemin sur lequel il ne se serait jamais aventuré de son propre chef, si quelqu'un n'avait pas insisté ou ne l'avait pas guidé, et cet autre conjoint, celui qui est flatté, courtisé — celui qui a pénétré dans son nuage —, s'est laissé entraîner. Mais cela ne saurait durer, le charme et la nébulosité finissent par s'estomper, celui qui s'est laissé séduire se lasse ou se réveille un beau jour, et c'est au tour de l'obligataire de désespérer, de paniquer, de se sentir comme sur des charbons ardents, de retourner au travail s'il lui reste assez de forces, de se poster à la porte, de prier, de supplier soir après soir et de rester à la merci de l'autre. Rien ne vous expose ni ne vous asservit autant que de vouloir vous accrocher à celui que vous avez choisi et qui a accouru contre toute attente à l'appel de votre doigt tremblant, comme par miracle ou comme si votre choix faisait loi, ce qui n'a plus aucune raison de se reproduire… »

Beatriz Noguera se remit vite, il ne lui fallut pas longtemps pour retrouver et sa taille et sa silhouette, comme si elle les avait inexplicablement perdues ou comme si elles s'en étaient allées pendant quelques instants. Elle se redressa, releva la tête, récupéra son aguichante corporéité, regarda Muriel en face. Je ne parvenais pas à bien voir son visage, sans doute avait-elle dû avoir du mal à retenir ses larmes en entendant son mari déclarer : « J'espère que c'est moi qui t'enterrerai, qui te verrai sans vie, mourir dans ta pâleur », quoi qu'il en soit, elle ne laissa échapper ni un sanglot ni un gémissement, peut-être avait-elle plus de mémoire que celle que lui concédait Muriel et qu'à ce point rien ne la blessait plus que de raison, sans doute ne fallait-il pas mettre ses rondes nocturnes sur le compte de l'oubli immédiat de ce qui s'était passé hier ou avant-hier, mais plutôt les attribuer à cette foi inébranlable selon laquelle elle triompherait de toute résistance, viendrait à bout de toute réticence, pour peu qu'elle ne cédât pas à ses tentations, ne reculât devant rien, ni ne disparût dans la nature. Toutefois, ce n'étaient pas ces mots qui la hantaient, ceux qu'elle avait retenus, ceux qui l'avaient, je présume, le plus blessée, c'en étaient d'autres auxquels elle répondit :

— Non, non, l'idiot, ce n'était pas toi, l'idiote c'était moi : tu as bien fait de m'aimer toutes ces années, toutes ces années qui sont derrière nous... Tu n'as sûrement jamais rien fait de mieux.

Je fus alors convaincu qu'elle avait les larmes aux yeux car nous, les hommes, nous laissons aisément émouvoir par la plainte silencieuse d'une femme, fût-elle fausse, feinte ou forcée, même si la cause en est une pensée que nous ignorons, et qui, peut-être, n'a rien à voir avec nous, mais avec un autre homme, un rival, un homme qu'elle a perdu il y a quelque temps ou qu'elle vient tout juste de perdre, sans que nous n'en ayons rien su. Même s'il semble que nous n'y soyons pour rien, ces pleurs nous attendrissent, nous font de la peine et nous sentons qu'il nous incombe d'y mettre fin. C'est la seule façon dont je pus m'expliquer la réaction de Muriel.

— Là-dessus, je suis d'accord avec toi, lui dit-il. Raison de plus pour que j'aie la conviction d'avoir fichu ma vie en l'air. Une dimension de ma vie. Voilà pourquoi je ne peux te pardonner.

Il le lui dit avec douceur, presque avec compassion, d'un ton qui n'avait rien à voir avec l'arrogante aigreur dont il s'était servi jusqu'ici. Comme si maintenant, et pour la toute première fois, il lui donnait des explications, et qui plus est, empreintes de remords.

— Si tu ne m'avais rien dit, ajouta-t-il, si tu m'avais maintenu dans l'illusion... Quand on décide quelque chose, il faut s'y tenir. À quoi bon sortir un jour de l'erreur et révéler soudain la vérité ? C'est encore pire parce que cela désavoue ou du moins invalide tout le passé, on se trouve forcé de raconter à nouveau ce qui a été vécu, ou de le nier. Et pourtant on n'a pas vécu autre chose : on a vécu ce que l'on a vécu. Et qu'est-ce qu'on en fait alors de tout ça ? Devrait-on revoir sa vie, annuler rétrospectivement ce que l'on a ressenti et cru ? Impossible, pas plus qu'il n'est possible de garder cela intact, comme si tout avait été vrai, une fois que l'on sait que tel ne fut pas le cas. On ne saurait passer outre, mais on ne saurait non plus renoncer à des années qui furent ce qu'elles furent, elles ne peuvent plus être autrement et il en restera toujours quelque chose, un souvenir, si fantasmagorique puisse-t-il sembler aujourd'hui, quelque chose qui s'est passé et ne s'est pas passé. Et où range-t-on cela, ce qui s'est passé et ne s'est pas passé ? Ah ! Beatriz, ce que tu as pu être bête ! Et pas qu'une fois, mais deux fois.

Oui, le ton était, à présent, celui de la plainte, il n'y avait plus ni mépris ni agressivité, juste certaine rancœur. Beatriz Noguera adopta aussitôt ce même ton, soit par ruse, soit en toute sincérité.

— Je suis vraiment désolée, mon amour, je regrette de t'avoir fait du mal. Je voudrais pouvoir remonter le temps, dit-elle, sans préciser si elle souhaitait remonter jusqu'à l'époque de la tromperie, quelle qu'elle fût, ou jusqu'à celle de l'aveu.

Ou si elle regrettait l'une ou l'autre. Et en dépit des atrocités qu'il lui avait sorties, elle ne se départit pas de sa nonchalance et l'appela « mon amour », je l'entendis.

Alors, Muriel voyant, bien sûr, couler lentement les larmes que je ne pouvais voir, se pencha, la prit dans ses bras, faisant ce qu'elle lui avait demandé et qu'il lui avait refusé. Sans doute ne sut-elle pas se retenir, car elle l'enlaça aussitôt de ses bras et le serra contre sa poitrine tentatrice. Qui plus est : elle colla son ventre contre le sien, ses cuisses contre les siennes, recouvrit tout son corps abondant et ferme, se plaqua contre lui comme si elle éprouvait un besoin urgent de revivre quelque chose de lointain qu'elle avait presque exclu. J'enviai vaguement Muriel, même si je ne perçus rien de sexuel dans son geste ; ce qui n'avait pas été le cas quand il l'avait tripotée. En revanche, je perçus instantanément que l'étreinte de Beatriz était ouvertement sexuelle, d'où la brièveté du contact : il l'écarta résolument, sans doute l'avait-il lui aussi remarqué, au plus profond de sa chair ; cela lui parut abusif, ce qu'il refusa d'admettre, à moins qu'il ne craignît la contagion, qu'elle lui transmît sa sensualité, sa lasciveté ou son incontrôlable adoration. Muriel posa à nouveau la main sur l'épaule de Beatriz et la maintint ainsi à distance, un geste autoritaire, à la Fu Manchu.

— Allons, dégage ! Il faut que je dorme et toi aussi. Et rappelle-toi que Juan est à la maison, il pourrait nous entendre.

Je sursautai une fois de plus en entendant mon nom, compte tenu, en outre, du rôle que je jouais à l'époque, celui d'un mouchard, d'un espion. Après un long moment passé accroupi, j'avais envie de me relever, tout en sachant que je m'apercevrais sans doute que mes jambes et mes pieds étaient engourdis. La peur panique d'être découvert m'aida à ne pas bouger d'un millimètre, à patienter sans que l'on m'entendît ou me détectât dans l'obscurité, à veiller à ce que le plancher ne craquât pas si je remuais.

— Eduardo, Eduardo, dit-elle et, là-dessus, elle plaça la main sur le bras d'airain qui s'interposait, et le frotta avec un mélange d'affection débridée et d'appréhension.

Un geste maladroit, inopportun. Elle ne dit rien d'autre, mais cela pouvait passer pour certaine insistance qui ne serait pas bien reçue. Et ce fut le cas.

— Je t'ai dit de dégager, grosse truie, fiche-moi la paix une fois pour toutes.

Non seulement le terme « grosse truie » était de mauvais goût, incongru, injurieux, humiliant, mais le ton redevint blessant, méprisant, à la limite de la colère.

— Je t'ai déjà ouvert, je t'ai déjà serrée dans mes bras, mais tu es vraiment impossible. Tu ne sais pas t'arrêter. Tu en veux toujours plus et tu es incapable de faire la part des choses. À présent, ça suffit. Dégage une fois pour toutes, putain, et ne fiche plus les pieds ici.

Il recula d'un pas et referma la porte, calmement, mais prestement. J'entendis le verrou. Beatriz resta quelques instants à regarder la porte, comme au début. Elle avait laissé le paquet de tabac et le cendrier par terre. Elle les ramassa et, cette fois, je vis la naissance de ses fesses quand sa chemise de nuit remonta. À moins que je ne l'imagine — ah ! Faut pas rêver ! — et qu'il n'en eût pas été ainsi. Elle sortit une autre sèche et l'alluma. Elle resta là à fumer un peu plus longtemps, elle se remettait, sa respiration s'apaisait. Elle refit quelques pas par-ci, par-là, sans que je comprenne si c'était par confusion ou si elle reprenait mécaniquement sa ronde, refusant d'abandonner cet endroit dont elle était encore la sentinelle nocturne. Je vis mieux son visage. Quelques larmes, comme je l'avais bien sûr supposé, mais elle n'avait pas l'air éploré, on percevait en elle un certain soulagement et une certaine sérénité, je ne saurais dire. Peut-être aussi une certaine résignation, du genre : « qui vivra verra ! », une exclamation qui vous redonne cœur à l'ouvrage, était-elle sa devise. Elle se dirigea alors vers sa chambre, sans hâte, sa cigarette à moitié fumée dans une main, le paquet et le cendrier dans l'autre, il ne resterait aucune trace de son incursion. Elle regagnait, comme chaque soir, son lit de douleur, si ce n'est que, cette fois, elle rapportait un humble butin, une sensation. Les sensations sont instables, elles se transforment dans le souvenir, elles varient, elles dansent, elles peuvent prévaloir sur ce que l'on a dit ou entendu, sur le rejet ou l'acceptation. Parfois elles vous font renoncer, parfois elles vous donnent le courage de recommencer.

# III

Les Muriel, ainsi les appelait-on et les connaissait-on, donnaient des dîners et de petites réceptions, résultat, sans doute, du pacte diurne selon lequel ils avaient décidé de cohabiter. Ces occasions étaient rares, sans être pour autant exceptionnelles. Les dîners, peu fréquents, étaient toute une affaire, j'entends par là qu'on les organisait à l'avance, on ne les improvisait pas, rien à voir avec ceux auxquels untel ou untel — ou même plusieurs invités —, plus ou moins proches du couple, prolongeaient leur visite et restaient à partager le repas. De temps en temps arrivait un producteur professionnel ou amateur — accompagné de sa femme ou de sa maîtresse — à qui il fallait faire bon accueil, ou encore un imprésario — et sa femme — qu'il fallait persuader d'investir dans un projet, à moins qu'il ne s'agît d'un ambassadeur ou d'un attaché culturel — et de leurs épouses — dont il fallait cirer les bottes, cette manie espagnole de teinter les affaires d'un simulacre d'amitié naissante : il fallait explorer tout moyen de financement, et Muriel était bien placé pour savoir que les étrangers, quand ils promettaient de donner un coup de pouce ou d'intervenir, étaient beaucoup plus fiables que nos compatriotes espagnols, enclins à fanfaronner un moment, à jacasser gratuitement et incompréhensiblement, puis à disparaître sans chèque ni explication. Ce n'était pas en vain qu'il avait réussi à faire une grande partie de ses films à l'étranger ou en coproduction, les bons, les moyens et les médiocres, ceux qu'il réalisait lui-même et ceux qu'il ne réalisait pas, sans oublier ces navets que lui avait commandés le prolifique Towers vers la fin des années soixante et au début des années soixante-dix, même si la plupart d'entre eux avaient été réalisés par Jesús Franco, dit aussi Jess Frank, le réalisateur préféré de Towers en Espagne, avec lequel Muriel entretenait une amitié sporadique et superficielle. On pouvait dire qu'ils l'avaient détourné de la voie qu'il avait choisie ou qu'il avait hérité de deux ou trois projets que Frank ou Franco ne parvenait pas à concrétiser, ce qui était difficile à imaginer vu la réputation qu'il avait de mener à bien tout ce qu'on lui soumettait — on racontait même qu'il avait réussi à tourner trois films à la fois, dont deux avec les mêmes acteurs, sans que ces derniers se rendent même compte qu'ils travaillaient double pour un seul salaire, et un autre avec une distribution différente et dans un autre endroit, bref, un homme omniprésent, infatigable, surnaturel.

Tous ces gens, je les connaissais (à l'exception de Towers et de Franco), pour les avoir rencontrés à des réceptions, des dîners, des premières, des galas, des cocktails, des parties, des bringues ou une réunion ici ou là, tout comme j'avais croisé des hommes politiques à leurs débuts, dont un spécimen très en vue qu'il avait réussi à inviter chez lui. Non seulement Muriel faisait tout de suite bonne impression, mais il savait se montrer aimable, d'agréable compagnie et légèrement énigmatique— il mettait une sourdine à son côté amer, mélancolique ou misanthrope et puisait dans ses réserves de jovialité, et il n'avait pas l'habitude de se limiter au caquetage mondain, il avait la réputation de dissiper l'ennui quelle que fût la soirée à laquelle il assistait ; à l'époque, il était bien vu, lors de ce genre de réunions, de lancer des questions plus ou moins théoriques ou abstraites donnant lieu à des discussions, fussent-elles d'après-dîner. Il savait, en outre, se montrer impertinent sans que personne ne se fâche vraiment ou qu'on lui en tienne rigueur, mis à part les crétins pontifiants ; lui-même se rendait compte qu'en grande partie on réclamait sa présence lors des réunions ou des soirées pour l'entendre lancer quelque insolence bonhomme, pour le voir se payer la tête de quelque faraud grandiloquent — chacun vend ou loue ce qu'il a, fût-ce son humour, et mieux vaut qu'il finisse par l'accepter et le savoir, quiconque navigue à l'aise en société doit assumer en quelque sorte le rôle de bouffon, et cela s'applique tout autant au banquier qu'au roi qui, en plus d'amuser la galerie, doivent financer les festins, tout le monde étant le bouffon de tout le monde, y compris ceux qui croient avoir commandé la distraction. L'autre raison pour laquelle on sollicitait Muriel n'était guère plus honorable, mais il ne voyait aucun inconvénient à en tirer profit : sa renommée de plus en plus établie ; il était conscient que cela était valorisant de dire : « Nous avons eu Muriel à dîner l'autre soir », ou encore : « Muriel nous a invités à l'une de ses réceptions pour ses amis proches », et dans ses moments les plus pessimistes il se demandait combien de temps cela durerait encore, car il y avait cinq ou six ans qu'il n'avait pas réalisé de film ayant connu un franc succès auprès des critiques et du public, ce qui, au cinéma, est et demeure une éternité. Quand on ne se réfère plus à quelqu'un que par son seul patronyme, on peut y voir une consécration — surtout en France où c'est un sceau d'unicité — alors qu'en réalité il s'agit là d'une dépersonnalisation, d'une réification, d'une commercialisation, d'une décoration bon marché que d'autres peuvent afficher en échange de peu : de flatteries, d'un petit investissement ou de vagues promesses, rien de plus. En Espagne, c'est étrange, il est encore plus prestigieux d'être connu par votre seul prénom, c'est là une gloire qu'ils ne sont que quatre, cinq ou six à se partager : « Federico », c'est García Lorca, sans l'ombre d'un doute, ainsi « Rubén », c'est Rubén Darío, « Juan Ramón », c'est le prix Nobel Jiménez, « Ramón », c'est Ramón Gómez de la Serna, « Mossen Cinto », c'est Verdaguer, et « Garcilaso », Garcilaso de la Vega, il y a longtemps que la liste ne s'est pas allongée, sans doute pour y figurer faut-il un patronyme trop long ou trop commun ou qui prête à confusion (l'existence de Lope de Vega dut aider les trois, « Garcilaso » « Lope » et l'« Inca Garcilaso » que l'on a affublé de ce nom absurde pour le distinguer de son homonyme), voire une pointe de cette pédanterie pseudo-populaire, propice à la familiarité.

À ces réceptions réservées aux proches, données pour l'anniversaire ou la fête de Muriel, ou improvisées en l'honneur d'un visiteur, ou pour célébrer une nouvelle prometteuse avec une anticipation excessive, assistaient quelques habitués auxquels se joignaient d'autres invités qui variaient selon l'occasion. Parmi ceux-là figuraient Rico et Roy auxquels, le soir de mon premier espionnage, Muriel avait attribué des relations charnelles avec son épouse délaissée, même si elle les avait tout simplement niées. Rico, c'était le professeur Francisco Rico, beaucoup plus célèbre aujourd'hui qu'à l'époque, mais déjà bien connu : il n'avait pas encore passé le cap de la quarantaine qu'on le créditait déjà d'une véritable bibliothèque (constituée d'ouvrages publiés sous sa responsabilité ou dont il était l'auteur) ; il poursuivait une brillante carrière de chercheur, de spécialiste, de pourfendeur d'erreurs, d'éclaireur ou de cerveau, de pédant achevé (il faisait de la pédanterie un art consommé), de conspirateur professionnel et, bien sûr, de professeur aussi illustre que redouté. (Il va sans dire qu'il était déjà titulaire d'une chaire quand je fis sa connaissance, sans doute l'était-il même depuis la puberté, vu son étonnante précocité générale.) Il avait beau vivre et enseigner à Barcelone ou dans sa banlieue, il voyageait par toute l'Europe, intrigant qu'il était (continent sans Moyen Âge ni Renaissance, l'Amérique ne l'attirait pas). Il se rendait souvent à Madrid pour des affaires louches et désastreuses (voie où Dieu ne l'avait pas appelé, mais dans laquelle il s'entêtait), afin d'y établir des relations diplomatiques dans divers domaines, avide qu'il était d'y grappiller quelque chose, sans oublier la politique, ni négliger sa candidature à l'Académie royale espagnole qu'au fond de lui-même, il méprisait sans doute, mais où il voulait néanmoins être reçu. À coup sûr, il était seulement prêt à éviter les lieux où son admission dépendait non point des autres, mais strictement de lui, tout comme il était prêt à quitter ceux dont on lui aurait déjà ouvert les portes de temps en temps, de préférence avec des courbettes pour qu'il en franchisse le seuil. Il venait aussi pour se détendre, bien entendu, et on ne pouvait mettre en doute son affection, pour ne pas dire son adoration, pour Muriel. Il était clair qu'il passait en sa compagnie des moments merveilleux, il se divertissait, il l'admirait, peut-être pas tant pour ses films — Rico se fichait pas mal du cinéma, un art inventé sur le tard, au cours de ce qui, à ses yeux, était un siècle d'abominable décadence — que pour sa personnalité et leurs affinités qui les amenaient à se surpasser mutuellement et à bien s'entendre : tous deux, chacun à sa façon, avaient tendance à être arrogants, à gaffer, tous deux avaient un sens aigu de l'humour qu'il n'était pas donné à tout le monde de saisir. Le professeur avait une telle vénération pour Muriel qu'il l'étendait presque à tout son entourage, comme si la proximité et l'acceptation du maître étaient déjà gage d'excellence, aussi je croyais, au début du moins, y voir la raison pour laquelle il se prêtait à jouer *les chevaliers servants* auprès de Beatriz Noguera, à souvent l'accompagner au théâtre, au musée, à un concert ou même dans les magasins, lors de ses séjours à Madrid. Et il avait beau être salace, c'était écrit sur son visage, sans qu'il se rendît compte qu'il affichait cette ardeur qui, chez certaines femmes — il n'y a pas de juste milieu —, provoque un rejet considérable et chez d'autres présente un attrait non moins considérable, je pensais que son immense respect et son affection pour Muriel auraient dû l'empêcher de s'approcher de son épouse — quelles que fussent les relations au sein du couple — dans un autre esprit que celui de lui faire plaisir à elle, et de l'assurer, lui, Muriel, de sa reconnaissance et de son soutien, à travers un geste de suprême déférence à son égard, et par le biais de la personne qui comptait le plus pour lui. Il était fort possible, en outre, que Rico et Beatriz se fussent appréciés et qu'une saine amitié eût grandi entre eux ; il était tout aussi possible que le professeur eût entrevu une fois ou l'autre la voluptueuse silhouette de Beatriz (il était de ceux qui apprécient la chair et qui exècrent les os, comme moi, et en dépit de notre différence d'âge) ou que leurs doigts se fussent accidentellement frôlés, et pourquoi pas, alors qu'elle l'invitait à toucher l'étoffe d'un vêtement qu'elle essayait dans une boutique, ou qu'il la protégeait des voitures lancées à vive allure, au moment de traverser une rue — une main sur l'épaule, sur le bras, sur la taille —, ce genre de choses. Mais rien de plus, voilà ce que je pensais. Beatriz, d'autre part, était de trois ou quatre ans son aînée, assez pour prendre avec ironie toute éventuelle insinuation ou avance de sa part, si elle préférait faire la sourde oreille, désamorcer de telles approches et les laisser capoter.

On remarquait la salacité de Rico — non, il s'agissait juste d'une forte sexualité — à sa bouche moelleuse, comme en caoutchouc, qui suçait cigarette sur cigarette, à son regard oblique à travers des lunettes plutôt grandes qui lui donnaient un air appliqué et inoffensif seulement au tout début, et même à la calvitie qu'il exhibait avec une prestance et un aplomb qui ne manquent pas de surprendre de la part de quelqu'un chez qui elle est précoce, car elle est, en général, à l'origine de complexes, voire de rancœur à l'égard du monde entier, mais lui s'en tirait, en revanche, avec une joyeuse faconde, et un remarquable *sans-façon,* sans pour autant jouer les don juan ou le très bel homme paré d'un fascinant toupet qui vous attirerait tel un aimant (somme toute, sa calvitie lui tenait lieu de bélier, avec les connotations que l'on voudra y voir). Un jour, chez Muriel, il osa faire de l'œil, en ma présence, à une fille avec laquelle je sortais à l'époque — disons qu'en réalité, elle et moi avions du rechange, comme c'était souvent le cas pour ceux de notre génération — et qui était passée me prendre à la fin de ma journée. De toute évidence, sa stratégie de conquête consistait toujours à impressionner par son savoir encyclopédique, ce qui l'amenait parfois à dépasser les bornes : une jeune fille de vingt et un ans (hormis certaines, curieuses de tout) ne pouvait qu'être lassée ou affolée par son extravagant savoir qui était pour elle comme du chinois. Il voulut en faire étalage à mes dépens, au sujet de mon nom de famille.

— Allons, viens ici, jeune De Vere !

Ainsi m'appelaient parfois aussi bien Muriel que ses proches, ces derniers, par imitation ou par assimilation. Le professeur Rico me traitait avec sympathie et bienveillance en ma qualité de proche de Muriel, mais aussi avec condescendance en raison de mon jeune âge ; en fin de compte, il avait quinze ans de plus que moi et il devait me voir comme l'un de ses étudiants qu'il méprisait, brimait et terrorisait avec grand plaisir et assez d'humour, ce que ses victimes ne semblaient pas toutefois percevoir, preuve de leur manque de jugeote ou de perspicacité, à l'en croire (il n'aimait rien tant que mélanger cultismes et jargon, épiçant le tout de grossièretés, pour qu'on n'allât pas s'imaginer qu'il vivait uniquement dans les limbes des siècles passés). Il en allait de même avec ses maîtres assistants, la plupart de ses collègues ou soi-disant pairs et presque tout être sur cette terre : il traitait ses contemporains par-dessus la jambe car, pour lui, ils ne pouvaient être, par définition, que quantité négligeable. Il regrettait toutefois, me confia-t-il un jour, d'être aussi bien son propre contemporain que celui de tous ces ignorants et abrutis qui allaient de par le monde en beuglant leurs flagrantes crétineries. Comme on serait en mesure de s'y attendre ce regret n'a fait qu'augmenter au fil des décennies, je le constate encore de temps en temps.

— Assieds-toi une seconde, jeune De Vere, j'ai des questions à te poser. Et amène aussi ta copine ou comptes-tu la faire passer en douce ? Allons, présente-nous.

J'obtempérai. Elle s'appelait, ou se faisait appeler, Bettina, et elle travaillait la nuit dans un bar à vins, c'est là que je l'avais rencontrée. C'était une fille débrouillarde, souriante, qui avait un faible pour les jupes un peu courtes : pas trop, mais d'un effet spectaculaire quand elle s'asseyait ce qui, nul doute, n'avait pas échappé à l'œil exercé du professeur, rien qu'à la voir debout.

— Voyons, d'où ça sort ce nom, De Vere ?

Et il ponctua cela d'un geste évasif.

— Même si ça se prononce sans la moindre difficulté et ne surprend pas outre mesure quand on le voit écrit, ce nom n'a pour ainsi dire rien d'espagnol, si tant est qu'il le soit. Il est français, d'origine lointaine.

Là-dessus, il le prononça avec l'accent français et répéta : « De-Ver, De-Ver », en insistant sur le *r* guttural.

— Toutefois, les De Vere les plus célèbres se trouvent en Angleterre pour autant que je sache, et j'en sais long sur la question : « De-Viah, De-Viah. »

Il aimait s'entendre parler : cette fois, il le prononça plus ou moins à l'anglaise et avec une cuistrerie délibérée, c'était du plus bel effet, il n'avait visiblement pas peur du ridicule et, de ce fait, n'y tombait jamais, ce n'était pourtant pas faute de le courtiser ; il se fichait pas mal de ses interlocuteurs ou de son auditoire, aréopage de lumières internationales ou jeune demoiselle inconnue, il se sentait toujours supérieur et dominateur (sauf avec Muriel).

— À vrai dire, c'est le patronyme des comtes d'Oxford et il remonte à l'époque de Guillaume le Conquérant, au XIe siècle, au cas où vous ne le sauriez pas car, de nos jours, on n'est jamais sûr que qui que ce soit possède les connaissances les plus élémentaires.

Bien sûr que je le savais, j'avais étudié l'histoire d'Angleterre à la fac, mais je n'allais pas l'interrompre pour ça.

— Récemment, un de mes élèves était persuadé que la Révolution française était un soulèvement contre Napoléon. N'importe quoi ! Bon, *ça suffit*, ajouta-t-il en français.

De temps en temps, Rico lâchait des onomatopées aussi inintelligibles qu'étranges (il faut bien les qualifier de quelque chose) de son propre cru, en guise de préambule ou de conclusion, sans doute était-ce sa façon d'éviter les « Bien » et les « Et alors » et les « Enfin » qui devaient lui paraître vulgaires.

— *Svástire*, dit-il ou crus-je l'entendre dire et il poursuivit : Le plus ancien De Vere dont on fasse état, si mes souvenirs sont bons, et je suis sûr qu'ils le sont, s'appelait Aubrey, déformation d'Albericus (par le biais inattendu du latin), et ce prénom revient plusieurs fois au cours de l'histoire. Il y a eu également un Robert, un Francis, un Horace et un ou deux John, tu partagerais donc ce nom, ou mieux, tu l'aurais emprunté, à un ou deux personnages d'époques révolues beaucoup plus nobles que toi.

Il s'adressait à moi, mais il parlait en se penchant vers Bettina, coulant des regards vers ses cuisses, et même plus haut ; elle n'avait pas croisé les jambes aussi sa jupe étroite et ajustée permettait-elle d'entrevoir quelque chose, la petite culotte, je présume, même si ce genre de demoiselle n'en porte pas nécessairement, à l'instar de tant de ses contemporaines : un reste de ces années de libération de la femme et du besoin de provocation qui s'ensuivit. Elle remarquait ces œillades myopes et se laissait contempler, elle semblait écouter Rico avec une extrême attention, même s'il pouvait aussi s'agir de stupéfaction.

— Et qui plus est, j'ai un collègue anglo-saxon qui commence à prétendre, encore en secret, jusqu'à ce qu'il publie son travail (qui ne vaudra pas un radis, mais tant pis pour lui), que le *corpus* des textes qui nous est parvenu comme étant l'œuvre de William Shakespeare — c'est ce qu'il a dit, rien de moins, « le *corpus* des textes » — nous le devons en réalité à un certain De Vere.

Satisfait de sa dextérité phonétique, Rico recommença à le prononcer « De Viah » avec un plaisir évident empreint d'exagération ; à l'entendre, on eût presque dit une insulte ou un haut-le-cœur :

— Edward, dix-septième comte d'Oxford, Grand Chambellan, ambassadeur, individu haut en couleur, querelleur et plutôt talentueux, soldat, bretteur, conspirateur frustré de l'assassinat de Sidney, poète à ses heures qui introduisit la mode du gant parfumé et brodé à la cour d'Élisabeth Ire. Vous n'avez sûrement pas la moindre putain d'idée de qui pouvait bien être ce Sidney, mais qu'importe, du coup vous l'apprendrez.

Il réfléchit un instant. C'était faux : comment en entendant juste mentionner son nom aurions-nous pu savoir qui diable était ce Sidney ? L'histoire du gant me laissa perplexe, sans doute était-ce un leurre et il ne l'avait pas glissé par hasard.

— Des gants parfumés ? Je n'en ai jamais vu, intervint Bettina, que le fil de la conversation ne devait guère passionner, mais que le professeur semblait avoir captivée par ce déferlement de fadaises (des fadaises pour la plupart des êtres humains, mais pas pour lui). Comment font-ils pour que le parfum ne s'évente pas ?

— Tu veux plutôt dire comment faisaient-ils, car de nos jours on ne perd pas son temps avec ce genre de raffinements. Plus tard, je t'expliquerai ça, *rica*, lui répondit le professeur.

L'entendre l'appeler *rica*, façon de dire : ma toute belle, me choqua vu que lui-même s'appelait Rico à moins qu'il ne fallût y voir un nom prédestiné : la phrase tinta à mes oreilles comme une sorte d'invitation à quelque rendez-vous secret, mais il était lancé et il voulait tout lâcher sur le fameux de Vere. Il s'adressa à nouveau à moi sans cesser de glisser des regards obliques dans la direction de la fille.

— Tu n'es pas sans savoir qu'il y a d'innombrables théories sur la non-existence de Shakespeare, toutes plus farfelues les unes que les autres, et tout autant sur le fait que son nom ait pu être utilisé comme pseudonyme, ou que lui-même ait servi de prête-nom à cette œuvre littéraire incomparable pour laquelle certains critiques stupides ne voient pas d'explication humaine, ce qui n'a rien d'étonnant si l'on se fie aux critères de leur propre infécondité. Tel ou tel soutient que Marlowe ne fut pas poignardé à l'âge de vingt-neuf ans dans une rixe de taverne, mais qu'il mit en scène sa propre mort pour fuir ses ennemis et continuer à écrire sous le nom de Shakespeare ; un autre affirme que le véritable auteur de son œuvre fut Bacon, un autre soutient que ce fut Heywood ou que ce fut Fletcher ou qu'ils s'y mirent à plusieurs. D'autres mentionnent Kyd ou Middleton, d'autres Webster ou Beaumont, ou même Rowley, Chettle, Lord Brooke et jusqu'à Florio ou Fludd, tout cela est absurde, ridicule.

J'avais entendu pendant mes cours citer l'un ou l'autre de ces noms, mais j'en ignorais la plupart. Je restai admiratif de ses connaissances, il avait tout d'un dictionnaire des noms propres ambulant, même s'il me vint à l'esprit qu'il pouvait s'agir de personnages de sa propre invention : face à l'ignorance, on invente parfois.

— *Frushta*, une autre de ses onomatopées originales lui tint lieu de courte pause. De nos jours, il y a ce prétentieux qui s'estime en mesure de prouver que derrière Shakespeare se cachait Edward de Vere, me confia-t-il, à titre ultra-confidentiel, lors d'une conférence, insistant pour que je garde le secret. Et depuis plusieurs années, tu te rends compte ! Mais je n'ai pas hésité à éventer la mèche pour qu'on démente la rumeur avant qu'elle ne soit lâchée dans ce vaste monde et aussi pour qu'on prenne les devants et dénonce cette découverte, mes collègues n'ont pas de scrupules, ils volent sans arrêt des idées aux autres et je dois dire que le gars ne me plaît pas.

— « Comme si je ne le savais pas ! » pensai-je, scandalisé.

— Lors d'un exposé, il a osé me prendre à partie au sujet d'un détail du *Lazarillo*, devant un public restreint, certes, mais me prendre à parti, moi ! Un Anglo-Saxon qui me défie, au sujet du *Lazarillo*, répéta-t-il. De nos jours, le premier clochard venu est invité à participer à un colloque et on lui permet de disserter à couilles rabattues. N'importe quel hurluberlu.

— Qu'est-ce que c'est qu'un hurluberlu ? interrompit à nouveau Bettina.

Le mot était assez ancien pour qu'elle ne l'ait jamais ni entendu ni lu.

— Ça aussi je t'expliquerai plus tard, *rica*, Rico insista étrangement sur cette appellation, assimilatrice ou enjôleuse.

Il fallait le tenir à l'œil, ce bonhomme déplumé, il était capable de vous piquer une fille sous votre nez. Mais je continuais à douter qu'il profiterait de ses liens avec Beatriz, même si elle appréciait sa compagnie. Il pouvait raconter ce que bon lui semblait, il avait l'art de capter l'attention, dût-on ne pas comprendre la moitié de ce qu'il disait : c'était, de toute évidence, un professeur charismatique, il hypnotisait les étudiants (buses ou aigles, peu lui importait). De fait, je remarquai qu'en l'entendant pérorer, Muriel et Beatriz, qui se trouvaient dans d'autres parties de la maison, venaient de passer la tête par la porte du salon d'où ils l'écoutaient avec un sourire, Dieu sait pourtant qu'il était rare que les deux sourient en même temps. Ils posèrent presque simultanément l'index sur leurs lèvres, comme un couple uni jusqu'à la parfaite synchronisation, pour que je ne dise mot et ne l'interrompe pas. Mais ce fut Rico lui-même qui soudain s'en étonna et parut perplexe.

— Pourquoi putain est-ce que je parle de tout ça ? grogna-t-il. Comment en suis-je venu à parler de cet imposteur ? demanda-t-il.

— À cause de mon nom, professeur, répondis-je.

— Ah ! Oui, c'est vrai. Allons, tu vas m'expliquer par quelle farce tu t'appelles De Vere — « De-Viah » lui échappa à nouveau, il y avait pris goût et disons que ça sortait, que ça explosait.

— Il n'y a pas de mystère, professeur, et en effet, pour une farce, c'en est une, qui plus est très subtile quoique ancienne. Il semblerait que le nom d'origine était Vera, un patronyme beaucoup plus répandu. Dans ma famille, il y a eu et il y a certaines folies des grandeurs ou quelque besoin d'originalité. La fantaisie d'un bisaïeul ou d'un trisaïeul a changé Vera en Vere, une simple lettre de différence le rendait moins courant. Et je crois que c'est mon grand-père qui a ajouté le « de ». Cela a plu à mon père qui l'a gardé, il a ses lubies lui aussi et cela doit lui paraître plus en accord avec sa profession, dans laquelle on se gorge de noms qui sonnent bien. Vous ne sauriez imaginer sa joie quand il se rendra compte que derrière Shakespeare se cachait un De Vere — je le prononçai à l'espagnole, quoi de plus naturel ? Après tout, c'était mon nom depuis toujours — même si nous n'avons rien à « Viah ».

— Rien à voir... je ne pus me retenir, cela sortit de moi comme un rugissement encore plus exagéré que ses « De Viah », Rico n'apprécia guère la parodie et me regarda d'un sale œil.

— Il s'en vantera, il le publiera sur tous les toits et il n'aura pas son pareil pour ébruiter la nouvelle. Votre collègue anglo-saxon est grillé. La moitié de l'humanité sera au courant en un temps record.

Mais cela sembla ne pas être du goût du professeur.

— La profession de ton père ? Il est diplomate, n'est-ce pas ?

— Oui, de carrière. Ce n'est pas un politicard.

— Il doit connaître des tas de gens partout dans le monde, n'est-ce pas ?

— Bon, il en connaît pas mal, oui. Disons qu'il a bien roulé sa bosse.

— Et quel sera son prochain poste ? Alger, j'espère.

Je ne compris pas pourquoi il disait cela.

— Pour le moment, il est consul à Francfort, répondis-je. Pourquoi ?

Le professeur réfléchit et, ce faisant, se mit à murmurer, à toute vitesse, tel un possédé, des bizarreries qui ne m'étaient pas précisément destinées.

— Trop civilisé. Plaque tournante du transport aérien. Des affaires à ne plus savoir où donner de la tête. Ça ne me plaît pas, ça ne me plaît pas. Des flots de visiteurs. La *Buchmesse* tous les ans. L'argent attire. Beaucoup de gens cultivés par là-bas. *Buchmesse*, répéta-t-il, comme s'il s'agissait de l'une de ses onomatopées.

Après quoi, il en intercala une authentique, elle retentit comme une interjection.

— *Afguebar*. Mieux vaut éviter. Il enverra une circulaire. À toutes les délégations du monde. Le monde est vaste. Nationales et étrangères. Multiplication. Trop de pays. Télégrammes. Vaut mieux pas. Non, je préférerais qu'on me pende.

Là-dessus, il s'adressa à nouveau à moi.

— Écoute, jeune De Vere ou De Vera, méfie-toi. Attention ! Ne fais pas passer pour une vérité ce qui ne saurait être qu'une plaisanterie. Malgré toutes ses recherches, toutes ses enquêtes, malgré l'épaisseur du dossier qu'il présentera, malgré la façon dont il aura malmené et faussé les données pour qu'elles étayent sa thèse, cet individu sera incapable de prouver la légitimité de sa position. On ne peut pas le laisser s'en tirer comme ça. Je te demande donc d'être discret, il vaut mieux que tu n'en dises rien à personne, ça pourrait se retourner contre moi avec ce gars à la langue trop bien pendue qu'est ton père. Il ne manquerait plus que ça, que tout le monde aille s'imaginer que Shakespeare ne fut qu'un acteur, qu'il n'écrivit pas une fichue ligne et que tout est l'œuvre d'Edward de Vere ! Si untel publie un livre à ce sujet, cinquante érudits en auront vent et quarante-cinq d'entre eux s'en ficheront, quant aux cinq autres, après avoir lu quelques pages ici ou là, ils le descendront, histoire d'emmerder l'auteur (ainsi va le monde de l'érudition...). Si la presse s'en faisait l'écho, bien plus de gens le sauraient, mais un mois plus tard tout serait oublié. En revanche, la rumeur... Elle est ce qui dure, elle est l'imparable, qui ne se laisse pas fléchir, rien n'est plus efficace. Pas question d'offrir à cet imbécile le triomphe de la rumeur. Il l'a déjà devancée.

Et le professeur se mit à déclamer d'une voix vibrante, soudain posée, le bras tendu, rigide (non, par bonheur, à la romaine ou à la facho, juste pour essayer de se donner l'air aussi théâtral qu'éloquent, mais le bras ne bougeait pas) :

— « Ouvrez les oreilles : lequel d'entre vous lorsque la bruyante Rumeur se fait entendre voudra fermer les routes de l'ouïe ? C'est moi qui depuis l'Orient jusqu'à l'arche de l'Occident, faisant du vent mon cheval de poste, divulgue encore les œuvres entreprises sur ce globe qu'est la terre. Sur mes langues courent sans cesse les calomnies que je répands dans tous les idiomes, remplissant de bruits mensongers les oreilles des hommes. »

Rico était lancé et rien ne donnait à croire qu'il allait s'arrêter, il ne s'agissait ni d'une parenthèse ni d'une simple apostille. Dans le feu de l'éloquence, il continua à dévider sa tirade comme si, dans la pièce ou de par l'univers, il n'y avait rien d'autre que ce texte ancien qui, pour sûr, était long.

— « …Et qui d'autre que la Rumeur, qui d'autre que moi, rassemble les froussards tandis que l'année gravide produit, paraît prête à donner des fils au féroce tyran de la guerre… ? »

Je regardai Bettina, elle écoutait, bouche bée, mais devait avoir peine à comprendre. Je lui touchai la cuisse que lorgnait tant Rico (plus à présent : la poésie chasse la luxure ou, du moins, la neutralise) et elle sortit de sa transe, me regarda à son tour, comme si elle venait brusquement de se réveiller. Elle se rendit compte qu'il était temps de partir, elle était passée me prendre, car nous nous rendions à une ou deux soirées. Je jetai un coup d'œil en direction de Muriel et Beatriz, ils observaient Rico avec une sympathie amusée, nul doute qu'ils éprouvaient l'un et l'autre de l'affection pour Rico et que, par moments, devait sourdre entre eux certaine complicité, fuser quelque éclat de rire commun, un reste de leur jeunesse. De la main, ils nous firent signe que nous avions champ libre, que le récitant ne s'apercevrait même pas de notre départ. Là-dessus, nous nous levâmes le plus discrètement possible et sortîmes du salon sans que le professeur s'en rendît compte, l'esprit monopolisé par sa mémoire intrusive, le bras en l'air, momifié. Ces crises de littérature orale ne devaient pas être si rares chez lui. En ouvrant la porte de la maison, sa voix vibrait encore au loin, désormais juste pour lui et pour le couple d'amis spectateurs :

— « Les messagers arrivent épuisés, et pas un d'eux n'apporte d'autres nouvelles que celles qu'ils ont apprises de moi. »

Si je me le rappelle et si ces vers ou, du moins, une version approximative, me reviennent, c'est parce que, quelques jours plus tard, Muriel m'envoya chez Bourguignon choisir des fleurs et les faire livrer à une actrice ; ma mission accomplie, poussé par la curiosité, j'entrai dans la bibliothèque de l'Institut britannique, Calle de Almagro, à deux pas de chez le fleuriste, et j'y retrouvai ces vers dans leur langue d'origine. Comme je le supposais, ils étaient de Shakespeare (ou d'Edward de Vere), et il me fut aisé de découvrir dans quelle œuvre il avait adopté la voix de la bruyante Rumeur. En revanche, je ne pus trouver par la suite une traduction en espagnol correspondant à celle que le professeur avait déclamée, aussi me demandai-je si elle était de son cru, même si l'anglais n'était pas la langue dans laquelle il était le plus à son aise, quoi qu'il en soit, elle ne sonnait pas mal du tout. Dans aucune des versions existantes (il y en avait plusieurs et il y en a encore davantage aujourd'hui) n'apparaissaient « l'année gravide » ni « l'arche de l'Occident », je retins ces deux adjectifs ou images car ils attirèrent mon attention. La prochaine fois que je le verrai, je poserai la question à Paco, car c'est ainsi qu'il insiste depuis des années pour que je l'appelle, et ce à mon corps défendant ; quant à lui, il s'acharne à m'appeler Juan et non plus « jeune De Vere ». Il invoque des raisons que je ne puis contester, il s'est passé beaucoup de temps, je ne suis plus tout jeune, et ni Muriel ni Beatriz, qui ont initié, propagé nos appellations respectives, ne sont plus là, et cela crée des liens entre nous d'être des « vieux de la vieille » (laissons là toute ironie, oublions les formalités), de nous être rencontrés à une époque qui commence à être aussi lointaine que l'est aujourd'hui la Seconde Guerre mondiale, avec toutes les questions dues au fait que cette guerre-là, nous ne l'avions pas vécue et que la fiction l'avait engloutie, mais 1980, oui, nous l'avons vécu, c'est là une date proche de nous, qui relève entièrement de la réalité. Oui, quelque lien à la fois profondément préoccupant et triste nous unit et nous réconforte : nous sommes des survivants, autrement dit, nous avons déjà survécu à beaucoup d'amis, parmi ceux que nous nous sommes faits dans le sillage intermittent et le bref souvenir qui se transmet en murmures de plus en plus feutrés, les prolongeant un moment.

En l'honneur du professeur Rico, il me faut mentionner une ou deux choses. Environ trois mois plus tard, alors que je nc sortais plus du tout avec Bettina (rien ne durait en cette époque d'effervescence), je les aperçus ensemble un matin à l'*Academia de Bellas Artes de San Fernando*, au début de la Calle de Alcalá, tous deux devant un tableau de Mengs qui, si mes souvenirs sont bons, représente en pied une dame très XVIIIe, toque sur le crâne, masque à la main, perruche sur l'épaule. Muriel m'avait envoyé acheter une gravure de Fortuny au département de chalcographie de ce musée (« celle qui s'intitule *Méditation*, ne te trompe pas », avait-il précisé), il souhaitait s'en inspirer pour l'un des plans d'un de ses films : un homme en redingote, hauts-de-chausses moulants et bas, les doigts sur le menton, adossé à un mur de pisé, la tête si inclinée que son chapeau oblong — un bicorne — lui couvrait tout le crâne. On ne voyait ni ne verrait jamais, par conséquent, aucun trait de son visage. La gravure trouvée, j'allai jeter un coup d'œil aux peintures de ce musée peu visité et intime (celle dite *Le Songe du cavalier* étant la meilleure) et observai Rico et Bettina à certaine distance, préférant ne pas m'approcher et ne pas les saluer ; je ne pense pas qu'il se serait montré violent, mais plutôt triomphant ; quant à elle, sait-on jamais. Rico lui prodiguait des explications (qui, nul doute, n'en finissaient pas) et Bettina, sans éloigner une seconde ses jolis quinquets du tableau, l'écoutait avec recueillement, ce qui ne manquait pas de surprendre de la part d'une fille qui, quand je la fréquentais plus assidûment, ne cessait de passer du coq-à-l'âne, incapable de se concentrer. Il est possible que le mérite en revînt au professeur Rico le Magnétique qui, tout en parlant, lui passait et repassait la main dans le dos et sur la taille, de haut en bas (j'imagine que cela se prétendait des caresses, mais on y percevait une note de lascivité satisfaite et, qui sait, prête à se réveiller à nouveau) et il la laissait s'aventurer à la naissance de la croupe rebondie (et peut-être tout juste voilée de la jupe vaporeuse) sans qu'elle fît le moindre geste, le moindre mouvement pour l'esquiver, il était évident que l'érudit avait déjà bonne connaissance du terrain sans qu'aucune étoffe ne s'interposât ; je n'écartai même pas la possibilité qu'ils se fussent livrés aux jeux de l'amour dans un hôtel et que, ne voulant pas se débarrasser trop vite et trop peu galamment de la demoiselle, Rico, à court d'idées pour la distraire et soucieux d'un peu l'instruire et de lui polir l'esprit, incapable de laisser là un instant son côté pédant et didactique, quelle que fût sa compagnie et quelles que fussent les circonstances. Jusque sous la couette, ou même en peignoir, il fallait qu'il pérore. Je me demandai calmement quand il lui avait demandé son numéro de téléphone ou comment il l'avait contactée. Je m'étonnai de l'effet que peuvent produire quelques regards appréciateurs et obliques ou quelques vers récités de mémoire. Son obstination me sembla admirable.

En revanche, il me fallut attendre dix ou douze ans pour vérifier la précision ou l'authenticité de ses informations. C'est vers 1991 que j'aperçus un jour à la librairie Miessner, ou chez Buchholz, un ouvrage en anglais dont j'ai oublié le titre, mais sur lequel figurait le nom d'Edward de Vere, présenté, en sous-titre, en sa qualité de « Lord Grand Chambellan, dix-septième comte d'Oxford, poète et dramaturge William Shakespeare », tenant pour acquis que les deux n'étaient qu'un seul et même personnage. Et, comme si cela ne suffisait pas, un bandeau publicitaire insistait : « L'histoire fascinante de l'homme que fut Shakespeare. » Je le feuilletai mais, pressentant là un ouvrage de fiction, ne l'achetai pas : les romans se réduisent trop souvent à un assemblage fantaisiste et celui-là sentait à plein nez le *pastiche* précieux et docte. J'ignore si c'est à ce texte que Rico avait fait allusion des années plus tôt (l'auteur en était un universitaire anglo-saxon, ça c'est sûr), quoi qu'il en soit, je fus heureux de constater que l'identification de ces deux célébrités élisabéthaines n'avait pas été pure invention ou fantaisie de sa part, venant d'un érudit cinglé ou en mal de notoriété. Sans doute qu'à cause de lui et de mon père qui, lui, était allé le crier sur tous les toits, l'idée en était venue à plus d'un, voire à plus d'une dizaine. Toujours est-il qu'il convient de rendre ici justice au professeur.

J'étais parvenu à en savoir plus long sur Edward de Vere grâce à une autre visite, quelques jours plus tard, à la bibliothèque de l'Institut britannique pour consulter, outre les vers prétentieux de la Rumeur, le monumental *Dictionary of National Biography* d'Oxford afin d'y chercher ce noble rebelle et manipulateur, décédé il y avait presque quatre cents ans et qui, étrangement, partageait son nom avec moi (il restait malgré tout le mien, même s'il s'agissait à l'origine d'un nom fabriqué de toutes pièces ou d'une altération) et son prénom avec Muriel. Je lus d'un bout à l'autre l'article qui lui était consacré, curieux de voir s'il avait seulement connu Shakespeare ; si j'ai bonne mémoire, on ne mentionnait ni le moindre synchronisme dans leurs parcours, ni le moindre lien entre eux. Je retins toutefois une phrase que je notai dans le cahier que j'ai encore aujourd'hui, non qu'elle me renvoie à quoi que ce soit qui me concerne, bien sûr, mais pour la simple raison que j'imaginai un vague parallèle avec la relation si particulière entre Muriel et Beatriz. D'après la notice biographique détaillée, de Vere avait épousé Anne, la fille aînée de Lord Burghley, trésorier d'Élisabeth Ire, la reine avait assisté en personne à la cérémonie, « célébrée en grande pompe » alors que la jeune épousée n'avait que quinze ans et le comte, lui, en avait six de plus. À son retour d'un périple italien, si l'on en croit cette notice, le comte constata un effet de distanciation temporelle de la part de son épouse. Le 29 mars 1576, soit cinq ans après leur mariage, Lord Burghley, son beau-père, se référant à de Vere, avait écrit dans son Journal : « Il fut poussé par certaines personnes aux mœurs légères à devenir un étranger pour sa femme. » La biographie n'entrait pas dans les détails et réglait pudiquement la question : « Même si le désaccord s'estompa, leurs relations domestiques ne furent guère cordiales à l'avenir. » Cette épouse, Anne, était morte bon nombre d'années plus tard, après une réconciliation de laquelle étaient nées trois filles (ils en avaient eu une, l'aînée, avant la séparation) ; il s'était remarié, par la suite, avec une certaine Élisabeth Trentham, et avant cela, il avait pris pour maîtresse une autre Anne, Anne Vavasour, qui lui avait donné un bâtard. Il me vint à l'esprit que ce pouvait être là le problème de Muriel : à savoir que Beatriz Noguera n'était pas morte au bon moment ou quand cela lui eût convenu à lui. On attendait pour bientôt la légalisation du divorce en Espagne et, de fait, elle serait enfin officielle au milieu de 1981, mais ce n'était pas encore le cas à l'époque où j'entrai au service de Muriel, et cela n'avait pas été le cas durant tout le temps qu'avait duré son mariage. Et au long des siècles, dans un pays où l'absurdité dépasse à ce point l'entendement qu'il a contraint à vivre ensemble des êtres indifférents l'un à l'autre ou qui avaient fini par se détester, combien de conjoints ont espéré longuement, et en silence, le décès de l'autre, voire l'ont facilité, provoqué ou recherché, en général encore plus discrètement ou, plutôt, dans un inqualifiable secret.

Je ne me souviens ni de toutes ces données ni de tous ces noms rencontrés au fil de cette lecture hâtive et lointaine : j'ai consulté à nouveau sur Internet l'article du *Dictionary of National Biography* relatif au dix-septième comte d'Oxford, j'ai pu ainsi constater qu'il n'était plus identique à celui des vieilles impressions. Le dernier en date est plus léger, plus superficiel, moins pudibond, il verse davantage dans le commérage et il est plus explicite. On y rapporte un détail que l'on taisait dans l'ancienne version, mais qui m'a traversé l'esprit non point à la lecture de ce que l'on y disait au sujet de De Vere, ce dont, en réalité, je me moquais (pure curiosité brièvement éveillée par Rico l'intrigant) mais en songeant à Muriel et aux éventuels motifs de son rejet définitif de Beatriz. L'une des raisons les plus classiques pour qu'un mari interdise à jamais sa chambre à une épouse qu'il a jadis désirée, et qu'il la maltraite verbalement, persuadé qu'aucune punition ne saurait suffire et qu'il le fait en tout droit et toute justice, serait que cette femme eût fait passer pour sien l'enfant engendré par un autre homme. Au long de l'histoire, nombreux sont les enfants bâtards que l'on a donnés pour adoption, que l'on a expédiés très loin ou que l'on a fait tout simplement disparaître, un châtiment d'une extrême cruauté pour les femmes adultères : une fois l'enfant dans leurs bras (et même avant parfois), savoir qui en est le géniteur passe au second plan ; elles n'aspirent qu'à une chose, rester près du berceau, car cet enfant, elles l'aiment plus qu'elles-mêmes et elles y tiennent comme à la prunelle de leurs yeux : c'est alors qu'elles deviennent intrépides. Le premier soir où je vis Beatriz Noguera supplier devant la porte de Muriel, ce dernier lui avait répondu : « Une raison aussi ancienne que stupide ? Aussi stupide ? Comment oses-tu dire cela, à l'heure qu'il est, après les conséquences que cela a eues et continue d'avoir pour nous ? Une plaisanterie, n'est-ce pas ? Un petit truc, non ? Et en amour tout est permis, comme c'est drôle, comme c'est malin ! » Sa voix vibrait, métallique, murmure glacé d'indignation. Auparavant, il lui avait fait ce reproche : « Mieux aurait valu que tu ne me dises rien, que tu ne me détrompes pas. Quand on a décidé quelque chose, il faut s'y tenir. À quoi bon sortir un jour de l'erreur et révéler soudain la vérité ? C'est encore pire… » Je pensai qu'il se référait sans doute à quelque chose de ce genre, à savoir que l'un de ses fils n'était pas de lui et qu'il n'en avait rien su jusqu'à ce qu'il soit trop tard pour lui reprendre toute l'affection qu'il lui avait accordée des années durant et, qui plus est, pour faire en sorte qu'il n'y ait plus trace de lui. Le pire aurait été de lui révéler cela inutilement, à contretemps, un beau jour de le détromper parce que « cela invalide ou dément tout ce qui s'est passé, avait-il dit. Et pourtant on n'a pas vécu autre chose : on a vécu ce que l'on a vécu. Et qu'en fait-on alors de tout cela ? Devrait-on revoir sa vie, annuler rétrospectivement ce que l'on a ressenti et cru ? Impossible, pas plus qu'il n'est possible de garder cela intact, comme si tout était authentique, une fois que l'on sait que tel ne fut pas le cas ». Et lui de conclure sur cette plainte ou supplication : « Ah ! Beatriz, ce que tu as pu être bête ! Et pas qu'une fois, mais deux fois. » La première fut la tromperie, me dis-je, la seconde son aveu. C'était possible.

La nouvelle note biographique sur Edward de Vere expliquait qu'en 1575, pendant qu'il voyageait sur le continent (Paris, Strasbourg, Sienne, Milan, Padoue, Venise), son épouse avait donné le jour à une fille, leur aînée, qu'il refusa de reconnaître. (Une idée pour le moins bizarre, car il quitta l'Angleterre en février et l'enfant naquit en juillet à moins qu'il n'ait pas eu de relations avec Anne depuis bien avant son départ, pas plus que Muriel n'en avait avec Beatriz depuis des éternités.) Quoi qu'il en soit, il ne semblerait pas que ce fût la raison de leur séparation ou, du moins, pas la seule : au retour, après avoir été attaqué par des pirates en traversant la Manche, il remonta la Tamise jusqu'à Londres sur un chaland afin de ne pas tomber sur son épouse à Gravesend. Peut-être était-ce à cause de la naissance de sa prétendue fille en son absence et de la colère et des soupçons qui s'ensuivirent, à moins que ce ne soit à cause de la compagnie quelque peu fantasque et excentrique qu'il ramenait : d'après le *Dictionary*, à présent cancanier, « un enfant de chœur vénitien du nom d'Orazio Cogno » (pour quelqu'un de langue espagnole le nom était une vilaine plaisanterie, diffamatoire et grossière, *cogno, coño, con*...) et « les bons souvenirs d'une courtisane vénitienne du nom de Virginia Padoana » (nom qui, lui aussi, avait tout d'une plaisanterie, fût-elle patronymique, toponymique ou métonymique ou aucune des trois, je n'aurais su dire). Il devait s'agir là de ces « personnes lascives » auxquelles Lord Burghley, son beau-père et mentor stupéfait, faisait allusion dans son *Journal*, « incapable, semblait-il, d'imaginer que son gendre préférât la proximité de l'enfant de chœur, qu'il séquestra pendant onze mois dans ses appartements londoniens, donnant prise à des soupçons de pédérastie ». Lesquels, soit dit en passant (et à moins que l'enfant ne se contentât de lui chanter des solos a cappella, en privé), n'avaient rien de surprenant. De ce côté-là, on ne pouvait établir aucun parallèle avec Muriel qui, d'après ce que je voyais et savais, se laissait aller de femme mûre en femme mûre, et si je dis « se laissait aller », c'est parce que je ne le vis jamais faire le moindre effort pour en conquérir une, mais donner plutôt l'impression de consentir distraitement à se laisser séduire, à l'occasion, par les plus déterminées, les plus fantasques ou les plus intéressées, comme quelqu'un qui ne veut pas de ça, ne se rend pas compte, voire n'y comprend rien. Un jour, dans un élan d'humilité et de sincérité, une actrice connue me fit ses doléances : « Peux-tu arriver à croire, me confia-t-elle, qu'après avoir couché ensemble, il m'a traitée le lendemain comme s'il ne s'était rien passé entre nous, jusqu'à ce qu'il faille que je le détrompe ? ("Ah ! Oui ? me dit-il. Nous avons eu une relation sexuelle ? C'est vrai ? Toi et moi ? Eh bien, c'est pour moi page blanche, je n'en avais pas la moindre idée.") Il est exact qu'il avait pas mal bu, mais, nom d'une pipe, qu'il n'ait même pas un vague souvenir de nos galipettes… ! Jamais je n'avais été aussi vexée de ma vie ! Imagine l'affront que cela peut représenter pour une femme aussi convoitée que moi ! » « Convoitée », voilà ce qu'elle a dit, un terme déjà peu usité à l'époque dans ce domaine, et encore moins de nos jours.

Le nouvel article du *D.N.B.* porta à ma connaissance, des années plus tard, un autre ajout inutile faisant état des tentatives de deux érudits pour attribuer les œuvres de Shakespeare à de Vere, démarche que les rédacteurs du *D.N.B.* désavouaient avec mépris (« on ne saurait leur accorder crédit », tranchaient-ils). Détail frappant : d'après l'article, la plus ancienne tentative remontait à 1920 et elle était attribuée à un dénommé Thomas Looney (encore un nom qui en disait long, puisque « Loony » signifie « lunatique » en anglais et se prononce précisément ainsi). Par conséquent, ce collègue que Rico détestait n'était ni l'un des pionniers, ni même celui qui avait engendré ce désaveu. Je devine que le professeur sera heureux de l'apprendre, même s'il ne lui en reste sans doute plus aucun souvenir.

Eduardo Muriel et Beatriz Noguera avaient trois enfants, deux filles et un fils, le benjamin, de là me vint l'idée d'une éventuelle fausse paternité : je me mis à étudier leurs visages, leurs gestes, leur allure, avec le regard détaché du détective, essayant de découvrir chez eux d'évidents rappels de Muriel ou, au contraire, l'absence absolue de ressemblance et même de réminiscence ou d'affinité avec lui. Une tâche plutôt vaine, car je ne les croisais pas souvent : ils étaient au collège ou dans leurs chambres la plupart du temps où j'étais moi à la maison. Beatriz et Flavia veillaient à ce qu'ils ne s'aventurent presque jamais dans les quartiers de ce père qui les traitait avec une affection incontestable, certes, mais distraite, un peu comme des invités ou des habitués d'un même hôtel. Qui plus est, tous trois ressemblaient tellement à la mère qu'on aurait pu croire qu'elle les avait conçus seule, sans intervention mâle. L'aînée, prénommée Susana, avait quinze ans quand je fis sa connaissance ; elle était le portrait craché de Beatriz sur les photos de jeunesse de cette dernière : deux d'entre elles trônaient dans des cadres, à la vue de tous, l'une datait de son mariage avec Muriel, elle devait avoir dans les vingt-deux, vingt-trois ans, elle avait sûrement exigé ou imposé qu'elle soit ainsi exposée (un souvenir amer pour lui, ce ligotage), l'autre était un portrait — dont je n'aurais su dire s'il était antérieur ou postérieur —, on l'y voyait avec un petit chapeau, sans bord, typique des années cinquante ou début des années soixante, elle tenait dans les bras un bébé que je ne reconnus d'abord pas : un enfant d'environ deux ans, aux traits fins, mignon comme un cœur, dont le regard attentif fixait la gauche (Beatriz était à sa droite), il portait un petit manteau de fourrure, une précaution sans doute exagérée pour les rares frimas madrilènes, et une espèce de passe-montagne blanc surmonté d'un gros pompon lui couvrait une bonne partie des cheveux ainsi que les oreilles et le cou, laissant l'ovale de son visage parfaitement dégagé. Elle non plus ne regardait pas l'enfant, elle avait l'air vaguement distrait, comme si elle pensait à quelque chose de plaisant, sans rapport avec l'occasion que j'imaginais comme une cérémonie religieuse, un baptême ou un mariage, même si l'obscurité de l'arrière-plan ne donnait aucun indice. On y voyait une Beatriz plus mince, mais tout à fait reconnaissable, elle n'avait guère changé, en dépit des invectives de son mari : les sourcils allongés et bien dessinés, les cils très fournis, mais ni recourbés ni frisés, un nez droit, légèrement retroussé, qui la dotait d'un certain charme, des lèvres charnues qui laissaient entrevoir, outre un demi-sourire rêveur, des dents un peu écartées qui lui donnaient un air frivole et involontairement salace en contraste avec son visage enfantin, tant sur la photo que dans la réalité. (Une de ces bouches qui incitent beaucoup d'hommes à fantasmer des scènes inattendues et déplacées, souvent malgré leurs respectueux efforts pour les éradiquer.) Ses traits (ou ce que leur transmettait son esprit en ces moments où il s'animait, émergeait de sa langueur ou de sa prostration) étaient en criant désaccord avec son corps bien en chair, comme s'ils demandaient un tronc, un abdomen et des jambes moins robustes, plus minces, alors que sa silhouette provocante, elle, réclamait un visage moins innocent, moins ingénu. Sur la photo de mariage, où elle regardait l'objectif et souriait sans réserve, avec une évidente euphorie ou, peut-être, certain triomphalisme, ses traits paraissaient résolument infantiles, comme s'il s'agissait d'une gamine jouant à la mariée, mais prématurément développée. Muriel, en revanche, qui, en ces temps lointains, arborait déjà son bandeau, n'avait l'air ni sombre ni grave, mais solennel, tel un homme convaincu qu'il accepte là une énorme responsabilité. Même s'il faisait jeune, il avait l'apparence d'un vieux routier de la vie par rapport à elle. Si, pour sa part, elle jouait à contracter mariage, lui prenait cela au sérieux et s'engageait vraiment, comme un homme conscient de ce que signifiait « contracter » pour ce qui est des obligations, des dettes, des responsabilités et de la maladie. Ce n'était pas le simple fait qu'il avait quelques années de plus qu'elle, ce n'était pas aussi simple. C'était quelqu'un qui savait déjà ce que cela signifie de renoncer à quelque chose, qui savait d'expérience que l'amour arrive toujours mal à propos à ses rendez-vous, comme il l'avait lu quelque part, me confia-t-il, mélancolique.

Chez Susana, l'aînée des enfants, on voyait déjà nettement (même s'il s'agissait plutôt d'une manifestation) l'expression candide de sa mère, que sa sœur et elle conserveraient, par intermittence, jusqu'à la vieillesse (il n'y a pas de vie sans intermittence ni de caractère qui ne se trahisse lui-même, une fois ou l'autre), et ce corps intimidant, explosif qui, pour ainsi dire, commençait à s'affirmer, avec précocité ou non, je n'aurais su dire, et n'avais aucune intention de me poser la moindre question à cet égard : si je m'abstenais de toute complaisance à la vue de Beatriz, je me l'interdisais carrément à la vue de cette adolescente prometteuse qu'était sa fille, une vision qui, en outre, était toujours fugace. Pour ce qui est de l'attirance sexuelle, Susana me correspondait encore moins, et dans le temps et dans l'espace. Elle était davantage un tableau, une représentation inanimée, à cette seule différence qu'elle n'appartenait pas au passé, mais à l'avenir, car elle n'avait pas fini de prendre forme. Avec la cadette, il n'y avait aucun danger que mon regard se fourvoie : Alicia avait douze ans quand j'entrai chez eux, même si, nul doute, sa ressemblance avec sa mère et sa sœur irait croissant avec l'âge. Quant au jeune Tomás, âgé de huit ans, son visage était également la copie conforme de celui de Beatriz. On aurait dit que tous trois étaient des miniatures de leur mère, de tailles différentes, bien sûr. Impossible donc de retrouver en eux des traces de Muriel ni, pour autant, de personne d'autre, au cas où un tiers eût participé à la conception de l'un d'entre eux.

Ni son infortune ni ses occupations n'empêchaient, je suppose, Beatriz Noguera de se comporter en bonne mère. Même si elle ne vivait pas que pour ses enfants et comptait pas mal sur Flavia, elle était toujours là pour répondre à leurs besoins, les écouter, les consoler s'il le fallait, dans la mesure où pouvait être disponible une femme qui n'écartait pas l'idée de mourir de sa propre main, comme je le découvris par la suite. Elle était extrêmement affectueuse, et à la voir embrasser, caresser ses enfants, on pouvait imaginer l'affection chaleureuse et délicate dont elle eût comblé Muriel pour peu qu'il y eût consenti, ou dont elle l'avait sans doute comblé à une autre époque, qu'elle n'avait pas oubliée et dont elle se prévalait. Toutefois, était-ce par réflexe — tel le chien battu —, ou avait-elle été influencée et complexée par les rebuffades de son mari, elle ne s'investissait pas outre mesure auprès de ses enfants, sauf s'ils la sollicitaient. Comme si toute son existence ou son passage en ce monde eussent été empreints de timidité ou de réserve, soit dès l'origine, soit à partir d'un moment précis. Quand on est répudié par le principal objet de son amour, cela entraîne souvent l'impression que vous êtes de trop d'une façon générale, que la manifestation de votre affection risque de paraître obsédante ou malvenue, qu'elle s'est affadie et que, par conséquent, vous ne devez jamais l'imposer sans y avoir été invité. Cela me peinait un peu de remarquer la façon dont elle attendait un signe des enfants avant d'oser les cajoler ou de leur faire des câlins. Les deux plus jeunes, par bonheur pour elle, cherchaient encore régulièrement et tout naturellement ces moments de tendresse qu'elle appréciait tant, le visage radieux de satisfaction, mais le regard légèrement inquiet et perdu comme si elle entrevoyait, à l'horizon, la fin de ces effusions, et qu'une partie de son esprit d'un incontrôlable fatalisme leur disait adieu — les enfants grandissent, ils se détachent de vous, ils vous envoient promener pendant des années et, le jour où ils finissent par revenir vers vous, ils ne sont plus les mêmes. L'aînée ne cherchait plus ces moments d'affection, elle était plus réservée, même si son tempérament confiant et naïf l'incitait à développer avec sa mère une certaine complicité ; de temps à autre, me parvenait le murmure de leurs conversations ou l'écho de leurs rires, des conversations courtes et frivoles, des rires brefs, déclenchés par une anecdote récente ou quelque détail pratique du quotidien. Il me semblait parfois que Beatriz allait et venait dans la maison, se mettant, pour ainsi dire, à disposition en attendant que quelqu'un l'appelle ou s'approche d'elle et réclame sa compagnie, son avis, son intervention ou son aide, ou que, d'un regard timide, elle lui demande l'autorisation de l'embrasser ou de le serrer dans ses bras.

Elle n'avait rien d'une femme oisive, comme cette description pourrait le laisser croire et, comparé à Muriel, elle ne gagnait pas bien gros (certes, non seulement les sommes étaient modiques, mais elles étaient inutiles pour les dépenses domestiques, aussi s'en servait-elle à d'autres fins). Trois matins par semaine, elle donnait des cours d'anglais à des enfants dans un collège, et deux après-midi par semaine, des leçons particulières à domicile, du moins était-ce le bruit qui courait. Je ne pense pas qu'elle ait jamais étudié cette langue de façon sérieuse mais, née à

Madrid vers la fin de la Guerre, elle avait été emmenée toute petite aux États-Unis où elle avait passé une partie de son enfance, de son adolescence et de sa jeunesse, séjournant alternativement dans ce pays et en Espagne, sous la tutelle d'oncles qui copinaient avec le régime, et entretenant avec ses cousins des liens fraternels. À cause de sa paresse, elle n'était pas totalement bilingue, mais presque. Son père qui ne s'était pas fait remarquer pendant la Guerre civile et qui, en principe, n'était pas poursuivi par les franquistes (même si, dans les années trente ou quarante, et jusque dans les années cinquante, n'importe qui pouvait être inquiété du jour au lendemain, il suffisait d'une inimitié entre voisins, d'un mépris bien enraciné, d'un préjudice porté à un vainqueur ou d'une dénonciation bidon, les gens s'efforçant de se faire bien voir des autorités) avait décidé de s'exiler et réussi à le faire quelques mois avant la prise de la capitale par les troupes de Franco. De convictions modérément républicaines et laïques, conscient de ce que pouvait être le pays aux mains des insurgés (les mains libres sans rien qui les retienne), le dégoût et la peur l'avaient envahi, pour ne pas dire l'horreur et la panique, et il avait profité de sa soudaine solitude pour partir en France avec sa fille, bravant les difficultés habituelles et faisant courir un risque à une enfant aussi petite. De là, Ernesto Noguera avait réussi à gagner le Mexique, grâce au soutien du ministère des Affaires étrangères de ce peuple généreux (qui adoucit la chute de nombre de ceux qui étaient alors tombés) où il avait passé près d'un an jusqu'à ce que, et je ne saurais dire si c'est grâce au poète Salinas ou au poète Guillén ou aux deux, qu'il avait connus et admirés à Madrid, ou carrément grâce à Justina Ruiz de Conde, il lui échût un poste de professeur d'espagnol à Wellesley College, dans le Massachusetts ou à Smith, ou à Tufts, ou à Lesley ou dans un autre centre universitaire de la région de Boston (peut-être les visita-t-il tous, et Dieu sait dans quel ordre) plus stable et mieux payé que les emplois sporadiques que pouvait lui offrir le monde incertain de l'édition dans un Mexique infesté de concurrents compatriotes. Il avait une licence de philosophie et de lettres, obtenue juste avant que n'éclate la Guerre, et il avait enseigné en Espagne dans un institut de langues vivantes, il avait également traduit des livres allemands ou anglais, entre autres des œuvres de Joseph Roth et d'Arthur Schnitzler, de H.G. Wells, de Bernard Shaw et de Bertrand Russell. Il avait une bonne connaissance de l'anglais, même s'il n'avait guère eu l'occasion de le parler et si, par la suite, et au dire de sa fille, il ne se débarrassa jamais de son accent espagnol, malgré toutes ses années passées en Amérique du Nord.

Ce que j'ai appelé sa soudaine solitude ne fut jamais tout à fait clair pour elle. La version qui lui parvint dans son enfance était que sa mère était morte peu après l'avoir mise au monde, au milieu d'un bombardement ou à l'instant où un obus s'abattait sur leur maison, creusant un énorme trou dans l'immeuble mitoyen ; ils avaient eu de la chance, malgré tout. Le père n'entrait pas dans les détails quand elle lui posait des questions, le récit variait quelque peu, jusqu'à se contredire, comme s'il avait inventé cette histoire et ces circonstances et ne s'était guère donné la peine de graver ce mensonge dans son imagination ni dans sa mémoire. Il parlait peu de sa femme et avec une vague indifférence, ne donnant guère l'impression qu'elle lui manquait ; il ne faisait pas partie de ces hommes prématurément veufs dévastés par la perte de l'être cher, pour lesquels relever la tête représente un effort colossal. Il faisait appel à des *baby-sitters*, sortait les fins de semaine, se rendait à Boston et rentrait tard. Nul doute qu'il adorait sa fille et s'occupait d'elle, mais avec une espèce de nonchalance innée ; après tout, c'était un homme seul, assez jeune et peu dégourdi, à coup sûr encore immature. Il l'envoyait donc avec une relative facilité chez ses oncles et tantes, auxquels cela coûta plus d'une traversée en bateau : Beatriz passait presque tous ses étés en Espagne, et y resta même une année scolaire. Au cours de ces séjours, elle avait entendu ici et là des commentaires ou des insinuations qui avaient échappé — délibérément ou non — à ses proches du côté paternel, les seuls qu'elle connaissait ou qu'elle voyait et qui parfois semblaient en froid avec leur frère et beau-frère — ces remarques l'avaient amenée à penser que sa mère n'était peut-être pas morte mais que, de deux choses l'une : ou bien elle avait abandonné son mari peu après l'avoir mise au monde et n'avait pas voulu se retrouver avec l'enfant d'un homme à l'égard duquel elle nourrissait un trop vif ressentiment ou pour lequel elle éprouvait de l'aversion, ou bien, en raison de divergences politiques alors insurmontables, elle avait refusé de l'accompagner dans son exil, sans exiger que la jeune enfant fût laissée à ses soins en Espagne. Quoi qu'il en soit, elle aurait renoncé à l'enfant, à moins que Noguera ne l'ait enlevée ou ne la lui ait arrachée. Ce n'est que beaucoup plus tard que Beatriz osa poser ouvertement des questions ; à vrai dire, ce ne fut que peu avant son mariage et elle ne manifesta jamais le moindre empressement. Il y a des questions au sujet desquelles mieux vaut laisser planer un soupçon qui, loin d'être pesant, est susceptible de faciliter les choses, plutôt que de viser à une certitude décevante et stérile qui vous contraint à vivre et à vous raconter quelque chose de différent de ce que vous avez vécu depuis le début, comme Muriel l'avait plus ou moins dit, si tant est que l'on puisse supprimer ou remplacer ce que l'on a déjà vécu. Il se peut qu'il ne soit pas même possible de supprimer ou de remplacer ce à quoi l'on a cru, si tant est que l'on y ait cru longtemps.

Inutile de dire que j'ai trouvé la plupart de ces données par le biais de Muriel, de Beatriz ou, plus tard, de tierces personnes, et j'en ai même obtenu d'autres ces temps derniers, grâce à Internet et ses renseignements nourris, bien qu'ils soient souvent inexacts (les traductions du père, par exemple). En tout cas, Beatriz parlait anglais comme si c'était sa langue maternelle, même si des années déjà nombreuses sans, pour ainsi dire, sortir d'Espagne, avaient un peu rouillé son accent et mis à mal sa syntaxe (elle faisait des fautes) et cette connaissance de l'anglais lui servait à ne pas être une simple maîtresse de maison et à gagner trois sous. Elle n'était pas pour autant une femme oisive ou falote quand elle n'enseignait pas, elle semblait vouloir combattre un mal de vivre foncier en remplissant ses journées, au moins de temps en temps. Ses matins et après-midi libres, elle sortait sans donner de grandes explications et sans que Muriel les lui demandât : cela n'aurait eu aucun sens, compte tenu du fossé qui les séparait. Rico passait parfois la prendre quand il séjournait à Madrid, parfois c'était Roy ou l'une de ses amies, elle en avait plusieurs, mais deux dont elle était très proche et que je n'appréciais pas vraiment. Quoi qu'il en soit, elle s'efforçait d'être de retour pour le dîner des enfants, sinon plus tôt, au cas où ils auraient besoin de son aide pour leurs devoirs ou pour lui confier leurs tourments, surtout dans le cas des deux plus jeunes (des tourments d'écoliers, bien entendu, de ceux que l'on confie sans réticence aucune).

En revanche, lorsqu'elle se repliait sur elle-même, elle se réfugiait dans ses quartiers et on l'entendait s'exercer au piano avec une véritable nonchalance ou une telle indolence que ce que l'on percevait le mieux était, en réalité, le tic-tac du métronome qui s'évertuait de longs moments, sans que l'on entendît une seule note ni un seul accord, comme s'il se fût agi d'une perpétuelle menace, d'une représentation du temps de ses pensées ou du rythme lancinant de ses souffrances, peut-être était-ce une façon de dire à Muriel que le fil de sa propre vie se dévidait sans sa compagnie et sans qu'elle retrouve son affection, une façon aussi de lui faire remarquer son absence, seconde par seconde ou, au minimum, je crois, quarante fois par minute. Cela m'angoissait, il m'arrivait de me demander si Beatriz n'avait pas perdu connaissance et ne gisait pas par terre à côté du piano — peut-être même morte — tant les pauses sans musique ou simulacre de musique étaient longues, tandis que le pendule oscillait d'un côté à l'autre, indifférent au sort de celle qui le mettait en marche. Je n'ai jamais su quelle était l'autonomie de ce genre d'instrument, mais j'avais l'impression que sitôt que le ressort faiblissait, Beatriz devait le remonter sans tarder. Certains matins ou certains après-midi, ce tic-tac me semblait éternel, comme si Beatriz nous rappelait ainsi qu'elle était là, non loin de nous, et nous imposait en quelque sorte sa présence invisible, pour s'assurer que nous ne l'oubliions pas un seul instant, si distraits et occupés que nous fussions. Muriel en avait grande habitude, il ne cédait pas à l'inquiétude qu'engendrait ce bruit rythmé, inlassable, monotone, qui ne me disait rien de bon et à travers lequel je percevais une attente insatisfaite, une mise en garde. Par moments, je croyais voir Beatriz tambouriner interminablement du bout des doigts, prête à exploser, à agresser quelqu'un, à détruire le piano ou à commettre quelque folie, pour employer ce classique euphémisme et ainsi éviter le mot suicide. Il continuait toutefois à converser, à pérorer ou à dicter, comme si de rien n'était, insensible à ces battements obsédants. Il pensait alors qu'il avait réussi à éliminer Beatriz de la face de la terre, même s'il l'avait là au quotidien, tout près, et s'il échangeait avec elle des banalités aigres-douces, allant jusqu'à lui dédier parfois un sourire inconscient, réflexe automatique d'une sympathie depuis longtemps révolue ou spectre blafard d'un désir défunt ; il est difficile de garder à jamais et sans répit le front plissé en présence d'autrui.

Un jour, constatant que le métronome battait depuis plus d'une demi-heure sans qu'une seule note de piano le tempérât, j'osai exprimer mes craintes.

— Pardonnez-moi, Eduardo, lui dis-je, je ne sais si vous vous êtes rendu compte que nous n'entendons plus de musique depuis un moment, mais que le balancier, lui, ne s'arrête pas. Ne serait-il pas arrivé quelque chose à votre épouse ? Peut-être ne se sent-elle pas bien ou s'est-elle évanouie. Vous ne trouvez pas ça étrange ?

— Non, répondit-il. Elle prend son temps, elle s'isole, elle s'endort assise. Tant qu'elle est là, il n'y a pas lieu de s'inquiéter. En revanche, c'est une autre affaire quand elle sort seule dans le quartier.

— Que voulez-vous dire ? Qu'il convient alors de s'inquiéter ?

— Pas nécessairement, répondit-il et il changea de sujet ou relança celui que nous avions évoqué plus tôt.

J'en conclus qu'il n'avait sûrement pas l'intention de s'étendre là-dessus ni d'ajouter quoi que ce soit. Je n'insistai donc pas et convins avec lui que tant que nous entendions le tic-tac, tout était plus ou moins dans l'ordre, autrement dit, que Beatriz était saine et sauve, ce qui ne signifiait pas pour autant qu'elle fût sereine et eût tout son bon sens.

Les périodes actives, j'entends celles de Beatriz, étaient, par bonheur, plus fréquentes. Je ne sais trop pourquoi — sans doute à cause de cette remarque de son époux ; ou si je le sais, je ne souhaite pas le raconter, du moins pas pour le moment, nous verrons plus tard — quand Muriel était absent, en repérage à l'extérieur, en quête de subventions ou en train de tourner le seul de ses films qui coïncida avec mon temps passé à son service, ce fameux projet purement alimentaire avec le producteur anglais Towers, quand il tenta à nouveau sa chance en Espagne, après ses films du docteur Fu Manchu, de Dracula, de Sumuru et du marquis de Sade qui remontaient aux années soixante et soixante-dix, avec presque toujours Jesús Franco ou Jess Frank comme réalisateur, et Muriel lui-même en tant qu'éventuel suppléant (même s'il s'investissait comme si au départ l'idée était sienne, convaincu que de sa main et de son œil finirait par sortir une œuvre personnelle et plutôt artistique). Pendant qu'il s'absentait une semaine ou l'autre, dis-je, et que mon travail se résumait à établir des listes exhaustives et chronologiques d'auteurs afin de remettre de l'ordre dans sa gigantesque bibliothèque, et à faire ce genre de tâches (j'ai connu peu d'hommes ayant lu autant que lui), je pris l'habitude de suivre sa femme quand elle sortait seule. Pas quand Rico ou Roy ou ses copines plutôt cancanières passaient la prendre, bien sûr. Je savais qu'ils allaient alors au cinéma, au théâtre, faire des courses, à un concert, à un musée, à une conférence ou à une de ces réunions désuètes (Beatriz raffolait de l'écrivain Juan Benet, qui plus est, elle lui trouvait un charme fou), de retour, elle me décrivait ses activités de l'après-midi et me rapportait l'une ou l'autre anecdote. Rico ronchonnait quand elle le traînait au cinéma, mais il cherchait à lui faire plaisir, soucieux de satisfaire Muriel, fût-ce par personne interposée. Roy, lui, était beaucoup plus docile, et il ne fallait pas plus que le professeur l'éliminer comme amant potentiel de qui que ce fût, même de Beatriz, en principe du moins (un gars non sans danger, si trompeuses que fussent ses allures de *savant* et l'indifférence dissuasive avec laquelle il traitait les femmes auxquelles il prétendait ou feignait de prétendre ; il aimait à se lancer des défis ou à se mettre à l'épreuve, je crois, pour ensuite souvent se retirer tout bonnement du jeu, non sans s'être assuré qu'il aurait pu rafler la mise). On l'estimait inoffensif, un sigisbée à part entière, pour reprendre le terme italien désuet qui désignait les escortes purement utilitaires, et, en principe, non carnivores, des femmes mariées négligées, d'honorables veuves et de quelques demoiselles timides en société.

Roy avait hérité de son père un cabinet d'affaires qui marchait presque tout seul et auquel il ne consacrait que très peu de temps, il s'y arrêtait le matin pour saluer tel ou tel client tatillon, superviser le travail de ses employés et feindre de donner ses instructions. Sa vraie passion était le cinéma, et il avait pour Muriel une admiration sans bornes. Il avait contribué par de modestes sommes à ses productions (à fonds perdus, pour se sentir partie prenante de ce qui à ses yeux serait toujours une noble entreprise) et il avait écrit deux courtes monographies sur l'œuvre de Muriel qui avaient été publiées chez de petits éditeurs ; fort de ce prétexte, il s'était à l'époque approché du maestro, comme il se plaisait à l'appeler, quand il se référait ou s'adressait à lui, comme s'il se fût agi d'un chef d'orchestre ou d'un matador, les seuls en Espagne à mériter ce titre sans que cela fît lèche-bottes ou sonnât faux. Muriel l'avait accueilli, il lui avait ouvert ses portes (il y avait quelques personnes qui se présentaient à l'appartement sans être annoncées ou parce qu'elles passaient par là, il n'était pas rare de les y croiser, elles faisaient partie du décor, mais il était bien entendu qu'on leur barrerait l'entrée ou qu'on les renverrait carrément si leur compagnie s'avérait inopportune) avant tout parce qu'il l'appréciait et, dans une moindre mesure, par condescendance, voire par pitié : Roy devait avoir une vie si vide et il était si enthousiaste que le maestro l'autorisait à la remplir un peu avec les miettes de la sienne, miettes sur lesquelles Roy se jetait, tel un rapace. Chacune de ses visites chez nous était pour lui un événement (je dis « nous » car, bien sûr, je finis par faire partie des meubles, j'étais souvent chargé d'aller ouvrir la porte et donc de laisser ou non entrer les arrivants), qui plus est, quand cette visite coïncidait avec celle d'un réalisateur ou d'un acteur ou d'une actrice vaguement célèbre, car Roy était mythomane. Il s'asseyait à part, n'intervenait pas dans les conversations, se faisait discret, invisible, une silhouette, certains le prenaient pour une espèce de fondé de pouvoir silencieux et littéralement dans l'ombre, qui devait être témoin de certaines réunions et rencontres ; Muriel ne le présentait même pas toujours à tout le monde. Roy savourait chaque instant, chaque contact, si bref fût-il, avec qui que ce fût, même moi, mais surtout avec les célébrités ; un jour, il resta pétrifié, muet, avant d'être pris de tremblements, quand il se retrouva au salon face à Jack Palance, le méchant de *L'Homme des vallées perdues* et de tant de films inoubliables, avec qui Muriel s'était lié d'amitié quand Palance avait tourné, en Espagne, une adaptation, complètement démente, de la *Justine* de Sade, toujours sous la baguette (façon de parler) de ces vibrions prolifiques qu'étaient Frank & Towers, ainsi que *Les Hommes de Las Vegas*, d'Isasi-Isasmendi. Palance avait fait de vagues études à Stanford, il avait enregistré un disque de chansons *country*, il était peintre et poète à ses heures, il avait plus de sens artistique que l'on ne s'y serait attendu, à le voir incarner Attila, ou un cruel gladiateur, ou même assassiner quelqu'un à chaud ou à froid. Il voyait dans Muriel un intellectuel, et c'était ce côté-là qu'il respectait et qui l'intéressait le plus. Quand Roy entra, Palance se leva, en vrai gentleman, et comme Roy n'était pas bien grand et lui un géant, il dut se courber pour lui serrer la main, donnant presque l'impression de lui faire la révérence. Il perdit un peu l'équilibre et, pour se stabiliser, il appuya son autre grosse patte sur l'épaule de ce petit bonhomme de Roy. Ratant l'épaule, il n'eut d'autre recours que de transformer ce geste en une accolade maladroite, mais, par crainte sans doute de l'écrabouiller sous son poids, il se redressa lestement et vous le souleva dans les airs comme s'il s'agissait d'un pantin. Durant deux ou trois secondes, nous eûmes droit à une scène dont Muriel et moi nous souviendrions longtemps : Roy dans les bras de Jack Palance, les pieds dans les airs, le visage contre son torse. Palance éclata de rire et reposa Roy par terre, avec la même grâce qu'il eût déployée pour déposer une ballerine après l'avoir enlevée dans les airs. « Désolé, c'est ma faute, dit-il. Je devrais pouvoir rapetisser quand je suis dans le sud de l'Europe. » Et il se remit à rire en exhibant ses petites dents. Roy ne le comprit pas, il parvint tout juste à balbutier dans un prétendu anglais quelque chose qui se terminait par *meet you*, puis il lissa sa veste et se retira dans son coin pour l'observer avec voracité, sinon avec délices, sans oser dire un mot pendant tout le temps qu'il resta là, effacé, frissonnant d'émotion, tel un spectateur dans l'obscurité d'une salle de cinéma. Je suis persuadé que, ce soir-là, il rédigea une longue entrée dans son journal (comme beaucoup d'individus seuls ou malheureux, il tenait un journal) dans laquelle non seulement il consigna le peu qu'il avait saisi de la conversation en anglais, mais il écrivit à coup sûr, la ponctuant de points d'exclamation, quelque puérilité du genre : « La main qui tient cette plume a serré aujourd'hui celle de Jack Palance ! » « Et il m'a même soulevé dans ses bras, lui, le célèbre flingueur ! » De ce dernier, certes, je trouvai vers la fin des années quatre-vingt-dix un ouvrage intitulé *The Forest of Love : A Love*

*Story in Blank Verse*, et qui plus est, illustré par lui. Tout comme son disque de *country* contient de jolies chansons et sa voix est originale et plaisante (l'une d'elles ne commence-t-elle pas par ces paroles pleines d'humour : « Je suis le gars le plus méchant qui ait jamais existé, je crache quand les autres pleurent » ?), en souvenir de ce fameux après-midi, et en tant qu'admirateur inconditionnel de cet acteur, et que mythomane sur les bords, je ne me risquerai pas à critiquer ses vers libres.

C'était donc un plaisir et un honneur pour Alberto Augusto Roy de se garder disponible pour l'épouse du maestro, et celle-ci faisait appel à lui, j'imagine, faute d'une autre compagnie plus subtile ou plus distrayante. Roy était petit, je l'ai dit (la différence de taille entre eux était manifeste quand Beatriz portait des talons hauts, autrement dit, la plupart du temps), mais loin d'être chétif, il était plutôt baraqué, assez bien proportionné pour sa taille, il avait un visage plaisant pour peu que l'on fît abstraction de ses grosses lunettes à la monture en écaille très claire, qui rétrécissaient ses yeux verdâtres, tout en cachant et en affadissant ses traits. Il était myope comme une taupe. Ses lunettes lui donnaient aussi un air légèrement professoral qui n'allait pas avec son teint très bronzé, de même couleur que ses grosses lèvres, brunâtres comme si teint et lèvres s'associaient en un *continuum* de nuances et avaient été exposés à part égale, depuis la naissance, à un soleil perpétuel et puissant. Par moments — des élans de coquetterie mal à propos — il se laissait pousser les cheveux, les plaquait vers l'arrière, et soit il les frisait, soit il les lâchait sur la nuque, au naturel, en boucles impudiques ; en de tels moments, il laissait là son air professoral et en adoptait un qui tenait à la fois du minet en herbe, repoussant et onctueux, et du chanteur de flamenco binoclard. Jusqu'à ce que Muriel le rappelle à l'ordre, en agitant le majeur pour cibler la zone délictueuse, comme s'il se fût agi du barillet d'un pistolet. « Alberto Augusto, elle a déjà repoussé, ton espèce de salade frisée qui te donne l'air d'un truand de seconde zone ou d'un ex-franquiste nostalgique. Qu'est-ce qu'on va penser de moi si on nous voit ensemble ! » Et Roy de porter la main à sa nuque, affolé, puis de caresser ses frisettes comme s'il leur disait adieu et de se précipiter chez le coiffeur pour qu'il les coupe et lui ébouriffe sa tignasse. Que n'aurait-il fait pour éviter le moindre reproche de Muriel.

Il avait toujours l'air heureux ou il faisait partie de ces êtres qui, précisément à cause du vide de leur existence, trouvent aisément des raisons de se réjouir au quotidien, j'entends par là qu'ils passent du jour au lendemain avec insouciance, aidés par de modestes promesses, qu'ils transforment en attentes démesurées (au fond, si l'on y réfléchit, n'en va-t-il pas de même pour chacun d'entre nous, qui menons une vie avec ou sans exigences ?), de la sortie d'un film qui nous attire — dans son cas — jusqu'à un dîner avec un ami archiviste prévu d'ici peu, ou — dans son cas — avec un cousin de Málaga qui venait toutes les quatre à six semaines et répondait au nom de Baringo Roy ; si étrange que cela pût paraître, Rico appelait ainsi ce cousin dont il admirait l'activité sexuelle effervescente et les prouesses en ce domaine qu'il lui arrivait de nous relater par le menu (perfide, Rico les lui soutirait), elles donnaient l'impression d'être pure invention, mais lui-même y croyait dur comme fer — il n'allait pas renoncer à un tel plaisir et encore moins à pareil fantasme —, s'étonnant et se scandalisant avec délices. Et, bien sûr, il était vital pour lui de fréquenter le cercle de Muriel, si tant est que l'on pût ainsi appeler cette coterie, même s'il ne s'agissait pas d'un cercle à proprement parler, mais plutôt d'un amalgame aléatoire. Muriel avait un atout majeur, une générosité qui facilitait les échanges : il n'empêchait pas ceux qui gravitaient autour de lui de développer une amitié ou d'établir des liens en dehors de lui. Le sentiment de propriété ou de priorité ne l'affectait en aucune façon, pas plus qu'il ne s'inquiétait de ce qui se tramait au-delà de son contrôle. À la différence d'autres individus rassembleurs soucieux de régir et de superviser les contacts des proches qui se sont connus par leur intermédiaire, et d'être tenus au courant de toute alliance, tout rapprochement ou toute rencontre qui se produirait entre eux, Muriel laissait faire en pleine liberté et se montrait même heureux que les uns et les autres s'entendent bien et tissent entre eux leurs propres liens. En conséquence, il ne voyait pas non plus d'objection à ce que chacun entretienne avec Beatriz le type de relation qu'il souhaitait et qu'elle acceptait ; loin d'objecter, il encourageait même, je crois, ces relations qui, à coup sûr, le déchargeaient. Ainsi, tout en étant aussi différents, voire opposés, Rico et Roy, par exemple, s'entendaient bien, ils s'amusaient mutuellement, conversaient, s'entretenaient en apartés tout comme, et à divers degrés, avec les autres habitués de la maison, à l'exception près qui confirme toujours la règle.

Cela m'incluait, tout comme le docteur Van Vechten et ces deux grandes amies de Beatriz qui m'inquiétaient, mais cela n'incluait pas vraiment, ou pas du tout, le reste. J'allai jusqu'à soupçonner certaine promiscuité — réelle ou purement hypothétique ou seulement pressentie entre l'une ou l'autre et certains de nos visiteurs habituels, pas dans le dos de Beatriz, sans doute (il me semblait qu'elles trois se racontaient tout, et même trop), mais probablement dans celui de Muriel qui donnait au début l'impression de ne se rendre compte de rien, plutôt par choix personnel que par incapacité ou par inattention ; comme s'il avait décidé depuis longtemps de rester à l'écart des brouilles de son entourage, des passions qui les provoquaient, des toquades,

des méfiances, des susceptibilités, comme s'il avait décidé qu'il en avait déjà suffisamment avec celles de son passé, qui ne disparaissent pas toujours quand elles cessent, mais continuent à s'accumuler et à lester le reste de la vie.

Une de ces deux amies était une belle-sœur, la veuve du frère aîné de Muriel, victime, huit ans plus tôt, d'un accident de la route près d'Ávila, en plein hiver un jour où il neigeait, et dans des circonstances pas vraiment flatteuses pour elle : on avait retrouvé deux corps, celui de son mari et celui d'une blonde et jolie Française, beaucoup plus jeune que lui, inconnue de la famille, c'est du moins ce que déclarèrent tous les autres membres, y compris Muriel. Quoi qu'il en soit, elle n'avait pas l'air d'une professionnelle, à en juger par la classe de ses vêtements (à moins qu'elle ne fût de très grand *standing* et dotée d'un goût raffiné) qui la couvraient à peine : la veste de son élégant tailleur était déboutonnée — on entrevoyait un soutien-gorge réduit à sa plus simple expression — et la jupe s'arrêtait au-dessous du nombril, en dépit du froid ; peut-être était-ce dû à la collision avec un camion arrivant en sens inverse que le couple avait pris de plein fouet lors d'un dépassement imprudent et irréfléchi, mais n'était-ce pas une singulière coïncidence que l'homme eût, lui aussi, son pantalon ouvert — une braguette également à boutons. Comment ne pas alors penser que ces laborieuses opérations de déboutonnage n'avaient pas été la cause première de la collision, surtout si chacun s'était chargé de déboutonner l'autre, voilà qui détourne inévitablement l'attention de la route et peut créer l'illusion — la perspective du plaisir — de se sentir invulnérable. Muriel me raconta tout cela par la suite, un jour où il était d'humeur à bavarder — il me dispensait, à bâtons rompus et à profusion, certains détails concernant sa vie, comme quelqu'un qui ne souhaite pas se plier à ce genre d'exercice, futile à ses yeux, mais qui, en revanche, reste sur son quant-à-soi dès qu'on lui demande quelque chose de concret, comme la fois où je lui avais posé une question sur son bandeau — afin de m'expliquer pourquoi sa belle-sœur Gloria ne pouvait le supporter.

Au lieu de rester tranquille durant sa période de deuil, Gloria avait mené son enquête, nul doute avec l'aide d'un détective désœuvré ; elle avait ainsi appris que la Française avait eu de petits rôles dans des films de son pays, dans *Les Brûlantes*, des omniprésents Franco et Towers (à supposer que le contenu soit conforme au titre, ils n'avaient pas dû se montrer trop tatillons pour réunir autant de femmes), et dans des *westerns-spaghettis* tournés en Espagne, et qu'elle avait fait des essais en vue d'un rôle plus important dans un projet de Muriel. Même si elle n'avait pas fait l'affaire, Gloria s'était mis dans la tête qu'en dépit de ses allégations, son beau-frère savait fort bien qui elle était et, mieux encore, avait dû la présenter à son frère et lui en avait, pour ainsi dire, fait cadeau ou, qui sait, la lui avait refilée. Ou que, tout au moins, il l'avait informé de l'endroit et de l'heure auxquels s'effectuait la sélection des jeunes et séduisantes demoiselles pressenties pour les seconds rôles, afin qu'il jette un coup d'œil sur les candidates et ensuite se les réserve. Muriel jurait ses grands dieux qu'il ne se souvenait pas de cette Française (« comment veux-tu que je retienne les visages de toutes les candidates qui ont échoué ? ») pas plus qu'il ne se rappelait si, par quelque hasard, le jour de ces fameux essais, son frère Roberto était passé le voir au studio où il aurait rencontré la pauvre starlette, à présent défunte, seins à l'air. Une chose était sûre, Gloria accusait carrément Muriel de ces deux malheurs (et on n'aurait su dire lequel des deux l'affectait ou la tourmentait le plus : l'infidélité de son mari — passagère ou définitive, allez savoir — ou l'accident et la perte). « Ah ! Toi, tes films, tes actrices ! lui avait-elle maintes fois reproché. Roberto mourait de jalousie et il en est mort, littéralement et, par-dessus le marché, comme un pauvre type ! » En général, si exaspéré fût-il, Muriel ne lui répondait pas, soucieux d'éviter toute querelle. Au fond, il appréciait que Gloria s'abstînt de mentionner, du moins en sa présence, le ridicule de sa situation qui, bien des nuits, devait la tourmenter : derrière son goût indéniable pour les mondanités, se cachait une femme aux convictions religieuses rudimentaires, comme nombre de femmes élégantes, frivoles et plutôt cultivées ; en Espagne, de nos jours, on a encore ce genre de surprises. Elle n'en faisait pas état, consciente que cela relevait du domaine le plus intime, mais elle se disait sûrement avec horreur que Roberto était mort non seulement comme un pauvre type, mais en plus en état de péché mortel ou presque. Muriel était persuadé qu'elle se demanderait souvent jusqu'où seraient allés ces deux-là avant la collision et que le fait qu'il ne pouvait avoir éjaculé au volant, qu'il n'en avait pas eu le temps, devait la réconforter un peu. Voilà ce que s'imaginait Muriel avec un petit rire amer. À moins que quelqu'un ne lui eût raconté les insomnies casuistico-spirituelles de sa belle-sœur.

Mais quelque chose d'autre attisait cette aversion : dans l'attitude de Muriel à l'égard de Beatriz — qui durait depuis Dieu sait combien de temps : « Avant ce n'était pas comme ça. Je ne te lassais pas et on ne peut pas précisément dire que nous nous ennuyions ensemble » —, sans doute Gloria voyait-elle une prolongation, une répétition ou une variante de l'attitude de son mari à son propre égard au cours des derniers temps de son existence, ce qui l'incitait à ressentir, ou plutôt à manifester une solidarité tapageuse et jouissive avec sa belle-sœur et amie, plus en paroles que sincère, car Beatriz, comme je l'ai dit, était d'une voluptueuse exubérance peu propice à susciter la solidarité de ses congénères ou la compassion de ceux du sexe opposé ; Gloria avait tendance à prendre chaque affront ou rejet de Muriel — dont, il va sans dire, elle était aussitôt informée —, ou chaque toquade qui s'ébruitait ou débridait les langues — comme une offense et une trahison personnelles, allant jusqu'à considérer comme génétique la méchanceté de ces deux frères ou, tout au moins, leur cruauté. Muriel l'interprétait ainsi et, ce qui est certain, c'est que pour peu que je surprenne des bribes de conversations entre les deux femmes (ou les trois, au cas où Marcela, l'autre grande amie, était là), pendant que mon patron était sorti et que j'établissais ses listes chronologiques d'auteurs, cherchais et complétais leurs dates de naissance et de décès ou que je traduisais un script ou un synopsis, recueillais des données ou qu'importe, ce qui me parvenait c'étaient des voix et des phrases désobligeantes, susceptibles d'envenimer les choses et de faire bouillonner le sang de Beatriz, du genre : « Je ne comprends pas comment tu le laisses s'en tirer avec ça », « Il s'acharne à t'humilier et à t'enfoncer », « Je ne comprends pas comment tu ne lui as pas flanqué une gifle », ou : « Menace-le sérieusement de divorcer, ça devrait être possible d'ici peu, on ne peut pas dire qu'ils se pressent pour faire passer la loi ». Je me souviens un jour avoir entendu la réponse de Beatriz à cette dernière sommation. Curieux, je levai les yeux de mon travail pour mieux écouter. J'étais dans mes quartiers, qui étaient ceux de Muriel, et elles, dans ceux de Beatriz, portes ouvertes, comme si je n'existais pas ou ne comptais pas. Le bruit de ma machine à écrire était, je présume, la garantie de mon indifférence. Parfois je me sentais tel un de ces domestiques d'autrefois, qui assistaient à tout sans mot dire, telles de véritables statues dans l'imagination crédule de leurs maîtres qui, plus tard, se réservaient de fatales surprises en découvrant que ces statues avaient une langue.

« Oui, on nous promet ça depuis 1977, mais ça n'arrive pas, avec tes curés et leurs politicards qui s'obstinent à ce que rien ne bouge. À vrai dire, je me demande à quoi cette menace servirait si, de son côté, c'est ce qu'il souhaite. Je peux déjà me préparer à rester avec les enfants et à le perdre pour toujours, le jour où la loi sera votée. Voilà ce qui m'attendra. Et alors, pour sûr, il n'y aura plus d'espoir. »

Il était difficile, malgré tout, pour Beatriz, de se révolter ou de faire en sorte que son sang bouillonne dans ses veines. Elle semblait toujours plus triste que furieuse, plus affligée qu'indignée, quand elle était avec lui, du moins, ou quand il était le sujet de leurs conversations. Elle savait se ressaisir et elle avait de l'endurance, moins parce qu'elle souhaitait que sa patience le fît changer de comportement que parce qu'elle était sûre que le contraire eût aggravé la situation. Elle pressentait que crier, rager, se rebeller, lui retourner ses insultes et se chamailler donnerait raison à Muriel, ne ferait qu'accroître sa hargne et aboutirait à ce qu'il ne la gratifiât même pas de quelques instants par-ci par-là d'un ton empreint de douceur, presque plaintif, triste, ni ne lui prodiguât des paroles comme celles que je lui entendis dire sur ce même ton à portée de mes oreilles : « Là-dessus, je suis d'accord avec toi. » Bref, on aurait cru que Beatriz aimait à ce point Muriel et se sentait depuis si longtemps en dette à son égard, que cela lui coûtait de l'affronter tout autant que de dire du mal de lui dans son dos, elle se soulageait en racontant et en se plaignant, elle n'avait pas besoin de cracher du venin ni de se faire du mauvais sang. En outre, quand elle n'était pas en sa compagnie et ne parlait pas de lui, Beatriz n'était pas du genre à rester dans son coin, telle une victime qui se lamente sur son sort. Elle s'était organisé une vie indépendante et à part, comme si son mari ne comptait pas pour elle ou comme si elle avait officiellement renoncé à lui.

— Faut pas croire, lui répondit Gloria, que ça lui coûterait les yeux de la tête et qu'il y réfléchirait longtemps avant de le demander. Nous ne savons pas à quoi ressemblera la loi, mais, pour sûr, le conjoint le moins aisé en sortira très avantagé. Et plus encore, si la femme a la garde des enfants.

Elle tenait pour acquis que les femmes gagnaient moins

que leurs époux et qu'elles auraient la garde des enfants, il en était ainsi la plupart du temps dans les années quatre-vingt, et c'est toujours le cas à présent, à quelques exceptions près, rien n'a réellement changé.

— Il n'a aucune relation stable, pour autant que nous sachions. Aucune femme qui lui plaise assez pour qu'il l'épouse. Et puis, tu le vois se remariant ? Pas moi ! Cet homme ne supporterait pas quelqu'un de nouveau dans sa vie, et une épouse de fraîche date est toujours jalouse, un vrai pot de colle. Il ne va pas supporter quelqu'un à qui il devra rendre compte de ses déplacements, et qui insistera pour l'accompagner partout où il va. Au fond, c'est commode comme ça, malgré le mépris qu'il affiche à ton égard et le fait qu'il ne puisse pas te souffrir. Menace-le de divorcer dès que possible et tu verras la trouille qu'il aura. Tu le verras devenir doux comme un agneau et rengainer ses piques, du moins les plus violentes. J'ai parfois peine à croire qu'il te traite comme il le fait, mais il est clair que tu ne vas pas l'inventer. Et plus encore, j'espère que quand la loi sera promulguée, tu mettras ta menace à exécution. Il n'y a aucune raison pour que tu doives endurer tout ça, cela dépasse les bornes pour qui que ce soit. Et tu peux être sûre et certaine qu'il se trouvera quelqu'un pour t'accueillir.

Ce dernier mot me fit un peu l'effet d'une pique, « accueillir » comme si Beatriz, après son divorce, était vouée à une chute irrémédiable dans le vide ou à être exposée aux intempéries et aurait besoin d'un autre homme pour amortir le néant ou le froid. Mais Beatriz n'en tint pas compte, elle retint sa langue, habituée qu'elle devait être aux morsures avec le sourire de ses amies.

— Je me demande comment tu peux me conseiller de divorcer, et le plus vite possible, dès que la loi sera passée, toi, une catholique convaincue.

— Oui, je suis catholique convaincue, mais, disons, en surface, pas tant que ça, tu le sais très bien, répondit Gloria.

Et pas question de se faire avoir. Si le divorce est légalisé, eh bien, bonjour ! Il n'y a pas que les agnostiques et les athées qui en profiteront. Tu crois que beaucoup de ceux qui aujourd'hui s'y opposent n'y auront pas recours ? Ils le combattent parce que cela les concerne, mais nous savons tous que Dieu est ouvert à nos interprétations et qu'il comprend chacun de nous pour peu que nous nous expliquions comme il se doit et venions à lui avec de bonnes raisons. Chacun devra s'arranger avec lui, n'en doute pas. En fin de compte, n'est-ce pas ce que nous faisons toute notre vie : des pactes et des compromis, des marchandages et des compensations ? Dieu en a marre de les accepter, du moins de la part de ceux qu'il connaît bien.

— Comme s'il était l'épicier qui n'aurait qu'une seule idée en tête, vendre sa camelote, dit Beatriz et elle partit d'un petit rire. Ne va pas me dire que tu aurais divorcé de Roberto, parce que je ne le croirais pas.

— Bon, bon. Hélas, je n'ai pas manqué de me poser la question, de me demander si je préférerais ou non qu'il soit encore en vie. Mais oui, bien sûr. S'il avait continué dans la même ligne que ces derniers temps, je m'y serais sentie autorisée. Cela aurait été de sa faute, pas de la mienne. Et sur son initiative, et c'est ça qui compte. Même si c'était moi qui avais initié la procédure judiciaire, c'était lui qui avait commencé. Non que je ne lui aurais pas donné sa chance, tu parles. Non que je n'aurais pas attendu. Mais regarde, rien que ce qui s'est passé à Ávila n'aurait pu me suffire, pour peu que l'affaire ait été sérieuse. Et je ne le saurai jamais, c'est une malchance dont tu n'as pas idée. Ne pas savoir si ton mari s'est tué à cause d'un amour-passion, de ceux qui t'évincent, ou pour une folle aventure sans importance. Peut-être même ne l'aurait-il jamais revue, et ne s'en serait-il pas souvenu ? Quelle histoire !

« Ce qui s'est passé à Ávila », ainsi se référait-elle, en

général, à la mort de son mari et à ses circonstances, une expression qui en disait long. Et elle ajouta :

— Tout comme dans ton cas, c'est Eduardo qui est en faute, pas toi. Ta part de faute, elle est venue après, tu n'allais pas rester les bras croisés pour le reste de tes jours.

Un long silence s'ensuivit, comme si Beatriz réfléchissait ou hésitait. Il y avait un moment que je n'avais pas tapé à la machine, je craignis qu'elles ne s'en soient rendu compte et se soient tues par prudence, s'imaginant que, sans le bruit de mon clavier, leurs voix me parviendraient avec netteté. Je tapai quelques instants, histoire de leur inspirer confiance, fût-ce au niveau subconscient, comme on le disait encore à l'époque. Elles devaient avoir oublié que j'étais à la maison, tant pis.

— C'est curieux, finit par dire Beatriz Noguera. C'est curieux que, pour moi qui ne suis pas croyante, le lien soit plus fort que pour toi, qui l'es vraiment, bien qu'à ta façon personnelle et plutôt laxiste, ce qui vaut mieux pour toi. Pour ma part, je ne pourrais pas divorcer, ni même me séparer, de mon propre chef, et l'en tenir pour responsable me desservirait car ce serait moi qui entreprendrais les premières démarches et mettrais la machine en route. Ça serait différent si Eduardo prenait l'initiative, que veux-tu, je n'aurais plus alors qu'à me tenir à carreau. Peu m'importerait ce qu'il me ferait ou ne me ferait pas, ce qu'il me dirait, peu m'importerait qu'il m'évite ou que ma seule vue lui soit insupportable, le plonge dans le désespoir ou le mette en rage, car il fut un temps où les choses étaient différentes, et aussi longtemps que je conserverai ce souvenir, je garderai l'espoir que la vie redevienne comme avant, et cela de façon permanente. Bon, ça m'atteint quand même, c'est clair, je le vis très mal et j'ai de plus en plus le cœur serré, le soir je vais me coucher si angoissée que je dors très mal, mais ce n'est pas pour autant que je vais partir. On n'efface pas les souvenirs d'un coup de gomme et, tant qu'ils nous sont présents, la personne avec laquelle on a partagé les temps heureux continue à en être la plus proche, celle qui les incarne. Elle les représente, elle en témoigne, je ne sais si tu me comprends, elle seule est capable de les faire revenir, elle seule est capable de me les faire revivre. Je ne vais pas refaire ma vie avec un autre homme. Je veux la vie que j'ai vécue toutes ces années durant avec le même homme. Je ne veux ni oublier ni passer à autre chose, comme on dit, mais continuer dans la même voie, dans la continuité du passé. Je n'ai jamais été insatisfaite, je n'ai jamais éprouvé le besoin de changement, je n'ai jamais été de ces femmes qui s'ennuient et ont besoin de mouvement, de diversité, de querelles, de réconciliations, d'euphories ou de sursauts. J'aurais été heureuse si tout était resté à jamais tel que c'était. Il y a des gens parfaitement heureux qui n'aspirent qu'à ce que chaque jour soit identique à la veille et au lendemain. J'étais de ceux-là. Jusqu'au jour où tout a déraillé. Si je m'éloignais de lui, si je m'en allais ou si je le mettais dehors, je renoncerais en vérité à ce que j'aime et c'en serait fini de moi. Ce serait le point final.

— Mais, vois-tu, Beatriz, le problème, c'est que cet homme n'existe plus, et tu ne le sais que trop bien. Il est absurde que tu souffres ainsi au quotidien et sans fin, dans l'espoir du retour de quelqu'un qui ne reviendra jamais. Et pourquoi reviendrait-il ? À quoi bon attendre quelqu'un qui a disparu, qui est mort, aussi mort que mon mari, même s'il va et vient tranquillement par ici, même si nous le voyons et l'entendons. L'homme qui vit aujourd'hui avec toi est un fantôme, un usurpateur, un récupérateur de cadavres, comme dans le célèbre film, *The Body Snatcher*. Il l'est, du moins, en ce qui te concerne. Il se peut qu'il survive pour d'autres, mais ce n'est pas ton problème, et ça ne te consolera pas, sauf peut-être s'il attire l'attention sur le fait qu'il t'a abandonnée, comme s'il avait décidé de mourir ou de se tuer juste à cause de toi, et peut-être pas pour les autres, c'est encore pire. À quoi bon rester à ses côtés ? Cela revient à vivre avec ton inverse, avec ton contraire. Ou comment ça s'appelle ? Avec ton double. En dépit de ce que tu me dis, je n'imagine pas de pire supplice.

Gloria n'employa pas, bien sûr, les mêmes termes, mais c'est ce qui me reste aujourd'hui, après si longtemps, de l'essentiel de ce qu'elle a dit.

Beatriz se tut à nouveau, comme si elle réfléchissait vraiment à ce que son amie venait de lui dire. Elle savait écouter, contrairement à la plupart des gens, qui ont l'habitude de garder un silence impatient par simple courtoisie (si tant est qu'ils y parviennent) pendant que s'expriment leurs interlocuteurs, mais qui n'ont qu'une idée en tête, ajouter leur grain de sel à la conversation. Elle, non, elle prêtait attention et se concentrait, elle réfléchissait à ce qu'elle entendait. Ensuite, libre à elle de répondre ou non.

— Oui, tu as raison, c'est comme tu dis ; en surface, en apparence, répondit-elle quelques secondes plus tard. Mais, comme tu l'as dit toi-même, tu dois te mettre dans le crâne que celui qui ressemble le plus à l'homme qui, d'après toi, est mort, continue à être lui, ou son usurpateur, ou son fantôme. À la différence de ce qui s'est passé avec Roberto, qui, lui, ne peut plus se rappeler quoi que ce soit, le souvenir de cet homme protecteur, affectueux et joyeux doit subsister dans l'homme qui se montre odieux avec moi depuis des années. Dans l'homme qui entre et sort, dans l'homme qui se lève et se couche sous ce toit quand il n'est pas en voyage ou dans une bringue à n'en plus finir, va savoir. Dans l'homme qui pique une colère contre moi et ne supporte pas que je l'effleure et qui, bien sûr, ne partage jamais mon lit, pas plus qu'il ne consent à ce que je lui rende visite dans le sien. Ça revient au même. Si cet homme que je regrette tant se trouve quelque part, c'est là qu'il est, et non pas ailleurs. Ce qui n'a pas de sens, c'est qu'il m'éloigne de lui, même si je ne suis que son ombre. Peu m'importent les autres. Je préfère la pâleur de ce mort ambulant à toutes les couleurs du monde. Je préfère languir et mourir dans sa pâleur, plutôt que vivre à la lumière de tous les vivants.

Elle n'employa probablement pas ces termes exacts, mais tel est, sans nul doute, le sens général de ce qu'elle dit, tandis que je tendais le cou, tel l'animal aux aguets, levant les yeux de mon travail.

# IV

Je ne suivais pas Beatriz Noguera quand elle sortait avec ces personnes de son entourage ni, bien entendu, quand elle prenait la moto de Muriel et filait Dieu sait où ; un jour, elle expliqua qu'elle aimait tout simplement s'éloigner de Madrid et s'imaginer (oui, « s'imaginer », c'est ce qu'elle dit, comme si elle était consciente de l'illusion) qu'elle pouvait aller où bon lui semblait et sentir le vent lui fouetter le visage sur des petites routes bordées d'arbres et peu fréquentées. Deux fois, elle raconta s'être rendue à l'Escurial (à une cinquantaine de kilomètres) et je sais que certains dimanches, sa paire de jumelles dans son sac, elle allait jusqu'à l'hippodrome (à peine huit kilomètres), où elle passait l'après-midi à regarder les six courses ou, en tout cas, les quatre principales. J'étais surpris qu'elle ne se fît pas accompagner dans un endroit aussi mondain à moins qu'elle ne retrouvât des connaissances dans ces vieilles tribunes remontant à 1941, œuvres de l'ingénieur en bâtiment Eduardo Torroja et déclarées bien tardivement Monument historique : deux ou trois fois, elle rapporta des anecdotes du philosophe Fernando Savater, grand habitué des champs de courses qu'elle connaissait et qui lui avait donné des conseils assez pertinents, semblait-il, en ce qui concernait ses modestes paris. Amateur éclairé, il l'aidait à repartir contente avec de petits gains. Apparemment, quand il n'était pas en voyage, il ne ratait pas un dimanche de courses, et s'y rendait avec son fils encore tout jeune et un frère. À moins que Beatriz ne retrouvât en chemin quelqu'un pour l'y escorter, un autre motard par exemple, et qu'ils fissent ensemble le reste du trajet jusqu'à la Zarzuela, sans que je pusse voir de qui il s'agissait. Il m'arrivait souvent, le dimanche, de m'avancer dans mon travail dans l'appartement de Muriel : sa bibliothèque était une mine pour se documenter sur n'importe quels époque et sujet qu'exigeraient un script ou un vague projet encore à ses débuts. Je finis par entrer et sortir à mon gré, comme si j'étais ou presque un autre habitant de la maison (en fait, ils me donnèrent la clef), mais je n'avais pas les moyens de suivre une Harley-Davidson.

Car c'était une Harley-Davidson que Muriel s'était offerte quelques années plus tôt, le modèle Electra Glide Classic ou Ultraclassic, je ne sais plus. « Regarde-moi cette merveille ! » me déclara-t-il, tout fier, la première fois qu'il me la montra. Le film *Easy Rider* était déjà un peu loin, mais un autre, plus récent et beaucoup moins célèbre, *Electra Glide in Blue,* l'avait amusé, la moto bleue était celle de la police nord-américaine, avec laquelle, dans ce film, les policiers se livraient, je crois, à des atrocités. Qu'un film soit bon, ordinaire ou mauvais, il le voyait, pour sûr, et en tirait des leçons. « Un bon film vous stimule, mais il vous entrave ; un mauvais film vous donne de bonnes idées et le culot de les expérimenter. » Sa façon de conduire sa moto me parut si extravagante (sans doute n'était-ce pas ce qu'il y avait de plus indiqué pour un borgne) qu'après le jour où il me fit traverser la ville à toute allure sur le siège arrière, je décidai de ne plus jamais recommencer. Quoi qu'il en soit, une fois passée la fièvre du joujou nouveau, il ne s'en servit pas beaucoup ; c'était Beatriz qui s'en servait le plus, mais pas énormément non plus, juste pour ses balades sporadiques et, au départ, solitaires. Il m'était impossible de savoir si, à l'Escurial ou ailleurs, elle rejoignait quelqu'un, tout comme son beau-frère Roberto s'en était allé mourir près d'Ávila en compagnie d'une inconnue pour tout le monde. (Jamais on ne saurait être sûr ni d'avec qui l'on part ni d'avec qui l'on va mourir.) Elle enfilait un jean, mettait le casque, sortait la Harley du garage et, d'un balcon, je la regardais s'éloigner à toute vitesse, sa grande silhouette paraissait plus menue sur la croupe de cette énorme monture qui ressemblait à un assemblage de tuyaux mais, en même temps, elle donnait l'impression d'être plus sûre d'elle-même et moins fragile, et je me disais qu'à la voir ainsi, tout homme ne pourrait s'empêcher de la trouver attirante et qu'elle devait en être consciente — une femme corpulente à califourchon sur un engin rapide et puissant, n'était-ce pas un classique de l'érotisme ? Preuve en était toutes ces têtes qui se tournaient dans la rue dès qu'elle enfourchait la moto —, mais Muriel n'était pas là pour la voir.

Ainsi me vint l'idée de la suivre quand elle sortait seule et à pied certains après-midi où, en principe, elle n'avait pas de leçons particulières à domicile. Depuis mes quartiers, je l'entendais se préparer en chantonnant, sans s'en rendre compte, ce qui ne manquait pas d'attirer l'attention, car elle était, en général, plutôt sérieuse, sinon triste quand elle était seule, et ma présence lui fut presque invisible pendant pas mal de temps — elle me regardait avec sympathie, elle se montrait aimable à mon égard, mais dans l'ensemble, elle m'ignorait — jusqu'à ce que cela change. Quand j'entendais le bruit de ses talons aiguilles dans la maison (elle les mettait en dernier et, pour une oreille attentive, chaque paire de chaussures fait un bruit différent) je savais qu'elle allait sortir. J'attendais une minute après qu'elle avait refermé la porte puis je descendais avec précaution, tâchais de la repérer à hauteur du portail et me mettais à la suivre, elle était assez grande et assez repérable pour que je ne la perde pas de vue parmi les passants. Elle s'arrêtait, à l'occasion, pour regarder une vitrine ou à un feu rouge, guère plus, elle marchait d'un pas rapide et décidé, avec une certaine prestance en dépit de sa haute taille, ces promenades me permirent de constater qu'elle savait porter des talons de plus de sept centimètres, sans vaciller ni trébucher et sans qu'ils altèrent sa démarche, la tête haute, bien droite. Je pus aussi contempler à mon aise le va-et-vient seyant de la jupe, un va-et-vient qui se fait rare de nos jours, la plupart des femmes ayant oublié comment marcher avec grâce, ce qui ne veut pas dire marcher en se dandinant, du moins pas forcément. Vue de dos — car c'est ainsi que vous voyez quelqu'un que vous vous entêtez à suivre —, la chair était si abondante et si ferme qu'aucun tissu ne la dissimulait, ni ne la contenait entièrement, on avait l'impression d'apprécier non seulement ses vigoureux mollets à découvert, mais aussi ses cuisses et ses fesses galbées, bien que couvertes. C'est ce qui faisait dire à Muriel qu'elle était grosse. À moins que ce ne fût juste sa façon à lui de l'appeler.

La première fois que je la suivis, elle arriva à un endroit bizarre situé sur la Calle de Serrano, au pied de la partie haute avec ses vieux hôtels particuliers et ses rares boutiques ; je la vis franchir un portail et disparaître. Après avoir laissé par prudence s'écouler trois minutes, je m'approchai et découvris qu'il ne s'agissait pas d'une demeure appartenant à des nantis, mais, à en croire l'enseigne en carreaux de faïence, d'une sorte de sanctuaire appelé Notre-Dame de Darmstadt. Je me penchai et, depuis la rue, j'aperçus un petit patio bien entretenu, et un escalier double menant à un grand jardin suspendu et à deux édifices, hauts de deux étages, accueillants, aux fenêtres quadrillées de baguettes en bois laqué blanc, comme dans les pays nordiques ; on voyait aussi bien le jardin que les bâtiments depuis le bas ; l'endroit avait tout l'air d'un collège privé, mais on n'entendait ni une voix ni aucun bruit. Dans le petit patio de l'entrée, sur la droite, il y avait une guérite : « Accueil », pouvait-on lire sur une pancarte, il s'agissait donc d'un site ouvert au public ; sur la gauche une autre guérite, identique, lui faisait pendant : « Salle du Père Gustavo Hörbiger », était-il écrit en lettres bleues sur un fond de carreaux blancs en céramique, tout comme le panneau central qui accueillait les visiteurs : « Entre et tu verras », je ne sais pourquoi les religions ont la fâcheuse habitude de tutoyer tout le monde, y compris les inconnus. L'entrée avait beau être gratuite, au début, je n'osai pas entrer, de peur que Beatriz ne m'aperçoive de là où elle avait dû aller. Il n'y avait ni mouvement ni la moindre activité, on aurait dit qu'il n'y avait personne, je constatai que le bureau d'accueil était vide, personne n'en assurait la garde, du moins pas pour le moment.

Je m'ennuyais sur le trottoir, je décidai donc de me risquer et j'entrai lentement, furtivement, même si l'on pouvait m'apercevoir de n'importe où, car tout était à découvert. Ne voyant venir personne, je m'avançai, montai les escaliers et jetai un coup d'œil sur le jardin bien entretenu, au fond duquel se trouvait une vilaine chapelle couleur crème, au toit d'ardoise exagérément pointu, dotée, près du clocher rudimentaire, d'un minuscule vitrail tout en haut de la façade, qui ne devait guère laisser entrer de lumière ; l'édifice lui-même rappelait un *bunker,* mais on y retrouvait l'influence de certains contes, une vague ascendance allemande, tel le nom de cette Vierge — Darmstadt se trouve dans la Hesse, près de Francfort, non loin de Heidelberg — et de ce « Père » dont ils avaient hispanisé le prénom. La chapelle était fermée à double tour, sur la porte on pouvait lire sur une feuille de papier que protégeait une plaque de verre : « Sanctuaire. Ville de Madrid Notre-Dame de Darmstadt. Ouvert tous les jours de 8 heures du matin à 10 heures du soir », ce qui, d'emblée, était faux, vu qu'il devait être cinq heures de l'après-midi. Suivait un horaire des « Eucharisties » puis l'annonce de je ne sais plus trop quelle messe de « renouvellement des vœux » célébrée « le 18 de chaque mois à huit heures et demie du soir » suivant la saison et que la nuit fût ou non tombée. « Il y a dû y avoir là un miracle, le 18 de je ne sais trop quels mois et année, me dis-je, sans trop de conviction. Peut-être la Vierge est-elle apparue à tous les habitants de Darmstadt en même temps. » Ce qui me parut plus étonnant fut d'apercevoir dans le jardin, outre les plantes et les parterres de fleurs, des bancs pour s'asseoir, à l'ombre des grands arbres, ainsi que des petites tables rondes et des chaises avec des bras, toutes blanches, les unes éparpillées de part et d'autre, les autres empilées comme pour signifier la prochaine fermeture des terrasses, donnant ainsi l'impression que l'on pouvait y servir des boissons, des en-cas ou des apéritifs ou, qui sait, s'y réunir et festoyer. « Sans doute lorsqu'il y a des baptêmes et des mariages au *Bunker* », me dis-je, laissant vagabonder mes pensées.

J'ignore au juste pourquoi — peut-être parce que les murs des bâtiments du bas étaient tapissés de lierre et que la pelouse était impeccable — l'ambiance des lieux me rappela vaguement celle de la demeure où Cary Grant fut — et ne fut pas — séquestré un après-midi dans *La Mort aux trousses*, même si elle n'avait pour ainsi dire rien à voir avec elle et se passait dans des pays différents — mais les réalisateurs qui ont de la classe laissent toujours leur empreinte et estompent les invraisemblances —, dans les quartiers aérés de Londres où s'aventurait James Stewart à la recherche d'un certain Ambrose Chappell dans *L'Homme qui en savait trop*. Je venais de voir ces films dans un cycle Hitchcock de la Cinémathèque auquel Muriel m'avait entraîné sans effort, il me répétait que je devais voir et revoir ses films parce que chaque fois on y découvrait et on y apprenait quelque chose que l'on n'avait pas remarqué les fois précédentes. J'eus soudain l'impression que le délicieux James Mason ou l'abominable Martin Landau pourraient apparaître dans le jardin ou qu'une meute de taxidermistes en furie, ou cette bigleuse d'actrice qu'était Brenda De Banzie, pourraient surgir du sanctuaire, car Muriel connaissait tous les acteurs de seconds rôles (« On ne sait jamais, on pourrait en avoir besoin ») et il notait leurs noms à mon intention et m'apprenait à les reconnaître. Il me vint à l'esprit que, tout comme Brenda la Bigleuse qui, dans le film, se cachait dans la chapelle, dite Capilla de San Ambrosio, d'où la confusion avec le taxidermiste Chappell — il était possible que Beatriz vienne de pénétrer dans le sanctuaire seule ou avec quelqu'un et qu'elle ait verrouillé la porte de l'intérieur. Je décidai donc de m'approcher avec grande prudence par une allée de côté, sur laquelle donnait un vitrail plus grand et plus bas que celui de la façade, et, dans la mesure du possible, d'épier ce qui se passait à l'intérieur, en veillant à ce qu'elle ne me voie, ni n'aperçoive ma silhouette. Mais il n'y avait personne, l'endroit était désert et il était plutôt obscur et vide, trop vide pour un lieu sacré méridional catholique, le côté allemand prévalait.

Ma curiosité redoubla et, comme chacun sait, elle nous fait négliger la prudence. Surtout quand vous prenez l'habitude d'observer des scènes et d'écouter des conversations en cachette, et c'est ce que finit par faire quiconque vit à moitié chez autrui ou y travaille. C'est difficile que l'on vous surprenne, et qui plus est, vous avez toujours l'excuse du hasard, de la bévue, de la coïncidence, vous vous trouvez dans les parages et les autres ont oublié que vous vous y trouviez. Je me rendais également compte que je développais sérieusement cette habitude et que j'y prenais goût, appelons cela comme on voudra, espionnage ou voyeurisme, le dernier n'étant qu'un terme prétentieux pour désigner le premier. Muriel en était un peu coupable, me disais-je, à ma décharge, les rares fois où j'avais de très légers remords : ne m'avait-il pas, en un sens, investi de cette mission, à savoir d'observer le docteur Van Vechten, afin de voir l'effet qu'il produisait sur moi, et de garder pour moi mes impressions — oui, de les conserver précieusement — en attendant qu'il me les demande ; et, je l'ai dit, à l'époque, j'aurais fait presque n'importe quoi pour lui, soucieux que j'étais de le satisfaire. J'avais suivi ses instructions au pied de la lettre, jusqu'à ce moment : il est clair que j'avais collé au docteur Van Vechten, comme

Muriel l'avait prévu, et qu'il avait fait l'objet de toute mon attention, sans mot dire (« Ne m'embrouille pas les idées avec tes initiatives, compris ? » m'avait-il prévenu), en attendant, il ne me demandait rien, ni ce que j'en pensais, ni quel était mon avis, ou bien il m'ordonnait d'effacer telle ou telle conversation « comme si nous ne l'avions pas eue ». Si je n'ai pas parlé jusqu'ici de Jorge Van Vechten, qui était presque autant un habitué de la maison que Rico et Roy, Gloria et Marcela et quelques autres, c'est parce que mon patron ne m'avait pas encore indiqué la ligne à suivre, mais je ne tarderai pas à parler de lui.

Je ne parvenais pas à m'expliquer comment Beatriz avait pu disparaître aussi rapidement, sans qu'il n'y eût aucune trace d'elle, ni d'ailleurs de qui que ce fût. Le sanctuaire était de toute évidence un endroit habité, bien entretenu et vénéré mais, en ce moment, il semblait abandonné de tous, fût-ce de l'âme la plus dévote et fanatique de Notre-Dame. « Sans doute est-ce là un effet du hasard, mais ils ont dû tous partir en même temps faire les courses à moins qu'ils ne soient allés tous ensemble prendre le thé », pensai-je, hors de propos, comme si j'étais en Angleterre, alors que, plus décontracté que jamais, je me promenais dans le jardin, et m'approchais des fenêtres du rez-de-chaussée, qui était à ma hauteur, en y risquant un œil discret, comme on dit. Je ne vis personne et pourtant je fis presque le tour des lieux, jusqu'à ce que j'aboutisse à un mur d'enceinte qui marquait de ce côté la limite du sanctuaire. Je revins sur mes pas et me plaçai devant un bas-côté de la chapelle pour mieux observer l'étage supérieur. D'abord, j'eus beau tendre le cou, je ne vis personne là non plus. Mais soudain un dos recula, parvint à une fenêtre ou y fut poussé, apparaissant un instant dans mon champ de vision. J'allongeai encore le cou, je voulus me grandir, me mis sur la pointe des pieds, regardai autour de moi en quête d'une échelle, il n'y en avait pas dans le jardin, je songeai à grimper sur une chaise ou sur une petite table, mais me dis que je n'y gagnerais pas grand-chose et qu'il me faudrait les transporter là où je me trouvais, j'hésitai, ne bougeai pas, restai à ma place, comme paralysé.

La première fois, cela ne dura qu'un instant, un dos à peine entrevu, un éclair au cours duquel je crus reconnaître le dos de Beatriz, ce n'était pas en vain que je l'avais contemplé de longs moments pendant que je la suivais. Je gardai les yeux rivés sur ce point de mire, sur ce cadrage, et le dos ne tarda pas à réapparaître ; comme si, en réalité, la personne à laquelle il appartenait avait été projetée contre la vitre avec certaine agressivité, certaine violence. S'il en était ainsi, je ne parvenais absolument pas à voir qui la tirait en arrière, qui la poussait. Je m'affolai, je craignis que quelqu'un ne la maltraitât, ne lui fît mal, il me vint même l'idée farfelue que l'on pût tenter de la précipiter par la fenêtre, faisant fi des baguettes blanches et des vitres, qui, après tout, peuvent céder, voler en éclats ; pour peu qu'il soit lancé assez fort un corps peut traverser des vitres, et celles-là étaient peu épaisses. « Un arbre, me dis-je, je vais grimper sur un arbre », j'en repérai un à proximité, bien plus près que les tables et les chaises. À l'époque, j'étais très agile et tout à fait capable d'escalader le tronc, de saisir l'une des branches du bas et de me hisser jusqu'au faîte de l'arbre. Je craignais toutefois de rater quelque chose pendant que je grimpais, me sachant incapable d'éloigner mon regard ne fût-ce qu'une seconde, je voyais le dos de Beatriz heurter encore et encore les carreaux, se plaquer contre la fenêtre puis s'en écarter un peu ; à présent, elle n'échappait plus à mon champ de vision, donnant l'impression qu'on l'acculait dans un coin. « Peut-être qu'ils la battent, me dis-je, ou qu'ils la frappent et qu'à chaque coup, ils la plaquent contre ce butoir, qu'ils la retiennent impuissante, coincée comme un boxeur. » Je faillis pousser un cri, révélant ainsi ma présence, mais qui sait si l'on m'aurait entendu. Aller l'aider était une autre possibilité, la sauver, quelle que fût la menace, mais j'ignorais par quelle porte (il y en avait plusieurs) je devrais me glisser pour accéder à cette pièce, ni si elle était ouverte.

Je fus victime de ma naïveté, pour la perdre il faut bien plus d'années que je n'en avais alors, si tant est qu'un jour nous la perdions tout à fait, esprits plutôt confiants que nous sommes. Je compris aussitôt ce qui se passait : quelqu'un — un homme — la baisait ou se frottait contre elle et la serrait de très près, sur le point de passer à l'acte, debout, sans préliminaires, sans lui avoir retiré un seul vêtement, à la hussarde, ni vu ni connu, comme on dit, ils ne disposaient certes que de très peu de temps avant le retour des gardiens du sanctuaire, ils profitaient de ce moment où ils savaient l'endroit désert pour quelque raison, par habitude. Je ne voyais le dos de Beatriz que de la taille jusqu'à la tête, et peut-être même pas autant, le haut du torse et sa nuque victorienne, ses cheveux étant relevés ce jour-là. L'individu qui l'écrasait ainsi ou la besognait — je n'aime pas ce verbe, mais il pourrait convenir — était forcément le plus éloigné de la fenêtre, et en plus elle le cachait de sa corpulence, car elle était plutôt large d'épaules et moins des hanches, heureusement. Je ne le voyais donc pas, c'était un fantôme, on ne voyait rien de lui, fût-ce un cheveu. Je n'avais déjà plus aucun doute sur ce qui se passait quand Beatriz se retourna soudain — brutalement : ou ils se retournèrent — et se pencha en avant ; il me sembla alors que ses mains prenaient appui sur la partie inférieure de l'encadrement de la fenêtre à moins qu'il ne s'agît du rebord, ou s'y agrippaient. Au lieu de son dos et de sa nuque, je vis son visage, pour le moment son visage et son cou, mais rien de son corps. Je sursautai : si je pouvais moi la voir d'en bas, elle devait, elle, me voir de là-haut. Je me précipitai derrière un arbre — deux bonds — et, de là, continuai à observer. La précaution fut superflue, au début du moins, car Beatriz avait les paupières hermétiquement closes, elle ne regardait ni à l'extérieur ni où que ce soit, plongée dans ses pensées, supposai-je, et toute à ses sensations. J'imaginai qu'en la retournant, l'homme lui avait relevé sa jupe — fini les frous-frous, ou bien ils seraient d'un autre genre — et lui avait baissé les bas et la petite culotte jusqu'à mi-cuisses afin de la pénétrer le plus aisément possible, compte tenu de la relative incommodité de leur position verticale à tous deux, et plus encore la sienne car, elle, elle devait être courbée.

J'éprouvai de l'embarras, même si je me sentais plutôt à l'abri derrière mon arbre, me penchant juste ce qu'il fallait, n'osant jeter qu'un œil discret. Non que j'eusse peur d'être découvert, mais espionner ainsi et voir ce que je voyais maintenant me donnait mauvaise conscience : le visage de Beatriz pendant ce que j'imaginais un orgasme, voire plusieurs ou, que sais-je, un pré-orgasme, je n'ai jamais pu vraiment faire la différence, les femmes ont tendance à les enchaîner et souvent ça s'embrouille un peu, on dit aussi qu'elles feignent à merveille, qui plus est, tout ce que je pouvais voir, c'était son visage, pressé contre la vitre, tel un étrange portrait, les paupières hermétiquement closes, un portrait comme il en est peu dans l'histoire de la peinture — en effet, quand un artiste peint ou dessine quelqu'un qui dort ou qui est mort, loin d'être pesantes, les paupières sont aux yeux un rideau d'une paisible douceur — je ne pouvais contempler l'éventuelle accélération de ses mouvements ni l'éventuelle agitation ni le tremblement de ses membres, pas plus que je ne pouvais, bien sûr, entendre quoi que ce soit, fût-ce un gémissement, un halètement ou même un mot, si tant est qu'elle en prononçât un — cela ne semblait pas le cas — dans ces circonstances, vous avez des femmes qui parlent, qui se stimulent, qui vont même jusqu'à proférer des obscénités peu crédibles, quitte à passer pour ridicules ou à se faire rejeter comme si elles se mettaient en scène pour le bénéfice de leur unique témoin ou pour elles-mêmes, vous en avez enfin qui sont d'humeur à plaisanter, d'autres qui se concentrent et se taisent. Il y en a aussi qui ferment très fort les yeux pour s'aider à imaginer qu'elles sont avec un autre partenaire qui les étreint, les attache et les malmène, je me demandai si tel pouvait être le cas et si, en ces instants, Beatriz fantasmait avec Muriel, cet être insaisissable, ou si elle avait une idée bien claire et bien présente de l'identité de l'individu avec lequel elle s'accouplait ou s'unissait, et rien n'interférait ; à l'époque, on ne prenait pas de précautions, le sida était encore inconnu en Espagne, et sans doute même dans le monde.

Oui, j'eus honte, mais je ne cessai de regarder le visage à travers la fenêtre, parfois presque écrasé contre la vitre — légèrement embuée —, il est parfois difficile de distinguer à quoi correspond l'expression d'une femme qu'on baise, on suppose que c'est au plaisir, mais cela peut ressembler à la douleur (on s'arrête, on scrute le visage et on demande : Tu te sens bien ? Je te fais mal ?) voire au désespoir ou à une peine profonde ou à de l'amertume ; il m'est ainsi arrivé de soupçonner qu'une femme ne partageait avec moi une situation aussi intime que pour atténuer sa tristesse ou pour se venger d'un autre à son insu (se disant bizarrement, « s'il le savait », plutôt que « quand il s'en rendra compte » : comme si elle n'allait jamais le lui raconter) ou pour apaiser un moment la solitude de « son lit de douleur », ou encore pour se déprécier consciemment dans son imagination et se sentir visqueuse, sale et traîtresse, une illusion éphémère, car cette sensation de fange dure très peu, elle se dissipe vite, et le lendemain il n'en reste plus trace et vous êtes aussi propre qu'avant, la propreté est persistante, tout ou presque peut se laver. Il m'est arrivé de soupçonner que je n'étais qu'un mécanisme, qu'une pièce, qu'un instrument. L'expression de Beatriz pouvait refléter n'importe quoi, je n'étais pas avec elle, il ne m'incombait pas de m'arrêter pour lui demander : « Tu vas bien ? Je te fais mal ? » Car ce n’était pas moi qui lui faisais mal, si tant est que l’on fût en train de lui faire mal.

Et s'ils allaient la violer ? Et si elle était menacée par ce type, quel qu'il fût ? Et si elle était près de céder et si elle était soumise à un chantage ? Je donnai cours à ces pensées sans toutefois leur accorder le moindre crédit, comme si je jouais à les générer. Elles contribuèrent toutefois à ce que l'emporte en moi le désir de vérifier l'identité de l'individu, de voir si son visage m'était ou non connu. À mon avis, il ne pouvait en aucun cas s'agir de ce sigisbée de Roy, même si Muriel, sûrement pour la mortifier, et sans aucune preuve, l'avait donné comme amant manifeste de Beatriz, le soir de la patiente attente et des supplications devant la porte, et que rien ne soit à écarter sous cet étourdi de soleil et moins encore sous la lune vigilante. Quant à Rico, oui, ce pouvait être lui, c'était improbable mais non pas impossible ; autant dans certains domaines, il n'était guère scrupuleux, autant dans d'autres il pouvait l'être, beaucoup d'hommes sont comme lui, si scrupuleux soient-ils en amitié, ils ne le sont pas en revanche avec les femmes, et leurs scrupules ne sont que feu de paille, pour peu que se présente l'occasion de coucher avec les femmes d'amis, même s'ils ne supportent pas de se brûler. Mais dans le cas présent, je supposais que sa loyauté à l'égard de Muriel prévaudrait — sans doute une loyauté non souhaitée, sans doute Muriel eût-il préféré que Beatriz eût ses temps de loisirs occupés et lui fichât la paix — j'ai déjà dit combien il le vénérait. En outre, il était très épris de son épouse qui ne venait pas à Madrid, peut-être ne la trompait-il jamais autrement qu'en plaisante théorie, tout comme il fantasmerait une promenade et une conversation avec Pétrarque.

« Pourquoi ici, dans cet endroit aussi inapproprié qu'étrange, consacré au culte, un sanctuaire ? me demandai-je par la suite. Même s'ils ne sont pas dans la chapelle, ce qui aurait été, j'imagine, une profanation ou un sacrilège, ou les deux. Pourquoi faire aussi vite et en gardant leurs vêtements, elle du moins ? J'ai du mal à l'imaginer lui, quel qu'il soit, en costume d'Adam alors que Beatriz, elle, est encore habillée, car je ne crois pas qu'elle ait enlevé quoi que ce soit, elle s'est contentée de baisser ses bas et sa petite culotte, elle ne les a pas retirés, le contraste serait trop criant. Pourquoi à cette heure anodine où vous n'avez envie de rien et où tout vous coûte un effort ? Pourquoi ne se retrouvent-ils pas chez lui, ou ne louent-ils pas une chambre d'hôtel ? À quoi bon encourir le risque d'être découverts par un jardinier, un gardien, un employé ou, pis encore, un curé, une bonne sœur ou un dévot ? Il doit bien y en avoir quelques-uns qui traînent dans le coin pour que Notre-Dame ne soit pas abandonnée. » L'endroit sentait l'extrême droite, particulièrement active et acharnée, ces années-là ; elle avait été au pouvoir pendant trente-sept ans, et n'y était plus que depuis cinq ans, nous ne la connaissions tous que trop bien, cette pestilence, à vrai dire, on ne pouvait s'y méprendre, et il en va de même aujourd'hui, trente ans plus tard, pour ceux d'entre nous qu'elle étouffe : nous la détectons aussitôt, que ce soit dans des locaux, dans un salon ou dans un lieu public, chez un citoyen ordinaire, homme ou femme, chez un évêque, chez un homme politique qui joue les démocrates et se targue d'avoir été élu, une partie de l'Espagne gardera à jamais cette odeur. « Beatriz n'est pas religieuse par nature, que diable fabrique-t-elle ici ? De toute évidence, elle n'est pas venue allumer un cierge, à la rigueur, c'est plutôt elle qu'on chercherait à allumer. » Je m'étonnai moi-même de l'incongruité de cette pensée ou de ce mauvais jeu de mots, ce n'est pas mon genre, pas plus que cela ne l'était à l'époque, il nous arrive parfois de céder à la facilité et à la vulgarité, l'esprit nous échappe encore plus que la langue. Ce n'est pas grave si nous nous en rendons compte et le réfrénons, et ça ne l'est guère davantage dans le cas contraire car, en fin de compte, personne ne prête l'oreille à nos associations d'idées, à nos vagabondages mentaux, à nos désamours, à nos malédictions. Mon manque de respect à son égard me surprit aussi : sans doute fallait-il y voir de la déception — tant d'amour pour son mari pour en arriver là, comme s'il existait un rapport entre les deux — ou une rancune platonique inconsciente ; à moins qu'il ne s'avère impossible de respecter quelqu'un que l'on surprend dans ce genre d'activités. Mon côté pratique reprit vite le dessus : « Il faut que je grimpe à cet arbre, avant qu'ils ne terminent et repartent ou qu'elle ne reparte, car c'est elle qui lui a rendu visite, elle qui a accouru à son appel. Sinon, je ne saurai pas qui ça peut être, je ne le verrai pas, ce type. »

Je commençai donc à grimper, il me fut aisé d'atteindre une branche avec une main, puis de me hisser jusqu'à une autre plus élevée et ainsi de suite, je finis ainsi par me retrouver à hauteur de la fenêtre et même un peu plus haut. Atteindre le faîte de l'arbre ne me posa aucun problème, j'y parvins en une minute à peine : en ce temps-là, je ne me débrouillais pas mal en voltiges et semi-acrobaties. Je m'installai sur la branche que j'avais repérée, veillant à ce que le feuillage me camouflât. Mais je ne voyais pas encore l'individu, lui aussi devait s'être penché, il était encore dissimulé sous la silhouette de Beatriz, tout près de la vitre, sinon plaqué contre celle-ci, à aucun instant elle n'avait ouvert les yeux. Étant à présent en face, il m'était plus aisé d'interpréter son expression, si tant est qu'il y eût quelque chose à interpréter dans l'expression d'une femme en cette situation, ce ne sont que des conjectures. Son visage était plus attirant que de coutume, sa peau plus lisse, rajeunie, ses lèvres plus charnues ou plus épaisses, comme si elles envahissaient les zones voisines, elles étaient plus poreuses, estompées, plus rouges, entrouvertes pour laisser s'échapper les halètements ou, à l'occasion, un gémissement bien élevé (sûrement pas des cris), les cils étaient plus longs et d'autant plus visibles qu'ils occupaient sans trêve l'espace du regard ; un détail méritait d'être noté : pas une fois elle n'avait ouvert les paupières, comme si elle n'eût pas voulu savoir où elle se trouvait. J'ai vu des femmes qui n'étaient pas des beautés devenir ravissantes en cet état de semi-abandon, qui ne dure que le temps de faire l'amour, pour parler crûment. Il me sembla toutefois que peu lui importait l'homme avec qui elle était, que c'était juste l'amant du moment, ou juste un homme pour les besoins de la cause, comme j'ai dit l'avoir moi-même parfois ressenti — sans doute chacun des hommes et des femmes que nous sommes a-t-il connu cette sensation, et celui qui ne l'accepte pas doit se préparer à une quelconque déception, il ne faut pas voir là un drame, et, selon le cas, cela peut même être bénéfique. « Le type assure pas mal, me dis-je. Ça fait un moment qu'il y est. » J'en fus un peu jaloux, j'étais encore trop jeune pour savoir toujours m'adapter à l'autre, me retenir. Cela, je l'appris plus tard, avec la pratique, la distanciation et l'évocation d'images évanescentes.

Et ce fut tout ce qui me vint à l'esprit quand il cessa ou termina et que je le vis enfin émerger, se séparer de Beatriz, prendre corps, reculer vivement de deux ou trois pas puis se redresser, de toute sa taille, souriant de toutes ses dents, ses yeux bleus satisfaits, une satisfaction non pas sexuelle, comme c'eût été logique, mais plutôt mentale, comme s'il se disait : « Regardez-moi ça ! » Ou : « Restons-en là ! » ou, plus puéril encore : « Je l'ai baisée à fond », ou d'ordre plus général : « Je continue à faire des dégâts, et ce n'est que le début » ; comme si la jouissance physique à laquelle il était parvenu le satisfaisait moins que de savoir qu'il avait fait l'amour dans un lieu pour le moins incongru, à des heures non moins incongrues, qui plus est avec une femme mariée, la femme d'un ami, même si cet ami ne voulait pas la toucher, ni encore moins s'avancer là où lui-même avait pénétré et farfouillé. Il portait une blouse blanche de médecin, comme il seyait à son titre ; je ne l'avais jamais vu avec cette blouse, bien sûr. Il la portait ouverte, par-dessus ses vêtements habituels, cravate, chemise, il avait tombé la veste. Les cheveux blonds du docteur Van Vechten avaient souffert de ses tractions rythmiques ; presque aplatis, à présent, ils retombaient en une petite frange ; lui qui, d'habitude, les portait avec une raie bien nette sur le côté, en un échafaudage compact, donnait, vu de loin, l'impression d'avoir une baguette de pain en équilibre sur un crâne chauve, car ses cheveux étaient aussi blonds que la croûte du pain. Il les lissa vite fait avec la main, pendant que Beatriz s'écartait de la fenêtre et ouvrait enfin les yeux — mais elle ne dut pas me voir, non seulement parce que les branches me camouflaient, mais aussi parce qu'elle ne pouvait rien voir, le regard brouillé, égaré, comme au sortir d'une rêverie ou de ses pensées ou d'une sieste involontaire — avant de s'éloigner d'un pas lent et mal assuré vers le fond de la pièce, les cuisses sans doute engourdies par la position ; à coup sûr, elle se dirigeait vers les toilettes, il la laisserait passer avant lui, pour se refaire une beauté. De Van Vechten, je ne voyais que le torse, de la taille jusqu'en haut, sans doute avait-il fourré tout son abdomen dans son pantalon, même s'il n'avait pu encore se laver, peut-être avait-il des compresses sur lui et s'en était-il accommodé, cette zone n'entrait pas dans mon champ de vision. Je le vis s'asseoir à une table et allumer une cigarette. Il affichait son éternel sourire, il savait jouer de sa dentition éblouissante, aussi accrocheuse que celle d'un acteur de ces films étrangers. Ce sourire était l'un de ses principaux atouts et il ne s'en départait presque jamais, fût-ce quand il était seul, à force de le voir l'afficher pour la galerie je finis par déduire qu'il devait être à jamais figé sur son visage et que sans doute il ne signifiait rien, à l'inverse de ce que j'avais cru, moi qui l'avais pris pour un chic type, d'une cordialité excessive, par trop familière. Il me sembla même qu'il riait par pure vanité, rien qu'en pensant à ce qui venait de se passer quelques instants plus tôt. Il y a des hommes qui, si adultes et mûrs soient-ils, inscrivent à leur tableau de chasse chaque relation sexuelle comme une décoration ou un trophée. Cela sied mieux aux jeunes, vu qu'à leur âge il n'ont pas encore eu beaucoup de conquêtes, mais vous avez des hommes qui conservent leur vie durant ce culte de la médaille.

Deux ou trois minutes plus tard, Beatriz revint. Ne s'étant pas déshabillée, elle n'avait pas dû avoir grand-chose à faire aux toilettes. Il l'y succéda, elle en profita pour lisser sa jupe le mieux qu'elle put, se recoiffa avec les doigts et prit son sac comme si elle ne voyait pas de raison de s'attarder et s'en alla aussitôt. Somme toute, me dis-je, le coup tiré, fin de la visite : préliminaires peu bavards et, après ça, silence. Il dut lui crier « Attends ! » depuis la salle de bains, elle posa à nouveau son sac sur la table et se campa, le poing sur la hanche, façon discrète de montrer son impatience. Quand il réapparut, cette fois coiffé, la tête couronnée de sa *baguette* habituelle, il lui murmura quelque chose à l'oreille. L'air plutôt sérieux, sentencieux, Beatriz fit non de la tête. Elle ne donnait certes pas l'impression d'une amante heureuse, ni affectueuse, ni même satisfaite. Je me demandai depuis combien de temps ces deux-là se voyaient ainsi, ou si c'était la première fois, où l'on se sent toujours plus ou moins mal à l'aise, en situation délicate — en proie au remords immédiat ; pour peu que je me livre à un calcul des probabilités, cette hypothèse était carrément impossible : c'eût été un incroyable hasard que la première fois que je la suivais marquât pour Beatriz le début d'une relation de cette nature et, qui plus est, précisément avec le docteur Van Vechten que Muriel soupçonnait de coups déloyaux par le passé et dont il m'avait recommandé de me méfier. Le médecin caressa la joue de Beatriz, elle détourna son visage. « Non, pas de caresses », lui dit-elle peut-être à l'instant où elle esquivait la galanterie de cette grosse patte. (Et cette phrase en français me revint aussitôt, comme si je l'avais lue quelque part : *Non, pas de caresses*. Mais je n'entendais rien.)

— Qu'est-ce que tu fabriques là-haut, mon fils ? Tu vas te casser la figure.

Ça, oui, je l'entendis soudain, une voix déplaisante, qui venait d'en bas, il y avait des siècles que je n'avais pas entendu l'expression « se casser la figure », seuls les vieux s'en servaient encore et, en effet, c'était une vieille nonne qui l'avait employée. Elle était là, à mes pieds, c'est-à-dire au pied de l'arbre, et je me rendis alors compte du ridicule de ma situation et de ma façon de procéder : comment expliquer que j'étais là perché, difficile à justifier, la seule excuse qui me venait à l'esprit, et elle était bien piètre, c'était que les jeunes se comportent souvent de manière excentrique, ils font des choses incompréhensibles, c'est tout. Vêtue d'un habit bleu, la bonne sœur portait une de ces coiffes ou cornettes qui leur donnent l'air d'être prêtes à l'envol ou d'avoir des ailes, j'ignore leur nom, qui rappellent un oiseau en origami ou un délicat voilier, on n'en voyait pas beaucoup en Espagne, mais sans doute davantage en France ou en Italie. En tout cas, c'en était fini de mon espionnage, et j'en vins à me dire que mieux valait que je déguerpisse avant que Beatriz ne fasse ses adieux et descende, je n'avais aucune envie de me retrouver face à elle dans le jardin ou le petit patio de l'entrée, il fallait que je rejoigne la rue à toute vitesse et que je disparaisse. Tout en redescendant de mon arbre, je me demandais comment me débrouiller pour que la bonne sœur ne me retienne pas, pour qu'elle ne me presse pas de questions du style qui j'étais, pourquoi j'étais entré, pourquoi j'avais grimpé à une branche aussi haute. Une fois au sol, la seule idée qui me vint fut de feindre d'être offusqué, histoire de détourner l'attention de ma présence et de cette situation pour le moins incongrues.

— Ayez l'amabilité de ne pas m'appeler « mon fils », ma mère, lui dis-je d'un ton mi-sérieux mi-désinvolte, parce que je ne suis pas votre fils, vous ne devez pas vous permettre de telles familiarités avec le premier venu.

N'était-il pas parfaitement absurde de lui reprocher de m'appeler « mon fils » alors que moi je l'appelais « ma mère » ? Mais, comme chacun sait, les appeler ainsi flatte et amadoue les bonnes sœurs d'un certain âge (qui sont peut-être mères supérieures), tout comme vous faites fondre les curés quand vous leur donnez du « mon père », c'est ce à quoi ils aspirent : bien des prétentions chez ces gens d'Église…

Elle ne sut trop que répondre et me regarda avec curiosité. Elle avait le sourcil dru.

— T'inquiète pas, mon fils, réitéra-t-elle, sans s'en rendre compte. Ne le prends pas mal, que veux-tu, c'est l'habitude. Ça n'a pas l'air de déranger les jeunes qui viennent ici. Toi, je ne te connais pas, mais qu'est-ce que tu fichais là-haut ? Tu aurais pu te ramasser un foutu gadin.

Cette expression si familière m'étonna, il y avait bien longtemps que je n'avais pas entendu le mot « gadin ». La religieuse devait venir de sa campagne ou d'une petite ville de province.

J'hésitai un instant, il fallait aller vite. Je lui sortis la première idiotie qui me passa par la tête :

— Je voulais voir si de là-haut Notre-Dame m'apparaîtrait. Notre-Dame de Darmstadt, précisai-je, comme si besoin était. Je sais qu'elle a daigné apparaître par ici.

Je n'en avais pas la moindre idée, mais je le tenais pour acquis : pas de Vierge ayant un sanctuaire qui ne soit apparue plusieurs fois, suspendue entre ciel et terre ou au-dessus des eaux, ou sur un rocher, et pourquoi pas tout en haut d'un arbre (après tout, c'était là ou presque que je m'étais retrouvé, en fin de compte). C'est ainsi qu'elles indiquent l'endroit où il faut leur bâtir une église, c'est ce qu'on raconte. Elles apparaissent même en divers endroits pour obtenir ici une basilique, là un ermitage, par là-bas une humble niche, elles ne sont jamais satisfaites.

— Elle n'apparaît pas comme ça, elle n'obéit pas au doigt et à l'œil du croyant, ça ferait trop spectaculaire et on serait dans de beaux draps !

Je ne connaissais même pas cette dernière expression. Elle me paraissait très ancienne, même si j'en avais compris le sens. Sans aucun doute, cette religieuse venait de sa campagne profonde ou, qui sait, débarquait du Moyen Âge.

— Je vois. Elle est discrète. Ça se comprend. C'est vrai, on serait dans de beaux draps, comme vous le dites si bien.

Je repris son expression comme si elle m'était si familière qu'elle me venait automatiquement. Je regardai en direction du double escalier, que Beatriz devrait emprunter pour se diriger vers la sortie. De l'endroit où je me trouvais je n'en voyais que la moitié, l'autre m'était cachée. Je présumais que Beatriz descendrait par ce côté-ci et ne me verrait pas, pas plus que moi je ne voyais cette volée de marches. À moins que Van Vechten ne l'eût retenue. Quoi qu'il en soit, je devais déguerpir, et vite.

— Très bien, ma mère, à présent, il faut que je me dépêche. Pardonnez-moi ma réaction, mon ignorance, la peur et le dérangement que je vous ai causés. Ravi de vous avoir rencontrée.

Je lui baisai la main, comme on baise celle d'un cardinal ou d'un évêque, je ne pratiquais guère les milieux ecclésiastiques, mais j'avais remarqué qu'avec certains, il convenait de plaquer un baiser sur leur grosse bague violette, pour le moins tape-à-l'œil, et cette brave sœur surgie d'une époque révolue et de Dieu sait où méritait bien ça, j'avais apprécié son indulgence en dépit de sa voix déplaisante. J'atteignis la porte en quelques enjambées. Je regardai d'un côté, de l'autre et, par chance, ne vis personne. J'espérai que ni Beatriz ni Van Vechten ne se seraient approchés de la fenêtre au cours des quelques minutes qu'avait duré ma conversation au pied de l'arbre. Je m'éloignai à vive allure du portail. Je n'avais pas fait vingt pas que je m'arrêtai net, apercevant au loin Beatriz : au balancé de la jupe, il était impossible de s'y méprendre, même si, maintenant, il me paraissait plus raide, le tissu s'étant un peu froissé, bien sûr. Elle avait fait vite, elle n'avait permis à Van Vechten ni caresses ni mots (*Non, pas de mots*, ainsi pourrait-elle l'avoir coupé dans son élan, si elle eût été l'héroïne d'un roman), elle s'en était allée discrètement pendant que je parlais avec la vieille femme. Elle s'apprêtait à entrer au musée Lázaro Galdiano, à deux pas d'ici, sur le trottoir d'en face d'une grande rue. Je ne la suivis pas, doutant qu'un second amant l'y attendît.

Toutefois, quelques jours plus tard, alors que son mari n'était pas encore de retour à Madrid, je dois avouer que, lors d'une autre de mes filatures, il me vint à l'esprit qu'il pouvait y en avoir un deuxième. Cette fois-là aussi, Beatriz partit à pied, et à la même heure ou presque. Elle suivit un moment la Calle Velázquez où elle vivait, où nous vivions, si je puis dire, car je passais de plus en plus de temps chez eux, sans que je sache au juste si c'était conscient ou non. En arrivant à Lista (ainsi nous, Madrilènes, appelions-nous à l'époque, et appelons-nous encore, la rue connue officiellement aujourd'hui sous le nom de Calle José Ortega y Gasset, et qui figure comme telle sur les plans et les guides), elle tourna à droite et parcourut une courte distance, jusqu'à la Plaza del Marqués de Salamanca. Je la vis franchir l'une de ces portes monumentales donnant sur cette place. Je laissai passer quelques minutes avant de m'approcher pour examiner de près les petites plaques métalliques — il y en avait un certain nombre, et elles étaient en cuivre pour la plupart —, elles avaient été apposées des deux côtés de l'entrée afin qu'on les remarque depuis la rue et que l'on évite ainsi de se perdre, ou pour permettre à des sociétés ayant leur siège social dans l'immeuble ou à des professionnels bien établis ou dont la réputation n'était plus à faire, et même à d'autres qui aspiraient à en arriver là, tentaient leur chance et prenaient les devants, de s'annoncer discrètement. Cette entrée d'immeuble en comptait sept, dont trois étaient énigmatiques pour moi, « Meridianos », « 22B BS » et « Gekoski », peut-être s'agissait-il de sociétés. Tout comme « Marius Kociejowski. Voyages au Moyen-Orient », qui, lui, avait le mérite d'indiquer d'emblée son activité (générale, mais spécifique, ce ne devait pas être un simple agent de voyages), je fus surpris de remarquer deux noms aux consonances plus ou moins polonaises, du moins je les pris pour telles ; à l'époque, il n'y avait pas autant de Polonais à Madrid qu'une dizaine d'années plus tard, après la chute du Rideau de Fer, et ceux qui arrivèrent alors n'étaient pas, en général, des hommes d'affaires. « Deverne Films » était sans doute tout aussi mystérieuse, mais misait sur la transparence, c'était le nom d'une société de distribution cinématographique toute-puissante et très active, également propriétaire de nombreuses salles de cinéma, qui d'entre nous n'avait jamais vu, avant une séance, ce message envahir l'écran : « Deverne Films présente... » Je me souvins que Muriel, comme sans doute tous les réalisateurs, était en pourparlers avec la famille Deverne. De fait, quelques mois plus tôt, je l'avais accompagné à une réunion dans une cafétéria avec le fondateur et l'un de ses fils, qui n'avait pas encore la trentaine mais prenait déjà part aux affaires. La société de distribution intervenait dans la production de films, elle avançait les fonds nécessaires à la réalisation du projet et à l'exploitation, si le produit final l'intéressait, ou empochait la cession des droits à une autre société. Les deux dernières plaques, plus anodines si l'on peut dire, signalaient des cabinets professionnels : « Juan Mollá. Avocat », lisait-on sur l'une, quant à la dernière, elle était tout aussi sobre : « Docteur Carlos Arranz. Médecine générale ».

Je traversai la Calle Príncipe de Vergara et me postai devant La Continental, une boutique de décoration d'intérieur, mobilier, vaisselle, toutes sortes de choses pour la maison sélectionnées avec goût. (C'est du moins ce qu'il me semble : je ne suis pas sûr que ce magasin existait à l'époque, et bien entendu, il n'existe plus aujourd'hui ; quoi qu'il en soit, c'est cette boutique qui est restée gravée dans ma mémoire, je ne saurais dire si c'est parce que, par la suite, j'y ai passé de longs moments avec ma femme, à choisir des articles pour notre appartement non sans jeter quelques coups d'œil, malgré moi, en direction du numéro 2 de cette place, en repensant à ce jour-là.) Je pourrais y entrer pour me distraire, tout en surveillant le portail afin de ne pas manquer la sortie de Beatriz, je voulais en tout cas savoir combien de temps elle resterait à l'intérieur, même si toute activité peut s'accomplir très vite et si, en réalité, la durée d'une rencontre ne veut pas dire grand-chose. En l'attendant, je ne pus m'empêcher de spéculer : je ne pensais pas qu'elle se soit rendue chez l'avocat ou le médecin, mais on ne pouvait écarter aucune éventualité. « 22B BS » me fit soupçonner une agence de détectives. Après avoir tourné et retourné ce nom étrange dans ma tête, force me fut de faire le rapprochement avec le 221 B Baker Street, où habitaient Sherlock Holmes et le docteur Watson et où l'on venait leur confier les enquêtes. J'avais tendance à croire que Beatriz s'était rendue chez l'un de ces professionnels, les personnes malheureuses s'acharnent souvent à vouloir constater l'étendue de leur malheur, ou à enquêter sur la vie d'autrui pour oublier la leur. Bien sûr, elle avait aussi pu se rendre chez Gekoski ou Meridianos, quelle que fût la nature de leur activité, ou chez Marius K. et ses voyages, ou chez quelque autre qui n'exhibait pas sa plaque à l'extérieur de l'immeuble. Mais je penchai plutôt en faveur de Deverne Films, après tout, ils appartenaient à la même profession que son mari, et elle devait les connaître. Je n'avais guère prêté attention à la discussion dans cette cafétéria, mais je me souvenais en revanche de la sympathique présence du fils du fondateur, un jeune du nom de Miguel Deverne, guère plus âgé que moi, qui portait costume et cravate avec un naturel étonnant, allant jusqu'aux boutons de manchette, ce que je trouvais très vieux jeu. C'était un homme très cordial, au rire facile et sonore, désirable pour les femmes, y compris pour une femme à la quarantaine bien sonnée, surtout si son mari la délaissait et la frustrait depuis longtemps à force de la rejeter.

Voir Beatriz et Van Vechten ensemble, quelques jours plus tôt, m'avait révélé une nouvelle dimension de sa personnalité, la femme active, à moins que je ne me sois, si je puis dire, entiché de cette femme, laissé envoûté par elle (en fait, je n'avais rien vu, hormis son visage, les yeux fermés), et cela me poussait à l'imaginer constamment dans cette attitude, ce qui était plutôt inapproprié et injuste ; à la maison, dans la journée, son comportement était discret, parfois même timoré — surtout en présence de Muriel, comme si elle lui demandait pardon d'exister —, ce dernier avait réussi à l'intimider, à la diminuer en dépit de sa solidité et de sa stature, à lui faire sentir qu'elle était de trop, tels une habitude imposée ou un très vieil engagement qui, de par leur ancienneté, ne pouvaient être remis en question ; de la même façon, en ma présence, elle donnait l'impression de se justifier un peu ; des mois durant, elle n'osa engager de conversation avec moi, car je gravitais clairement dans l'orbite d'un mari qu'elle craignait, ou qui lui faisait carrément peur. Voilà pourquoi j'imaginai que, quelle que fût la personne qu'elle retrouvait Plaza del Marqués de Salamanca, leur rencontre devait être de nature sexuelle, même si je me répétais, en même temps, que rien ne permettait de l'affirmer, qu'elle avait peut-être pris rendez-vous avec l'avocat Mollá, en prévision d'un éventuel divorce, sitôt que le divorce serait légalisé ; ou rendait visite au docteur Arranz pour quelque souci, symptôme ou hypocondrie, en outre, ce médecin pouvait fort bien être un psychiatre ou un psychologue, la plaque ne précisait pas de spécialité et il n'aurait pas été surprenant que Beatriz le consulte régulièrement pour épancher son cœur et mieux vivre avec sa détresse ; qui sait si elle ne diligentait pas une enquête privée sur un événement ou un individu du présent ou du passé (peut-être voulait-elle explorer les causes de son infortune), ou si elle ne préparait pas un voyage en Égypte ou en Syrie ? Ou si elle n'intercédait pas en faveur de Muriel, ou n'essayait pas de soutenir un de ses projets en cours en tirant une ou deux ficelles auprès de cette famille de distributeurs de films ? Peut-être était-elle en affaires avec Gekoski, ce nom me semblait idéal pour une maison d'obscures ventes aux enchères, par exemple, ou même pour un mont-de-piété spécialisé dans les objets de valeur, s'il en existait encore. Quoi qu'il en soit, et en dépit de ces raisonnements, je l'imaginais de toute façon dans une situation similaire à celle qu'elle avait partagée avec Van Vechten. Dans mes divagations, j'allai jusqu'à évoquer la possibilité qu'elle se prostituât au profit de son mari — l'inconditionnalité n'exclut pas le paradoxe et, bien sûr, elle est capable de tout, n'est-ce pas là la définition même de ce mot ? — et s'offrît au fondateur de Deverne, un sexagénaire qui ne ferait sans doute pas la fine bouche.

« Son lit est vraiment un "lit de douleur", me dis-je, voilà pourquoi Beatriz en visite d'autres, ou s'en passe carrément afin de ne pas remarquer le contraste avec le sien, auquel elle revient chaque soir, seule et transie. Elle a du mal à se tenir tranquille, elle ne s'en tient pas là, elle se réserve des incursions, des aventures. Elle aimerait les avoir avec Muriel, mais vu qu'il ne s'y prête pas, elle ne va pas rester à se morfondre ou à se consumer d'ennui à la maison, quand elle est plus en forme, elle cherche des substituts comme presque tout le monde, rares sont ceux qui obtiennent le bonheur auquel ils aspirent et, s'ils l'obtiennent, ils ne le conservent pas longtemps, qui sait combien de temps elle-même l'a conservé. » Nous mettons tout en œuvre pour conquérir les choses, nous nous acharnons, oubliant qu'elles ne seront jamais nôtres pour l'éternité, qu'il est rare qu'elles durent, et que l'on peut les perdre à tout instant, rien n'est jamais acquis. Souvent nous livrons bataille, nous nous hasardons dans des manigances, racontons des mensonges, nous abaissons à des vilenies, commettons des trahisons ou encourageons des crimes sans nous souvenir que ce que nous obtiendrons peut ne pas durer (c'est un très vieux défaut que nous avons tous, de voir le présent comme une fin en soi et d'oublier qu'il est forcément et désespérément transitoire) et que les batailles et les machinations, les mensonges, les infamies, les trahisons et les crimes nous sembleront bien futiles, sitôt qu'ils auront perdu leur effet ou qu'il se sera atténué, pis encore, ils nous paraîtront superflus : nous aurions pu en faire l'économie, rien n'eût été différent ; penser que toute cette énergie n'aura servi à rien, quel gaspillage ! Comme j'entendis un jour Muriel le dire, sans que je sache s'il citait quelqu'un, nous nous laissons mener par la hâte perfide, et cédons à la fielleuse impatience. Nous n'arrivons pas à voir plus loin que le lendemain et nous le voyons comme s'il marquait la fin des temps, comme si nous étions de jeunes enfants persuadés que l'absence momentanée de leur mère est définitive, irréversible, un abandon en bonne et due forme, que si l'on ne satisfait pas leur faim ou leur soif sur-le-champ, ils auront à jamais faim ou soif ; que la moindre égratignure leur fera mal toute leur vie, ils n'imaginent même pas qu'une croûte puisse se former ; que s'ils se sentent protégés et à l'abri, il en sera de même pour le reste de leur vie, cette vie qu'ils ne conçoivent qu'au jour le jour ou de cinq minutes en cinq minutes. À cet égard, nous ne changeons guère, une fois adultes, pas plus d'ailleurs qu'avec l'âge, quand le nombre de nos jours s'amenuise. Le passé ne compte pas, il se réduit à du temps expiré qui n'est plus rien, c'est le temps de l'erreur ou de l'ingénuité, le temps de l'inexpérience, un temps qui finit par être pathétique, ce qui l'invalide et le confond est, finalement, de se dire : « Vu le peu que nous savions, vu notre sottise, vu notre innocence, nous ignorions ce qui nous attendait mais, désormais, nous sommes prévenus. » Et même forts de ce savoir actuel, nous sommes incapables de tenir compte du fait que demain nous saurons autre chose et que le jour présent nous semblera tout aussi inepte que la veille et l'avant-veille ou que le jour où ils nous ont livrés au monde, à moins que ce ne fût en pleine nuit, sous cette lune, dédaigneuse et lasse. Ainsi allons-nous de leurre en leurre sans nous tromper pour autant, et cependant, à chaque instant, nous accordons créance au dernier leurre.

J'attendis et j'attendis, l'attente me parut interminable. J'entrai et sortis de la boutique je ne sais combien de fois, je la passai en revue sans rien acheter, esquivant comme je le pouvais les sollicitations des vendeuses (« Non merci, je jetais juste un coup d'œil, c'est tout, je reviendrai quand je serai décidé »). Je regardais l'une ou l'autre fenêtre du bâtiment sur la place, sans voir personne derrière, impossible de savoir à quel étage était montée Beatriz. Je fus tenté de passer la tête par la porte de la loge et de demander au gardien, mais cela eût été déplacé et il m'aurait, à coup sûr, rembarré. « Et qu'est-ce que ça peut foutre, à un gamin comme toi ? Ce n'est pas ton affaire de savoir à qui cette dame rend visite, qui t'a envoyé ? Je vais tout de suite prévenir M. Gekoski, le docteur Arranz, M. Mollá, Mr Holmes, M. Kociejowski, M. et Mme Deverne, pour les mettre au courant de ton intrusion afin qu'ils prennent les mesures nécessaires. » Pour peu qu'il eût lâché un nom en me menaçant, il m'aurait donné la réponse. Je continuai à attendre, et plus le temps passait, plus il me semblait que le rendez-vous de Beatriz était d'ordre sexuel, mais quelques secondes plus tard, j'avais changé d'avis, on passe plus de temps à parler qu'à tirer un coup fixé à l'avance, c'est peut-être mal dit mais, au moins, c'est clair.

Presque une heure s'écoula avant qu'elle ne réapparût, avec lequel d'entre eux avait-elle passé tout ce temps et qu'avait-elle bien pu faire ? De prime abord, je ne constatai aucun changement ni dans son attitude ni dans son allure. Ou si, peut-être, dans son expression, qui me parut, comment dirais-je, ambiguë, confuse, comme si une partie du visage reflétait de l'intensité et l'autre de la lassitude, comme si elle venait de vivre quelque chose d'osé mais qui n'avait rien d'agréable. Elle commença à rebrousser chemin vers la maison, je la suivis à distance pour voir où elle allait, jusqu'à ce qu'elle entre dans une élégante boutique de prêt-à-porter de la Calle Ortega y Gasset, avant Lista. Au cours de cette partie du trajet, je m'aperçus qu'elle avait filé son bas, une véritable échelle, presque une déchirure, et que le dos de la jupe, troussée au cours de ses ébats, refusait obstinément de retourner à sa longueur initiale malgré ses efforts pour la faire redescendre pendant qu'elle marchait. Il suffit de frôler quelque chose pour que votre bas file, je le sais et je le savais, mais cela ne fit que confirmer mes soupçons : quel que fût l'homme avec lequel elle avait couché — disons qu'il y a toujours des dossiers, des murs, des tables auxquels on s'appuie —, cet homme avait été moins attentif que Van Vechten, si l'on garde ses vêtements, ils peuvent se salir ou se déchirer. Quand elle ressortit de la boutique elle avait des bas tout neufs, et le balancé de sa jupe était parfait, rien ne l'entravait plus. Elle avait dû les acheter là, c'est pour cela qu'elle y était entrée.

Contrairement à ce qu'aurait pu imaginer le concierge si je lui avais demandé à qui Beatriz Noguera rendait visite dans cet immeuble, personne ne m'avait envoyé. Non, personne ne m'avait ordonné de la suivre quand elle sortait seule et, à l'époque, je ne savais pas moi-même pour quelle raison je la suivais, soit que je n'aie pas éprouvé le besoin de me le dire, soit que je n'aie pas voulu me l'avouer, en dépit de mon tempérament méditatif. L'un des atouts de la jeunesse est que vous vous permettez beaucoup plus facilement d'agir par impulsion et subites volte-face, vous avez l'impression d'être original — même si, loin de l'être, ce que vous faites est archi-banal —, pour peu que vous ponctuiez votre chemin de décisions bizarres, vous vous dites que certaine dose d'excentricité ou d'irresponsabilité, voire de pseudo-folie, n'est pas dénuée de charme ou, plutôt, qu'à votre âge vous pouvez vous le permettre — vous autoriser à céder à cette folie sporadique, même si ce genre de flirt comporte toujours sa part de risque —, sans que cela n'entraîne de lourdes conséquences ou ne nous fasse glisser vers une plus sérieuse et plus constante folie ; on est encore près de l'enfance et de l'adolescence, âges de la vie où l'on se regarde soi-même comme un héros de roman, de bande dessinée ou de film et où l'on essaye de copier tel ou tel, de façon consciente ou inconsciente, peut-être imitais-je à présent les personnages de Hitchcock, stimulé par ce cycle auquel Muriel m'avait emmené sans qu'il eût à me tirer par la manche ; il y a, dans ces films, de longs passages où personne n'ouvre la bouche, sans le moindre dialogue, où l'on se contente de voir des êtres aller et venir ; quoi qu'il en soit, le spectateur regarde l'écran, hypnotisé, de plus en plus intrigué, au comble de l'angoisse sans qu'il y ait pour autant de raison objective. C'est la simple observation qui crée l'angoisse et forge l'intrigue. Il suffit de poser les yeux sur quelqu'un pour que nous commencions à nous questionner et à craindre pour son sort.

Ainsi justifiais-je mon comportement : simple curiosité de ma part, j'étais intrigué, et, dans une certaine mesure, angoissé par le sort de Beatriz et la nature de ses fréquentations, à moins peut-être qu'en dépit de ma jeunesse et de la liberté des mœurs de l'époque, ses visites de propos délibéré, de celles dont Muriel ne saurait rien, ne m'eussent effrayé. Une chose sûre, il s'en ficherait et se réjouirait même de les apprendre. Elle avait beau avoir des années de plus que moi, mon attitude était empreinte d'un étrange et respectueux désir de la protéger ne fût-ce qu'en tant qu'obscur accompagnateur et témoin invisible : empreinte aussi d'un paternalisme incongru. Comme si elle était également une héroïne de roman, un de ces personnages que nous suivons avec inquiétude et crainte dès qu'ils commencent à compter pour nous ; dans le domaine de la fiction, il n'est pas rare qu'un enfant veille sur un adulte, en retenant son souffle, depuis son fauteuil dans le noir ou, les yeux exorbités, en tournant les pages. Dans cet univers, il n'y a ni adultes ni enfants, il n'y a pas d'âge. Nous nous inquiétons pour des êtres qui sont plus forts, plus sages, plus adroits, plus vieux, plus expérimentés que nous et l'enfant qui, lui, n'y voit pas encore bien clair dans sa simplicité fondamentale, s'efforce désespérément d'aviser quelqu'un qui ne peut pas l'entendre qu'on le trompe ou qu'un danger le guette ; lui, il l'a vu, car il est le témoin privilégié (ainsi plongé dans sa contemplation ou dans sa lecture, il s'imagine, en fait, être le seul et unique témoin). On percevait chez Beatriz certaine confusion, certaine détresse, sans que cela fût évident, sans qu'elle s'apitoyât sur son sort, j'ai déjà dit que je l'appréciais et qu'elle faisait pitié — pauvre femme malheureuse, amoureuse en souffrance. Pauvre infortunée, pauvre misérable — et cela, sans le vouloir. Si j'avais perçu là une tactique pour conquérir le monde, pour s'assurer sa bienveillance et obtenir des avantages, jamais je n'eusse veillé sur elle de cette façon passive, distante et silencieuse — bien que veiller ne soit pas le terme approprié — car cela eût engendré chez moi certaine irritation, voire de la méfiance. Je n'aime pas les victimes qui ont par trop conscience de l'être.

Ce n'est que quelques jours après son retour que Muriel se confia enfin à moi. Un matin où nous étions seuls à la maison, nous passâmes dans son salon, à côté du bureau, et il referma la porte, habitude à laquelle il ne se conformait pas toujours. Il s'allongea ensuite de tout son long sur le plancher, le plus naturellement du monde, comme en d'autres occasions, en se servant de son avant-bras comme oreiller pour y poser sa nuque : j'en vins à penser que c'était là une façon d'éviter de me regarder, de laisser errer son œil dans les hauteurs, au plafond, sur les étagères les plus élevées de la bibliothèque, sur le tableau de Casanova frère, une façon de dire les choses, mine de rien, de faire semblant de parler seul ou en sorte que je saisisse ses mots — ses indications, ses digressions, ses confidences, ses ordres veloutés — dans les airs et non pas directement de sa pupille ou de ses lèvres. Il me sembla qu'il dirigeait son regard vers le tableau qui représentait un cavalier exotique avec une moustache dont les pointes retombaient, bonnet bizarre ou chapeau à plume sur le crâne, vêtu de rouge, se retournant à moitié, l'œil droit, juste celui-là, à jamais rivé sur la Grande Catherine de Russie, ou sur quelque autre spectateur, l'œil gauche presque caché ou, qui sait, aveugle — à en juger par le peu que l'on en voyait, il paraissait défectueux, mi-clos ou mal peint —, il pouvait s'agir d'un borgne comme Muriel, qui aurait perdu son œil au combat, car, à la différence de Muriel, c'était un soldat ; je soupçonnais parfois Muriel de porter le bandeau pour ressembler à John Ford, à Raoul Walsh, à André De Toth, à Nicholas Ray et peut-être aussi à Fritz Lang, réalisateurs qu'il admirait et qui étaient en vogue, une étrange calamité pour des individus dont le travail dépendait en grande partie de leur vue. À l'arrière-plan, six autres cavaliers s'éloignaient sur leurs montures ; vus de dos, coiffés de chapeaux aux bords plus larges ou plus habituels, on croyait vaguement retrouver la touche de Velázquez, ce n'était pas le cas de l'homme en rouge du premier plan qui, à la différence des autres, regardait par-derrière afin, semblait-il, de conserver, avant de s'en aller, l'image de ceux dont il avait causé la mort, comme s'il eût été le seul à répondre à la muette prière de ceux qui, dans toutes les guerres, semblent murmurer depuis leurs corps aussi immobiles que les personnages d'un tableau : « Souviens-toi de nous. Au moins de moi. Souviens-toi de moi. »

Muriel sortit son pilulier à la boussole et contempla l'aiguille pointée vers le nord.

— Tu te rappelles ce que je t'ai dit au sujet du docteur Van Vechten, me demanda-t-il sans préambule.

Je dus rougir — l'espace d'une seconde, sans doute ne le remarqua-t-il même pas — en l'entendant mentionner ce nom qui m'était encore inconnu quelques mois plus tôt. À présent, c'était différent. Non seulement je le connaissais et j'avais eu affaire à lui au cours de réunions, de dîners ou parties de cartes, en groupe, mais j'étais au courant de

quelque chose d'intime à son sujet et qui, en outre, touchait Beatriz, pour le dire, cette fois, avec délicatesse ; à partir de la scène partielle à laquelle j'avais assisté au sanctuaire de Darmstadt, j'avais craint que Muriel n'abordât à nouveau le sujet du médecin. Je ne savais pas si je devrais, dans ce cas, l'informer de ce dont j'avais été témoin, depuis mon arbre, ou si mieux valait me taire ; tout dépendrait de ce qu'il me demanderait ou solliciterait, je déciderais alors, me disais-je, tout en souhaitant ne rien avoir à décider.

— Oui. Bon, vous ne m'avez rien raconté ou presque.

Il se montra réticent.

— Vous vous rappelez ? Vous m'avez laissé imaginer plutôt que vous ne m'avez raconté quoi que ce soit. Vous m'avez exposé vos doutes. Vous m'avez également prévenu que vous me demanderiez peut-être d'oublier la conversation ; ce qui s'y rapporte plus ou moins, ce que vous m'aviez laissé présager. C'est plus ou moins ce que j'ai fait jusqu'ici.

Je lui rafraîchis la mémoire quant au bien-fondé de cette éventualité, espérant qu'il pencherait en sa faveur, même s'il n'allait pas en être ainsi, c'était évident. Depuis cette fameuse après-midi, tout ce qui avait trait à Van Vechten me mettait mal à l'aise, je me disais que quand je le verrais à nouveau j'aurais envie de le fuir.

— Mais si, je me souviens, bien sûr. On n'oublie pas si facilement, même ça.

— C'est bon, Juan. Je t'ai annoncé une mission. Eh bien, la voici, poursuivit-il, en regardant encore le plafond ou le tableau. Je veux que tu deviennes l'ami de Van Vechten. Plus encore, je veux que tu en fasses un compagnon de bringue, que tu le fasses participer de ton mieux à tes virées et escapades nocturnes. Tu sors souvent le soir, n'est-ce pas ? Tu vas en discothèque, à des concerts, prendre un verre dans des bars, la Movida, quoi ! N'est-ce pas ? Propose-lui de t'accompagner. Il a beau être de beaucoup ton aîné, ce ne sera pas l'envie qui lui en manquera, je te le garantis. Il appréciera d'avoir un guide. Présente-le à tes amies ou à des filles que tu connais, qu'elles soient jeunes ou de n'importe quel âge, ça revient au même, et étudie la façon dont il se comporte à leur égard, et à l'égard des femmes, en général. Arrange-toi pour gagner sa confiance. Parle-lui de ta vie sexuelle. Fais-lui part de ta promiscuité, de tes succès (car tu as du succès, non ?). Raconte-lui tes hauts faits en la matière, et si tu n'en as pas vraiment, inventes-en. Vante-toi. Fanfaronne. Fais-le saliver. Il a été jeune à une époque où c'était plus difficile, où il y avait infiniment moins de possibilités. Rien que de voir combien c'est facile aujourd'hui, il pestera de ne pas être né vingt ans plus tard. N'aie pas peur de paraître vulgaire, même méprisant quand tu parles des femmes. Plus tu le feras, mieux ça sera, exagère. Fais-le parler et observe-le. L'idée c'est qu'il se prenne au jeu et se mette à te raconter ses années les plus glorieuses, qu'elles relèvent du présent ou du passé. Ça a toujours été un homme à femmes, il l'est encore, tu as dû t'en apercevoir, il a un sacré tableau de chasse à son actif, crois-moi. Il a toutefois connu une époque où elles se faisaient beaucoup prier, dans ce pays plus que dans d'autres. Que dis-je, la plupart se cuirassaient, elles se blindaient, il fallait avoir recours à des promesses, à des ruses. Voyons s'il va te parler du passé car, ce qui m'intéresse le plus, c'est son passé. Rien de tel que de vanter ses propres exploits pour que l'autre frime avec les siens, si anciens soient-ils, ça ne rate jamais. Tâche d'étudier sa façon de s'y prendre avec les femmes, de voir comment il est en pleine action, comment il essaye de les draguer, et je puis te garantir qu'il essayera souvent. À présent que ça lui coûtera davantage, jusqu'où en viendra-t-il ? Montre-toi sordide, sans scrupule, et voyons sa réaction, voyons s'il se montre compréhensif et même concerné, s'il t'encourage ou te désapprouve. Voyons ce qu'il te raconte et quel effet ça produit sur toi. Voyons si tu peux me tirer ça au clair.

— Tirer quoi au clair, Eduardo ? Je ne sais pas si je vous comprends. Que le docteur ait certaine propension à faire des avances, ça saute aux yeux, qui plus est, à la moindre occasion et même s'il ne semble pas y en avoir une. Il tâte le terrain, ça oui, avec celles qui en valent la peine, il ne s'intéresse ni aux laiderons ni aux asexuées, même s'il n'est pas très regardant. Le premier venu voit d'emblée en lui un fin limier en chasse ; il est aussi capable de dépasser les bornes, en l'absence de témoins, je suppose. Cela vous devez le savoir mieux que moi, vous qui connaissez le docteur Van Vechten depuis des années. Mais j'ignore ce sur quoi vous voulez que j'enquête ou quels renseignements vous souhaitez que je lui soutire. Il est difficile de faire parler quelqu'un si vous ne savez pas ce qu'il doit vous raconter. Ne pourriez-vous pas me mettre un peu sur la voie, me préciser ce que vous cherchez à savoir ?

Muriel tambourina du bout des ongles sur sa coque en bakélite ou en je ne sais trop quoi, cric, cric, cric, un son agréable, un doigté que je lui enviais. Son œil bleu obscur, intense, se tourna ensuite vers moi, rapidement, avec cette pénétration, parfois intimidante, dont il était capable, comme si elle compensait l'immuable opacité de l'autre œil. Jusqu'ici, il n'avait pas dirigé son regard sur moi. Il parut réfléchir quelques secondes à la réponse, tenté qu'il était de me satisfaire. À la fin, il soupira, sans doute contrarié de se voir forcé de me refuser ces informations, cette aide ou, qui sait, agacé que ma mémoire laissât à désirer.

— Non, non, je ne dois pas. Je te l'ai dit l'autre jour : si je commence à parler de mes soupçons, si je commence à révéler l'histoire qui m'est arrivée et qui peut être ou ne pas être véridique, je pourrais commettre une injustice irréparable. Et le docteur est un grand ami, ne l'oublie pas, et je ne voudrais en aucun cas lui porter préjudice sans raison valable. Ou, du moins, sans une lueur de certitude, si ces termes ne sont pas en contradiction ; sans plus de preuves.

Il n'allait pas me raconter à moi quoi que ce soit dont il ait pu avoir la moindre honte, je te l'ai déjà expliqué ; d'autres choses, oui, voire de certaines dont je sais qu'elles ne sont pas à ébruiter ; mais pas ça. Parce que avec moi il aurait honte. Il me connaît bien, il sait que je suis tout l'opposé d'un puritain et loin d'être à cheval sur les principes, mais qu'il y a certaines indécences que je ne tolère pas.

Je me souvins qu'il avait déjà employé les mêmes mots la fois précédente, quand il s'était montré plus explicite. « D'après ce que l'on m'a confié, avait-il dit, le docteur se serait conduit de manière indécente avec une femme et peut-être même plusieurs. » Et de conclure, à mon grand étonnement : « Pour moi, c'est impardonnable, c'est ce qu'il y a de pire. Tu comprends ? On ne saurait tomber plus bas. »

— Avec toi, ce serait différent, donne-lui une chance. À toi, il pourrait te raconter. Toi, il te connaît à peine.

Il se tut. Il me regarda avec encore plus d'intensité, et une espèce de curiosité, comme s'il me voyait soudain pour la première fois ou se rendait compte de la légitimité de ce qu'il ne tarda pas à ajouter :

— Je ne sais même pas comment tu es.

Là-dessus, il détourna son œil et le fixa à nouveau sur le plafond ou sur le tableau et recommença à se caresser le menton avec son petit étui en argent, étendu de tout son long. Il poursuivit d'un ton nonchalant, comme s'il s'agissait d'une évidence et que c'était superflu.

— Ni toi non plus. Tu es encore loin d'être accompli.

Ce qui devait être pour lui une évidence fut pour moi une surprise et même un sujet d'inquiétude. Sans doute personne, et encore moins les jeunes, n'est jamais vraiment accompli, et il est normal que nous, les aînés, les voyions ainsi, incomplets, indécis, confus, tel un tableau inachevé ou un roman écrit ou lu à moitié — la différence est mince —, dans lequel tout peut arriver, ou pas grand-chose — mais encore trop —, l'un ou l'autre personnage peut mourir, à moins qu'aucun ne meure ; l'un d'eux peut même tuer et alors il sera accompli et c'en sera fait de lui, ou du moins le semblera-t-il au regard sévère de l'auteur ou du lecteur ; le récit peut captiver au plus haut point ou pas le moins du monde, et dans ce cas, chaque page tournée se transforme en un supplice dont se lasse l'index, qui ne veut plus répéter ce geste, il n'attend plus ce dernier feuillet après lequel il ne reste plus aucun choix, mais il voudrait au contraire avancer indéfiniment dans cet univers, au côté de ces personnages fictifs. Ainsi en va-t-il de l'itinéraire des gens, certaines vies n'éveillent aucune curiosité, une incommensurable apathie vous gagne rien qu'à en être témoin ; malgré les nombreuses vicissitudes qui les jalonnent, d'autres, bizarrement, nous hypnotisent, même si elles ne semblent marquées par rien de très mémorable, à moins que le meilleur ne demeure caché à nos yeux et qu'il ne s'agisse que de suppositions.

Mais chaque individu s'estime accompli à chaque stade de son existence, il croit avoir un caractère bien défini, sujet seulement à des fluctuations mineures, il se considère enclin à certaines actions, réfractaire à d'autres, alors qu'il est certain que, dans notre enfance ou notre jeunesse, nous n'avons jamais connu l'épreuve, pas plus que nous ne nous sommes trouvés à un carrefour ou face à un dilemme. Oui, il se peut que nous ne nous accomplissions jamais, mais nous commençons à notre insu à nous façonner, à nous aguerrir dès l'instant où l'on nous détecte dans l'océan, tel un point minuscule qui, plus tard, deviendra une masse qu'il faudra éviter ou dont il faudra se rapprocher, au fil des ans, au gré des événements, à mesure que nous prenons ou écartons des options ou laissons les autres décider pour nous (ou en donnons-nous juste l'impression ?). On se moque pas mal de savoir qui décide, tout est fâcheusement irréversible et, en ce sens, tout finit par s'aplanir : ce qui est intentionnel et ce qui est involontaire, ce qui est accidentel et ce qui a été manigancé, ce qui est spontané et ce qui a été prémédité, et au bout du compte, qui se soucie des pourquoi et des comment et plus encore des motivations ?

Aujourd'hui, je regarde mes filles et elles ne me semblent pas encore assez aguerries, du fait de leur jeune âge ; elles, en revanche, s'estiment accomplies, elles se voient telles des entités pour ainsi dire immuables, tout comme je me voyais à vingt-trois ans, et m'étais toujours vu, je suppose. On prête peu d'attention à ses propres changements, on oublie ce que l'on était ; on oublie ces changements, après les avoir subis. J'avais honorablement terminé mes études, sans incident de parcours. Grâce à l'intervention de mes parents, qui connaissaient Muriel de longue date, j'avais vite décroché un boulot, qui plus est, sous les ordres de quelqu'un d'important, à qui je vouais une admiration sans réserve ou presque, et dont les bonnes grâces et la confiance contribuaient à ce que je me voie sous un jour très favorable. Comment ne pas éprouver quelque fierté à l'idée que mon patron ait détecté en moi certain potentiel, que je lui aie assez plu pour qu'il m'embauche et me garde ? J'avais parfois la sensation flatteuse qu'il ne se souvenait pas toujours de mes liens familiaux, de la façon dont j'étais arrivé jusqu'à lui, que j'étais le fils de ses vieux amis de jeunesse, les De Vere, qu'il n'avait jamais cessé d'apprécier mais avec lesquels il avait ensuite gardé un contact épisodique, plutôt épistolaire, mes parents étant sans cesse par monts et par vaux et moi, rarement auprès d'eux. J'avais beaucoup lu, j'avais vu assez de tableaux et plus encore de films, je possédais de vastes connaissances — j'étais un jeune certes pédant, mais je laissais là, au vestiaire, toute pédanterie pour peu qu'elle ne fût pas de mise, comme les soirs où je sortais avec mes amis ou avec des filles. Je parlais bien une langue étrangère et me débrouillais pas mal dans une autre et je savais que dans la mienne je possédais un vocabulaire beaucoup plus étendu que la plupart de mes contemporains, ce qui me permettait de participer sans fausse note aux conversations de Muriel et de ses proches, des gens plus âgés et au savoir plus vaste que le mien (en théorie du moins) même si, en ces occasions, j'avais tendance à écouter et à ne pas trop intervenir, après un noble envoi, leurs discussions souvent ne volaient pas très haut ; ponctuées d'éclats de rire, elles s'attardaient sur des sujets au ras des pâquerettes. J'avais séjourné dans d'autres pays où mes parents m'avaient emmené lors de leurs longues et diverses missions diplomatiques ; en général, ils préféraient que je reste à Madrid pour ne pas me changer de collège et perturber ainsi ma scolarité, ils souhaitaient, disaient-ils, que j'acquière des bases solides à moins qu'il ne s'agît là d'un prétexte pour me laisser pendant l'année scolaire — et même en dehors de celle-ci —, confié aux soins de ma tante

Julie et de mon oncle Luis. Ils trouvaient bon que je grandisse auprès de Luis et Julia, leurs enfants, qui ont été pour moi comme un demi-frère et une demi-sœur, puisque je n'ai pas eu de frères et sœurs. Jamais personne ne me surveilla de près, et la plupart du temps — sauf quand mes parents venaient en visite ou pour les vacances, ce qui n'était pas toujours le cas, car ils en profitaient souvent pour voyager à leurs frais —, j'avais la maison paternelle à moi seul, sous l'œil négligent de gouvernantes ou de bonnes, appelez-les comme vous voudrez, qui ne restaient pas assez longtemps pour me prendre en affection ni pour exercer sur moi une véritable autorité. Ainsi, dès l'adolescence, je fus habitué à ne guère rendre de comptes à qui que ce soit, à rentrer à des heures indues et à choisir l'endroit où je dormais, soit chez moi, soit chez mon oncle et ma tante, soit ni chez moi ni chez eux et cela, dès ma prime jeunesse, dès mes débuts à l'université, à dix-sept ans, disons.

À vingt-trois ans, je continuais à vivre de la sorte, sans doute étais-je même encore plus autonome : l'appartement paternel à moi seul, sur un fond de relais d'aides ménagères qui me laissaient de quoi me sustenter dans le réfrigérateur et veillaient à la propreté des lieux, qui ne me voyaient pas beaucoup et que je voyais encore moins. Mes parents étaient moins aisés qu'ils n'étaient superficiels et désinvoltes ; sans être, certes, dans la gêne, ils vivaient plutôt au jour le jour. En dépit de ses vagues frénésies d'originalité ou folies des grandeurs la carrière diplomatique de mon géniteur n'avait pas été fulgurante. Le consulat de Francfort avait été son bâton de maréchal, il lui avait échu sur le tard, mais mon père gardait, et partageait avec ma mère, un optimisme juvénile, apanage des esprits frivoles. J'eus souvent l'impression d'être légèrement de trop dans leurs vies ou, sinon, d'être une de leurs vieilles connaissances sur laquelle ils veillaient à distance, sans ferveur ni appréhension, mais avec une indéniable affection. Ils se comportaient comme un couple sans enfants, comme s'ils étaient mon oncle et ma tante ou mon parrain et ma marraine. Jamais je n'eus à m'en plaindre, tous deux étaient aussi insouciants que charmants, n'est-ce pas notre lot à tous de prendre pour norme le monde et la situation que nous trouvons à notre naissance, quels qu'ils soient. De toute façon, je ne pouvais pas compter sur la perspective d'un héritage suffisant (l'appartement, oui, était à eux), aussi fus-je conscient de bonne heure qu'il me faudrait gagner ma vie comme n'importe qui d'autre malgré une enfance et une adolescence privilégiées, d'où ma satisfaction d'avoir un travail et des revenus, fussent-ils provisoires, je n'avais pas idée de ce que je ferais le jour où Muriel se passerait de mes services, ce qui ne manquerait pas d'arriver, bien sûr. Pour le moment, je n'éprouvais pas le besoin de devenir indépendant, vu que je vivais depuis longtemps en totale indépendance, peut-être même depuis trop longtemps, ce qui explique que je passais de plus en plus de temps chez Muriel où il y avait, après tout, une famille, du monde qui allait et venait, entrait et sortait, et il m'arrivait même d'y dormir dans une chambre à l'autre bout de la maison, après la cuisine, qui, jusqu'à un certain point, était déjà pour moi territoire conquis, car l'usage fait de nous des propriétaires tacites, tant que l'on ne nous reprend pas cette concession ou que l'on ne nous proscrit pas expressément cette habitude, nombreux sont ceux qui sont prétendument de passage, mais qu'il n'y a plus moyen de mettre dehors et qui restent des années. Il ne faut jamais laisser entrer qui que ce soit, ne serait-ce qu'un seul jour, à moins que l'on ne soit prêt à ce qu'il reste pour toujours.

Quoi qu'il en soit, je me prenais pour un homme accompli et je m'imaginais connaître les grands traits de mon caractère. J'ignorais où j'avais appris certaines normes et règles de conduite, d'après lesquelles je m'efforçais de vivre ma vie (je ne les tenais sans doute pas de mes parents qui en manquaient carrément ou pour le moins en changeaient à tout bout de champ, ce devait être un syndrome propre aux diplomates) sans prétention, sans affectation, jamais je n'ai supporté les individus moralisateurs et pompeux, ceux qui récriminent, ceux qui imposent des lignes de conduite générales au lieu de les garder pour eux-mêmes sans s'acharner à les imposer. Peut-être les avais-je apprises comme ça, par le biais des films, des romans, des bandes dessinées, c'est là qu'il n'y a pas encore si longtemps, enfants et jeunes apprenaient à vivre, faute de modèles clairs et nets dans la vie réelle (et dans la vie réelle, rien n'est jamais très clair, ni ne peut même se raconter) surtout si ces œuvres narratives étaient troublantes et ambiguës et non point d'édifiantes niaiseries. Je me considérais comme plutôt respectueux, loyal et scrupuleux, capable de taire ce que l'on me confiait, si on me le demandait, de garder le secret. Ma grande terreur était de décevoir ceux que j'aimais ou admirais. Muriel avait fait partie de ces derniers dès le début puis, peu à peu, des premiers — non, ce fut, en réalité, très rapide : à moins que vous ne preniez vraiment quelqu'un en grippe, vous finissez inéluctablement par vous y attacher (il n'y a pour ainsi dire pas de juste milieu, l'indifférence est rare, si nombreux que soient ceux qui s'efforcent d'y parvenir) ; et c'est ce qui m'arrivait avec lui et, je présume, avec Beatriz Noguera et leur progéniture, avec l'aînée, Susana, à cause de sa ressemblance avec sa mère, de sa bonne foi et de sa gentillesse, et aussi avec Flavia et Rico et Roy et Gloria et Marcela, même s'ils me mettaient mal à l'aise et m'agaçaient, même si les deux dernières me semblaient avoir mauvaise influence sur leur amie. Et même avec Van Vechten avant ce fameux après-midi au sanctuaire de Darmstadt ; là-bas, je l'avais honni sans raison objective ; après tout, ce que faisait Beatriz ne me regardait pas, sans parler de ce que faisait le médecin, libre à eux. Une des règles que j'essayais de suivre était, en gros, la suivante : juger le moins possible, ne pas me mêler de la vie des autres, et encore moins intervenir. Mon grand désir aurait été de ne détecter aucune masse dans l'océan et de n'avoir rien à décider à ce sujet. Mais c'est impossible, ne serait-ce que pour la simple raison que chacun de nous est une masse dans l'océan que les autres évitent ou vers laquelle ils se dirigent ou contre laquelle ils se heurtent.

# V

Ainsi, de par sa nature, la mission que m'avait confiée Muriel me déplaisait-elle. J'avais en partie retiré au docteur Van Vechten l'estime superficielle que je lui avais accordée, deux décisions tout aussi arbitraires l'une que l'autre ; on ne saurait se permettre l'arbitraire le plus absolu qu'avec ceux que l'on ne fait que croiser, ceux que l'on ne voit qu'occasionnellement et que l'on n'a pas choisis, ceux qui sont des ramifications, des legs, des amis d'amis ; le problème c'est que si ces derniers comptent pour nous, nous nous sentons dans l'obligation de les accepter, de veiller sur eux, de les protéger, plus encore si celui qui nous les a légués est toujours de ce monde et en mesure de vérifier si nous répondons ou non à ses attentes, de nous en être reconnaissant ou de nous réprimander de son œil vif et, en tout cas, d'en prendre note. Parfois, quelqu'un que nous aimons bien nous dira sans ambages : « Traite cette personne comme si c'était moi ; donne-lui ce qu'elle te demandera et viens-lui en aide », d'autres fois, ce n'est même pas nécessaire, nous prenons mentalement les devants (« Je perçois le signal. Je comprends, je ne poserai plus de questions »). Pour peu que nous soyons des inconditionnels d'un amour, d'un ami ou d'un maître, nous avons tendance à accueillir tous ceux qui gravitent autour d'eux, à plus forte raison ceux qui leur sont essentiels : leurs idiots de fils, leurs épouses exigeantes ou fielleuses, leurs époux pénibles, voire tyranniques, leurs amitiés louches ou déplaisantes, leurs collègues sans scrupule dont ils dépendent, ceux chez qui nous ne voyons rien de bon et auxquels nous ne trouvons aucune qualité, qui nous amènent à nous demander d'où provient l'estime que leur vouent ces êtres dont nous désirons tant nous assurer l'approbation : quel passé les rapproche, quelle souffrance ils partagent, quel vécu, quelles connaissances secrètes ou quel sujet de honte ils ont en commun ; quelle étrange et insurmontable nostalgie. Nous nous efforçons de nous montrer aimables, reconnaissants et intelligents pour mériter une petite tape dans le dos — un baiser de la part de notre amour ou ce qui, d'habitude, s'ensuit, ou ne serait-ce qu'un regard, qui prolonge un peu nos espoirs —, et nous ne comprenons pas comment des individus bruyants, obtus, déficients ou très limités, à nos yeux sans aucun mérite, puissent obtenir *gratis pro Deo* ce qui exige de notre part une telle ingéniosité, un tel savoir-faire et une telle attention. La plupart du temps, la seule réponse est que ces gens étaient là avant nous, qu'ils nous précèdent depuis longtemps dans la vie de notre amour ou de l'ami ou du maître, que nous ignorons et ignorerons sans doute à jamais les liens qui se sont tissés entre eux ; que savons-nous du long chemin fangeux dans lequel ils ont pataugé sans que nous ayons été là pour les accompagner, ou en être témoins ? Nous arrivons toujours trop tard dans la vie d'autrui.

Van Vechten était pour moi l'un de ces individus, jusqu'à un certain point, pas entièrement. De toute évidence, il était loin d'être sot, mais il lui manquait la profondeur et la perspicacité de Rico ainsi que son côté cocasse, qui n'était, d'ailleurs, qu'à demi intentionnel, il lui manquait aussi la vénération et la connaissance exhaustive de l'œuvre de

Muriel qu'avait Roy et qui permettaient de comprendre que mon patron fît preuve de patience à son égard et qu'il le gardât sous son aile ; enfin, disons qu'il lui manquait le génie ou la bonté de certains autres. À l'heure qu'il était, Van Vechten était un pédiatre très réputé, ayant pignon sur rue et clientèle privée dans le quartier de Salamanca. Il tenait lieu de médecin généraliste, voire de médecin de garde, pour la famille Muriel et quelques autres familles connues ou proches. (J'entends par là que, compte tenu de leurs liens amicaux et du fait qu'ils l'avaient sous la main, on faisait d'abord appel à lui pour tout et n'importe quoi, tant par commodité que parce qu'on avait confiance en lui, on sollicitait son opinion même si le mal n'avait rien à voir avec sa spécialité et concernait un adulte. Il indiquait ensuite ce qu'il fallait faire ou chez qui se rendre au cas où un autre avis serait nécessaire, les rares fois où il estimait une visite souhaitable, il vous adressait alors à un spécialiste du gigantesque hôpital inauguré en grande pompe en 1968, où il avait été nommé chef du service de pédiatrie.) Comme nombre de ses collègues, il se plaisait à fréquenter le monde intellectuel et celui du spectacle, traditionnellement gauchisants ou pour le moins antifranquistes, et il y était apprécié — entre autres, je suppose, pour son influence et aussi, je le crains, pour son argent — parce que, au cours des difficiles années de la dictature — et la plupart avaient été tout aussi difficiles qu'elles avaient paru interminables —, il s'était fort bien comporté à l'égard des persécutés et des victimes des représailles, bien qu'il eût milité dans le camp franquiste durant la Guerre et eût entretenu de bonnes relations avec le régime, grâce auquel, en grande partie, il avait fait carrière. Sa couleur politique initiale en était ressortie très diluée, pour ne pas dire oubliée, avant d'être ignorée par les jeunes générations, comme ce fut le cas de tous ceux qui surent prendre leurs distances ou se planquer vite fait ou nager entre deux eaux et se montrer généreux et compréhensifs à l'égard des perdants : des êtres parfois sincères, prônant la concorde (bien sûr, elle dépendait d'eux), et d'autres capables d'anticiper à long terme et plutôt opportunistes. Ces derniers furent toujours conscients que, fût-ce dans une situation de domination absolue de la part des vainqueurs et d'anéantissement de l'adversaire ou de ses restes éparpillés, pitoyables, mieux valait pour eux être à peu près en bons termes avec tout le monde, se sentir en partie redevable à l'adversaire ou, en tout cas, ne pas être perçus par qui que ce soit comme des ennemis farouches. Ils savent que tôt ou tard, ceux qui restent du camp adverse se regrouperont, se ressaisiront, se réorganiseront un peu et se lanceront à la reconquête des domaines que le tyran a dédaignés, ignorés, surtout parce qu'il ne savait que diable en faire : en Espagne, par exemple, ceux de la culture et des arts.

Van Vechten avait fait partie des sincères, du moins jouissait-il de cette noble réputation. On racontait que dès les années quarante et cinquante, quand la répression était encore minutieuse et hyperactive et que ses générosités politiques auraient pu lui nuire, il s'était offert à rendre visite à domicile et sans rien percevoir aux enfants malades dont les parents avaient purgé une peine ou s'étaient vu interdire l'exercice de leur profession et, par là même, avaient été privés de leurs revenus ou condamnés à les trouver d'une autre façon, si tant est qu'ils en fussent capables ou eussent une autre corde à leur arc (ainsi un éminent botaniste se retrouva-t-il jardinier et un professeur d'université se recycla-t-il, en secret, dans une modeste école de langues vivantes) ; ajoutons que leurs femmes et leurs filles adultes proposèrent leurs services en tant que couturières ou femmes de ménage dans des familles riches qui les asservissaient ou chez des escrocs qui les exploitaient. Van Vechten avait joué le rôle de conciliateur magnanime et compatissant, comme n'importe lequel de ses collègues, il était venu chaque fois qu'il y avait eu à soigner une grippe, une diarrhée, une rougeole, des oreillons ou une varicelle, y compris des méningites ou autres maladies plus sérieuses qu'avaient contractées ces enfants au ban de la société. Il avait soulagé et sauvé de jeunes vies, un service que les familles n'auraient pu payer, sauf avec grande difficulté, en s'endettant à jamais et sans espoir de relever un jour la tête. Il s'était fait une réputation d'homme bon et affable, ayant du savoir-vivre, solidaire et, au fil du temps — ce temps qui passe au ralenti pendant les dictatures, quand tout devient légende, souvent embellie, d'autant plus que l'intéressé lui-même la propage —, les gens aux convictions démocratiques, ayant une certaine culture, avaient fini par voir en lui l'un des leurs, faisant abstraction de la façon dont il avait prospéré sous le régime et n'attribuant cette prospérité qu'à sa remarquable compétence professionnelle, à son entregent et à ce don qu'il avait pour se débrouiller en toutes circonstances ainsi qu'à la chance qui accompagne nécessairement toute réussite. Il s'ensuit qu'il flottait autour de lui une aura de gauchiste modéré et théorique, semi-héroïque, de quelqu'un qui, dans les moments les plus durs, avait donné un coup de main et encouru certains risques pour venir en aide à ceux qui, si précieux et utiles fussent-ils, avaient été victimes d'ostracisme et s'étaient retrouvés dans une situation dramatique.

Personne n'accordait d'importance au fait qu'il eût achevé ses études de médecine en 1940, à vingt ans seulement, l'année après la victoire, après trois années de Guerre au cours desquelles les universités restèrent fermées ; qu'à vingt-trois ans (mon âge, à l'époque), il eût été nommé médecin-assistant au service de pédiatrie de l'hôpital San Carlos et qu'à trente et un ans il eût ouvert un cabinet, dans sa spécialité, qui connut aussitôt succès et notoriété, à la clinique Ruber alors flambant neuve, fondée en 1942 par les très franquistes et brillants médecins et hommes d'affaires Ruiz y Bergaz qui réunirent les premières lettres de leurs noms pour la baptiser de cette façon absurde. À moins que l'on n'ait simplement méconnu cela, tout comme dans les années de la Transition on voulut ignorer ou nier de nombreux passés d'individus opposés au régime — dont l'opposition ne se manifesta que de bonne heure ou tardivement au fil de ce temps au ralenti — auxquels on a attribué un parcours impeccable surtout s'il s'agissait de notables pleins d'allant et, qui plus est, s'ils savaient se faire entendre. Personne ne se donne le mal de retracer le parcours ou les origines de quelqu'un que l'on apprécie et respecte, et moins encore si l'on a pour lui de la reconnaissance. Personne ne semblait non plus prêter attention au fait que Van Vechten pût jouir depuis toujours d'un tel prestige, d'une telle notoriété, et fût financièrement à l'aise. On présumait qu'il avait bossé dur pour en arriver là, qu'il fallait y voir un hommage à son talent, à son dévouement et à ses efforts.

Bien sûr, je ne savais rien de ces derniers détails quand Muriel me confia cette mission. Je ne connaissais que la bonne réputation du médecin et ses services généreusement rendus à ceux que les représailles politiques privaient de moyens, c'était de notoriété publique, le premier venu à qui vous posiez la question vous le racontait. En revanche, il n'était pas difficile de vérifier les données de sa biographie et de sa carrière : personne ne s'en donnait la peine et pourtant elles étaient bien visibles, elles apparaissaient dans les encyclopédies espagnoles, dans la *Durban* par exemple, et même dans la dernière édition du *Who's Who en Europe* que je trouvai, à ma grande surprise, à la bibliothèque de l'Institut britannique de la Calle de Almagro, j'ignorais alors que pour parvenir à figurer dans presque tout annuaire de personnalités, il faut avoir des relations et être très déterminé. C'est à cause de cette mission que je décidai de regarder à qui, exactement, je devais tendre un piège, cherchant des raisons supplémentaires pour justifier mes agissements. L'emmener faire la fête et l'observer, dans l'intention de renseigner Muriel sur son comportement, en particulier envers les femmes, était précisément ce qui me déplaisait dans cette étrange mission. Même si cela m'avait vaguement effleuré l'esprit (à vrai dire, j'aurais pu, dès le premier instant, fournir à mon patron des renseignements très concrets, lui dire où quand comment et avec qui frayait Van Vechten, un après-midi du moins, mais j'avais justement décidé de ne pas en souffler mot ou plutôt de garder cela pour moi, pour le moment) ; même si Muriel avait eu vent d'une vieille histoire peu honorable et nourrissait à son égard de graves soupçons qui mettaient en danger leur amitié et le perturbaient ; même si j'avais eu tôt fait de découvrir que, dans un passé plus ou moins lointain, les rapports que le docteur avait entretenus avec le franquisme ne devaient pas avoir été négligeables (sans doute juste passifs, ça oui, ou par consentement tacite : il en fut ainsi pour la plupart de ceux qui ne renoncèrent ni à prospérer ni à s'enrichir pendant quarante ans, il fallait une grande force de caractère pour abandonner tout espoir). L'idée de tromper quelqu'un dès le début me déplaisait, je répugnais à lui offrir une camaraderie que j'aurais, en un sens, initiée, une grossière imposture selon laquelle j'aurais proposé à un sexagénaire, à qui l'on eût aisément donné dix ans de moins, de m'accompagner à mes soirées en ville. Parce qu'il y avait feinte autant que désir caché de démasquer, avec la mise en place d'appâts pour le tenter.

Je me rendis compte qu'il est certes inconfortable d'être espion, si bonnes que soient les raisons et que, dans le cas présent, je n'étais guère au fait de celles-ci, je me contentais de suivre des instructions. Il y a quelque chose de vil, d'indigne à se faire passer pour quelqu'un que l'on n'est pas, à se comporter de manière insidieuse, à gagner la confiance d'un autre à seule fin de le trahir, cet autre fût-il un malfrat, un ennemi, un assassin. C'est le boulot des taupes, des infiltrés, des agents secrets ou doubles qui s'insinuent dans toutes les sphères de la société, jusqu'aux plus inoffensives ; c'est le boulot des policiers qui passent parfois des années dans une organisation terroriste ou au sein d'une mafia, comme s'ils étaient de la bande. Convaincus de la noble finalité de leur mission, ils garderont chaque jour à l'esprit, en se levant ou en se couchant, que, grâce à leur imposture, ils sauveront des vies ou feront échouer des crimes. Quoi qu'il en soit, je me disais que je n'aurais jamais pu être l'un d'eux. Peut-être est-ce là une question d'entraînement, de formation, de préparation ; question aussi de nourrir la haine préalable, de développer une juste indignation, de la sévérité, de l'indifférence et de la dureté, de renoncer à tout scrupule à l'égard de vos proches, de modifier et de neutraliser la conscience. J'imaginais toutefois que j'aurais été mal à l'aise de constater l'affection croissante du criminel ou du fanatique à mon égard, la façon dont il oubliait peu à peu ses craintes, ses confidences de plus en plus fréquentes, sa sincère bienveillance à mon égard, son éventuelle fidélité à long terme, si tant est que de tels sentiments puissent émerger. Je suppose que oui, les sentiments de loyauté et d'amitié sont à la portée de n'importe qui, fût-ce d'une bête, fût-ce d'un monstre cruel et malveillant. Qui n'a pas un faible pour quelqu'un, qu'il s'agisse d'un amour, d'une fille, d'un collègue, d'un camarade.

Rien ne fut plus facile pour moi que de persuader Van Vechten (« persuader » n'est pas vraiment le mot qui convient). Dans une certaine mesure, ce fut un jeu d'enfant et l'enfant c'était lui, ce qui contribua à me donner mauvaise conscience. En ces années de permissivité et de liberté qui duraient depuis pas mal de temps, elles avaient commencé bien avant la mort de Franco, il n'était pas rare que des hommes des générations précédentes nous regardent, nous les jeunes, avec tristesse et envie, s'imaginant que nous menions une vie débridée, à laquelle eux-mêmes avaient en vain aspiré à leur époque, plus marquée par l'oppression et plus stricte. Lors d'une bringue à laquelle Muriel me fit participer avec des gens de son âge ou un peu plus âgés (je me souviens entre autres d'un torero et d'un acteur, gens dont on ne pouvait dire qu'ils aient précisément manqué d'occasions de vivre certaine promiscuité folklorique ou professionnelle, dans les deux cas dépassée) et pendant quelques minutes, je fus le centre d'attraction, en raison de mon jeune âge. Je découvris que, me trouvant beau gosse, ils estimaient normal, avec une naïveté touchante, que je passe mes nuits à baiser à tire-larigot, pour reprendre leur expression. Et le plus candide ou le plus lascif, le plus curieux de tous fut précisément Van Vechten qui, mettant à profit la cordialité qu'il se plaisait parfois à prodiguer, je dis bien parfois, acheva ce bref interrogatoire ou cet étalage de fantasmes d'homme mûr, en me demandant à brûle-pourpoint :

— Voyons, jeune De Vere — ainsi Muriel me présentait-il à ses amis, et ainsi, au début, ses amis m'appelaient-ils. Beau gosse que tu es, vas-y, vas-y, raconte, ça restera entre nous : par les temps qui courent, avec toutes ces filles qui se prétendent libérées, combien tu arrives à t'en faire par mois, en gros ? Les bons mois. Tu n'arrêtes pas, j'en suis sûr.

Et il s'apprêta à attendre ma réponse avec un regard salace, l'œil, par avance, cupide et admiratif, j'aurais pu lui donner n'importe quel chiffre, il l'aurait gobé avec enthousiasme. Tous imaginaient un monde qui n'existait pas ou était réservé aux chasseurs les plus actifs et les plus fortunés, semblables à ceux de n'importe quelle époque, mais offrant davantage de facilités : un monde sans restrictions ni obstacles moraux, une sorte de néo-paganisme de films scandaleux pseudo-artistiques — qui infestèrent le cinéma européen en ces années-là — et que ces hommes allaient voir, non point ceux de Jess Franco, mais les plus célèbres, ceux dont les qualités artistiques pourraient leur servir d'alibi. On ne parlait pas encore pas du sida, qui plus est, comme je l'ai dit, on ne savait pas qu'il existait, si bien que l'on n'en avait pas peur et que l'on ne prenait pas de précautions. De ce point de vue, ce fut une période privilégiée, et bien révolue.

J'éprouvais une certaine gêne à aborder ces questions, plus encore à jouer les coureurs de jupons, ce n'était pas mon genre. Je me rendais compte que la vérité, plutôt normale, plutôt modeste — dont je n'avais certes pas lieu de me plaindre —, les aurait déçus, surtout Van Vechten, le plus agité, le plus anxieux, le plus naïf d'entre eux. Je trouvais ses fantasmes déprimants, désuets et plutôt pathétiques, guère différents de ceux d'adolescents qui s'assemblent autour d'un dégourdi qui affirme avoir déjà eu des expériences sexuelles et s'apprête à les raconter avec force détails, dans la cour du lycée, à un public crédule par ignorance, qui attend, et exige même, des mensonges et des exagérations, car sans eux, il n'est point de récit qui vaille la peine d'être écouté. Ses fantasmes me faisaient pitié, ou me donnaient la chair de poule. Il y avait là deux femmes, maîtresses ou amies ou plutôt ex-maîtresses de l'acteur ou du torero ou des deux. Elles ne jouaient pas aux cartes, mais bavardaient ensemble, elles meublaient la scène, tel un élément du décor ; par moments, Van Vechten les suivait du regard, elles portaient des jupes moulantes, exhibaient des jambes qu'allongeaient leurs talons hauts. Je les vis s'arrêter de parler, curieuses de ma réponse, ce qui m'embarrassa davantage que si l'assistance eût été uniquement masculine, nous autres hommes parlons plus librement et croyons moins nous couvrir de ridicule dans les réunions entre hommes. J'hésitai. Je me souvins ensuite que pour nombre de femmes, savoir qu'un homme ou un jeune a de multiples aventures de ce genre n'a pas forcément un effet négatif ; au contraire, elles fantasment à son sujet, et cela ne les laisse pas indifférentes, elles y voient même parfois une incitation à avoir une aventure avec lui, tôt ou tard, comme si elles inscrivaient dans leur mémoire : « Gars sexy, plaît aux filles, à garder en réserve, à ne pas éliminer. » Je vis que Muriel attendait, lui aussi, ma réponse. Il n'aurait jamais pris l'initiative de me poser ces questions (il ne naviguait pas dans ces eaux-là) mais, un autre l'ayant prise, il espérait que cela satisferait et distrairait ses amis, comme si m'avoir amené ici engageait sa responsabilité. Aussi, constatant que mon silence se prolongeait, créant plus de suspense que nécessaire, tenta-t-il de provoquer ma réponse :

— Alors, Juan, tu as perdu ta langue ? Tu me parais bien prude, allons, ne me laisse pas tomber, réponds au docteur qui veut savoir à quoi, vous les jeunes, vous employez cette liberté illimitée dont vous disposez à présent.

Je décidai que mieux vaudrait mentir, histoire de faire baver d'envie ces messieurs, car tout ce qu'ils voulaient c'était geindre et gémir d'être nés trop tôt. Histoire d'attiser l'imagination des deux femmes, qui devaient avoir la trentaine et des poussières et voyaient sans doute en moi un grand enfant infatigable et même un baiseur enragé. Histoire d'être reconnaissant à mon patron qui m'avait estimé digne d'être là, dans la cour des grands. Il s'agissait de passer un bon moment, en fin de compte, c'était une fête.

— Les bons mois, comme vous dites, docteur — finis-je par répondre (en dépit de ses protestations, je lui donnai du « vous » et du « docteur » au début ; après, quand il commença à m'accompagner en des lieux où je ne serais jamais allé seul, il n'y eut plus de règle établie) —, il y en aura six ou sept, pas moins. Trois ou quatre, les mauvais mois.

Je crois avoir rougi visiblement, plus pour ce mensonge effronté que pour autre chose, même s'ils imaginèrent, à coup sûr, que c'était pour avoir avoué un tel appétit.

Certain remous se produisit dans l'assistance, un sifflement de stupéfaction, je me retrouvai tout à coup le héros de la fête. Le torero et l'acteur durent se sentir diminués par rapport à leurs glorieux passés de bourreaux des cœurs. Muriel me sembla mi-surpris, mi-satisfait. (« Tant que ça », ne put-il s'empêcher de s'exclamer paternellement.) Les deux femmes échangèrent un regard en coin, froncèrent les sourcils, décroisèrent et recroisèrent les jambes en même temps (une fulgurante révélation de cuisses), comme s'il s'agissait d'une chorégraphie soigneusement répétée ou comme si elles étaient jumelles. Les yeux de Van Vechten lui sortirent des orbites, il tira sur sa cravate à plusieurs reprises, vers le bas, puis vers le haut, à partir du nœud, pour le rajuster, un geste coutumier quand il s'agitait ou s'excitait en songeant à une perspective ou une promesse. Le plus étonnant fut qu'aucun ne se montra sceptique, de toute évidence, ils ne connaissaient pas le monde, si vieux routiers fussent-ils, ou peut-être ne connaissaient-ils que celui de leur jeunesse, le seul que nous arrivions à concevoir naturellement et sans effort : déjà, quand nous sommes encore en vie, nous avons une vague idée de ce qui se passera à notre mort, quand le temps nous abandonnera sur son parcours à une incroyable vitesse, nous figera en un lointain passé et nous associera aux antiquités. Déjà, quand nous sommes encore en vie, nous nous rendons compte qu'il est impossible de suivre son rythme, nous sommes dépassés, perdons de l'énergie, commençons à nous lasser de tous ces changements et nous disons : « Mon époque va jusqu'ici, après ça, je m'en moque ; ce qui suit n'est plus mon problème ; je cacherai tant bien que mal que je suis en passe de devenir un anachronisme et que je suis à la traîne. » L'affaire eût été légèrement différente en présence du professeur Rico. Non qu'il connût mieux le monde, dans l'absolu, mais parce qu'il ne se fût pas autorisé à se laisser impressionner devant des témoins et qu'il n'eût pas manqué de lâcher tel ou tel commentaire méprisant du genre « Bagatelles ! » ou « Ridicule », ou même : « Tu appelles ça un bon mois, jeune De Vere ? Je te croyais quand même plus doué, plus expert que ça. » Mais il n'était pas à Madrid ce soir-là, aussi personne ne me démentit et Van Vechten, le plus enclin à y croire et émoustillé par son impact, essaya de me tirer les vers du nez, avec l'accord des autres en bruit de fond.

— Vas-y, raconte, raconte, dit le docteur aussi excité que si la fête recommençait. Âges ? Lieux ? Où tu te les dégotes ?

« Tu te les dégotes », cette seule expression trahissait l'idée qu'il avait de ces rencontres, de ce monde révolu auquel il appartenait.

— Tu te bornes aux filles de ton âge, ou jusqu'à quel âge commences-tu à les considérer comme des « dames » ? Tu dois t'être fixé des limites, je présume. Tant qu'on est encore en mesure de choisir, on se les impose, en tout cas, c'est du moins ce que je faisais à ton âge.

Il jeta un coup d'œil rapide en direction des deux femmes, la langue lui démangeait, je craignis le pire, une vengeance mesquine parce qu'elles ne lui retournaient pas son regard, et ne réagissaient pas. Je craignis qu'il n'ajoutât quelque chose du style : « Sans aller plus loin, à l'époque, ces deux jolies femmes m'auraient paru trop vieilles, mais par contre, aujourd'hui, je me les ferais bien. » Par chance, il n'y fit pas allusion, mais le seul clin d'œil sembla déplacé et malvenu dans ce contexte. Elles étaient plutôt mignonnes, ces deux ex-maîtresses de l'acteur ou du torero, l'une aux traits plutôt grossiers, l'autre plus délicate. Elles ne méritaient pas que qui que ce soit les dépréciât, fût-ce par une simple remarque. Elles n'ignorèrent ni le regard en biais de Van Vechten ni sa signification. Elles échangèrent un nouveau clin d'œil comme pour s'assurer qu'elles avaient bien compris la même chose, elles se remirent à croiser et décroiser les jambes, cette fois moins pour aller dans le sens du jeune que pour embarrasser l'homme de l'arrière-saison. Le docteur se montrait souvent impertinent et expansif, oublieux de ses années, que son visage encore lisse et son corps encore agile ne trahissaient pas ; son manque de tact exigeait qu'on lui laissât plus de latitude.

Je n'avais aucune intention de continuer sur la voie qu'il

me suggérait. C'était une chose de leur en boucher un coin avec des chiffres, en une ou deux phrases, par plaisanterie ou pour ne pas les décevoir, et une autre de poursuivre avec force descriptions et récits, c'est-à-dire de façon soutenue et avec la jactance obligée, fût-elle feinte. Il y avait un je-ne-sais-quoi de déplaisant ou de malsain dans son interrogatoire, si jovial ou bouffon le ton se voulût-il ; un manque de respect à l'égard des femmes qui, fût-il de mise, dans de nombreux domaines de la vie en Espagne ou ailleurs, d'hier et aussi d'aujourd'hui, ne cessait de me mettre mal à l'aise. Non qu'il ne m'arrivât pas d'y tomber parfois, jusqu'à un certain point (je n'irai pas non plus me targuer de m'être toujours conduit en gentleman), mais cet irrespect était excessif, proche du harcèlement, et il s'y complaisait. Avoir des filles vous guérit de ce mépris involontaire ou réflexe dont trop d'entre nous, les hommes, héritons. Le mépris du docteur était en partie délibéré : il avait beau avoir des enfants, garçons et filles, ainsi que je l'appris plus tard, il ne l'avait jamais dépassé.

Je m'excusai avec un sourire :

— Non, docteur. N'allez pas croire ça. Vous avez dû avoir plus de succès que moi. Pour ma part, je me contente d'attraper ce qui se présente, comme tout le monde ou presque. Ce que je ne vous ai pas dit c'est avec combien j'essaye, et si je fais le total, j'ai beaucoup plus d'échecs que de succès à mon actif.

L'acteur, le torero, Muriel et un autre se mirent à rire de ma riposte qui était aussi un mensonge, car je n'étais pas de ceux qui draguent à droite et à gauche. Les deux premiers durent se sentir un peu soulagés en se disant qu'en fin de compte, rien n'avait vraiment changé, et que, quelle que soit l'époque, sans talent, argent ou effort, il ne saurait y avoir de réussite valable. Van Vechten ne rit pas, ou s'il rit, ce fut à retardement, façon d'imiter les autres à contrecœur. Il me regarda comme si je détenais de précieuses informations, comme si je lui escamotais les anecdotes dont il s'apprêtait à faire ses délices, désireux sans doute d'en apprendre davantage sur ce monde nouveau, mais qui n'était pas tout à fait à sa portée. Il reprit la partie de poker, mais avec un air de ressentiment puéril.

Au bout d'un petit moment, l'une des femmes décida de s'en aller, elle ne trouvait plus d'intérêt à la soirée. Il était près de trois heures du matin (ces parties de poker commençaient après le dîner, vers minuit, à cette époque les gens de tous âges festoyaient jusqu'à des heures tardives et à Madrid on a toujours dormi moins que partout ailleurs) et quelqu'un devait la raccompagner, mais ni le torero ni l'acteur (elle était venue avec l'un des deux, ou les deux) n'étaient prêts à lever le camp, ils préféraient récupérer leurs pertes ou repartir un peu plus riches et en gagnants.

— Le garçon va te ramener en taxi, dit le premier, il ne joue pas pour le moment.

Là-dessus, il sortit un billet de son portefeuille et me le tendit pour régler la course, je le pris pour ne pas le laisser la main en l'air, ce qui eût été un camouflet. En effet, je ne jouais pour ainsi dire pas, ils avaient juste fait de moi le mort pendant cinq ou six tours, alors que je remplaçais Muriel grincheux, qui faisait une pause après une série de mauvaises mains. Je n'avais même pas parié un sou à moi, juste de l'argent à lui, et la chance avait tourné en sa faveur, ce qui l'avait incité à reprendre sa place.

— Allons, laisse-moi faire maintenant, petit malin, voyons si je vais profiter de ta chance, m'avait-il dit avec une petite tape affectueuse sur ma chaise pour que je la lui cède.

J'appréciai qu'il m'eût appelé « petit malin », un terme dont on se sert avec ceux pour lesquels on a de l'amitié ou une affection sincère et que l'on réserve, en général, aux enfants. Ou du moins en était-il ainsi car c'est à présent un terme plutôt désuet, comme beaucoup, car nos langues se réduisent peu à peu.

— Si la chance reste de mon côté, je te donnerai ta part du butin. Du cinq pour cent, ne te fais pas d'illusions, ajouta-t-il avec un rire sardonique.

La femme et moi dûmes faire un bon bout de chemin avant de trouver un taxi, j'aurais dû en commander un par téléphone, mais elle était trop impatiente pour attendre qu'il arrive. Elle n'avait qu'une envie, partir. Aucun taxi, qu'il soit occupé ou libre, ne passait dans le quartier résidentiel où nous nous trouvions, plus ou moins du côté d'El Viso, avec ses chalets et ses petits hôtels, pas un seul commerce, ni même un cinéma pour éclairer l'endroit de ses néons, pas un bar, pas un restaurant — qui plus est, il était tard, et les réverbères étaient espacés. Cette nuit de printemps avait un avant-goût d'été, la femme n'avait pas de manteau, juste sa jupe et un haut avec un décolleté en V moulant, laissant ses bras presque nus, et pas de collants, il ne lui avait pas effleuré l'esprit qu'elle pourrait avoir à faire quelques pas, ne fût-ce qu'entre la maison et une voiture, celle de l'acteur ou du torero. Ses talons hauts la ralentissaient un peu et je devais m'adapter à son rythme, mais elle avançait, s'efforçant de maintenir un discret dandinement qui me donna à croire que ma façon de la regarder ne lui était pas indifférente, qu'elle aspirait à me plaire, même si cela ne signifiait pas grand-chose, certains ont besoin de plaire à quiconque se trouve en face d'eux, que ce soit le monstre des enfers ou un troupeau de porcs, s'ils sont à la campagne. Il s'agissait de celle que j'avais décrite comme la plus délicate, ce qui veut juste dire qu'elle l'était par rapport à sa compagne, et non qu'elle l'était *per se*. Pour en arriver là, elle avait encore des courbes trop prononcées (non que j'y visse la moindre objection), ses anneaux d'oreilles étaient démesurés, sa jupe était un peu courte, même selon les critères de la mode impudente de l'époque, elle permettait d'apprécier ses cuisses bronzées, aussi bronzées que le reste ; dès les beaux jours, elle devait passer la plupart de son temps à la piscine municipale, ou au bord de celles d'amis friqués. Je lui demandai son nom (il n'y avait pas eu de présentation dans les formes), Celia, me répondit-elle et elle voulut à son tour connaître mon nom : de toute la soirée, personne ne m'avait appelé autrement que « jeune De Vere » ou « le garçon » ou « beau gosse » ou « fiston ».

— Tu le connais bien ce docteur Jorge ?

Sans doute n'était-elle pas capable de retenir le nom de Van Vechten et n'avait-elle même pas envie de faire l'effort de le prononcer.

— Pas vraiment. Juste dans des soirées comme celle-là. Juste avec d'autres.

— C'est un porc.

Elle dit cela avec assurance, sans s'attendre à ce que je renchérisse. J'ignorais toutefois si elle disait cela à cause de ce qu'elle venait d'entendre après les questions inquisitoriales du docteur sur mes aventures ou parce qu'elle avait dû avoir affaire à lui et devait être au courant et de ses manières et de ses manies.

— Qu'est-ce qui te fait dire ça ? Sa façon de me cuisiner ? Ou parce que tu es sortie avec lui et qu'il t'a fait quelque chose ?

— Non, si tu veux savoir, je n'irais même pas faire de l'aviron sur le lac du Retiro avec ce mec, et Dieu sait pourtant qu'il y a du monde là-bas. Mais une fois je l'ai consulté en tant que médecin, j'avais des problèmes, et Rafael m'a envoyée chez lui pour qu'il jette un coup d'œil.

Rafael, c'était le torero, Maestro Rafael Viana.

— Je sais que sa spécialité, c'est les enfants, mais comme il était médecin, Rafael voulait juste qu'il regarde s'il y avait quoi que ce soit de bizarre.

— Et qu'est-ce qui s'est passé ? Quelque chose n'allait pas ?

— Non, il a dit que c'était rien, que ça passerait et il a eu raison, parce que ça a disparu. Écoute, je pense qu'il est valable sur le plan médical, il est réputé et tout et tout, mais il m'a semblé qu'il me touchait plus que nécessaire, ce sont des choses qu'on remarque aussitôt, nous les femmes. Il m'a fait m'allonger sur un divan à moitié nue, jusque-là rien d'anormal, d'accord. Ensuite, il en est venu à des « Tu as mal ici ? ». Et « Tu sens quand j'appuie ici ? ». « Et maintenant ? Et si j'appuie un peu plus fort, qu'est-ce qui se passe ? » Je ne sais pas, il est resté trop longtemps dans des zones plutôt éloignées de là où ça m'élançait. Il me disait : « Détends ton estomac », s'attardait sur mon ventre, comme si ses doigts allaient là où ils n'auraient pas dû, tu vois ce que je veux dire, avant de me caresser abondamment les seins avec la manche de sa blouse et son poignet, comme par inadvertance. Mais ne savons-nous pas tous que rares sont les caresses purement accidentelles, une femme se rend presque toujours compte qu'on la touche, j'entends par là autant de ce qu'elle touche que de ce qu'on lui touche ; si elle ne s'écarte pas, c'est que ça ne la dérange pas. Je ne dis pas qu'il y ait eu davantage, mais les caresses, le contact, je te les garantis. Je me suis recroquevillée autant que j'ai pu, mais il a fait comme si de rien n'était, tu parles ! Il n'est pas passé à l'acte, mais je peux te dire que j'avais la nausée en ressortant. Non pas à cause de la douleur que j'avais en venant, elle s'en était allée comme par miracle quand il m'avait dit que je n'avais pas à m'inquiéter — « La main du médecin qui rassure et fait disparaître le mal, me dis-je, et dont les mots sont comme un baume » —, mais parce que j'avais l'impression qu'en fait, il m'avait tripotée. Je crois qu'il n'osa pas aller plus loin parce que j'étais envoyée par Rafael, et qu'il avait la frousse que je le lui raconte et que Rafael monte aussitôt sur ses grands chevaux, que si je ne…

— Que si tu ne… quoi ? Tu penses qu'il aurait eu une conduite déplacée, qu'il aurait tenté de forcer les choses ? Que veux-tu, les médecins sont bien obligés de vous palper. Il est aisé de s'y méprendre. Aux États-Unis, tout patient hypersensible les poursuit en justice au moindre égarement. Il me semble que la plupart d'entre eux doivent avoir tellement l'habitude de palper les gens, les patients, qu'ils ne sentent plus rien, que ça leur fait le même effet que s'ils touchaient un bout de liège.

— Je sais ce que j'ai ressenti et je ne suis ni pudibonde, ni hystérique. Je sais ce dont je parle, crois-moi.

À l'entendre, elle ne donnait pas l'impression d'être offensée, mais de vouloir plutôt être précise.

— Non, il n'est pas du genre violent, je ne pense pas qu'il soit de ceux-là, et j'en ai connu, je te le garantis. Disons que c'est plutôt un enquiquineur, de ceux qui se contrôlent, mais pas complètement. Disons que c'est un vieux pervers, une ordure, un mec qui collectionne les sensations et se les réserve pour plus tard, si tu vois ce que je veux dire. Ou comme quelqu'un qui ne veut pas passer à l'acte, mais essaye une ou deux fois pour voir s'il obtient quelque chose, pour voir si ça prend. Il te caresse par-ci, te papouille par-là, mine de rien, croyant qu'il va finir par t'exciter à fond, ou que tu vas céder pour ne pas créer une situation gênante. Tu as des hommes qui profitent des femmes timides ou très jeunes, de celles qui ont reçu une certaine éducation, ou de celles qui ont la hantise de l'affrontement. Y compris de dire carrément non. Elles existent, même si tu n'y crois pas. Tu en as qui, au bout du compte, se laissent aller, à seule fin de ne pas leur faire d'affront ou pour éviter une scène.

— C'est vrai ? À notre époque ? Ça ressemble à un de ces

romans du XVII^e ou du XIX^e. Et même un roman pastoral, avec des bergers et des bergères.

Ma pédanterie involontaire ne parut pas l'ennuyer. De toute évidence, elle était plus cultivée que je ne l'aurais supposé à première vue.

— Tu veux dire que ça te rappelle Dickens et compagnie ? Bon, je ne sais pas à qui ça fait penser, mais je peux t'assurer que ça existe encore, et comment ! Ils te supplient et tu cèdes. Ils insistent et tu cèdes. Ils te flattent, je ne vais pas te dire le contraire, ça aussi ça compte et parfois, ça convainc. Total, ce n'est pas que ça t'enchante, mais cela te coûte moins de céder que de refuser. Ce n'est pas mon cas, je te signale, mais c'est celui de nombreuses femmes.

— Vraiment ? Je pensai au torero qui devait avoir vingt ans de plus qu'elle. — Tu ne vas qu'avec qui tu veux, n'est-ce pas ? Avec ceux qui t'ont plu avant qu'ils te fassent remarquer que tu leur plaisais ? Parfois, on remarque quelqu'un pour la seule raison que ce quelqu'un nous a remarqués. D'autres fois, nous ne montrons de la considération qu'à celui qui en a fait preuve à notre égard. Il n'est pas rare que le regard de l'autre conditionne le nôtre à son égard.

Elle sourit et laissa tomber ma question initiale, le reste dut lui sembler du baratin.

— Plus ou moins. Il y a toujours une exception. Et je suis sûre que ça t'est arrivé à toi aussi, avec une fille hyper affectueuse ou hyper enthousiaste que tu ne te résolvais pas à écarter. Allons, avoue, ce ne sont pas les prétendantes qui te manquent.

Et elle y alla d'un très discret coup de coude, qui n'avait rien de vulgaire, tandis que nous cheminions épaule contre épaule, dans les rues désertes ; par moments, elle s'accrochait à mon bras pour garder l'équilibre, on entendait nos pas, surtout les siens, à cause de ses talons (tout résonnants de promesses). À chaque foulée, ses boucles d'oreilles créoles dansaient avec grâce, elle finirait par les retirer, à regret, supposai-je, si nous tardions à trouver un taxi, car leur perpétuel va-et-vient devait être pénible à la longue.

Je le pris pour un compliment amical et non pour une avance. Elle devait avoir une bonne dizaine d'années de plus que moi, elle pouvait se permettre de me traiter en sœur aînée improvisée ou quelque chose de ce genre. Elle avait beau en savoir long, elle n'en savait toutefois pas assez, à moins qu'à force de fréquenter de vieux schnocks, tels que l'acteur ou le maestro, elle eût fini par oublier comment nous sommes, nous les jeunes. Sans doute avait-elle oublié que pour la plupart d'entre nous toute relation sexuelle est encore un miracle, un cadeau (du moins était-ce le cas vers 1980), sauf si la nana en question nous dégoûte ou nous répugne et que nous l'avons écartée au premier coup d'œil ou s'il s'agit d'une grosse dondon horrible et mollassonne ou d'un pur et simple épouvantail. Jeune on n'est guère difficile ni scrupuleux, on est à peine attentif, ce qui prévaut, en ce domaine et dans d'autres, car on est mal équarri. On ne refuse presque aucune occasion valable, surtout si l'on n'a pas à se donner trop de mal. En ce domaine, les jeunes, j'entends ici les garçons, n'ont souvent pas d'état d'âme, ou encore moins de scrupules. Je ne dirai pas le contraire, j'ai été comme ça pendant plusieurs années. La prévenance, ça s'apprend, tout comme on apprend que mieux vaut ne pas tisser de liens à la légère. Contrairement aux apparences, le lien est toujours plus fort que nous ne le croyons, même s'il ne remonte qu'à une soirée bien arrosée et qu'avec le temps nous avons oublié le nom de la personne, oublié qu'elle a jamais existé et oublié jusqu'à ce qui s'est passé ou presque. En réalité, on n'oublie jamais un être dont on a été proche, pour peu qu'on le revoie, même si, paradoxalement, on n'en a gardé aucune image, ni aucun souvenir. Il existe une sorte de registre mental dans lequel est consigné ce renseignement, il réapparaît sitôt que nous revoyons le visage ou que nous entendons le nom, si ce visage a beaucoup changé. On le sait, on sait qu'on a vécu cette expérience, que l'on s'est fait cette femme dans une autre vie, c'est un autre moi, sinon un souvenir, qui malgré tout reste constant. Que voulez-vous, à quoi bon savoir quelque chose dont vous ne parvenez pas à vous souvenir ?

J'allais répondre à Celia : « Oui, c'est vrai, j'ai vécu ça, ce qui m'incite à croire qu'une autre fille doit avoir vécu la même chose avec moi, l'idée n'a rien de plaisant. Mais que voulez-vous, on ne lit pas les pensées d'autrui et ça vaut mieux, sinon nous ne ferions jamais un pas et n'oserions même pas effleurer une main. » J'allais lui répondre dans la même veine quand nous repérâmes au loin la lumière verte d'un taxi libre, nous nous mîmes aussitôt à agiter le bras comme des exilés ou des naufragés ; elle devait avoir mal aux pieds, mais, très digne, elle ne se plaignait pas, pas plus qu'il ne lui vint à l'idée de retirer ses chaussures, fût-ce dans le taxi. Je la laissai monter en premier, je ne savais pas encore que dans une automobile l'homme monte le premier, surtout si la femme porte une jupe et d'autant plus si celle-ci est courte et moulante. Quand elle s'assit, sa jupe remonta encore, donnant presque l'impression qu'elle n'en avait pas (mais elle en avait une et c'était là son charme), mon regard se coula en douce vers ses cuisses dorées, lisses et fermes, que je ne pouvais pas voir pendant que je marchais à ses côtés. Je lui demandai où elle habitait et elle me répondit Calle de Watteau, puis elle se lança dans une explication compliquée, je n'avais aucune idée du quartier où se trouvait cette rue, j'ignorais même que ce peintre en eût une à Madrid. Le chauffeur non plus n'avait jamais entendu parler de cette rue, car il sortit un guide et elle dut lui épeler le nom. (« Putain, regardez-moi ça les noms qu'ils vous foutent ! » pesta l'homme quand il arriva enfin au *w* et à ce qui s'ensuivait.) Elle acheva de lui donner d'autres indications que je n'écoutai pas, là-dessus nous démarrâmes. Je me retrouvai vite dans un quartier totalement inconnu, comme catapulté dans une autre ville. « Heureusement que Viana m'a refilé du fric, me dis-je, sinon je serais plutôt mal barré. »

Nous ne reprîmes pas la conversation antérieure, elle était derrière nous. Je lui demandai ce qu'elle faisait.

— Je travaille dans un ministère, me répondit-elle de manière succincte. Je suis fonctionnaire.

— Ah, oui ?

Je crois que je ne sus pas dissimuler certaine surprise ; pour me rattraper, j'ajoutai :

— Haut fonctionnaire ?

— Hum…

Elle sourit. Elle fit une pause.

— Non, subalterne.

Je me dispensai de faire les frais de la conversation, elle était dans l'attente d'autre chose, d'une de ces choses qui vous incitent à rester laconique, à retenir un peu votre souffle et à leur consacrer toute votre attention tant qu'elles se prolongent. Celia ne s'était pas calée au fond du taxi (peut-être par négligence momentanée ou par paresse, peut-être aussi à cause de sa jupe), elle était restée presque au milieu de la banquette (et même pas tout à fait) et je n'avais eu d'autre choix que de me plaquer contre elle, si bien que sa cuisse droite frottait ou plutôt pressait contre ma cuisse gauche ou plutôt que nos cuisses se serraient l'une contre l'autre, ce qui ne semblait nullement la déranger (si elle s'était poussée un peu, elle aurait eu plus de place). Sans doute était-elle trop fatiguée pour songer à ce détail ou s'en moquait-elle, elle me voyait presque comme un gamin et elle ne se demandait même pas si, sous la couette, j'étais un infatigable démon lubrique, elle ne se souciait pas de moi. Je ne m'écartai pas non plus. Je n'avais qu'une marge de manœuvre très restreinte, mais j'aurais pu lui demander de se pousser pour me laisser plus de place. D'une façon ou d'une autre. Je ne voulais pas le lui demander. Ce n'était pas chair contre chair, mais chair contre tissu, quoi qu'il en soit, ça revenait au même, je la remarquais, je remarquais aussi la densité et la douce tiédeur de cette cuisse, et préférais continuer ainsi. Je me demandai si elle était ou non consciente de ma présence. Quelques minutes plus tôt, elle avait évoqué la question à propos de Van Vechten, elle avait dit : « Mais ne savons-nous pas tous que rares sont les caresses purement accidentelles, une fille se rend presque toujours compte qu'on la touche. » Que me fallait-il d'autre ? Et pourtant, oui, il me fallait autre chose : même les jeunes que les autres trouvent beaux garçons manquent de confiance en eux, et même les plus audacieux sont timides. Moyennant la réserve de ce « presque », elle pouvait considérer ce contact dans le taxi comme accidentel et il pouvait s'agir de cette rare occasion où elle n'avait rien remarqué. Elle avait ajouté : « Une femme se rend presque toujours compte qu'on la touche, j'entends par là autant de ce qu'elle touche que de ce qu'on lui touche ; si elle ne s'écarte pas, c'est que ça ne la dérange pas. » Et si elle essayait de savoir si c'était moi qui m'écartais, moi que l'on touchait ou si « ça ne me dérangeait pas » ce contact par trop insistant avec sa cuisse ? Je ne me recroquevillais pas, je ne dérobais pas, je ne reculais pas, c'était clair. Elle non plus, mais l'autre n'est jamais clair, il est toujours obscur, même notre épouse et nos enfants nous sont opaques et, en effet, nul n'accède aux pensées d'autrui ; parfois d'ailleurs, les autres ne pensent même pas, ils ne font que réagir, agir ou répondre à des stimuli, en négligeant le cerveau ou en n'en tenant pas compte ou en le contournant, sans lui laisser le temps de s'exprimer ou d'expliciter : je n'ai jamais compté sur cette chance, cela doit sans doute être plutôt un atout qu'une malchance.

N'ayant jamais compté sur cette chance, fût-ce dans ma

jeunesse, j'optai pour quelque chose d'intentionnel et d'à moitié calculé, mais qui continuerait à me protéger, qui ne dissiperait pas mes doutes, mais les diminuerait. Je lui tendis une cigarette ; sur le moment, elle refusa, bien qu'elle fumât. J'allumai la mienne et, contrairement à mon habitude — je la fumais toujours de la main gauche —, je la tins entre l'index et le majeur droits, laissant retomber l'autre main, celle qui serrait le briquet, sur la cuisse qui luisait sous les réverbères ou sous les intermittences de la lune. Pas la paume, bien sûr, cela eût été trop osé, juste le revers de la main. Et pas tout entier, bien sûr, mais plutôt le bord, pour commencer, ou disons, la tranche, puis un peu plus, comme si la main se retournait d'elle-même ou si les nids-de-poule ou la conduite rapide du chauffeur de taxi, quand il enfilait les feux verts, la faisaient glisser. Si stupide que cela puisse sembler — après tout, une main n'est qu'une main, mais il existe une énorme différence entre le revers et la paume, la paume palpe, la paume caresse, la paume parle, la paume, en général, sait ce qu'elle fait, le revers, lui, simule et se tait.

Elle ne déplaça pas la cuisse, elle ne l'éloigna pas d'un millimètre, elle n'évita ni n'éluda ce nouveau contact, d'autant plus facile qu'il y avait de la place à sa gauche ; à présent, c'était chair contre chair, des chairs encore prudentes, presque tranquilles, portant encore le masque du hasard. Je m'enhardis à faire progresser un tant soit peu le dos de ma main sur le chemin qui restait à parcourir, comme si cela était dû au discret roulis de la voiture dans les virages, les tournants ou aux ronds-points, et à Madrid, Dieu sait que ce n'est pas ça qui manque ! Pas un mot. Pas un mot. Pas un traître mot. Plus on tarde à se parler, plus il semble difficile de s'y remettre, et ce n'est pas évident, il suffit d'ouvrir la bouche et d'émettre une ou deux syllabes ayant un sens : « Oui » ou « Non », ou « Qu'est-ce que… ? », ou « Comment » ; ou « Viens » ou « Va-t'en ! », ou « Plus » ou

« Rien ». Ou, qui sait, « Veux-tu ? », pour que d'autres mots affluent. Mais ni l'un ni l'autre nous ne dîmes mot durant le trajet, nous n'eûmes même pas à donner d'autres indications au chauffeur, l'homme avait déjà figuré l'itinéraire. Quand je finis ma cigarette, je l'éteignis dans le cendrier à côté de moi, mais ma main gauche resta là où elle était, serrant le briquet, tel un talisman ou une relique, me permettant ainsi de garder sur sa jambe le revers de ma main qui, au moindre virage, la caressait comme par inadvertance. Il n'y eut pas d'opposition, pas de dérobade, Celia ne prit même pas la peine de changer de position. « Et maintenant, quoi ? pensai-je. Quand nous arrêterons-nous ? On va se quitter comme ça, vite fait, avec une bise sur chaque joue ? Après tout, c'est normal, on n'a parcouru qu'un bout de chemin ensemble. Une mini-aventure nocturne — une parmi bien d'autres — que nous ne nous rappellerons même pas. Je descendrai de voiture de façon qu'elle sorte par où elle est montée, il est dangereux de descendre par la portière gauche, et ce serait moche de ne pas la raccompagner jusqu'à sa porte, après une expédition pareille, après tous ces tours et détours, je n'ai aucune idée de l'endroit où nous sommes. Jusqu'à ce qu'elle soit saine et sauve, et même ainsi, elle pourrait ne pas l'être, j'ai entendu parler de femmes qui ont été agressées dans l'ascenseur alors qu'elles se croyaient en sûreté, des types planqués là qui les guettent, qui savent tout de leur vie nocturne, ou qui surgissent de l'obscurité et se glissent avant que les portes de l'ascenseur ne se referment et elles se retrouvent piégées tout près de chez elles, tout près de leur lit accueillant ou de leur couche de douleur ? Peut-être ferais-je mieux de l'accompagner là-haut, jusqu'à son étage, de jouer les gentlemen comme il n'en existe à peu près plus, et d'ainsi m'approcher le plus possible de ses draps, si bête que cela puisse paraître, la proximité facilite les choses, elle donne des idées, elle tente aussi celui qui s'estimait blindé, celui qui avait écarté toute éventualité dès le début : ne voilà-t-il pas qu'il change brusquement d'avis et succombe à l'argument le plus fragile, le plus décisif : "Pourquoi pas ? se dit-il. Ni vu, ni connu." »

Courte et étroite, la Calle de Watteau était plus un affront qu'un honneur pour le peintre français. Je découvris avec surprise que celle qui lui était immédiatement parallèle s'appelait Juan de Vera, mon nom ou presque ou, du moins, celui que j'aurais dû avoir, je vis là un signe, une incitation, je me demandai qui diable il pouvait être, ce Juan de Vera. Plus important que Watteau aux yeux de la mairie, en tout cas, et plus ou moins à égalité avec la Bataille de Belchite, à laquelle aboutissait Watteau. Je ne connaissais aucune de ces rues, mais j'avais reconnu le quartier, cela m'avait pris du temps, il me vint à l'esprit que le chauffeur nous avait fait faire un détour et que Celia y avait consenti, voire l'y avait encouragé par ses instructions, histoire d'allonger le trajet et de m'évaluer tout à loisir. Nous étions à deux pas du Paseo de las Delicias, tout près aussi du musée des Chemins de fer, et non loin du Manzanares. Presque en face de chez Celia, il y avait une prison pour femmes, lisait-on sur un écriteau, une idée sombre, qui me fit froid dans le dos, me traversa l'esprit : et si Celia était affectée aux services pénitentiaires du ministère de l'Intérieur ? Je regardai les murs et les fenêtres sans lumière, tout en haut des bâtiments. Les détenues devaient dormir à poings fermés depuis des heures, sans autres tentations que celles des rêves ou, qui sait, peut-être que pour elles, toutes les nuits de ces années fébriles se ressemblaient. Elles se reconnaissaient irrémédiablement entre elles à leur odeur, parfois forte ; ainsi, je sentais Celia de près, une odeur suave, même après notre bout de chemin à pied qui nous avait fait transpirer et lui avait valu d'avoir mal à ses « petons », elle ne devait pas être loin du 42 fillette. La voiture s'arrêta. Je laissai délibérément (je pris un air distrait, égaré) le taxi arrêter le compteur, remonter le petit drapeau, puis je feignis de protester :

— Tiens, je vois que vous venez d'arrêter le compteur, dis-je.

J'aurais dû lui faire part depuis longtemps de mon intention de continuer, mais je m'étais abstenu. Une chose était sûre, il faudrait que lui ou un autre me ramène chez moi.

— Comme vous ne m'avez rien dit, j'ai cru que... Dans ce cas, on continue ?... Alors, je remets le compteur en marche ou on s'arrange ?

Je n'eus pas besoin de répondre, d'hésiter, de tergiverser, ou de lancer à Celia un regard interrogateur, languissant, ni de verbaliser mes attentes. J'eus l'impression d'être sauvé par le gong, comme on disait à l'époque où la boxe n'était pas interdite.

— Tu veux monter un moment ? me demanda Celia.

Elle me le proposa le plus naturellement du monde, qui plus est, avec une certitude sans ambiguïté. Il s'agissait de monter, tout court, ni pour prendre un verre, ni parce que ça avait fichtrement bien accroché entre nous, ni pour ne pas interrompre notre conversation animée mais inexistante. Elle avait une dizaine d'années de plus que moi, sans doute m'avait-elle lu à livre ouvert de la première à la dernière minute, tout comme à présent. Sans doute la jactance que j'avais affectée pour répondre à Van Vechten l'avait-elle intriguée, même si je l'avais aussitôt en partie désavouée. Certains bluffs et plaisanteries éveillent la curiosité, pour la seule raison qu'on n'est jamais absolument sûr qu'il s'agisse d'un bluff ou d'une plaisanterie. Et au cas où il resterait des doutes sur la sincérité de sa question, à savoir, si elle me l'avait posée du bout des lèvres et par politesse ou pour me tester, elle me la répéta comme pour confirmer :

— Oui, tu veux monter. Eh bien, viens, montons.

Je ne répondis pas aussitôt, je ne fis rien sur-le-champ.

Elle me sourit comme on sourit à quelqu'un en état de choc.

— Allons, qu'est-ce que tu attends ? Paie-le.

Elle ouvrit la portière et descendit de son côté. Jusque-là, elle n'avait pas détaché sa cuisse de la mienne, ce contact me manqua aussitôt. Je vérifiai encore qu'il me restait de quoi prendre un taxi, plus tard ou le lendemain matin, calculs et inquiétudes de jeunes toujours fauchés. Bon, demain matin, je pourrais repartir en autobus ou en métro, peu m'importait ! À cet âge, on va n'importe où et, au retour, on se tape des kilomètres à pied, on traverse la ville et, au petit jour, on se retrouve coincé à des lieues de chez soi, grisé par la perspective, la promesse ou la simple éventualité d'une partie de jambes en l'air qui en vaudra la peine et méritera qu'on s'en souvienne, c'est aussi cru et bestial que ça ; dans la plupart des cas, ça passe avec les années, vers les trente-cinq ans on s'assagit, on devient aussi plus fainéant, la paresse vous gagne à l'idée de vous réveiller dans un lit qui ne vous est pas familier et de devoir prendre votre petit déjeuner en compagnie d'une ombre repoussante, décoiffée, démaquillée, vous avez la flemme de vous déshabiller à des heures indues et, même si cela n'est pas nécessaire, de vous rapprocher de l'autre et d'établir ainsi ce lien que l'autre n'oubliera sans doute pas ou, du moins, pas aussi vite que vous-même. Vous avez aussi un sens plus aigu de votre fidélité tant à l'égard de la personne qui vous attend à la maison ou qui est en voyage, qu'à l'égard du conjoint de la femme qui est absent ou ignore la situation, ou que vous n'avez même jamais rencontré ; vous apprenez à vous mettre à la place de n'importe qui, fût-ce de quelque inconnu imbécile (du point de vue de l'amant, si fugace et occasionnel soit-il, presque tous les maris sont des imbéciles, de même que, pour les maris tous les amants sont des crétins, même s'ils ne les connaissent pas ou ne sont même pas sûrs qu'ils existent). Mais que voulez-vous, à vingt-trois ans, on n'a que faire de tout cela, bien au contraire. À cet âge, on est capable de tromper sans vergogne, de recourir à des ruses, de convaincre à coup de sophismes et de commettre des ignominies, de jouer à se dévaloriser, à s'humilier, pour parvenir à ses fins, de chercher à émouvoir, de feindre la détresse morale ou la maladie, de mentir à une femme et de trahir un ami, d'en arriver à des bassesses dont on aura honte plus tard, ou que l'on tentera d'oublier pour avoir l'illusion qu'elles n'ont pas eu lieu ou que leur auteur n'est plus de ce monde : « Je ne suis plus cet homme-là, j'étais un enfant, et ce que font les gosses, ça ne compte pas. Tout commence aujourd'hui, ou peut-être demain. » Et l'on rallonge à volonté ce que l'on définit comme notre âge d'irresponsabilité.

Je payai la course et descendis de mon côté. Le taxi disparut aussitôt, et nous nous retrouvâmes tous deux dans la minuscule Calle de Watteau, séparés par l'espace qu'avait occupé le véhicule. Je ne prêtai attention ni à l'immeuble, ni à la porte, ni à quoi que ce soit, je n'en ai aucun souvenir. Je n'avais d'yeux que pour Celia, je la contemplais avec un peu de recul pour la première fois depuis longtemps, sa silhouette en entier, avec les talons hauts qu'elle n'avait retirés à aucun moment. Sa jupe s'était un peu remontée et froissée au cours du trajet. Elle me tendit la main, changea d'avis, me prit par le bras, et nous nous dirigeâmes vers l'entrée. Après tout, pour elle aussi, ramener un jeune homme chez elle était peut-être un événement. Non, à vrai dire, je ne le croyais pas, elle pouvait attirer chez elle tous les jeunes qu'elle voulait, certains sont impatients et avides, d'autres sont timorés et reconnaissants et d'autres enfin sont insatiables. Sans doute appartenais-je encore un peu à chacune de ces trois catégories. Je ne pus m'empêcher de nous étudier un instant avec le regard d'un spectateur ou d'un collectionneur, avec les yeux de l'imagination, qui sont ceux qui captent le mieux une scène et s'en souviennent le mieux. Et je ne pus m'empêcher non plus de me dire que si le docteur Van Vechten nous avait vus, cela m'aurait valu un autre trophée de chasse, il se serait senti plutôt fier de moi. Et il m'aurait détesté.

Mais je n'avais pas encore appris que le temps ne guérit rien, pas plus qu'il n'apaise quoi que ce soit, je ne savais pas non plus que l'on pouvait s'assagir et devenir paresseux, et se soucier des loyautés qui servent de crible, de guide et de frein ; en outre, nombre d'exemples me rappelaient que pour beaucoup les choses se passaient de façon différente, qu'il y a des personnes en pleine maturité qui ne renoncent jamais et demeurent toujours insatiables et constamment à l'affût, du moins dans leur tête : comme si elles devaient continuer à ce rythme, à seule fin de satisfaire un esprit tyrannique qui ne s'accorde jamais la moindre trêve, habitué qu'il est à fonctionner ainsi depuis des années — la jeunesse et l'épanouissement durent très longtemps, leurs limites sont floues —, un esprit qui ne tient aucun compte des nécessités, des vicissitudes et des capacités du corps, qu'il considère de plus en plus comme un instrument exaspérant auquel on doit demander toujours plus d'efforts ; un esprit habitué à se livrer à certains calculs incontournables — avec combien de femmes ai-je couché, cette année, par exemple ; avec combien sans payer — ou qui se berce d'illusions du genre : qui sera le prochain homme à combler ce vide, par exemple ; juste un, ça me suffirait, je resterai avec lui et ne poserai plus de questions. (De même certaines personnes âgées semblent s'amadouer et devenir inoffensives, mais leur esprit indéchiffrable, volatile ou absent — nul n'accède aux pensées d'autrui — ne cesse de manigancer de sales tours et de manifester de l'animosité envers leur entourage. Les esprits qui ont été trompés ne se rendent jamais, ils se sentent pareils à eux-mêmes et ne voient aucune raison de changer. Et si, d'aventure, ils parviennent à prendre du recul et à regarder le passé, c'est à seule fin de se dire : « Ma faute est derrière moi. Les années l'ont lavée, je suis blanc comme neige. Je peux tourner la page, repartir de zéro, même si c'est encore pour y inscrire mes fautes. Mais la page tournée, la liste sera différente, plus courte, vu qu'il ne me reste plus tellement de temps. »)

Je voyais que Beatriz ne renonçait pas à cela, du moins imaginais-je que c'était, en partie, ce qui motivait ses visites vespérales, même si, vues de l'extérieur, elles semblaient programmées, routinières et en aucun cas pleines d'espoir, même si elle savait au fond d'elle-même que le suivant, c'était l'homme de sa vie, l'homme de toujours, celui qu'elle n'écartait pas (« Tu as beau me chasser, il n'y a que toi qui m'intéresses et c'est toi que j'aime, comment faut-il que je te le dise ? »), même s'il s'en prenait à elle et se montrait blessant. Les jours de mauvaise humeur ou pour peu qu'il y ait eu de l'eau dans le gaz avec Towers, Muriel ne se contentait pas de l'appeler « grosse truie », « sac de farine », « pachyderme à deux pattes », « bouboule » ou « grosse vache », il ne se contentait pas non plus de la comparer à la cloche d'El Alamo ou à la berline de *La Diligence*, ou de lui trouver des airs de Shelley Winters dans ses années de surpoids, ou de « La géante » de Baudelaire (une allusion qui m'échappait alors), mais il la comparait aussi à certains acteurs obèses (« Il ne te manque plus qu'une petite moustache pour être Oliver Hardy », ou « J'espère que tu ne vas pas perdre tes cheveux, on te prendrait pour Zero Mostel, tu te souviens n'est-ce pas, c'était le complice dégoulinant de sueur de notre ami Jack Palance »), conscient qu'elle était beaucoup plus au fait que moi de toutes ces références cinématographiques. Des insultes si injustes et disproportionnées, si ridicules, malveillantes et absurdes — pour ne pas dire comiques, sans doute est-ce pour cela qu'elles ne l'atteignaient pas trop, et la faisaient rire, au fin fond d'elle-même — en tant pis si elles étaient blessantes, si elles lui sapaient le moral et lui laissaient un sentiment de terrible insécurité ; je me demandais parfois comment elle ne s'effondrait pas, comment elle ne renonçait pas à ses expéditions nocturnes jusqu'à la porte de la chambre de son mari. Peut-être se remettait-elle de ces rejets et reprenait-elle de l'assurance grâce à ses rendez-vous avec Van Vechten dans ce contexte ultrareligieux, ou avec cet inconnu de la Plaza Marqués de Salamanca dans un contexte purement séculier (puisque ces rendez-vous se répétèrent), et qui sait si elle n'y avait pas encore quelqu'un d'autre à l'Escurial ou dans un endroit où il lui fallait se rendre à moto. Et peut-être devinait-elle ce qu'elle ne pouvait savoir, mais que moi, je savais : que si Muriel lui balançait ces insultes à la figure, jamais il ne se référait à elle en ces termes en son absence, j'entends par là que jamais devant qui que ce soit il ne faisait allusion à Beatriz en tant que « la barrique » ou « Charles Laughton » ; en présence de tiers, elle était toujours « Beatriz » ou « ma femme », « maman » ou « votre mère » devant les enfants, et « Madame » ou « Beatriz » devant Flavia, et il veillait à ne jamais employer ces pénibles sobriquets en présence de témoins, y compris moi, en principe, si ce n'est que ces injures lui échappaient en ma présence (je finis par faire partie des meubles), d'autant plus que j'espionnais et que j'écoutais ce que je n'aurais pas dû écouter. Qu'en présence d'autrui, il s'abstînt de toute violence verbale me semblait une piètre marque de respect de sa part, voire un piètre reliquat de l'affection qu'il lui avait portée en des temps reculés.

Je ne voyais pas non plus Muriel, aux alentours de la cinquantaine, renoncer entièrement à ses effusions avec les femmes, si tant est que ce mot convînt. Il ne semblait jamais ni en manque ni en chasse. En ce domaine, il feignait d'être distrait, à moins qu'il ne le fût vraiment, et il avait une attitude négligente et contemplative. Il donnait l'impression d'être surpris si une belle aventurière ou une séductrice de haut vol lui faisait des avances. Toutefois, en de telles occasions, il ne cherchait pas à savoir si ces prétendantes voulaient lui soutirer quelque chose — un petit rôle dans un film, juste se servir de son nom — et il ne les envoyait pas promener quand leurs ambitions étaient évidentes. Il se laissait manipuler en apparence, mais, après, il se montrait indifférent et impassible, ou ne se souvenait même pas — c'est du moins ce qu'il prétendit un jour, j'ai déjà évoqué l'un de ces cas — avoir couché avec une fille qui aurait bien voulu recommencer — avec lui, bien entendu — ou osait lui réclamer une petite faveur. Du moment qu'il n'avait rien proposé, il ne se sentait en rien obligé, c'était leur affaire à elles, personne ne leur avait demandé de s'y mettre. Je ne le vis jamais vraiment « appareillé » avec aucune d'elles, tout au plus s'accordait-il à sortir plusieurs fois de suite avec une femme qu'il appréciait particulièrement, le plus souvent en qualité d'escorte pour une avant-première, un *cocktail* ou une sortie sans importance, en général avec d'autres, en groupe. Sans doute, me disais-je, devait-il s'ennuyer quand il dînait seul en leur compagnie ou bavardait après leurs ébats sous la couette que j'imaginais plutôt mécaniques, plus hygiéniques que pervers et, de ce fait, dépourvus de passion. Il était clair qu'il s'ennuyait à cent sous de l'heure avec ces jeunes et semi-jeunes, aventurières ou de la bonne société qui n'avaient jamais entendu parler de Zero Mostel, d'Andy Devine, d'Eugene Pallette ou de Sydney

Greenstreet pour citer d'autres acteurs corpulents auxquels, les jours où il était en colère ou d'un humour débridé, il aurait pu comparer Beatriz Noguera, ni, bien sûr, le poète Baudelaire, avec ou sans sa Géante. Quant à celles qu'il admirait vraiment, qui l'intéressaient ou le fascinaient, les Cecilia Alemany, non seulement elles étaient rares, mais il n'avait guère l'occasion de les côtoyer car elles appartenaient à d'autres milieux dans lesquels il n'était qu'un pauvre type ou, tout au plus, un artiste fascinant, susceptible de donner, par ricochet, certain lustre ou certain charme à un dîner. Et peut-être se permettait-il de les complimenter et de déclarer qu'il les adorerait pour la simple raison qu'elles étaient des chimères. Je me disais parfois que, dans sa vie, Muriel avait dû avoir une, deux ou trois femmes aussi marquantes qu'intelligentes auxquelles il se serait livré sans réserve, de telles personnalités que cela lui était difficile de ne pas prendre à la légère toutes celles qui s'approchaient de lui. J'étais persuadé que l'une de ces deux ou trois, à supposer qu'il y en avait eu deux ou trois, devait être la Beatriz du bon vieux temps, celle qui avait vécu en Amérique et qu'il avait épousée, la fille pleine de bonne volonté, optimiste, enjouée, que l'on retrouvait encore, celle qui n'était pas encore à moitié folle, et ne se complaisait pas dans son infortune. Ou, comment dirais-je, n'était pas encore une âme en peine.

Le professeur Rico était nettement plus jeune que Muriel, il n'avait pas encore atteint l'âge où rien ne vous touche plus, mais il n'en était pas loin. Malgré l'approche de la quarantaine, il continuait à se comporter en gamin et à se montrer verbalement salace, discriminant et prétentieux, et c'est en cela que consistaient, en grande partie, sa grâce et son charme immenses (encore fallait-il les voir, parce que certains ne pouvaient pas le supporter) qui lui valaient bien des conquêtes, du moins théoriques ou hypothétiques, comme je crois l'avoir expliqué. Il devait être de ceux qui s'adonnaient à ce genre de supputations masculines auxquelles j'ai fait allusion (« Avec combien de femmes ? ») si ce n'est qu'il était du genre à marquer un point dans sa tête rien qu'en voyant la séduction « aboutie » ou en bonne voie, rien qu'en se garantissant que, comme il l'affirmait parfois avec une joie touchante — et non sans suffisance —, « cette femme peut être à moi dès que je la voudrai, c'est manifeste, ça ne fait pas l'ombre d'un doute », raison pour laquelle il ne voyait pas toujours la nécessité de poursuivre la séduction ou de la « parfaire », une expression qui relevait davantage du vocabulaire de Van Vechten que du sien.

Non, non, il ne me semblait pas que qui que ce soit ou presque de mon entourage eût perdu de ses ardeurs — peut-être fallait-il y voir la conséquence de cette période novatrice, agitée — et moins que quiconque le célèbre pédiatre, précisément le plus âgé du groupe, il devait avoir une dizaine d'années de plus que Muriel, une vingtaine de plus que Beatriz et Rico et presque une quarantaine de plus que moi. Et même si j'ai dit qu'à le voir on lui donnait la cinquantaine, il n'avait pas une ride et demeurait agile comme un cabri, il n'en paraissait pas moins incompréhensible et incongru que je lui propose de m'accompagner dans mes sorties et avec mes amis. Quoi qu'il en soit, je n'eus aucun mal à le persuader, il ne se fit pas prier, n'opposa pas de résistance et ne fit pas de manières. Ce fut un jeu d'enfants, le terrain était favorable. Il avait une telle voracité, un si vif regret de rater une époque aussi permissive que libre, un désespoir si poignant à l'idée de ce qui lui échappait, faute d'une stupide incompatibilité de dates (ce à quoi, tant qu'il reste en nous un souffle de vie, nous croyons possible de remédier, sinon de l'inverser) qu'en fait il fut aux anges quand je lui proposai de m'accompagner, d'abord dans des bars, puis dans des discothèques et des cafés concert. Il y avait là des gens de tous âges, on y bavardait malgré les décibels, on pouvait même s'y asseoir par moments, aussi ne se sentirait-il pas trop déphasé ; ajoutons que certains de ces endroits qu'il avait hantés dans sa jeunesse étaient redevenus à la mode, accueillant une nouvelle clientèle qui, dans son enthousiasme, ignorait, en général, le passé et n'avait rien à voir avec les habitués de leurs diverses périodes antédiluviennes. C'était le cas, je pense, d'El Sol, Calle de los Jardines ou, un peu plus tard, celui d'El Cock sur le Paseo de la Reina ou, bien sûr, celui du Bar Chicote, sur la Gran Vía, qui existait déjà avant la Guerre civile, si j'ai bonne mémoire, et que Hemingway ne manque pas de mentionner dans ses reportages et romans pour touristes. Par la suite, au cours de l'après-guerre, l'endroit était devenu le fief de putes plutôt classe, attentives à certaine décence, de toreros, d'acteurs, de chanteurs, de joueurs de football, d'actrices et de hauts fonctionnaires franquistes, d'hommes d'affaires ayant des liens avec le régime et, à l'occasion, d'un ministre qui aimait faire la fête, les premières s'intéressaient surtout aux trois dernières catégories et vice versa aussi optaient-ils pour la facilité et se retrouvaient-ils simplement là. Je me demandais si Van Vechten n'avait pas été un assidu de l'endroit, en ces années qui semblaient s'éterniser, où il était officiellement en bons termes avec les vainqueurs (disons que, dans les années quarante, il était l'un d'eux, on oubliait toujours ça) et où il bénéficiait de ses contacts ; s'il n'avait pas apprécié les célèbres cocktails de Chicote en compagnie des notables et des profiteurs, s'il n'avait pas jeté des coups d'œil du côté des tabourets du comptoir auquel s'accoudaient les femmes seules, en profil perdu (pour ne pas offrir uniquement un aperçu de fesses), feignant de bavarder entre elles, jusqu'à ce qu'on les invite à une table. Vers 1980, vous aperceviez encore l'une ou l'autre d'entre elles, vieillarde désorientée, qui, peut-être, en voyant l'endroit reprendre vie après une longue décadence, osait prendre place sur son tabouret de bar d'autrefois, croyant que, par miracle, le bon vieux temps était de retour, que la pendule avait décidé de faire marche arrière. De fait, l'une de ces vieilles dames s'approcha de notre table, fixa un moment Van Vechten du regard et lui dit gentiment :

— Tiens, mais je te connais, pas vrai ? Avec tes yeux si bleus ! Et tes cheveux toujours aussi blonds ! Ils ont pas blanchi et tu les as encore tous. Tu n'as presque pas changé.

Et Van Vechten de lui répondre sans se lever de son siège, tout calmement, l'air sincèrement surpris, mais non sans quelque perfidie :

— Non, madame. Vous devez me prendre pour mon père à qui je ressemble. Ne voyez-vous pas que ceux qui fréquentent, à présent, cet endroit — il laissa sa phrase cruellement en suspens, en nous regardant, mes copains et moi, comme s'il s'incluait, avec une arrogante satisfaction — sont tous plutôt jeunes ?

Il était tout sauf inhibé, le docteur Jorge Van Vechten, si bien que mes craintes initiales s'avérèrent non seulement infondées, mais ridicules : à savoir que mon amicale proposition de se joindre de temps en temps à mes sorties nocturnes pût lui paraître suspecte et déplacée. Mais Muriel ne le connaissait que trop bien, aussi m'avait-il confié cette mission sans la moindre hésitation, conscient que Van Vechten apprécierait tout ce qui pourrait lui procurer du plaisir ou le flatter ; cela allait de soi, c'était même chose due. J'avais d'abord cru y voir un mauvais calcul de la part de mon patron qui donnait souvent l'impression de ne pas toujours avoir le sens des réalités. Il n'en était pas vraiment ainsi ; je remarquai que rien d'essentiel ne lui échappait, qu'il s'agît des personnes ou des situations, qu'en dépit de son air distrait, pour ne pas dire parfois préoccupé, il enregistrait et se montrait beaucoup plus réceptif qu'il ne le paraissait. Quand je ne parvenais pas du tout à le déchiffrer, je me disais qu'il élaborait des plans dans sa tête, j'entends par là qu'il envisageait divers angles de prises de vue et de futurs mouvements de caméra, ce qui était possible, sans qu'il oubliât pour autant l'histoire qu'il racontait ou qu'on lui racontait, ou l'idée qui le perturbait. Il avait un style bien personnel, mais ce n'était pas un simple styliste et encore moins un esthète, ni dans ses films ni dans sa vie. Il aimait donner à croire qu'il n'était guère au courant de ce qui se passait autour de lui, et préférait taire ce qu'il remarquait. Pour ma part, je crois qu'il remarquait bien des choses et qu'il était au courant d'à peu près tout.

Van Vechten avait, en effet, des yeux si bleus et des cheveux si blonds qu'ils ne passaient pas inaperçus dans un pays où ceux qui présentent ces caractéristiques sont beaucoup plus nombreux qu'on ne le croit et prétend, à cette seule différence que les tons en sont moins purs ou plus fondus que les siens : par ici, les yeux clairs sont souvent grisâtres ou verts, rappelant diverses liqueurs, ou d'un bleu plutôt sombre, tel l'œil unique avec lequel Muriel regardait, quant au blond des cheveux il est rarement nordique ou filasse. Il avait tout l'air d'un étranger, comme si ses nombreux ancêtres d'Arévalo étaient allés faire un tour en Hollande chaque fois que les prenait l'envie de convoler. Voilà pourquoi il était facile à reconnaître, et la pute du Chicote qui avait du métier ne se serait certes pas trompée, même si, à mes yeux, il n'avait rien d'un habitué des bordels. Il gardait un regard jeune et vif — dont l'intensité était, de toute évidence, méridionale, mais qui, par la suite, pouvait devenir salace et offensante, les traits de son visage étaient tout à fait convenables, pour ne pas dire agréables (jeune, il n'avait sûrement pas eu à se plaindre), son sourire laissait entrevoir des dents étincelantes et, apparemment, saines — de grandes incisives rectangulaires —, la mâchoire était très forte, le visage plutôt carré, les seuls détails qui l'enlaidissaient un peu étaient un nez et des oreilles légèrement pointus, tel un lutin, et une petite protubérance du menton, mais tout de même pas un menton de sorcière. Un jour, je confiai à Muriel qu'il me rappelait un acteur américain, aux apparitions épisodiques, qui avait tenu des seconds rôles dans de nombreux films, mais dont peu connaissaient le nom : « Robert J. Wilke », lançai-je avec ma pédanterie juvénile, désireuse de marquer des points, et lui d'acquiescer aussitôt : « L'un des trois *pistoleros* qui passent presque toute la durée du film *Le train sifflera trois fois* à attendre ce fameux train, me répondit-il, parfaitement au courant. Bien vu, tu as raison. Et en plus, c'est curieux : non seulement on voit Wilke dans des tas de *westerns*, mais je crois qu'il y apparaît plus d'une fois avec une blouse de médecin. » Ainsi avais-je aperçu Van Vechten en train de baiser Beatriz au sanctuaire de Darmstadt, tous deux debout, tous deux vêtus, mais Muriel ignorait que je gardais en tête cette image du docteur, blouse blanche ouverte.

Ces traits révélaient un battant, une nature expansive, tout comme sa façon de se comporter en société : un homme très sûr de lui, d'une gentillesse trop constante pour ne pas être un peu feinte — sans doute celle qui seyait à un pédiatre censé inspirer confiance aux mères et à leurs enfants —, un homme d'une indéniable jovialité, vous accueillant avec un éternel sourire, un homme qui en disait des vertes et des pas mûres, selon la compagnie dans laquelle il se trouvait et qui avait la plaisanterie facile, peut-être même trop facile — comme s'il s'agissait là de sa carte de visite —, une sorte d'humour complaisant qui, toutefois, me semblait vieux jeu (mais sans doute était-ce normal compte tenu des années qui nous séparaient) et que, pour cette raison, je pense, j'associais à tort à la longue période franquiste qui s'éloignait de nous à vive allure et, en fin de compte, au cours de laquelle tout était arrivé, alors qu'il aurait pu en être de même sous un régime complètement différent. Dès son plus jeune âge, quelqu'un avait dû lui rabâcher : « Quand on a d'aussi belles dents que les tiennes, il faut toujours sourire, Jorgito, même si tu ne sais pas pourquoi. Cela te vaudra des amis fidèles et c'est un atout qui aplanira ta route. » Il était très grand, au moins de la taille de Muriel, et corpulent. D'où son habitude de donner des tapes dans le dos, d'attraper les gens par le bras et de les tirer ou secouer amicalement en ponctuant cela d'éclats de rires mécaniques. Il avait de la force, il aurait pu faire mal si telle avait été son intention, et il lui arriva parfois de m'en faire, lors de l'une de ses démonstrations d'affection, ou quand il plaquait l'une de ses grosses pattes sur mon épaule, comme si elles tombaient de très haut avant de se refermer, avec une prétendue tendresse mais, en fin de compte, comme des serres, lourdes tenailles dont vous n'aviez qu'une envie, vous dégager le plus vite possible.

À côté de sa cordialité, on remarquait certaine voracité, certaine inquiétude, comme si jamais rien ne lui plaisait ni ne le satisfaisait, comme s'il était de ces individus qui en veulent toujours plus et qui, à un moment donné, ne savent pas ce qu'ils veulent : il leur est difficile d'aller plus loin dans leur réussite professionnelle, de gagner plus d'argent, d'acquérir davantage d'estime de la part de leur entourage, ou de s'assurer plus de pouvoir et d'influence dans leur domaine. Ils regardent autour d'eux, ils s'agitent en quête d'objectifs nouveaux qu'ils ne trouvent pas, si bien qu'ils n'ont aucune idée de la façon dont ils pourraient canaliser l'ambition et l'énergie qui se refusent à les laisser tranquilles, à lever le siège, à décamper. On peut dire, jusqu'à un certain point, que l'âge les trahit, qu'il ne leur donne pas les leçons auxquelles ils seraient en droit de s'attendre et ne les apaise pas, qu'il ne les modère pas et ne les rend ni plus lents ni plus dociles, qu'il respecte trop leur personnalité et ne se risque pas à les affronter, ou ne prend pas la peine de les satisfaire, moins encore de les mettre au pas. Ainsi se transforment-ils en des êtres qui n'ont que très peu conscience du temps qui passe, voyant en lui une sorte d'éternité invariable dans laquelle ils sont installés pour la vie, une éternité qui n'est pas censée disparaître, ni évoluer, ni leur être retirée, ni les abandonner : ils sont ses otages ou ses victimes de choix ; il convient de signaler à leur décharge que le temps se montre déloyal à leur égard, qu'il refuse en partie d'accomplir sa mission : il se limite à les miner lentement, mais — comment dirais-je — à leur insu. Ce sont des individus qui, si on leur annonçait une maladie incurable et une fin rapide, réagiraient, sur le coup, avec une incrédulité ou un scepticisme surprenants — avec arrogance, en fait — et répondraient quelque chose du genre : « Oh ! Voyez-vous, je ne sais que vous dire. Pour le moment, ça m'embêterait de mourir, j'ai des tas de choses à faire, je n'avais pas envisagé ça, ce n'était pas au programme. Si cela ne vous dérange pas, remettons ça à plus tard. » (Et dans le fond, cela peut se comprendre, à l'exception des suicidaires et de ceux qui sont déjà épuisés : qui ne préférerait pas remettre cela à plus tard ? Si tard cela soit-il ?) Muriel n'aurait jamais répondu cela, même si, comme je l'ai dit au début, Van Vechten et lui partageaient certaine immunité au passage du temps, les années n'affectaient pas plus son allure qu'un grésil indolent ou la pénombre, mais, à la différence de son ami, il n'y avait toutefois chez lui aucune voracité, aucun désarroi, aucune trace de vagues insatisfactions, mais plutôt immobilisme, délassement et calme : il faisait tout simplement abstraction du temps qui passe, comme s'il s'agissait là d'un fait bien connu, qui ne méritait pas que l'on consacrât une minute à s'en lamenter ou à y réfléchir. Ou comme si tout ce qu'il pouvait y avoir de fondamental dans la vie lui était déjà arrivé.

Rien ne pouvait mieux convenir au docteur, soucieux de trouver la meilleure façon de s'accommoder de son éternelle et fantasque soif de vivre, que ma suggestion, ou ce qu'il perçut comme l'une de mes tentations : découvrir, avec un guide ou un initié, la vie juvénile et débridée d'alors. En fait, il n'avait pas grand besoin de moi, l'époque était si effervescente que tout semblait soudain permis et normal, en flagrant contraste avec les décennies écrasées par la chape de plomb franquiste, même si cinq ans avant la disparition physique de Franco, ces temps-là étaient déjà révolus, ou l'on avait tourné une bonne fois la page. Les gens de tout âge se sentirent libres de fréquenter n'importe quel endroit, n'importe quelle ambiance, comme si tout le monde étrennait de nouvelles habitudes, ou se découvrait une nouvelle jeunesse. Ceux qui, peu auparavant, et compte tenu de leur âge, n'auraient pas été « autorisés » à sortir jusqu'à des heures indues plusieurs soirs par semaine, avaient désormais l'impression que rien ne les en empêchait et, qui plus est, que l'excitation et l'agitation générales les y encourageaient, les incitaient à s'aventurer là où l'on ne se serait jamais attendu à les voir, compte tenu de leur âge, de leur situation ou de la respectabilité d'un parcours aussi long que le leur. Mais, en dépit de toutes ces facilités et de ces nombreux stimuli, ce n'était pas la même chose d'avoir un jeune de vingt printemps garantis pour vous introduire dans les endroits à la mode, vous présenter, vous associer à ses amis et, si je puis m'exprimer ainsi, vous autoriser à vous intéresser, soi-disant sur un pied d'égalité, à n'importe quelle fille de sa bande de copains, et vous donner l'illusion d'appartenir à une sorte de cercle privilégié. Ce fut une époque durant laquelle Madrid ne dormait presque plus, parce que après les nuits de bringue, et à l'exception des étudiants, des artistes et de vagues professionnels, il n'y avait pas de noctambule qui ne se trouvait le lendemain matin à son poste de travail, si surprenant que cela paraisse et de si bonne heure qu'il le faille. Moi le premier et aussi Van Vechten qui ne manqua pas une seule fois ses consultations, de même pour Muriel et Rico et Roy, et Beatriz et Gloria : après une nuit blanche, ce qui arrivait à chacun d'eux de temps en temps, personne ne pouvait entièrement se soustraire à l'effervescence nocturne de ces années qui sortaient de l'ordinaire, festives, malgré les remous politiques et les incertitudes de toute nature, que vous ayez trois sous ou que vous soyez un pauvre malheureux. Les embouteillages n'étaient pas rares dans de nombreux quartiers, que ce soit au petit matin d'un mercredi, d'un lundi et même d'un triste mardi. À tel point que certaine nuit, l'œil somnolent de notre lune, glaciale sentinelle, ne manqua pas, comme il se doit, de cligner.

Je confonds les endroits des années quatre-vingt avec ceux d'un peu avant ou d'un peu après, mais je crois avoir également emmené Van Vechten au Dickens, au El Café, au Rock-Ola, à diverses terrasses du Paseo de Recoletos et à l'Universal (réflexion faite, non, celui-là, c'était sans doute plus tard) ainsi qu'à bon nombre de discothèques où je passais beaucoup trop de temps ces années-là, en sa compagnie ou seul, impossible de me rappeler, je pense à Pacha, à Joy Eslava et à d'autres dont le nom m'échappe, l'une près du fleuve (La Riviera ?), une autre à deux pas de la gare de Chamartín, une autre Calle de Hortaleza, une autre du côté de Fortuny, de Jenner, ou de Marqués del Riscal (Archy, peut-être ?). Temps et personnes se confondent dans ma mémoire, l'alcool n'aide pas à les différencier, en revanche la cocaïne peut y contribuer, tant que dure son effet, mais pas *a posteriori* ; on vous en proposait de temps en temps et vous la preniez pour prolonger la soirée et poursuivre votre conversation en braillant dans une lutte perdue d'avance contre le vacarme. Je ne pus aller dans beaucoup d'endroits avec le docteur, cela ne dura que peu de temps, je pris mes distances quand j'estimai avoir accompli ma mission. En revanche, je suis certain de l'avoir emmené dans une *boîte* rénovée et modernisée, le Pintor Goya (ainsi l'avait-on baptisée dans les temps jadis), dans la rue du même nom, la Calle Goya.

Comme le soir de la partie de poker où il n'avait pas lâché Celia et sa compagne, son regard, d'une voracité à vous glacer les sangs, était attiré par les femmes de tout âge ou presque (à cette époque, ce genre d'endroits étaient plutôt « intergénérationnels », dans les limites du raisonnable, s'entend) et même les travestis qui commençaient à se poster, provocateurs et impudents, sur la Castellana, à hauteur de Hermanos Bécquer, avant de proliférer et de s'approprier le quartier voisin. Qu'ils puissent être à la mode et que leurs clients soient en majorité des hétéros très père-de-famille-bien-rangé, semblait-il, m'a toujours étonné : si convaincants fussent-ils en femmes, il fallait se leurrer soi-même, et pour cela mettre en œuvre tout un processus mental que j'avais du mal à comprendre, pour vous persuader qu'en vérité ils l'étaient, je veux dire des femmes, et qu'en pleine action des organes génitaux incongrus et dissuasifs n'allaient pas apparaître. Le docteur Van Vechten, je me rappelle, n'était pas disposé à croire qu'il s'agissait de mâles bourrés d'hormones ou opérés, ou les deux quand nous les apercevions depuis sa voiture tape-à-l'œil. Il leur lançait un regard en coin tout en conduisant et feignait de se tourner vers moi et mes amis.

— Mais qu'est-ce que vous racontez ? Comment voulez-vous que ce soient des hommes ? Voyons, ça saute aux yeux que ce sont des femmes, et je suis bien placé pour le savoir. Regardez-moi ces poitrines, regardez-moi ces jambes ! Vous plaisantez !

Et il souriait, à la fois amusé et perplexe, avec son sourire enjôleur.

— Trop grandes, la plupart sont trop grandes, elles étaient aussi grandes que ça quand tu étais jeune ? lui répondais-je. (Il m'avait obligé à le tutoyer dès le début.) Un peu fortes les guiboles, trop fermes les nichons. De vrais battoirs les mains de certaines ! Elles chaussent au moins un trente-neuf pour la plupart. Mais surtout, regarde bien, elles ont une pomme d'Adam.

— Comment veux-tu que je remarque ça à cette distance et à cette vitesse ?

Vous pouviez filer comme un bolide à des heures tardives sur l'interminable et rectiligne Paseo de la Castellana, mais lui ralentissait à l'approche de la zone des travestis qui, pour le moins, le laissaient vraiment perplexe.

— D'ici, je ne vois pas une seule pomme d'Adam. Tu dis de ces bêtises ! Voyons, ce sont des femmes, c'est évident, et le moins qu'on puisse dire, c'est qu'elles ne passent pas inaperçues ! La race s'est améliorée au fil des années, c'est pour ça qu'elles sont si grandes. À moins qu'il ne s'agisse d'étrangères, j'ai vu là-bas une métisse d'une beauté à vous couper le sifflet. Vous êtes fous et vous voulez me rendre fou !

Ce genre de remarques trahissait le fait qu'il appartenait à une génération bien antérieure à la nôtre. Tout comme telle ou telle expression désuète qui, à l'occasion, lui échappait : personne de mon âge n'aurait dit « à vous couper le sifflet ».

— Bon, passe donc une nuit avec l'une d'elles. Tu n'as qu'à arrêter la bagnole et à la faire monter. Si tu ne te limites pas à une pipe, tu le constateras aisément. Pour autant que je sache, ça ne va pas te coûter une fortune. Et tu me raconteras ça. Tu parles d'un choc !

Je savais que leurs tarifs étaient bon marché, à en juger par ce qu'avait payé un de mes amis d'alors, un dénommé Comendador, de cinq ou six ans mon aîné, à qui il arrivait d'avoir recours à leurs services. Il avait toujours été hétérosexuel, et il l'était encore, et il avait même une copine dont il était éperdument amoureux. Il essaya de me raconter par le menu ces rencontres ambiguës, mais je l'arrêtai net, préférant ne pas savoir. Il voyait en eux des femmes aguichantes, c'était sûr, tout en sachant pertinemment qu'elles ne l'étaient pas. Pour moi, c'était troublant.

Van Vechten se taisait (il y eut plus d'une conversation semblable à celle que je viens de rapporter), comme s'il avait des doutes. Il regardait en direction des trottoirs, puis devant lui, il regardait à nouveau ces prétendues femmes en jupe ou minishort, seins à l'air ou presque. Il les appréciait d'un œil salace. Le plus curieux était que ses hésitations semblaient liées à une autre question que le problème du sexe, indéterminé ou trompeur.

— Non, non, pas question, je n'ai jamais payé de ma vie, finissait-il par répondre, écartant cette éventualité. Et ce n'est pas maintenant que je vais commencer.

Ce devait être exact : en effet, d'après ce que je pouvais voir, ce n'était pas un homme à putes. Peut-être n'en avait-il jamais éprouvé le besoin, peut-être aussi que sa grande taille, ses cheveux jaune pâle, ses belles dents et ses yeux d'un bleu si clair qui, suivant l'éclairage, paraissaient presque délavés, avaient suffi à estomper le côté repoussant que je percevais en lui — je ne saurais au juste le définir : un mélange de forfanterie, de cordialité exagérée et badine et un manque absolu de compassion, qui, si vague fût-il, se lisait sur son visage, et qui, à mon avis, ne pouvait passer inaperçu des femmes, tant de celles d'aujourd'hui que de celles de son passé, c'était quelque chose d'intrinsèque qui n'avait rien à voir avec l'âge. Bien sûr, je me suis souvent trompé à ce sujet, et j'ai vu des femmes importantes s'éprendre, se donner ou se soumettre à des types carrément immondes, et il n'en était tout de même pas là. Et bien qu'il n'eût plus l'air d'un jeunot, j'ai déjà dit qu'il était bien de sa personne, très bien conservé. Cela ne suffisait pas à expliquer que certaines de mes connaissances ou de mes amies non seulement ne l'évitaient ni ne l'excluaient lors de leurs sorties nocturnes en groupe, mais se plaisaient à bavarder avec lui, parfois un peu à l'écart du reste, j'entends par là qu'il ne s'agissait pas d'une grande discussion à laquelle tous participaient et l'incluaient aussi — après tout, il était là sur ma recommandation — mais qu'il leur arrivait parfois de s'entretenir juste avec lui. Je me disais en voyant rire ces dames que ce devait être les plaisanteries et blagues éculées qu'il enchaînait sitôt qu'on lui en donnait la chance ou son côté mauvais garçon et sa propension à flatter, à laquelle les jeunes sont si sensibles que souvent il vous suffit de leur en administrer une bonne dose pour obtenir d'eux tout ce que vous voulez, dans tous les domaines ou presque.

Je ne quittais pas Van Vechten des yeux, ma mission consistait en partie en cela et je voulais être utile à Muriel. Il m'arriva à deux ou trois reprises de le voir se diriger avec une jeune demoiselle vers les toilettes de l'endroit. Je calculai dans ma tête combien de temps ils s'absentaient ; il ne me sembla pas que chaque fois ils aient eu le temps de se faire plus d'une ligne, ou quelque chose de ce genre (la cocaïne ne courait pas les rues comme ce serait le cas des années plus tard, mais on commençait à en trouver et à en avoir moins peur ; qui plus est, Van Vechten était très riche, il pouvait l'acheter comme appât et afin de se faire passer pour l'un de nous, c'est-à-dire pour courtiser), pas même pour une pipe rapide. Je me servais avec lui de ce terme ainsi que d'autres encore plus grossiers. Ils ne me venaient pas spontanément (je restais toujours plutôt bien élevé), mais c'était ce que m'avait ordonné Muriel, avec d'autres consignes que j'avais encore plus de mal à suivre : « Vante-toi. Fanfaronne. Ne crains pas de paraître vulgaire, même désobligeant, quand tu parles des femmes. Plus tu le seras, mieux ce sera, exagère. Montre-toi sordide, sans scrupule, et regarde comment il réagit, s'il est compréhensif, s'il est sur la même longueur d'ondes que toi, s'il t'encourage ou te désapprouve. » Tout cela m'était étranger ou pour le moins contraire à mes habitudes, mais je me fis violence et j'obtempérai, comme si j'étais l'acteur d'un film que Muriel réalisait à distance et à l'aveuglette et qu'il ne convenait ni de féliciter ni d'applaudir ; qu'il ne me vît pas dans ce rôle me frustrait et m'attristait. Je n'eus bientôt plus d'objection à me vanter de prétendus exploits que je n'avais pas réalisés, à parler des femmes en les réifiant, comme si elles étaient impersonnelles, échangeables, des choses, des cruches, des gourdes, des pastèques, des sacs de farine, ou des tas de viande. Au début, quand il m'entendait m'exprimer avec une telle insouciance, Van Vechten me regardait les yeux mi-clos — pour le coup, ils avaient l'air glacials — et il m'écoutait, mi-condescendant, mi-surpris, comme s'il avait déjà cerné mon comportement, dans l'ensemble respectueux, et que mon attitude présente ne cadrait pas avec l'idée qu'il s'était faite de moi chez Muriel, au cours des dîners, des sorties et des soirées, en voyant la façon dont je me conduisais avec Beatriz et ses enfants ou avec Flavia, envers laquelle je me montrais, en général, d'une extrême politesse, et même avec ces pestes de Marcela et Gloria, à l'égard desquelles je m'efforçais de dissimuler mon antipathie.

Quoi qu'il en soit, on s'habitue vite à tout et on peut aisément remplacer une idée par une autre. Sans doute présuma-t-il que sur mon lieu de travail je m'efforçais de donner le change, mais que mon vrai moi était celui qui apparaissait quand j'allais et venais librement, aussi ne tarda-t-il pas à s'adapter à mon langage cru, à mon ton méprisant ainsi qu'à mon comportement prédateur, bien que le terme « comportement » ne convienne pas : je continuais à me conduire avec mes amies, mes flirts, et les nouvelles conquêtes (la vie nocturne de cette nouvelle ère favorisait les rencontres), selon mon habitude — sinon les unes et les autres en seraient restées stupéfaites — mais, par la suite, je parlais de chacune d'elles comme un sans-cœur et racontais à Van Vechten des aventures et de sales coups qui n'avaient pas eu lieu ou, s'ils avaient eu lieu, que je n'avais pas ourdis à des fins aussi utilitaires et abusives, ni avec autant de boniment, d'indifférence ou de perfidie que je les lui relatais. Le récit que je lui en faisais était encore plus vil et pervers que mon comportement. Je mis à profit le conseil de Muriel : « Il n'y a rien de tel que de se vanter de ses exploits pour que l'autre vous balance les siens, si anciens soient-ils, ça ne rate jamais. » Oui, Muriel avait raison, il est rare que ça rate.

# VI

Certains se plaisent à tromper, ruser, simuler, et font preuve d'une incroyable patience pour tisser leur toile. Ils sont capables de vivre le présent qui traîne en longueur, un œil rivé sur un avenir imprécis qui arrivera quand il arrivera, ou seulement quand eux-mêmes auront décidé qu'il doit se muer enfin en présent, puis, sitôt après, en passé. Parfois, ils reportent ou ajournent l'heure de la vengeance, si c'est la vengeance qu'ils recherchent, ou l'heure de la réalisation, s'ils s'acharnent à atteindre un but, ou celle où leur projet viendra à pleine maturité, si c'est un projet qu'ils nourrissent ; parfois ils attendent si longtemps que rien ne parvient à se concrétiser, tout se désintègre dans leur tête. D'autres opèrent sans cesse dans le secret et en cachette, et ils ont eux aussi assez de patience pour ne jamais défaire leur toile. Si étrange que cela puisse paraître, ils ne s'en lassent pas ; la transparence, la simplicité, la limpidité, le côté franc-jeu, le regard direct ne leur manquent pas, pas plus qu'ils ne regrettent de pouvoir dire : « Voici ce que je veux et voilà ce que je vais faire. Désormais, je ne veux plus ni t'embrouiller les idées ni te leurrer. Je t'ai menti, j'ai fait semblant et je continue, depuis longtemps, depuis que je t'ai rencontré ou presque. Impossible autrement, je n'avais pas le choix, j'obéissais à des ordres, mon bonheur en dépendait, du moins l'ai-je cru. J'étais faible ou bien j'étais fidèle à d'autres, j'ai eu peur de te perdre à jamais ou on m'a persuadé d'agir ainsi. Tu comptais trop pour moi ou tu ne comptais pas le moins du monde pour moi, je t'ai trompé malgré moi et contre ma conscience, ou ça ne m'a rien coûté de te tromper, pour moi tu étais tout ou tu n'étais rien, tant pis, tant pis maintenant. Je ne me sens pas bien, je suis épuisé. Taire la vérité ou raconter des mensonges requiert un effort considérable, il faut les étayer et, plus encore, se rappeler où l'on en est, c'est un travail de titan. La peur de mettre les pieds dans le plat et de me contredire sans m'en rendre compte, d'être ainsi pris au piège, de revenir malgré moi sur ce que j'ai dit, me contraint à ne jamais baisser la garde et m'épuise. Ma culpabilité s'est atténuée, elle ne m'interdit plus d'essayer, je vais donc te parler. En fin de compte mon mensonge remonte à très loin, les choses sont ce qu'elles sont et c'est comme ça, pas moyen de revenir en arrière. À l'heure qu'il est, la vérité est inexistante et elle a été remplacée, seule compte ce que nous avons vécu depuis. Il se pourrait que cette lointaine tromperie se soit convertie en vérité. Ce n'est pas de savoir ce que fut jadis la vérité qui fera beaucoup changer les choses. Nous n'en sommes plus là. Et je dois me reposer. »

Oui, il y en a qui ont la chance de ne jamais être tentés de dire, de rectifier ou d'avouer telle ou telle chose. Je ne suis pas de ceux-là et je le regrette, parce qu'en revanche, je suis de ceux qui gardent un secret qu'ils ne pourront jamais confier à qui que ce soit, vivant et encore moins une fois mort. On se dit que ce secret est bien petit, qu'il ne pèse pas bien lourd et n'affecte en rien nos vies, ce sont des choses qui passent, qui remontent à notre jeunesse, des choses que l'on fait sans y penser et qui, au fond, sont insignifiantes, à quoi bon les connaître ? Et pourtant, il n'est pas de jour où je ne repense à ce que je fis et à ce qui s'est passé dans ma jeunesse. À vrai dire, ce n'est pas grave, cela ne l'a pas été, je ne crois pas avoir fait de tort à qui que ce soit, mais il vaut mieux, par précaution, que je continue à le taire, pour notre bien, le mien et sans doute aussi celui de mes filles et surtout celui de ma femme. Et quand je le dévoilerai ici (mais ici ce n'est pas la réalité), vous devrez tous le garder et le taire, vous ne pourrez pas le révéler au tout-venant, depuis l'Orient jusqu'à l'arche de l'Occident, faisant du vent votre cheval de poste, comme s'il se réduisait à quelque chose de futile qui vous appartenait et que chacun de vous était une langue sur laquelle chevauchait la Rumeur. Au cas où d'autres vous demanderaient de raconter mon histoire, n'en soufflez pas un mot, je vous en supplie. Ils le feraient à seule fin de se distraire ou d'engranger des informations inutiles, qu'ils oublieraient à peine les auraient-ils répandues au hasard, de plus en plus loin.

Cela me gênait de ne pas jouer franc jeu, d'avancer masqué et d'attendre. J'aurais souhaité dire à Van Vechten ce que je recherchais — même si je ne le savais pas très bien, compte tenu des scrupules de Muriel — et en finir le plus vite possible tant avec cette imposture qu'avec sa compagnie, m'affranchir de sa présence qui, dans l'ensemble, me déplaisait ou ne tarda pas à me déplaire. Non que l'homme ne fût pas sympathique ou ne s'efforçât pas de l'être : la plupart de mes amis l'appréciaient en dépit de l'énorme différence d'âge, il fut mieux accueilli que je ne m'y attendais. Les premières fois que l'on me vit avec lui, on le regarda comme un extraterrestre, mais, petit à petit, il parvint à se confondre avec l'entourage, dans la mesure du possible, cela s'entend, et à ne pas être perçu comme un parfait intrus, un boulet à traîner ou un espion. Il y mettait du sien, il était joyeux, obligeant, donnait son avis à qui le lui demandait. Il était inévitable que mes connaissances voient en lui quelqu'un d'expérience, et le consultent, à l'occasion, sur leurs maux divers et leurs angoisses, voilà qui permet aux médecins de se la couler douce, d'être partout les bienvenus. Il payait de nombreuses tournées, ce qui contribue toujours à se faire accepter et, à la fin de la soirée — s'il tenait le coup jusque-là car il lui arrivait, ce qui peut se comprendre, de se fatiguer, alors que nous les jeunes avions encore de l'énergie à revendre —, il nous ramenait chacun chez nous dans sa voiture qui était loin de passer inaperçue, comme si, soudain, nous avions un chauffeur. Voilà qui était fort appréciable, une bénédiction, cela nous épargnait les frais d'un taxi ou un pénible retour à pied sous l'influence de quelque excès que ce fût. Si Van Vechten se donnait toute cette peine, c'était parce qu'il ne pouvait laisser les filles rentrer seules à des heures indues, et qu'il fallait raccompagner les dames, alléguait-il, c'est ainsi qu'il avait été élevé, et nous devrions profiter de son éducation à l'ancienne.

Je remarquai qu'il n'empruntait presque jamais le trajet le plus logique, qu'il ne nous déposait pas dans l'ordre le plus pratique qui lui eût évité des tours et détours ou des distances inutiles, mais qu'il s'arrangeait toujours pour déposer une fille en dernier, autrement dit pour se retrouver seul avec elle dans la voiture une fois que nous aurions disparu dans la nature. J'étais assez libre avec la plupart d'entre elles pour leur demander en riant et sur le ton de la plaisanterie : « Alors, comment ça s'est passé l'autre soir avec le docteur ? Il était clair qu'il voulait se retrouver seul avec toi, et j'ai cru comprendre que l'idée ne te déplaisait pas. » J'étais conscient qu'un homme d'un certain âge aurait, en principe, des difficultés à obtenir les faveurs d'une jeunette ; de même ai-je toujours su que nombre d'entre elles — tout au moins tant qu'elles passent leurs nuits dehors et, par les temps qui courent, elles sont nombreuses — se laissent impressionner par l'aisance matérielle, ou son apparence, ou ce qui la symbolise, ainsi que le savoir-faire, et qu'un homme qui a vécu les épate souvent sans peine, pour peu qu'il sache les flatter avant d'obtenir leurs faveurs et après les avoir obtenues. Vous avez des jeunes qui se sentent valorisées si un homme beaucoup plus âgé s'intéresse à elles, plus encore si elles s'aperçoivent qu'elles parviennent à lui procurer un plaisir sans égal ou s'il leur dit : « Je n'ai jamais vécu ça, tu m'entends, jamais, et crois-moi, à mon âge, j'en ai connu des femmes… » J'ai appris très tôt à ne m'étonner de rien, fût-ce des assemblages les plus invraisemblables. Parvenu à la maturité, on a honte de reconnaître combien il est facile de leurrer les jeunes.

Chaque fois que je posais cette question ou une autre de ce genre à l'une de mes connaissances ou à une ex-petite amie (prenons le terme « petite amie » en son sens le plus large, celui qui inclut les liaisons sans lendemain), j'étais accueilli par un silence presque solennel, suivi d'un rapide changement de conversation, comme si quelque incident s'était produit en fin de parcours et qu'elles préféraient ne pas en parler, voire l'oublier. Aussi finis-je par demander à Van Vechten :

— Alors, comment ça s'est passé l'autre soir avec Maru ? Ça sautait aux yeux que tu voulais te retrouver seul avec elle. Tu en as fait un fichu détour pour la ramener en dernier chez elle !

Ce fut la première fois que je le lui demandai ouvertement, Van Vechten sourit sans aucune gêne, comme quelqu'un que ça amuse qu'on le prenne sur le fait ou qu'on apprécie ses manigances, même si celle-là là était des plus courantes. Ou comme quelqu'un qui apprécie d'avoir l'occasion de frimer.

— Ça se voyait tant que ça ?

— Bon, disons qu'en ce qui concerne les autres, j'en sais rien, ils étaient plutôt bourrés. Je l'avais déjà remarqué deux ou trois soirs. T'en fais pas. Je ne vais pas t'embêter avec ça la prochaine fois que tu nous ramèneras. Je n'ai pas l'intention de te taquiner à ce sujet. Si je me mets à te taquiner avec ça, c'est fini, les filles flaireraient anguille sous roche, elles se sentiraient mal à l'aise, elles refuseraient d'être la dernière. Mais dis-moi : Comment ça s'est passé ? Bien, et les autres fois ? Tu en obtiens quelque chose ?

Il ne profita pas vraiment de cet interrogatoire pour se vanter. Sa complicité ne m'était pas encore acquise, le docteur ignorait encore (ou plutôt « Jorge », il insistait pour que je l'appelle ainsi surtout en présence de mes amis) dans quelle mesure j'étais ou non comme lui, c'est-à-dire, s'il était comme ça. Il se montra un peu réticent à me raconter ou à me répondre, il se cantonna dans le flou.

— Bon, un soir sur deux. Mais elles ne sont pas mal du tout, tes filles. Vous en avez de la chance ! Compte tenu de mon âge et du leur, j'avoue que je n'ai pas à me plaindre.

— Je pourrais te guider et te conseiller. Non que tu en aies besoin, j'imagine, tu dois les voir venir avant même qu'elles sachent qu'elles y vont. Mais tu en as qui ont vraiment le feu au cul, comme dans n'importe quel groupe, comme partout.

Jamais je n'aurais utilisé cette expression pour qualifier la conduite d'aucune femme, mais Muriel m'avait recommandé d'être sordide et méprisant, et d'ainsi inciter Van Vechten à faire de même, de nouveau, à supposer qu'il y ait certaine propension. Et il en avait tout l'air. Pour peu qu'on lui en donne la chance, c'est à la portée du premier venu. Je le savais, même si ce n'était pas, en général, dans ma nature.

Quelques jours plus tard, je me vantai devant lui de conquêtes imaginaires, qui plus est, concernant des filles que je venais de rencontrer, de celles dont on pense tirer le plus de gloire, qu'on croit les plus enviables : une nana que j'avais accostée et qui avait fini par me tailler une pipe dans un recoin obscur de La Riviera, ou peu importe le nom, un endroit en partie en plein air avec un bout de jardin. Calle Pintor Goya, j'avais dragué la fille d'un ministre, une fille de rêve, réputée à la fois pour être la fille de son illustre père et pour être canon, je l'avais ramenée chez moi et l'avais tringlée deux fois. C'était ça notre vocabulaire, et il était parfois pire, bien sûr. Il ne s'était rien passé de tout ça, mais je lui racontai que c'était arrivé les soirs où il n'était pas venu avec nous, parce qu'il ne se joignait pas toujours à nous, en partie parce qu'il n'arrivait pas à suivre notre rythme soi-disant rapide, mais surtout en raison de ses obligations familiales et professionnelles. Je dis « soi-disant » car, la plupart des soirs où je ne le faisais pas sortir, je restais chez moi ou m'attardais chez Muriel, même s'il n'était pas là (il avait commencé le tournage du seul film qu'il réalisa à l'époque où je travaillais pour lui, une production de Harry Alan Towers, à partir d'un scénario auquel j'avais collaboré), mettant à jour ses listes complètes d'auteurs ou d'autres broutilles ou tenant discrètement compagnie à Beatriz et aux enfants, tout en l'écoutant pianoter. Elle ne restait jamais longtemps au piano, elle se lassait vite. Désormais, il me semblait clair que les rencontres occasionnelles et sacro-saintes entre elle et Van Vechten n'étaient qu'à des fins purement utilitaires, pour l'un comme pour l'autre. En ce qui le concernait, et compte tenu de ce que j'avais pu voir, il n'allait pas faire fi d'une partie occasionnelle de jambes en l'air avec une femme de presque vingt ans sa cadette, le monde des femmes de moins de trente-cinq ans venait de lui ouvrir ses portes.

Le docteur mordit à l'hameçon, il se lança dans des précisions, il n'allait pas demeurer en reste, malgré son âge. Par certains côtés, on percevait en lui un jeunisme incongru, une incorrigible immaturité.

— Eh bien, figure-toi que cette Maru me l'a sucée dans la voiture, devant l'entrée de chez ses parents, quand je l'ai ramenée l'autre soir. Qu'est-ce que tu en dis ?

J'émis un sifflement admiratif, tant pour célébrer ça que pour exprimer ma surprise. Après tout, sa conquête pouvait être aussi imaginaire que les miennes. Mais il me sembla que non, qu'elle était bien réelle.

— C'est vrai ? Comme ça ? Franchement, je ne l'aurais jamais imaginé ! Comment as-tu fait ? Attends, ce n'est pas pour te rabaisser, à te voir, tu es aussi bel homme qu'un de ces acteurs anglais ou américains. Mais voilà, tu pourrais être son père, ou plus, et je n'ai pas l'impression que l'envie lui soit venue comme ça, toute seule, excuse-moi. J'aurais pu comprendre que, dans le meilleur des cas, elle te laisse lui tâter les nichons, ou qu'elle te les montre, mais pas touche, et encore, sur ta demande instante. Pardon si je te fais mal en te disant ça, mais comprends-moi, il faut que tu aies un fichu pouvoir de persuasion. Comment c'était ? Raconte-moi. Tu lui as offert quelque chose en échange ? Des soins médicaux à vie ? Tu as proposé de l'ausculter et la situation a dérapé ?

J'affectai un ton léger, mi-enjoué, mi-étonné. Depuis la soirée de la partie de poker avec Celia, j'osais me payer un peu sa tête, surtout après les questions directes auxquelles il m'avait soumis. Peut-être, cette fois, avais-je dépassé les bornes. Je vis d'emblée que ma réaction ne l'amusait pas, comme si la seule idée que je le juge inapte à séduire le mettait en rage. Son regard se fit dur et glacial, son sourire rectangulaire qu'il avait gardé le temps de ses grandes confidences, pendant qu'il s'attribuait les honneurs de la Guerre, disparut. Il était de ceux qui, du fait qu'ils paraissent beaucoup moins que leur âge, finissent par croire qu'ils n'ont pas changé depuis leur jeunesse. Bien sûr, s'ils ne sont pas idiots, ils ne le croient que par moments, quand ils sont seuls, mais sont conscients de la réalité ; et Van Vechten n'était pas idiot. Il se prévalait de sa belle prestance, et s'en servait, mais ce n'était pas un simple vaniteux, il n'était pas non plus aveugle face à son miroir, à moins que son miroir ne fût une femme qu'il voyait chaque matin, en bien plus triste état que lui et qui lui rappelait son âge réel. Cette épouse, il ne la sortait presque jamais. Peut-être leurs vies suivaient-elles des cours au moins aussi divergents que ceux de Muriel et Beatriz, peut-être attendaient-ils la légalisation du divorce en Espagne, une fois pour toutes. D'innombrables couples l'attendaient avec impatience ou désespoir. Durant plus de quarante ans, les mauvais ménages avaient dû se supporter, comme c'était le cas depuis des siècles, la courte trêve des années trente comptant à peine.

Quelques instants plus tard, son regard s'adoucit et il retrouva son sourire, son charme et son arme principale. Qui plus est, il rit de mes boutades, sans que je puisse dire s'il se forçait ou non.

— Des soins à vie. Une auscultation, répéta-t-il. Tu es un petit malin, hein ? Très drôle ! Tu as oublié l'examen, j'aurais pu offrir mes services pour une palpation, à la recherche de kystes, non ? Mais à l'âge de ces filles, ça ne leur passe même pas par la tête. Et moi je n'offre rien, tiens-le-toi pour dit. Je n'ai jamais payé, et ce que tu suggères en plaisantant à moitié reviendrait à payer. Et qui plus est, à très bas prix.

Le sourire n'avait pas changé pendant ces dernières phrases, mais le ton était devenu plus sérieux. Je m'empressai de préciser ma pensée, au cas où il l'aurait mal pris.

— Je ne plaisante pas à moitié, Jorge, je plaisante tout court, mon ami. Mais alors ? Comment en êtes-vous arrivés là ? Comment était-ce ? Comme ça, du premier coup. Franchement, tu m'épates. Je te tire mon chapeau.

Et je fis semblant de me découvrir.

— Tu ne vas tout de même pas croire que je vais te faire part de mes techniques, Juan.

Il souriait à nouveau sans retenue, la flatterie nous attendrit tous et souvent elle nous condamne et nous perd. En tout cas, elle nous délie la langue.

— Mets-moi sur la piste, au moins. Pour que j'apprenne de la bouche du maître.

Je me mordis aussitôt la langue, j'étais allé trop loin, il prenait à nouveau la mouche.

— Allons, ne te fais pas prier. En fin de compte, c'est moi qui t'ai présenté toutes ces nanas.

Il hésita. Non, il n'était pas idiot, il ne pouvait pas espérer me convaincre que ce qui s'était passé avec Maru était venu d'elle, sans aucune manigance de sa part à lui, sans supplications, ni quelque autre ruse. Que Maru ait pu être une jeune femme plutôt écervelée qui s'esclaffait à la moindre occasion, justifiée ou non, et aurait bien pu se tordre de rire aux blagues éculées du docteur, c'est une chose, mais de là à faire une fellation à un homme agrippé à son volant, au cœur de Madrid, il y avait un fossé abyssal. Il haussa les épaules et affecta une attitude énigmatique, mais je décelai l'envie de se vanter de ses techniques qu'il ne voulait pas encore révéler.

— La question n'est pas juste de savoir comment parvenir à ses fins, Juan, dit-il d'un ton quelque peu magistral, peut-être après tout n'avais-je pas tant forcé le trait, mais d'y parvenir avec le plus haut degré de satisfaction. Et rien ne procure plus grande satisfaction que quand elles ne veulent pas, mais ne peuvent dire non. Après ça, une fois qu'elles se sont vues obligées de dire oui, la plupart acceptent, je te le garantis. Une fois qu'elles ont essayé, elles en redemandent, mais elles garderont toujours le souvenir, le sentiment, la rancœur de n'avoir pas eu le choix la première fois. Et tu ne peux pas le savoir, bien sûr, mais rien de tel qu'un désir tout neuf empreint d'une vieille rancœur.

Ce qu'il avait dit était nébuleux, et même un peu sibyllin, mais me parut digne d'être mentionné, j'entends par là d'être porté à la connaissance de Muriel. Van Vechten avait fait allusion à quelque chose qui était peut-être en lien avec les premières phrases semi-explicites de mon patron, avec les doutes que pouvait avoir instillés en lui « quelque individu éconduit et sournois entretenant une féroce rancœur » à l'égard de son ami, « une de ces rancœurs qui ne désarment jamais ». Ainsi Muriel supposait-il que le docteur se serait défendu s'il l'avait questionné face à face au sujet de cette vilaine histoire qu'on lui avait rapportée et qui l'avait petit à petit incité à me confier cette mission : « une calomnie, un vil règlement de comptes », rien de plus qu'une saloperie malveillante. Ces premières phrases étaient restées gravées dans ma mémoire, comme presque celles de tout le monde, en réalité : « Ce qui m'empêche d'enterrer cette affaire une fois pour toutes, de refuser d'y croire ou même d'y prêter l'oreille, c'est que, d'après cette source, le docteur se serait conduit de façon indécente avec une femme, et peut-être même plusieurs. À mes yeux, c'est impardonnable, c'est ce qu'il y a de pire. On ne saurait tomber plus bas. » À présent, Van Vechten avait affirmé que rien ne procurait plus grande satisfaction que « quand elles ne veulent pas, mais ne peuvent dire non », n'avait-il pas ajouté qu'elles se voyaient « obligées de dire oui », qu'elles « n'avaient pas eu le choix, la première fois » et n'avait-il pas aussi parlé d'une « vieille rancœur » ? J'avais essayé de retenir fidèlement ses paroles à mesure qu'il les émettait, j'ai toujours été doué pour ça, j'ai toujours su relayer *verbatim* ce que les gens lâchent en ma présence, sans résumés, sans paraphrases, sans approximations, à condition qu'il ne s'agisse pas de longues conversations. Elles avaient beau me sembler embrouillées, j'étais en mesure de les rapporter à Muriel, elles signifieraient certainement davantage pour lui que pour moi, ou peut-être pourrait-il faire la lumière à ce sujet. Ce que j'avais le plus de mal à comprendre, c'était pourquoi, si Van Vechten ne payait pas et n'offrait rien en échange, Maru ou une autre de mes connaissances féminines se sentait contrainte de lui dire oui, alors que sa réaction viscérale était de dire non. Je n'imaginais en aucun cas le docteur capable de violence ou de menaces physiques et si tel était le vieux grief, Muriel n'eût pas employé un terme aussi nuancé et moral qu'« indécent », qui était au fond bien faible pour une façon d'agir aussi brutale, ou pour un viol.

J'osai donc déranger mon patron au milieu de son film : il me donna rendez-vous le surlendemain de très bonne heure, profitant de son retour à Madrid pour tourner quelques scènes en studio ; il s'absentait plusieurs jours pour les prises de vues en extérieur, entre autres à Ávila, Salamanque, La Granja ou l'Escurial ; de là, ils devaient se rendre à Baeza, Úbeda et, pour finir, à Barcelone. Il ne prévoyait pas de passer à l'appartement durant ce bref séjour, il ne savait plus où donner de la tête ; il descendrait à l'hôtel avec les interprètes. Quand j'arrivai, il filmait l'acteur anglais Herbert Lom dans le rôle d'un digne parlementaire, un acteur moins mythique pour moi que Jack Palance, mais que je connaissais, admirais et, en fait, craignais depuis l'enfance dans les programmes comportant deux longs métrages ; je l'avais vu dans je ne sais combien de films, souvent dans le rôle d'un méchant, plus ou moins raffiné ou exotique (il aimait s'habiller à l'orientale). J'appréciai de mes propres oreilles sa belle voix et son élégante diction anglaise, d'autant plus que j'ai appris, lors de son décès à quatre-vingt-quinze ans, qu'il était d'origine tchèque, plus exactement austro-hongrois, et qu'il n'était arrivé en Angleterre qu'à l'âge de vingt et un ans, après avoir fui l'invasion nazie, et affublé d'un nom de famille aussi difficile à prononcer, aussi compliqué, aussi long que celui qu'il avait adopté pour les besoins du métier était facile à se remémorer. Il s'appelait Kuchačevič ze Schluderpacheru, je doute que l'on eût accepté de laisser figurer un nom pareil sur un écran ou une affiche. Il avait eu des seconds rôles dans de grosses productions, interprétant Napoléon dans *Guerre et Paix,* sans doute plus en raison de sa petite taille que pour la ressemblance, même si son grand front qu'ombrageait une mèche pouvait aider. Il avait été le capitaine Nemo, le fantôme de l'Opéra et l'un des assassins de *Tueurs de dames.* Dans *Spartacus,* il incarnait un ambassadeur cilicien, mais il m'avait surtout effrayé dans *Le Cid,* incarnant l'almoravide Ali Ben Youssouf, drapé d'une cape noire pendant tout le film (on ne voyait de lui que les yeux), un fanatique dont les armées aux tambours tonitruants débarquaient dans mon propre pays, l'Espagne. Peu importait que l'action se passât au XI<sup>e</sup> siècle, la panique voyage aisément au gré de la fiction ou de ce que l'on vit comme tel.

Quoi qu'il en soit, quand Muriel fit une pause au cours du tournage pour me parler et écouter mon rapport, le reste de l'équipe se dispersa, mais Herbert Lom, à qui je venais d'être présenté, ne bougea pas ; sans doute resta-t-il là pour ne pas se déconcentrer. Il sortit une cigarette de son étui, l'inséra dans un fume-cigarette qu'il sortit d'un minuscule boîtier et se mit à fumer avec une élégance digne des temps jadis. Déjà, vers la fin des années soixante, son étoile commençait à pâlir, il était tombé d'un côté entre les pattes de l'inspecteur Clouseau (il jouait le rôle de l'inspecteur en chef, son patron fou, dans les diverses suites du film *La Panthère rose*) et de l'autre entre celles de Towers et de Jess Franco (il était apparu dans un film de ce dernier, *Les Brûlantes*, une fantaisie lesbienne, et dans *Les Nuits de Dracula* que personne ne tient pour le meilleur des *Dracula*). Toujours est-il que Muriel voyait en lui un grand artiste, il le traitait avec moult égards (« Il a travaillé sous les ordres de Vidor et Huston, de Mackendrick, de Kubrick et d'Anthony Mann, de Dassin et de Carol Reed », s'exclamait-il, admiratif). À l'en croire, c'était aussi un homme très cultivé, auteur entre autres d'un roman sur Marlowe, cet auteur dramatique qui, d'après Rico, aurait été accusé d'avoir mis en scène sa propre mort et à qui certains ont attribué toute l'œuvre de Shakespeare. Si bien que pour éviter que l'artiste ne se sentît mal à l'aise faute de ne pas comprendre un traître mot de notre conversation, mon patron me demanda de lui faire mon rapport en anglais, non sans m'avoir glissé, en espagnol : « En fin de compte, il ne va pas savoir de quoi nous parlons et le saurait-il que cela n'aurait aucune importance, mais je ne veux surtout pas qu'il se sente exclu ou quantité négligeable tant qu'il décidera de rester en notre compagnie. — Ne pourriez-vous pas lui faire signe de s'éloigner, ou ne pourrions-nous pas nous éloigner ? hasardai-je, non sans certaine appréhension. Ça va lui paraître pour le moins artificiel que nous nous parlions, vous et moi, en anglais, et je n'ai pas tellement l'habitude de parler anglais, comme vous le savez. » Si Muriel avait tourné des films aux États-Unis, moi je n'étais allé en Angleterre qu'en touriste.

Malgré sa petite taille, Lom m'en imposait ou m'intimidait beaucoup par sa présence, et pas seulement à cause des mauvais moments qu'il m'avait fait passer dans l'obscurité des salles de cinéma dans mon enfance (je le revoyais coiffé d'un chapeau, dans *Aux frontières des Indes,* où il tenait, là encore, le rôle d'un fanatique et d'un traître, aux côtés de Lauren Bacall et de Kenneth More). Il avait un regard vitreux, comme magnétique, d'une si intense froideur qu'il vous donnait presque le frisson. Sa lèvre supérieure toute fine (totalement disproportionnée par rapport à la lèvre inférieure plutôt charnue) était, sans nul doute, l'une des armes dont il se servait pour irradier une cruauté sardonique toujours aussi virulente malgré ses soixante et quelques années bien sonnées. Quoi qu'il en soit, ses manières étaient affables, son expression amicale ; après le discours véhément qu'exigeait son rôle, il avait l'air détendu et satisfait, une cigarette dans une main et, dans l'autre, un mouchoir de soie vert androïde, qu'il agitait presque à la façon d'un illusionniste. « Non, comment veux-tu que je fasse ça, mon garçon ? » Et de son œil unique, Muriel me rappela à l'ordre. « Voyons si tu apprendras un jour les bonnes manières, Juan. Allons, du respect pour une sommité pareille ! Dépêchons-nous, la pause tire à sa fin. Ne laisse aucun détail important de côté, vas-y, raconte. » Et d'ajouter pour me tendre la perche en anglais : « *So tell me*. » Il lui était aisé de passer à cette langue, je l'avais constaté dans ses échanges avec Palance et Towers.

Je fis donc un effort et lui rapportai le plus fidèlement possible ma conversation avec Van Vechten. Par moments, je me tournais vers Lom, comme si cela le concernait et plus précisément pour qu'il ne se sente pas exclu. Il ne devait pas comprendre grand-chose à notre échange, mais je remarquai qu'il y prêtait la plus grande attention, sans cesse aux aguets, incapable de ne pas se montrer attentif à ce qui se passait autour de lui, comme si tout récit, toute conversation était susceptible de l'intéresser. Sans doute était-il l'un de ces acteurs prompts à tout absorber au cas où ça pourrait servir. Quand arriva le moment de rapporter à Muriel les dernières phrases du docteur, celles qui m'avaient paru aptes à faire progresser l'enquête, je les traduisis en mauvais anglais, puis lui demandai la permission de les répéter en espagnol, non sans prier Son Éminence, le sieur Lom, qui restait pour moi Ben Youssouf et Napoléon, de m'en excuser :

— Pardonnez-moi, monsieur Lom, mais ce qu'a dit cet ami dont nous parlons est plutôt ambigu et compliqué, mieux vaudrait que je le transmette tel que je l'ai entendu à M. Muriel.

Herbert Lom agita la main au mouchoir en signe de magnanimité et de générosité, exagérant à tel point son geste que le mouchoir me frôla le nez, ce qui me fit éternuer une fois, deux fois, trois fois.

— Allez-y ! dit-il après m'avoir évité avec adresse et s'être assuré que je n'éternuais plus. Il ne manquerait plus que ça ! Très intéressant tout ça, si je puis dire. Je vous en prie, Juan, sentez-vous libre.

Il avait saisi mon nom du premier coup. J'en fus très flatté, mais compte tenu de ses antécédents cinématographiques, cela ne fut pas sans m'inquiéter un peu. Ne l'avais-je pas vu maintes fois traiter avec les mêmes égards des gens qu'il pensait descendre ?

En entendant les phrases telles qu'elles étaient sorties des lèvres de son vieil ami, Muriel resta là, l'air préoccupé, pour ne pas dire découragé ou déçu. Sans doute eût-il préféré que je vienne à lui les mains vides, que ma mission n'ait pas avancé, ou qu'il puisse faire fi de mes informations : ces dernières semblaient l'affecter.

— Il a vraiment dit ça ? me demanda-t-il d'une voix rauque, cherchant à laisser poindre son incrédulité. Il a dit ça : « que rien ne procure plus grande satisfaction que "quand elles ne veulent pas, mais ne peuvent dire non" » ? Tu en es sûr, Juan ?

Par respect pour Lom, il continuait à parler anglais et traduisit la phrase dans cette langue avec plus de précision que je n'avais, moi, traduit le compte rendu.

— Je ne crois pas me tromper, Don Eduardo, Eduardo.

La présence du grand acteur m'incita à employer le « Don », ce que je ne faisais plus jamais. Je ne voulais pas qu'il s'imaginât que je prenais des libertés. Que je le tutoyais pour ainsi dire.

— J'ai bonne mémoire. C'est à un ou deux mots près ce qu'il a dit. Ça clarifie les choses ? Ça vous éclaire un peu, non ?

— Peut-être. Et toi, qu'est-ce que tu lui as répondu ? Tu

n'en as pas profité pour le faire parler ? Rappelle-toi que je t'ai précisément donné pour mission de le faire parler. C'était là une bonne occasion.

— Oui, bien sûr. Je lui ai répondu que je ne comprenais pas au juste ce que c'était que cette histoire de rancœur, je lui ai demandé de me l'expliquer.

— Et alors ?

— Et alors, rien. Il a ri, mais n'a pas répondu. Une nièce de García Lorca — habituée de cette discothèque — s'est approchée de nous et la conversation est partie dans une autre direction. Cette fille, à moitié américaine, a été danseuse à New York. Elle est jolie comme tout et elle a quelques années de plus que moi. Le docteur ne pouvait détacher les yeux de ses jambes et il a essayé de lui parler, mais, à mon avis, il n'a aucune chance avec elle. Elle vit avec un peintre. À vrai dire, je n'ai pas voulu revenir là-dessus par la suite, pour ne pas paraître indiscret. Peut-être aurais-je dû insister. Mais j'ai l'impression qu'il sera plus enclin à me parler une autre fois, si je n'insiste pas trop.

— Bon, restons-en là, dit Muriel, condescendant ou distrait.

L'inquiétude embrumait ses idées.

C'est alors que je lui fis part de ce qui me surprenait le plus : comment Van Vechten pouvait obtenir quoi que ce soit de Maru ou de mes jeunes amies s'il ne payait ni n'offrait rien en échange. C'était pour moi un mystère. Muriel réfléchit un moment, comme s'il se posait lui aussi des questions à ce sujet. À moins peut-être qu'il ne s'en posât sur le passé, car c'était, en réalité, le passé qui l'intéressait.

En nous voyant plongés dans ce silence méditatif, Herbert Lom intervint, agitant son grand mouchoir en un geste élégant, prélude à une envolée d'éloquence. Il m'en envoya un coin dans l'œil que je dus fermer un instant, comme si j'avais une poussière ou, pis, comme si un insecte avait osé s'y aventurer. Ou comme si on l'avait couvert avec la coque en bakélite de Muriel.

— Dans la mesure où j'ai saisi de quoi il retournait — dit-il de sa belle voix grave ; son regard, deux clous, comme dans ses films —, si votre ami, ce docteur hollandais, n'offre rien en échange et ne paye rien, s'il ne promet ni ne fait rien miroiter, c'est qu'il exige. En principe, je ne vois pas d'autre option.

Muriel et moi le regardâmes, surpris, persuadés qu'il ne suivait que très vaguement notre conversation, même si nous dialoguions *contra natura* en anglais (à l'époque, mon anglais était moyen, mais je devais l'améliorer par la suite). Apparemment, il s'était vite fait une idée générale de la situation. Un homme vif, intelligent, peut-être aussi redoutable que ses personnages, qui sait d'ailleurs si nombre d'entre eux n'avaient pas été créés pour lui.

Muriel allait parler mais je le devançai.

— Que voulez-vous dire, monsieur Lom ? Exige quoi ?

J'ignore d'où me vint le courage de lui poser aussi directement la question. Malgré sa petite taille, il m'intimidait.

— C'est évident, répondit avec désinvolture ce Seigneur des seconds rôles, comme si cela allait de soi.

Il lança le mouchoir en l'air et le rattrapa sur son avant-bras, tel un fauconnier récupérant le faucon après son vol. Cette fois, il ne m'effleura pas, mais je commençais à en avoir assez de ce bout de tissu vert androïde, ou peut-être vert Nil, couleur qui devait être à la mode cette saison-là, j'avais vu le professeur Rico arborant des cravates ou des pochettes dans ces tons-là, ces dernières dépassant de la poche de poitrine.

— Si quelqu'un veut obtenir quelque chose qu'on lui refuse et n'offre rien ou ne paye rien en échange, c'est qu'il est en mesure de l'exiger. S'il ne donne rien, sa monnaie d'échange est alors le silence.

Je n'arrivais pas à le suivre. De toute évidence, Muriel y parvenait, car il lui répondit :

— La monnaie d'échange du docteur, c'est la promesse de s'abstenir de faire ou de raconter quoi que ce soit susceptible de porter préjudice à ces femmes. C'est ce que tu veux dire, n'est-ce pas, Herbert ?

Eux oui, ils se tutoyaient, c'est le moins qu'on puisse dire.

Lom avait glissé presque tout son mouchoir en soie dans sa manche, d'où il pendait, telle une serviette de maître d'hôtel, mais au moins ne pouvait-il plus glisser. Il en profita pour faire un grand geste, dont le mouchoir flottant souligna le panache, sa façon de dire *Voilà*. Un homme du monde, nul doute, Kuchačevič ze Schluderparcheru. Làdessus, il dit effectivement *Voilà* — comme s'il citait une partie de dialogue :

— *Voilà*. Si tu me donnes ce que je veux, je me tairai et me tiendrai tranquille et ne te ferai pas de mal, compte tenu de ce que je pourrais faire ou raconter.

« *I shall not harm you* », telle fut l'expression anglaise, que l'on pourrait traduire par « Je ne te ferai aucun tort » ou « Je ne te ferai pas de mal ». J'avoue qu'il ne m'était pas venu à l'esprit que telles puissent être les armes et l'attitude de Van Vechten, j'avais peine à imaginer ce qu'il pourrait taire en ce qui concernait mes amies et connaissances. En revanche, Muriel, lui, l'avait envisagé, parce qu'il acquiesça à regret ou, peut-être, avec résignation. Il est clair qu'il savait ce qu'il voulait dépister chez le docteur et moi pas encore.

— Je crains que ce ne soit précisément le cas, chuchota-t-il.

Il semblait n'avoir aucune envie d'ajouter quoi que ce soit.

En revanche, Herbert Lom s'excitait.

— Qu'importe, ajouta-t-il, et si c'est un ami, espérons

qu'il n'est pas impliqué dans une activité du genre de celle qui a attiré tant d'ennuis avec le FBI à notre cher producteur. Il vient enfin de régler ce problème, mais comme tu le sais — à présent, il s'adressait juste à Muriel —, ça lui a coûté vingt ans d'interdiction de séjour aux États-Unis. En tout cas, il se serait bien gardé d'y mettre les pieds : je suppose qu'il aurait filé droit en taule s'il avait enfreint cette interdiction. Ce genre de choses se terminent toujours mal.

— Harry ? Recherché par le FBI ? Je ne sais pas de quoi tu parles, Herbert, ni de quel genre d'activité il s'agit. Bon, maintenant que tu en parles, je crois vaguement me rappeler qu'une fois, Jesús Franco a mentionné quelque chose. Mais je ne sais rien de cette affaire. Raconte. Que s'est-il passé ?

Soudain, l'inquiétude de Muriel s'était envolée, la curiosité le titillait et elle était la plus forte. Après tout, cela vous interpelle d'apprendre qu'un semi-ami ou faux ami temporaire (quelqu'un pour qui vous travaillez et dont vous recevez de l'argent) a ou a eu le FBI à ses trousses.

Herbert Lom prenait un évident plaisir à distiller des surprises et à raconter. Il sourit avec délices, sa lèvre toute fine disparut, sans doute avait-il fait allusion à cet incident à seule fin de l'ébruiter.

— Ah ! Vraiment ? Tu n'es pas au courant ?

Et d'ajouter pour justifier son indiscrétion :

— Bon, maintenant qu'il a payé une amende et qu'on a retiré les charges contre lui, je pense que ça n'a pas d'importance que tu saches. Toutefois, par précaution, ne lui donne pas l'impression d'être au courant. Je ne pense pas que ça puisse le gêner, plus d'une fois on a ri ouvertement de tout ça lui et moi, mais on ne sait jamais… Il est également exact qu'il lui est arrivé de se plaindre de ne pas avoir pu faire carrière à Hollywood à cause de cette erreur.

Peu importait que Towers ait parlé de cette affaire avec Jesús Franco et Lom. Il avait produit huit ou neuf films pour Jesús Franco, dont certains d'un érotisme hardi, et il avait eu l'occasion de collaborer au moins cinq fois avec Lom, ce film devait être le sixième, mais notre projet n'ayant pas abouti, il n'apparaît dans aucune filmographie, comme j'ai pu le vérifier récemment sur Internet, pas plus dans celle de Muriel que dans celle de Towers, ou celle de Lom.

— Tu as ma parole que je n'en dirai rien. Raconte, que s'est-il passé ?

Muriel adorait qu'on lui rapporte des ragots, du moment qu'ils étaient crus et présentaient certain intérêt. En quelques secondes, il avait oublié Van Vechten et il mourait d'envie d'écouter les péripéties délictueuses de son producteur, un homme d'apparence des plus ordinaires, grisonnant, au menton flasque qui menaçait de devenir double, au nez épaté, aux sourcils fournis, plus foncés que ses cheveux. Il devait avoir la soixantaine, je l'avais croisé une ou deux fois, il m'avait à peine adressé la parole, ce qui ne voulait rien dire car c'est le lot commun des secrétaires et des subalternes.

— L'histoire est incomplète, contradictoire et confuse, déclara l'ex-Napoléon, et là-dessus il alluma une autre cigarette qu'il s'évertua à faire rentrer dans son fume-cigarette, il semblait satisfait d'avoir retenu notre attention. Ce que je sais moi (et je ne le tiens pas que de lui) c'est qu'en 1960 ou 1961, Harry emmena à New York une jeune femme à moitié tchèque et à moitié anglaise, du nom de Mariella Novotny, dont il venait de s'enticher. Une passade, inutile de le dire. Il lui avait promis de l'aider à faire carrière en tant que star de spots publicitaires pour la télévision, la fille n'avait pas apparemment de grandes ambitions. À l'époque, Harry essayait de se frayer un chemin à Hollywood, Toronto et New York, aussi avait-il de nombreux contacts nord-américains. Ils séjournèrent dans un hôtel où Mariella commença à recevoir des messieurs influents issus entre autres des sphères politiques, toujours sur les instances et par l'intermédiaire de Harry, avant de les accueillir dans l'appartement qu'il partageait avec sa mère — une drôle de mère que celle de notre producteur ! Ce fut en tout cas ce que raconta Novotny au FBI : qu'il lui avait amené des clients importants, l'assurant que les satisfaire l'aiderait à réussir. Ainsi l'avait-il incitée à se prostituer et, en outre, il se retrouvait avec soixante-quinze pour cent de ce qu'elle gagnait avec ses diverses prestations sexuelles, y compris l'amour à trois, comme il se doit. Elle ajouta que Harry y assistait la plupart du temps, même s'il semble peu probable que les *partenaires* de la jeune femme l'eussent accepté, compte tenu de leur situation sociale. (Elle ressemblait vaguement à Anita Ekberg, tant de visage que de corps, mais un peu moins voluptueuse, ce qui contribua, bien sûr, et dans une large mesure, à son succès.) D'après le FBI, quand ils furent arrêtés, ils découvrirent Harry caché dans une armoire bourrée de vêtements, si bien que l'on est en droit de se demander si son aide était toujours clandestine. Il nie tout, cela va sans dire.

Herbert Lom laissait de temps à autre échapper un petit rire qu'il communiqua à Muriel puis sans doute à moi, je ne vois pas pour quelle raison je le nierais, il y avait un je-ne-sais-quoi de comique dans tout cela, à moins que les commentaires du Ben Youssouf ressuscité n'y ajoutent une note d'humour.

— Un agent secret de Hoover assistait à certaines de ces réceptions dont Mariella devint vite une assidue.

Ma culture cinématographique me permettait de savoir qu'il s'agissait du directeur du FBI.

— Si l'on en croit ce fieffé mythomane qu'était Harry, ce qui dut affoler Hoover fut d'apprendre qu'au cours d'une de ces soirées, Novotny rencontra — et établit un contact suivi avec lui — Peter Lawford, beau-frère et entremetteur du président Kennedy.

Il se servit d'un terme un peu plus élégant, il l'appela « *go-between* ».

— Et il n'en resta pas là : lors d'une soirée, que donna chez lui, par la suite, le chanteur Vic Damone, à peine Kennedy lui avait-il été présenté officiellement que Mariella fut conduite dans une chambre et se retrouva au lit avec lui. La mythomanie est insatiable, elle va jusqu'à suggérer un *coitus interruptus*, car sitôt qu'ils eurent disparus dans la chambre, il y eut un vacarme assourdissant au salon : la petite amie asiatique de Damone s'était enfermée dans la salle de bains et s'y était tailladé les poignets, pas besoin d'ajouter : sans conséquences fatales. Toujours est-il que l'appartement se vida aussitôt et que le premier à filer comme un lapin fut Kennedy avec sa petite escorte et ses gardes du corps.

— Cette anecdote peut être authentique, intervint Muriel. S'enfermer dans la salle de bains et se taillader les poignets, c'est un coup classique chez certaines femmes. On notera, détail intéressant, qu'elles ne parviennent presque jamais à trouver leurs veines.

— Sans doute, répondit poliment Lom, mais je ne saurais le confirmer. En ces années-là, il n'y a pas de femme consciente de sa beauté qui n'ait fini au lit avec Kennedy. Ou dans une piscine, ou sur un bateau ou dans un ascenseur, qu'importe. Si on les croyait toutes, il n'aurait guère eu le temps de gouverner. Ni même de se rendre à Dallas, et il serait encore des nôtres. Un jour, Harry m'a toutefois montré une copie d'un *memorandum* interne de Hoover lui-même, relatif au scandale Profumo. Il y mentionnait Mariella Novotny et il indiquait, entre parenthèses, « Voir dossier Frères Kennedy ». Il y était également question de « son proxénète, Alan Towers », et, tout fier, il me montra, entre deux éclats de rire, ce que l'on en disait : « Il semblerait qu'il réside à présent, et de façon permanente, derrière le rideau de fer. » Novotny affirme que Towers était un agent soviétique et que les Soviets avaient besoin de renseignements à seule fin de compromettre de hautes personnalités. Bon, ajouta Lom avec un sourire mi-amusé mi-sceptique, il se pourrait que ce *memorandum* soit apocryphe, un faux de Harry pour nous épater nous, les amis, je le crois capable de ça et bien plus. Une chose est sûre, c'est que ce fut exactement ce que Mariella déclara au FBI après sa mise en détention pour racolage et prostitution — Lom fut beaucoup plus concis, il se servit d'un seul mot, « *soliciting* » — et que cette accusation fut mystérieusement et rapidement retirée, à la différence des charges contre Harry pour avoir enfreint la loi sur la Répression de la Traite des Blanches et je ne sais quoi d'autre.

En anglais, cela semblait encore pire, « *White Slave Traffic Act* », dit-il.

— On l'accusa d'avoir amené Mariella de Londres à New York à seule fin de la prostituer et d'en tirer profit. Intéressant aussi que l'incident survenu lors de la soirée chez Vic Damone ait été passé sous silence par la presse, malgré les nombreux témoins et la présence de l'homme de Hoover qui se la coulait si douce dans le cadre de sa mission, et qui, sans nul doute, donna l'ordre à un collègue de son département de s'assurer par téléphone (conversation enregistrée) les services de Maria le jour de sa mise en détention. Elle achevait à peine de se déshabiller pour ledit agent-client dans l'appartement de Harry et de sa mère, quand on l'arrêta. Si l'on en croit notre cher et vénéré producteur, lui-même n'avait pas la moindre idée des activités impudiques de sa *protégée*, il était à cent lieues d'imaginer qu'elle fût une pute.

« *A hooker* » fut le terme que choisit le capitaine Nemo.

— Qui plus est, il était en train d'écrire tranquillement un scénario dans la chambre voisine quand la jeune femme apparut en tenue d'Ève en disant qu'il y avait un agent de police dans l'autre chambre, ce dont Harry se prévalut devant le FBI et aussi devant moi. Il s'accusa d'avoir été naïf et stupide, mais le FBI ne le crut pas, aussi décida-t-il de s'enfuir en Angleterre avant la décision du tribunal, profitant de sa liberté sous caution, après avoir passé une quinzaine de jours derrière les barreaux. Il se retrouva sans le sou et interdit de séjour aux États-Unis pendant toutes ces années. Aujourd'hui, comme je vous l'ai dit, il a réglé ses comptes et peut enfin revenir.

Muriel savourait ce récit, il avait oublié le reste de l'équipe, qui patientait là-bas. Il écoutait, un sourire errait sur ses lèvres, et je voyais briller son œil sitôt qu'une idée intéressante pour une intrigue ou pour une scène lui traversait l'esprit.

— Il s'est échappé, comme ça ? Ainsi donc Harry décida-t-il de passer le reste de ses jours en cavale ? demanda-t-il avec un mélange d'incrédulité et d'hilarité. Il a pris un fichu risque, n'est-ce pas ? Malgré le puritanisme américain, l'affaire ne paraissait pas si grave. À mon avis, dans le pire des cas, il s'en serait tiré avec une condamnation symbolique. Dans les années soixante, s'agissant de mœurs, il existait encore certaine indulgence, me semble-t-il.

— Ah ! Non ! Il a bien fait. Heureusement qu'il a déguerpi à temps, réagit Lom. Il a beau le nier et en rire mais, par la suite, alors qu'il n'était plus sous le coup de la justice américaine, il fut accusé de diriger un réseau de prostitution — « *a vice ring* », telle fut l'expression que l'on utilisa en anglais — au sein des Nations unies, et cela était certes infiniment plus dangereux et plus grave, compte tenu de ses implications politiques et autres. On était en 1961, un des moments les plus tendus de la guerre froide. Comme tu le comprendras sans peine, le bâtiment des Nations unies n'a rien à voir avec un appartement que l'on partage avec sa mère et dans lequel une ex-petite amie prend des libertés derrière votre dos. Tout cela dans le cas où ce deuxième chef d'accusation serait exact. Harry prétend que non et, par conséquent, pour moi, c'est non. Plus encore : je me demande vraiment pour quelle raison le FBI n'a pas voulu le croire la première fois : il a toujours écrit des scénarios, pourquoi n'aurait-il pas été plongé dans l'un de ceux-ci pendant que Mariella se déshabillait dans la chambre voisine dans le plus grand secret, et se préparait à faire l'amour calmement et en toute discrétion, comme il en a toujours été entre les prostituées et leurs amoureux ? Connaissant de surcroît son incorrigible naïveté, oui, je le crois, et comment donc !

Là-dessus, Herbert Lom partit d'un bruyant éclat de rire. Il traça dans les airs un ultime moulinet avec son mouchoir et, constatant qu'il était à présent tout froissé, il le jeta par terre avec dégoût.

— Et alors, on reprend le tournage aujourd'hui ou non ?

À l'heure d'Internet et de ses bribes d'information sur tout ou presque, j'ai éprouvé une sorte de curiosité rétrospective à l'égard de ce rusé compère que fut Harry Alan Towers et de cette histoire (après tout, j'avais travaillé indirectement pour ce producteur, qui a vécu jusqu'en 2009) et j'ai vérifié que les dires de M. Kuchačevič ze Schluderpacheru (sans doute s'agissait-il encore de lui) concordaient assez bien avec la vérité, ou du moins avec ce que l'on en sait, puisque à ce jour elle semble encore incomplète, contradictoire et confuse, comme l'a souligné l'illustre acteur Herbert Lom.

J'ai lu sur l'un ou l'autre site que les vues de Towers sur New York étaient, en effet, plus vastes que celle qu'il en avait depuis son appartement, et que durant cette période de soi-disant grande ambition et où ses fonctions le mettaient en mesure de compromettre des gens influents, il avait surtout été en contact permanent avec deux personnes : sa mère (« une drôle de mère que celle de notre producteur », avait commenté Lom de façon énigmatique, mais sans insister) et « un certain Leslie Charteris », que déjà, vers 1980, ma culture cinématographique et télévisuelle m'aurait permis de situer : on lui doit de nombreux romans et récits qui inspirèrent les diverses séries de

Simon Templar, le Saint. J'ai lu avec étonnement que Charteris s'était vu refuser, pendant assez longtemps, le droit à la résidence permanente aux États-Unis, car il tombait sous le coup de la loi d'Exclusion des Chinois, interdisant l'immigration des personnes issues d'un métissage oriental, et que le vrai nom du créateur de la série « Le Saint » était — qui l'aurait cru ? — Bowyer-Yin (Bowyer, c'était sa mère, Yin, son père), et qu'il était né à Singapour. N'était-il donc pas d'autant plus étrange qu'il se soit chargé, en 1937, de la traduction et de l'édition anglaise de *Juan Belmonte, matador de toros*, célèbre ouvrage de l'Espagnol Manuel Chaves Nogales ? Toutefois, je n'ai pas trouvé d'autres liens entre Charteris et les Nations unies, ni avec aucun « *vice-ring* ». Apprendre que Herbert Lom lui-même avait vu sa carrière hollywoodienne abrégée par le refus de l'ambassade américaine à Londres de lui délivrer un visa d'entrée m'a beaucoup donné à réfléchir. Il avait fui le nazisme, c'est entendu, mais on le considérait, semble-t-il, comme un sympathisant ou un « compagnon de route » des communistes. Qui n'a jamais eu de problèmes avec les autorités nord-américaines, pour une raison ou pour une autre... ? C'est une vieille tradition.

Si j'évoque tout cela, c'est surtout, je pense, comme une sorte de compensation aussi superstitieuse que vaine, car je regrette beaucoup que Muriel ne puisse l'entendre. Il adorait ces anecdotes où la littérature côtoyait le cinéma (il aurait passé des heures devant un ordinateur). On ne s'habitue jamais à ne plus parler avec les défunts dont nous étions proches, à ne plus leur raconter ce qui, d'après nous, aurait pu les distraire ou les intéresser, à ne pas leur présenter les êtres qui viennent d'entrer dans notre vie et qui comptent pour nous ou d'éventuels petits-enfants posthumes, à ne pas leur faire part des nouvelles, bonnes ou mauvaises, qui nous affectent et les auraient sans doute affectés s'ils étaient encore de ce monde et avaient pu les apprendre. Dans certains cas, on se félicite égoïstement qu'ils demeurent éternellement dans l'ignorance, car non seulement ils en auraient été contrariés ou inquiets, mais ils seraient entrés dans une colère noire, nous auraient traités de tous les noms, nous auraient retiré leur amitié ou nous auraient désavoués, peut-être même auraient-ils tenté d'en finir une fois pour toutes avec nous. On se dit : « J'ai sauvé la face tant qu'ils étaient en vie ; à présent, ils ne peuvent plus voir comme une trahison ce qui, à coup sûr, leur serait apparu comme tel. Celui qui meurt demeurera à jamais dans l'illusion, car il ignore ce qui est advenu par la suite, ou ce qui s'est passé à son insu durant son temps de vie. » Au fond, la disparition des êtres chers a un côté positif, ils nous manquent terriblement, mais nous apprécions aussi le soulagement que procure l'impunité irrévocable. Plus d'une fois, je me suis réjoui que Muriel ne soit pas au courant de telle ou telle chose, surtout d'un incident survenu de son vivant et d'un autre survenu par la suite. Le dernier était tout à fait imprévisible, quant au premier, je veillai à le lui cacher.

Il aurait en revanche apprécié la description de Mariella Novotny telle que nous la fit quelques années plus tard sa consœur Christine Keeler, principale responsable du fameux scandale Profumo, qui éclata en 1963. Je pense qu'il l'aurait appréciée car, lors de notre rencontre suivante, il tournait et retournait toujours dans sa tête ce que Lom lui avait raconté sur Van Vechten, plus encore que ce que je le lui en avais dit, il était évident qu'il avait été sidéré d'apprendre les aventures passées de son ami, prétendu ou de passage, dans les hautes sphères de la politique ou de la prostitution.

— Si ce que nous a raconté Herbert Lom est vrai, que diable avait-elle donc cette Novotny, murmura-t-il, pour séduire ou prendre dans ses filets tant d'hommes aussi importants ? Rends-toi compte, Juan : sans doute les deux

Kennedy et leur beau-frère Lawford, quelques multimillionnaires et Dieu sait combien de hauts fonctionnaires des Nations unies. On ne fait pas courir aussi aisément de tels risques à ces gens, pas même dans les années soixante, où l'on était moins méfiant ; ce n'est pas la première pute venue qui y serait arrivée. Il fallait qu'elle ait un atout maître dans son jeu, en plus de ressembler à Anita Ekberg.

Il réfléchit, puis reprit :

— Tu sais quoi ? Eh bien, je l'imagine aussi attirante que cette grande dame qu'est Cecilia Alemany. À propos, a-t-on eu de ses nouvelles ces derniers temps ? Je veux dire, a-t-on parlé d'elle dans les journaux ou à la télé, je ne suis plus au courant de rien avec ce tournage. Elle ne daignerait jamais m'appeler, ça je le sais.

Une réponse possible à ces questions est désormais à la portée de n'importe qui. En 1983, Christine Keeler écrivait : « Elle avait une taille de guêpe qui mettait en valeur sa silhouette voluptueuse. C'était une sirène, une athlète du sexe aux proportions olympiques ; elle pouvait tout faire. Je le sais. Je l'ai vue à l'œuvre. Elle connaissait tous les plaisirs dont on pouvait rêver, si étranges fussent-ils, qui plus est, elle était capable de les offrir. » Certains l'identifiaient à Maria Capes, Maria Chapman ou Stella Capes. Une fois même, Herbert Lom l'avait appelée « Maria ». J'en ai déduit *a posteriori* qu'il l'avait sûrement connue en personne, vu qu'ils étaient tous deux d'origine tchèque et tous deux nés à Prague, semble-t-il. Mais j'ignorais alors ce détail au sujet de Herbert, dommage que nous ne lui ayons pas posé la question à l'époque !

Mariella Novotny fut retrouvée morte dans son lit en février 1983, à l'âge de quarante et un ans, des suites d'une overdose, d'après la police. En 1978, elle avait annoncé qu'elle s'apprêtait à écrire son autobiographie, dans laquelle elle révélerait certaines de ses missions pour le MI-5. En 1980, elle enfonça le clou : elle raconterait les détails d'une « conspiration visant à discréditer Jack Kennedy », avant d'ajouter : « J'ai un carnet avec tous mes rendez-vous au siège même de l'ONU. Et croyez-moi, c'est de la dynamite. À présent, il est entre les mains de la CIA. » Le livre ne parut jamais. Christine Keeler fit état de ses soupçons : « Le juge d'instruction de Westminster statua : mort accidentelle... Je persiste à croire qu'il s'agissait d'un assassinat. » Sans vouloir abonder dans le sens de Keeler, la revue *Lobster* assura que « peu après le décès de Novotny, des cambrioleurs pénétrèrent chez elle et dérobèrent ses archives et ses carnets aux détails circonstanciés qui couvraient une période allant de l'aube des années soixante jusqu'aux années soixante-dix ».

Muriel eût été enchanté de savoir tout ça, lui qui adorait le romanesque, et il eût été non moins ravi de voir un certain nombre de photos de Mariella ou Maria ou Stella sur Internet, il est vrai que, de visage, elle ressemblait à Anita Ekberg. La photo que je préfère, et qui eût fasciné Muriel, paraît droit tirée d'un film qui remonterait non pas à 1961, date à laquelle elle a été prise, mais serait sans doute antérieure. Voilà qui prouve une fois de plus qu'avec le temps toute réalité se teinte de fiction ; ainsi quand nous n'y serons plus prendra-t-on nos photos pour des portraits de personnages fictifs, qui n'ont jamais existé. Je commence déjà à avoir cette sensation quand je regarde les portraits de Muriel et Beatriz. Dans le cas de Muriel, le bandeau noir accentue l'impression qu'il ne s'agit que d'un photogramme isolé, voire d'une illustration de livre, et pourtant ils ont existé pour moi et je connais leur petite histoire, racontée au moins une fois.

Cette photo montre Mariella Novotny, le regard pensif, un peu ailleurs, coiffée d'un bibi ridicule, plutôt discrète — emmitouflée jusqu'au cou —, au moment de son arrestation dans l'appartement de Towers ou quelque temps après, à son arrivée au commissariat. L'agent du FBI qui l'escorte est un gars du genre baraqué, visage mafflu, regard dur et lippe dédaigneuse. Sans doute a-t-il lui-même tendu le piège en se faisant passer pour un client, espérons que non : elle aurait été franchement stupide, car ça saute aux yeux que c'est un flic, ou tout au moins une brute. Bien sûr, il en a peut-être davantage l'air maintenant que le temps les a pailletés tous deux d'une bonne dose d'irréalité.

Toujours est-il que Muriel ne m'oublia pas complètement, pas plus qu'il n'oublia la raison pour laquelle j'avais insisté pour le voir au cours du tournage, ni même ce jour où Herbert Lom s'appropria d'office la conversation. Avant de se débarrasser de moi pour reprendre la scène avec lui — il ne voulait pas de spectateurs inutiles, je ne vis donc plus jouer ce grand et formidable acteur — il me glissa en aparté, en espagnol :

— Écoute, jeune De Vere. En ce qui concerne ce que tu m'as raconté tout à l'heure, continue dans cette voie, continue dans ce sens. Voyons si le docteur te parle du passé, s'il est arrivé un jour à ce qu'une femme qui ne voulait pas n'ait pu dire non, ce sont ses propres mots, n'est-ce pas ? Peu m'importe à vrai dire ce qu'il fait à présent, les temps ont changé, on est plus permissif. Et puis fais comme tu voudras, tes petites amies ne sont pas mon affaire. Voyons s'il te raconte comment il y est arrivé.

Et de conclure comme avec une lueur d'espoir :

— Si tant est qu'il en a réellement été ainsi et qu'il y soit arrivé…

Le contraste entre la noirceur et la fureur de son regard quand il m'avait mentionné pour la première fois la conduite peut-être indécente de son ami avec une femme, et la bienveillance non dépourvue d'humour de ce même regard, face au comportement d'une flagrante indécence de Towers avec la gent féminine, ne manqua pas de me surprendre, surtout si cette histoire de réseau de prostitution ou de « *vice-ring* » aux Nations unies était exacte. Non seulement rien de cela ne semblait le gêner, fût-ce de soupçonner que le docteur ait pu se servir d'elles tant à des fins lucratives, facilitées par son rôle de maquereau, que pour faire chanter des personnalités et des célébrités mais, qui plus est, le récit de Lom suscita chez lui une sorte de fascination pour le personnage, qu'il voyait digne d'un ouvrage de fiction. À présent, Muriel se lamentait que Towers ne passât qu'en coup de vent sur le plateau lors des tournages et fût la plupart du temps en déplacement à l'étranger : pendant que l'on s'affairait à la réalisation de l'un de ses projets, le producteur programmait les suivants et cherchait des financements. Muriel eût aimé rencontrer plus souvent son employeur, voir si ce dernier oserait lui raconter de vive voix et par le menu le récit de ses activités plutôt louches des années soixante, et de ses ennuis avec le FBI, lui dire si oui ou non son ancienne et volage maîtresse Novotny avait forniqué avec Kennedy, avec son frère Robert et le beau-frère Lawford, s'il s'agissait de faits réels ou de fantasmes et de mensonges. Je sais qu'on ne doit pas se fier à ce que l'on trouve sur Internet, mais j'y ai lu que Mariella et une autre prostituée du nom de Suzy Chang se déguisaient en infirmières pour offrir à leur « patient » présidentiel des soins musclés ; si tel est le cas, les goûts de Kennedy ne différaient guère de ceux de l'homme de la rue. Cette réaction de mon patron à l'égard de Towers me surprit, mais je la compris en partie : il était comme la plupart de ceux qui gravitaient dans le milieu du cinéma, y compris ceux qui se prétendent intellos ou artistes, il était aussi mythomane que n'importe qui.

Dans la colossale et fantastique filmographie de Harry

Alan Towers, j'ai noté un vide impressionnant après le fiasco de notre projet, comme si l'échec et les malheurs de Muriel lui avaient porté malchance ou quelque chose de ce genre : il est étonnant de constater que son film suivant en tant que producteur ne sortit pas avant 1983. À l'époque, il avait déjà disparu de nos vies et nous, plus encore de la sienne (admettons que je n'y fus jamais), nous n'étions plus sans doute qu'un funeste souvenir dont mieux valait se débarrasser. Qui sait même si, après nous avoir perdus de vue, Towers n'avait pas réussi à retourner de temps à autre dans ce pays d'où il s'était enfui, ainsi qu'à New York, où il était interdit de séjour. À mon avis, les autorités américaines ne lui permirent jamais de s'installer là-bas : j'ai vu qu'il avait continué à tourner dans des endroits aussi lointains que l'Afrique du Sud ou la Bulgarie, qu'il avait pris la nationalité canadienne et qu'il était mort en 2009 à Toronto à quatre-vingt-huit ans. Une bien longue vie, à vrai dire, pour quelqu'un qui, très tôt, avait donné tous les signes d'une canaille achevée, dans le monde du cinéma et d'autres. Une canaille à laquelle Muriel pardonna tout d'emblée.

Ce dernier n'eut pour ainsi dire aucune chance de creuser la question pendant le reste du tournage. Et il n'en eut guère la possibilité, compte tenu des perpétuels voyages de Harry et de la promesse qu'il avait faite à Lom de ne pas montrer qu'il était au parfum, sauf si le producteur lui-même orientait la conversation vers ces affaires d'un passé révolu. Profitant d'une visite de Towers à Madrid pour voir si tout se passait bien et visionner une copie des scènes tournées en son absence, Muriel l'invita un soir à dîner chez lui avec son épouse, l'Autrichienne Maria Rohm, en compagnie de Lom, Van Vechten et Rico (ces deux-là se débrouillaient pas mal en anglais, bien mieux que Roy), l'hispaniste d'Oxford, Peter Wheeler, homme fertile en expédients qui était de passage en ville, un ménage de l'ambassade britannique et deux des actrices du film : l'une chevronnée, Shirley Eaton, qui s'était rendue célèbre peinturlurée en doré dans les aventures de James Bond contre *Goldfinger,* l'autre, Lisa Raines, encore presque au berceau. Sans oublier Beatriz, évidemment, à laquelle cet homme impétueux qu'était son mari faisait toujours appel quand il s'agissait de recevoir chez eux et d'organiser un dîner dans les règles de l'art en l'honneur d'un producteur ou d'un éventuel mécène. Muriel avait l'intention de diriger la conversation vers les scandales politico-sexuels du début des années soixante, aussi la présence de Wheeler tombait-elle à merveille : comme nombre de ces éminences d'Oxford et de Cambridge il était très au courant des manipulations du Mi-5 et du Mi-6 dans les temps jadis, sans oublier qu'il avait bien connu Profumo, ministre anglais de la Guerre à l'époque où avait éclaté le scandale qui porte son nom. Muriel espérait inciter Towers à reprendre les rênes de la conversation que détenait l'hispaniste, hâbleur et sarcastique, à seule fin qu'il se vante et raconte, fût-ce la version « édulcorée », la plus en sa faveur (selon la façon dont on voit les choses : favorable aux yeux de la police ou d'un juge, moins dans un dîner huppé), à savoir celle où il clamait sa complète innocence, arguant de sa naïveté et de sa stupidité.

Mais précisément par la faute de la maîtresse de maison, ce dîner n'eut pas lieu, bien que tous les invités fussent au rendez-vous, bien que je leur eusse ouvert la porte, que j'eusse aidé Flavia et Susana à les accueillir et les eusse vus entrer et circuler ; comme toujours, j'étais partout à la fois, car il m'incombait, en outre, de m'occuper de Lisa Raines, puisque l'âge nous rapprochait, mais il n'y avait pas de place pour moi à table et d'ailleurs, je n'étais même pas invité.

# VII

Beatrice traversait une période sombre, du moins la qualifiai-je ainsi. Au cours des tournages, Muriel était peu présent, il passait souvent la nuit hors de chez eux, soit à cause des scènes d'extérieur qu'il filmait hors de Madrid, soit parce qu'il préférait descendre à l'hôtel. Si tendues que fussent leurs relations, son absence contribuait sans doute à la lassitude ou au découragement de sa femme — quand vous avez l'habitude de vous défendre et de résister, ou de persuader et d'implorer au clair de lune, rien ne vous manque autant que votre adversaire. Peut-être voyait-elle dans ce manque l'annonce de ce qui la guetterait le jour où le divorce serait enfin approuvé. Elle ne négligeait pas ses obligations matinales ou vespérales en sa qualité de professeur d'anglais, elle passait davantage de temps avec ses enfants qui lui ressemblaient comme deux gouttes d'eau, mais le reste du temps, je ne la voyais que rarement sortir, que ce soit avec Rico, pour une visite à Notre-Dame de Darmstadt, ou à la Plaza del Marqués de Salamanca, ou même pour une balade à moto, Dieu sait où. En revanche, de ses quartiers dans l'appartement, me parvenait, des heures durant, le tic-tac du métronome, quarante battements, sinon plus, par minute, accompagné à l'occasion de quelques accords, mais le plus souvent, seul, sec, le pendule battant et oscillant telle une horloge hétérodoxe et bruyante qui raconterait le temps à sa façon : la musique non interprétée ou les phrases pensées et enregistrées à son rythme, les battements de l'ennui ou d'un compte à rebours hésitant, sans cesse interrompu et relancé. Muriel n'étant pas là, point n'était donc besoin de lui rappeler qu'elle existait, il ne fallait y voir ni une menace, ni une plainte, ni l'expression sonore de ses souffrances, ni un pianotage du bout des doigts, prélude à une explosion. Malgré ce que m'avait dit mon patron (« Non. Elle prend son temps, elle fait retraite, elle s'est endormie au piano. Tant qu'elle est là, il n'y a pas lieu de s'en préoccuper »), je m'inquiétais quand, durant tout une heure, je n'entendais que le sinistre et perturbant tic-tac. J'interrompais alors mes diverses tâches et m'approchais de la porte fermée par laquelle on accédait à ses quartiers, j'y plaquais mon oreille dans l'espoir de percevoir une plainte, un soupir, un fredonnement, une exclamation voire un sanglot ou de l'entendre parler toute seule tels les fous ou ceux qui vivent en marge de la société ou qui s'apitoient exagérément sur leur sort, et même maudire le monde entier. Et quand seul me parvenait l'impassible métronome, j'osais frapper avec la jointure de mon doigt comme elle le faisait parfois la nuit à la porte de la chambre de Muriel, et en l'entendant répondre : « Oui ? Qui est-ce ? » Y compris, non sans quelque attente (me semble-t-il) : « C'est toi, Eduardo ? Tu es à la maison ? Tu es de retour ? » Me sentant à la fois soulagé et ridicule, je lui répondais :

— Non, excuse-moi, Beatriz, c'est moi, Juan. C'est juste que je me demandais si tu avais besoin de quelque chose, si tu te sentais bien. Ça fait un moment que je ne t'entends plus jouer et tu sais bien que j'aime t'entendre jouer.

Les femmes, on les tutoie sans réserve, d'emblée, comme si elles étaient plus jeunes, à moins que ce ne soit elles qui incitent au tutoiement, comme si cela leur coûtait infiniment plus qu'aux hommes qu'on leur dise « vous », car elles s'imaginent que ça les vieillit. Après tout, elle avait quarante et un ou quarante-deux ans, l'âge de Mariella Novotny quand ils l'avaient assassinée ou qu'elle était morte ou s'était suicidée ; aujourd'hui, sans aucun doute, on la considérerait comme encore jeune à tous égards. Elle ne l'était toutefois pas pour moi, compte tenu de l'époque et de la différence d'âge entre nous. Le contraire n'était pas exact non plus, sinon ma très vague ou théorique admiration sexuelle n'aurait eu aucun sens, ce qui m'attirait c'était ce côté bien en chair, d'une autre époque, d'un autre monde ou d'une dimension révolue, comme je l'ai dit.

— Ne t'inquiète pas, Juan, tout va bien. Je laisse le métronome battre la mesure même si je ne joue pas, parce que ça me rassure et ça m'aide à penser.

Tel était en gros ce qu'elle me murmurait à travers la porte (la voix était indolente, fragile, comme si je l'avais tirée de son sommeil ou de quelque rêverie ou manigance), qu'elle n'ouvrait pas quand je frappais ainsi. Je me demandais si elle était visible ou en petite tenue, et je m'en retournais à mon travail.

Le jour de ce fameux dîner, elle s'affaira aux préparatifs et ne mit pas en route le métronome. Elle avait commandé les plats de résistance chez Mallorca ou chez Lhardy, à moins que ce ne soit à l'un des restaurants de l'hôtel du Palace, je ne sais plus. Toujours est-il qu'elle donna ses instructions à Flavia et s'occupa des vins, du dessert et de je ne sais quoi d'autre, ce n'était pas à moi de m'en soucier. Muriel devait tourner au studio et on ne l'attendait pas à l'appartement avant vingt heures quinze, en compagnie des deux actrices et de Herbert Lom. Il attendrait à l'hôtel que tous trois aient pris une douche et se soient changés, puis il les ramènerait dans sa voiture. Il avait ordonné à Rico (plus jeune, il était plus complaisant que maintenant) de passer prendre les Towers et Wheeler, les autres arriveraient par leurs propres moyens. Même si les invités étaient pour la plupart des étrangers, Muriel ne les avait pas conviés avant huit heures et demie, dans l'intention de passer à table vers vingt et une heures : le printemps tirait à sa fin, le soleil mettait du temps à se coucher, dîner en plein jour ou presque le déprimait, prétendait-il. Avant six heures du soir, avant le retour de classe des enfants, après avoir, semblait-il, mis la main aux derniers préparatifs, Beatriz alla se changer, se pomponna vite fait, mit des chaussures à talons et sortit. Il y avait si longtemps qu'elle n'avait pas mis le nez dehors, sauf pour se rendre à ses cours — elle traversait une phase de morosité et d'inertie —, que je ne pus résister à la curiosité et la suivis, comme les autres fois, curieux de savoir qui lui manquait soudain ou qui l'avait arrachée à ses humeurs misanthropes, était-ce Van Vechten ou l'homme qui habitait sur la Plaza del Marqués de Salamanca ou bien ni l'un ni l'autre. Elle était en jupe, il était donc peu probable qu'elle prenne la moto, mais non pas impossible : ne l'avais-je pas vue un jour l'enfourcher, sa jupe ostensiblement relevée — sans la moindre gêne et comme si c'était parfaitement naturel — laissant voir presque autant de ses cuisses musclées que Celia la fonctionnaire, dans le taxi.

Elle n'alla pas bien loin. Je la vis s'arrêter à l'entrée de l'hôtel Wellington, à quelques mètres, dans notre rue, sur notre trottoir, et lever la tête comme si elle attendait un signal de la part de quelqu'un séjournant dans une chambre donnant sur la rue, quelqu'un qui lui dirait d'un hochement de tête ou d'un simple froncement de sourcils : « Monte, monte, je suis déjà là. » S'il en était ainsi, il s'agirait d'un troisième amant, pensai-je, pourquoi diable irait-elle retrouver Van Vechten, ou les Polonais Kociejowski ou Gekoski, ou encore Deverne, Mollá ou Arranz, dans un endroit différent de l'habituel lieu de rendez-vous et, en outre, si près de chez elle surtout quelques heures avant une soirée à laquelle elle attendait de nombreux invités pour satisfaire Muriel et des obligations semi-professionnelles. À moins que ce ne soit précisément pour être à deux pas de là et ne pas courir le risque d'être en retard. Après avoir passé en revue fenêtres et balcons pendant une trentaine de secondes, elle entra. J'arrivai alors à l'imposant portail, que gardait un portier en livrée — sans doute en est-il de même aujourd'hui, cela fait un moment que je ne suis pas passé par là ou, plutôt, que j'évite d'y passer — et, depuis la rue, je tentai de jeter un coup d'œil à l'intérieur, désireux de voir si elle s'était arrêtée dans le hall, ou s'était dirigée vers le bar ou avait pris l'ascenseur. J'eus beau attendre trois quatre ou cinq minutes sur le trottoir et fumer deux sèches de suite, aucun signe d'elle. J'aurais pu entrer, le portier n'aurait pas bronché ; cet hôtel a toujours accueilli les toreros et je pouvais être un apprenti torero ou un brillant espoir de la tauromachie ; mais le plus sage était de ne pas risquer de me faire flanquer dehors par elle, il n'y aurait pas eu l'ombre d'un doute que je l'avais suivie, du fait précisément que nous étions à deux pas de la maison. Peut-être allait-elle prendre un verre au bar en compagnie de Gloria et Marcela, pour ne pas s'ennuyer chez elle jusqu'à l'heure du dîner, et, compte tenu des mondanités auxquelles elle devrait faire face, elle ne pourrait s'abandonner au tic-tac de son cher métronome. Pendant que je surveillais et attendais, le chef d'orchestre Odón Alonso descendit d'une voiture avec conduite à droite, sans doute une Daimler ou une Jaguar — il était en habit, comme s'il se rendait à un concert. Après avoir confié les clefs à un voiturier, il passa près de moi en fredonnant, sourire aux lèvres. Le bruit courait qu'il louait à l'année une *suite* au Wellington, où il descendait presque toujours avec son épouse, si curieux que cela puisse sembler. L'idée que Beatriz fût allée le rejoindre me vint à l'esprit. Toutefois, sans trop savoir pourquoi, je l'écartai.

Je retournai donc attendre à l'appartement : je n'avais

aucun moyen de m'assurer de quoi que ce soit sans entrer dans le hall, ce que je m'étais interdit.

Comme prévu, à huit heures et quart, Muriel fit son apparition avec l'ex-fantôme de l'Opéra, en compagnie également de celle qui fut à la fois la maîtresse et la victime de Goldfinger et de la future Fanny Hill dans un autre film de Towers, Lisa Raines. De ma chambre, j'entendis Muriel demander aux filles et à Flavia si elles savaient où était Beatriz, un peu surpris qu'elle ne soit pas là.

— Elle n'était pas là quand nous sommes rentrées de classe, répondit Susana.

— Elle est sortie, dit Flavia. Elle rentrera d'une minute à l'autre.

— À quelle heure est-elle partie ? demanda-t-il.

— Un peu avant six heures.

— Elle a dit où elle allait ?

— Non, juste qu'elle serait là pour le dîner. Mais tout est prêt, ne vous inquiétez pas.

— Elle a dû aller chez le coiffeur ou quelque chose de ce genre, présuma Muriel. Et le jeune De Vere ?

Qu'il s'adressât ou se référât à moi, il m'appelait plus souvent « Jeune De Vere » que « Juan », tout comme il appelait Rico « le professeur », et Van Vechten « le docteur ».

— Il est dans sa chambre.

— J'y vais. Je lui ai ramené une beauté de son âge dont il faut qu'il s'occupe.

La pièce la plus éloignée de la cuisine, celle où j'avais passé ma première nuit chez eux, était devenue « ma chambre », et il n'était pas rare que j'y dorme. Pour le moment, je préférai m'y cantonner, afin que Muriel ne me demande pas directement si je savais où était Beatriz et de ne pas avoir ainsi à lui mentir. Ce n'était pas la même chose de ne pas lui raconter ce que j'avais constaté par moi-même, par exemple au sanctuaire, que de lui répondre : « Je n'ai aucune idée de l'endroit où elle est allée. Elle est partie sans me dire au revoir. » Même si cela eût été la vérité. Et je songeai, agacé : « Muriel est dans les nuages, il ne fait pas la différence : une beauté de mon âge ! » Lisa Raines devait avoir seize ou dix-sept ans, sûr qu'elle était encore novice ; du haut de mes vingt-trois ans, je la voyais aussi gamine que Susana.

Muriel ne vint pas me chercher tout de suite, il lui fallait s'occuper des invités qu'il venait d'amener avec lui. Quatre ou cinq minutes plus tard, on sonna à la porte ; il se dirigea vers ma chambre à grandes enjambées et cria, sans passer la tête :

— Jeune De Vere, peux-tu me rendre service et aller ouvrir ? Flavia est occupée, Beatriz n'est pas rentrée. Et je me demande si la jeune Raines ne commence pas à trouver le temps long. Va donc la trouver et cesse de faire la tête. Que tu n'aies pas ta place à la table ne te dispense pas de te mettre à disposition. Peut-être qu'en fin de compte nous t'en ferons une, si tu as l'heur de plaire à cette enfant prodige.

Là-dessus, il sortit, je le vis de dos s'éloigner dans le couloir et aller au salon, je continuai jusqu'à la porte d'entrée. Les coups de sonnette impatients se succédaient, Rico était arrivé en compagnie des Towers et de Wheeler (non, en y réfléchissant, le professeur n'était pas d'un naturel complaisant, sauf à l'égard de Muriel et Beatriz, chaque fois qu'il avait l'occasion de profiter de leur compagnie : s'il avait obéi à l'injonction de faire office de chauffeur, c'était, je pense, parce que le célèbre hispaniste d'Oxford l'intéressait, il conversait en espagnol avec lui et se fichait pas mal du réalisateur et de son épouse). Je les fis entrer au salon. Peu après, le couple de l'ambassade britannique arriva, tous les étrangers se présentèrent avec une relative ponctualité. Je renouvelai l'opération et, six ou sept minutes plus tard, ce fut au tour de Van Vechten de sonner, sourire rectangulaire inévitablement aux lèvres. Je me demandai si Lom s'apercevrait de la ressemblance entre Van Vechten et Robert J. Wilke avec qui lui-même avait joué dans *Spartacus*. Constatant dès qu'il entra qu'il y avait autant de monde, il commenta, satisfait, dans un anglais médiocre et prétentieux, rappelant celui des présentateurs de la télévision espagnole :

— Oh la la ! Je dois être le dernier. Je suis navré d'avoir fait attendre une compagnie aussi distinguée !

Il accompagna cela d'un claquement de talons anachronique et se présenta à l'ensemble des convives. Docteur George Van Vechten. Il poussa le ridicule jusqu'à traduire son prénom, il ne dit pas « Jorge », mais « George ».

À vrai dire, personne ne l'attendait, aucun de ces inconnus n'avait jamais entendu parler de lui et le seul des invités à le connaître, Rico, le croyait archiviste ; pour le professeur, c'était une silhouette de plus parmi celles qui entraient et sortaient de l'appartement bondé de Muriel.

— Non, tu n'es pas le dernier, docteur, lui dit en aparté mon patron dans notre langue. Il nous manque précisément Beatriz. C'est franchement très étrange qu'elle ne soit pas de retour.

Là-dessus, il regarda la pendule.

— Tu n'as pas eu de ses nouvelles aujourd'hui, par hasard ?

Van Vechten répondit, il se tenait sur la défensive, mais j'étais le seul à pouvoir le percevoir :

— Non, non, que serais-je censé savoir ?

Muriel se tourna alors vers moi. Cette confusion de personnes et de langues m'avait jusque-là épargné ses questions à ce sujet. Il était neuf heures passées, et le clan des Anglais et ceux qui s'y étaient ralliés étaient sur le point de se lasser.

— Toi non plus, jeune De Vere, tu ne sais rien ?

Non, je n'allais pas mentir à Muriel, je pouvais à la

rigueur m'autoriser un demi-mensonge, juste ce qu'il fallait pour me protéger :

— Bon, je n'en sais rien. Au milieu de l'après-midi, je suis sorti faire deux ou trois courses et je l'ai vue, par hasard, depuis le trottoir d'en face, entrer au Wellington. Mais il y a déjà un moment de cela, c'était autour de six heures.

Incrédule, l'œil de Muriel fixa les miens, alarmé, comme s'il venait de se représenter une scène que lui seul pouvait comprendre, soit parce qu'il l'avait déjà vue dans sa vie, soit parce que son imagination visuelle était plus pénétrante que celle des autres. Il ferma l'œil une fraction de seconde, comme s'il n'en pouvait plus ou sentait la lassitude s'installer, face à l'urgence de la tâche ou ses pressentiments. Comme s'il faisait ainsi le plein d'énergie et de patience et se donnait le temps de se dire avant d'agir : « Une autre fois. Il faudra s'en occuper une autre fois. Ou peut-être n'y a-t-il plus à s'en occuper. »

— Au Wellington ? À l'Hôtel Wellington ? Pourquoi ne m'en as-tu rien dit plus tôt ?

Il dit cela si haut et fort et d'une voix si mal assurée que le murmure des invités cessa et que tous le regardèrent, perplexes. Le professeur Peter Wheeler était le seul à avoir une parfaite connaissance de l'espagnol, mais le couple de l'ambassade le comprenait également, même s'ils n'étaient pas en poste ici depuis très longtemps.

— Je n'en sais rien, vous ne m'aviez pas posé la question, Eduardo. Que se passe-t-il ? Quelle importance cela peut-il avoir ? Ça remonte à plusieurs heures. Ça ne m'est pas venu à l'esprit, balbutiai-je, me sentant coupable d'une faute grave, tout en ignorant au juste laquelle.

Mais Muriel ne m'avait pas posé la question pour que j'y réponde ; en réalité, je ne crois même pas qu'il ait entendu ma réponse.

— Filons, Jorge, dit-il à Van Vechten. Viens aussi avec nous, Juan.

Il se dirigea vers Rico et lui dit :

— Écoute, Paco, rends-moi service : occupe-toi de ces gens et invente une explication. Je me demande s'il ne va pas falloir annuler le dîner. Dès que je le pourrai, je vous le dirai, ou je vous le ferai savoir par Juan.

Cette fois, il nous appela tous trois par nos prénoms, signifiant par là qu'il n'était aucunement d'humeur à plaisanter, ce qui ne lui était pas coutumier quand il était entouré de ses spectateurs et complices habituels. J'en faisais partie. Dans son esprit, il n'y avait place, pour l'instant, que pour l'angoisse et une gravité extrême.

Je ne l'avais jamais vu courir, ne fût-ce que quelques foulées. « Courir reflète un manque de dignité, jeune De Vere », m'avait-il dit un jour, sa façon de me gronder quand je m'élançais pour héler un taxi avant que le feu ne passe au vert, ou de marquer sa désapprobation quand il voyait passer des gens épuisés ou, au contraire, revigorés par cet exercice que l'on appelait alors, en Espagne, *jogging* ou *footing*, pensez donc, un pays aussi peu doué, en général, pour les langues, mais si enclin à utiliser des termes étrangers que personne ne comprend ni ne sait prononcer. Je ne l'avais jamais vu courir, et je crois que je n'ai jamais vu personne courir dans la rue comme il le fit entre son domicile et le Wellington, une course aussi folle que désespérée, une courte distance, une très brève entorse à la dignité mais, en pareilles circonstances, ce devait bien être le cadet de ses soucis, on oublie tout quand il y a urgence ! Le quinquagénaire qu'il était courut si vite — veste ouverte, basques et cravate volant derrière lui, tels des étendards — que, bien que n'ayant pas la moitié de son âge, j'eusse été incapable de suivre son rythme deux cents mètres de plus, sans parler du docteur Van Vechten : il avait beau s'épuiser des heures durant dans des gymnases, il avait une dizaine d'années de plus que Muriel. La distance entre l'appartement et l'hôtel était si réduite que nous arrivâmes à peu près tous en même temps, lui en tête, bien sûr, non seulement parce qu'il accélérait comme s'il avait le diable aux trousses — une expression très à la mode à l'époque, que tout le monde comprenait sans pour autant avoir jamais vu le diable — mais parce qu'il savait mieux que quiconque de quoi il retournait et ce qu'il convenait de faire. Durant cette courte distance, je finis par le pressentir moi aussi et le docteur Van Vechten plus encore sans doute, si tant est qu'il ne l'eût pas déjà deviné ; Muriel n'avait pas peur que Beatriz eût négligé l'heure ou que la soirée lui fût sortie de l'esprit, absorbée qu'elle était par ses besoins, ses passions ou ses appétits sexuels — un amant régulier, le directeur ; un client, peut-être l'époustouflant cousin méridional de Roy, Baringo Roy ; à l'occasion, un groom ou un serveur, ou qu'importe —, je ne pense pas qu'il eût seulement imaginé une scène de ce genre ; ce qu'il s'était figuré, c'était ce qui m'avait totalement échappé quand j'avais tenté, depuis l'extérieur, de repérer sa silhouette dans le hall : Beatriz avait dû réserver une chambre, soit le matin même, soit la veille au soir, aussi ne s'était-elle pas attardée à la réception pour demander la clé ou remplir les formulaires, on la lui avait remise dès son arrivée, à moins qu'elle ne l'ait eue déjà en main, cela dépendait du règlement de l'hôtel ; elle était montée dans cette chambre dont elle avait regardé la fenêtre depuis la rue, s'imaginant déjà à l'intérieur, comme on contemplerait son propre cercueil ; elle avait commandé de l'alcool ou dévalisé le minibar, et elle avait commencé à se gaver de cachets, allongée sur le lit, déchaussée, sans doute en sous-vêtements pour être plus à son aise, la télévision allumée pour se sentir moins seule, pour regarder des visages qui ne pourraient ni la voir ni intervenir, pour entendre en fond sonore des voix qui faciliteraient la transition entre être et ne plus être en ce monde — la transformation irréversible —, tout comme les enfants s'endorment plus aisément sur le lointain bruit de fond de la conversation entre leurs parents et un invité, s'il y en a un, histoire de s'attarder dans le monde des adultes, ce monde encore réveillé qu'ils se refusent à quitter, oh ! pas encore, pas encore... La lune était de sortie, à moins que Beatriz n'eût attendu de la voir s'élever, ô combien pâle, intimidée par un soleil qui s'attardait, afin de mourir dans sa pâleur.

Peut-être avait-elle rempli la baignoire avec parcimonie avant de s'y mettre pour s'ouvrir les veines — si on se les ouvre avant de s'allonger dans l'eau, le sang va goutter ou couler, qu'en sais-je, et il y en aura partout, par terre, sur les serviettes, sur le peignoir immaculé de l'hôtel. Aucun suicidaire ou presque n'est indifférent aux dégâts qu'il va causer et au tableau qu'il va offrir — et tout dépendrait donc de plusieurs facteurs : de la profondeur et de l'étendue des blessures, du nombre d'entailles qu'elle se serait infligées, et de sa détermination, si elle s'était ouvert un seul poignet ou les deux, si l'eau était bien chaude ou tiédasse, car une température trop basse ferait se contracter les incisions et retarderait la mort, oh ! pas encore, pas encore, et le froid arrive tôt ou tard ; et il y aurait alors deux possibilités pour que la mort soit plus rapide ou plus lente : si elle perdait connaissance parce qu'elle se vidait lentement de son sang, et que sa tête glissait dans l'eau, elle mourrait alors par noyade, à moins que son corps ne reste coincé dans la baignoire, nez et bouche hors de l'eau ; et dans ce cas, si elle ne se noyait pas, elle continuerait à vivre, inconsciente, jusqu'à ce que, incapable de propulser le peu de sang qui restait dans la cavité vasculaire, le cœur cessât de battre. Tout dépendrait du moment où elle se serait entaillé les veines, du nombre de fois auxquelles elle s'y serait reprise, de sa détermination, de l'heure, si elle l'avait fait vers six heures, peu après être montée se coucher, ou si elle avait attendu et s'était changé les idées en anticipant ou en savourant ce qui se passerait chez eux quand les invités ne la verraient pas apparaître ; ou si elle avait trop longtemps hésité, consciente qu'une fois la peau lacérée, la chair ouverte, elle ne pourrait plus ni faire marche arrière ni remettre à plus tard, maintenant oui, maintenant enfin oui, il n'est pas facile de rester serein et d'arrêter le flot de son propre sang, quand il a commencé à jaillir ; ou si elle avait été curieuse de savoir quel parfait inconnu sortirait champion du jeu télévisé de la soirée — parfois on est retenu par des détails sans aucune importance — et les minutes s'en seraient allées sans qu'elle s'en aperçût, ou en pensant à chaque instant qu'il n'y en aurait pas beaucoup d'autres, jusqu'à ce que le concurrent le plus nul soit éliminé ou proclamé champion. De même avec les cachets, il serait essentiel de savoir à quel moment elle avait commencé à les avaler, à quel rythme — la gorge rechigne et nous force à faire des pauses — et combien d'alcool elle avait bu. Et en fonction de tout cela, nous arriverions tous trois à temps ou non, la présence du docteur signifiait qu'il n'y aurait pas une seconde d'hésitation ou de stupeur, car il saurait ce qu'il conviendrait de faire en toute circonstance, sans doute la vie de Beatriz serait-elle surtout entre ses mains, si tant est qu'il restât une once de vie en elle. Enfin, on ne pouvait encore écarter une troisième possibilité : qu'elle ne se soit pas encore jetée par la fenêtre ne voulait pas dire qu'elle n'irait pas s'asseoir sur la balustrade et sauter au moment précis où nous arriverions à toute allure — pendant que je courais, je ne levais pas les yeux, car peut-être l'aurais-je aperçue accroupie sur le rebord de la fenêtre, prête à se laisser tomber —, pour demander à la réception le numéro de la chambre dans laquelle elle s'était enfermée, ou pour convaincre le personnel que, face à l'imminence ou à l'occurrence d'une tragédie, il fallait enfoncer la porte ou avoir recours au passe-partout. Les employés auraient d'abord rechigné ou s'y seraient opposés, puis ils auraient appelé le chef du personnel ou le directeur de l'hôtel afin qu'il assume la responsabilité et autorise cette intrusion, perdant ainsi de précieuses minutes, peut-être vitales. Il était également possible que Beatriz se soit pendue, qu'elle ait fabriqué une corde à l'aide des draps, qu'elle soit grimpée sur une chaise avant de la renverser d'un coup de pied, auquel cas nous n'aurions ni retard, ni marche à suivre, ni marge de manœuvre, elle serait déjà morte quand nous pénétrerions dans la chambre à la tombée du jour, ou s'il faisait déjà nuit, du moins cela semblerait-il ainsi depuis l'intérieur de la pièce, où toutes lumières seraient allumées pour ne pas se tuer sans bien y voir et aussi pour ne pas mourir dans le noir : impossible, en effet, de ne pas imaginer que suivront alors de longues ténèbres, aussi les devancer n'aurait aucun sens, à moins que l'on ne préfère s'y accoutumer, les yeux grands ouverts, la conscience à l'agonie en vous accrochant à un dernier fil.

La notion du temps des candidats au suicide doit être étrange, car il appartient à eux seuls d'en finir, et ce sont eux qui décident du moment, c'est-à-dire de l'instant qui peut être un peu plus tôt ou un peu plus tard, et il ne doit pas être aisé de le choisir, ni de savoir pourquoi maintenant et non pas quelques secondes plus tôt ou plus tard, ou pourquoi aujourd'hui et non pas hier ou demain, avant-hier ou d'ici deux jours, pourquoi aujourd'hui alors que j'en suis à la moitié d'un livre et que la nouvelle saison de la série télévisée que je suis depuis des années va bientôt passer, pourquoi je décide que je ne vais pas la regarder et que j'en ignorerai à tout jamais le dénouement ; ou pourquoi je cesse de regarder d'un œil distrait un film que diffuse une chaîne sur laquelle je suis tombée, par hasard, dans cette chambre d'hôtel — ce lieu de passage que j'ai choisi pour me donner la mort sans témoin, seule —, n'importe quoi peut éveiller notre curiosité à laquelle nous sommes sur le point de dire adieu ainsi qu'à tout le reste : nos souvenirs et nos connaissances engrangés avec patience, nos angoisses et nos efforts qui, à présent, nous semblent vains ou, en réalité, sans importance ; ces images qui ont défilé sans fin devant nos yeux, ces mots saisis par nos oreilles, passives ou aux aguets ; ces rires insouciants, ces exultations, ces moments de plénitude et d'angoisse, de désolation et d'optimisme, sans oublier ce tic-tac qui n'a cessé de nous accompagner depuis notre naissance, qu'il nous appartient de faire taire et auquel nous devons dire : « Jusqu'ici et pas plus loin. Il y a eu des moments où je n'ai fait aucun cas de toi, d'autres où j'ai été dépendant de toi, je t'écoutais en attendant qu'un autre bruit eût assez de force pour couvrir le tien et me permettre de t'oublier, les paroles tant attendues, la passion, ses halètements, la furie amoureuse, les phrases entrecoupées et obscènes qui repoussent et attirent en même temps, et nous hypnotisent quand nous les prononçons. Aujourd'hui, je t'arrêterai et mettrai fin à ton impassibilité, du moins en ce qui me concerne. Je sais que rien ne t'arrêtera pour de bon et que tu continueras d'exister, mais ce sera pour d'autres, pas pour moi, dès cet instant je me serai mis en retrait, hors de ta portée, et tu auras ainsi cessé d'égrener mon temps. » Oui, il ne doit pas être facile de décider de l'instant, le vieil instinct de survie sera là qui nous soufflera : « Pas encore, pas encore, après tout, quel mal cela peut-il me faire de rester quelques minutes de plus ici-bas, d'assister au lever de la lune, glaciale sentinelle, qui a dû voir tant de mes semblables abandonner ce monde, qu'elle ne clignera même pas son œil ensommeillé et mi-clos, las du sempiternel spectacle des larmes sur l'oreiller et des adieux des êtres dotés de parole ; au moins, je pourrai la regarder. » Alors, l'épuisement et la souffrance nous amèneront à penser : « C'est bon, c'est l'heure, pourquoi remettre à plus tard, quel sens cela aurait-il de rester quelques minutes de plus, ou quelques jours qui nous sembleront pénibles et identiques si nous les prolongeons un peu à notre insu. Pourquoi continuer avec cette conscience active qui nous torture si souvent ? Pourquoi nous demander une fois de plus ce qu'il adviendra de nos enfants, que nous ne verrons plus grandir ni s'accomplir ? Ils devront se débrouiller sans moi comme tant d'autres avant eux, en outre, Eduardo sera là pour les aider car, à mes yeux, il vivra à jamais puisqu'il est vivant quand s'achève mon temps, nul ne peut m'assurer qu'il ne le sera pas pour toujours. Pour moi, il ne sera jamais mort. En revanche, c'est trop demander que j'aide et que je guide indéfiniment les enfants, je n'ai plus la volonté de vivre, la douleur est trop vive et ils ne suffisent pas à me retenir. Je n'en peux plus, rien n'a plus aucune importance. Je m'étourdirai pour partir sans m'en rendre compte, et quand tout sera fini et que je ne serai plus là, on pourra m'accuser d'égoïsme, me condamner, m'accabler de reproches, me juger aussi impitoyablement que l'on voudra, je n'en saurai rien. Là où je serai, ce ne sera plus mon affaire ! »

Si courte que fût la distance, elle parut longue, comme toujours quand on craint de ne pas arriver à temps, qu'il s'agisse de prendre le train, de dissiper un malentendu, d'arrêter une rumeur, d'accélérer l'acheminement d'une lettre, de mettre un terme à un ultimatum ou à une menace, qui plus est d'empêcher une mort, comme c'était le cas. Les employés de l'hôtel se montrèrent compréhensifs : dans le doute — c'était un honorable médecin qui leur parlait, et non pas seulement un jeune freluquet et un borgne —, ils décidèrent de ne pas en référer à leurs supérieurs ou de les en aviser une fois que le processus serait lancé, l'un d'eux alla chercher le directeur, un autre nous accompagna jusqu'à la chambre et frappa à la porte sans ménager ses jointures. Beatriz s'était enregistrée sous son nom. Il frappa à trois reprises, attendant chaque fois le temps voulu, la procédure obligatoire et minimale, semblait-il, avant de s'introduire sans permission dans une chambre, tandis que Muriel le suppliait d'utiliser d'emblée le passe-partout ou un double ou n'importe quoi. La porte resta fermée, et il ne s'ensuivit pas non plus de réaction rassurante (si fallacieuse fût-elle : après tout, cela aurait pu être le bruit de quelqu'un sur le point d'envoyer promener une chaise et de se retrouver suspendu dans les airs)

— « Une minute, j'arrive », ou « Qui est-ce ? Je ne peux pas pour le moment, revenez plus tard » —, aussi l'employé décida-t-il d'ouvrir par ses propres moyens ; pour autant qu'il sache, cette dame n'était pas sortie, elle pouvait se trouver à la cafétéria, ou dans l'un des salons, mais également dans sa chambre, commença-t-il à se dire. Muriel entra le premier, suivi de Van Vechten, tous deux en trombe, puis de l'employé qui nous avait accompagnés, contaminé à son tour par le virus de la vitesse. J'entrai le dernier : j'avais peur de voir la scène, surtout si elle s'était pendue ou s'il y avait du sang, tout en ne souhaitant rien en perdre, maintenant que j'étais là, jamais, jusqu'ici, je n'avais contemplé aucun mort. Avant de franchir le seuil, je vis se hâter au bout du long couloir un individu dont l'embonpoint freinait le pas, sans doute s'agissait-il du directeur, désormais au courant. Je vis aussi un homme et une femme à la mise élégante sortir de leur chambre ; au vu de cette agitation, ils s'arrêtèrent, se demandant ce qu'il convenait de faire.

La chambre était vaste, une sorte de *suite junior*, dirait-on de nos jours, mais peut-être les appelait-on différemment à l'époque, en ce qui concernait Beatriz peu importait la dépense si elle n'allait ni ressortir de là sur ses deux jambes, ni régler l'addition. Il n'y avait personne, elle ne s'était donc ni pendue ni jetée par la fenêtre, et elle n'était pas recroquevillée sur le lit, sous l'influence de cachets. Restait la salle de bains, dont la porte n'était pas décidée à céder, elle avait mis le loquet, et de l'intérieur personne ne répondait, ni ne s'indignait que l'on eût pénétré dans la chambre par effraction.

— Vous avez un moyen pour ouvrir ça ? demanda Muriel à l'employé presque au moment où il y allait d'un grand coup dans la porte.

Son visage se décomposa sous l'effet de l'angoisse, même si le bandeau empêchait que ce fût trop visible.

— Pas ici, bien sûr. À vrai dire, je ne sais pas s'il y en a un pour les salles de bains.

Le gros bonhomme avait fini par arriver, tout débraillé tant il s'était dépêché, sa cravate, trop longue et trop large, s'étalait plus que de raison sur son pantalon, une façon aussi simpliste que contre-productive de dissimuler sa bedaine, car ce bout de tissu qui pendouillait ne manquait pas d'attirer l'œil. L'employé s'adressa à lui :

— Il y a un moyen d'ouvrir les salles de bains, Don Hernán ?

Et il ajouta, façon plutôt cavalière de le présenter :

— Don Hernán Gómez-Antigüedad, le directeur.

Je ne pus m'empêcher de remarquer ce nom peu ordinaire et prétentieux, même si je devais découvrir, par la suite, qu'il n'était pas si rare que ça. Le couple à la mise élégante avait passé la tête par curiosité, ils avaient l'air français ; mine de rien, nous étions déjà sept dans la chambre.

Gómez-Antigüedad fit le geste de serrer l'une ou l'autre main et répondit :

— Aucune idée, il faudrait poser la question à l'équipe responsable de l'entretien, mais sa main resta en suspens, car déjà Muriel et Van Vechten tentaient de défoncer la porte à vigoureux coups de pied, pendant que nous autres regardions, retenant notre souffle.

Il semblait qu'ils n'étaient pas au bout de leur peine mais, par bonheur, elle n'était pas aussi résistante qu'on l'aurait cru, une fente apparut.

— Peut-être faudrait-il remplacer par des serrures les loquets des salles de bains, déclara le gérant, par déformation professionnelle, en constatant les dégâts, mais ce n'est pas une mince affaire. Et ce genre d'incident ne va pas se reproduire tous les jours, c'est moi qui vous le dis.

Il pensait à haute voix, retenant son souffle, il n'était pas encore remis de s'être autant dépêché.

La porte céda enfin, nous nous précipitâmes tous pour regarder dans la pièce, mais, avant toute chose, Muriel nous fit reculer d'un geste autoritaire, comme s'il ne voulait pas que nous voyions Beatriz en sous-vêtements, ni l'eau rougie, ce que je parvins à repérer avant d'obtempérer et de m'éloigner, et de prier tous les curieux de faire de même ; d'autres clients de l'hôtel s'approchaient, attirés par cette agitation et le vacarme des coups de pied dans la porte, que voulez-vous, personne ne laisse passer la possibilité de raconter une histoire qui sort de l'ordinaire. Consciente que le personnel de l'hôtel la découvrirait sans doute, Beatriz ne s'était pas déshabillée complètement avant d'entrer dans la baignoire ; dans un élan de pudeur, elle avait gardé son soutien-gorge et sa petite culotte, en déduisis-je, même si je ne réussis pas à la voir, n'apercevant que la partie supérieure du torse, voilée de rouge et de mousse. Sans doute s'était-elle lavée pour sentir bon, oubliant que le sang a une odeur, et que ses étranges effluves métalliques, proches de celles du fer, parvenaient jusqu'à moi. Par chance, elle avait un coude sur le rebord, elle n'avait pas coulé, elle ne s'était pas noyée, peut-être cela lui avait-il inspiré une telle peur ou une telle horreur qu'elle en avait tenu compte, d'où son bras sur le rebord ; toutefois, ainsi vidée de son sang il était possible qu'elle fût déjà morte. Je sortis de la pièce sans en savoir davantage.

— Laissez travailler le docteur Van Vechten, laissez-le s'en occuper, murmurai-je en forçant les gens à sortir de la chambre.

Gómez-Antigüedad fut heureux de me prêter main-forte pour renvoyer les intrus et rester dehors avec eux, il avait l'air très mal en point, au bord de l'évanouissement, le teint cireux, il laissa sur place son employé pour représenter l'établissement ou au cas où l'on aurait besoin de lui. Ça ne serait pas aisé d'éviter que la nouvelle ne se répande dans l'hôtel comme une traînée de poudre.

C'était donc les veines. Je ne le vis pas, mais je suppose que Van Vechten essaya de comprimer les entailles avec des bouts de tissu ou des chiffons (il demanda à Muriel de lui apporter un drap ; ce dernier l'arracha d'un coup au lit défait, Beatriz avait donc dû s'y allonger à un moment ou à un autre). Constatant que cela continuait à saigner, il improvisa des garrots. Je restai posté derrière la porte de la chambre, maintenant fermée, je voyais Muriel entrer et sortir de la salle de bains, j'entendais Van Vechten donner des ordres, pendant un bon moment, il ne se montra pas, il m'échappait, je ne pouvais lire sur son visage son degré d'angoisse, à moins qu'il n'en éprouvât aucune, il serait le seul à savoir si elle s'en tirerait et, en tout cas, il faisait de son mieux. J'entendis aussi l'eau achever de s'écouler, il avait dû retirer la bonde, cela lui faciliterait la tâche, il ne resterait plus qu'un dépôt contre lequel il ne pouvait rien.

— Eduardo, vas-y, appelle la clinique, la clinique Ruber, c'est la plus proche. Qu'ils envoient d'urgence une ambulance, dis-leur que c'est de ma part. Demande à parler au docteur Troyano, ou sinon au docteur Enciso, une femme médecin, faute de quoi, demande à qui te répondra, ils me connaissent tous. Dis-leur d'oublier la paperasserie, que c'est une affaire privée, ils comprendront. Qu'ils l'envoient immédiatement, j'accompagnerai la patiente et une fois sur place je donnerai des instructions.

Et il dicta le numéro que Muriel retint aussitôt, sans le noter, sa mémoire avivée par l'anxiété.

Je vis mon patron sortir de la salle de bains et se précipiter sur le téléphone de la table de nuit. Sa chemise était tout éclaboussée de sang, de nombreuses gouttes de sang dilué et d'autres, plus sombres, de sang plus dense. Le docteur devait être encore en plus piteux état et trempé, dire que tous deux étaient vêtus comme il se doit pour un dîner paisible, je me réjouis qu'ils ne m'aient pas laissé entrer, je me félicitai d'avoir échappé à ça ; à coup sûr, mes vêtements auraient été bons à jeter.

— Comment fait-on pour avoir la ligne extérieure ?

— Le zéro, attendez la tonalité, puis composez le numéro, répondit l'employé, obligeant.

Au bout d'un moment, je présumai que les hémorragies avaient cessé ou, en tout cas, diminué, car Muriel sortit à nouveau de la salle de bains, cette fois plus serein, et me dit :

— Jeune De Vere, ici tu ne sers à rien.

Qu'il m'appelle à nouveau « jeune De Vere » signifiait qu'il s'était remis de sa frayeur et que la vie de Beatriz n'était sûrement plus en danger.

— Retourne à l'appartement et renvoie les invités, ceux qui n'en ont pas eu marre d'attendre et ne sont pas encore repartis.

Il consulta sa montre puis donna du doigt un petit coup sur le cadran, un geste exprimant fatalité et découragement.

— Qu'ils repartent tous. Tu m'excuseras auprès d'eux et tu leur diras que j'appellerai chacun d'eux demain, dès que je le pourrai.

— Et s'ils veulent savoir ce qui s'est passé ?

— Non, fais en sorte qu'ils n'aient même pas à poser de questions, dis-leur la vérité dès le début. Explique-leur ce qui est arrivé. Ils verront là un cas de force majeure, ils comprendront, ils sauront ce qu'il convient de faire. Dans le monde du cinéma, on a l'habitude des tentatives de suicide, y compris de celles qui réussissent, personne ne s'en offusquera. Une seule chose : il ne faut pas entrer dans le détail, décrire une scène aussi pénible que celle-là.

Et de la tête il indiqua là où gisait encore Beatriz qui, pardessus le marché, aurait pu attraper froid si Van Vechten ne l'avait couverte avec le peignoir ou des serviettes.

— S'ils te demandent comment ça s'est passé, réponds-leur que tu n'en sais rien.

Je me souvins que, peu de temps avant, en entendant Lom raconter les prétendus incidents de 1961 survenus chez le chanteur Vic Damone, et à l'origine, dit-on, d'un acte manqué et de la dérobade de Kennedy, Muriel avait osé se moquer des femmes que Beatriz venait d'imiter. « Il est possible que cette anecdote soit exacte, avait-il déclaré avec sa morgue naturelle. S'enfermer dans la salle de bains et se taillader les poignets, c'est un coup classique chez certaines femmes. On notera, détail intéressant, qu'elles ne parviennent presque jamais à trouver leurs veines. » Sans doute ne se rappelait-il pas avoir dit cela. Ou, qui sait — avec amertume, en se reprochant d'avoir été naïf —, Beatriz s'était entaillé le poignet là où il n'y avait pas de veines, là où il suffisait d'érafler la peau pour que le sang jaillisse.

— Oui, mais si les enfants sont là ? Je raconte aussi ?

— Fais sortir le deuxième, celui du milieu, s'il n'est pas déjà au lit. Les filles, elles, peuvent écouter, peu importe, elles ne seront guère surprises.

— Non ? Vraiment ?

Je m'en voulus aussitôt d'avoir une fois de plus posé trop de questions au goût de mon patron. Mais le mal était fait, trop tard pour revenir en arrière, c'était impossible. Qui plus est, je m'estimais dans mon droit. Après tout, Muriel m'avait embarqué dans une affaire hors de mes compétences, à supposer que quoi que ce soit le fût pour un garçon de mon âge ; vous cédez un peu, vous vous prêtez au jeu, vous êtes prêt à satisfaire au maximum, et vient un jour où n'importe qui peut vous demander ou vous ordonner n'importe quoi, voire de commettre un crime. Bref, il allait être temps que Muriel réponde à certaines de mes questions. Non pas à cet instant même, bien sûr, mais très vite. De son œil maritime, il me regarda un instant de haut en bas, comme s'il prenait note de mon exigence tacite, et l'acceptait.

— Bon, répondit-il, comme si ce qu'il allait ajouter était sans importance, avec une mère telle que la leur, mieux vaut qu'ils se fassent à l'idée qu'ils pourraient la perdre un jour. Les filles s'y attendent, tu peux en être sûr. Vas-y, Towers va se demander ce qui se passe, s'il n'est pas déjà furibard. Quant à sa femme, je ne te dis pas...

— Comment va Beatriz ? voulus-je savoir avant de m'en aller.

L'imitant, je ponctuai ma phrase d'un signe de tête en direction de la salle de bains, dont l'intérieur était hors de mon champ visuel. Je n'avais pas vu grand-chose de l'état catastrophique dans lequel s'était mis Beatriz, j'en restai au choc initial en entrant dans la pièce. Je ne parvins qu'à peine à la voir en sous-vêtements (les bretelles de son soutien-gorge baissées), et j'ai honte de l'avouer, je me rendis compte qu'elle m'aurait plu, fût-ce dans ces circonstances dramatiques ou maintenant que le moment critique était passé. Il existe une différence entre une femme morte et une femme inconsciente et gravement blessée, peut-être la différence est-elle moindre si la femme vient tout juste de mourir et que rien n'a encore changé, j'entends par là que son charme est toujours là, qu'il n'a pas eu le temps de s'évanouir. Je fis mon possible pour chasser ces pensées ou fantasmes, appelez ça comme vous voudrez. J'étais jeune mais non pas sans cœur. Même si la plupart des jeunes ont le cœur, comment dirais-je, en suspens.

Là-dessus, Van Vechten, qui n'était pas sorti de la salle de bains pendant tout ce temps, apparut maculé de sang, les bras trempés jusqu'aux épaules, car tel est le lot des médecins de souvent en être réduits à l'apparence de traîne-misère, il leur faut un vestiaire bien garni : il avait beau avoir prestement retiré sa veste, ce complet serait désormais inutilisable. Étant le plus au fait de la situation, il se chargea de répondre à ma question.

— Par chance, les blessures ne sont ni très nombreuses

ni très profondes, elles ont dû lui faire assez mal pour qu'elle ait un peu peur. Non pour se repentir de son geste, mais certes pour se refréner instinctivement, involontairement. Et l'eau n'était pas très chaude. Il ne devait pas y avoir beaucoup plus d'une heure qu'elle s'était mise à l'œuvre. Elle ne sera pas en danger, surtout si cette foutue ambulance finit par arriver pour que nous puissions procéder à une transfusion, quelle merde !

— Ces putains d'embouteillages ! m'exclamai-je, les gros mots devenant contagieux.

À peine avais-je dit cela que la sirène retentit, elle devait venir à toute vitesse, elle ne tarda pas à retentir tout près de nous. Van Vechten alla au balcon pour vérifier que c'était bien notre ambulance.

— Ils sont là, dit-il.

— Beatriz a trouvé ses veines ? Elle est parvenue à se les taillader ? osai-je encore lui demander, au moment de partir, un pied dans le couloir, où je constatai encore une certaine agitation et la présence de clients de l'hôtel tenus à respect un peu plus loin par le gros bonhomme chancelant, mal en point.

Oui, je filais de là : je préférais m'épargner le spectacle des brancardiers, qui plus est, Muriel m'avait enjoint de retourner à l'appartement.

— Bien évidemment, répondit le médecin agacé. Quelle question !

Les remerciements inopinés, soudains, récents, ne sont pas une bonne chose, ils nous font soudain oublier les affronts ou abandonner tout projet de vengeance, ils étouffent notre rancœur, ils étanchent toute soif de justice ; nous passons outre les fautes et sommes prêts à dissiper les soupçons, à renoncer à la curiosité, à mettre un terme à l'enquête, à hausser les épaules, à retrouver notre calme, et à nous convaincre d'oublier tous simulacres de raisonnements : « Qu'importe, après tout ; tant d'outrages restent impunis qu'un de plus passera inaperçu, ce n'est pas ça qui va changer le monde. Et si on les oublie, quelle importance, après tout ? » Ce n'est pas une bonne chose de se sentir en dette à l'égard de quelqu'un qui nous a fait du mal, ou qui en a fait à nos proches ou à de lointaines connaissances, parfois cela revient au même, à l'égard de quelqu'un qui s'est comporté de façon indécente, qui en est arrivé au pire et à l'impardonnable, aux plus viles bassesses, car tout cela peut s'effacer d'un trait pour peu que l'on ait le sentiment de lui devoir quelque chose de crucial, de pesant. Ceux qui cherchent à nous blesser ont quelquefois recours à ce procédé en toute connaissance de cause, après mûre réflexion, voire par calcul. « Au diable ces querelles, je vais neutraliser cette personne qui me déteste et m'en veut en lui accordant une faveur inattendue, en la tirant d'un mauvais pas, en la désarçonnant par mes flatteries, en lui prêtant de l'argent au moment où elle en aura le plus besoin, ou, si elle ne l'accepte pas, en le lui faisant remettre par des tiers (lesdits tiers vendront la mèche quand la personne aura déjà tout dépensé et qu'il sera trop tard pour refuser, et j'aurai tout loisir d'accroître sa gratitude à mon égard en ne lui réclamant rien), ou en me débrouillant pour qu'elle puisse conserver un emploi des plus précaires, ou en aidant à sortir du pétrin ses enfants, les êtres qui lui sont le plus chers, ou en sauvant la vie à sa femme qui a tenté de se suicider. »

Ce n'était certes pas le cas de Van Vechten, car il n'avait aucune idée du ressentiment ou de la méfiance de son ami de si longue date, et encore moins de l'enquête sournoise et aventureuse — aussi sournoise que décousue, caractéristique d'un amateur — sur d'éventuels incidents de parcours menée par un jeune à son service, qui ignorait l'objet de ses recherches et avançait donc à tâtons. Son aide, au cours de cette fameuse nuit, avait été naturelle, désintéressée, comme on s'y serait attendu de la part de tout médecin, et il l'eût sans doute prêtée à n'importe qui, fût-ce à une inconnue qui se serait enfermée dans une salle de bains avec un couteau — telle la fiancée asiatique du chanteur Vic Damone, pour peu qu'il eût participé à cette bringue remontant à 1961 —, et d'autant plus à la femme d'un grand ami, une femme qu'il s'envoyait de temps en temps : d'après ce que j'avais aperçu à Darmstadt, c'était le mot qui convenait, le terme authentique qui, m'avait-il semblé, n'avait rien à voir avec « coucher ensemble » ou « faire l'amour », encore moins « être amants » sinon au sens purement technique. Bien sûr, Muriel ne disposait pas de ces éléments, entre autres pour la bonne raison qu'il se fichait sans doute de la vie que menait Beatriz, aussi était-il plus qu'étonnant qu'il se souciât tant qu'elle la perdît ou la conservât, il m'avait paru angoissé, pâle, au moins aussi jaunâtre qu'Antigüedad, le directeur de l'hôtel, à un moment donné, quand il fonçait comme un fou dans la Calle Velázquez, lui qui ne courait jamais, comme s'il ne pouvait vivre sans cette femme qui l'exaspérait et qu'il rendait si malheureuse. Et par cette gratitude, nouvelle, ou plutôt renouvelée, à l'adresse de Van Vechten, il mit fin à ma mission : l'intervention du docteur au Wellington eut pour résultat que, deux jours plus tard, alors que Beatriz était encore en observation à l'hôpital, lors d'un de ces moments où il n'était pas à son chevet et passait à la maison pour s'occuper de ses affaires et prendre un peu de repos, Muriel, pour récompenser le médecin, annula les ordres précédents et, du même coup, ma mission, s'il n'est pas trop prétentieux de l'appeler ainsi.

— Écoute, jeune De Vere, j'ai quelque chose à te dire.

Il s'était à nouveau étendu par terre, de tout son long, dans le salon. J'avais de plus en plus l'impression que c'était parfois un stratagème pour éviter de me regarder droit dans les yeux, pour me parler sans que je puisse percer à jour l'expression de son visage, c'est difficile quand les personnes ne sont pas à la même hauteur, voilà pourquoi les rois exigeaient toujours d'être dans une position surélevée et pourquoi, de nos jours, les puissants y veillent eux aussi, nombreux sont ceux qui portent des talonnettes dans leurs chaussures ou se confectionnent une houppe. Lui choisissait de descendre, mais le résultat était similaire, et comportait un certain degré d'opacité.

— Tu as vu comme le docteur s'est bien comporté avant-hier soir. Ce n'est pas le premier grand service dont je lui suis redevable, il m'en a rendu pas mal au cours de mon existence ; et même s'il a échoué à sauver notre enfant, il a fait tout ce qui était en son pouvoir. Cette fois, il a sauvé Beatriz, il serait donc injuste que je le rétribue avec des soupçons et des machinations, que je lui flanque une sorte d'espion à ses trousses. Qu'importe si ce que l'on m'a raconté est exact. Même si tout était vrai de A à Z, d'autres éléments doivent être pris en compte. Entre autres ma relation avec lui, ce qu'il a fait pour moi et ma famille. Je serais un ingrat, un justicier, un fanatique si je lui retirais mon amitié pour quelque chose qui ne me regarde pas, alors qu'il s'est montré si bon à mon égard.

« Qui sait si l'un de ses bons côtés ne serait pas précisément qu'il te distrait et te débarrasse de Beatriz certains après-midi, me dis-je. Et tu en es parfaitement conscient, peut-être même l'y as-tu encouragé, Muriel » ; la tête est plus prompte à tutoyer que la langue.

— L'incident d'avant-hier soir m'a replongé dans le passé, et m'a fait réfléchir. Laisse-le donc tranquille, oublie tout ça, laisse tomber ce dont je t'ai chargé, plus besoin de le traîner dans d'autres bas-fonds et encore moins de le cuisiner ou de l'épier, arrête tout ça. Après tout, s'il a commis quoi que ce soit de peu honorable, c'est l'affaire de ceux qui en ont souffert, ce n'est pas à moi de le vérifier, ni de prendre une décision. Je n'ai même pas à le savoir. Je me suis laissé influencer par la rumeur.

Je voulais l'interrompre quelques phrases plus tôt, mais je compris que le moment n'était pas encore venu, qu'il avait fait une pause à seule fin de reprendre de plus belle, ou pour enfoncer le clou. De son œil, il fixa à nouveau le tableau de Casanova (l'éventuel cavalier borgne à qui ses éventuelles victimes criaient, depuis l'extérieur du tableau, depuis la place du spectateur : « Souviens-toi de nous ! »), même si déterminer la trajectoire de son regard relevait de la divination. Et il ajouta :

— En réalité, on a beau jurer ses grands dieux que l'on dit la vérité, tout ce que l'on raconte, tout ce dont nous ne sommes pas témoins n'est que rumeurs. Et on ne saurait passer sa vie à y prêter attention, et encore moins à agir selon leur caprice. Quand on renonce à cela, quand on renonce à savoir ce que l'on ne peut savoir, alors sans doute, pour paraphraser Shakespeare, alors sans doute : "Si rude soit le début, le pire reste derrière nous."

Cette fois, il me parut se taire, sans doute pourrais-je lui demander ce qui me tracassait. La référence à Shakespeare fit toutefois revenir à ma mémoire certains vers que Rico récitait, le bras momifié, avec une admirable théâtralité : « Sur mes langues courent sans cesse les calomnies que je répands dans tous les idiomes, remplissant de bruits mensongers les oreilles des hommes… » Peut-être Muriel avait-il pris bonne note de ce que venait de déclamer le professeur, et avait-il commencé à se dire ce jour-là qu'il était bien injuste d'accorder crédit aux allégations qui couraient sur le docteur. S'il en avait été ainsi, si cela n'avait pas suffi à réfréner sa méfiance et son malaise, il s'était imposé de peser le pour et le contre, plus que d'enquêter.

— Quand il n'a pas réussi à sauver l'enfant ? Quel enfant ? Je ne sais pas à quoi vous faites allusion, Eduardo.

Voilà ce qui me taraudait depuis que je l'avais entendu de sa bouche, Muriel y avait fait référence en passant, comme s'il me croyait au courant de ce qu'il eût souhaité que je sache. Je le pressentis aussitôt : à peu près à l'instant où lui-même, l'air sincèrement surpris pour ne pas dire stupéfait, montrait de l'index la photo, bien en évidence, de Beatriz, jeune, tenant dans les bras un bébé d'environ deux ans, vêtu d'un petit manteau de fourrure et coiffé d'un passe-montagne blanc, orné d'un gros pompon, un enfant qu'elle ne regardait pas, un garçon aux traits délicats qui, lui, regardait attentivement vers la gauche. C'était donc ça la photo exposée dans son cadre au sujet de laquelle je n'avais jamais posé de questions. En réalité, je n'avais posé que très peu de questions (au fond, j'étais un jeune homme discret, bien qu'espion sur les bords), depuis que Muriel m'avait rembarré le jour où je lui avais demandé l'origine et la raison de son bandeau.

— Oui, lequel de nos enfants, à ton avis ? Javier, notre aîné, celui que nous avons perdu. Le voici. Je croyais que tu savais, comment est-il possible que tu ne sois pas au courant ? Ça fait combien de temps que tu es ici ?

— Je ne sais pas si vous en êtes conscient, Eduardo, mais vous ne me racontez presque rien. Vous m'avez coupé net quand je vous ai interrogé sur l'œil que vous avez perdu. En aucun cas vous n'avez voulu me faire part de vos soupçons à propos du docteur, j'avance donc à l'aveuglette. J'ignore également ce que vous a fait votre femme pour que vous vous montriez aussi déplaisant à son égard, vous ne faites pas toujours l'effort de dissimuler votre ressentiment en présence d'autrui. Attention, je ne vous le demande pas, Dieu m'en garde, cela ne me regarde pas. Toutefois, je ne sais pas pourquoi vous êtes surpris que je ne sois pas au courant. Personne ne m'a jamais rien dit, et j'évite de demander ce qui n'est pas strictement nécessaire. Du fait de mon ignorance, je ne sais toujours pas pour quelle raison Beatriz a tenté de mettre fin à ses jours, et c'est pourtant moi qui l'ai vue entrer dans l'hôtel. Mais bon, nul doute que tout cela peut rester sans réponse.

Muriel se redressa et me regarda presque en face, il n'était, bien sûr, toujours pas à ma hauteur, les coudes appuyés sur le sol.

— Tu as raison, Juan. Parfois, je tiens pour acquis que vous tous qui venez ici êtes au fait des événements qui ont marqué ma vie, j'entends de ceux qui sont vérifiables ou connus de tous. Que vous en avez été témoin ou que vous en parlez entre vous. Certes, vous n'êtes pas non plus obligés de parler de moi, même si je suis le trait d'union entre vous. Je suis persuadé que les autres sont au courant de la mort de notre enfant, certains étaient présents, je veux dire qu'ils ont assisté à l'enterrement et qu'ils ont essayé de nous consoler les premiers jours. J'oublie que tu es nouveau ici et que tu n'as pas leur âge.

— Que s'est-il passé ?

Muriel se fourra le pouce sous l'aisselle, comme il le faisait parfois, telle une cravache minuscule ou une béquille ridicule, cherchant, semblait-il, un appui symbolique pour soutenir son corps. Peut-être faisait-il cela quand il n'avait pas le moral, un état d'esprit qui vous gagne l'estomac, les membres, la poitrine et aussi la tête.

— Bon, je n'aime pas trop en parler.

Et en effet, il dit cela de façon hésitante, comme s'il avait brièvement perdu la voix, ou avait eu un chat dans la gorge.

— On ne sait pas trop. Jorge n'a pu se prononcer, et il était hors de question de pratiquer une autopsie, pense donc, un pauvre petit corps comme ça, pourquoi faire ? Il était mort et, face à la dimension d'une telle réalité, peu importait le pourquoi. À l'époque ce n'était pas comme aujourd'hui, où les gens cherchent des coupables pour tout, dans l'espoir de tirer de l'argent de leurs malheurs. Il est tombé malade un après-midi, il avait de la fièvre. Nous avons cru que ce n'était pas grave, une simple angine, les enfants ont souvent de fortes poussées de fièvre. Quoi qu'il en soit, nous avons aussitôt appelé le médecin qui est venu au pas de course, comme toujours, il a toujours été là quand nous en avions besoin. Comme je te l'ai déjà dit, il a fait tout ce qui était en son pouvoir, aucun de nous trois ne s'est éloigné du lit de notre enfant, et cette nuit-là, nous l'avons vu s'éteindre d'un coup. Non, pas d'un coup. Petit à petit, mais avec une abominable rapidité. À vrai dire, à aucun moment il ne nous est venu à l'esprit de craindre pour sa vie, jusqu'à ce qu'il meure sans que nous ayons pu faire quoi que ce soit. Tu imagines sans peine que cela restait incompréhensible. Ou plutôt que cela dépassait notre entendement. Je ne pense pas que Beatriz ne s'y soit jamais faite. Moi non plus, sans doute.

— Mais… on n'a jamais su ce que c'était ? Pas même une vague idée ?

— Eh bien, Jorge a évoqué la possibilité de méningocoques dans la zone surrénale. Les surrénales détruites par des méningocoques. Une affection très rare et pour laquelle, à l'époque, il n'existait pas de traitement. Impossible à diagnostiquer à temps, impossible à soigner. Il nous a assuré que personne n'aurait pu le sauver. Rien ni personne. Je ne sais pas. Nous n'avons pas insisté pour le savoir. Durant toutes ces années nous n'avons jamais insisté pour le savoir. Pourquoi remuer le couteau dans la plaie ? Nous n'en aurions que souffert davantage. C'est le passé, mais ça revient sans cesse.

À présent, il l'appelait parfois « Jorge », et il m'avait dit « Juan », comme le soir du suicide ; la gravité de la situation rétablit les prénoms, elle ne saurait tolérer les surnoms affectueux ou ironiques. Il me montra à nouveau la photo.

— Beatriz tient à ce qu'elle reste à cette place, à la vue de tous, comme si elle craignait que nous n'oubliions. Ou pour qu'il demeure présent à ses frères et sœurs, même s'ils ne l'ont pas connu. Ou encore, elle aime le regarder en passant. C'est la photo la plus récente que nous ayons de lui, elle remonte au baptême de Susana, presque de deux ans sa cadette. Comme tu peux le voir, l'enfant allait bien. Il était en pleine forme jusqu'à cet après-midi-là, il n'y a pas eu de signe avant-coureur.

Muriel resta quelques secondes pointant le doigt, perdu dans ses pensées ou ses souvenirs, appuyé sur un coude.

— Par chance, j'étais à Madrid. Si j'avais été en déplacement, je ne l'aurais jamais cru. Mais j'étais là, et j'ai vu.

Il y avait assisté et personne ne le lui avait raconté, cela n'avait donc pas été une rumeur, voilà ce que je conclus. Et je répétai en mon for intérieur la paraphrase que je venais d'entendre de sa bouche : « Si rude soit le début, le pire reste derrière nous. »

— Beatriz était là, elle aussi, dis-je, au bout de quelques instants, quand il cessa de montrer le portrait, baissa le bras et s'allongea à nouveau.

Auparavant, il tira la boussole de la poche arrière de son pantalon et commença à la passer sur sa joue (dans son petit boîtier, j'entends) lentement, comme s'il taillait une barbe imaginaire, mais toujours naissante, et qu'un jour, il laisserait pousser.

— Pour les femmes, pour les mères, ce genre de choses est, en général, encore plus tragique. Elles s'en remettent moins bien, n'est-ce pas ? Si tant est qu'elles récupèrent un jour. L'enfant s'est formé en elles, elles le connaissent depuis des mois, et tout et tout, n'est-ce pas ?

— À moins qu'il ne s'agisse de mères impavides, oui, répondit-il. Ça existe aussi, crois-moi, il y a toujours et partout des exceptions. Mais oui, c'est vrai, la mort de Javier l'a rendue plus fragile en un sens, l'a déséquilibrée encore davantage. Non qu'elle soit plus fragile ou plus inquiète à l'égard des autres enfants, ça non, ce serait plutôt même le contraire : si le pire que l'on puisse imaginer vous est arrivé, cela ne peut plus vous arriver à nouveau. Cela a eu pour ainsi dire l'effet d'un vaccin, elle s'est montrée beaucoup plus détendue avec les filles qu'avec Javier. Sans doute s'inquiétait-elle plus pour lui que pour les autres parce qu'il était l'aîné, que c'était un garçon et que nous avons, nous les garçons, la réputation d'être casse-cou. Il m'arrive de me demander s'il ne faut pas voir là un sinistre pressentiment qui finit par se vérifier. La panique attire malheur et catastrophes. Parfois nous faisons en sorte qu'advienne ce que nous redoutons le plus, car la seule façon de nous libérer de l'angoisse est de savoir le mal derrière nous. De savoir qu'il appartient au passé, et non à l'avenir, qu'il ne relève plus du domaine du possible.

« Qu'il est désormais derrière nous », me répétai-je, cette paraphrase me donnait à réfléchir.

— Si abominable, si atroce le passé soit-il, il nous paraît toujours plus favorable que l'avenir, ou du moins nous sentons-nous plus aptes à y faire face. Je ne sais pas, sans doute était-ce cela ou le fait qu'elle se soit rendu compte que nous sommes vraiment démunis, qu'il ne sert à rien de se prémunir, de se protéger ou de protéger qui que ce soit, il est donc absurde de souffrir à l'avance ; car, quoi que l'on fasse et en dépit de toutes nos précautions, le pire peut survenir. Et pour peu qu'il se produise, il est déjà trop tard. Et pour peu qu'il se produise, c'est fait. Comme tu le vois, elle est à présent assez détendue avec ses enfants. Au point de les laisser soudain orphelins.

— D'accord, dis-je, mais j'ai du mal à croire que les craintes de Beatriz puissent avoir entraîné cette maladie chez son enfant. Une maladie rarissime, avez-vous dit.

Il ne se donna pas la peine de répondre à cela, de toute évidence, son commentaire avait été littéraire et non pas littéral, une façon superstitieuse d'expliquer l'inexplicable, la plupart du temps, la littérature se résume plus ou moins à cela. Il changea de sujet :

— Alors, ça y est, je t'ai tout raconté. Quelles étaient tes autres doléances, « On ne m'explique jamais rien... » — il m'imita —, que voulais-tu savoir d'autre ? Ah ! Oui ! Ce qui est arrivé à mon œil. Ça n'a rien de bien mystérieux, mais simplement je n'aime pas non plus en parler, ni me le rappeler. Cela me rend triste et me vieillit. C'est arrivé quand j'étais enfant, au début de la Guerre. Mon frère et moi jouions sur le toit en terrasse de mes parents. La balle d'un « paco », un franc-tireur, a fait ricochet et me l'a crevé. Je me suis retrouvé borgne. Un drame, à l'époque. Bref, je suis comme ça depuis 1936. Une blessure de guerre à un si jeune âge : voilà qui me vieillit. Dire que j'ai perdu mon œil pendant la guerre donne l'impression que j'aurais été en âge de combattre, tu ne trouves pas ? Autre question ?

Pris de court, je ratai l'occasion. La plupart d'entre nous ne supportons pas de ne pas saisir d'emblée ce que l'on nous dit.

— Un « paco » ? demandai-je au lieu de chercher à en savoir davantage sur le docteur ou Beatriz.

Si je m'étais montré plus patient, le dictionnaire m'aurait renseigné plus tard. D'après Muriel, ce terme désigna d'abord les tireurs maures postés en embuscade pendant la guerre d'Afrique ; son sens s'élargit par la suite, mais il devint vite obsolète, comme on a pu le constater.

— C'était le nom que l'on donnait aux francs-tireurs. Au cours des premières semaines, voire des premiers mois, ils semèrent la panique à Madrid, je ne suis pas le seul à le dire. On les nommait ainsi à cause du bruit des coups de feu qui retentissaient en deux temps et dont je ne saurais dire si le second était l'impact ou l'écho : « pa-co » ou, plutôt, « pa-có ». Il existait même le verbe « paquear », autrement dit « mitrailler ». C'est normal, bien sûr, qu'à ton âge tu n'en saches rien.

— Ce que je ne comprends pas, c'est ce que vous fabriquiez, vous et votre frère, sur la terrasse, s'il y avait des francs-tireurs dans les parages.

Muriel leva la tête et son œil qui n'avait pas écopé de la balle me regarda, ironique.

— Comme si les enfants ne désobéissaient ni ne faisaient jamais ce qu'on leur interdit, n'est-ce pas ? Quel genre d'enfant étais-tu, toi ? En fait, nous étions précisément en train de jouer à cela, aux francs-tireurs, mon frère et moi, avec des bâtons pour fusils. Les gamins jouent toujours à ce qu'ils voient de plus dangereux, ou à ce dont ils entendent parler. Plus d'une fois je me suis dit que le gars qui avait fait ça ne s'était pas rendu compte que nous étions des enfants, qu'il nous avait pris pour d'autres comme lui et, par conséquent, avait tiré à balles réelles. À moins, au contraire, qu'il ne s'en soit rendu compte et ait, malgré tout, tiré à balles réelles. À l'époque les gens étaient des salauds, tout est possible. Je ne le saurai jamais. Bref, nous nous éloignons du sujet, laisse le docteur tranquille, jeune De Vere. Cesse d'enquêter sur lui, fiche-lui la paix.

Il en était revenu aux surnoms, l'heure n'était plus à la gravité.

Le contrordre ne me satisfaisait guère. Après avoir encaissé l'ordre malgré moi, c'était à mon tour d'être titillé par certaine curiosité, on regrette toujours de ne pas mener à bonne fin ce que l'on a entrepris qui exige patience et habileté. Voilà pourquoi, je suppose, il existe des tueurs à gages qui préviennent leurs clients qu'il n'y aura pas moyen de faire marche arrière. Même s'ils sont payés quoi qu'il arrive, ils refusent que l'on se moque du temps passé à observer les habitudes et itinéraires de la victime ou à tâter le terrain, ils n'acceptent pas que l'on fasse fi des préparatifs et du mal qu'ils se sont donné. Cela vous fiche en rogne de voir que vos efforts ne mènent à rien.

— Je ne peux pas faire ça de but en blanc, Eduardo, lui répondis-je. Il est ravi de sortir avec moi, de découvrir la vie nocturne d'aujourd'hui, de connaître des jeunes. Jamais il n'aurait seulement imaginé, fût-ce en rêve, rencontrer des filles, il les a rencontrées grâce à moi, comme je vous l'ai raconté. Et vous voudriez que, du jour au lendemain, je ne l'emmène plus nulle part, que je lui dise que je ne veux plus de lui ? Il protesterait, il me supplierait, il serait profondément vexé.

— Pas besoin de brusquer les choses, et il y a de bonnes excuses, dit Muriel. Espace les sorties. Dis-lui que tu es très occupé, que tu me donnes un coup de main : avec l'histoire de Beatriz, le tournage s'enlise et nous ne savons pas ce qui va se passer. C'est, hélas, vrai. J'ignore combien de jours encore Towers va me permettre de ne pas me montrer sur le plateau, il est dans tous ses états, chaque jour qui passe c'est de l'argent gaspillé, jeté par la fenêtre. Le directeur de la seconde unité de production filme à l'avance des scènes d'action dans la sierra, mais il n'y en a pas beaucoup, tu le sais. Les acteurs ne supportent pas de rester les bras croisés, ils s'ennuient et cela ne peut pas durer. Ou dis-lui que tu t'es fiancé officiellement, que vous vous voyez tous les soirs et que tu ne peux pas traîner dehors avec lui. Tu peux aussi, pour le moment, lui annoncer une autre vérité : demain ou après-demain Beatriz reviendra à l'appartement et, si je reprends le tournage, je n'y serai pour ainsi dire pas : il me faudra filer à Barcelone pour les scènes au parc Güell et d'autres en plus. Je ne peux guère compter sur les filles : Flavia est Flavia, elle fait ce qu'elle peut. Quant à Marcela et Gloria, mieux vaudrait autoriser les visites au compte-gouttes ; vu les circonstances, l'idéal serait de tenir l'une et l'autre à distance, imagine le venin et l'hystérie qu'elles peuvent distiller. Je veux que tu emménages chez nous, en tout cas durant la première semaine de mon absence. Que tu ne dormes que d'un œil et que tu la surveilles de près. Non que je craigne qu'elle ne réessaye dans l'immédiat ; entre deux tentatives, elle laisse, en général, passer des années. Mais on ne sait jamais. Tiens-lui compagnie, essaye de parler avec elle, distrais-la, fais-la sortir. Qu'elle ne déprime pas ou, disons, le moins possible. Je ne sais pas si le professeur a prévu de rester plusieurs jours à Madrid, mais il ne dormira pas ici. Quant à Roy, bon, Roy... La jeunesse est plus stimulante que la maturité. Dis au docteur que tu es de garde auprès de Beatriz, il comprendra. Mais il viendra lui rendre visite, et, à présent, je te supplie de ne pas lui poser de questions concernant le passé ni d'essayer de découvrir quoi que ce soit.

Même s'il avait dit « je te supplie » le ton n'en était pas moins autoritaire.

— C'est bien la dernière chose qu'il mérite après ce qui s'est passé avant-hier. Ne te vante même pas auprès de lui de ne pas avoir de scrupules, comme je te l'avais suggéré ; ne le tente pas davantage. S'il en a manqué à une ou plusieurs occasions, cela n'a pas été devant moi et je ne veux plus le savoir. Je le regrette, mais quand je t'ai confié cette mission, je me suis laissé entraîner, je me suis laissé influencer. En réalité, on ne doit se sentir concerné que par ce que l'on a vu personnellement et ce qui nous touche. On ne saurait passer son temps à écouter les histoires qu'on nous rapporte, pas plus que l'on ne saurait s'ériger en juge suprême. On ne saurait passer sa vie à punir, soit par notre attitude, soit en lui retirant notre amitié, quiconque nous a peut-être fait un jour du tort. Nous n'en finirions pas, nous n'aurions plus de temps pour quoi que ce soit.

Il s'arrêta une seconde, puis conclut :

— En fait, il faut se mettre dans le crâne que nous avons tous fait quelque chose de répréhensible à un moment ou à un autre. Toi aussi, et si tel n'est pas encore le cas pour toi, tu as devant toi tout le temps possible et imaginable, toutes ces années ; c'est bien là le problème de la jeunesse. Crois-moi, tu n'y couperas pas, toi non plus.

De nouveau, la langue me démangeait, de nouveau j'attendis que Muriel terminât ou passât au paragraphe suivant, tout comme nous marquons une pause au fil d'une lecture silencieuse avant de l'interrompre pour sortir ou aller nous coucher.

— Entre deux tentatives, avez-vous dit ? Combien y en a-t-il donc eu ?

Muriel leva en même temps le petit doigt, l'annulaire et le majeur.

— Ç'a été la troisième.

— Toutes du même genre ?

— Non. Chaque fois légèrement différentes, les précédentes ne nous aidant ni à prévenir ni à flairer quoi que ce soit. Que je t'aie raconté l'une ou l'autre chose ne t'autorise pas pour autant à tout savoir, par conséquent, ne me questionne pas à leur sujet, je n'aime pas non plus en parler. Restons-en là. Je trouve que tu en as appris bien assez pour aujourd'hui.

Muriel s'efforçait à présent de reprendre son côté hérisson mais, de toute évidence, les piquants avaient molli ou il était las, sans doute la frayeur de l'avant-veille avait-elle eu temporairement raison de lui, adouci ses aspérités, modéré sa vigueur. Je sentis que je pouvais encore un peu pousser ma chance.

— Dites-moi au moins qui vous a rapporté cette histoire au sujet du docteur. Que se passera-t-il s'il me raconte un jour quelque bassesse sans que j'aie tenté de la lui soutirer ? Comment saurai-je s'il s'agit de celle que nous recherchions ?

Je me servis à dessein de la première personne du pluriel à seule fin de lui rappeler son malaise et sa colère, désormais apaisés, chassés ou tenus en respect par la gratitude.

— Une bassesse, c'est le terme que vous avez employé, n'est-ce pas ? Quelque indécence à l'égard d'une femme. Je suppose que celle qui vous l'a relatée n'est autre que la victime, c'est-à-dire une femme.

Muriel se releva du plancher, il s'assit à son bureau. Je déplaçai ma chaise pour lui faire face. Il cala une joue dans sa paume, et non pas le contraire. Comme si son visage était par trop pesant, comme s'il avait eu un étourdissement en se mettant debout trop brusquement, sans transition. On a beau vouloir se limiter et rester mesuré, il n'est pas facile d'arrêter la machine une fois que l'on commence à raconter, on finit toujours par en dire plus que prévu, plus que ce que l'on souhaiterait. Il parla sans me regarder, la tête penchée, l'œil rivé sur le courrier posé sur son bureau. Je l'avais laissé là pour qu'il le regarde quand il en aurait ou l'envie ou le temps, il n'y avait rien d'urgent et s'il lisait pour le moment une de ces lettres, c'était involontaire, sans prêter la moindre attention à ce qui était écrit.

— Oui, c'est une femme qui me l'a rapportée, puis une autre, me répondit-il, sans trop avoir conscience peut-être qu'il me répondait, autrement dit sans trop avoir conscience d'avoir en face de lui un interlocuteur qui entendait et prenait des notes dans sa tête. Une femme, en principe, tout à fait digne de confiance. Une vieille amie. Une vieille actrice, même si elle ne l'était pas à l'époque où je l'ai rencontrée. Elle l'est devenue par la suite.

Il fit une pause, mais parfois la langue est victime de sa malicieuse vélocité.

— Un vieil amour.

Il fit une autre pause, mais il succomba encore plus facilement à cet élan.

— L'amour de ma vie, comme on dit. Du moins l'ai-je longtemps cru et durant tout ce temps me suis-je senti en dette à son égard. Voilà pourquoi, en la voyant réapparaître, je me suis cru obligé de la prendre au sérieux, de ne pas mettre sa parole en doute et d'accorder crédit à sa version. Sous toute réserve, bien sûr. De m'efforcer de remédier au scandale que lui causait mon amitié. Quel intérêt pouvait-elle avoir à me raconter un mensonge au sujet du docteur ? Cherchait-elle à me priver d'un vieil ami ? Une piètre façon de se venger de moi si tant est qu'il se fût agi d'une vengeance pour un grief très ancien qu'elle avait accepté ou qu'au moins, elle m'avait assuré avoir compris.

« Fais ce que tu estimes ton devoir, me dit-elle. Fais ce qui te tourmentera le moins, ce qui te permettra de vivre le plus en paix. Mais alors ne te souviens pas de nous, de toi et de moi. Ne te souviens jamais de nous ensemble si tu ne veux pas te lamenter jour après jour et, plus encore, nuit après nuit. Ne te souviens même pas de nous séparés, parce qu'à la fin, dans le souvenir, on se rejoint toujours. » Voilà ce qu'elle m'a dit, ce qu'elle m'a conseillé. Je l'ai écoutée, tant que j'ai pu. L'autre dette, celle envers Beatriz, m'aurait paru plus lourde. En ce temps-là, je veillais avant tout à faire mon devoir : autre désavantage de la jeunesse, nombreuses sont celles qu'on laisse derrière soi en prenant de l'âge. Hélas, ce qui est fait est fait, et on ne saurait revenir en arrière, quand nous nous rendons enfin compte de notre stupidité. Le film est tourné, monté, les acteurs ont été renvoyés, l'équipe aussi, et il n'y a plus moyen de rajouter des plans ni de modifier le scénario ni de changer la fin, il est comme il est et restera ainsi pour toujours. Trop de vies reposent sur la tromperie ou sur l'erreur, tel est le cas de la plupart d'entre elles depuis que le monde est monde, pour quelle raison allais-je y échapper, pour quelle raison n'en serait-il pas ainsi de la mienne ? Cette pensée me réconforte parfois, elle m'aide à me convaincre que je ne suis pas le seul dans ce cas mais, au contraire, un de plus sur la liste interminable de ceux qui essayèrent d'être justes et droits et de tenir leurs promesses, de ceux qui eurent à cœur de dire ces mots que l'on perçoit de plus en plus comme une stupidité d'une autre époque : « Regardez, je tiens parole… » Alors que plus personne ou presque ne la tient, et que l'on ne considère pas comme une vertu de la tenir…

Il se tut, leva le nez de ses papiers et me vit. Il riva sur moi son œil perçant. Il s'était éloigné de ma question, il s'était mis à se remémorer à haute voix. Non qu'il n'eût pas été conscient de ma présence, non qu'il eût oublié que j'étais là ou se fût imaginé que je n'y étais pas. Disons plutôt qu'il s'était momentanément laissé aller à un soliloque et cela l'avait amené, à son insu, à ce que je l'écoute, tel le héros d'une tragédie qui, sur scène, se parle à lui-même, tout en sachant que cela n'aurait aucun intérêt si nous autres ne l'écoutions pas. À présent, cela sembla l'inquiéter à nouveau, sans doute s'en voulut-il. Il parvint à brider par un silence soutenu la maléfique rapidité de sa langue. Il regarda sa montre, tapota le cadran, puis finit par dire :

— Il faut que j'aille à l'hôpital, je vais relayer Susana qui a passé la nuit là-bas. Mais mettons-nous bien d'accord une fois pour toutes, Juan : il me paraît improbable que le docteur te raconte quoi que ce soit qu'il ait pu faire de peu honorable, à moins que tu ne tiennes pas compte de ce que je te dis et que tu lui tires les vers du nez pour ta satisfaction personnelle. Je ne puis t'en empêcher. Mais si jamais il en était ainsi, sache que je ne veux même pas que tu m'en fasses part : ne cherche pas à éprouver ma curiosité. Garde ça pour toi, n'en souffle mot à personne. Ça m'a certes coûté de dire que je ne voulais plus savoir, mais après ce qui s'est passé avant-hier soir, ma décision est irrévocable. Pas un mot non plus autour de nous. Bien des infamies ont été commises pendant de nombreuses années, mais nous avons réussi à cohabiter avec leurs auteurs et certains nous ont même rendu des services. Il va nous falloir vivre avec eux jusqu'à ce que nous soyons tous morts, alors nous commencerons à nous sentir quittes les uns envers les autres et personne ne cherchera plus à les traquer. Nous nous en ficherons comme de l'an quarante, la blessure ne sera plus à vif, n'est-ce pas ? Comme si ces infamies n'avaient jamais existé, comme si elles relevaient pour nous de la fiction. Un « nous » purement rhétorique, car il faudra moi aussi que je meure. Oui, c'est encore tôt, je le sais, et on a commis ici bien des turpitudes durant bien des années. Mais à quelle époque n'y en a-t-il pas eu, et où n'y en a-t-il pas eu ?

# VIII

Il serait exagéré de taxer d'infamie ce qui survint peu après. Tout dépend, bien sûr, de votre point de vue et, est-il besoin de préciser, du point de vue de la personne qui écoute ou lit le récit — qui est, en fin de compte, le point de vue de quelqu'un qui a eu vent d'une rumeur, même si celui qui la colporte jure la tenir de première main et en être à l'origine ou y avoir participé — et jamais ce récit ne coïncide avec celui de la personne qui l'a vécu et l'a construit. Quand nous entendons ou lisons quelque chose, cela nous paraît toujours décevant et insignifiant (« La belle affaire ! »), une histoire de plus (« Quoi de neuf ? »), une histoire comme tant d'autres, presque prévisible, compte tenu de toutes celles dont on nous a abreuvés depuis que l'on nous a adressé la parole pour la première fois ; les récits que l'on nous rapporte sont déjà trop nombreux, il est rare que l'un d'eux nous surprenne, nous effraye ou éveille seulement notre curiosité, nous avons l'impression que tout s'est passé dans la réalité, et non dans l'imagination disséminée à travers d'innombrables pages imprimées et les multiples écrans, ceux des vieilles salles de cinéma, des postes de télévision et des ordinateurs, y compris ceux de ces mobiles ridicules que tout le monde consulte sans cesse aujourd'hui telles des boules de cristal, et dans une certaine mesure, n'est-ce pas ce qu'ils sont : s'ils ne prédisent pas l'avenir, ils nous informent de ce qui, une seconde plus tôt, n'existait pas et n'était pas encore arrivé, du présent qui vient de voir le jour dans quelque coin de la planète, et parfois ils s'empressent tant et si bien qu'ils vous préviennent de ce qui ne s'est pas passé, une illusion, une calomnie, un bobard qu'il n'est pas aisé de démentir ni d'écarter, notre crédulité redevient alors médiévale, elle pressent des années prégnantes d'une grande détresse — de l'Orient jusqu'à l'arche de l'Occident ; dans sa répugnance à vérifier, elle accepte tout comme vraisemblable, comme du déjà-vu, déjà-vécu, du moins le croyons-nous.

Plus nous allons, plus nous ressemblons à la vieille sentinelle de nos existences, au regard de laquelle ce qui est arrivé et ce à quoi j'ai contribué ne pourrait jamais être une infamie, mais un simple épisode archiconnu, archibanal, de plus, incapable de seulement tromper cet ennui auquel elle est condamnée nuit après nuit, depuis ces temps où il n'y avait personne en ce monde, qui sait si les premiers hommes et les premières femmes ne lui apportèrent pas nouveauté et distraction avant qu'ils ne commencent inévitablement à se reproduire. Mais, comme je l'ai déjà dit, il se pourrait qu'elle soit moins attentive aux combats et aux chaos des foules monotones, aux fanfaronnades et aux vociférations, qu'aux êtres qui semblent marcher sur la pointe des pieds comme s'ils étaient de passage dans la vie ou si leur temps était compté, des êtres dont on sait dès le début qu'il ne restera plus rien et dont on ne gardera qu'un vague souvenir le jour où ils disparaîtront (je suis, moi aussi, cette neige qui tombe et fond aussitôt, ce lézard qui, l'été, grimpe sur le mur de pisé ensoleillé, et s'arrête un instant sous l'œil paresseux qui l'oubliera aussi vite qu'il a oublié ce qu'a écrit, mille ans plus tôt, au tableau noir, avec application, une institutrice qui a pris soin de l'effacer à la fin du cours, à moins que le professeur suivant ne s'en soit chargé), des êtres au sujet desquels même leurs proches ne se rappelleront pas les anecdotes, consciente cette lune, que certains d'entre eux pourraient bien receler des histoires beaucoup plus étranges, plus intéressantes, plus honnêtes, plus fidèles que celles de ces braillards d'exhibitionnistes qui encombrent et étourdissent la majeure partie du globe et l'épuisent de leurs gesticulations frénétiques.

Même si, de par notre indifférence et notre lassitude, nous ressemblons de plus en plus à la vieille sentinelle, nous qui sommes encore en vie et actifs avons tendance à conférer certaine transcendance à nos faits et gestes, bien que par rapport au flot des événements, ils n'en aient pas et qu'en outre, elle se perde — là aussi, hélas, pour nous — sitôt que nous racontons et que l'on nous écoute, et que notre récit va grossir les rangs serrés des racontars. « Ah, nous y voilà !... » pense celui qui entend, lit ou regarde, « cette histoire me dit quelque chose, et en plus on aurait pu s'y attendre, maintenant que j'y pense. Elle ne m'est pas arrivée à moi, elle ne me surprend donc pas et je ne lui prête qu'une oreille distraite. Ce qui arrive aux autres est toujours flou et nous paraît une bagatelle qui ne méritait sans doute pas d'être racontée ». Et le narrateur éprouve un sentiment similaire quand il se déleste de son récit, comme si l'exprimer par des mots ou des images et le mettre en ordre revenait à le dévaluer et le banaliser, comme si seul ce qui n'avait pas été divulgué ni formulé conservait prestige, unicité et mystère. « Ce qui pour moi était important et grave — peut-être, quelque infamie que j'avais commise — devient juste un récit de plus, nébuleux et interchangeable, une fantaisie qui tient lieu de divertissement », pense-t-on après l'avoir raconté, que ce soit de vive voix, par écrit ou sur scène, ça revient au même. « Ce qui était unique pour moi, tant que cela demeurait secret et inconnu, devient banalité une fois exposé et jeté dans le grand fourre-tout au fond duquel se mélangent et s'oublient les histoires que l'on entend et qui, en plus, pourront être transmises et déformées par quiconque passera par là, ou à qui elles parviendront car, une fois lâchées, elles sont déjà dans les airs et on ne saurait les empêcher de flotter ou de voler si la brume les enveloppe ou si le vent les emporte, pas plus qu'on ne saurait les empêcher de vagabonder à travers l'espace et les années, défigurées par d'innombrables échos et le fil des répétitions. »

Beatriz revint à la maison, Muriel partit à Barcelone avec Towers qui veillait au grain et se montrait méfiant et inquiet pour son projet, avec Lom et les autres acteurs consternés de ce qui était arrivé à leur réalisateur, mais surtout déconcertés, se demandant s'il serait en état de poursuivre le tournage à six cents kilomètres de son épouse pseudo-suicidée de frais, ils n'avaient aucune idée de la façon dont il la traitait, dont il la rejetait constamment, ni des insultes occasionnelles qu'il proférait à son égard. « Du lard, toujours du lard, pour moi tu n'es que ça », « Je crois que je ne peux plus la supporter, je dois lui fermer ma porte, pas moyen de faire autrement », et il y avait belle lurette que la porte était fermée à double tour, après avoir eu le tort de l'aimer « toutes ces années, du mieux que j'ai pu et sans que je n'en sache rien », même si elle n'était pas l'amour de sa vie, comme on dit ; ou, d'après elle, d'avoir bien fait : « Tu n'as sans doute jamais rien fait de mieux. » Ce à quoi il avait bizarrement répondu, avec douceur et tristesse : « Je te l'accorde. » Certes, il s'était empressé d'ajouter : « Raison de plus pour que je sois convaincu que j'ai fichu ma vie en l'air. Un pan de ma vie. Ça, je ne puis te le pardonner. » Mais peut-être que cet amour vieux de tant d'années, « toutes ces années derrière nous », expliquait en partie la terreur de Muriel à l'idée que Beatriz ait pu réussir sa troisième tentative, à l'hôtel Wellington, si près de chez eux et dans l'intention de lui nuire, était-on en droit de présumer, qui plus est un soir où ils avaient de nombreux convives à dîner. Cela fait peur aussi que le témoin de ce que l'on a pu faire de mieux se volatilise, même s'il y a bien longtemps que ce souci de perfection n'est plus de mise et qu'on l'a remplacé, aux yeux dudit témoin, par ce qu'il y a de plus néfaste et de pire.

À moins qu'en son temps, la mort de leur premier-né ne les ait étroitement rapprochés ; car avec ce genre d'événements, il en est souvent de deux choses l'une : soit un conjoint reproche à l'autre de façon irrationnelle d'avoir été incapable de pressentir le danger, de protéger et de sauver l'enfant, et dans ce cas chacun s'isole dans son coin et ils s'évitent jusqu'à ce qu'ils ne puissent presque plus s'adresser la parole ni se regarder, soit ils se réconfortent mutuellement et sont l'un pour l'autre à la fois un miroir et un soutien : en voyant la peine de l'un, l'autre finit par s'émouvoir, lui prend souvent la main, le caresse ou l'embrasse quand il le croise dans le couloir endeuillé où ne courent plus des petits pas pressés, car les enfants ne savent pas se déplacer ni aller d'un endroit à un autre sans se hâter, sans se précipiter, et le bébé qui leur restait, Susana, ne marchait pas encore. Elle devait avoir une bonne quinzaine d'années à présent, le temps qui s'était écoulé depuis la disparition du frère dont l'existence avait brièvement coïncidé avec la sienne, sans qu'elle ait pu le connaître.

J'avais toujours éprouvé de la sympathie pour Beatriz Noguera, elle m'avait plu ; apprendre la mort de cet enfant ne fit, bien sûr, qu'accroître cette sympathie et y adjoindre un sentiment proche du respect ; comment ne pas éprouver l'un et l'autre à l'égard de quelqu'un qui a perdu un enfant en bas âge, mais qui marche déjà, balbutie et pose des questions maladroites, car il ne comprend pas grand-chose à son environnement ? De même considère-t-on avec plus d'intérêt quelqu'un dont on sait qu'il a dû surmonter une immense douleur, mais ni ne la raconte, ni ne la mentionne, ni ne s'en sert pour se faire plaindre. Aussi quand Beatriz revint, amincie, mais en pleine forme, sans que rien ne laissât deviner qu'elle avait côtoyé la mort de son propre chef, elle me trouva plus disposé que jamais à m'occuper d'elle, à veiller sur elle, à la distraire et à l'accompagner, ainsi que me l'avait demandé Muriel. En réalité, il m'avait fourni un alibi pour m'approcher d'elle, pour lui parler, car jusqu'ici j'étais toujours plutôt resté en attente, à la fois distant et timide, ou craignant que l'on pût détecter mon émoi théorique ou ma vague attraction érotique, telle l'illusion que génère un tableau, comme je l'ai déjà expliqué, rien d'autre.

Il semblait qu'elle rentrait d'une cure de sommeil plutôt que de l'hôpital, elle n'avait plus une ride ; apaisé, et même légèrement perdu, son regard s'était embelli, sa démarche aussi était plus légère, plus délicate ou moins assurée, elle portait presque toujours des talons hauts comme pour se sentir le plus séduisante possible, aussi longtemps que possible, ou comme si elle s'apprêtait à filer à ses rendez-vous, si ce n'est qu'elle ne mettait pas le nez dehors ces jours-ci, sauf quand Rico, resté, prétendait-il, à Madrid pour donner un coup de main — une fausse excuse, sans doute, disons plutôt que des magouilles mondaines, vitales pour lui, l'exigeaient —, se présentait et la persuadait d'aller faire des courses ou d'assister à une conférence ou à une séance de cinéma en milieu d'après-midi, sans se priver de lui sortir des plaisanteries déplacées au sujet du geste désespéré qu'elle venait de commettre et dont elle eût peut-être préféré ne pas parler.

— Allons, tu vas me les montrer, ces entailles, Beatriz. Ne les laisse pas trop se cicatriser sans que j'y aie jeté un coup d'œil quand elles sont encore à vif, lui disait-il sans le moindre tact.

Il était de ceux qui croyaient que pour les maux de l'âme il n'y avait pas de meilleure thérapie que l'effet de choc, ni de meilleur remède que la plaisanterie badine, la parodie. Il lui montrait les pansements qu'elle avait aux poignets, unique vestige incontestable de son incident ou aventure à l'hôtel.

— Je veux voir comment tu les as faites, à la verticale ou à l'horizontale, avec méthode ou au pif, en forme d'hélice ou en forme de croix, avec un minimum de sens artistique ou dans le style barbier parkinsonien. Je pense qu'à ta place, j'aurais trompé l'attente en jouant au morpion, sans doute avec le rasoir. Urfe, tirsto, érbadasz.

Certains jours, il était particulièrement enclin à émettre ses sons inintelligibles, plus ou moins onomatopéiques, y allant parfois de deux ou trois d'affilée. Par chance, il ne vivait pas à l'époque de son cher et vénéré Moyen Âge ni à celle de sa non moins chère Renaissance, car on aurait pu les prendre pour quelque langage infernal, voire des incantations à Belzébuth, et le professeur aurait fini au bûcher. Je ne pus m'empêcher de l'imaginer un moment attaché à des fagots, lunettes sur le nez, cigarette aux lèvres (la totale), déclamant des passages superbes avant d'être dévoré par les flammes.

Beatriz ne le prenait pas mal, qui sait si elle n'appréciait pas la franchise, la légèreté, la plaisanterie. Elle riait assez pour donner à croire que le professeur n'était pas du tout à côté de la plaque dans sa façon irrespectueuse de traiter l'épisode, et elle lui assurait qu'un jour elle lui laisserait voir les blessures avant que la couleur de sa peau ne redevienne uniforme.

— On n'en est pas encore là, professeur. Et en plus, j'en garderai toujours les marques. Tôt ou tard, ta curiosité sera satisfaite.

— Ne me mens pas, Beatriz. De nos jours, la chirurgie esthétique efface tout ce que tu voudras. Et je vous connais, vous, les femmes : si tu n'y as pas recours, tu te couvriras les poignets de bracelets et d'anneaux, et on n'y verra plus rien. Ne minimise pas ta future pudeur à cet égard : elle te trahira.

— Je ne te mens pas, professeur. La prochaine fois que l'on changera mes pansements, je t'appellerai. Quoi qu'il en soit, ne t'attends pas à une œuvre d'art, ajouta Beatriz, l'air beaucoup plus sérieux, à croire que la pudeur prédite s'était manifestée avec un peu d'avance, ou qu'elle revivait l'instant où un liquide se mêlait à l'autre, où les premiers filets de sang se diluaient dans l'eau, signal pour qu'elle commence à se laisser mourir, mourir dans sa pâleur.

De fait, sa voix se brisa quand elle murmura les mots qui suivirent. Rico s'affairait à remplir son étui à cigarettes avec un soin méticuleux, mais il s'en aperçut, leva les yeux, compréhensif et attristé, j'éprouvai moi aussi de la peine. Il me vint des envies juvéniles de me lever pour étreindre Beatriz et lui dire calmement à l'oreille : « Ça y est, ça y est, c'est fini. » Il ne me vint pas à l'esprit de suivre mon impulsion, cela eût été déplacé. C'est déjà bien assez d'oser s'entailler les veines, je préférai ne pas regarder. La mousse m'aida à ne pas voir ça.

Il s'ensuivit quelque chose qui ressemblait à une embrassade.

Le docteur Van Vechten passait à la maison en toute fin de matinée, pour contrôler l'évolution des blessures et changer les pansements. Il ne s'attardait guère, c'était une visite plus professionnelle qu'amicale, en ma présence rien ne laissait transparaître qu'entre lui et Beatriz il y avait jamais eu ce que je savais qu'il y avait, ou peut-être qu'il n'y avait plus (on ne sait jamais au juste ni quand ça commence ni quand ça finit chez les autres), sans doute étaient-ils bien habitués à feindre ; à moins, peut-être, qu'ils n'aient rien à feindre, faute de sentiments ou de grands élans. Un jour, je le raccompagnai jusqu'à la porte (« Ne bouge pas, Beatriz, je me charge de raccompagner le docteur »), et j'en profitai pour lui demander, sur le palier, la porte entrebâillée pour que l'on ne nous entende pas :

— Comment se fait-il qu'elle n'aille pas consulter un psychiatre ou un psychologue ? dis-je en hochant la tête. Je croyais que c'était obligatoire après une tentative de suicide. Ou, du moins, que c'était souhaitable.

Il haussa les sourcils, inspira bien à fond, dilatant les ailes de son nez, expira comme quelqu'un qui s'arme de patience, et répondit :

— Elle en a déjà consulté. À la clinique, nous avons réussi à la faire admettre en douce, les collègues du service de psychiatrie ne sont donc pas intervenus, et c'est mieux ainsi. Je ne pense pas qu'elle ait la moindre envie d'être suivie à nouveau, d'avoir à répéter de mauvais gré son histoire et à écouter, entre deux silences, l'une ou l'autre banalité. Je craignais aussi que ces consultations ne lui soient pas profitables, ni d'une aide quelconque. Dans son cas, il n'y a pas grand-chose à découvrir ou à creuser. C'est une femme malheureuse, tu dois le savoir à présent, vu le nombre d'heures que tu passes ici. Parfois elle tient le coup, parfois elle ne le tient pas. Souhaitons juste que de nombreuses années s'écoulent avant qu'elle ne craque à nouveau.

Cela dut lui paraître trop simpliste, car il s'empressa d'ajouter :

— Ou, si tu préfères, la plupart du temps elle manque de détermination, mais elle la retrouve par moments. On ne peut qu'espérer que ces moments mettent le plus de temps possible à revenir.

En fait, il avait déjà dit la même chose, mais sans doute estima-t-il sa seconde explication plus complexe.

Je présumai qu'il n'était pas au courant des incursions nocturnes de Beatriz. Si elle s'y risquait, c'est qu'elle nourrissait alors l'espoir, si vain fût-il, d'infléchir la volonté de Muriel ; on ne pouvait donc dire qu'elle manquait de détermination pour mettre fin à ses jours.

— Eduardo m'a fait comprendre qu'il y avait eu d'autres tentatives.

Je ne sais par quel souci de discrétion, je me retins de lui avouer clair et net qu'il me l'avait dit.

— Oui, et à moins qu'elle ne se résigne ou ne se lasse, ou ne se laisse dominer par la peur, il faut s'attendre à ce qu'elle recommence tôt ou tard, et qu'un de ces jours nous n'arrivions pas à temps.

— Et même en le sachant, que peut-on faire ?

— Pas grand-chose. Rien. Quand quelqu'un décide de se suicider, il n'y a aucun moyen de l'en empêcher. Il en va de même quand quelqu'un décide d'en assassiner un autre, et que peu lui importe de rester impuni ou de sauver sa peau. S'il en a vraiment décidé ainsi, il le fera, l'occasion se présentera toujours, si protégée et sur ses gardes la victime soit-elle. Comment expliquer autrement les assassinats de gens célèbres ? Pas moyen d'y échapper : si quelqu'un se met dans la tête de te tuer, quoi que tu fasses, il finira par te rayer de la carte. L'unique échappatoire est que l'assassin, ou le candidat au suicide, rate son coup, qu'il ne soit pas très malin ou maladroit, ou encore qu'il ne soit pas vraiment déterminé, et qu'il hésite. Avec Beatriz ç'a été un coup de chance, rien de plus. Jusqu'à la prochaine fois. Si elle continue ses tentatives, un jour, elle aura moins de chance.

— Tu crois qu'elle a hésité, l'autre jour ?

— Peut-être que oui, peut-être que non. Les entailles n'étaient pas très profondes, mais cela ne veut pas dire grand-chose. Il n'est pas facile de trancher sa propre chair avec une lame, l'instinct retient notre main, elle s'engourdit, elle se crispe. Cela n'a rien à voir avec la volonté. La tête peut vouloir en finir, mais la main refuse de se faire du mal. Ce qui est sûr, c'est que si tu ne l'avais pas vue entrer dans l'hôtel, cela aurait pris plus ou moins de temps, et même si ses blessures n'étaient pas profondes, elle aurait fini par se vider de son sang. Elle a donc eu de la chance. Il est certain qu'elle n'avait pas prévu que tu viendrais la voir et que tu nous informerais de son retard.

— Je l'ai vue quelques heures avant le repas. Elle aurait eu largement le temps d'en finir, si elle avait été plus expéditive.

Cet adjectif me vint comme ça, Van Vechten déteignait sur moi.

— Si l'on peut dire, ajoutai-je.

Le docteur eut un geste las, comme s'il en avait assez de m'expliquer ce qui lui apparaissait comme des évidences, il avait beaucoup plus d'expérience que moi.

— Ce genre de choses exige du temps lorsqu'elles sont à ce point préméditées et ne sont le fait ni d'un coup de tête ni d'un instant d'égarement ; et il est normal que l'on reporte, tu sais, encore un petit peu. À moins qu'elle n'ait craint, si elle se mettait trop vite dans l'eau, d'être victime d'une hydrocution, que sais-je ? Cela peut sembler ridicule, mais c'est ainsi. Quelqu'un qui est prêt à se tuer peut, en revanche, ne pas être prêt à risquer une hydrocution. Des individus n'ont pas sauté par la fenêtre quand ils ont senti combien il faisait froid au-dehors ou quand ils ont vu qu'il pleuvait. Avoir froid ou se mouiller pendant la chute les dérangeait plus que de s'écraser au sol. Va savoir ce qui les rebute le plus en ces moments-là, va savoir ce qui compte pour eux, ce qui leur passe par la tête.

Bien sûr, il ne s'incluait pas dans le lot, fût-ce de façon hypothétique, comme nous le ferions pour la plupart ; il ne s'imaginait pas dans une telle situation.

— Bon, écoute, j'ai des choses à faire.

Oui, il s'était lassé de mes questions. La tentative de suicide de Beatriz ne semblait pas l'affecter outre mesure. Il s'était plutôt fait à l'idée que ce n'était pas son problème et que, si elle persistait, il faudrait juste la laisser faire, attendre et voir. Il avait couru à toutes jambes Calle Velázquez, à l'hôtel Wellington, il n'avait pas ménagé sa peine, il avait fait tout son possible ; sans doute lui avait-il sauvé la vie, d'où la reconnaissance de Muriel. Médecin ayant le sens de ses responsabilités, il ferait toujours ce qu'exigeait son devoir quand quelqu'un était en danger ou souffrant, mais il ne lui appartenait ni de prendre des précautions, ni d'empêcher qui que ce soit de faire ce qu'il voulait. Ou peut-être savait-il tout bonnement que cela ne servirait à rien, c'était ce qu'il m'avait confié. Quoi qu'il en soit, son conformisme me fit froid dans le dos, ce n'était même pas de la résignation. Je me dis que personne ne se démenait pour Beatriz, que son existence n'était vitale pour personne, sans doute faisait-elle partie de cette foule de gens dont personne ne penserait avec passion : « Non, elle ne mériterait pas de mourir. Jamais, jamais. »

Comme je l'ai dit — en ces premiers jours où nous faisions preuve d'extrême prudence —, Rico venait l'après-midi, il la sortait ou bavardait avec elle, lui remontait le moral et la faisait rire avec sa condescendance et sa suffisance bien calculées, Roy s'arrêtait aussi pour lui tenir compagnie et si sa présence était plus timide, moins divertissante, on le sentait néanmoins désireux d'aider. Depuis son territoire, Flavia veillait en silence, quant aux filles, elles s'efforçaient d'être plus disponibles que d'habitude, elles s'enfermaient moins dans leur chambre, on les sentait un peu tristes et inquiètes pour leur mère — surtout l'aînée — mais pas exagérément, comme si elles étaient au courant de ses éventuelles pulsions et de leurs risques fatidiques, et les avaient intégrés, dans la mesure du possible. Le garçon, lui, n'était pas au courant, il était encore trop jeune. On veillait à ne pas laisser Beatriz trop longtemps seule, et Muriel appelait une ou deux fois par jour de Barcelone, en fonction de son temps libre, tel un mari attentionné. (Il est clair que s'il avait vraiment été un mari attentionné, il aurait tout mis en suspens et ne serait pas parti ; mais, vu la façon dont il la malmenait, c'était déjà bien qu'il s'intéresse à elle à distance, et en toute sincérité, me semblait-il.) Comme si, cette fois, il avait senti que Beatriz avait frôlé la mort. Même si ce genre d'incident n'était pas une nouveauté, cela devait l'effrayer chaque fois. Sans aucun doute, il la préférait terne, semi-effacée dans sa vie, mais en aucune manière il ne voulait sa disparition, et il n'aurait sûrement pas pu la supporter. Si je répondais au téléphone, il me demandait : « Comment la sens-tu ? », et je lui disais : « Elle me paraît bien, comme d'habitude, rien de nouveau. » Je passais ensuite le combiné à Beatriz et ils parlaient un moment, un échange bref (pas facile non plus d'inventer un sujet de conversation), je m'éloignais mais, une fois, j'entendis Beatriz : « Oui, ne t'inquiète pas, je vais bien... Oui... Non, Jorge dit que la cicatrisation suit son cours... Oui, bien sûr, je garderai des marques, mais qu'importe, à présent... J'y réfléchirai plus tard... Non, je ne me sens pas faible, absolument pas. À vrai dire, c'est comme si je n'en avais pas perdu une goutte... Tout le monde dit que j'ai l'air en pleine forme, et je ne pense pas qu'ils me racontent des bobards, car j'ai moi aussi l'impression d'avoir bonne mine et je ne suis pas de celles qui se regardent avec complaisance, bien au contraire, non ?... Merci... » À cet instant, je me demandai si Muriel lui avait fait un compliment, idée que j'écartai l'estimant insolite, compte tenu de toutes les horreurs et cruautés sur son physique que je l'avais entendu proférer, peut-être fallait-il y voir un pieux compliment, un encouragement. « Oui, ils ne me lâchent pas d'une semelle, ils s'imaginent qu'on ne les remarque pas, mais ils sont si transparents... Bon, ça m'amuse, oui, de voir leurs efforts pour faire comme si de rien n'était... Non, franchement, occupe-toi de tes affaires, le travail avant tout... Towers a fini par se calmer ? Allons, je suis désolée d'avoir bousculé ton quotidien, sur le moment on ne pense pas à ça, on y réfléchit ensuite, et maintenant oui, je pense à tout ça... Oui, le problème serait qu'il n'ait plus confiance en toi... Non, comment ça, Jesús ? Pas question, s'il persiste, il faudra que tu finisses tout seul... » J'en déduisis que Muriel était distrait, peu attentif, et qu'il accumulait les retards, que Towers s'impatientait et envisageait de le remplacer par cette tornade de Jess Frank. « Bon, donne-lui des preuves que tout ira bien, convaincs-le... Ah, moi ? C'est moi qui le préoccupe ? Non, écoute, rassure-le de ma part, je n'ai pas l'intention d'interrompre, à nouveau, votre tournage… Bien sûr que non, je n'en ai pas la moindre intention… Eduardo, les choses arrivent quand elles doivent arriver, ce qui ne signifie pas pour autant qu'elles vont continuer à arriver. Au contraire, ce qui se passe est déjà le passé… » Après quelques phrases pour clore la conversation, je l'entendis raccrocher, je retournai alors au salon. Détail étrange, après avoir raccroché, elle resta là un moment, la main sur le combiné, le fixant du regard, l'air pensif, comme si, de cette façon visuelle et tactile, elle voulait prolonger le contact avec Muriel, ou retenir un instant certaines des paroles qu'elle venait d'entendre et, qui sait, ce compliment, si compliment il y avait eu. Ou comme si elle lui avait menti et qu'avant de lâcher l'instrument dont elle s'était servie, elle attendait qu'il flairât le mensonge et que, méfiant, il la rappelât aussitôt. Tel celui qui attend que le pistolet cesse de fumer et refroidisse dans sa main après s'en être servi.

Mais, le soir, personne ne venait et il m'incombait de prendre le relais, de me tenir à disposition au cas où elle aurait besoin de moi, de la distraire, de converser avec elle ou de m'asseoir à ses côtés pour regarder un film ou une série à la télévision, afin de ne pas accentuer la solitude nocturne à laquelle elle était accoutumée, la consigne était néanmoins d'y aller avec précaution ; cela ne durerait pas longtemps, guère plus que la convalescence et les semaines nécessaires pour que nous nous remettions tous de notre frayeur et reprenions bon espoir, on ne saurait vivre indéfiniment en état d'alerte. Pendant la dizaine de jours où Muriel tourna à Barcelone, je crois avoir eu l'occasion de parler davantage avec Beatriz Noguera que pendant tout le temps où je travaillai pour son mari. D'une façon générale rien de très personnel, rien de bien épineux ni délicat mais, comme chacun sait, dans ces situations de proximité forcée, il se crée facilement une fausse et provisoire camaraderie, une impression de quotidienneté s'établit vite, rien de tel que de condamner deux personnes plutôt sympathiques à passer du temps en compagnie l'une de l'autre pour que cela semble faire partie de leur quotidien ou puisse en faire partie si, pour une raison ou une autre, ces circonstances exceptionnelles devaient se prolonger ; en deux ou trois jours à peine, des routines s'installent, on prend des habitudes allant jusqu'à s'asseoir toujours sur le même siège, à la même place, dans le même fauteuil, si l'on joue aux échecs ou aux cartes, du même côté du canapé si l'on regarde la télévision, tout comme ceux qui passent ensemble deux nuits d'affilée insistent pour s'attribuer le même côté du lit.

Quand elle se retirait dans sa chambre, je restais encore une heure debout, je n'avais guère sommeil et quand je finissais par aller me coucher, je restais sinon l'œil entrouvert, ainsi que me l'avait ordonné Muriel, du moins aux aguets dans quelque recoin de ma conscience, sans doute attentif comme le sont les parents d'enfants en bas âge, non pas, bien sûr, que Beatriz comptât autant pour moi, loin de là. Quoi qu'il en soit, je l'entendais sortir chaque soir de sa chambre, à un moment donné, pour se rendre quelques minutes au salon ou à la cuisine, sûrement le temps d'une cigarette ou deux, elle regagnait ensuite ses quartiers, refermait sa porte et je me rendormais rassuré, comme si elle était plus en sécurité dans sa chambre, même si j'imagine que c'était, en fait, le contraire : au cas où elle aurait tenté une nouvelle fois de se suicider, elle aurait évité de le faire dans les parties communes où elle courait davantage le risque que les enfants ou Flavia la découvrent, où il y aurait plus de chances que quelqu'un l'en empêche ou déjoue ses plans avant l'échéance ultime, en arrivant une fois de plus à temps.

Une nuit, je l'entendis s'affairer à la cuisine plus longtemps que d'habitude, histoire de tuer le temps en attendant d'être vaincue par l'épuisement ou le sommeil ; vu la proximité de ma chambre et de la cuisine, il m'était impossible de ne pas prêter attention à ses mouvements et de ne pas les interpréter. Elle ouvrit et referma trois ou quatre fois le réfrigérateur, alluma des cigarettes — les toussotements d'un briquet faiblard ; elle se servit une boisson fraîche — le liquide que l'on verse dans le verre, les glaçons qui s'entrechoquent —, je perçus le bruit d'une chaise ou d'un tabouret que l'on traînait, elle s'asseyait, se relevait quelques secondes plus tard, puis se rasseyait, sans que je puisse distinguer ses pas : je la devinai pieds nus ou marchant en chaussons à pas si feutrés qu'elle allait et venait devant la porte de son mari sans que ce dernier s'en rendît compte, jusqu'à ce qu'elle décidât de s'annoncer en frappant d'un doigt. À présent, elle ne prenait pas garde, peut-être ne se rappelait-elle pas que je dormais là, tout près, ou peu lui importait de me réveiller, peut-être était-elle à ce point perdue dans ses pensées qu'elle n'avait plus qu'elles en tête, et comme chacun sait, l'insomnie est égoïste. Le bruit persistant d'un tabouret ou d'une chaise que l'on tire — simples signes d'inquiétude et de nervosité, tabourets et chaises étant les sièges de la cuisine — me fit imaginer un éventuel danger. « Elle ne va tout de même pas grimper sur l'un d'eux, me dis-je, le renverser d'un coup de pied et se pendre ; j'espère qu'elle ne nous prépare pas un coup comme ça » ; j'essayai, mais en vain, de me rappeler s'il y avait au plafond quoi que ce soit pour attacher une corde ou n'importe quel bout de tissu. Il suffit que cette idée me vienne à l'esprit pour que je tende l'oreille et m'efforce de décrypter le moindre bruit et que je m'inquiète pour peu que le calme ou le silence se prolongent. En pleine nuit, tout semble vraisemblable et bien réel.

Je compris que, tant que Beatriz resterait à la cuisine, je serais toujours aussi inquiet, aussi décidai-je de me lever. Il faisait déjà chaud, j'étais juste en *boxers*, ils me tenaient lieu de caleçons depuis que j'étais jeune, trouvant trop aguicheurs voire repoussants les *slips*. Je ne pouvais ni ne devais être vu ainsi, décidai-je, même si cela eût été justifié ; après tout, j'étais dans mes quartiers, pour ainsi dire ; faute de peignoir, j'enfilai mon jean et ma chemise que, par flemme de boutonner, je portai à l'extérieur. Pour ne pas la faire sursauter, j'ouvris avec précaution la porte de mon cagibi où Flavia avait mis un peu d'ordre depuis ma première nuit dans l'appartement, le rendant plus accueillant et moins spartiate ; c'est alors que je vis Beatriz, de dos, effectivement assise sur un des tabourets de la cuisine, à l'endroit où l'on prenait le petit déjeuner, chacun de son côté et à son heure, les seuls à le prendre en même temps étant les enfants et uniquement les jours de classe ; personne ne faisant vraiment office de noyau fédérateur, la famille avait tendance à s'émietter.

Il y avait déjà de la lumière à la cuisine, aussi, quand j'ouvris ma porte, la lumière en provenance de ma chambre n'avertit pas Beatriz de ma présence, absorbée qu'elle était dans ses pensées. Elle non plus n'avait pas mis de peignoir ce soir-là, bien que Muriel fût absent et qu'elle n'eût personne à séduire avec sa chemise de nuit plutôt courte : debout, elle lui arrivait à mi-cuisses, elle était identique à celle que je lui avais vue ce fameux soir déjà bien lointain, à la seule différence qu'elle n'était ni blanche, ni écrue, mais d'un bleu très pâle, elle avait dû les trouver seyantes et en acheter deux ou trois du même modèle. Sans doute la chaleur l'avait-elle incitée à sortir de sa chambre dans cette tenue légère, tout comme ses cogitations et le fait de se sentir seule dans un appartement où dormaient cinq autres personnes, employés et enfants, mais peut-être, dans ses insomnies, étions-nous quantité négligeable. À la voir assise, je n'aurais pu dire si, comme le soir de ses déambulations suppliantes, elle avait ou non une petite culotte, bien que, de toute évidence, elle ne portât pas de soutien-gorge, c'est naturel : qui peut dormir avec un sous-vêtement qui vous serre et vous comprime ? De toute mon existence je n'ai jamais rencontré une femme qui garde son soutien-gorge au lit. Je fus surpris que mon premier coup d'œil s'intéressât à cela ou tentât de déterminer ce qu'il y avait — ou non — sous la nuisette de soie ; disons plutôt que je ne fus pas surpris mais que je me le reprochai un instant, pour la forme. Après tout, le regard est incontrôlable, il fait souvent fi de nos instructions et de nos interdits, à moins que nous n'alléguions ce prétexte pour lui permettre de nous désobéir. Qui plus est, je me rendis aussitôt compte que je me moquais de cette désinhibition de mon regard, comme si l'absence de Muriel — irresponsable, choquante — m'octroyait cette fois-ci la liberté de contempler à mon aise tout ce qui m'entourait, fût-ce sa femme. Cette soudaine incontinence visuelle n'avait guère de sens, vu le peu d'importance qu'il accordait au physique de Beatriz, ou la façon dont il la rejetait. Mais le valet se sent maître en l'absence de ce dernier, comme s'il occupait temporairement sa place et l'usurpait. Il s'ensuit que tous les domestiques, depuis que le monde est monde, se vautrent sur les canapés, s'adonnent à des galipettes dans les lits, font sauter les bouchons ou plongent dans la piscine de leurs maîtres sitôt que ces derniers ont tourné le dos, ou du moins ils fantasment sur la possibilité de le faire, ni vu ni connu, puisque c'est à eux qu'il incombera aussi d'en effacer les traces. C'était un non-dit, mais j'étais finalement l'un d'eux, une sorte de domestique. De plus, je constatai que la récente tentative de suicide de Beatriz renforçait mon audace : on se permet d'étranges libertés à l'égard de toute personne qui a voulu mettre fin à ses jours : « Somme toute, pensons-nous, la chance lui a souri, elle a échappé au pire ; cette nouvelle étape est un cadeau, elle n'a pas le droit de s'en plaindre ; quoi qu'il lui arrive désormais, elle aura tout fait pour l'éviter, elle a choisi de ne pas compter dessus, de l'ignorer. » Et ce que je pensai, là-bas à la cuisine, ou ce qui me traversa l'esprit, même si cela n'était certes pas formulé de façon aussi explicite, était ceci : « Sans moi, ce corps pourrirait dans une fosse, sous terre, et nul ne poserait jamais plus les yeux sur lui, à moins qu'il ne soit plus qu'un tas de cendres ; ainsi donc, en un sens, sa survie m'appartient, en totalité ou en partie, quelques minutes ou des heures, j'ai mérité de me rincer l'œil en le contemplant tout mon soûl. » Oui, dans certaines cultures, si l'on sauve la vie de quelqu'un, on devient responsable de ce qui lui adviendra, on doit veiller à ce que ce sursis ne lui soit pas funeste, à ce qu'il ne se transforme pas en tourment ; dans d'autres sociétés, le sauveur devient sinon le propriétaire de cette personne, du moins une sorte d'usufruitier, le rescapé se met à sa disposition, s'abandonne ou s'en remet à lui. J'eus très vite la prétention d'estimer que si Beatriz se réjouissait d'être encore en vie, elle était en dette à mon égard ; si, au contraire, elle le regrettait, elle se considérerait alors comme ma créancière. D'une main, elle tenait un verre de whisky avec des glaçons et, de l'autre, une cigarette pas allumée ; deux mégots gisaient dans le cendrier, à côté d'elle. Ses poignets enveloppés de bandages blancs contrastaient avec ses bras nus que laissait voir sa chemise de nuit sans manches ; elle était plutôt mate de peau, aussi ses moments d'intense pâleur pouvaient-ils faire peur.

— Que se passe-t-il, tu n'arrives pas à dormir ? lui demandai-je après m'être discrètement éclairci la voix pour l'informer de ma présence en deux temps, si rapprochés fussent-ils.

Elle se retourna, esquissa un sourire. Elle ne tourna pas juste la tête, mais tout le corps, ses cuisses robustes à découvert, vu qu'elle était assise jambes croisées. (Je ne parvins toujours pas à en voir davantage, à cause des plis.) Elle n'en exhibait pas autant que Celia, la fonctionnaire, dans le taxi, mais assez, bien assez. Comme pour s'excuser, elle me montra le whisky, ce n'était pas une grande buveuse.

— Oui, je veux voir si ça va m'assommer, dit-elle. Comme je n'ai pas trop l'habitude…

Et elle ajouta :

— Je t'ai réveillé, pardonne-moi. Il m'arrive d'oublier

que, la nuit, tu es dans le coin. Enfin, les nuits où tu es censé être ma sentinelle. Mais il t'est arrivé de passer d'autres nuits ici, tu ne donnes pas l'impression d'être très heureux chez toi, n'est-ce pas ?

Elle était consciente que je passais plus de temps que nécessaire chez elle, mais le commentaire était neutre, il ne semblait ni faire allusion à ma présence excessive, ni me la reprocher. Beatriz savait aussi quel était mon rôle pendant que Muriel tournait ses scènes extravagantes, à six cents kilomètres de là.

— Mais si, je suis bien chez moi, répondis-je, mais, de temps en temps, j'ai besoin d'un peu de compagnie et ici, vous en avez à revendre ! J'espère que je n'abuse pas, que je ne dérange pas. Si c'est le cas, dis-le-moi.

Elle démentit d'un mouvement de tête, comme pour dire : « Bien sûr que non, ne sois pas stupide ! » Comme si mes craintes étaient si ridicules qu'elles ne valaient pas la peine de dépenser de la salive pour les dissiper.

— Allons, assieds-toi près de moi un moment, jusqu'à ce que je trouve le sommeil. Maintenant que je t'ai réveillé…

Là-dessus, elle approcha un autre tabouret, le plaça à côté d'elle. Je m'assis à sa gauche et de cet angle je pus voir en partie l'intérieur de son décolleté, c'est-à-dire en partie son sein droit et, bien sûr, l'entre-deux-seins, je n'avais désormais plus honte que mon regard privilégiât ces attraits, malgré tout, je ne m'autorisais à y aventurer que le coin d'un seul œil, car on ne saurait de but en blanc se laisser aller à trop d'impertinence, fût-elle visuelle, il y a une exigence de dissimulation initiale en toutes circonstances, même si l'on sait comment cela finira et ce que l'on recherche, la raison pour laquelle deux personnes se sont rencontrées. Ce n'était absolument pas le cas. Je ne savais rien (je me contentais d'accumuler des désirs élémentaires, dans la mesure où parler de désirs élémentaires à propos de la jeunesse n'est pas une redondance) et à ce moment-là, rien de ce genre ne lui était venu à l'esprit, elle luttait juste contre l'insomnie, sans doute cela tournait-il à vide dans sa tête, assez pour négliger le reste et à peine remarquer ce qui l'entourait. Elle avait quarante et un ou quarante-deux ans et, à cette époque, rares étaient les femmes qui se soumettaient à des interventions chirurgicales absurdes et contre-productives, ce que j'entrevoyais des profondeurs de son décolleté était naturel, de ces seins à la chair qui bouge, monte et descend au gré de chaque respiration, une chair à la fois ferme et tendre, encore dure, voluptueuse et plutôt turgescente, oscillante, douce, semblait-il, et qui inspirait pourtant certaine répugnance à Muriel, ou peut-être pas tant que ça : après tout, ne l'avait-il pas tripotée cette nuit-là, même si son intention était dégradante, méprisante. Je ne l'aurais pas touchée de cette façon, pas au début, sous aucun prétexte, ni ce soir-là ni aucun autre. Cette fois, rien qu'à la voir, le bout de mes doigts me démangeait, façon de parler, car je ne la touchais pas. Elle se tut quelques secondes et pour se distraire alluma sa cigarette, elle inspira bien à fond, soulevant sa poitrine à demi découverte, ou plutôt les deux seins se soulevèrent en même temps, mais il me fallut deviner le sein gauche sous l'étoffe ; alors, pour la première fois, elle mentionna mon intervention :

— C'est donc toi qui m'as sauvé la vie. C'est donc toi qui m'as ravie à la mort.

Le verbe qu'elle avait choisi dans la dernière phrase me parut quelque peu étrange (mais par les nuits d'insomnie la conscience s'émousse, tout comme le vocabulaire qui la traverse), aussi me demandai-je si elle m'adressait un reproche ou m'exprimait sa reconnaissance, ou se contentait de constater une évidence. Au moins, elle n'avait pas dit « qui m'as arrachée à la mort », cela eût paru aussi affecté qu'accusatoire.

— Non. Enfin, de façon très indirecte, c'est tout. C'est par hasard que je t'ai vue entrer.

Il n'en avait pas été ainsi, personne ne savait qu'il m'arrivait de passer mon après-midi à la suivre, et faute de cette habitude, elle se serait aventurée, sans témoin, vers sa fin.

— Mais ce n'est pas moi qui ai fait le rapprochement, jamais je n'y aurais pensé. Je suppose que ce fut une chance, du moins pour nous. Pour toi, je n'en sais rien. J'espère que oui.

— Espérons que oui, je te le dirai d'ici quelque temps, répondit-elle avec une pointe d'ironie. Et qui se cache derrière ce « nous », peut-on savoir ? Qui mets-tu là-dedans ?

J'ignore pourquoi j'avais eu recours à ce pluriel, sans doute était-ce pour ne pas me singulariser, ni me mettre en valeur, ni devoir m'expliquer. En ces instants, par cette nuit d'encre, je voyais comme une chance pour moi qu'elle soit vivante et palpitante, ne fût-ce que par l'attraction érotique qui n'avait plus rien de vague ni d'attiédi, mais était bien concrète, palpable et croissante, mon regard s'était affranchi de toutes convenances telles que l'âge, la situation ou la hiérarchie, seules restaient la courtoisie ou la simulation. Le désir, lui aussi, est égoïste, rien ne l'arrête ou presque — mentir, flatter, prendre des risques, arnaquer, faire des promesses en l'air, s'arranger pour que la personne tienne le coup et s'attarde en ce monde afin de profiter d'elle à présent —, jusqu'à ce qu'il soit satisfait. Après, c'est une autre affaire, la vie reprend son cours et il s'avère ridicule d'avoir autant misé ou épargné pour acquérir quelque chose qui est aussitôt soldé et parfois tout aussi vite oublié.

— Je n'en sais rien, nous tous, répondis-je. Je ne pense pas qu'aucun de nous qui veillons sur toi n'aurait pu rester indifférent à ta mort. Pour Susana, Alicia et Tomás, elle aurait été un désastre. Pour Flavia. Pour tes amies. Pour Eduardo. Pour moi, pour Rico et Roy. Pour Van Vechten. Pour tous. Et aussi pour d'autres que je ne connais pas, je présume.

Je me souvins de l'habitant, quel qu'il fût, de la Plaza del Marqués de Salamanca.

— N'exagère pas, Juan. Peut-être que tu l'aurais regrettée, je ne dis pas le contraire, mais pour toi ce n'aurait pas été un désastre, tu me connais peu et puis tu es très jeune. Pour Eduardo non plus.

— Tu aurais dû voir comme il courait, comme il était inquiet quand nous sommes partis à ta recherche.

— Oui, Jorge me l'a dit. Il a assez tourné de films.

Elle se leva et se dirigea vers le réfrigérateur. Elle l'ouvrit sans savoir ce qu'elle voulait, elle prit un Coca-Cola, en versa la moitié dans son verre de whisky. C'est alors que je vis qu'elle avait une petite culotte ; je le vis à travers la soie, quand elle était de dos, sa croupe plutôt avantageuse dessinait une courbe plaisante et rebondie que lui aurait enviée toute véritable dondon, tout patapouf ou grosse vache, tout tas de lard, toute baleine, voire toute cloche d'El Alamo ; il fallait vraiment que Muriel soit fou pour l'appeler de la sorte depuis des années, à moins qu'il ne s'agisse d'une punition pure et simple, glaciale, plutôt que de folie ? Peut-être son ressentiment la lui faisait-il réellement voir ainsi. Quand on a décidé de voir quelque chose d'un mauvais œil, rien n'y fait, et ce qu'hier encore nous appréciions, nous paraît aujourd'hui criblé de défauts, merdique, rien ni personne ne saurait alors trouver grâce. Sans doute Beatriz m'apparaîtrait-elle différente, nettement moins bien, si je satisfaisais mon désir, une fois ce désir assouvi, je veux dire ; que l'on se mette à se lamenter après avoir obtenu ce que l'on voulait n'a rien de rare. Je ne pensais toutefois pas à ce désir comme à quelque chose de réel, j'en restais à la phase visuelle, tout contact intentionnel ou conscient me semblait une impossibilité. L'idée ne lui avait même pas effleuré l'esprit, elle n'avait pas non plus remarqué la concupiscence de mes regards, de moins en moins furtifs. Sans doute me rangeait-elle dans le monde des mineurs, de ses propres enfants, plutôt que dans celui des adultes, des Muriel, Rico et Van Vechten, après tout, j'étais plus proche en âge des premiers que des derniers : sans aller plus loin j'étais beaucoup plus proche en âge de Susana que de Beatriz. Sans doute était-ce pour cette raison qu'elle ne se couvrait pas, même s'il est certain qu'à cette époque toute la société s'était débarrassée de la pudeur imposée dès le premier jour par la dictature et son Église, on vivait des années d'insouciance, de détente et de défi.

— Ce n'est pas pour rien que je ne bois pas d'alcool, dit-elle pour justifier le mélange. Je n'aime pas beaucoup ce truc-là. Tu vas bien te servir quelque chose, non ?

— Tout de suite.

Et sans transition ou presque je lui demandai :

— Quel était l'intérêt de tout ça ? Pourquoi l'as-tu fait ? Je veux dire ce qui s'est passé au Wellington. C'est vrai, oui, je t'ai sauvée, je suppose ; mais j'aurais pu ne pas t'avoir vue.

Elle ne s'était pas encore rassise, je l'observais debout à côté de moi, ses grandes formes exubérantes toutes proches de mon corps, je crus sentir la nuisette me frôler à hauteur de l'épaule ou du bras, mais sans doute était-ce pure invention de mon imagination, l'angoisse y est propice. Je l'étudiai à nouveau du coin de l'œil, de bas en haut, je n'avais guère à lever les yeux, sa poitrine sans soutien-gorge montait et redescendait comme si sa respiration s'était un peu accélérée quand je lui avais posé ces questions.

— Et toi, Juan, qu'en penses-tu ? me dit-elle avec douceur, sans l'âcreté à laquelle on aurait pu s'attendre, vu la façon dont la question était formulée, sans que cela prête à croire qu'elle me trouvait particulièrement obtus ; comme si elle n'avait d'autre choix que de l'admettre à la première occasion, de toute évidence. Tu es ici depuis assez longtemps pour t'être rendu compte que je n'ai rien à faire avec Eduardo. Et ça me gâche la vie, je ne le supporte pas. Le matin, j'ai de plus en plus de mal à me lever et à me mettre en route. S'il ne tenait qu'à moi, je ne me réveillerais pas, ça fait des années que ça dure. Il y a des jours où je n'en peux plus, c'est ce qui s'est passé ce jour-là. Bon, c'était aussi le cas les jours précédents. Il y a des jours où je ne me sens pas bien — et de rétablir aussitôt la vérité : — des jours où je ne suis pas bien dans ma tête, ça aussi. Pendant des années, j'ai été suivie de très près par un psychiatre, je ne sais pas si tu es au courant. Quand les deux surviennent en même temps… Bon, ils peuvent se terminer d'une façon ou d'une autre, je n'en ai moi-même aucune idée. Quand je vis un de ces jours-là, je suis tout simplement incapable d'en prévoir l'issue.

Pour ma part, je ne sus que dire, du moins, pas sur le moment. Elle revint s'asseoir près de moi, appuya son front dans une main, dans la paume entière, bien ouverte, accueillante, ce même geste que nous faisons quand nous vomissons la nuit, rappel de ce que faisaient nos mères lorsque, enfants, nous avions mal au cœur et qu'elles posaient la main sur notre front entre les spasmes ; maintenant qu'elles ne sont plus là nous soutenons nous-mêmes notre front, pathétiquement, comme si nous étions ces mères ou tout au moins quelqu'un d'autre, tel le moribond solitaire s'agrippe à ses propres doigts pour se donner l'illusion qu'il est accompagné en ses derniers moments.

— Tu prends des médicaments ?

— Oui, j'en ai pris. À présent, avec ça — et elle me montra le pansement autour de son poignet gauche — ils m'en ont prescrit à nouveau, bien sûr. Ça aide, mais ça ne change pas le fond du problème pas plus que ça n'apaise le chagrin.

— Pourquoi ne vous séparez-vous pas ? Pourquoi ne t'en vas-tu pas ? D'ici peu, on pourra divorcer. Qui sait si vous ne seriez pas mieux à distance l'un de l'autre, la page définitivement tournée.

Elle n'avait pas à savoir que j'avais déjà, plus ou moins, la réponse à cela en ce qui la concernait : je l'avais entendue s'expliquer devant ses pestes d'amies.

Elle retira la main de son front et se tourna vers moi. Ce faisant, ses genoux rencontrèrent ma jambe droite, je notai une légère pression, elle ne recula pas, elle ne s'en rendit sûrement pas compte, même si je suis de ceux qui croient que l'on se rend toujours compte que l'on vous touche ; ou elle n'y accorda pas d'importance. J'en profitai pour regarder ses cuisses du coin de l'œil, à présent, elles s'offraient à moi de face. Peut-être étaient-elles un peu dodues, mais ainsi découvertes, musclées, étroitement serrées l'une contre l'autre, elles m'attiraient.

— Ça, il faudrait que tu le lui demandes directement, pourquoi il ne s'est pas barré, et pourquoi il ne se barre pas.

Quant à moi, c'est beaucoup demander à quelqu'un, beaucoup demander à une femme de s'éloigner de l'être qu'elle aime le plus au monde. S'il me quittait, je devrais l'accepter, et il le fera probablement, dès que les dispositions prévues par la loi en matière de divorce seront finalisées. Mais qu'on n'aille pas s'attendre à ce que je lui facilite les choses, à ce que j'en prenne l'initiative, contre mon gré. D'ailleurs, si elle venait de moi, je parierais qu'il s'y opposerait. Les gens ont des réactions bizarres. Et nous avons parcouru un bon bout de chemin ensemble. Sans doute est-ce à cause de cela qu'il ne s'en va pas malgré tout, peut-être cela compte-t-il pour lui.

« Oui, c'est évident, me dis-je. Nous ignorons les liens qui se sont tissés entre ceux qui nous ont précédés, mieux vaut que nous les ignorions à jamais parce que nous arrivons toujours bien tard dans la vie des gens. »

— Je n'en sais rien, dis-je. J'ai du mal à comprendre que tu continues à aimer ainsi quelqu'un qui te maltraite autant en paroles.

Je ne pouvais ajouter « et par action », c'eût été trahir mon vieil espionnage nocturne.

— Pardonne-moi, mais je n'ai eu parfois d'autre choix que de l'écouter. Attention ! Pas en ton absence, il n'a jamais rien dit de négatif dans ton dos, en ma présence. Mais je l'ai entendu te parler. Bon, tu le sais très bien.

Elle sourit, reprit sa position initiale et but une gorgée. À présent, nos corps ne se touchaient plus. Je devais faire en sorte qu'elle remarque mon désir qui allait croissant (que l'autre vous remarque, tel est toujours le premier stade, le passage obligé, parfois c'est aussi le dernier, le déclic), si bien que je commençai à ne pas me contenter de la phase visuelle, à imaginer des possibilités, et à l'écouter avec indifférence comme quelqu'un qui est allé trop loin. Vient un moment dans ce genre de situations où tout ce qui compte pour vous se résume à la houle de vos propres émotions.

— Bien sûr que tu l'as entendu. Si seulement il pouvait s'abstenir en présence d'autrui ! Avec certains, il fait plus attention qu'avec d'autres, conscient qu'ils ont de l'estime pour moi. Tel est le cas avec Jorge, avec Paco ou avec mes amies. Moins avec Alberto Augusto. Et avec toi, oui, avec toi il se sent trop à l'aise, trop libre, trop en confiance ; il a fait de toi, dès le début, un prolongement de lui-même, ce qui a des avantages et des inconvénients. Ce que tu ignores, c'est qu'il n'en a pas toujours été ainsi, bien au contraire. Figure-toi que ça a commencé il y a déjà pas mal de temps, peu après la naissance de Tomás. Mais au total, le nombre d'années où ç'a été l'inverse l'emporte, et pour moi ce sont ces années-là qui comptent. Je les ai vécues, et Eduardo…

Elle s'arrêta comme gênée de dire ce qui allait suivre, mais elle reprit :

— Eduardo est le meilleur et le plus honnête des hommes que tu aies jamais rencontré. Son attitude à mon égard, cette aversion, cette façon de me traiter, ne sont pas dans son caractère, il s'y oblige. Tu vas me trouver bien naïve, mais je persiste à croire qu'un jour, il ne supportera plus d'être en désaccord avec lui-même et avec sa nature profonde. Alors il cessera et voudra s'amender.

« Le meilleur et le plus honnête des hommes », répétai-je en mon for intérieur. C'était possible, non seulement je l'admirais, mais je le tenais en haute estime ; comme je l'ai déjà dit, j'étais l'un de ses inconditionnels. Il était néanmoins étrange d'entendre un tel éloge de la bouche de la seule et unique personne vis-à-vis de laquelle je l'avais vu et entendu se montrer si cruel. Non pas malveillant, irrespectueux ou méprisant, ce qui pouvait certes lui arriver, qui plus est avec beaucoup d'esprit et dès lors une relative impunité, non, avec elle, Beatriz, il était blessant, brutal (de toute évidence, il ne se comportait pas comme ça dans l'intimité). L'une ou l'autre phrase de Beatriz à ses amies me revinrent : « Je ne voudrais pas refaire ma vie avec un autre homme. Je veux la vie que j'ai vécue toutes ces années durant avec le même homme. Je ne veux ni oublier ni passer à autre chose, comme on dit, mais continuer dans la même voie, dans la continuité du passé. Je n'ai jamais été insatisfaite, je n'ai jamais éprouvé le besoin de changement, je n'ai jamais été de ces femmes qui s'ennuient et ont besoin de mouvement, de diversité, de querelles, de réconciliations, d'euphories ou de sursauts. J'aurais été heureuse si tout était resté à jamais tel que c'était. Il y a des gens parfaitement heureux qui n'aspirent qu'à ce que chaque jour soit identique à la veille et au lendemain. J'étais de ceux-là. Jusqu'au jour où tout a déraillé. »

À mon tour, je me levai et me dirigeai vers le réfrigérateur. Comme elle, un peu plus tôt, je ne savais pas ce que je voulais. Je pris un verre, y mis des glaçons, promenai mon regard à l'intérieur du frigo, puis autour de moi. À la vue de la bouteille de whisky sur la table, je décidai de me servir et ajoutai, moi aussi, du Coca-Cola, bref, je l'imitais en tout ; étant debout, je l'avais dans mon champ de vision, je l'observai, zoomai sur son décolleté ou, plutôt, y plongeai, surtout au cours de ces secondes où je me tins juste derrière elle, l'envie me vint alors d'approcher une main, ou de poser les deux sur ses épaules et de les faire glisser vers le bas, non pas brusquement mais, petit à petit, distraitement, en attendant qu'elle m'interrompe ou me laisse continuer, qu'elle me crie : « Mais que fais-tu ? » et que, paniqué, je rougisse, présente mes excuses et reparte, ou bien qu'elle se taise et m'autorise ce geste, parfaitement consciente de ce que je faisais, mais n'en laissant rien paraître, sinon plus tard, quand il ne serait plus possible de ne pas accuser verbalement réception de ce contact, au cas où il serait d'une autre nature, même s'il est certain que cela peut se faire sans articuler un son — on n'a pas besoin de dire quoi que ce soit — ou par des halètements, et même ceux-ci peuvent être étouffés ou réduits à de simples gémissements, combien ont été ainsi dissimulés, muselés, jusqu'à devenir aussi silencieux que s'ils n'existaient pas, en fait, il n'y a aucune règle et rien n'est impossible quand des êtres s'unissent.

Je m'attardai donc là, derrière elle — il ne s'agissait désormais plus de quelques secondes —, et me dis que je pourrais faire le premier geste sans que Beatriz y trouvât rien de suspect ni de déplacé, poser les mains sur ses épaules en toute amitié ou en un geste de réconfort ; en outre, lors d'une insomnie, beaucoup de choses deviennent acceptables, comme si, après tout, l'état de veille était contaminé par le sommeil qui résiste, ne vient pas, mais devrait lui succéder, tout se déroulerait alors sous sa gouverne, dans une vie d'emprunt, nébuleuse, hypothétique et parallèle, jusqu'à un certain point. Je fis cela, je lui posai délicatement les mains sur les épaules tout en parlant pour dissimuler mon audace et faire en sorte que ce ne soit pas sa seule préoccupation à ce moment-là :

— Et que s'est-il passé ? Pourquoi cela a-t-il mal tourné ? Pourquoi Eduardo est-il devenu aussi caustique, aussi brusque ?

Elle haussa les épaules, un geste imperceptible. Elle aurait pu en profiter pour me repousser, pour se dégager. Pour peu qu'elle ait mis quelque énergie dans ce mouvement, j'aurais compris qu'elle refusait le contact et mes mains se seraient envolées, mais il fut si discret que je vis plutôt là une réponse, comme si ses épaules reconnaissantes exerçaient une légère pression pour rejoindre mes paumes et mieux épouser leur forme. Du moins, est-ce ainsi que je décidai d'interpréter ce geste, forçant à coup sûr la chance.

— Pour une absurdité, dit-elle. Parce qu'il s'est aperçu qu'un jour, il y a bien longtemps, je lui avais menti. Un vieux mensonge dont il aurait mieux fait de rire plutôt que de le prendre au tragique. Tant d'eau avait coulé sous les ponts, nous avions vécu tant de choses ensemble, qu'il aurait dû perdre de sa gravité, je ne sais comment dire : il aurait dû y avoir prescription, infirmation, compte tenu du poids de nos années de vie commune, nous avions même perdu un enfant et, si vous vous en sortez, rien ne soude autant un couple qu'une telle épreuve. D'ailleurs, ce n'est même pas lui qui a découvert le mensonge, mais c'est moi qui le lui ai avoué, un jour où j'étais contrariée.

Elle fit une pause.

— Jamais je n'aurais imaginé qu'il réagirait de la sorte. Pas de chance...

Cela me rappela ce que j'avais entendu de la bouche de Muriel la nuit où il était apparu à la porte de sa chambre dans son long peignoir sombre, à la Fu Manchu ou à la Dracula : « Ce que j'ai pu être bête de t'aimer toutes ces années, du mieux que j'ai pu, alors que je n'en savais rien. » Et plus tard, il l'avait rabrouée : « Si tu ne m'avais rien dit, si tu ne m'avais pas détrompé ! À quoi bon sortir un jour de l'erreur et révéler soudain la vérité ? » Il avait enfoncé le clou en ajoutant : « Ah ! Beatriz, ce que tu as pu être bête ! Et pas qu'une fois, mais deux fois ! » Sans doute se référait-il à ce qu'évoquait Beatriz aujourd'hui.

— Et peut-on savoir quel était ce mensonge ?

Elle demeura quelques instants pensive, peut-être n'avait-elle pas envie d'entrer dans les détails. Elle but quelques gorgées de son whisky, sans pour autant se soustraire à mes mains si prudentes, si respectueuses qu'elles ne bougeaient pas d'un millimètre, à croire que l'audace initiale avait, et pour longtemps, excédé le contingent d'audaces qui lui était alloué. Voyant qu'elle tardait à répondre, j'achevai la question pour l'encourager :

— Ou ne peut-on savoir... ?

— Qu'il te le raconte lui-même, s'il veut bien, et tu en jugeras par toi-même, jeune De Vere.

Elle ne m'appelait pas souvent ainsi, juste quand elle

était de bonne humeur (très épisodiquement) et adoptait alors la petite manie des surnoms qu'avaient les habitants de cette maison.

— C'est tellement ridicule que j'ai honte de le raconter. Penser qu'un enfantillage de cette nature ait pu avoir un tel impact dans ma vie !

Après une autre pause, elle reprit :

— Le plus important en ce qui concerne ce mensonge (le plus important pour moi, j'entends) est qu'il m'a permis de constater combien Eduardo était un homme juste et bon, sans qu'il sache à quel point j'en étais consciente. Il est aisé de tromper les hommes, si intelligents, méfiants ou astucieux soient-ils.

Elle n'avait pas dit « de vous tromper, vous les hommes », je ne sus donc pas si elle se référait aux individus de sexe masculin ou au genre humain en général, ou si elle ne me considérait pas encore comme un homme à part entière.

— Mais le cas d'Eduardo s'avéra extrême. Il était si juste et si bon, qu'il ne pouvait évoluer en ce monde sans qu'on le trompe. Mieux valait par conséquent que je m'en charge moi, du moins dans le couple, car je l'aimais tellement que je n'allais pas lui causer du mal... Et à l'inverse : avec moi à ses côtés, il serait plus difficile à d'autres de le tromper dans d'autres domaines, pensais-je.

Je m'aperçus qu'à l'époque, tout cela m'ennuyait un peu, ou ne m'intéressait pas autant que cela m'eût intéressé en presque toute autre circonstance, ni autant que cela m'intéressa et m'intrigua *a posteriori*, quand j'y réfléchis, seul, les jours suivants. Voilà qu'en pleine nuit, dans la cuisine, je voyais là un droit de péage donnant accès à un lointain voire fantaisiste espoir, je n'osais pas encore présumer que quoi que ce soit d'imprévu ou d'extraordinaire se produirait, mais l'impatience et le désir ne sont pas contrôlables et ils nous accaparent. Nos agissements et nos mouvements sont, eux, bien sûr, contrôlables ; êtres civilisés que nous sommes, nous avons appris à les réfréner, à les reléguer dans notre imaginaire, à les ajourner, à les jeter dans le fourre-tout de l'illusoire et à nous faire une raison, du moins pour un temps ; en revanche, il n'en va pas ainsi pour les sensations, elles finissent toujours par transparaître et nous trahir, je pense, d'où l'avantage qu'a celui chez qui elles sont le plus développées. Le désir que l'on diffuse, d'autant plus que l'on est jeune et malhabile à dissimuler, finit par se fixer dans l'air et l'imprégner, telle une nappe de brume qui s'étire jusqu'à atteindre l'objet de ce désir qui, à son tour, doit réagir : ou bien il s'en va, décampe, disparaît et dissipe soudain la brume, ou bien il s'expose, la recueille et s'en drape. Quoi qu'il en soit, il n'a d'autre choix que de s'intéresser à quelque chose qu'il n'a ni généré ni créé, ce qui est souvent injuste et inconfortable. Le plus grand danger (si tant est que ce mot soit approprié) est qu'en remarquant l'impatience de l'autre, on envisage ou conçoive la possibilité d'en tenir compte alors qu'une telle initiative ne vous serait jamais venue de façon spontanée. Constater que quelqu'un veut engager une relation sexuelle avec nous nous oblige à y réfléchir, fût-ce avec la fugacité de la pensée la plus rudimentaire ; et pour peu que l'on ne prenne pas ses distances, que l'on ne refuse pas séance tenante, que l'on ne s'échappe pas aussitôt de la brume, il devient alors difficile de ne pas sentir les émanations de l'autre, qui, en général, ne décroissent pas, mais persistent, ne succombent pas à la lassitude, ne se découragent pas, même si elles se savent inutiles ou inopérantes : qu'elles servent ou non à quelque chose, elles sont là, un point c'est tout. Dès que l'autre instille en nous cette idée, l'implante dans notre esprit, nous la donne ou nous la transmet, son attrait va croissant de seconde en seconde au rythme de la condensation, elle flotte dans l'air tant que personne ne la crève, ne la dégonfle ou ne la fait éclater. Parfois, il suffit d'un peu de ténacité pour atteindre le but qui semblait inaccessible, juste avant d'y donner libre cours, de la laisser flotter, de la libérer, de la désenchaîner ou de la laisser s'échapper sans notre assentiment. Et peut-être même à notre grand regret...

Il est possible qu'il se soit passé quelque chose de ce genre. C'est l'explication la plus plausible. Même si mes émanations involontaires ou volontaires, ou tour à tour les unes et les autres, avaient pu induire à tentation, peu m'importait, par moments, qu'elle les perçoive ou non, alors qu'à d'autres, pudeur et reproches à moi-même prenaient le dessus, je voyais alors dans mes intentions une trahison à l'égard de Muriel, même s'il avait depuis longtemps abandonné ce terrain. C'est du moins ce que je pensai quand je m'aperçus que mes mains paralysées, presque endormies sur les épaules de Beatriz, étaient lentement tirées vers le bas, par-dessus sa nuisette et non à l'intérieur. Je ne voyais pas son visage ; toujours assise, elle me tournait le dos, et moi, toujours debout, je voyais le haut de sa tête et n'avais pas idée de son expression, j'ignorais si elle avait les yeux ouverts ou fermés, si elle était pleinement consciente qu'il s'agissait de moi ou si elle attribuait ces effleurements et ces caresses à un autre, et à quel autre sinon à ce mari qui lui manquait. Ma position rappelait celle de Van Vechten à Darmstadt, à cette seule différence que je ne poussais pas encore et que je n'étais pas à la bonne hauteur pour le faire, au mieux aurais-je pu plaquer mon ventre contre son dos, pour qu'elle le sente, mais je n'arrivai pas à trouver le courage d'établir ce contact trop explicite, je me retins, ce n'était pas encore le moment, même si elle avait guidé mes mains vers ses seins presque trop plantureux pour que je pusse les enserrer. Là-bas, depuis l'arbre du sanctuaire, j'avais bien vu son visage, collé contre la vitre, c'était, en réalité, tout ce qu'elle m'avait montré depuis que le docteur l'avait prise par-derrière, jusque-là j'avais, non sans inquiétude, contemplé un moment sa nuque qui cognait ou presque contre les carreaux. Si bien que je l'imaginais ainsi pendant que je la touchais — cela paraissait incroyable, mais je la touchais —, les yeux mi-clos comme ceux d'un portrait insolite ou inhabituel, la peau plus lisse et rajeunie, les lèvres plus charnues ou plus épaisses, comme si elles envahissaient des zones qui leur étaient inconnues, plus poreuses, plus douces, plus rouges et légèrement entrouvertes, les cils plus longs ou plus visibles, mais tout cela convenait à l'instant de l'orgasme, voire à une série d'orgasmes ou à un pré-orgasme, il était encore beaucoup trop tôt pour cela.

Alors, tout s'accéléra et se passa très vite. Elle se leva, écarta le tabouret, se tourna vers moi et d'un seul mouvement plaqua son corps contre le mien, comme avec Muriel cette nuit-là, après que, contre toute attente, il avait fini par accéder à son désir. Je sentis à la fois l'étreinte de sa poitrine, de son ventre et de ses membres, si tant est que l'on puisse parler d'étreinte : ses seins aplatis contre ma poitrine, son bassin contre le mien, ses cuisses contre les miennes, ses bras m'enserrant avec une folle vigueur et jusqu'à ses pieds sur les miens, comme pour se hisser à ma hauteur, Dieu sait pourtant que, vu sa taille, elle n'avait pas besoin de ça, en fait elle me dépassait pour peu qu'elle portât des talons. J'eus un moment l'impression de m'unir à quelque créature surnaturelle, qui sait, une géante, moins par ses dimensions — qui, compte tenu de sa démesure, n'avaient rien d'anormales — que par cette totale fusion à laquelle elle me soumit, ou cet accouplement absolu et immédiat de son corps et du mien, en parfaite adhérence et sans préliminaires. Seule sa bouche ne s'accola pas à la mienne et quand j'essayai de l'embrasser, elle se détourna et m'offrit son cou et sa joue : « Non, pas de baisers », eus-je le temps de penser tout comme Beatriz avait sans doute dit à Van Vechten : « Non, pas de caresses », au bout de leur baise sacrée et profane ; de ma branche, je ne les entendais pas. *Non, pas de baisers, pas de caresses*, pour que ces interdictions imaginaires me viennent à l'esprit dans cette langue, je devais avoir lu quelque chose de ce genre dans un roman français. Ni elle ni moi ne dîmes quoi que ce soit au cours de cette juxtaposition aussi étrange qu'intégrale, tous deux debout dans la cuisine, à côté du réfrigérateur. Là aussi, *Non, pas de mots*.

Je m'impatientai, je commençai à avoir hâte qu'advienne ce qui, semblait-il, devait advenir. Je craignais qu'elle ne change d'avis ou que ce ne soit moi qui soudain la repousse et la maintienne à distance en lui mettant la main sur l'épaule, comme l'avait fait Muriel d'un geste autoritaire après avoir subi l'assaut de Beatriz, en réponse à son étreinte imprévue, sans doute dictée par la pitié. D'une luxure juvénile ou d'une lasciveté rudimentaire, mon étreinte ne reflétait aucune compassion, comme je l'ai dit, pour un jeune, il est difficile de renoncer à une occasion, on s'imagine qu'il faut saisir chacune d'entre elles ou, du moins, la plupart, à l'exception de celles qui vous inspirent un profond et irrémédiable dégoût, ou celles qui ne sauraient figurer parmi les réminiscences, les souvenirs, ou les images chères à ce vieil homme que nous deviendrons un jour, même si nous ne l'entrevoyons même pas et qui, mystérieusement, apparaît déjà dans notre inconscient, tel un fantôme de l'avenir. C'est ce vieil homme qui murmure parfois au jeune que nous sommes : « Enregistre bien cette expérience, notes-en le moindre détail, vis-la en pensant à moi, comme si tu savais qu'elle ne se reproduira jamais, sauf dans ta mémoire, qui est ma mémoire ; grave-la dans ta rétine comme les séquences et les plans les plus mémorables d'un film ; tu ne pourras ni retenir ni revivre cette exaltation, mais tu te rappelleras cette sensation de triomphe et surtout tu sauras : tu *sauras* que oui, c'est arrivé, et tu le sauras pour toujours. Saisis cette expérience, saisis-la intensément et dans son intégralité, regarde bien cette femme et conserve cette image en lieu sûr car, plus tard, je te la réclamerai, et tu devras me l'offrir à titre de consolation. »

Je sus sans aucune hésitation qu'il s'agissait là de l'un de ces cas. Il n'y avait aucune amertume, bien au contraire, mais s'il existait le risque que je fasse marche arrière (en réalité, très faible, je l'admis aussitôt), c'était parce que j'étais hanté par la crainte de me conduire de façon peu honorable. Non seulement en raison de ma loyauté envers Muriel, mais aussi parce que j'en étais venu à me demander si je ne profitais pas ou n'abusais pas, pour employer le terme approprié, du désarroi, de la confusion et de la fragilité de Beatriz Noguera et, bien sûr, de sa détresse, sans oublier son insomnie épisodique : elle était de beaucoup mon aînée et, par là même, à certains égards, plus avisée que moi, et elle ne semblait guère accorder d'importance à ses amants, peut-être s'en servait-elle en toute conscience, pour se réconforter, pour sentir qu'elle n'était pas qu'un tas de lard, un patapouf ou une grosse vache, oui, pour cette seule raison et pour se venger dans sa tête, dans son imagination (« S'il le savait », beaucoup plus que « Quand il se rendra compte »), car il ne saurait y avoir de véritable vengeance si la victime n'accuse pas le coup ou n'en pâtit pas ; mais il s'agissait là d'un être qui avait connu ces temps derniers un insupportable état de lassitude ou de désespoir et qui venait de s'entailler les veines — les poignets encore bandés étaient l'un de ces éléments supplémentaires, l'un de ces détails qu'après bien des années, mon moi à venir raviverait, je le pressentais à la façon dont, rien qu'à les voir, mon désir allait croissant —, un être qui, par moments, était mal dans sa tête, ne l'avait-elle pas reconnu elle-même, un être frustré, rejeté, à qui peu importait ce que lui réservaient les jours qui lui étaient prêtés ou offerts après sa tentative de suicide, mais qui se préoccupe de ce qui peut vous arriver après votre mort, et Beatriz était déjà morte trois fois, du moins dans sa tête ; elle était, inévitablement, une proie facile, vaincue d'avance, sans volonté propre ou affaiblie par l'indifférence, du genre à dire à n'importe qui, et non pas juste à moi : « Fais comme tu voudras, je ne m'y oppose pas, il est bien loin le temps où je m'opposais à quoi que ce soit ». Cela me dérangea que le mot « proie » grésillât ainsi dans ma tête, après tout, n'était-ce pas elle qui s'était levée, s'était retournée et s'était précipitée dans mes bras ou, plutôt, s'était jetée *sur* mon corps tout entier, m'avait même écrasé les pieds, avait grimpé dessus telle une gamine, ce qu'elle n'était sûrement pas. Et pourtant, et pourtant… Je ne pouvais m'empêcher de me persuader que ma conquête — un autre mot inopportun — avait été le résultat de mes pulsions, elles-mêmes à l'origine de cette réaction excessive ; je me voyais inévitablement comme le séducteur, le profiteur et, dans une certaine mesure, comme le coupable, sans doute en est-il toujours ainsi du plus avide, même si l'on ne sait jamais à coup sûr quel est le plus avide des deux, parfois il se dissimule jusqu'à cela ne soit plus possible. Sans doute m'abandonnai-je à la plus basse des infamies, pour ne pas succomber aux autres, ne fût-ce qu'en pensée, certes, mais avec la ferme intention de passer à l'action sans m'arrêter : « À quoi bon ? Je l'ai sauvée, je l'ai sauvée du sang et de l'eau, sans moi personne n'en aurait rien su. » Je ressortis cette misérable idée et, cette fois, la formulai dans ma tête, à peu près telle que je l'exprime à présent, tandis que j'explorais ou palpais une zone nouvelle — sans la moindre privauté, mais avec ardeur et non sans plaisir — et que je baissais sa petite culotte au-dessous de sa nuisette de soie, jusqu'à mi-cuisses, un petit coup, deux petits coups, et elle ne couvrait plus ce qu'elle était censée couvrir, je pouvais la caresser avec un doigt, avec deux doigts, sans que rien n'interfère, je pouvais même les glisser à l'intérieur. « Si elle est ici, si elle respire, si cette peau sent aussi bon, si cette chair palpite encore de vie, c'est grâce à moi, j'ai bien mérité d'y goûter, cette femme qui n'est ni souvenir, ni cendres, ni charogne, ni squelette qui se délite, cette femme qui survit m'appartient, ce soir, elle sera mienne, un moment du moins ; en fin de compte, ces rencontres ne durent pas longtemps, après on se lavera et ni vu ni connu, à l'exception de notre fichue mémoire qui nous rappelle des faits dont il ne reste plus trace visible, autrement dit que personne d'autre ne connaît, dont nul ne saura rien s'il n'en était pas témoin, et si, par la suite, quelqu'un les relate, ce ne sont que simples rumeurs. Je suis un prolongement de Muriel, a-t-elle dit, peut-être est-ce pour cela qu'elle me serre contre elle, comme elle le serrait, de la même façon, pour peu qu'il lui en donnât la chance ou fût dans les parages ; sans doute le fait-elle pour le remplacer ou se leurrer, les yeux fermés, à moins que ce ne soit pour l'irriter, même s'il ne saura sans doute jamais que je l'ai baisée, ni elle ni moi ne le lui raconterons, c'est sûr. Mais qu'est-ce que j'en ai à faire, moi, du pourquoi et du comment ? Si tant est qu'il y ait une raison ou qu'elle la connaisse, il est temps de passer aux choses sérieuses. » À partir de cet instant, je ne me contins plus, d'où un choix lexical qui est, en général, celui qui vous vient à l'esprit quand le sentiment est superficiel et le désir égoïste. Des termes grossiers, que l'on ne prononce que s'il existe une confiance mutuelle et que l'on aime ça, ou si l'on y voit un jeu pleinement consenti entre deux inconnus salaces, sinon, on les garde pour soi. Nos pensées vont et viennent sans témoins, point n'est besoin de nous y montrer respectueux ou polis. Aussi n'hésitai-je pas à me dire : « Il faut que je me la fasse et vite, sans préliminaires, de peur qu'elle n'hésite et ne change d'avis à mi-chemin, et qu'à l'ultime instant ce soit le fiasco : je ne me pardonnerais jamais d'être parvenu si près du but et d'avoir échoué, d'avoir donné vie à ce tableau, de l'avoir fait frémir, de l'avoir doté de volume pour ensuite le laisser s'échapper intact, impénétré. Une fois que je serai à l'intérieur, ce sera le point final, je sentirai cette moiteur, cette douce tiédeur et ce sera arrivé, et je conserverai ce souvenir jusqu'à la fin de mes jours. Et je pourrai toujours me dire, chaque fois que j'en aurai envie : "J'ai baisé Beatriz Noguera, qui l'aurait imaginé, qui aurait pu le prévoir ? C'est comme ça et personne n'y changera rien." Même si elle est quelque peu dérangée et n'est pas pleinement maître de ses décisions ou de ses actions, même si elle l'oublie et l'efface de son esprit, même si elle est morte et enterrée, même si elle a quitté ce monde bien avant moi et que rares sont ceux qui savent qui elle était et plus rares encore ceux qui se souviennent d'elle, même si personne ne raconte ni ne murmure la fragile histoire de sa vie privée, ça s'est passé et personne ne pourra jamais m'enlever ça et cela restera pour moi une certitude indélébile. »

Ce sont là aussi des pensées propres à la jeunesse, ce temps où l'on est encore trop novice en ce monde pour avoir foi dans les événements que l'on vit et dans ses propres agissements, ce temps où tout paraît encore improbable, du ressort d'autrui, comme si nos expériences n'étaient pas entièrement nôtres, mais nous étaient juste prêtées. Non seulement on assoupit l'âme du jeune, mais on assourdit aussi sa conscience. Il faudra du temps, beaucoup de temps, pour qu'elle trouve sa place, s'installe, et bien du temps encore avant que nous prenions conscience que ce qui nous arrive nous arrive effectivement, que nous ne sommes pas de simples spectateurs dans l'obscurité, face à une scène, à un écran, ou face à un livre qu'éclaire une lampe.

Il fallait que ce soit maintenant, pour que cela arrive réellement et n'encoure pas le risque de ne pas arriver, pour que cela cesse d'être du domaine des promesses ou de l'avenir, voire de la simple imminence. Stimulé par mon impatience, et soucieux de ne pas l'effrayer, je tirais Beatriz avec prudence et douceur en direction de ma *chambre de bonne*, ce réduit dont elle devait à peine connaître l'existence, car personne ne se hasardait dans mes quartiers d'exil ; mieux valait que l'irréversible — mais cela ne l'était pas encore, tant s'en fallait — ne survînt pas à la cuisine, où quelqu'un pourrait entrer ou passer la tête, car n'importe quel habitant des lieux souffrant d'insomnie pouvait venir boire ou grignoter quelque chose ou se mettre quelques secondes devant la porte ouverte du réfrigérateur pour se rafraîchir. À la cuisine, nous étions trop exposés, c'était un espace commun, le territoire de Flavia et un lieu de passage. Je refermai la porte de mon cagibi, sans toutefois entendre le déclic : je ne pris pas la peine d'insister, de toute façon, on ne pouvait rien voir de l'extérieur, et il fallait faire très vite. Presque d'un seul mouvement — c'est curieux comme nous devenons aussi incroyablement rapides qu'efficaces sitôt qu'il s'agit d'empêcher l'autre de réagir, de se rétracter ou de se réveiller — je lui enlevai sa petite culotte et retirai mon pantalon, mais pas mon *boxer,* vu qu'il était déjà suffisamment entrouvert, ni bien sûr ma chemise, mon torse touchant déjà ce qu'il était censé toucher sans que rien ne s'interposât. À peine la poussai-je une autre fois qu'elle tomba à la renverse sur le lit et se laissa faire, les bras en croix — les pansements bien visibles, ah ! ces pansements ! — en attendant de me serrer à nouveau contre elle, sitôt mes préparatifs *stricto sensu* achevés. Je baissai les bretelles de sa nuisette pour mieux voir ses seins et pour permettre à la partie de mon corps qu'elle ou moi choisirions d'entrer en contact ; il m'apparut toutefois qu'elle n'allait ni choisir quoi que ce soit ni me guider en aucune façon. Je reculai un peu pour regarder un instant ses cuisses luisantes, étroitement serrées l'une contre l'autre. Je les écartai, les entrouvris avec autant de détermination que de précaution, si tant est que combiner les deux soit possible, et je me dis aussitôt, pendant qu'elle m'étreignait à nouveau à pleins bras : « Ça y est, oui, cette fois, ça y est ! Ma bite est dedans, c'est comme ça, rien ne peut ni ne pourra l'arrêter. » Je voulus regarder son visage, même si voir le mien ne semblait aucunement l'intéresser, elle n'aurait d'ailleurs pas pu avec ses paupières aussi hermétiquement closes comme cela avait été le cas avec Van Vechten, à Darmstadt, à cette seule différence que, là-bas, il était derrière elle quand j'avais entrevu son visage, alors que moi, j'étais devant. Je m'efforçais d'éloigner cette image, mais elle s'imposa quelques instants de façon déplaisante, me perturbant et détournant mon attention. Mes propres sensations la chassèrent bientôt, tout comme mes pensées, qui s'efforçaient de se convaincre de l'évident en recourant à leur lexique grossier et salace : « Oui, je suis bel et bien en train de tringler Beatriz Noguera, j'ai ma bite dans son con et rien ne pourra plus l'arrêter. » Elle m'avait refusé sa bouche et continuait à me la refuser, mais elle posait des baisers insistants sur mes yeux, me forçant à les fermer. Je n'y voyais plus, sans doute cela aiguisa-t-il mes autres sens, le toucher certes, mais aussi l'ouïe. Je perçus près de nous des pas rapides, comme si l'on courait. Je m'arrêtai pour mieux entendre, Beatriz le remarqua, sans toutefois en connaître la raison, perdue qu'elle était dans ses profondeurs intimes ou sombrant dans ses pensées, comme cela avait pu être le cas dans la baignoire de l'hôtel

Wellington, qui sait. Puis je n'entendis plus rien, il s'agissait, bien sûr, des pas de quelqu'un qui s'en allait à toute vitesse — des pieds nus sur le plancher — et non pas ceux de quelqu'un qui s'approchait. Je tournai la tête en direction de la porte, elle était fermée mais pas complètement, il restait une fente minuscule par laquelle on n'aurait rien pu voir.

— Qu'est-ce qui t'arrive ? Il se passe quelque chose ? demanda calmement Beatriz.

— Non, rien, rien du tout.

Non, non, je ne voulais surtout pas l'inquiéter, ni la faire fuir, c'eût été la catastrophe.

Mais il se pouvait que quelqu'un ait entendu quelque chose. Non pas des mots, nous ne nous étions rien dit, mais peut-être une respiration précipitée, l'une ou l'autre interjection ou de faibles gémissements en dépit du silence discret de Beatriz et de mes efforts pour ne faire aucun bruit, pas une seconde je n'avais oublié que les enfants étaient à la maison. Je priai le ciel que ces pas eussent été ceux de Flavia et non ceux de l'un des enfants, elle était d'âge à ne pas se scandaliser ou à moins se scandaliser, peut-être même savait-elle déjà, ou soupçonnait-elle, ou supposait-elle. Mais j'étais néanmoins conscient que cette course rapide, pieds nus, ressemblait plutôt à celle d'un enfant ou d'une adolescente qu'à celle d'une femme. « Nom de Dieu, me dis-je, l'un d'eux a dû se réveiller et il est allé chercher sa mère ; dans ce cas, pourvu que ce soit Tomás ou même Alicia, il est possible que ces deux-là n'aient pas vraiment compris ce qui se passait, qu'il n'aient pas fait le rapprochement ; en revanche, Susana, elle, aura pigé la situation, elle doit être réveillée dans son lit, les joues en feu, l'oreille aux aguets, elle attend que sa mère retourne dans sa chambre. Quoi qu'il en soit, ce qui est fait est fait ; demain j'aurai honte, mais demain c'est un autre jour. Mon heure est venue, et les affaires sont les affaires. »

Le corps que j'avais au-dessous de moi exigeait mon attention, de fait, il la focalisait, la séquestrait et, dans ces circonstances, il n'était pas possible de rester bien longtemps absent, fût-ce à cause d'une brève frayeur. Je profitai de ce que j'avais relevé la tête, empêchant ainsi Beatriz de me baiser les yeux, pour regarder son visage et mieux capter l'instant, l'arc de ses sourcils dessinés avec soin, ses cils fournis, mais ni recourbés ni bouclés, son nez droit, discrètement retroussé, qui la dotait d'un charme fou, ses lèvres charnues et larges découvraient — un demi-sourire ensommeillé — des dents un peu écartées qui lui donnaient un petit air insouciant et involontairement salace en contraste avec le reste de son visage de petite fille, une de ces bouches qui inciteraient beaucoup d'hommes à s'imaginer des scènes inattendues et inappropriées malgré leurs efforts pour les supprimer, si ce n'est que je n'avais rien à supprimer ni à imaginer : je jouais l'une de ces scènes avec elle, et elle me semblait encore plus attirante que d'habitude, comme c'est le cas de tant de femmes qui, en pareille situation, embellissent et rajeunissent, ses lèvres étaient plus charnues, plus rouges, plus poreuses, et sa peau si lisse, si ferme, que je dus maudire une fois de plus ces pas qui m'avaient forcé à penser à Susana car, l'espace de quelques secondes, j'eus la sensation troublante d'être avec elle plutôt qu'avec sa mère, dont elle était la copie conforme : toutes deux avaient les mêmes traits, la même expression candide, la jeune fille, alors en fleur, promettant déjà ce même corps intimidant, explosif, qui était, en cet instant, intimement relié au mien. Un sentiment d'incongruité revint à la charge : en regardant le visage de Beatriz et, dans la mesure où mon champ visuel me le permettait, ses seins, ses hanches, ses cuisses et ses fesses, je constatai que ses rondeurs ne rendaient pas justice à ses traits qui se fussent mieux accommodés d'un tronc moins imposant, d'un ventre plus discret et de jambes moins fortes, et qu'un visage moins innocent ou moins ingénu eût été mieux assorti à ses courbes insolentes. Et chez Susana, qui était beaucoup plus jeune, cette dysharmonie s'accentuerait d'ici quelques années. Je ne sais ce qui m'arriva : la mère m'amena à penser à la fille au moment le plus inopportun. Mais je n'oubliai pas la première pour autant, en aucune façon, pas un instant ; je pris soin de prêter attention au moindre détail afin de l'archiver dans ma mémoire. Tout est encore là, intact, même si bien des années, marquées par bien d'autres souvenirs, se sont écoulées, même si elle est morte depuis si longtemps.

# IX

« Si rude soit le début, le pire reste derrière nous… », voilà ce que dit la citation de Shakespeare que Muriel avait paraphrasée pour se référer à l'avantage, au bien-fondé de renoncer à savoir ce que l'on ne peut savoir, de se soustraire au bruit de fond de ce que l'on nous raconte tout au long de la vie, d'autant plus que ce que nous vivons et ce dont nous sommes témoins ressemble parfois davantage à une histoire que l'on nous raconte, à mesure que cela s'éloigne de nous, que cela se ternit au fil du temps, s'estompe, tandis que s'égrènent les jours, ou s'embue, non que nous commencions à douter de son existence (même si cela peut nous arriver) mais plutôt que cela perd de sa couleur et se racornit. Ce qui était important ne l'est plus, ou ne l'est que très vaguement, et pour lui reconnaître la moindre importance, il vous faut faire un réel effort ; ce qui nous semblait crucial s'avère insignifiant, et ce qui nous a gâché la vie nous paraît un enfantillage, une exagération, une sottise. Comment ai-je pu me mettre dans un état pareil et culpabiliser à ce point ? Comment ai-je pu vouloir mourir, ne fût-ce qu'en paroles ? Ça n'en valait vraiment pas la peine, je m'en rends compte aujourd'hui, alors que les effets de ce qui nous paraissait essentiel se dissipent et tombent dans l'oubli et qu'il reste à peine trace de celui que je fus alors. Quel intérêt peut avoir à présent ce qui est advenu, ce qui m'est arrivé à moi, ce que j'ai fait, ce que j'ai tu ou ce que j'ai omis ? Quelle importance cela peut-il avoir qu'un petit enfant soit mort, alors que des milliers d'autres meurent sans que personne ne sourcille à l'exception de leurs géniteurs et parfois pas même des deux, le monde est plein de mères impavides qui se taisent et subissent, qui peut-être se contentent d'enfouir leur visage en larmes dans l'oreiller muet, au cœur de la solitude de la nuit pour qu'on ne les voie pas ? Quelle importance cela peut-il avoir qu'un jeune couche avec l'une de ces mères lors d'une nuit d'insomnie et que la fille de celle-ci s'en aperçoive et, perturbée, dévale, pieds nus, le couloir, en essayant de chasser cela de sa conscience ou, au contraire, de l'y conserver, et que cela ait des répercussions sur son futur couple et, par là même, sur son existence ? Quelle importance cela peut-il avoir qu'une femme ait menti une fois, quel que soit le préjudice que cela ait pu causer, peut-être avait-on exagéré la nocivité de ce mensonge, en fin de compte, les mensonges font partie du cours naturel de la vie, inconcevable sans sa dose de fausseté, sans cet équilibre entre vérité et tromperie. Quelle importance cela peut-il avoir que, des années durant, un homme juste rejette cette femme et l'insulte, rejets, rebuffades, humiliations et insultes sont monnaie courante dans nos foyers, surtout quand on ferme les portes (et quelqu'un peut se retrouver indûment enfermé). Quelle importance cela peut-il avoir si l'une de ces mères se tue, quand elle a déjà vacillé sur le fil du rasoir, que ses proches s'y attendaient et que le tic-tac du métronome, qu'elle-même mettait en marche, qu'elle jouât ou non du piano, l'annonçait. Quelle importance cela peut-il avoir qu'un homme à l'esprit tordu abuse de son pouvoir et de sa science et se conduise de façon indécente avec quelques femmes vulnérables, presque toutes des mères et leurs filles. Pas plus qu'à ce jour, il n'importe qu'un producteur pour lequel on travaille ait été ou non impliqué dans des histoires de traite des blanches aux États-Unis à l'époque de Kennedy, que ces femmes aient été vulnérables ou invulnérables et impavides. À quoi bon vouloir empêcher, éviter, punir et même savoir, l'histoire est pavée d'abus minuscules et de majeures infamies contre lesquels nous ne pouvons rien, et sous lesquels nous croulons : que gagnerions-nous à en savoir trop long à leur sujet ? Ce qui se passe est passé, irréversible, tels sont la terrible évidence, le poids écrasant des faits. Sans doute vaut-il mieux hausser les épaules, hocher la tête et ignorer, accepter qu'ainsi va le monde. *Thus bad begins and worse remains behind,* « Si rude soit le début, le pire reste derrière nous... » voilà ce que dit Shakespeare dans sa langue. Ce n'est qu'une fois que nous avons hoché la tête et haussé les épaules que le pire sera derrière nous, parce qu'au moins il sera déjà passé. Et ainsi le mal ne fait que commencer, le mal qui n'est pas encore arrivé.

Quelque chose comme ça, ou de similaire, dut penser Muriel quand un coup de chance me permit enfin de lui fournir des renseignements sur les faits et gestes de Van Vechten au cours des années où il s'était si bien comporté à l'égard de ceux qui étaient persécutés ou victimes de représailles sous le régime de Franco et où il s'était acquis une réputation d'homme charitable et bienveillant qui n'avait pas voulu recevoir d'argent pour soigner la coqueluche, la rougeole ou la varicelle des enfants de ceux qui avaient tant de mal à joindre les deux bouts. Il est cependant vrai que nous arrivons toujours trop tard dans la vie des gens, en fait, nous arrivons toujours en retard pour tout : Muriel avait décidé de ne pas entendre ce que j'avais à dire, de ne pas accorder d'attention à ce que je pourrais découvrir par hasard, que je l'aie découvert de cette façon invérifiable ou grâce à mon entêtement. (« Ne cherche pas à éprouver ma curiosité. Garde ça pour toi, n'en souffle mot à personne », m'avait-il averti), il m'avait déjà ordonné d'arrêter mon enquête et mes efforts pour lui tirer les vers du nez, y compris de ne plus sortir avec lui, fût-ce progressivement. Quoi qu'il en soit, il me sembla impossible de ne pas tenter d'obtenir son écoute, de ne pas lui confier ce que j'avais appris non pas de Van Vechten, mais d'un autre médecin, plus jeune que lui, le docteur Vidal Secanell, ami de la famille et aussi l'un des miens, même si nous ne nous voyions qu'occasionnellement. En réalité, si ce qu'il m'avait raconté était exact, il eût été impensable que Van Vechten me l'avoue, fût-ce après une nuit de beuverie ou d'interminables rodomontades ou de confessions contrites (ces dernières étant difficiles à imaginer) ; nous aurions beau avoir fait ensemble, et des milliers de fois, la fiesta, avoir tissé entre nous les liens d'une solide camaraderie, pas un mot ne lui aurait échappé au sujet de ce qu'il avait fait, ce sont des choses que l'on espère cacher à jamais et que l'on s'efforce d'emporter dans la tombe, nous savons tous quels secrets de nos vies il vaut mieux taire, ne pas remuer, dans la mesure où cela dépend de nous. Et cela ne dépend jamais totalement de nous, dès que quelqu'un d'autre intervient — et il y aura toujours quelqu'un qui interviendra, qu'il s'agisse d'un complice, d'un intermédiaire, d'un témoin ou d'une victime —, la rumeur, si souterraine soit-elle, commencera à se propager, et rien n'est jamais vraiment en lieu sûr. À la lumière de cette histoire, c'était déjà beaucoup que Van Vechten lui-même m'ait dit un soir ce que je tins à rapporter à Muriel, mais qui ne suffit pas : « Et rien ne procure plus grande satisfaction que quand elles ne veulent pas, mais ne peuvent dire non. Après ça, une fois qu'elles se sont vues obligées de dire oui, la plupart acceptent, je te le garantis. » Je ne pouvais, bien sûr, comprendre le sens de ces mots sans connaître l'histoire que me confia Vidal, non sans mépris, choqué par mon amitié avec Van Vechten. Muriel, en revanche, l'aurait compris, parce qu'on avait dû précisément lui rapporter cette histoire ou, pour être plus concret, parce qu'un amour de jadis, « l'amour de ma vie, comme on dit », la lui avait rapportée.

Cela n'arriva pas immédiatement, mais l'occasion de tout lui raconter ne se fit guère attendre, je veux dire qu'elle se présenta dès le retour de Muriel de Barcelone. Il revint au bout de quelques jours l'air sinistre, irascible et porteur de très mauvaises nouvelles, on lui avait infligé un affront. Towers s'était passé de lui, il l'avait renvoyé, il avait refusé de le laisser achever le tournage, il avait fait appel à Jesús Franco pour voir si, avec son côté *sans façon* et son talent pour jongler avec divers projets, il parviendrait à mener ce film à bon port. Jesse avait répondu que oui, précisant qu'il ne pouvait s'y mettre avant une dizaine de jours, ayant d'autres travaux à terminer. Le plus étonnant était qu'il envisageât de trouver un créneau, maintenant que je vois sur Internet que rien de moins que treize de ses longs métrages remontent à l'année 1980 ou 1981. Et Don Sharp, un homme sur lequel on pouvait compter, avait, lui aussi, d'autres engagements. Ne pouvant laisser plus longtemps Herbert Lom et les autres acteurs se tourner les pouces, Towers les avait donc renvoyés chez eux et avait décidé d'arrêter momentanément le tournage. Il ne le reprit jamais, raison pour laquelle, comme je l'ai dit, le titre ne figure dans aucune filmographie et l'œuvre reste inachevée, fantôme. Je demandai à Muriel ce qui s'était passé au juste, mais il n'était pas d'humeur à me donner des explications.

— Un désaccord. Harry est un esclavagiste, par-dessus le marché, mais je le savais, je ne peux pas dire le contraire, se contenta-t-il de répondre. C'est en grande partie ma faute, eut-il l'honnêteté d'ajouter. Et aussi celle de Beatriz, bien sûr, ah ! Elle a bien choisi son moment pour faire son cinéma, celle-là ! Et c'est moi qui paye les pots cassés ; ah ! oui, on peut dire qu'elle l'a bien choisi, son moment ! Mais ça suffit, ne me pose plus de questions, je n'ai aucune envie de parler de tout ça. Oh ! tu ferais bien de songer à chercher un autre travail, Juan.

Cette succession de verbes témoignait de certaine délicatesse ou tout au moins du souci de m'annoncer cela avec ménagement afin que je n'angoisse pas.

— Je ne pense pas qu'un projet se présente d'ici peu et je crains que tu ne me sois plus très utile. Quoi qu'il en soit, il n'y a aucune urgence, je ne veux pas que cela te fasse du tort. Tu peux continuer jusqu'à ce que tu trouves un boulot, et tu me diras quand cela te conviendra d'arrêter, à toi de décider. Il m'a semblé plus honnête de te prévenir de bonne heure.

Sa mauvaise humeur dura des semaines. Fini ses égards, ses préoccupations pour Beatriz, ses récentes marques d'affection (si tant est que l'on pût les appeler ainsi), sa sollicitude. En fait, il recommença à l'injurier et à se montrer odieux avec elle, au moindre prétexte, comme s'il regrettait la trêve qu'il lui avait consentie après la frayeur du Wellington, après la panique qui lui avait fait descendre à toutes jambes la Calle Velázquez et mettre ainsi au rancart sa dignité, si minime que fût le trajet. Par chance, il n'avait guère l'occasion de la bafouer, car il n'était pas souvent à la maison ; désormais, il faisait venir chaque jour cette espèce de standardiste du nom de Mercedes, qui faisait office de comptable, de représentante et de gouvernante et avec laquelle il partageait son bureau où il se rendait après son petit déjeuner ; j'ignore ce qu'il pouvait bien fabriquer là-bas ou s'il y restait même. J'avais l'impression que l'affront que lui avait infligé Towers et sa propre mauvaise humeur l'avaient stimulé : loin de baisser les bras, il se lançait dans une furieuse quête de financement en vue d'un autre film, sans doute celui pour lequel Mercedes et lui passaient leurs journées à téléphoner et à fixer des rendez-vous avec de plus en plus de charcutiers, d'éleveurs de taureaux, de propriétaires de conserveries de moules, et de commerciaux en boissons auxquels il promettait que leurs nectars apparaîtraient dans toutes les scènes avec l'étiquette bien visible, peut-être allait-il à nouveau tenter sa chance auprès de l'impériale Cecilia Alemany, s'efforcer de la convaincre, grâce à une tactique ingénieuse et moins pédante, tout en courtisant producteurs professionnels ou amateurs de tous bords, les premiers des truands mégalomanes et les derniers des mégalomanes écervelés. Peut-être passait-il ses journées à pourchasser ce genre d'individus. Toujours est-il qu'il ne rentrait, en général, qu'à des heures tardives, voire au point du jour (tripots et *boîtes*, présumais-je), et il ne m'emmenait que rarement avec lui. J'ignorais s'il préférait que je ne le voie pas s'aplatir devant les riches ou s'il voulait s'accoutumer à ne plus compter sur moi, ou s'il me faisait endurer sa mauvaise humeur pour avoir été, à mon insu, l'instrument du salut de son épouse, qui sait s'il ne se disait pas qu'elle aurait fini par réussir à la troisième tentative. Il me vint parfois à l'esprit que Muriel aurait aimé la voir morte. Sans doute était-ce là une phase, mais tant qu'elle dura sa fureur ne fit que redoubler.

En revanche, jamais il ne put en aucune façon soupçonner que mes relations avec Beatriz eussent changé, car elles ne changèrent nullement. Après la nuit d'insomnie, avant même le retour de Muriel, Beatriz me traita exactement comme si rien ne s'était passé cette nuit-là ou comme si cette fameuse nuit n'avait jamais existé. Comme si elle avait réintégré le tableau, comme si elle était revenue à cette dimension plate et révolue, et ne s'était jamais faite chair, texture et frissons, n'avait jamais mis son pied, sa cuisse et sa poitrine contre moi, dans ma présente dimension. Je n'osai même pas tenter une autre approche ou mentionner ce qui s'était passé : j'avais l'impression que je pourrais alors rencontrer une réaction propre à me décourager, à me déconcerter, du genre : « Je ne vois pas de quoi tu parles, Juan. Tu as dû rêver, jeune De Vere. Vous, les jeunes vous vous racontez de ces histoires ! Arrête tes bêtises ! » Je ne trouvais pas cela si difficile à accepter. J'avais beau chérir, et je les garde encore, ces images et ces sensations vécues dans mon réduit ou à la cuisine, je savais quels regards et quelles attitudes je ne pouvais me permettre, tout comme ceux qui eussent pu paraître déplacés, vu mon âge, ma situation ou mon rang social, et il n'était pas si difficile d'y renoncer, de les écarter, plutôt que de les réprimer, et d'adopter un regard voilé, neutre. Beatriz reprit peu à peu sa vie habituelle, elle retourna à ses cours, se remit à sortir avec Rico, Roy ou ses amies, auxquelles elle réussit à cacher l'épisode du suicide en alléguant une absence de quelques semaines pour accompagner Muriel à Barcelone. Elle reprit aussi ses promenades solitaires, talons hauts, tirée à quatre épingles — l'image même du malheur, ainsi me parut-elle toujours — mais je n'eus pas vraiment envie de la suivre, ma curiosité était moindre, j'avais déjà obtenu ce que je voulais, même si, jusque-là, je ne m'étais jamais avoué que je voulais ce que j'avais à présent, on ne découvre cela qu'après l'avoir obtenu. Je m'imaginais, ou plutôt j'étais sûr, qu'elle reprendrait ses rencontres occasionnelles avec Van Vechten au sanctuaire de Darmstadt — ils avaient désormais entre eux un lien de plus : celui de sauveur et de sauvée, pas forcément très stimulant —, ses visites à la Plaza del Marqués de Salamanca pour retrouver quelque inconnu ou ses escapades à l'Escurial, à La Granja ou à Gredos, sur sa Harley-Davidson, je la regardais s'éloigner depuis le balcon, certains après-midi. Pour autant que je sache, elle n'avait pas d'autre échappatoire possible.

Pas besoin de dire que, dès le matin qui suivit cette nuit de fantasmes, j'essayai de détecter dans l'attitude, le regard ou les mots des trois enfants et de Flavia des changements susceptibles de révéler auquel d'entre eux pouvaient bien appartenir ces pieds nus que j'avais entendus courir pendant que j'étais à l'intérieur de Beatriz, au fin fond de Beatriz, sans préservatif ni rien ; comme je l'ai déjà dit, à l'époque, on n'avait jamais entendu parler du sida et personne n'aurait songé à prendre des précautions prosaïques.

Je ne remarquai aucun changement chez aucun d'entre eux — ni hostilité, ni reproche, ni méfiance, pas même une phrase à sous-entendus — même si j'eus parfois l'impression que les filles m'observaient avec plus d'attention qu'auparavant, mais sans doute était-ce là pure imagination de ma part, à moins que ce ne soit dû au fait que, jusqu'ici, jamais je ne m'étais arrêté pour les regarder me regardant, comme c'était le cas à présent. Rien de surprenant à ce que des adolescentes aient le béguin pour un jeune homme plus âgé qu'elles, qui passait autant de temps sous leur toit. Rien d'étrange non plus à ce qu'elles s'entichent de lui en secret, disons même que c'est normal.

Je retrouvai José Manuel Vidal un jour où le professeur Rico m'emmena de force lui tenir compagnie jusqu'à l'heure de son déjeuner avec deux ou trois universitaires qu'il jugeait particulièrement bornés et avec lesquels il acceptait de se montrer obligeant et flatteur, dans les limites plutôt restreintes de sa patience, le plus probable étant qu'il obtiendrait l'effet inverse et qu'au dessert, il s'en serait fait des ennemis jurés. Il s'agissait, cela s'entend, d'académiciens de la Real Academia Española où il prévoyait d'entrer d'ici au plus tard six ans, en dépit de sa relative jeunesse ; il éprouvait un grand respect envers d'autres membres de la digne académie et, les estimant intelligents, il tenait pour acquis que, de leur côté, ils l'admiraient sans réserve, aussi ne voyait-il pas la nécessité de les courtiser. Il s'était arrêté chez les Muriel pour tuer le temps, mais Eduardo était à son bureau et Beatriz à ses cours, aussi me convainquit-il de prendre l'apéritif avec lui au Balmoral, je ne me rappelle plus si c'était Calle de Hermosilla ou Calle de Ayala, pas plus que je ne sais s'ils ont fermé boutique il y a quelques années ou s'ils sont encore ouverts, parce qu'il y a des lustres que je ne me suis pas assis à l'une de leurs tables ou au comptoir.

Le professeur se lançait dans des diatribes élaborées

visant des collègues de Barcelone (y compris certains auxquels il avait accordé un traitement de faveur, ce qu'il regrettait maintenant) quand Vidal s'approcha de nous, cordial, souriant, l'air un peu moqueur selon sa bonne habitude. Il avait environ sept ans de plus que moi (il devait avoir autour de la trentaine) et une ressemblance indéniable avec Paul McCartney ; son nez, ses joues et même ses yeux rappelaient ceux de l'ex-Beatle, si ce n'est que sa peau était légèrement fripée ou grêlée. Sa famille, républicaine, était depuis toujours amie de la mienne, surtout de celle de mes oncle et tante, lui et moi nous connaissions depuis l'enfance, ou, plutôt, depuis que j'étais enfant et lui adolescent. La différence d'âge nous empêchait d'être vraiment copains, mais elle favorisait de sa part une relation fraternelle, lui permettant de tenir tout naturellement un rôle de grand frère. Il faisait partie de ces gens que vous connaissez depuis toujours, que d'une façon générale vous n'appelez pas pour organiser de grandes retrouvailles, mais avec lesquels vous vous sentez aussitôt, et comme depuis toujours, en confiance absolue chaque fois que vous les croisez sur votre chemin. Son grand-père, ophtalmologue et avocat (si étrange que cela puisse sembler, sa vocation première ne lui permit pas de gagner sa vie au cours des années vingt-trente), s'était retrouvé en prison à la fin de la Guerre ; à sa sortie, sanction supplémentaire, il se vit interdire d'exercer l'une et l'autre professions, aussi, pour survivre, avait-il monté une agence d'aide à la personne pour les démarches administratives. Quant à sa grand-mère, ils commencèrent par lui raser le crâne avant de l'envoyer nettoyer les latrines des phalangistes. Leur fils, lui, le père de Vidal Secanell, fut accusé de sédition pour avoir combattu, dans sa prime jeunesse, du côté des Républicains, mais il eut de la chance et la cour rendit un arrêt de non-lieu. Par la suite, dans les années cinquante ou soixante, il créa au Mexique une succursale de la maison de disques Hispavox, fit fortune, permettant ainsi à Vidal de s'inscrire dans un très bon collège, puis d'être admis en fac de médecine à Houston où il se spécialisa en cardiologie. Malgré ses antécédents familiaux, Vidal s'était bien débrouillé et n'avait pas rencontré de difficultés, il ne ménageait pas sa peine, il avait du rendement et il était astucieux, autrement dit, il savait dissimuler si nécessaire, évitant ainsi de se mettre à dos ceux qu'il appréciait moins pour des raisons professionnelles ou politiques. À l'inverse de Rico, qui, lui, cultivait la farouche insolence, la joyeuse impertinence ou la jubilante arrogance, Vidal était l'un de ces hommes qui savent mettre de l'eau dans leur vin et reléguer quelque temps aux oubliettes leurs antipathies et, bien entendu, leurs jugements moraux ; ils gardent en réserve leurs opinions et ne les révèlent que si l'occasion s'y prête.

— Bon, si tu savais combien je suis heureux de te voir en meilleure compagnie que ces temps derniers ! Je commençais à m'inquiéter, me déclara-t-il dès qu'il me vit ou presque.

Tendant la main au professeur, dont on commençait à parler assez souvent dans les journaux, y compris à la télévision, il ajouta chaleureusement :

— Très honoré de vous rencontrer, professeur Rico, auteur du *Petit Homme du monde*.

Vidal était un homme cultivé ou, du moins, il était attentif et avait bonne mémoire.

Sans se lever, Rico lui tendit une main alanguie (l'autre tenait un cigare) et il rectifia aussitôt, incapable de se retenir :

— Sans doute vouliez-vous dire *Le Petit Monde de l'homme*, pourquoi diable aurais-je écrit quoi que ce soit sur un homme de petite taille ? Je laisse ça à l'auteur de *Tom Pouce*. Ou à celui du *Hobbit*, si tant est que vous en ayez entendu parler.

Il commençait déjà à déraper ou s'y apprêtait. À l'époque,

*le Hobbit* n'était pas aussi populaire en Espagne qu'il ne l'est de nos jours.

— Et vous êtes, monsieur... ?

Je fis les présentations en bonne et due forme. Vidal vint s'asseoir avec nous, abandonnant le petit groupe avec lequel il était au bar, deux hommes et deux femmes, sans doute des collègues. Il montra à un garçon son verre à peu près vide, lui faisant signe d'apporter une autre bière à notre table, tout semblait indiquer qu'il allait passer un moment avec nous.

— À quoi fais-tu allusion ? lui demandai-je, non sans quelque inquiétude, de celle que suscitent les reproches fraternels. Nous ne nous sommes pas vus ces derniers temps. De fait, pas depuis des éternités.

— Tu ne m'as peut-être pas vu, mais moi je t'ai vu, deux ou trois fois. Et figure-toi que si je ne me suis pas approché et si j'ai fait en sorte que l'on ne me voie pas, c'est à seule fin d'éviter ce foutu fils de pute en compagnie duquel tu étais. Comment se fait-il que tu fréquentes un individu pareil ? Que j'aie à le fréquenter moi, passe encore, nous travaillons dans la même clinique et c'est un collègue, mais tu n'as même pas cette excuse.

Cette fois, ça fit tilt. Vidal m'avait aperçu avec Van Vechten à des terrasses de cafés, dans des discothèques ou dans des bars. Comme je l'ai mentionné, autour des années quatre-vingt, le soir venu, tout Madrid se retrouvait dans la rue, quels que soient l'âge, la condition sociale ou la profession.

Je restai un peu désarçonné, juste un peu ; somme toute, ma mission, désormais résiliée, avait été plus ou moins d'établir si le docteur était ce que Vidal venait de dire sans mâcher ses mots ou s'il l'avait été dans un lointain passé. Je m'apprêtai à le mitrailler de questions et à tendre l'oreille, mais Rico, pour qui ça n'avait pas encore fait tilt, me devança avec une curiosité, sans nul doute malsaine :

— Tiens, tiens, voyons avec quel fils de pute s'acoquine le jeune De Vere ! Je ne savais rien de tout ça. Allez-y, racontez, racontez, docteur Vidal ! Rien ne m'intéresse autant que les vraies saloperies, fussent-elles de notre temps. Elles paraissent bien falotes à côté des vacheries d'autrefois, mais le mieux est l'ennemi du bien, qu'elles aillent toutes au diable, car neige de février fuit comme un lévrier.

Il avait un faible pour les expressions, les dictons, les adages, les proverbes, allant jusqu'à en inventer ou à les utiliser de manière incompréhensible pour moi, je ne voyais pas ce que venaient faire là-dedans le diable ou le lévrier. Il couronna le tout par l'une de ses onomatopées inintelligibles : *Fúrfaro.*

— Et peut-on savoir en quoi c'est un fils de pute ? réussis-je à demander. En tant que médecin ? Il est pourtant réputé pour être tout le contraire. C'est même un ponte dans sa spécialité. Qui plus est, tout le monde vante la façon dont il s'est conduit dans les années quarante et cinquante, je suis sûr que tu en as eu des échos. Pas vrai, professeur ? N'est-ce pas que le docteur Van Vechten a aidé ceux qui étaient victimes de représailles après la Guerre ? Par exemple, des membres de ta propre famille, tu es bien placé pour le savoir, José Manuel. Les témoignages ne manquent pas !

Là-dessus, Vidal approcha sa chaise de la table et baissa la voix, surtout, je présume, en raison de la teneur de ce qu'il nous confia — du moins le présumai-je, après l'avoir entendu —, car nous nous trouvions dans le quartier de Salamanca qui, encore de nos jours, grouille de nationalistes nostalgiques du dictateur, précisons qu'à l'époque, sa mort ne remontait qu'à cinq ans qui, pour la plupart d'entre nous, en paraissaient plutôt vingt, vu la vitesse, l'impatience et le sentiment de ras-le-bol avec lesquels nous nous étions débarrassés de lui et l'avions oublié.

— Oui, je connais l'histoire. C'est la version officielle, la version à son avantage, la légende qui a survécu et qui ne saurait mieux lui convenir car elle lui ouvre toutes les portes. Il a joué sur les deux tableaux toute sa vie, celui-là, sans jamais emmêler ses pinceaux. On ne peut pas dire qu'il ne soit pas habile.

— Allons, docteur Vidal, parlez, dites-nous votre vérité : je suis tout ouïe, dit Rico, ravi, comme si le récit lui était destiné.

Ses bonnes relations avec Van Vechten semblaient être le cadet de ses soucis, il donnait l'impression de s'en moquer comme de sa première chemise — pour en revenir à ces expressions absurdes, elles deviennent aussi contagieuses que les gros mots, impossible de vous en débarrasser une fois que vous les avez en tête.

— Regarde, Juan.

Heureusement, Vidal s'adressait encore à moi, l'air sincèrement préoccupé, voire réprobateur.

— J'ignore si tu le sais, mais je travaille maintenant à l'hôpital anglo-américain. Le docteur Naval m'a fait venir quand on lui en a offert la direction, il y a moins d'un an, du coup, nous sommes partis tous les deux de la clinique Ruber, dont il dirigeait l'équipe médico-chirurgicale, et où j'avais créé l'unité spécialisée dans les tests d'effort. Toujours est-il que Naval avait passé beaucoup de temps au Chili. Éminent militant socialiste, il s'était enfui lors du coup d'État de Pinochet et il est plus au courant que nous du rôle de chacun ici, durant l'après-guerre. Ceux qui ont vécu cette période hors d'Espagne se sont davantage employés à la connaître et à s'en souvenir alors qu'ici on en ignore déjà presque tout, il est toujours plus facile de cacher ce qui peut gêner. Étrange, n'est-ce pas, que le docteur Bergaz, propriétaire de la clinique Ruber, fervent franquiste, ait offert à Naval d'en prendre la direction, cela te donnera une idée de sa compétence. On a raconté tout et n'importe quoi à la clinique Ruber, comme c'est partout le cas, particulièrement quand un jeune comme moi pose des tas de questions. Comme tu n'es pas sans le savoir, compte tenu de votre apparente amitié, Van Vechten consulta durant près de vingt ans dans cet hôpital en sa qualité de pédiatre, c'est là qu'il acquit sa réputation, il va souvent y faire un tour et y est en excellents termes avec le personnel.

Oui, il avait fait appeler cette clinique depuis le Wellington, à cause de sa proximité, et leur avait fait transmettre ses ordres : « Tout le monde m'y connaît, une fois là-bas, je donnerai mes instructions », avait-il dit à Muriel par téléphone.

— Le docteur Naval est un homme discret, mais il ne pouvait supporter de voir Van Vechten donner de grandes tapes dans le dos des employés ; il connaissait son parcours par le menu et il ne put s'empêcher de me le raconter. Attention, ce ne fut pas le seul. Je fis confirmer ensuite leurs assertions, y compris celles de l'un ou l'autre de ses supporters en admiration devant un tel parcours, du moins en ce qui concernait la première partie. Le docteur Teigell, par exemple.

Encore un nom d'origine étrangère ; plus tard, en le voyant écrit il me parut allemand. Vidal, lui, le prononça à l'espagnole, autrement dit : « Téihel ».

— Excusez-moi, docteur, je suis censé déjeuner avec trois casse-pieds de l'Académie, interrompit Rico en regardant l'heure sans la moindre élégance. Soit vous abrégez votre histoire, soit j'arriverai en retard à mon rendez-vous, et ils m'étriperont. Et ils y sont enclins. Allez donc droit au but et ne me farcissez pas le crâne avec des noms que je ne retiendrai pas et dont je n'ai rien à branler. Jusqu'ici, vous ne m'avez rien appris de nouveau.

Par chance, Vidal était de bonne humeur. Il avait tout de suite vu à quel genre d'homme il avait affaire et cela l'amusait. Au lieu de s'en offusquer, il sourit.

— José Manuel, dis-je. Es-tu bien sûr que ça ne te gêne

pas que le professeur entende cela ? La discrétion n'est pas précisément son fort, je te préviens.

Ce fut une façon de réclamer l'histoire qui, au départ, m'était destinée, Rico était là en clandestin, comme on dit.

Vidal éclata de rire et abonda dans son sens :

— Le professeur a raison, je vais aller droit au fait. Et s'il l'écoute et l'ébruite, pas de problème. Au contraire, ce sera encore mieux. L'hypocrisie de Van Vechten est révoltante, tout comme celle de son copain Arranz, un autre pédiatre, aussi connu que friqué. Il n'y a pas grand-chose à faire face à des réputations aussi établies que les leurs, mais toute réputation peut être un tant soit peu ébranlée, et plus les gens apprendront la duplicité du bonhomme… Bref, disons qu'ils devront y réfléchir à deux fois avant de se vanter en société de leur noble conduite.

— Arranz ? Tu veux dire le docteur Carlos Arranz ?

Je ne pus m'empêcher de l'interrompre, d'entraver sa détermination à aller droit au fait. J'avais vu ce nom plus d'une fois, sur un portail, sur une plaque, avec, au-dessous : « Cabinet médical ».

— Ne me dis pas que tu t'es également lié d'amitié avec celui-là, répondit Vidal. L'affaire est plus sérieuse que je ne le pensais. Mais qu'est-ce que tu fabriques avec ce genre d'individus ? Dans quel guêpier tu t'es fourré, Juan ! Je vois, pour toi, c'étaient des bienfaiteurs… Une jolie paire d'escrocs, ils ont bien eu leur monde, ces salauds-là, je te le garantis !

— Cet Arranz dont tu viens de parler, il n'aurait pas son cabinet Plaza del Marqués de Salamanca, par hasard ? Au 2, pour être précis.

— Je n'en sais rien, c'est possible. Je ne le connais que par personne interposée, d'après ce que m'en a dit le docteur Naval. Et quelqu'un d'autre ; son nom revient souvent. Il n'est pas aussi connu que Van Vechten et il ne fraie pas avec le gratin, mais il ira loin, c'est sûr. Pourquoi cette question ? Tu fréquentes les bars avec lui aussi ? Attends un peu que je te raconte ce que je sais à leur sujet. Et par-dessus le marché, ils sont bien plus âgés que toi.

Avec cela, il ne fit qu'ajouter de l'huile sur le feu.

Rico se leva, théâtral, cigarette à la main (il fumait comme un pompier), furibard, il jeta la cendre par terre, malgré deux cendriers sur la table, ou peut-être, justement, parce qu'ils étaient là.

— Ici s'achève mon parcours, il m'a paru durer des lustres, mes chers amis, dit-il. Pendant que j'écoutais, j'ai relevé six ou sept noms de médecins, si nous incluons le vôtre, docteur, et pour compliquer les choses, vous en avez même deux.

C'est vrai, j'avais présenté José Manuel sous le nom de Vidal Secanell.

— Pour le moment, je ne sais pas qui est Naval, pas plus que je ne sais qui sont Arranz, Secanell, Vidal, Pinochet ou Téihel.

Il prononça ce dernier nom tel qu'il l'avait entendu. Contrairement à ce qu'il venait d'affirmer quelques instants plus tôt, il avait parfaitement retenu tous les noms et avait même gratifié Pinochet du titre de docteur.

— Je file. Je suis très intéressé par les saloperies du docteur Van Vechten, lui au moins, je sais qui il est, hélas pour moi. Mais si vous ne bougez pas et si vous continuez à perdre votre temps avec d'autres Diafoirus, je refuse de retenir plus longtemps ma meute à cause de vous. Ils m'ont déjà bien assez pris en grippe, ces abrutis qui crèvent de jalousie. Je n'ai plus rien à dire.

Il pointa sa cigarette sur moi, comme un crayon, et ajouta :

— Jeune Vera, prends bonne note de tout ce que finira par lâcher ton ami et tu m'en feras un rapport détaillé. Rien de tel qu'une liste de crimes commis par l'une de vos connaissances, qu'ils soient vrais ou faux. Et ne laisse pas échapper le moindre détail.

— Plutôt marrant, le professeur Rico, et spirituel, déclara Vidal, sitôt que Rico s'en fut allé en ronchonnant et en grommelant.

Je le vis héler un taxi d'un geste bien indolent pour quelqu'un qui se dépêche, rappelant un peu celui de Hitler quand il répondait au salut nazi, jetant la main vers l'arrière au lieu de la tendre vers l'avant comme toute la populace allemande soumise à ses ordres.

— Il est toujours comme ça ou serait-ce en mon honneur ?

— Non, il n'est pas toujours comme ça. Il possède tout un répertoire et l'adapte. Mais revenons à Van Vechten, dis-je, façon de le presser de continuer. Toutefois, pour te rassurer, je te signale que je n'ai affaire à lui que par personne interposée. Il est l'ami de mon patron, Eduardo Muriel, le réalisateur, dont j'ai été ces derniers temps l'assistant ou, plus exactement, le secrétaire. En réalité, Muriel m'a demandé de le faire parler. Il avait, semblait-il, flairé quelque chose de pas très net dans le passé de Van Vechten. Si j'emploie ici l'imparfait, c'est pour la bonne raison qu'il m'a prié récemment d'oublier toute cette affaire. Il lui est redevable d'anciens et récents services, aussi a-t-il décidé de ne pas poursuivre cette enquête.

— Oui, toujours la même histoire… Il a dû l'embobiner, comme il en a embobiné tant d'autres. Pour peu que vous teniez les rênes et disposiez du pouvoir absolu, libre à vous d'accorder des faveurs à vos sujets qui, en retour, devront vous remercier, baiser la main du satrape qui s'est montré moins cruel qu'il n'aurait pu l'être. Bref, mieux vaut ne pas trop remuer le passé. C'est sûrement ce qu'il y a de plus judicieux et de plus recommandable. Mais il faut que ces choses se sachent, c'est le minimum, non ? Pas question de traîner qui que ce soit au banc des accusés, c'est entendu, ce serait d'ailleurs impossible et cela vaut sans doute mieux. Imagine cette curée ! Mais vois-tu, si l'occasion se présente, je n'ai pas l'intention de taire ce que je sais, ne serait-ce que pour qu'on ne leur barde pas trop aisément la poitrine de médailles.

Homme cordial et plutôt bienveillant, Vidal commençait à s'emporter, tout en s'efforçant de parler à voix basse.

— Ainsi donc quelque chose de pas très net dans son passé, n'est-ce pas ? Tu ne sais pas trop, et ton patron n'en sait sans doute pas plus que toi, bien qu'il le connaisse depuis des lustres. Van Vechten a enterré avec soin, et dès le début, tout ce qu'il estimait gênant, on peut dire qu'il a été prévoyant, le gars ; de même pour Arranz et tant d'autres. Avais-tu idée que ce peintre catalan, je ne me rappelle plus son nom, l'un des plus en vogue, avait été l'un de ces phalangistes qui maniaient avec dextérité matraque et fusil ? Personne ne le sait, et ceux qui le savent n'en disent rien, n'allons pas discréditer l'un de nos grands barons de la gauche. Par ici les gens sont passés, comme par magie, de franquistes à antifranquistes, et le peuple avale ça et applaudit ce tour de passe-passe, journalistes en tête. Il n'y a pas grand-chose à faire pour y remédier. À vrai dire, sans le docteur Naval, à qui revient tout le mérite (et aussi grâce à ce que m'a par la suite confirmé ma famille), je suppose que je verrais dans Van Vechten un exemple de générosité, de décence, un apôtre de la réconciliation en des temps difficiles, un homme toujours souriant et cordial quand il passait à la clinique Ruber. J'avais moi aussi droit à ma tape dans le dos, bien que je sois un moins-que-rien. Oui, tous deux soignèrent les familles de ceux qui, après la Guerre, furent stigmatisés pour avoir été du mauvais côté et cela jusqu'au début des années soixante — tu imagines ! —, époque où la dictature jeta du lest et où l'on oublia lentement ceux qu'elle avait brisés. Seuls ceux qui ont bénéficié de leurs services savent pour quelle raison et à quel prix. Et, bien sûr, une partie du prix à payer était que rien de cela ne s'ébruite jamais, que l'on ne voie que l'image de marque, la bonne image, la bonne réputation de ces médecins, issus du noble camp des vainqueurs, qui soignaient les enfants à domicile sans demander un sou, de façon purement désintéressée. Oui, les enfants des ennemis, ah ! je vous le dis, des parangons de vertu, Arranz et Van Vechten ! Et il a dû y en avoir beaucoup comme eux, je pense, en Espagne et dans toutes sortes de professions (avocats, notaires, policiers, juges, maires, et jusqu'aux derniers ronds-de-cuir) qui n'auront pas tiré profit de cette situation au fil des ans, des décennies. La plupart sans demander d'argent, car ils recevaient des avantages en nature. Du moins était-ce le cas de ces deux-là. Ah ! Ils y trouvaient leur compte dans ces visites à domicile ! Je parle de nos deux lascars, bien sûr.

— Des avantages en nature ? Qu'entends-tu par là, vu que ces familles n'avaient rien ou trois fois rien.

— Elles avaient un passé. Elles avaient des secrets et elles avaient des femmes, Juan. Ça suffisait, dit Vidal, comme enveloppé, semblait-il, d'une brume de dégoût, d'amertume et d'un ressentiment trop longtemps refoulé, et qu'il devrait sans doute à jamais refouler, mais qu'à présent, il exhalait en privé, presque en chuchotis, comme c'est le cas des histoires très personnelles, intimes pour la plupart, et c'est déjà beaucoup qu'on les entende, fussent-elles réduites à un chuchotis : très peu en est rendu public, moins encore est digne d'intérêt, et bien moindre ce que les gens souhaiteraient connaître, préoccupés qu'ils sont par leurs propres affaires, chacun pour soi, au diable les autres ! Il arrive certes que l'on prête l'oreille, distraitement ou par vaine curiosité, ou par égard, car ce que vit l'autre n'est jamais comparable à ce que nous vivons nous. Même si l'autre se trouve dans une situation désespérée, il vit un véritable cauchemar alors que ce qui nous arrive n'est qu'une bagatelle.

— Je ne te comprends pas, lui répondis-je, mais ce n'était pas tout à fait exact.

Je commençais à comprendre pas mal de choses, à établir des rapprochements me permettant d'y voir plus clair. Non seulement à partir de ce que m'avait dit Muriel avant de se rétracter, mais aussi à partir de ce qui avait pu échapper à Van Vechten lors de nos sorties nocturnes, ou de sa façon de se comporter avec mes amies (j'en vins soudain à me demander avec quoi il pourrait les faire chanter) ou d'après ce que m'avait raconté Celia, la fonctionnaire aux jambes luisantes qui avait eu un jour recours à lui en tant que médecin.

— Vois-tu, Van Vechten s'est engagé dans l'armée de Franco, il y est resté toute la Guerre. À l'époque, il était très jeune, il est né en 1918 ou 1919, si j'ai bonne mémoire. Quand la Guerre éclata, il se trouvait, semble-t-il, à Ávila, dans la résidence d'été de ses parents.

Je me souvins que les Van Vechten, branche d'une très vieille famille flamande, étaient originaires d'Arévalo.

— Avant que l'université ne ferme ses portes, il avait achevé les deux premières années de médecine. Sa qualité d'étudiant lui valut d'être rapidement promu sous-lieutenant. Pour autant que je sache, il ne participa à aucun combat. Compte tenu de son jeune âge, et grâce à l'influence de sa famille très à droite et fort bien introduite, il fut assigné d'emblée à une unité de renseignement, pour ne pas avoir à risquer sa peau en étant au front. Je ne saurais dire s'il fit la connaissance d'Arranz là-bas ou plus tard, peu importe, à moins que ce ne soit lors des « Examens patriotiques » de 1940.

Il ponctua sa phrase de ce geste horrible importé des États-Unis, signifiant « entre guillemets ». Je n'avais aucune idée de ce que pouvaient être ces examens, mais je ne voulais pas l'interrompre.

— Il se mit à rassembler et à classer tous les renseignements qu'on lui donnait, dont certains lui étaient refilés par certains agents madrilènes de la cinquième colonne dans la mesure de leurs possibilités, ou par d'autres qui, réfugiés dans les ambassades, recevaient des nouvelles de l'étranger, tantôt dignes de foi, tantôt fantaisistes ou déformées. Une grande partie de ces renseignements ne servirait à rien tant que Madrid serait aux mains des Républicains, mais ils seraient d'une valeur inestimable le jour où la capitale finirait par se rendre. Il était l'un de ceux ayant pour mission de stocker, de trier et de classer ces données, ce qu'il fit à tour de bras, sans rencontrer aucune entrave, ni aucun obstacle, dès que la ville se rendit : ici, et partout ailleurs, des volontaires surgissaient de sous les décombres pour raconter ce qui s'était passé pendant près de trois ans, vrai ou faux, les gens éprouvaient le besoin de se faire bien voir et de se faire pardonner. Ainsi parvint-il à savoir ce qu'avaient dit et fait de nombreux individus, aussi bien certains auteurs d'atrocités que de simples sympathisants de la République, ou des lecteurs de tel ou tel journal. Le classique mélange des genres. Toujours est-il qu'à la fin de la Guerre, Van Vechten était une mine de renseignements et, qui plus est, il en inventait sans vergogne pour peu qu'il souhaitât nuire à quelqu'un. Une fois que l'on avait montré fidélité au régime, nul besoin d'étayer de preuves les délits de qui que ce soit, une simple accusation suffisait, à de rarissimes exceptions près. Il collabora avec les services de police quand c'était nécessaire, leur fournissant des indices fiables, gages de respect et de crédibilité. Une fois la lessive la plus urgente achevée, je suppose qu'il se rendit compte qu'il pourrait profiter à long terme, et pour ses intérêts personnels, de ses renseignements, s'il les donnait au compte-gouttes. Il reprit ses études de médecine et décida de se spécialiser en pédiatrie, tout alla comme sur des roulettes. Lors de ces « Examens patriotiques ou d'État » de l'année 1940 — Vidal refit des guillemets dans les airs, sans doute un souvenir de ses propres séjours à Houston —, après la réouverture de l'université à l'automne 39, ceux qui avaient combattu dans les rangs des vainqueurs, et avaient ainsi soutenu le Glorieux Mouvement nationaliste, se virent d'office accorder la mention passable aux examens pour avoir bien mérité de la patrie, si tant est qu'ils arboraient l'uniforme, certains même avec cartouchière et pistolet à la ceinture. Je tiens tout cela du docteur Naval, à peu près du même âge, il est d'un ou deux ans son cadet, et a dû patienter pas mal de temps ici jusqu'à ce qu'on lui propose un poste à l'étranger et qu'il puisse sortir grâce à l'un de ses parents diplomate qui lui obtint un passeport. Telle était, manifestement, la vie au quotidien même si, de nos jours, cela nous paraît un de ces mauvais films qui tiennent du mélodrame et de la caricature. Naval riait en me racontant ça ; il imaginait sans peine Van Vechten en uniforme de sous-lieutenant pour l'occasion, mais il ne le voyait pas pistolet à la ceinture, l'homme était bien trop calculateur, même à l'époque, pour ce genre de forfanterie. Quoi qu'il en soit, il reçut le diplôme officiel, certifiant que ses études étaient terminées.

Vidal s'arrêta, il but une longue gorgée de sa dernière bière à laquelle il n'avait pas encore touché et je pris la parole, pour lui permettre de respirer un peu plutôt que pour ajouter quelque élément qu'il ignorait, du moins le supposais-je :

— Oui, je sais qu'il a fait une brillante carrière, dis-je. J'ai lu qu'à vingt-trois ans il avait été nommé médecin assistant dans le Service de pédiatrie de l'hôpital San Carlos, et qu'en 1950 il avait ouvert un cabinet à la clinique Ruber, il devait alors avoir trente ou trente et un ans. Même à l'époque, une telle précocité n'était pas normale. Compte tenu de tous ceux qui étaient morts, qui avaient été contraints de s'exiler, qui étaient incarcérés et aussi de tous ceux qui se trouvaient dans la situation de ton grand-père, à qui l'on avait interdit d'exercer en tant qu'ophtalmologue, tu imagines ? Il fallait faire appel à ceux qui restaient, et avant tout à ceux qui avaient un parcours irréprochable, ce qui restreignait le choix. Mais, bon…

— Oui. Trop précoce, malgré tout, même s'il ne fut pas le seul. Bon, cela me soulage que tu ne sois pas totalement dans le flou, comme je l'avais craint en te voyant faire la fête avec ce salopard.

— Comme je te l'ai dit, mon patron m'a demandé de me

lier d'amitié avec lui, dans l'espoir de lui tirer les vers du nez. Mais je ne suis pas allé bien loin, ces détails sur l'homme et son parcours se trouvent même dans le *Who's Who*. Là-dessus, du jour au lendemain, Muriel m'a ordonné de le laisser tranquille. Cela ne signifie pas pour autant que je ne veuille pas savoir ce qui te fait dire que c'est un tel salopard. Je dois avouer qu'en fin de compte, il m'est même devenu un peu sympathique, par moments. Pas vraiment, ne va pas croire ça, car il a un côté glacial et, comment dire, quelque chose de vorace, même quand il s'efforce d'être cordial ou donne des conseils paternels. Mais quand on cherche un peu, jamais personne n'est totalement dépourvu de charme. Je l'ai même présenté à l'une ou l'autre de mes amies, qui sait, à leur détriment, d'après ce que tu dis…

Voici que j'étais inquiet, que je m'en voulais. Et si, sans le savoir, j'avais lâché le loup dans la bergerie ?

— Oui, sans l'ombre d'un doute, répondit Vidal en fronçant les sourcils. Oh, bon, disons qu'il n'est plus tout jeune et que peut-être il se contente du seul plaisir des yeux. Ne nous lançons pas dans des hypothèses. Quel genre de comportement a-t-il eu avec tes dites amies ? Tu le sais ? Tu en as été témoin ?

Mon malaise ne fit qu'accroître.

— À ma grande surprise et à supposer qu'il ne mente pas mais se contente de frimer, il a réussi à ce que l'une d'elles lui permette de faire bien plus que ce que l'on pourrait jamais imaginer compte tenu de l'énorme différence d'âge. Pour être franc, je ne vois vraiment pas comment il y est arrivé.

Vidal ne crut pas une seconde qu'il avait été fair-play. En entendant cela, il réagit avec la rapidité de l'éclair.

— Il a dû les menacer de je ne sais trop quoi, je te le garantis.

— Je ne vois pas de quoi il pourrait les menacer.

— Il y a forcément quelque chose. Elles se droguent, tes

copines ? Vous prenez de la drogue, vous autres ? Il en a été témoin ?

— Dans certains endroits, à peu près tout le monde en prend, José Manuel, tu es bien placé pour le savoir. Surtout quand on sort en boîte. Je pense que Van Vechten lui-même, friqué comme il est, a dû les inviter une fois ou l'autre et leur en a refilé des petites doses, histoire de les attirer, c'est une manière facile de se faire aimer ou, du moins, courtiser, de se rendre indispensable. Temporairement indispensable. Les jeunes vont vers celui qui en a.

— Bon, nous y voilà. Il les aura menacées de tout raconter à leurs parents. « Voyez-vous, en ma qualité de médecin, je m'inquiète car votre fille file un mauvais coton, j'ai eu l'occasion de faire sa connaissance par l'intermédiaire d'un de mes jeunes amis... », et patati et patata. Et qui veux-tu donc que les parents croient : le célèbre docteur Van Vechten, pédiatre réputé, ou leur fille, tête folle, et fêtarde par-dessus le marché ? Il aura bien veillé à lui refiler la drogue, quand il était seul avec elle, sans témoin. Pour peu que les parents soient du genre libéral, il menacerait de les dénoncer à la police et de leur attirer des ennuis ; oh ! pas bien sérieux aujourd'hui, dirons-nous ; juste assez pour leur faire peur et qu'elle préfère se les épargner moyennant une petite faveur. Ce type est capable de tout. De même si l'une ou l'autre a avorté et a eu l'imbécillité de le lui raconter : ne m'as-tu pas dit qu'il affectait parfois une sollicitude paternelle ? Il a l'avantage d'être médecin et les médecins on les consulte, on leur pose des questions, on se confesse pour ainsi dire à eux. Je suis bien placé pour le savoir. Ce qui est sûr et certain, c'est qu'en tant que cardiologue, il m'incombe de te recommander de ne pas toucher à la drogue. Pour la tension et pour le cœur, rien de pire que la coke, si tant est qu'il t'arrive d'en prendre. Attention, je ne suis pas en train de te faire passer un interrogatoire. Ce que tu fais ne me regarde pas. Mais on a tendance à prendre ce sujet trop à la légère, et on en subit les conséquences. Je te dis ça pour ta gouverne, c'est tout.

Je crains d'avoir un peu rougi, je ne prenais de la coke qu'en de rares occasions, et juste si l'on m'en offrait, ce qui était encore plus rare. Van Vechten ne m'en avait jamais proposé, bien entendu, je supposais qu'il y avait recours, mais n'en étais pas sûr. Sans doute la réservait-il pour les visites accompagnées aux toilettes et pour le dernier arrêt avec passagère, après nous avoir raccompagnés chez nous dans sa voiture ; et sans doute la gardait-il exclusivement pour ces demoiselles.

— Compris, j'en prends bonne note, répondis-je, changeant aussitôt de sujet. Mais tu le vois allant au commissariat de police ? Tu crois qu'il en serait capable ? Avec les filles d'aujourd'hui qui n'ont pas peur de grand-chose ?

Une fois lâché sur ce sujet, Vidal ne se retint plus : il avait vraiment une dent contre Van Vechten.

— Qu'il s'agisse de maintenant ou d'autrefois, la crainte revient toujours au galop, pour peu que vous vous sentiez menacé ou démuni, ou avec quelqu'un qui vous fait peur, et Van Vechten est expert en la matière. Écoute, je vais te dire en quoi consistait son aide, même si, à présent, tu es en mesure d'imaginer par toi-même ce que cachait sa célèbre solidarité qui lui a acquis une si noble réputation parmi les antifranquistes. Il allait voir ceux au sujet desquels il savait quelque chose, à commencer par ceux qui avaient échappé au pire, mais qui n'osaient toujours pas pointer le bout du nez au cours des années quarante, cinquante, voire au tout début des années soixante. Des gens qui n'avaient pas un rond, qui, par exemple, ne pouvaient rien publier sous leur nom, pas même en qualité de traducteurs, qui se voyaient contraints de se servir d'un pseudonyme, si le patron les y autorisait, pour signer un article de journal ou un scénario, des malheureux qui n'avaient d'autre choix que de travailler au noir pour gagner trois sous. Des professeurs qui ne pouvaient plus enseigner, des avocats, des architectes et des ophtalmos, des hommes d'affaires déclarés inaptes et dont on avait confisqué l'entreprise. Oui, des gens de ma propre famille ont connu ça. Il se souciait de leurs enfants, il les soignait, c'est indéniable, mais pas de façon aussi désintéressée que le raconte la légende, pas sans contrepartie. Les enjeux du chantage étaient beaucoup plus graves que tous ceux qu'il pourrait utiliser aujourd'hui avec tes amies, qu'il s'agisse de drogues, des parents ou d'autres conneries.

Vidal était un homme cultivé, il avait un vocabulaire étendu, ce qui ne l'empêchait pas, le cas échéant, d'être mal embouché.

— Il y allait au chantage à la prison, voire à la mort, du moins au cours des années qui suivirent la Guerre, époque où l'on fusillait au jugé et à qui mieux mieux, à Madrid et partout ailleurs. Arranz et lui se refilaient des renseignements et, si l'un d'eux était fatigué, l'autre le remplaçait pour la tournée des visites à domicile. Et, pour autant que je sache, ils n'y allaient pas par quatre chemins, ils ne s'encombraient pas de sous-entendus et faisaient fi des demi-mots. Ils étaient clairs et nets, du genre à dire aux uns : « Je sais que pendant la Guerre tu as fait ceci ou cela, que tu as participé à des *paseos* ou que tu as conseillé les miliciens, bref que tu as les mains sales », et à d'autres : « Je sais que tu es resté fidèle à la République, que tu as écrit des éditoriaux anonymes dans divers journaux ou que tu as fait de la propagande à la radio, que tu as travaillé pour tel ou tel ministère, bien que simple troufion, qu'on t'avait mis à ce poste-là et que tu ne faisais qu'obéir à des ordres. Ils s'en moquent, ça leur suffit pour te sucer jusqu'à la moelle. Je refile des tas de renseignements à la police qui ne rate pas sa cible, elle ne s'est jamais trompée. Il m'a fallu du temps pour te trouver, mais je suis parfaitement au courant de tes faits et gestes durant la Guerre. Et ce serait pareil, même si tu n'en avais pas fait autant. Dans ton cas, je n'ai pas grand-chose à inventer, il me suffit d'exagérer un peu. Rien de plus facile que de dire, par exemple, que tu as collaboré avec les Russes ou que tu as expédié au peloton d'exécution la moitié de tes voisins. Ajoutons que si tu en avais eu l'occasion, tu m'y aurais expédié moi aussi ; Dieu sait ce qu'il serait advenu de moi si tu m'avais repéré ici, lors du Soulèvement ? Quelques années se sont écoulées, mais c'est le peloton d'exécution ou la réclusion à perpétuité qui t'attendent si je parle avec ceux qui tiennent toujours compte de ce que je dis, et je ne vois pas pour quelle raison je me tairais. Le choix t'appartient : ou tu as un peu de mal à accepter mes conditions, ou tu n'auras plus aucun mal à les accepter car elles ne te feront plus aucun effet, ni bon, ni mauvais, ni rien. Bien entendu, tu ne reverras plus ni ta femme ni tes gosses. Jamais plus ou pas avant des éternités. À toi de décider. »

Vidal Secanell se tut quelques instants ; les yeux écarquillés, il fixait sur la table les cendriers que le professeur Rico et moi avions utilisés, car nous avions l'habitude de fumer dès les premiers verres. Il avait parlé d'une traite, comme s'il avait déjà entendu un discours de ce genre. Cela me semblait invraisemblable, malgré les représailles dont sa famille avait été victime. J'avais toujours considéré son père, Vidal Zapater, ami de mon oncle et de ma tante, comme un homme à l'arrogance un peu mexicaine (et bien vite acquise), financièrement à l'aise et qui ne se laisserait pas facilement intimider, tout l'opposé d'un individu que l'on peut avoir au chantage. Avec le grand-père, ce serait une autre affaire, même s'il était improbable que Vidal, né en 1950 ou 1951, eût assisté à une scène comme celle qu'il venait de me décrire : à l'époque, on cachait tout aux enfants, surtout ce qu'il y avait de moins glorieux. À la différence d'aujourd'hui, personne n'aurait avoué une humiliation, même si vous en aviez essuyé d'aussi nombreuses que sérieuses. En revanche, à présent, rien n'était plus rentable que de se faire passer pour une victime, asservie et opprimée, et de se lamenter sur ses propres malheurs. Curieux de constater que la fierté eût ainsi disparu, elle qui, en la période d'après-guerre, était si forte chez les vaincus, qui les revigorait à tel point qu'ils ne parlaient ni de leurs morts ni de leurs prisonniers, comme si remuer tout ça — fût-ce en privé — était en soi un déshonneur, une sorte d'acceptation, de reconnaissance du parti de ceux qui les avaient humiliés et les tenait à leur cruelle merci. Ils ne se taisaient pas juste par crainte ou pour ne pas rafraîchir la mémoire de ceux qui avaient encore le pouvoir d'user de cette peur, de l'aviver, de l'amplifier, ils se taisaient pour ne pas donner à l'ennemi la joie du triomphe, pour ne plus avoir à baisser la tête en se lamentant.

— Et quelles étaient ces conditions ? lui demandai-je pour raccrocher son regard en errance. Même si j'en ai quelque idée.

Vidal était plus pragmatique que méditatif, aussi redescendit-il aussitôt de son nuage.

— Eh bien oui, tu as vu juste. Ils voulaient se les faire.

Du parler cru, comme s'il s'agissait d'une expression qu'Arranz et Van Vechten auraient eux-mêmes employée, ce qu'il confirma immédiatement :

— C'est ainsi qu'ils présentaient les choses, apparemment, ils ne tournaient pas autour du pot, ils allaient droit au but, sans prendre de gants. Sans hypocrisie non plus, même si, dans ce contexte, je ne saurais dire si c'était faire preuve de vertu. Se faire les femmes ou, plus tard, une de leurs filles aînées. Ils en faisaient des objets, ils les réduisaient à une monnaie d'échange ; ce qui n'était pas si rare à l'époque, compte tenu de la vulnérabilité d'une partie de la population. Ils pouvaient se satisfaire tout leur soûl et jusqu'à ce qu'ils s'en lassent. Du moment qu'elles leur plaisaient, bien sûr, qu'elles étaient appétissantes. Dans le cas contraire, ces familles pouvaient être contraintes de se passer de soins médicaux pour leurs enfants, car, comme je te l'ai dit, ces gens-là étaient, en général, fauchés, impossible, par conséquent, de leur soutirer autre chose que des avantages en nature. Peut-être possédaient-ils quelque objet de valeur dont ils ne s'étaient pas départis, un *bargueño*, un de ces souvenirs de famille reçu en héritage, des bijoux ou livres anciens qu'ils conservaient, même s'il était rare qu'il leur restât grand-chose après ces trois années de siège : la plupart avaient vendu tous leurs biens. Ils devaient enfin préserver leur bonne réputation, taire, bien sûr, la transaction, le chantage, et faire courir le bruit qu'il y avait deux pédiatres, partisans du régime, des hommes altruistes, compatissants, conciliants et civilisés, qui se déplaçaient à domicile pour soigner gratuitement leurs enfants. Je ne puis dire si cela a servi à Arranz, mais il est indéniable que cela a beaucoup aidé Van Vechten socialement parlant. Bon, tu sais bien. Il en va de même avec tous ces universitaires, historiens, romanciers, peintres qui ont soutenu le franquisme et l'ont servi au cours de ses décennies de grande cruauté et qui, au fil du temps, le danger écarté ou presque, se déclarèrent de gauche, nominalement du moins. Ils prétendent aujourd'hui avoir été des dissidents toute leur vie, avoir vécu l'exil, avoir été victimes de la censure. Ce peintre catalan, dont je ne retrouve toujours pas le nom, me révolte. Tout comme ce philosophe laid comme un crapaud et chauve comme un œuf, qui prêche l'éthique, et dont j'ai également oublié le nom. Naval sait tout ça, ce qui s'est passé en vérité, ce que chacun a fait ou dit et où il se trouvait. Et surtout n'essaye pas de dénoncer Van Vechten publiquement, car les gauchistes eux-mêmes s'élanceraient sur toi telles des bêtes sauvages et te reprocheraient de vouloir discréditer et salir l'un d'eux. L'un d'eux depuis avant-hier seulement, crois-le ou non. Des gens dont il a toujours su s'acquérir les bonnes grâces, que ce soit dans les années quarante ou maintenant.

À cette époque, je ne me passionnais guère pour ce genre

de considérations, l'intérêt ne me vint que par la suite, quand il était déjà bien tard pour démasquer qui que ce soit et, en fait, qui en eût pris la responsabilité, fût-ce aujourd'hui, à des années-lumière de la Guerre, après tant de biographies de complaisance, de légendes redorées, après un oubli délibéré ou consenti ? Cela ne veut déjà plus rien dire pour qui que ce soit ou presque — et certainement pas pour les plus jeunes — si ce n'est d'une façon artificielle teintée d'idéalisme douteux —, et cela ne parle pas davantage à ceux qui sont encore vivants. Les morts cessent de raconter leurs histoires dès qu'ils sont, précisément, morts.

— Et les femmes, elles marchaient ?

De tout ce que Vidal me racontait, c'était ce point qui m'intéressait le plus. Van Vechten n'aurait pas soumis Beatriz à ce genre de chantage : elle avait dû se marier autour des années 61-62, quant à Muriel, c'était un gamin durant la Guerre et son antifranquisme avait été plus intellectuel qu'activiste. Mais je pensais à elle. Et pourquoi se rendrait-elle au cabinet médical de ce Carlos Arranz, le vieux comparse de Van Vechten ? Sans doute était-ce là qu'elle allait, et non pas chez Mollá, ou Deverne, ou Gekoski, ou Kociejowski. Peut-être fallait-il voir là une simple habitude : qui sait si ces deux médecins ne continuaient pas à s'échanger des femmes, même si le sexe était désormais gratuit et non pas monnaie d'échange. Peut-être Beatriz s'en moquait-elle vraiment, telles certaines épouses lasses de leur lit de douleur, et qu'ils lui facilitaient même la tâche, car elle n'aurait pas à chercher bien loin comment se venger, ce qui peut être très déprimant.

Vidal roula ses yeux aux grandes paupières rappelant celles de Paul McCartney. J'eus l'impression qu'il se disait : « Dieu que tu peux être naïf ! »

— Voyons, comment voulais-tu qu'elles ne marchent pas, Juan ? Mais as-tu idée de la situation ? Elles n'avaient pas le choix, ces années-là. D'une part — et dans le meilleur des cas — le mari ou le père filait droit en prison. De l'autre, quelle mère ne serait pas prête à faire n'importe quoi ? Quelle mère ne verrait pas comme un cadeau du ciel de bénéficier des soins d'un pédiatre chaque fois que son enfant est brûlant de fièvre ou à l'article de la mort, de savoir qu'il lui suffit d'appeler le médecin pour qu'il accoure ? Beaucoup d'entre elles auraient cédé, je le crains, même sans menaces. Les mères sont prêtes à tout, elles servent d'otages, à quelques exceptions près, comme la tienne, d'accord ? Et en outre, il arrive même que l'une ou l'autre finisse par éprouver certaine reconnaissance... disons machinale, ou réflexe, tu peux en être sûr. Coucher avec celui qui soigne vos enfants n'est pas le pire qui puisse arriver à une mère, pas de son point de vue.

« Et ensuite, oui, la plupart acceptent, je te le garantis », les rares paroles révélatrices qui avaient échappé au docteur lors de nos sorties nocturnes me revinrent.

— Je suppose que Van Vechten et Arranz misaient eux aussi sur l'inéluctable gratitude, sur le soulagement de la mère de savoir l'enfant hors de danger et de se rendre peu à peu compte qu'il était guéri. Tout comme, le temps aidant, ils misaient sur les relations fréquentes qu'ils avaient avec les familles. Je ne serais pas étonné d'apprendre que dans l'une ou l'autre de ces familles ils aient semé un rejeton, pour peu qu'ils ne se soient pas trop vite lassés et n'aient pas pris de précautions. Tant pis si l'enfant était blond comme les blés et le géniteur théorique, très brun.

Cela me rappela cette brève rencontre avec la vieille pute du Chicote. « Toi, je te connais, pas vrai ? Avec tes yeux si bleus et tes cheveux si blonds », lui avait-elle dit. On n'oubliait pas le docteur ; avec cette espèce de baguette sur le crâne, il ne passait pas inaperçu.

— Ce que je ne parviens pas du tout à m'expliquer, c'est la raison pour laquelle Van Vechten recourait à des mesures aussi désespérées, dis-je. Non qu'il me paraisse particulièrement attirant ; de fait, il y a en lui un je-ne-sais-quoi susceptible de repousser, à mon avis. Mais avec ces cheveux filasse et ces yeux si clairs, d'un bleu délavé, avec cet éternel sourire rectangulaire et avec sa belle carrure, il devait attirer l'attention et connaître un vif succès quand il était jeune. Difficile à croire qu'il ait été contraint de recourir à des menaces pour se procurer des femmes.

Cette fois, Vidal ne se retint pas. Après tout, je l'ai déjà dit, il me traitait comme un frère cadet, avec lequel il aurait cohabité de temps à autre.

— Je te croyais tout de même moins naïf, Juan. Mais, voyons, tu n'as pas remarqué son comportement avec les femmes ? Avec tes propres amies, j'entends, elles sont en âge d'être ses filles. C'est un prédateur insatiable, il l'a toujours été, cette réputation est bien méritée, il était de ceux qui comptent les coups. Et ne va pas croire que dans les années quarante et cinquante, beaucoup de femmes étaient prêtes à aller jusqu'au bout, comme ça et de plein gré. Ni par plaisir, ni par amour, ni pour rien du tout. Qu'est-ce que tu t'imagines ? Que la révolution sexuelle avait déjà bouleversé les mœurs et que la pilule existait ? Écoute, le monde était monde bien avant toi. C'était très difficile de s'envoyer en l'air en Espagne. Il fallait en perdre du temps, en faire des promesses et même comme ça... Demande aux infirmières de l'hôpital San Carlos, de la clinique Ruber ou de l'hôpital Francisco Franco, où, à l'âge mûr, il s'est retrouvé rien de moins que chef du service de pédiatrie avec, évidemment, encore plus de pouvoir, et cela à une époque plus libérée, vers la fin des années soixante. Il les a toutes draguées, du moins toutes celles qui en valaient la peine. Avec ou sans la moindre délicatesse, avec plus ou moins de détermination, avec plus ou moins de succès ; et il continue, à soixante piges bien sonnées. Il a ça dans le sang.

Je me souvins alors de Celia, la fonctionnaire, amie de Viana, le matador. « C'est un porc », avait-elle déclaré, avant de m'expliquer : « Il m'a semblé qu'il me touchait plus que nécessaire ; ce sont des choses qu'on remarque aussitôt, nous les femmes... Et il s'attardait sur mon ventre, comme si ses doigts allaient là où ils n'auraient pas dû, et il me caressait abondamment les seins avec la manche de sa blouse et son poignet, comme par inadvertance. Je peux te dire qu'en repartant j'avais la nausée, j'avais l'impression qu'en fait il m'avait tripotée. » Tout cela lors d'une simple auscultation. Et elle n'était ni du genre à inventer ni du genre à minauder.

— Ouais, répondis-je, songeur. Il fait partie sans aucun doute de ceux qui ne ratent pas une occasion, ça saute aux yeux.

Je rougis un peu, en me disant que peut-être déjà, à vingt-trois ans, j'étais de ceux-là. J'avais l'excuse de la jeunesse, supposai-je. Qui plus est, jamais je n'aurais fait de chantage, ni menacé personne.

— Et ne sous-estime pas le plaisir supplémentaire de dominer et d'humilier le vaincu, Juan, continua Vidal dont le ton exprimait à présent une intense rancœur, de s'envoyer la femme ou la fille de quelqu'un qui en est conscient et dans l'incapacité totale de faire quoi que ce soit. Un ignoble salopard, celui-là, prends tes distances dès que tu pourras. Il est possible qu'il ait vraiment changé par la suite, je ne dis pas le contraire, qu'il ait fini, sur le tard, par se conformer à la fausse image de lui qu'ont les autres, qu'il soit devenu un conciliateur sincère, voire un antifranquiste. Mais à l'époque, il ne l'était pas, rappelle-le-toi. Tout cela n'était qu'une mascarade et ces individus ne cessaient d'être les ennemis. Vaincus, mais ennemis. Il a dû bien profiter de la situation. J'enrage, rien que d'y penser, mais que va-t-on y faire, voilà où nous en sommes. Et c'est sûrement pour le mieux. En tout cas, je suis décidé à raconter tout ça. Ce que je sais, je le raconte.

Le regard de Vidal se perdit à nouveau un instant sur la

table, sur les cendriers, sur les dernières bières que l'on nous avait apportées.

— Tu connais un endroit appelé sanctuaire de Notre-Dame de Darmstadt ? lui demandai-je à brûle-pourpoint.

Je voyais qu'il savait beaucoup de choses.

— Pas loin d'ici…

Il leva les yeux et m'interrompit :

— Oui, je suis passé devant. Et attends, j'ai entendu le docteur Naval en parler, attends… Qu'est-ce que c'était ? Voilà, je me rappelle. Je crois qu'il s'agit de la filiale ou de la réplique d'un autre sanctuaire du même nom, qui se trouve au Chili pour être précis. Bon, attends, si mes souvenirs sont bons, il a été fondé par des Allemands, qui se sont installés dans le coin au cours des années quarante et cinquante. D'où son nom, je suppose, ce qui voudrait dire que le sanctuaire chilien en est à son tour une réplique.

« Salle du Père Gustavo Hörbiger », lisait-on sur l'une des plaques de céramique que j'avais aperçues dans le sanctuaire : le prénom hispanisé, le nom de famille allemand, sans le moindre doute.

— Et c'est un mouvement apostolique qui en a la charge…

Vidal s'efforçait de se remémorer tout en parlant.

— Non, je ne sais pas, il faudrait que je pose la question à Naval. Il me l'a un jour mentionné sans que j'y prête grande attention et à présent, ça ne me revient pas. Mais il me semble que de hauts fonctionnaires de Pinochet y appartiennent, y compris l'un ou l'autre ministre.

Sa dictature était encore au pouvoir vers 1980 et elle était encore loin d'en être à son terme. Cinq années plus tôt, l'homme avait débarqué à Madrid pour assister aux funérailles de Franco, il était enveloppé dans une cape sinistre à la Dracula, avec des lunettes très sombres comme en portent les aveugles, il avait tout d'une chauve-souris humanoïde coiffée d'une casquette à calotte plate.

— Pourquoi cette question ?
— J'y ai vu un jour Van Vechten.
— En tant que membre de la congrégation ?
— Non, dans une des dépendances. Comme s'il consultait là-bas ou y avait un bureau. Il donnait l'impression d'y être comme chez lui.

Vidal n'en savait pas trop, je n'allais pas non plus le lui dire.

Il sourit avec malice, émit un petit sifflement. Pas une fois il n'avait élevé la voix, fût-ce en ces moments où il fulminait en son for intérieur.

— Voyons, bien sûr que ni moi, ni sans doute Naval n'étions au courant. S'il en est ainsi, Van Vechten n'a sans doute pas vraiment changé et il y a des chances pour que tout cela ne soit qu'une comédie. À moins qu'il ne garde là de vieilles allégeances. Je crois savoir que c'est un lieu de culte très intégriste, ultra-catholique et extrême droite vont souvent de pair. Van Vechten doit soigner les enfants des fidèles comme une faveur ou une contribution à la cause, ou une offrande à la Vierge : nul doute qu'il s'agit des enfants de familles influentes ravies de bénéficier des services du célèbre pédiatre. Qui sait ? Si tu veux, je poserai la question au docteur Narval et je te ferai part de sa réponse. Quoi qu'il en soit, il va apprécier de savoir ça. Tout ce qui a trait au Chili l'intéresse, pour des raisons évidentes.

Son regard recommença à se dérober, mais cette fois, il riait tout bas, comme s'il anticipait combien tout cela allait intriguer ou amuser son mentor et professeur qui s'était enfui du Chili après le coup d'État. D'un geste il fit signe au serveur de lui apporter l'addition : il était tard, ses collègues s'en étaient allés depuis un moment, en lui adressant de loin un signe d'au revoir.

— Une dernière chose, José Manuel.
— Dis-moi.
— Connaîtrais-tu le nom de l'une des victimes de Van

Vechten ? Si toutefois cela ne te gêne pas de me le donner. Ce ne serait sans doute pas une mauvaise idée qu'un jour je le lâche, au hasard de la conversation, comme s'il m'avait échappé. Histoire de voir sa réaction.

Il resta un moment songeur, pas très longtemps.

— Au point où nous en sommes, autant que tu le saches, j'imagine, répondit-il. Une cousine de mon père, l'épouse d'un vieil anarchiste qui échappa au peloton d'exécution et aux purges, fut l'une de leurs victimes. Une femme adorable, je l'ai bien connue. Elle eut à subir les sévices des deux, d'abord Arranz, puis Van Vechten. Comme je l'ai déjà dit, ils se la refilèrent, chacun son tour, jusqu'à ce qu'ils s'en lassent. Elle s'appelait Carmen Zapater. Tante Carmen. Elle n'est plus de ce monde. Mais eux, ils sont encore en vie, ses enfants pour lesquels elle s'est sacrifiée sinon avec répugnance, du moins non sans certain soulagement, reconnaissons-le.

Voilà qui expliquait qu'il en sût aussi long, me dis-je. Voilà qui expliquait peut-être aussi l'intensité de son ressentiment. La tante Carmen.

Peu m'importaient les instructions de Muriel, peu m'importait qu'il eût carrément fait machine arrière. Ce que m'avait raconté Vidal me semblait assez sérieux et aller suffisamment dans le sens des soupçons initiaux de mon patron et des accusations qui lui étaient parvenues pour que j'estime de mon devoir de l'en informer. Ces éléments parlaient assez d'eux-mêmes pour que je le contraigne à voir l'évidence, si ce que j'avais à dire ne stimulait pas sa curiosité et ne le convainquait pas de m'écouter. Tout cela n'était que rumeur, tant au sens propre du terme que du point de vue juridique, j'en étais conscient, mais on a tendance à croire ce qu'on nous raconte, et ni Vidal ni Naval n'avaient aucune raison de mentir. Je brûlais d'envie de tout révéler à Muriel, mais le problème était que son activité frénétique — sa réaction face à la façon dont Towers l'avait viré — l'éloignait de la maison et de moi, aussi ne le voyais-je qu'à peine. Il s'était montré généreux, il m'avait accordé tout le temps nécessaire pour chercher un autre emploi ; je ne voulais toutefois pas abuser, ni le contraindre à me verser un salaire alors qu'il était clair qu'il n'aurait plus, ou très peu, besoin de moi. Nous étions début juillet, le mois d'août serait un temps mort, je me donnai jusqu'à la fin du mois de septembre pour prendre congé. Je me rendis chez plusieurs éditeurs, dans l'espoir qu'ils m'embaucheraient pour une raison ou pour une autre, en qualité de traducteur probablement. Fasciné d'apprendre pour qui je travaillais (c'était un fervent admirateur de Muriel, Dieu merci, il en restait encore pas mal), Manuel Arroyo Stephens, de chez Turner, me proposa de préparer deux anthologies bilingues de contes anglais et américains destinés, en partie, aux étudiants d'anglais. C'était mieux que rien, même si ce travail ne m'assurait pas des revenus fixes, il me permettrait de vivoter et serait un premier pas dans le monde de l'édition.

Je me retins, décidé à ne pas imposer à Muriel cette conversation, ou, en tout cas, à attendre. Attendre que Vidal me fournisse de plus amples précisions, si, comme il me l'avait dit, il se renseignait auprès du docteur Naval, Espagnol ayant vécu au Chili. Et de sonder Van Vechten avec les données dont je disposais désormais. Il me suppliait de sortir avec lui presque un soir sur deux, sinon tous les soirs, il avait pris goût à la bringue et à l'effervescence des bars et des boîtes. Et bien qu'il fût capable d'y aller seul, ce n'était pas la même chose si je l'accompagnais. Je le fis attendre quelques jours. Jusqu'à ce que, fidèle à sa parole, Vidal m'appelle.

— Juan, me dit-il, j'ai parlé au docteur Naval. Il m'a confirmé ce que je t'avais dit au sujet de Darmstadt ; le mouvement apostolique porte le même nom, c'est pour ça que je ne le retrouvais pas, mouvement apostolique de Darmstadt. Il a de lointaines origines allemandes, mais il est très implanté en Amérique latine. Il existe des répliques du célèbre sanctuaire non seulement au Chili, mais en Uruguay, au Brésil, au Paraguay, en Argentine et sans doute bien d'autres ailleurs. Il en existe aussi en Afrique et en Asie, et en Europe. On en compte plus d'une centaine, à travers le monde, ce qui est pas mal. Ils ont aussi des collèges, dont l'un est près d'ici, à Aravaca ou Majadahonda ou Pozuelo, une de ces communes plutôt nanties, il ne se souvenait plus de laquelle. Et, comme je le pensais, on compte, parmi ceux qu'ils appellent « Servants de la Vierge » ou parmi leurs membres éminents, deux ministres de Pinochet, des hommes politiques et de hauts fonctionnaires chiliens, sans oublier un cardinal et un archevêque ; on prétend qu'un général, responsable de l'une de ces « Caravanes de la mort » où ils tuèrent de sang-froid plus de soixante-dix détenus en octobre 73, juste après le coup d'État, aurait des liens avec le mouvement ; tu te rappelles, ces exécutions sommaires en masse, sans jugement ni rien, sur le lointain modèle de celles qui ont eu lieu ici, en 1939. Naval aurait pu connaître le même sort s'il n'avait pas réussi à sortir du pays sitôt après le coup d'État. Ce général a déclaré que ce qui l'aidait à dormir du sommeil du juste, c'était de savoir que les fidèles de Darmstadt priaient pour lui. Un proche parent de l'épouse de Pinochet, un prêtre décédé depuis un certain temps, appartenait, lui aussi, au mouvement apostolique. Naval a été ravi d'apprendre que Van Vechten avait là-bas un bureau ou je ne sais trop quoi. Bon, je ne sais pas si « ravi » est le mot qui convient. Il pense, comme moi, que Van Vechten y tient une consultation plus ou moins symbolique, deux ou trois heures par semaine ou tous les quinze jours, pour faire bon effet. Il va essayer de mener sa petite enquête, par curiosité. Mais tu vois tout de suite quel genre de congrégation fréquente ton ami. Pas très difficile d'imaginer les fidèles d'ici quand on voit à quoi ressemblent ceux du Chili. De vieilles allégeances ou des attachements d'autrefois, que ceux de ton docteur, si l'on est indulgent. Ou de vieilles convictions, si l'on pense à mal. Qui sait ?

Le moment était venu de reprendre mes sorties avec Van Vechten, ne fût-ce qu'une dernière fois, je finissais par trouver tout cela bien lourd, on ne ressort jamais ni blanc comme neige ni indemne de ce genre d'investigation. Le plus lourd, en fait, c'était lui : il y a des êtres avec lesquels vous souhaitez soudain prendre vos distances, que vous décidez d'éradiquer de votre vie de toute urgence. Quelle qu'ait été la part du vrai là-dedans, les insinuations de Vidal contaminèrent le reste ; jusqu'à Beatriz et Muriel qui commencèrent à me paraître un peu tyranniques, malgré la sympathie que j'éprouvais pour l'un et pour l'autre, ma vénération pour lui et ma croissante affection pour elle — pas juste sexuelle, loin de là : mais toujours empreinte de pitié. C'était eux qui m'avaient embarqué là-dedans, eux qui m'avaient mis en relation avec le docteur ; Muriel m'avait chargé de missions déplaisantes pour m'en relever par la suite, et c'était Beatriz qui couchait avec Van Vechten, et probablement avec Arranz, l'autre médecin, et qui avait aussi couché avec moi une fois, juste cette fois-là, et ainsi m'étais-je plus ou moins identifié à ces deux porcs pour reprendre le terme qu'avait employé Celia, la fonctionnaire. Ce couple m'avait repéré comme l'une de ces formes flottant au loin sur l'océan que l'on ne peut ignorer, me laissant entrevoir cet interminable et indissoluble malheur qu'était leur mariage, j'avais décidé de ne pas m'esquiver. C'est eux qui croisèrent ma vie, à peine celle d'un novice, comme on dit, même si je ne fus nullement passif ni ne feignis d'être un mirage, je n'essayai pas de me rendre invisible. Je me dis que ce n'était pas une si mauvaise chose que Muriel se passât de moi, qu'il m'éloignât de son monde dans lequel je m'étais senti accueilli, un monde qui m'avait fasciné et que j'avais eu le privilège de côtoyer. Mais il m'incombait avant tout de le mettre au courant, de lui faire partager mon coup de chance, bref, de lui révéler ou de lui confirmer qui était au juste son ami afin que lui aussi prenne ses distances et lui dise : « Je ne te connais pas » ou : « Je ne veux plus te connaître », peut-être alors Beatriz l'imiterait-elle — et pour cause ! —, ne se rendait-elle pas au sanctuaire et ne se prêtait-elle pas là-bas à ce à quoi les anciennes victimes de Van Vechten, mères ou filles, n'avaient pu dire non ?

Je restai avec Van Vechten pour boire un verre au Chicote où nous avions nos habitudes, avant de nous lancer dans une tournée de discothèques et de bouges ; certains endroits ne s'animaient qu'à une heure très tardive : avant de s'y pointer, il fallait tuer le temps jusqu'à minuit bien sonné. Il était forcé d'attendre, si impatient fût-il. Il me demanda brièvement des nouvelles de Beatriz, il ne l'avait pas vue depuis des jours, il voulait savoir si elle se remettait. Il me demanda comment j'envisageais l'avenir, quels étaient mes projets. Il avait entendu dire que je devais bientôt quitter mon travail et l'appartement de la Calle Velázquez, toujours si présent à ma mémoire après tant d'années, encore habité par ceux qui y habitaient alors. Il me demanda des nouvelles de Maru et de Bettina, serveuse d'extra, s'enquit de la nièce de García Lorca et d'autres de mes connaissances, il n'en avait croisé aucune dans les bars où il s'était aventuré seul, ou avait traîné Rico et Roy un soir ou l'autre : à croire que tous mes amis avaient disparu dans la nature au cours des quelques semaines où j'avais veillé sur Beatriz le temps qu'elle se rétablisse. Je le laissai me poser des questions avant de lui demander quoi que ce soit ou de lui soutirer des noms de personnes ou d'endroits susceptibles de le mettre mal à l'aise ou de le dérouter. Je ne savais comment m'y prendre, je n'osais pas. Je ne trouvai aucune raison valable qui me permît d'orienter la conversation dans cette direction, avec ne fût-ce qu'un semblant de naturel. Je profitai donc de ce que la conversation languissait pour me jeter à l'eau et aller droit au but :

— L'autre jour, un de mes amis m'a parlé de toi et de cette époque héroïque où tu te portais avec une telle générosité au secours de ceux qui, pour des raisons politiques, avaient la vie dure. Il semblerait que tu sois souvent passé voir l'une de ses tantes, ou plutôt, ses cousins. Le mari avait été un anarchiste et il s'en était tiré par miracle, mais il ne pouvait plus ni travailler ni rien. Il m'a confié que sans toi il est probable que l'un de ses cousins serait mort, il y a des années, quand il était enfant.

Van Vechten élargit son sourire presque factice, mais je ne remarquai aucune satisfaction sur son visage. Il sembla grincer des dents et sa mâchoire me parut encore plus carrée, son menton plus protubérant, comme s'il s'allongeait et que sa couleur de peau s'intensifiait à mesure que les muscles se contractaient. Il resta là à darder sur moi ses yeux pâles, glacials, un peu arrogants, comme s'il devinait où je voulais en venir et n'était pas disposé à tomber dans le piège. D'autres louaient sa conduite d'autrefois mais, à vrai dire, lui-même n'en parlait jamais, du moins en ma présence. En y réfléchissant bien, il savait ce qu'il avait passé sous silence et reçu pour chacune de ces visites, il savait que les familles auxquelles il avait prodigué ses soins étaient les seules à savoir aussi que ce n'était pas une simple rumeur, mais un bruit fondé. Il était donc normal qu'il se tînt sur ses gardes. À supposer, bien sûr, que l'histoire de Vidal fût digne de foi.

— Bah, ça ne mérite pas qu'on en parle, finit-il par dire, modeste, avec un geste de la main comme pour minimiser ses actions passées.

Un vrai battoir, sa main.

— Rien de bien héroïque, d'autres ont fait la même chose.

— Très peu, d'après ce que l'on m'a raconté, et au risque de perdre leurs privilèges, répondis-je, et je vis là l'occasion de glisser le premier nom. Mon ami a salué le dévouement de l'un de tes collègues médecins avec lequel tu te relayais pour soigner sa tante, ou plutôt ses enfants, le docteur Carlos Arranz. Qu'est-il devenu ? Autant tu es connu pour ta belle carrière médicale et pour ton civisme, autant on n'entend jamais parler de lui. Ça s'est mal terminé ? Ils l'ont puni ?

— Ah ! Oui… Arranz, répondit Van Vechten comme s'il lui fallait faire appel à de lointains souvenirs, et sans éloigner de moi son regard inquisiteur.

Désormais, j'étais sûr qu'il flairait anguille sous roche ; au point où j'en étais, je m'en moquais, je ne pensais pas le revoir seul à seul. Qu'il soupçonne ce qu'il voudrait…

— Je n'en sais rien, il y a des années que j'ai perdu sa trace. C'est vrai qu'à l'époque il a aidé. Mais laisse tomber, je n'aime pas me rappeler ces jours sinistres. Toi, tu ne les as pas vécus, c'était abominable.

J'étais déterminé à ne pas y aller par quatre chemins, sitôt que j'aurais saisi la marche à suivre, j'avançai donc le deuxième nom que je gardais en réserve. Peut-être le déstabiliserais-je ou l'étourdirais-je en lui balançant un passé aussi concret, à moins que cela ne l'alerte ou ne le mette en colère, qu'importe alors sa réaction, elle le trahirait. La hâte est propre à la jeunesse — foutue vitesse, maudite hâte — tout comme l'absence de calcul.

— La tante de mon ami s'appelait Carmen Zapater, tu te souviens d'elle ? Une femme très affectueuse, jolie comme tout, à ce que l'on m'a dit.

J'ajoutai « jolie » par déduction : si Arranz avait prévenu Van Vechten et la lui avait refilée, ce devait être pour cette raison. Ce sont des choses qui se savent vite, entre hommes. Comme si elle avait été pour ces deux médecins une Mariella Novotny, contrainte et forcée. Et elles durent être nombreuses au cours de ces années où les femmes ne gagnaient pas leur vie, n'avaient pas d'argent et ne pouvaient compter que sur elles-mêmes pour s'en sortir. J'ignore pour quelle raison je parle au passé, car il y en a encore des centaines de nos jours pour lesquelles la seule façon de s'acquitter de leurs dettes est de se vendre.

— Non, ça ne me revient pas vraiment, répondit le docteur. Oui, le nom me dit quelque chose, mais je ne revois pas à quoi elle ressemblait. Qui plus est, il est rare de connaître le prénom des mères, n'est-ce pas ? Bien que ce ne soit pas à moi de le dire, ces années-là j'en ai rendu des visites, en tant que pédiatre, à je ne sais combien de familles qui traversaient des moments difficiles. La vie continua à être dure jusqu'au début des années soixante, beaucoup avaient du mal à joindre les deux bouts.

— Oui, j'imagine. Ils devaient être prêts à tout pour survivre, ou pour qu'au moins leurs enfants survivent.

Cette fois, Van Vechten savait, sans nul doute, où je voulais en venir. Peut-être avais-je retourné trop vite mes cartes, mais tant pis, j'en avais marre. Je voulais juste une confirmation de sa part, un signe infaillible ou un indice probant qui me permît d'aller légitimement trouver Muriel avec toute l'histoire. Les yeux du docteur me regardèrent, délavés, glacials ; avec leur intensité méridionale, mais glacials. De quoi vous donner le frisson, de quoi vous rebuter. Sans doute vous regardaient-ils comme cela ou pis, lorsqu'il stipulait ses exigences aux femmes, les réduisant à de simples objets. Il avait appartenu à un service de renseignements durant la Guerre, avant de devenir indicateur. Il en savait long et il savait en tirer profit à ses fins personnelles, s'en servant pour faire chanter, c'était là le côté sordide de l'histoire. Il n'était pas impossible qu'il ait ainsi regardé mes amies, certaines à coup sûr, tous deux sur la banquette arrière d'une voiture après avoir déposé chez eux les autres fêtards.

— Qu'est-ce que tu insinues là, jeune De Vere ? Tu ne vas pas me dire qu'on t'a rapporté ces vieilles calomnies ?

— Calomnies ? Je ne vois pas de quoi tu parles, Jorge.

Je préférai l'appeler par son prénom, manière de détendre momentanément la situation. Ou pour radoucir son regard à la Robert Wilke, un regard qu'il n'était pas facile de soutenir.

— Oui, ce sont des bruits qu'ont fait courir les plus fervents franquistes, critiques de mon parcours, de mon attention aux autres, de la façon dont je m'éloignais petit à petit du régime. Ils ont raconté que je me faisais rétribuer mes services en nature. C'est-à-dire en viande rouge, selon la plaisanterie d'usage. Ce qui m'étonne, c'est que ces bruits soient parvenus jusqu'à toi, en 1980. Ce sont des ragots des années cinquante et, depuis, il en a coulé de l'eau sous les ponts. Il semblerait que dans ce pays tout perdure, surtout ce qui est négatif et peut blesser. Et qui, par-dessus le marché, est faux. Ce que je n'arrive pas à comprendre, c'est comment tu peux y accorder crédit. Vous les jeunes, vous vous laissez bien facilement impressionner.

J'essayai de faire l'innocent et de la boucler au maximum. Ce que je savais, je ne le détenais d'aucun franquiste, mais de gens auxquels ces derniers avaient rendu la vie difficile ou qu'ils avaient contraints à s'exiler, ou de gens appartenant au commun des mortels tels que Celia et ce soupçonneux de Muriel ou, indirectement, de cette actrice éphémère, l'amour de sa vie. Je ne voulus pas exposer Vidal, bien entendu, ni son mentor le docteur Naval, qui avait fui l'Espagne, qui avait fui le Chili. Van Vechten et eux se connaissaient, ils avaient travaillé dans la même clinique, mais à des époques différentes.

— Je n'insinue rien, docteur, et je n'ai rien à voir avec les franquistes purs et durs, je ne pense pas en connaître un seul.

Cette fois, je l'appelai par son titre, mais de façon amicale, ma façon de lui montrer une certaine froideur.

— Je ne fais que me rappeler ce que tu m'as dit un jour et j'établis le rapprochement.

— Qu'est-ce que tu racontes ! Je ne t'ai rien dit !

— On parlait des femmes et de la façon dont on obtient leurs faveurs, maître, répondis-je.

On oublie bien plus aisément ce qui sort de notre bouche que ce qui entre par nos oreilles. Il n'avait aucune idée de ce à quoi je faisais allusion.

— Tu as dit : « Rien ne procure plus grande satisfaction que lorsqu'elles ne veulent pas, mais ne peuvent dire non. » Même si par la suite elles veulent, « une fois qu'elles se sont vues obligées de dire oui ». Ensuite tu as parlé de la rancœur qui leur reste « de ne pas avoir eu le choix la première fois ». Obligées ? Mais elles ne peuvent pas refuser ?

Je répétai ce qu'il avait dit, j'insistai.

— Tu m'expliqueras comment il faut comprendre ces mots.

Le docteur hésita quelques secondes. À la lumière de ce que l'on m'avait raconté et de ce qu'il avait flairé, à la lumière des ragots vindicatifs de ses anciens camarades, d'après lui, ces phrases sonnaient faux, même si elles avaient été prononcées en d'autres temps et en d'autres circonstances. On les aurait presque prises pour une confession, pour des aveux, sans doute s'en rendit-il compte et y vit-il soudain quelque chose de peu honorable, de dégradant. Il se reprit aussitôt et partit d'un grand éclat de rire, exhibant dans toute leur splendeur des dents aussi saines qu'éblouissantes, un étalage de sympathie, le naturel était revenu au galop et son menton protubérant luisait.

— Mais c'est absurde, Juan. Je parlais pour parler et nous plaisantions, tu me taquinais. À ce que je vois, tu as bonne mémoire, et moi, je ne m'en souvenais même pas. Je faisais allusion à ces femmes minaudières, qui se font prier, qui objectent pour que l'on insiste, pour ne pas paraître faciles quand elles sont jeunes, ni adultères quand elles sont mariées. Il n'y a pas une femme mariée qui ne te dise : « C'est la première fois que ça m'arrive, je ne comprends pas. » Sur le moment, elles ont besoin que tu y croies, voire d'y croire elles-mêmes. Et on feint d'y croire, bien sûr, afin qu'elles s'imaginent qu'elles s'en tirent honorablement, et laissent là leurs inquiétudes. Peut-être que de nos jours on ne fait pas tant de manières, mais quand j'étais jeune, c'était autre chose. Il faut dire qu'avec quelqu'un comme moi, on en fait quand même à présent. Des filles comme tes copines ont besoin de se justifier pour céder aux avances d'un homme qui a le double de leur âge ou plus, disons d'un vieux d'après leurs critères : il m'a suppliée, il a insisté, il m'a raconté des bobards, il m'a fait pitié. L'essentiel, c'est de les flatter. C'était ça que je voulais dire, rien d'autre. Et toi, tu relèves ça et tu en donnes une sinistre interprétation. Tu as tout d'un comploteur, ma parole !

Et il me frappa le bras de sa grosse patte et, soit qu'il eût sous-estimé sa force, soit qu'il l'eût fait exprès, il me fit mal et je compris qu'il ne s'agissait pas d'une tape amicale, comme il aurait voulu me le laisser accroire, quand, le regard rivé sur moi, il découvrit ses grandes incisives rectangulaires, inaltérables, cordiales, des atouts majeurs, à coup sûr, dans sa carrière, tant auprès des mères que de leurs enfants ou de ses supérieurs. Ce geste qui n'avait rien d'amical reflétait son irritation, et, qui sait, sa frayeur.

Je faillis le prendre en pitié d'être soudain forcé de se considérer comme un vieux et tenu de l'admettre ouvertement, un homme contraint de se contenter d'admirer pour le restant de ses jours — non seulement les jeunes femmes, mais n'importe quelle femme ; ou qui sait, contraint de les supplier. Les hommes qui ont eu du succès supportent mal de se sentir déchoir. Pas facile de se remettre d'un rejet quand on n'en a pas l'habitude. Qui plus est, c'était un de ces hommes que l'âge trahit : il ne leur dispense pas ses leçons ordinaires, pas plus qu'il n'apaise leurs passions, il préserve leur ambition et leur énergie, et ne ralentit ni n'adoucit leurs ardeurs. Il effectue ainsi un travail de sape à leur insu. Je chassai cette ombre de pitié : comment un individu qui n'avait pas conscience des effets du temps sur lui pouvait-il se prétendre brusquement sa victime au milieu d'une conversation qui le mettait mal à l'aise ? Je me dis : « Il finasse, il se défend. Il y a en lui un côté prédateur et déstabilisant que j'ai toujours perçu, je ne dois pas m'y laisser prendre. » Face à ses dénégations, je décidai de lâcher sans plus attendre le troisième nom, plutôt que de guetter un chemin détourné pour parvenir au sanctuaire.

— Tu es croyant, Jorge.

C'était là une affirmation autant qu'une question. Quoi qu'il en soit, cela le déstabilisa. Son rire alla s'amenuisant, tel un mécanisme qui tarde à s'arrêter. Moribond au départ, son rire était à présent macabre.

— Et qu'est-ce que cela vient faire à cette heure ? Pourquoi cette question ?

— Je t'ai vu au sanctuaire de Notre-Dame de Darmstadt. Je me dis que tu dois être très croyant. Il faut que tu sois vraiment pieux pour appartenir à ce mouvement apostolique.

Son expression changea. Il escamota son sourire maintenant défunt, l'enterra à jamais ou, du moins, pour le reste de la soirée. Il était clair qu'il n'appréciait guère que je détienne cette information.

— Tu m'y as vu ? Comment ça, tu m'y as vu, toi ?

Le ton était mi-apeuré, mi-sceptique.

— Je vais souvent au musée Lázaro Galdiano ; à deux pas de là.

J'hésitai. J'attendis. J'hésitai. Je n'avais pas prévu de dire ce qui s'échappa de mes lèvres : ma maudite langue me joua un tour.

— Oui, je t'ai vu avec Beatriz. Oui, je t'ai vu dans ton cabinet de consultation.

Cette fois, il n'y alla pas d'une tape amicale, du registre de la plaisanterie. Cette fois, il profita de ce que nous étions assis dans l'un des sièges semi-circulaires du Chicote — des fauteuils qui en avaient accueilli du monde, presque autant que des banquettes de train ou de tramway — pour m'appliquer une de ses grosses pattes sur l'épaule. Comme je l'ai dit, quand le geste se voulait affectueux, j'avais déjà l'impression que ses mains s'abattaient sur moi du haut des cieux, et m'agrippaient telles des serres de vautour ; je n'avais alors qu'une envie, m'en dégager, me libérer le plus vite possible de ce poids, de ces tenailles. Cette fois, ce fut pire, je ressentis une réelle pression, une sensation d'écrasement, une incontestable menace. Van Vechten était corpulent et costaud, on peut dire qu'il me foulait l'épaule, me la tordait, pesait de tout son poids sur moi à tel point que je crus ne plus pouvoir me relever de mon siège, comme si tout mon corps ne pouvait rien contre une masse pareille. Il me fit mal, oh ! que oui ! Plus mal encore et plus longtemps qu'auparavant. J'imaginais cette main posée sur les épaules des fugitifs tandis qu'il leur offrait ses deux options : « À toi de choisir : ou tu acceptes bon gré mal gré mes conditions, et tu passes un sale quart d'heure, ou il n'y aura plus de quart d'heure, ni bon, ni mauvais, ni rien. » Là-dessus, il murmura très lentement à mon oreille avec un calme feint (mais il était si expansif par nature qu'il n'avait pas l'habitude de murmurer, sa voix résonna, aussi râpeuse que du papier de verre) :

— Écoute, jeune De Vere, fais gaffe, tiens ta langue. Fais très attention à ce que tu vas raconter. Veille à ne pas faire de tort à quelqu'un à qui tu ne dois pas en faire. À plusieurs, même.

Je me débrouillai pour glisser jusqu'à l'autre extrémité du canapé semi-circulaire que nous occupions, pour me mettre loin de sa portée. Un vieux serveur, serviette sur le bras, gardait un œil sur nous, il devait percevoir les tensions, flairer les querelles avant qu'elles n'éclatent. Non, Van Vechten n'allait pas m'intimider, les jeunes sont tellement inconscients qu'il leur est difficile de se rendre compte qu'ils sont en danger. Et j'étais maître de la situation, j'en étais convaincu. J'allai jusqu'à croire que, sa colère passée et une fois remis de son choc, il était possible qu'il m'offrît d'acheter mon silence.

— Tu dis ça à cause de Beatriz ? Laisse tomber. Qui veux-tu que cela intéresse ?

— Qui cela peut-il bien intéresser ?

Ce à quoi je répondis sans perdre mon calme :

— Personne, que je sache. Absolument personne. En revanche, ce qui présente le plus d'intérêt, ce qui éveille la curiosité, c'est l'endroit lui-même. Un endroit étrange, si bien tenu, sentant le dévot, presque intégriste, avec cet air allemand d'une autre époque.

Il continuait à être préoccupé par l'aspect charnel, par la femme de son grand ami, il ne se rendait pas encore compte que pour moi c'était secondaire, que cela relevait de la vie intime, au sujet de laquelle il faut toujours se taire, même si personne ne le fait. On aurait dit que son étonnement d'apprendre que je les avais vus était tel qu'il l'empêchait de faire le rapprochement entre les soi-disant vieilles calomnies auxquelles j'avais fait une simple allusion — en réalité, je n'avais rien dit — et les services qu'il avait rendus au sanctuaire en 1980. Sans doute ce rapprochement indiquait-il qu'au fond il n'avait jamais changé. J'entends par là qu'il n'avait même pas retourné sa veste, même s'il y allait de sa réputation, de ses amitiés et des apparences. Au cours de ces années, on redoutait régulièrement un coup d'État qui ramènerait l'Espagne à la dictature. De fait, il y eut par la suite deux tentatives de coups d'État, dont la seconde est célèbre.

— Qu'est-ce que tu as vu ? Comment as-tu pu nous voir ? demanda, perplexe, la voix râpeuse.

Nous n'étions plus aussi près l'un de l'autre, mais il continua à chuchoter. Il devait avoir estimé impossible que l'on pût les voir du dehors.

— J'ai tout vu. Rien de bien romantique, je dois dire.

Je lâchai ce commentaire plutôt impertinent pour qu'il voie que je ne lui racontais pas des balivernes.

— Le hasard... J'ai passé la tête et il y avait un coin...

Je n'allais pas lui dire la vérité, je n'allais pas lui avouer que j'avais grimpé à un arbre, faute de quoi je n'aurais sans doute pas vu son visage, je suppose. Après quoi, j'en revins au détail révélateur, à l'essentiel :

— Cet endroit, ce sanctuaire, c'est une annexe des partisans de Pinochet, à ce que j'ai cru comprendre. Et tu sais parfaitement avec qui ils sont de mèche à Madrid. Je suis sûr que Muriel apprécierait de connaître les liens que tu as avec eux, docteur. Et pour de bonnes raisons. Pour savoir à quoi s'en tenir.

Il pâlit, il saisissait le vrai mobile de mon éventuelle indiscrétion. Il inventa d'abord une excuse, puis se reprit. Il eut d'abord peur, puis il essaya de me faire peur.

— Je rends service à un vieil ami prêtre, et lui, il n'a rien à voir avec la politique, un point c'est tout. Je ne suis pas croyant, mais je n'interfère pas avec les croyances d'autrui. Et je ne te dois pas non plus d'explications, pense donc, un petit merdeux comme toi !

Il piqua alors une crise. Il glissa vers moi, sa grosse patte tendue, bien décidé à me la flanquer dessus, qui sait où, cette fois, mais je me levai et quittai le siège en demicercle avant qu'il ne m'attrape. Le serveur jeta à nouveau un coup d'œil dans notre direction.

— Fais gaffe à ce que tu racontes, Juan, je te l'ai déjà dit. Il y a toujours deux façons de raconter les choses, de les écouter ou de les comprendre, la bonne et la mauvaise. Mieux vaut donc la boucler juste au cas où... Tu me comprends ?

Voyant que je ne répondais rien mais le regardais d'en haut, abasourdi, il insista :

— Tu piges, fiston, oui ou non ?

Je ne laissai pas d'argent sur la table, il était bien plus

riche que moi. De toute évidence, la tournée nocturne était annulée, ou il devrait la faire seul.

— Vous continuez à rendre service aux gens, n'est-ce pas, docteur ? lui lançai-je avant de m'éloigner, à l'instant où j'allais m'engager dans la porte-tambour. De 1939 jusqu'à aujourd'hui, vous devez être épuisé.

X

Chaque fois que l'on a hâte de voir quelqu'un ou de lui faire part d'une trouvaille, on a également tendance à repousser le plus possible le grand moment. Cela n'arrive, bien entendu, que si l'on est sûr de voir, tôt ou tard, la personne ou de lui relater notre histoire. S'il subsiste le moindre doute à ce sujet, l'empressement s'impose et les circonstances se précipitent, avec, en général, des résultats décevants, frustrants, qui font l'effet d'une douche froide. Je pouvais me permettre de reporter la rencontre avec Muriel, de la préparer et de la savourer à l'avance; attendre que cette période d'activité frénétique se calme, qu'il soit plus souvent à la maison. Dans ses jours fébriles où il passait son temps à aller et venir en coup de vent, cela n'eût pas été une bonne idée de l'obliger à s'arrêter, à s'asseoir ou à s'allonger par terre pour m'écouter un long moment, sans qu'il en ait envie. (Une phase d'ennui est essentielle pour stimuler curiosité et inventivité.) Et cela, au cas où il accepterait d'entendre ce que j'avais appris au sujet de Van Vechten: à mon avis, il s'y prêterait pour peu que je réussisse à l'intriguer. Je devais attendre qu'il se calme, qu'il ait discuté du financement de son nouveau projet, que l'affaire soit classée comme réglée et urgente, ou qu'il l'accepte comme n'étant pas viable et y renonce pour le moment, voire jusqu'à l'automne. Ce retard m'arrangeait, non que je fusse dans une telle hâte, juste éperonné par cette plaisante impatience, qui vous permet, une fois que vous vous en êtes accommodé, de jouir d'une vigilante expectative, avec la certitude absolue que vous finirez par la satisfaire.

Tout comme il m'avait déplu de cacher mon jeu avec le docteur quand je le promenais la nuit, à seule fin de le faire parler, de l'observer, je n'appréciais pas, à présent, de me comporter en mouchard et de le dénoncer auprès de son ami, avec les conséquences prévisibles, compte tenu de sa conduite crapuleuse désormais confirmée. Bien des années s'étaient écoulées depuis l'époque où il jouait les maîtres chanteurs, si tant est qu'il fallait prendre cela au sérieux : je n'avais pas été complètement insensible à son explication selon laquelle il s'agissait de calomnies avancées par les plus vindicatifs de ses anciens camarades franquistes qui s'étaient sentis trahis par sa clémence et son manque d'animosité, car tout ce que l'on nous raconte laisse sa petite trace et sème un vague doute, aussi rien de bien étrange à ce que parfois, quand on a déjà sa propre idée du tableau, on ne tienne pas à en savoir davantage, ou que l'on interdise aux accusés de prendre la parole, de crainte qu'ils ne finissent par nous convaincre de leur innocence et de l'authenticité de leur version. Oui, de nombreuses années s'étaient écoulées ; les êtres évoluent, ils se repentent, ils regardent avec horreur ce qu'ils furent, ne se reconnaissent pas, ou plutôt se regardent avec abomination et absence d'acceptation, comme face à un miroir déformant, tant il est rudimentaire. C'était moi, ça ? J'ai fait ça ? Mon vieux moi était donc aussi laid que ça ? S'il en est ainsi, je ne pourrai pas le changer. La culpabilité l'emporte sur mon désir de m'amender, elle m'empêche même d'essayer, et tout ce que je puis espérer, c'est qu'elle disparaisse à la longue, qu'elle aille se perdre dans ces brumes où tout ce qui est jamais arrivé s'estompe, se fond en un magma indistinct, le bon et l'ambigu, le contradictoire et le mauvais, les crimes et les faits héroïques, la malveillance et la générosité, la droiture et la tromperie, l'éternelle rancœur et le pardon extorqué à la victime épuisée, l'oubli de soi et la parole donnée, la sournoise exploitation d'autrui, tout cela sera soldé par un simple haussement d'épaules, condamné à être ignoré par ceux qui suivent et nous succèdent, préoccupés par leurs propres passions et ce qui leur suffit largement, indifférents à tout ce qui a pu survenir avant qu'ils ne foulent notre terre, sur laquelle ils ne feront que superposer l'empreinte de leurs pas sur celles de leurs innombrables prédécesseurs et semblables, sans savoir qu'ils ne font que les imiter et qu'il n'est rien de nouveau sous le soleil, rien qui n'ait été exploré ; tout est voué à être fusionné, mélangé, nivelé, oublié, à flotter sur un magma répétitif, mais dont pourtant nul ne se lasse à moins que jamais aucun d'entre nous n'ait su trouver le chemin nous permettant de nous en détacher ? (Voilà pourquoi l'histoire elle-même est pleine d'Eduardo Muriel et de Beatriz Noguera, de docteurs Van Vechten et de professeurs Rico, de Celia et de Vidal et de Juan de Vera et de comparses identiques, déterminés l'un après l'autre à jouer la même pièce, à réécrire le même scénario mélodramatique. Mon personnage n'a rien d'original, pas plus, sans doute, que celui des autres.) Mais tant que nous n'en sommes pas là — et si courte que soit la vie, cela prendra du temps — il y a un odieux entracte qui nous appartient, qui est ce que l'on peut connaître de pire et qui est à nous seuls, et au cours duquel nous n'avons d'autre choix que d'accepter bon gré mal gré ce que nous avons fait ou omis et de distraire ou d'apaiser notre culpabilité, et parfois la seule façon d'y parvenir est de l'accroître, de telle sorte que les nouvelles culpabilités recouvrent les plus anciennes, les éclipsent, les estompent ou les minimisent, jusqu'à ce que toute culpabilité s'en soit allée et qu'il ne reste plus âme qui puisse s'en souvenir, ni langue vipérine et preste pour en parler, ni même un doigt tremblant pour nous montrer comme ayant été la cause de quoi que ce soit.

J'imagine que plusieurs facteurs eurent raison de ma répugnance naturelle et générale à moucharder. D'une part, ce que j'avais appris, c'était précisément ce sur quoi Muriel m'avait demandé au début de me renseigner, et l'admirateur inconditionnel de sa personne que j'étais s'était prêté au jeu sans la moindre réserve. D'autre part, ce que m'avait raconté Vidal coïncidait parfaitement avec ce que soupçonnait mon patron, sans avoir jamais été explicite, il avait mentionné une possibilité ou une rumeur d'après laquelle Van Vechten se serait mal conduit avec une femme, voire avec plus d'une, et tel semblait le cas. (« À mes yeux, il n'y a rien de pire, c'est impardonnable. ») En troisième lieu, les agissements du docteur avaient été si abjects qu'une fois découverts, on ne pouvait les passer sous silence. Non qu'il pût lui arriver quelque chose, bien sûr : il n'y avait aucune preuve, cela ne constituait pas un délit et à l'heure qu'il était, personne en Espagne n'aurait dénoncé qui que ce soit ; on avait promulgué une loi d'Amnistie, autrement dit, on était parvenu à un accord selon lequel personne n'initierait une de ces interminables chaînes d'accusations et ne ressortirait plus le linge sale des autres, si dégoûtant fût-il — assassinats, exécutions plus que sommaires, délations par jalousie ou par vengeance, simulacres de procès, tribunaux militaires condamnant à la réclusion à perpétuité, voire à la peine de mort, des civils piètrement défendus et cela jusque dans les dernières années de la dictature, alors que le climat s'était bien radouci : ni aux crimes de Guerre communs aux deux partis, ni à ceux de l'après-guerre propres à l'unique parti au pouvoir, désormais libre de continuer à salir son propre linge. Non que tout abus ou crime pût être exempt de sanctions juridiques, mais parce qu'il était mal vu d'en parler en public ou de les ébruiter par voie de presse ; comme je l'ai dit, les rares personnes qui s'y risquaient se heurtaient à l'immédiate réprobation non seulement des ex-franquistes qui avaient quelque intérêt dans l'affaire — et, en réalité, n'avaient rien d'« ex » —, mais aussi celle des antifranquistes et démocrates convaincus : comme Vidal l'avait fait remarquer, cela les arrangeait bien que l'on fasse table rase, ils pouvaient ainsi cacher leurs lointains passés et blanchir leurs biographies entachées. Il fut prématurément décidé que toute culpabilité relevait du passé, que toutes appartenaient à une histoire si ancienne que le mieux était qu'elles aillent se perdre dans les nappes de brumes, comme si non pas quatre ou cinq années, mais un siècle s'était écoulé d'un coup. Je me dis que dans le privé, certains devaient être au courant des méfaits du docteur, qu'ils avaient dû lui coûter au moins une amitié très chère, voire deux avec un peu de chance. En quatrième lieu, cette relation routinière entre lui et Beatriz Noguera, leurs rendez-vous pour tirer quelques coups prosaïques au sanctuaire, me dérangeait à présent davantage ; non que je me sente précisément jaloux, je pense, c'eût été ridicule car, entre elle et moi, rien n'avait changé, du moins de son côté : sans doute la nuit dans ma tanière avait-elle été pour elle un caprice ou un remède contre l'insomnie, à moins qu'elle n'eût été un moment d'égarement dont elle avait à peine souvenance et peut-être à peine conscience le lendemain ; et, pour reprendre sa façon de parler éloquente et simpliste, ça ne tournait pas toujours rond dans sa tête. Mais les jeunes gens — et j'en étais à l'époque — ont besoin de croire que chacune de leurs expériences et de leurs actions est unique, et pour peu qu'il leur arrive quelque chose d'improbable — pour ne pas dire d'impossible — ils s'efforcent de l'embellir dans leur mémoire, de le débarrasser de tout ce qui pourrait le déparer, et Van Vechten était une honteuse verrue, désormais hideuse. Son attitude de ces derniers temps au Chicote m'avait déplu, elle ne m'avait pas convaincu, je l'avais trouvée fuyante : il avait commencé par tout nier, avait pris cela en plaisantant, s'était présenté comme victime de diffamations avant de me menacer en jouant au gros dur et de plaquer sur mon épaule sa grosse patte, non sans me prévenir que ça pourrait faire mal, qui plus est, il m'avait traité de gamin et de petit morveux. Quant à ses relations et à ses liens avec le mouvement de Darmstadt — ils étaient bien réels — il n'avait même pas tenté de me donner la moindre explication, il s'était montré évasif. Au regard de ces éléments, mon désir de lui porter préjudice l'emporta sur ma répugnance à moucharder.

Je ne parvenais toutefois pas à me résoudre à me comporter comme Vidal, prêt à tout déballer « depuis l'Orient jusqu'à l'arche de l'Occident », à le raconter à qui voulait l'entendre. Je devais en réserver la primeur à Muriel, aussi, cet après-midi-là, je dus esquiver du mieux que je pus les questions du professeur Rico. Son déjeuner avec les momies lui avait tellement cassé les pieds qu'au début il ne se souvenait ni de ce qui s'était passé plus tôt, ni même qu'il m'avait ordonné de noter, sans négliger le moindre détail, les raisons pour lesquelles Van Vechten était un salaud de première et de le renseigner sur ses méfaits.

— Quelle merde ce déjeuner ! me dit-il tout de go.

Il retira ses lunettes, les embua avec une telle véhémence que l'on aurait pu croire qu'il voulait empoisonner *a posteriori* avec son haleine ses exécrables compagnons de table. Il était si contrarié et si déçu qu'il s'était arrêté au retour Calle Velázquez pour décharger sa frustration sur quiconque s'y trouverait.

— Tous trois se sont comportés comme de véritables piranhas, ils n'ont rien fait d'autre que de soulever des objections et de me lancer de vieilles insultes à la figure. Des insultes que j'avais proférées, moi, à l'égard de ce groupe d'enragés, je précise ; on aurait dit les trois sorcières de *Macbeth* dans leur version la plus noire, ou des *tricoteuses* caressant la guillotine. Je dois reconnaître que, dans l'un ou l'autre article universitaire, je les avais traités d'ineptes, de superficiels, de moulins à platitudes, de mal informés et d'obtus, allant jusqu'à qualifier l'un d'eux de stupide. Non que je lui aie sorti ça en pleine figure, mais c'était sous-entendu ; le gars s'était risqué à critiquer mes conclusions sur *El Lazarillo,* auquel j'avais consacré une étude irréprochable qui ne méritait, dans son cas, que sa béate et respectueuse admiration, que veux-tu, ils me gardent un chien de leur chienne. Total, des escarmouches ; de mon côté, mes arguments étaient inattaquables. Il est resté muet comme une carpe, de crainte que je ne m'acharne s'il tentait de riposter. À quoi s'attend-il donc, si je fais toujours mouche, comme on dit. Ces pré-macchabées sauront qu'ils sont tout juste bons à corriger des examens en mâchonnant leur crayon rouge — *Erforstrafó*.

Il y alla d'une onomatopée plus longue qu'à l'ordinaire et doublement accentuée, sans doute était-ce là l'effet de la colère. Il continua à souffler sur ses lunettes, tel un dragon cracheur de feu, jusqu'à ce que ses verres soient totalement embués ; alors, avec une remarquable dextérité, il sortit une peau de chamois d'un étui, la déplia d'un seul mouvement du poignet comme le font les prestidigitateurs avec leurs gigantesques mouchoirs.

— Ils m'ont bien fait comprendre qu'ils n'ont pas l'intention de voter pour moi, le jour où mes supporters me présenteront à l'Académie. Comme ils se complaisent à semer la zizanie, on peut craindre qu'ils ne parviennent à convaincre certains de leurs collègues falots ou ballots, et Dieu sait qu'il n'en manque pas. Ils avaient l'air enchantés de pouvoir se venger. Le plus exaspérant c'était que je ne me rappelais pour ainsi dire pas ce que j'avais écrit qui avait pu les vexer. Voilà bien l'inconvénient d'une justice aveugle : on ignore qui sont les victimes.

Il s'appliqua à nettoyer ses lunettes avec une minutieuse virtuosité ; embuées comme elles l'étaient à présent, elles seraient, à coup sûr, impeccables. Là-dessus, d'un geste affecté (qui me rappela Herbert Lom et ses petits tours d'adresse), il alluma une cigarette, son regard s'apaisa aussitôt et il ajouta, avec un optimisme jovial (il n'était pas du genre à garder rancœur, il s'en lassait vite) :

— Ne vaudrait-il pas mieux attendre qu'ils se cassent la pipe pour présenter discrètement ma candidature ? À les entendre tousser, ça m'étonnerait qu'ils fassent long feu. Plusieurs fois, j'ai cru qu'ils allaient s'étouffer, tu n'as pas idée de ce que c'était dégueulasse. C'est tout juste si j'ai pu avaler quoi que ce soit.

Alors, pour chasser ce mauvais souvenir, il se souvint que je lui devais un petit ragot à se mettre sous la dent.

— Qu'est-ce qu'il devient au juste, le docteur, jeune Vera ? Je t'ai laissé au moment où tu allais en savoir davantage sur ses crimes abominables, au dire de ton copain, aussi cultivé que virulent.

— En fait, rien, professeur. Rien qui mérite d'être mentionné. Vidal exagérait, ce qu'il m'a révélé se résume à des cancans d'hôpital ou de congrès médicaux. Bon, tu connais les médecins, ils se détestent les uns les autres.

C'était faux ou, tout au moins, rien ne me permettait d'abonder dans ce sens, pas plus que je n'avais la moindre idée de leurs querelles ou de leurs rivalités. Je présumais qu'elles existaient, comme dans toute profession ici, en Espagne où même les ramoneurs, pour citer une profession qui n'existe plus depuis des siècles, ont encore entre eux quelques bisbilles.

Rico me regarda, méfiant. On voyait bien ses yeux, pas un grain de poussière sur ses verres.

— Ne joue pas les lèche-bottes avec moi, jeune De Vere. N'essaye pas de m'embobeliner, je ne suis pas un gogo.

Il en était revenu à ses expressions surannées, je n'en saisis que le sens général.

— Si tu ne veux pas me raconter, ne me raconte pas, mais je suis sûr et certain que ton copain ne parlait ni de harcèlement d'infirmières, ni de documents plagiés, ni d'homologations usurpées. Ni même d'attouchements sur des patientes adultes qui s'offrent à sa portée ou sur les mères qui accompagnent leurs enfants. Que, sexuellement parlant, le docteur soit un porc, ça saute aux yeux et nous le savons tous, mais rien de tout cela ne fait de lui un salaud de première.

Il employa le même terme que Celia, même si, sortant de sa bouche, cela parut plus désinvolte ; ni l'un ni l'autre ne savaient à quel point ils avaient visé juste.

— Dans ce pays, il devait y en avoir à tous les coins de rues. Bon, en fait, c'est vrai : si tu ne me crois pas, regarde ces trois vieux fossiles qui m'ont invité à bouffer.

Et il recommença à s'en prendre un bon moment à ces vieux académiciens.

Cela le préoccupa les jours suivants, il ourdissait des complots, forgeait des insultes, mais il n'oubliait pas pour autant Van Vechten, et revenait régulièrement à la charge : « Rappelle-toi que tu me dois le savoureux récit de ses saloperies, jeune De Víah, et tu me le dois *verbatim*, me lançait-il, chaque fois qu'il me croisait. Voyons quand tu daigneras accomplir ta promesse. S'il est une chose que je ne supporte pas, c'est d'être dans le noir. De ne pas comprendre. De ne rien savoir. Tiens-le-toi pour dit. »

Ah ! Si seulement Muriel avait eu cette curiosité maligne, car j'en fus, hélas, pour une terrible déconvenue quand, une semaine plus tard, son agitation effrénée pour trouver des fonds finit par se calmer et il se remit à passer du temps à la maison. Ce fut, en partie, grâce à son ami Jack Palance qui accepta d'emblée le second rôle dans son nouveau film conçu à la hâte ou, peut-être, ressorti du tiroir des vieux projets mort-nés, remis à plus tard, ou même perdus ; en effet, Muriel rencontra souvent des difficultés pour mener à bien ses projets : sans doute le nombre de ses films qui ne virent pas le jour est-il comparable au nombre de ceux qu'il réalisa. Non que Palance fût alors au sommet de sa carrière, sans doute même était-il dans le creux de la vague. Si l'on regarde aujourd'hui sa filmographie, on constate qu'il n'apparaît dans aucun film entre 1981 et 1986 inclus, et que, durant quatre de ces cinq années, sa seule activité artistique fut d'animer à la télévision américaine un programme qui ne sortit jamais des États-Unis. Par conséquent, rien d'étonnant à ce qu'il accepte de participer à un simulacre de production espagnole ou de toute autre origine, qu'importe ; après tout, dans les années soixante, il n'avait pas vu d'inconvénient à travailler pour Jesús Franco, Isasi-Isasmendi et une poignée d'Italiens de bas étage (même si, au cours de cette décennie, il avait tourné avec des cinéastes comme Godard et Brooks, Abel Gance et Fleischer). Muriel avait néanmoins pour lui une telle admiration que sa seule promesse de jouer dans le film le rasséréna et lui redonna espoir. Cela ne signifiait pas pour autant que voir figurer au générique le nom du célèbre Jack Palance fût, à l'époque, la moindre garantie de financement ou de succès, mais plutôt le contraire, si embarrassant que cela puisse paraître à l'heure actuelle. Toujours est-il que Muriel estima de bon augure de pouvoir compter sur lui, et sans doute sur Richard Widmark, qui, dans les années cinquante, s'était partagé avec Palance l'affiche de ses deux premiers longs métrages ; il avait promis à Muriel de le convaincre d'accepter l'autre rôle important. Je n'avais et n'ai toujours pas la moindre idée du scénario, j'ignore même si Muriel commença jamais ce tournage. Tout ce que je sais, c'est que Volodymyr Jack Palahniuk, le vrai nom ukrainien de Palance, avait déjà la soixantaine et Widmark, autour de soixante-cinq ans.

J'eus aussi l'impression que Muriel était plus heureux en raison de ses fréquents contacts avec la femme d'affaires Cecilia Alemany. Je serais incapable de dire comment il réussit à ce qu'elle s'intéresse à lui, ni de quel genre d'intérêt il s'agissait au juste mais, maintenant, ils s'appelaient presque chaque jour et il s'isolait lors de ses conversations avec elle, allant jusqu'à bredouiller pour s'assurer que quiconque était à la maison, y compris moi, aurait du mal à le comprendre. Enfin et surtout, il cessa de plaisanter sur son inaccessibilité : il ne parlait plus d'elle comme d'une semidéesse, il ne sortait plus des phrases du style : « Quelle femme extraordinaire ! Un génie des affaires ! Comparés à elle nous sommes tous des nuls ! » Quand nous laissons là nos exagérations et plaisanteries au sujet de quelqu'un que nous vénérons, cela signifie, en général, que cette personne est redescendue de son piédestal et est devenue proche. Je n'allais pas jusqu'à me dire qu'ils en étaient à partager leur chewing-gum ou à se le refiler peu élégamment, mais un soir où Muriel rentra tard, alors que je n'étais pas encore couché, je remarquai qu'il dégageait une odeur enivrante presque narcotique, et il n'était pas homme à se parfumer. Une chose sûre, c'est que la propriétaire de cet empire financier ne s'adressait plus à lui en l'appelant « mon brave », ce que Muriel avait trouvé à la fois si humiliant et si amusant lors de cette lointaine première entrevue.

Le lendemain matin, il était, j'imagine, de si bonne humeur qu'il me fit venir dans son bureau et me dit, un pouce coincé sous l'aisselle et tenant de l'autre main sa pipe qu'il pointa sur moi comme s'il eût été Sherlock Holmes, ou plutôt Walter Pidgeon qui, en certaines occasions, arborait une moustache comme la sienne.

— Jeune De Vere, il semblerait que les choses s'arrangent et que le nouveau projet se concrétise, par conséquent, oublie ce que je t'avais dit. Si tu ne t'es pas engagé vis-à-vis d'un autre employeur, et si tu préfères rester ici, je pense que j'aurai besoin de tes services. Il va d'abord falloir traduire le scénario dès qu'il sera au point.

Puis il ajouta avec une sorte de fierté prématurément compensatoire :

— Ils n'ont qu'à bien se tenir, Towers et quelques autres !

J'avais fini par m'habituer à ses changements d'avis, à ses ordres et contrordres, à ses humeurs variables. Aussi me vint-il à l'esprit que ce n'était peut-être pas un mauvais jour pour voir si son attitude à l'égard de Van Vechten avait évolué.

— Merci beaucoup pour votre confiance, Eduardo. Travailler pour vous est un plaisir, vous le savez, même s'il m'arrive de me dire que je ne vous suis pas d'une grande utilité. J'apprécierais que vous me donniez un peu de temps pour réfléchir. Je m'étais fait à l'idée de passer à l'étape suivante en septembre.

Comme je l'ai mentionné, cette atmosphère commençait à m'incommoder, sinon m'intoxiquer par moments. Beatriz avait repris une vie à peu près normale, mais son tic-tac sans musique, redevenu insistant au cours des heures où elle était à la maison, me semblait plus sinistre que jamais, comme s'il marquait un compte à rebours au grand ralenti vers une fin qui n'arrivait pas ou qu'elle seule entrevoyait dans sa brume. Je l'imaginais plongée dans la contemplation des touches du piano, comptant mécaniquement les blanches et les noires, attentive au temps qui passait, le laissant s'égrener au rythme du tic-tac, un temps vide de tout accord, de toute mélodie, un temps qui, ainsi dépeuplé, est souvent accompagné de pensées statiques, répétitives. « Pas encore, pas encore, pas encore, ce n'est toujours pas le moment », par exemple. Et je la trouvais sombre : même si Muriel et elle ne se parlaient guère, elle devait percevoir en lui ce bonheur si soudain, peut-être aussi avait-elle, fût-ce à distance, senti ce parfum distingué. Pour autant que je sache, elle ne faisait plus d'incursions nocturnes et ne montait pas la garde devant sa porte, comme si elle avait fini par abandonner tout espoir. Quant à moi, nous avions beau continuer à nous traiter avec le même respect et la même bienveillance qu'auparavant, comme s'il n'y avait jamais eu entre nous aucune intimité, je me sentais malgré tout coupable, et parfois si mal à l'aise que je rougissais, ma voix intérieure me conseillait de me retirer, de ne pas rester là entre eux pour permettre à ma transgression de se dissiper. Je ne pouvais m'empêcher de penser que je m'étais conduit de manière abjecte à l'égard de Muriel, j'entends. Et je n'avais pas non plus vraiment confiance en nous, je craignais qu'un jour l'envie ne nous vienne à elle ou à moi de recommencer. Comme chacun sait, ce qui est arrivé une fois peut se reproduire. Moins nombreux sont ceux qui semblent savoir que les précédents n'ont pas d'importance : ce qui n'est jamais arrivé peut tout aussi bien survenir.

— Oui, réfléchis, me répondit-il. Tu n'es aucunement obligé. Tout comme je t'ai dit que tu pouvais prendre ton temps pour t'en aller, tu peux tout aussi bien le prendre pour décider ou non de rester. Tu me préviendras quand tu y verras plus clair. L'offre est là, elle reste ouverte. Tiens-moi au courant.

Je regardai l'œil qui parlait, j'y lus de l'affection. Je regardai ensuite celui qui se taisait et, comme bien souvent, j'eus envie de tambouriner sur la coque, une manifestation de mon attachement. Il me manquerait beaucoup le jour où je partirais, ça j'en étais sûr.

— À vrai dire, il y a quelque chose dont j'aimerais vous parler, Eduardo, si vous me le permettez. Si cela n'avait pas d'importance, je ne le ferais pas, mais je n'aime pas laisser en plan les tâches que vous me confiez. Je sais que vous m'avez « déchargé » de ma mission en ce qui concernait le docteur — je crois avoir choisi ce terme pédant pour donner plus de solennité à ce que j'avais à dire —, il est toutefois de mon devoir de vous informer de ce que j'ai récemment découvert. Cela coïncide si bien avec les éléments que vous aviez déjà, avec vos craintes, que je ne puis m'empêcher de vous en faire part…

Muriel leva la main qui tenait la pipe et d'un geste impérieux, péremptoire, m'arrêta. Il pointa le fourneau vers moi, je vis la cendre brasillante : comme s'il me montrait un feu rouge.

— Eh, halte-là, jeune De Vere. Qu'est-ce que je t'ai également dit ? Je t'ai dit que je ne pouvais pas t'empêcher de poursuivre ton enquête pour ton propre compte, si tu en avais envie. J'ai eu tort de te confier mes doutes et de te mettre en garde, je vois là une défaillance de ma part et une fois que le processus est enclenché, plus moyen de l'arrêter. Je t'ai toutefois prévenu que si tu continuais ton enquête, je ne voulais pas que tu viennes me faire part de tes trouvailles, pas plus qu'à personne d'autre non plus. Si le docteur t'a fait des aveux ou si tu as découvert quelque chose, garde ça pour toi. Le mieux serait que tu emmènes ce secret dans la tombe, même si c'est beaucoup te demander. En tout cas, avec moi, pas un mot. Je ne veux rien en savoir. Je ne veux pas être tenu au courant.

J'étais debout, il ne m'avait pas dit de m'asseoir. Il est vrai qu'au point où nous en étions je n'avais pas besoin de sa permission, j'étais chez lui comme chez moi. Mais il m'avait sûrement appelé à seule fin de m'informer que je conservais mon travail et non pour bavarder ni pour disserter sur quoi que ce soit. J'osai insister ; on insiste toujours face à un refus, ne serait-ce qu'une fois. Une habitude regrettable que nous partageons tous.

— Mais, à l'époque, vous vouliez savoir, au point de m'y associer. Vous étiez torturé par le doute, incapable de suivre mon conseil et de laisser tomber cette affaire. Je vous revois encore me disant : « Je dois trouver un indice, une piste qui me permette de me dire : "Bah ! Il s'agit d'un mensonge pur et simple" », ou bien : « Hélas, ça doit être vrai. » Tant ces accusations qui vous étaient parvenues vous semblaient fallacieuses, dérangeantes, affligeantes, abjectes et stupides. « Plus incongrues que sérieuses », avez-vous dit. Bref, il en ressort qu'elles sont fondées, Eduardo, mais qu'elles sont également sérieuses. Et que si le passé est trouble, il se pourrait que le présent le soit tout autant. Vous ne pouvez pas ignorer maintenant que je vous ai mis sur cette piste.

Muriel se leva et s'approcha de moi. Il croisa les bras, sa façon de me faire savoir qu'il ne plaisantait pas, tout comme ce fameux soir quand, après avoir enfin ouvert la porte à son épouse, il avait surgi sur le seuil dans son pyjama blanc et son peignoir sombre. Il me regarda, moi aussi, à peu près de la façon dont il l'avait regardée elle, la pauvre, dans sa nuisette. En un instant, toute trace d'affection à mon égard avait disparu de son œil bleu, cédant la place à de l'irritation, à un peu de colère qui couvait, et même à un vague mépris, tel que l'encourt quiconque tente d'imposer sa volonté. Je compris que je ne parviendrais pas à parler.

— Bien sûr que je peux, il ne manquerait plus que ça. La belle affaire, si à un moment j'ai fait appel à toi ! J'ai changé d'avis, je te l'ai dit. Je dois beaucoup au docteur, et il vient une fois de plus de sauver Beatriz. C'est un ami de longue date et je n'ai aucune envie de le perdre ni qu'à mes yeux son image se ternisse plus que de raison, ce qu'ils m'ont rapporté à son sujet y a suffi. Hélas. Je peux encore fermer les yeux, suivre ton conseil, laisser tomber. Je n'ai besoin ni de pistes ni d'indices, parce que j'avais déjà décidé de me dire quand je t'ai déchargé de ta mission : « Bah ! C'est un mensonge ou ça mérite d'être traité comme tel. » Vu le nombre de ceux qui s'éloignent de nous ou qui meurent au fil de nos vies, il est hors de question de se débarrasser aussi de ceux qui nous restent. Et alors quoi, s'il ne s'est pas toujours conduit de façon très honorable par le passé, ou s'il a profité de la situation ? Compte tenu du temps qu'a duré cette dictature, presque tout le monde en a fait autant. Et alors ? Il nous faut accepter le fait que ce pays est sale, et même fangeux. Pendant des dizaines d'années, nous avons vécu tant bien que mal tous ensemble, nous n'avions pas le choix, nous avons dû apprendre à nous connaître. Nombre de ceux qui, à l'époque, se sont conduits comme des salopards se sont montrés à la hauteur en d'autres circonstances. Le temps y est pour beaucoup : on ne peut sans cesse mal se conduire, ni pour autant bien se conduire. Lequel d'entre nous n'a pas été mêlé à quelque affaire louche (non pas politique, mais personnelle), et n'a pas également rendu de grands services à autrui ? Il y a quarante ans, c'était tout blanc ou tout noir, il n'y avait pas de demi-teintes. Mais nous sommes en 1980, et quarante années se sont écoulées qui ont tout brassé, bien plus que nous ne l'imaginons, impossible de se replacer dans ce lointain contexte. Contrairement à ce que pensent certains, le temps ne s'est pas arrêté en ces années-là, mais il a continué son cours bien que les franquistes aient tenté l'impossible pour l'immobiliser. Quiconque était un salaud en 1940 l'était sans doute encore, mais il avait eu l'occasion de mettre de l'eau dans son vin et d'évoluer. La vengeance s'épuise, la méchanceté lasse, la haine ennuie, sauf les fanatiques et encore... Il faut faire des pauses. Les gens vont au café, où ils bavardent et plaisantent, et au milieu de tous ces rires, sans que personne ne se sente ni ne se croie malveillant, même si l'on échange des blagues plutôt vaches, comme c'en est l'habitude. Chacun de nous a un point faible, nul n'est tout d'une pièce : Franco lui-même était féru de cinéma, comme toi et moi ; il regardait un film en s'intéressant aux vicissitudes des personnages avec une parfaite candeur. Pendant la projection, sans doute ne décidait-il ni ne manigançait-il rien ; peut-être, durant ces quelque quatre-vingt-dix minutes, était-il plongé dans une bulle de normalité. C'est là, bien sûr, le plus mauvais exemple que l'on puisse donner. Pour ma part, j'ai toujours vu le docteur dans son quotidien, je ne le connais que dans ce contexte. Je l'ai vu soigner mes enfants, sauver Beatriz et être aux petits soins pour moi. Je l'ai vu rire, je l'ai vu faire la fête et je l'ai vu plaisanter. Voilà pourquoi peu m'importe ce qu'il a pu faire ou ne pas faire pendant des lustres sans que j'en sache rien. Pour moi, il a été et il reste au-dessus de tout ça, Juan. C'est tout ce que j'ai à dire.

Il décroisa les bras, recula de deux ou trois pas, comme s'il avait achevé sa leçon ou sa semonce. Impossible de lui imposer de force ce que je savais. Bon, j'aurais pu, il suffisait que je lui débite trois lignes à toute vitesse. Ah ! Cette fichue célérité ! « Le docteur a abusé de diverses femmes, il a fait chanter leurs époux ou leurs parents, menaçant de les expédier derrière les barreaux ou de les livrer au peloton d'exécution s'ils ne se pliaient pas à ses exigences. » On ne peut s'empêcher d'entendre et, à la différence des taches de sperme qui, elles, disparaissent au lavage, ce qui souille l'oreille ne saurait se laver. J'étais à ce point exaspéré par la situation qu'il s'en fallut d'une fraction de seconde pour que je lui lâche en pleine figure l'impensable : « Vous savez que, depuis déjà quelque temps, le docteur tringle Beatriz ? » (Ce verbe irrespectueux, mais qui disait bien ce qu'il était censé dire, m'avait échappé une fois de plus.) De toute évidence, j'avais fait la même chose, ne fût-ce qu'une seule fois et, en outre, mais je ne le saurai jamais, cela ne dérangeait apparemment pas Muriel, qu'il s'agisse de moi, de Van Vechten, d'Arranz, ou de qui que ce soit d'autre, même de quelqu'un qui vivait en dehors de Madrid. Et j'aurais pu glisser vite fait deux ou trois petits mots au détour de la conversation pour accréditer mes informations : « Ils se retrouvent dans un endroit ultra-catholique qui, pour autant que je sache, a des liens avec les partisans de Pinochet. » Mais on ne dit pas des gamineries de ce genre, même quand on a vingt-trois ans. Du moins pas à quelqu'un que l'on admire, que l'on respecte et que l'on apprécie, et encore moins à quelqu'un qui, par-dessus le marché, vous a interdit de lui en parler et insiste sur le fait qu'il ne souhaite pas être tenu au courant, quelqu'un qui a décidé de renoncer à une curiosité éphémère. Il me vint alors deux questions l'une à la suite de l'autre, et je compris, à sa réponse, qu'elles se réduisaient, elles aussi, à des gamineries :

— Et la justice, Eduardo ? Qu'en est-il de ce qui s'est passé, de ce qui a eu lieu ?

Sans doute ne se souvenait-il plus de ses commentaires au sujet de cette dernière.

— La justice ? répéta-t-il, prompt comme l'éclair. La justice, ça n'existe pas. Ou à titre d'exception, de rares leçons par-ci par-là pour sauver les apparences, et juste dans le cas de crimes individuels. Et malheur à ceux à qui elle s'en prend. Toutefois, dans le cas de crimes collectifs ou nationaux, non, elle n'existe pas, ni ne prétend même exister. La justice est terrorisée par la magnitude des crimes, elle est dépassée par leur surabondance, inhibée par leur quantité. Ainsi paralysée, ainsi effrayée, il est illusoire d'avoir recours à elle après une dictature ou après une guerre, y compris après un simple lynchage dans un bled pourri, vu le nombre de ceux qui sont impliqués. À ton avis, combien, en Allemagne, ont commis des actes criminels ou en ont été complices, et combien ont été punis ? Je ne me réfère pas ici à ceux qui ont été jugés et condamnés, ils sont encore moins nombreux, mais je me fonde sur des données beaucoup plus factuelles et plus accessibles, combien ont été punis soit socialement, soit sur le plan personnel ? Combien se sont sentis marginalisés ou rejetés, combien se sont retrouvés mis au ban de la société, comme tu me demandes à présent de le faire avec le docteur en raison de ce que tu as appris sur son compte ? Une proportion infime, dérisoire. De même en Italie, en Hongrie, en Croatie, en Pologne, en France et partout ailleurs. On ne traduit pas en justice l'ensemble d'un pays, pas plus que la moitié, ni même une partie. (Bon, dans les dictatures, bien sûr que ça arrive, mais qui en reveut de la dictature ?) Et à supposer que nous puissions le faire ici, quel sens y aurait-il à les poursuivre en justice, cela n'est ni possible ni opportun non plus et nous sommes à peu près tous d'accord là-dessus, ne serait-ce pas ignorer la majorité de la population ? Tu peux être sûr et certain que, stupides justiciers que nous sommes, on nous fuirait comme la peste et on nous tiendrait à l'écart. Personne n'exècre ses pairs, personne n'accuse celui qui lui ressemble.

Muriel s'arrêta et s'assit sur son canapé, mais je n'osai pas encore l'imiter. Il leva la tête et regarda un moment le tableau du frère de Casanova, il ne s'en lassait pas. Posant à nouveau son œil sur moi, il ajouta :

— Regarde, jeune De Vere. L'Espagne entière grouille de salauds, des grands et des petits, elle pullule d'individus qui en ont tyrannisé d'autres et en ont tiré profit, qui ont prospéré et qui ont su exploiter la situation, ou qui, dans le meilleur des cas, ont composé avec elle. Et toi, tu voudrais me priver d'un ami sous prétexte qu'il aurait pu faire quelque chose de ce genre ? Allons, mon vieux. C'est vrai, je t'ai embarqué dans cette affaire ; c'est vrai, j'avais effectivement des doutes : des restes d'une autre époque, de l'homme que je fus, des restes d'honnêteté. Mais franchement, vu la tournure que prennent les choses ici, en Espagne, je n'ai pas l'intention de devenir le seul et unique idiot à se porter préjudice en rendant sa propre justice.

Du bout des ongles, il tambourina sur sa coque, comme s'il avait deviné mon intention (bruit agréable dont je devais me contenter) et il conclut avec un demi-sourire et une légèreté inattendue :

— Parce que, vois-tu, la justice désintéressée, la justice personnelle, ça n'existe pas non plus, Juan.

Cette négation, ce ton léger, voire paternel, me mirent hors de moi. Non que je n'admisse pas ce dernier de sa part, loin de là ; je pouvais comprendre que Muriel me traitât de la sorte : il était de beaucoup mon aîné, il en savait plus long que moi et il avait davantage d'expérience ; à cela s'ajoutait ma loyauté inconditionnelle à son égard. Celle-ci s'était sans doute un peu atténuée ; comme chacun sait, aucun enthousiasme ne résiste au contact et à la proximité d'autrui au quotidien, au partage de son intimité, de ces instants dont on ne parle pas, en général, car ces récits sont trop minces et se ressemblent tant que les narrateurs les plus ambitieux ont tendance à les dédaigner et à ne guère y prêter attention. Dieu sait pourtant que j'avais prêté attention à l'atmosphère de cette maison, peut-être même trop. Voilà, je pense, pourquoi je m'énervai.

— Ah ! Vraiment, Don Eduardo ?

Il m'arrivait de revenir par inadvertance au « Don », forme d'adresse qu'il m'avait fait très vite abandonner, contre mon gré ; cette fois, ce fut intentionnel.

— La justice personnelle n'existe donc pas non plus ? Et c'est vous qui me le dites ?

Il perçut le sarcasme si tant est que sarcasme il y eut, car jamais je ne lui manquai de respect.

— Et pourquoi ne te le dirais-je pas ? Où veux-tu en venir, Jeune De Vere ?

Pour le moment, il ne voyait là aucune offense, il était juste intrigué.

— Écoutez, Don Eduardo, Eduardo. Il y a assez longtemps que je suis ici pour me rendre compte que vous soumettez Beatriz à quelque chose qui ressemble étrangement à cela, à la justice personnelle, j'entends. Ou j'oserais même dire à un châtiment, à un châtiment personnel. Vous me déclarez que vous n'êtes pas prêt à perdre un ami en raison de la façon dont il s'est comporté il y a des années, ni même à espacer vos relations avec lui ou à les modifier et voici qu'à présent vous ne voulez même pas entendre ce que j'ai à vous dire. En revanche, ça fait des années, oui, des années je suppose, que vous faites payer je ne sais trop quoi à votre épouse. Je sais qu'en principe cela ne me regarde pas, ainsi que vous me l'avez plusieurs fois rappelé quand je vous ai posé d'autres questions sans songer à mal, mais par simple curiosité. Toutefois, à partir du moment où il m'est échu d'être témoin de certaines altercations ou de certaines scènes, cela commence à m'incomber, non ? On ne saurait rester indifférent à ce qui se passe devant soi et on ne doit pas l'être, à mon avis ; vous-même ne vous privez pas de dire haut et fort ce que vous pensez. Pardonnez-moi ma hardiesse, mais je vous ai entendu dire pas mal de choses, qui, reconnaissons-le, ne sont pas vraiment dignes de vous. Des choses au sujet de Beatriz. Que l'on ne saurait dire que vous gardiez pour vous...

Ses traits se durcirent. Une dureté dont, malgré tout, je n'étais pas encore la cible, mais qui visait peut-être ce qui s'était passé, ce qui, un jour, l'avait incité à s'en prendre à sa femme et à la bannir sinon complètement de son affection (il était clair que quelques braises, ou davantage, rougeoyaient encore), du moins de la vie conjugale.

— Tu te prévaux de l'aisance avec laquelle tu te

concentres et mémorises, Juan, mais tu omets une partie importante de ce que je viens de dire, à savoir qu'il n'existe pas non plus de justice à la fois *désintéressée* et personnelle.

Et il insista sur le premier adjectif que j'avais, en fait, négligé.

— Il y a une différence fondamentale entre ce qu'a pu faire le docteur et ce qu'a fait Beatriz, si répréhensible, systématique, persistante, méprisable, qu'ait été la conduite de cet homme, et à une toute autre échelle, et tout ce que tu voudras, qu'importe. À l'époque, tu m'as demandé s'il s'agissait de quelque chose contre moi, d'une trahison, et je t'ai répondu que ce que j'avais appris à son sujet ne me concernait pas, que cela n'avait rien à voir avec moi, et n'affectait pas directement notre amitié.

« Reste à voir si tu ne considérerais pas comme une trahison, pensai-je, et, dans mon for intérieur, je le tutoyais, ce que j'ai vu du haut d'un arbre à Darmstadt et que tu ne me laisserais pas non plus te raconter, même si je n'ai aucune intention de te le raconter, ça, non. »

— Quoi qu'ait pu faire le docteur, en aucun cas il ne me l'a fait *à moi*. Par contre, Beatriz, elle me l'a fait *à moi*, elle a chamboulé le cours de ma vie, elle l'a déterminé, elle a brisé ma vie et celle d'une autre personne. Les accusations à l'encontre de Jorge étaient déplaisantes. De très mauvais goût. Je me suis posé des questions à leur sujet. Aujourd'hui, je vois clairement (et plus encore si je regarde autour de moi) qu'il ne m'appartient pas de m'occuper de toutes ces ignominies que les gens de là-bas ont commises au long de ces décennies. Ou plutôt, les gens d'ici, rectifia-t-il. Je n'ai pas à prendre de mesures, moins encore à l'égard de quelqu'un envers qui je me sens en dette, une dette qui ne fait que croître.

« Ce que tu ignores, c'est que tu pourrais te sentir, toi aussi, son créditeur, me dis-je, à moins que tu ne t'en moques comme de l'an quarante… »

— Je ne suis pas qualifié pour juger le passé ; en fait, nul ne l'est, ainsi que nous le constatons au quotidien depuis la mort de Franco. Pas même les magistrats professionnels. Chacun de nous est écœuré et leur en veut pour la façon dont ils les ont traités, eux, leurs proches et leurs ancêtres et non pour ce qui a été fait « en général ». S'en prendre au « général » serait une tâche disproportionnée et ridicule, à laquelle aucun pays, à aucune époque, ne s'est jamais attaqué. Une entreprise pour chômeurs, fanatiques ou individus égocentriques qui rêvent de se trouver une mission dans la vie. Chacun s'occupe de ses petites affaires, ne nous y trompons pas ; il cherche vengeance ou compensation, il leur garde un chien de sa chienne et il n'a ni le temps de penser aux autres ni même la tête à ça, sauf si s'allier à eux est susceptible de faire avancer sa cause et de contribuer à faire prendre en compte ses revendications. Toutefois, dans ces unions stratégiques, on reste dans le chacun pour soi, chacun s'efforçant, au fond, d'obtenir réparation et de voir sa plainte connaître une issue favorable, rien de plus. Seuls quelques illuminés s'érigent en procureurs ou en juges des faiblesses d'autrui, de ce qui ne va pas à proprement parler.

« À en croire Muriel, Vidal appartiendrait à cette catégorie, pensai-je aussitôt ; je ne le vois pourtant pas comme un illuminé, mais comme un être tout ce qu'il y a de plus normal. » Et voici que je me souvins et m'empressai de rectifier : « Ah non, Vidal n'est pas non plus désintéressé, n'oublions pas sa tante Carmen que Van Vechten et Arranz ont tous deux tringlée ; après tout, Muriel a peut-être raison. » Qui plus est, ils sont ambitieux l'un et l'autre, et ne se prennent pas pour n'importe qui. Ne pas tolérer l'impunité dans des affaires qui ne nous concernent pas est une preuve de mégalomanie, n'est-ce pas ? Les justiciers s'accrochent une médaille autour du cou et se pavanent devant leur miroir en se disant : « Je suis incorruptible, je suis implacable, jamais je ne tolérerai la moindre injustice, qu'elle m'affecte ou non. » Je ne m'imaginais pas du tout Vidal comme ça ; en fin de compte, il en voulait aussi au peintre catalan et à ce laideron de philosophe déplumé, contre lesquels il n'avait aucun grief personnel ; il se contentait de ne pas se taire en privé sans avoir toutefois la moindre intention de jouer les justiciers ni de traîner qui que ce soit au banc des accusés ou de le mettre au pilori : conversations d'apéritif ou d'hôpital, conseils et mises en garde à un ami encore inexpérimenté, rumeurs autour de quelques bières, c'était tout. Mais je n'y prêtai pas attention. Sa famille avait été lésée. Non pas de façon irréversible : à présent, son père avait de l'argent, il était évident qu'il avait bâti sa fortune à l'étranger. Sans doute le fait que sa famille ait été lésée suffisait-il à rendre l'animosité de Vidal impersonnelle, globale.

— Attention, ayant moi-même cédé à la tentation de me comporter de la sorte, je ne peux donc pas dire que je ne comprenne pas cette attitude. Plus on est jeune, plus on est sujet à ces élans d'indignation « objective ». C'est pourquoi, dans un soubresaut juvénile, disons, aux prises avec mon vieux moi, avec celui que je fus, j'en vins à te charger de ce dont je t'ai chargé. Mais la jeunesse n'est plus là, ce qu'il en reste ne dure pas, et s'estompe au fil des jours... Si bien que l'on finit par réfléchir et par se dire : « Après tout, en quoi cela me concerne-t-il ? Il m'a fait quelque chose, à moi, le docteur ? Non. Il ne m'a rien fait. »

Muriel avait oublié le propos de son discours, de sa réponse ou de sa défense. Cela lui arrivait de plus en plus souvent. Je n'attribuais pas cela à l'âge, il avait autour de la cinquantaine. Par moments, il était disert, à d'autres, brusque et laconique, et cela dès mes débuts chez lui. Ces deux tendances s'étaient accentuées, il versait dans la faconde, pour peu qu'il soit lancé, ou, au contraire, dans l'économie verbale, pour aller au plus court. Là-dessus, il s'arrêta, légèrement désorienté, comme s'il se demandait :

« Pourquoi diable parlions-nous de tout ça ? » J'en profitai pour essayer de le mener là où je voulais.

— Mais Beatriz, oui, dis-je. Beatriz vous a fait quelque chose d'impardonnable.

Son œil s'anima aussitôt, il me décocha une flèche, pas encore vraiment acérée.

— Voyez-vous, Eduardo, durant votre séjour à Barcelone, elle et moi avons parlé plus que jamais, c'était mon rôle, je devais lui tenir lieu de compagnon, de gardien et de protecteur.

« Attention, veille à ce que ta langue ne s'emballe pas, pensai-je. Veille aussi à ne rien laisser transparaître, que ça n'aille pas te trahir ! Rappelle-toi que Muriel en a vu des films, jusqu'à saturation ! »

— Depuis que je suis entré dans cette maison... Bon, je vois que vous avez pour elle une sorte d'affection rétrospective, je ne saurais le dire autrement. En souvenir du passé. En très bon souvenir d'un passé qu'elle garde présent et auquel elle se réfère, vous le savez. Et j'ai vu votre affolement le jour du Wellington, la façon dont vous avez paniqué à l'idée qu'elle avait pu mettre fin à ses jours. Mais je vois aussi que vous ne la supportez pas. Vous la traitez mal, et même très mal, la plupart du temps. Peut-être avez-vous une raison, mais je l'ignore et ce n'est pas plaisant d'assister à ça.

L'œil de Muriel se radoucit ; maintenant, il n'était plus que sarcastique. Il retroussa vite fait ses manches de chemise, le soleil montait, il commençait à faire chaud.

— Et elle ne t'en a pas donné la raison, lors de vos grandes conversations ? La maîtresse de céans qui épanche son cœur auprès du jeune garçon naïf ? La pauvre victime ?

— Non. Elle m'a dit qu'elle avait honte de m'en faire part, tant c'était ridicule. Que mieux valait que vous me la donniez vous-même et que je verrais ainsi combien votre réaction était disproportionnée. La seule chose que j'aie pu tirer au clair c'est qu'il y a eu à l'origine un mensonge de sa part que vous avez pris trop au sérieux. Une sottise, un enfantillage, tels sont les termes qu'elle a employés. Jamais elle n'aurait pu imaginer pareille réaction de votre part quand elle vous l'a avoué, une totale aberration.

— Et toi, tu l'as crue ?

— Moi, je n'ai rien à croire, vu que je ne sais toujours rien de rien. Mais, contrairement à vous dans le cas du docteur, oui, j'aimerais comprendre ce dont j'ai été témoin. Attention, vous avez bien précisé que ce qui concerne le docteur ne vous affectait en rien ; si c'est arrivé, vous n'en avez même pas été témoin, alors en quel honneur cela vous intéresserait-il ? N'ayez pas peur, je n'ai pas l'intention d'insister. Mais pourquoi ne me racontez-vous pas ça une fois pour toutes, en échange de mon silence ? Je crois avoir respecté votre réserve depuis que je suis ici. Je ne vous ai pas posé beaucoup de questions, n'est-ce pas ? Mais toute réserve a ses limites, de même que tout respect. Pardonnez-moi d'être aussi direct, mais que vous a fait Beatriz ?

Sur le moment, Muriel ne réagit pas. Il me parut réfléchir à ce que j'avais dit. Il regarda ensuite sa montre, tapota le cadran du bout du doigt, comme je l'avais déjà vu faire, comme s'il calculait s'il pouvait ou non se permettre de me consacrer un moment ce matin, alors qu'il ne l'avait pas prévu. L'œil changea à nouveau : il revint se poser sur moi avec certaine affection ou avec compréhension et patience ; et non sans quelque perplexité. J'en conclus qu'il accédait à ma demande, l'acceptait, comprenait ma curiosité et ne m'en tenait pas rigueur. Peut-être se rendait-il compte qu'il m'avait trop longtemps maintenu dans l'ignorance. Quand vous prenez quelqu'un chez vous, vous l'obligez du même coup à être témoin de votre quotidien. Vous n'avez pas à lui donner d'explications pour quoi que ce soit, si vous le payez pour être à votre service, mais vous ne pouvez éviter que, si invisible, si sporadique, si insignifiant soit-il, l'employé se forge sa propre opinion et se pose au fond de lui-même des questions. Il ne savait pas jusqu'à quel point son monde était devenu part de moi-même, combien je m'y sentais impliqué, et j'espérais qu'il ne le saurait jamais. En revanche, il savait que je lui avais servi d'espion et de vigile et que j'avais sauvé sa femme de la mort, non pas vraiment par pur hasard, comme il le croyait, il ignorait ma vilaine habitude de la suivre en cachette certains après-midi, une habitude à laquelle j'avais désormais renoncé. Sans doute Muriel n'avait-il jamais pris le temps de réfléchir à ce que je pouvais penser au fond de moi-même ou aux questions que je pouvais me poser. Et voici qu'il découvrait que j'avais mes opinions et mes interrogations et que, loin de lui être indifférentes, elles comptaient quelque peu pour lui, aussi devait-il me donner sa version des faits pour les influencer. Il n'était plus temps de me répondre d'un ton bourru : « Comprenons-nous bien : je ne t'ai pas engagé pour que tu me poses des questions sur des sujets qui ne te concernent pas. » Ce temps était révolu, ou, mieux, avait été remplacé, à son insu, sans qu'il perçoive seulement mon mécontentement, jusqu'à cet instant.

— Allons, appelle Mercedes et dis-lui que je ne passerai pas cet après-midi. Qu'elle fasse ce qu'il y a à faire. Et après ça, assieds-toi. On en a pour un moment.

J'appelai depuis le bureau, d'ici même. Il en profita pour se rapprocher de la porte qui séparait ses quartiers du couloir et la referma avec soin et au maximum : c'était une grande porte à deux battants, dont le bois avait joué — jamais vous n'entendiez de déclic en la refermant ; la partie inférieure était en bois laqué blanc et la partie supérieure était faite de panneaux en verre dépoli encadrés de baguettes de bois blanc assorti, typiques des vieilles maisons.

— Où souhaitez-vous que je m'asseye ? lui demandai-je bêtement, afin de lui faciliter la tâche, au cas où il aurait une préférence.

— Où tu voudras, répondit-il. Pour ma part, j'opte pour le plancher, afin d'être en accord avec l'éventuelle opinion que tu auras de moi, au cas où tu estimerais que Beatriz a raison et que je suis tombé bien bas. À savoir que toute cette affaire est ridicule, une sottise, un enfantillage.

En disant cela, il esquissa un sourire qui me parut néanmoins un peu forcé. Ce ne devrait pas être aisé pour lui de me parler de ce dont il allait me parler ou peut-être éprouvait-il certaine réticence à se remémorer des faits si lointains ou qui le remplissaient d'amertume, allant jusqu'à étouffer tout arrière-fond de jovialité naturelle.

— Ne va pas croire que tu sois le seul auquel elle ait dit cela, ses amies ne peuvent plus me voir, ma belle-sœur non plus. À vrai dire, Beatriz en est persuadée. Par conséquent, de deux choses l'une : ou c'est une abrutie, ou je suis un salopard. Bref, l'un de nous deux a changé.

Une fois étendu de tout son long, un bras sous la tête en guise d'oreiller (il fixait déjà le plafond ou les étagères supérieures de la bibliothèque ou encore le tableau de Casanova, et me jetait des regards en coin de son œil mi-clos), il ajouta, à ma grande surprise :

— Je regrette que tu aies été témoin de scènes embarrassantes durant tout ce temps. Tu as tout à fait raison ; j'aurais dû me montrer plus attentif... plus discret. Je me suis vite senti à l'aise avec toi et je t'ai considéré comme un prolongement de moi-même.

Beatriz en était arrivée au même diagnostic lors de cette nuit d'insomnie. « Ce qui est à la fois une bonne chose et une mauvaise chose », avait-elle ajouté.

— Cela n'a pas été si grave, ne vous inquiétez pas.

Je me sentis obligé de dédramatiser. Le fait qu'il se soit aussitôt excusé ne fit qu'accentuer mon sentiment de trahison et d'infamie à son égard, si tant est qu'il convienne de l'appeler ainsi. J'avais couché avec sa femme, en son absence, et ne pouvais m'en excuser, à supposer que j'aie eu à présenter des excuses à quelqu'un qui ne voulait jamais d'elle dans son lit. C'est bien là le problème avec les secrets, qu'il est impossible d'en demander pardon.

— Comme tu le sais, Beatriz a été élevée en grande partie aux États-Unis. Mais elle faisait de longs séjours ici chez son oncle et sa tante, elle y a passé de nombreux étés et quelques années scolaires ; c'est ainsi que nous nous sommes rencontrés, elle était presque adolescente et moi, un jeune homme. Elle était encore jeune, et moi un peu moins, quand nous nous fiançâmes. Je suppose qu'il était à prévoir qu'elle s'amouracherait d'un ami de ses cousins, plus âgé qu'eux ; d'un Espagnol, comme son père, et non d'un Américain. Et qu'elle aurait la patience de grandir juste assez pour que je la remarque et qu'elle fasse ma conquête. Oui. Les quelques années que j'ai de plus qu'elle comptaient davantage alors qu'elles ne comptent aujourd'hui, comme on dit. Les filles sont très décidées, elles sont têtues et ont tendance à vouloir que se réalisent les rêves de leur enfance. Jusqu'à ce qu'elles atteignent un certain âge ou jusqu'à ce que ces rêves échouent à tout jamais. Tel ne fut pas le cas. Quand elle se transforma en une adolescente, et elle fut précoce, je commençai à la voir avec d'autres yeux et l'enthousiasme de l'autre y est pour beaucoup, il convainc et entraîne, et j'ai presque toujours été du genre passif. Il ne me fut pas difficile de l'aimer. En outre, Beatriz n'était pas celle que tu connais, cette pitoyable grosse vache. Tout le contraire.

Au risque de révéler mon secret — quand vous cachez quelque chose, vous craignez de prononcer le moindre mot, fût-ce le plus innocent — je l'interrompis : je n'avais qu'une idée en tête, lui rendre justice, la défendre — je me sentais enfin en mesure de le faire — cela passait avant le besoin de justifier à mes propres yeux ma lubricité lors de cette nuit d'insomnie, et pour les fois où je l'avais épiée.

— Comme vous exagérez, Eduardo, comme vous en rajoutez ! J'ai du mal à croire que vous ne cherchiez pas à la blesser quand vous sortez ce genre de choses. Beatriz n'a rien d'une gosse vache. Ni d'une barrique d'amontillado.

Il était temps qu'il sache que je prenais bonne note de la

plupart de ses insultes contrairement à ce qu'il eût pu croire.

— Elle est toujours une femme séduisante et désirable pour beaucoup d'hommes. Et vous le savez parfaitement.

À ma surprise, Muriel se mit à rire. Sans doute avait-il été sensible au rappel de sa plaisanterie blessante par le biais d'un hommage à Poe. Je préférai ne pas lui rappeler le ballon du *Tour du monde en quatre-vingts jours*, ou la silhouette de Hitchcock et encore moins Charles Laughton, des comparaisons d'une odieuse injustice.

— Bah ! (À moins qu'il n'ait dit « Bon »...) Des goûts et des couleurs on ne discute pas. J'imagine que ça peut plaire à certains hommes portés aux plaisirs. À des hommes qui n'ont qu'une idée en tête, faire des galipettes sous les draps. À des hommes qui se comportent comme des porcs.

Voici que revenait ce terme que j'avais appliqué à Van Vechten, un des individus à qui Beatriz plaisait, même si c'était par habitude ou parce que, vu son âge, il ne pouvait pas faire le difficile. Mais moi, j'avais une quarantaine d'années de moins que lui. Peut-être, à l'époque, avais-je moi aussi mon petit côté porcin, après tout ce n'est pas si rare chez les jeunes, comme je l'ai dit, les débutants prennent ce qui leur tombe sous la main.

— Il me semble que vous vous trompez. Qu'un beau jour vous avez décidé de vous voiler les yeux et que vous n'avez jamais plus voulu lever ce voile. Un voile déformant. Mais je vous ai interrompu. À l'époque, elle n'avait rien d'une grosse vache, tant s'en faut.

— C'est vrai. Je ne dirais pas qu'elle était décharnée, loin de là. Non, elle a toujours été du type plantureux, mais dans de justes proportions. On la remarquait. Elle était plutôt jolie et sensuelle, avec ses dents un peu écartées. Elle était souriante. Et elle remplissait bien ses vêtements, dans le bon sens, j'entends. Autrement dit, c'était une sacrément belle nana, je ne sais pas si tu emploierais encore cette expression. Normal, par conséquent, qu'elle plaise beaucoup, et à moi en premier. De ce côté-là, c'était un cadeau de la vie. Et comme elle marquait le pas, je me laissais mener sans aucune résistance. Rétrospectivement, et en dépit de tout cela, je n'aurais peut-être pas pris l'initiative, ou du moins pas au point de m'engager. De m'engager pour me marier, vois-tu. Mais elle était si résolue, si décidée, et elle s'efforçait tellement de me plaire… Tu as pu remarquer qu'en matière de cinéma elle s'y connaît autant sinon plus que moi. Elle a épousé mes passions, elle s'est conformée à mes goûts, à mes extravagances, il m'arrive de penser qu'elle se les est imposées comme un devoir, comme un programme, comme si, toute jeune, elle s'était dit : « Je refuse que cet homme s'ennuie en ma compagnie, qu'il ne partage pas avec moi une partie de sa vie pour la simple raison qu'il s'imagine que ça ne m'intéresse pas ou que je suis incapable de comprendre. Je refuse qu'il ait à souffrir de mes limites et aille chercher ailleurs ce que je ne parviens pas à lui donner. Je refuse qu'il m'exclue en quelque domaine que ce soit. » C'est ainsi que, non seulement elle accepta de voir avec moi tous les films possibles et imaginables, chefs-d'œuvre ou navets, auxquels je l'emmenais : il faut tout voir si l'on veut vraiment se faire une idée, tu sais, les vieux films et les nouveaux, les bons et les mauvais, y compris les plus ésotériques. Elle lisait aussi tout ce que je lui conseillais et eut bientôt lu plus que moi. La Beatriz de sa jeunesse n'avait rien à voir avec la femme d'aujourd'hui, apathique, à l'équilibre précaire, qui passe des heures au piano sans égrener une malheureuse gamme, elle débordait d'énergie, elle était d'une insatiable curiosité, elle était active, on ne pouvait l'arrêter. Je ne saurai jamais, bien sûr, dans quelle mesure elle a vécu sa propre vie, ou si elle l'a simplement vécue en fonction de la mienne. Elle a tout assumé, elle a réalisé tout le travail qu'exige une relation amoureuse à ses débuts et, par la suite, pour s'épanouir.

Il s'arrêta une seconde et ajouta :

— Ce n'était pas difficile de l'aimer. L'amour de l'autre vous touche. Il excite aussi votre compassion, tel l'amour des enfants. Si bien qu'il paraît cruel de ne pas l'accepter, de ne pas l'accueillir. C'est le genre de sentiment qui vous attendrit. Et même si de mon côté il n'y avait pas de passion... Bon, peu m'importait, puisque je ne savais pas ce que c'était.

Cette fois, il demeura plus longtemps silencieux, puis il arrêta son regard sur son cher tableau, sur les cavaliers battant en retraite et dont un seul, de rouge vêtu et peut-être borgne, se retournait, l'air grave, pour jeter un ultime regard à ceux qu'il laissait derrière lui, sur le champ d'honneur, et dont ses hommes et lui avaient sans doute causé la mort. « Au moins, souviens-toi de moi. »

— Et après ça ? Que s'est-il passé ?

Je ne voulais pas lui donner le temps de changer d'avis, de regretter de me raconter la suite, même si cela ne me regardait pas.

— Elle est venue vivre ici vers l'âge de dix-huit ans, chez son oncle et sa tante pour lesquels elle était presque une fille. À cause de moi, je le crains, pour se rapprocher. Disons plutôt qu'elle inversa ses séjours, se rendant une fois par an dans le Massachusetts pour y passer deux ou trois mois auprès de son père, solitaire, malheureux, et s'occuper un peu de lui. Durant ces visites, nous nous écrivions, à l'époque, je parle des années 1959-1960, il eût été hors de question de nous téléphoner. Vu le coût des appels, personne n'aurait pu s'offrir ça. Et voilà que six ou sept mois avant le mariage (si j'ai bonne mémoire, elle avait vingt et un ans) elle dut se rendre à l'improviste aux États-Unis, une affaire sérieuse, un gros problème. Son père... Je ne sais pas jusqu'à quel point je peux te confier ça, Juan, cela la concerne elle et non pas moi...

Il poussa un soupir de lassitude, tambourina sur sa

coque, réfléchit quelques secondes, et opta pour l'indiscrétion.

— Son père était homosexuel. Voilà, c'est sorti, je l'ai dit. Sans doute l'était-il depuis toujours et ne s'agit-il pas d'une découverte sur le tard, ainsi que Beatriz le crut au début. Peut-être faut-il y voir la raison pour laquelle sa femme l'abandonna peu après la naissance de Beatriz et refusa de l'accompagner en exil. Peut-être est-ce en partie pour cela qu'il choisit l'exil. Bien que Républicain, il ne s'était guère distingué durant la Guerre et, en principe, il n'avait pas à craindre d'être poursuivi. Mais pour un homme avec ce problème (car c'était là un très gros problème, dont toi et ceux de ta génération n'avez pas la moindre idée) — et, qui plus est, avec une jeune enfant à sa charge... imagine la situation dans l'Espagne ultrareligieuse de Franco, où l'Église avait tout pouvoir. Pour peu que cela se sache, on aurait commencé par lui retirer la petite. Il se rendit en France, puis au Mexique et, grâce à des contacts, il finit par atterrir comme enseignant dans le Massachusetts ; il connaissait bien la littérature espagnole et il était bon traducteur de l'allemand et de l'anglais vers l'espagnol, on trouve encore certaines de ses traductions chez les bouquinistes. Non que dans les années quarante, cinquante, ni même dans les années soixante et plus, on se montrât là-bas plus permissif vis-à-vis de l'homosexualité, mais cela n'avait, bien sûr, rien à voir avec la situation ici, en Espagne, où les pédés étaient expédiés en taule, vraiment, n'importe quel endroit sur terre était plus civilisé que le nôtre. J'ignore comment le gars s'en sortit. Une bonne dose de chasteté, je suppose ; d'une façon générale, abstinence et quelques virées de fin de semaine à Boston ou à New York où il pouvait passer inaperçu (impossible, bien entendu, sur un *campus* universitaire) et se rendre dans l'un ou l'autre club clandestin ou semi-clandestin, pour se défouler. Il devait y avoir des bars comme celui que fréquente Don Murray dans *Tempête à Washington*, film dans lequel des gars dansent en couple, tu l'as vu, non ?

Je fis non de la tête.

— Non, tu es fou ou quoi ? Qu'est-ce que tu attends ? Une merveille. Il date de 1962 et il est bien documenté, ça a dû se passer comme ça. Bref, le pauvre Ernesto Noguera eut beaucoup plus de mal à draguer modestement aux États-Unis que Towers à monter son réseau de prostitution au siège même des Nations unies, l'époque coïncide plus ou moins avec les derniers jours du père de Beatriz.

Muriel porta la main à son menton, le caressa avec son pouce et sourit, malgré son humiliante rebuffade, le plus fort de sa colère devait être passé, excité qu'il était par son nouveau projet avec Palance et aussi, avec un peu de chance, Widmark.

— Un drôle d'oiseau, ce Harry. Je suis persuadé que tout ce que nous a raconté Lom est vrai, c'est un escroc dans les grandes largeurs. Quelle impression t'a-t-il faite ?

— Qu'il en savait sûrement bien plus long que ce qu'il prétendait. Rien de surprenant à ce qu'il se soit montré prudent en nous racontant ça, tout en frôlant les limites de l'indiscrétion, cela s'entend. Après tout, il a souvent travaillé pour lui.

Amusé par ce souvenir, Muriel tourna la tête d'un côté, de l'autre. Plongé dans ses pensées. Oui, sans doute avait-il pardonné à Towers, comme il avait tout pardonné à Van Vechten, sans savoir ni même chercher à savoir ce qu'il pardonnait au juste, ce qui facilite toujours les choses. S'il n'était pas rancunier par nature, s'il n'était pas de ceux qui se permettent de juger ce qui ne les regarde pas et s'il ne semblait pas attacher d'importance au fait qu'on lui ait retiré un film, alors comment comprendre son attitude à l'égard de Beatriz, et ce depuis tant d'années ? Il allait me l'expliquer, mais il se défilait. Je m'impatientais, craignant à tout instant qu'il ne reculât. J'osai le ramener au sujet.

— Mais vous me disiez que, quelques mois avant le mariage, survint un grave imprévu, un gros problème. Concernant le père, j'entends.

Il souleva la nuque pour me regarder en face. J'eus l'impression qu'il prenait plaisir à me laisser attendre, il avait consenti à me raconter, c'était une chose, encore fallait-il que ce soit à son rythme et à sa façon. Tel est, en effet, le privilège du narrateur, mais celui qui écoute, lui, n'en a aucun, sauf celui de s'en aller. Et pour rien au monde je n'aurais songé à m'en aller.

— J'ignore quelle mouche le piqua. Ce n'était plus un jouvenceau, il devait avoir la quarantaine bien sonnée, mais l'ardeur est lente à décliner. À moins qu'il n'en ait eu marre et n'ait baissé la garde. Après tant d'années de retenue, un collègue de l'université le surprit, à Boston, en train de tailler une pipe à un gars dans des toilettes publiques ou celles d'un cinéma, je ne sais plus. En bon libéral qu'il était, il ne courut pas le dénoncer à la police, mais auprès du *Board of Professors* ou appelle ça comme tu voudras, ou du *Chairman*, qui, à présent, s'appelle je crois, si ridicule que cela puisse sembler, *chairperson*, pour éviter de tomber dans le machisme. Ces collègues de Nouvelle-Angleterre présument tant et si bien de leur haute moralité qu'ils finissent par jouer les inquisiteurs. Tu imagines le scandale ! Non que l'on ait laissé filtrer ça dans la presse, la bonne réputation du collège l'en empêchait, qui plus est, il n'était pas question d'effaroucher de futurs étudiants. Mais dans ces endroits isolés au sein de leurs bulles douillettes de lacs et de forêts, tout se sait. Non seulement il fut renvoyé, mais on prévint les universités de la région afin qu'aucune ne l'embauche. Le père se retrouva donc sans emploi ni revenus, déprimé et confiné chez lui, tenu aussitôt à l'écart par la plupart de ses amis.

Ainsi Beatriz se rendit-elle là-bas de toute urgence, pour voir ce qu'elle pouvait faire sans trop savoir ce qui s'était passé. Le télégramme qu'elle avait reçu ne lui laissait pas le choix ; je m'en souviens parfaitement : « Renvoyé Université. Situation désespérée. Long raconter. N'appelle pas. Arrive vite. » Son oncle et sa tante l'aidèrent pour le billet d'avion ; je n'étais guère en mesure de le faire à l'époque, n'ayant pas encore reçu ma part d'héritage, je vivais plus ou moins au jour le jour. Elle ne connut les détails qu'une fois sur place ; les gens du *college* n'eurent d'autre alternative que de la mettre au courant des faits, et le père dut lui avouer ses orientations sexuelles et aussi (mais pas d'un seul coup, un peu plus tard) que sa mère n'était pas morte, ce que nous n'avons jamais vérifié, Beatriz n'ayant jamais voulu la rechercher. Âgée d'une bonne soixantaine d'années, la dame vit sûrement dans le coin, peut-être a-t-elle eu d'autres enfants. Beatriz me racontait tout cela par lettre car, au début, nous nous écrivions presque tous les jours, en tout cas elle, sinon moi. Le père avait la vie dure : ou il déménageait à l'autre bout du pays dans quelque université bas de gamme que ses ex-collègues ne se seraient pas donné la peine de mettre en garde ou… Enfer et damnation ! Nous allâmes jusqu'à évoquer la possibilité de le ramener vivre avec nous après notre mariage. C'était loin d'être la solution idéale pour un jeune ménage, mais il nous fallut l'envisager. Ajoutons à cela qu'en bons franquistes qu'ils étaient, l'oncle et la tante, j'entends le beau-frère et la sœur de Noguera, s'indignèrent en apprenant la nature de la faute. Il leur échappa un commentaire dans lequel figurait l'adjectif « incorrigible », ils étaient donc au courant depuis longtemps ; autrement dit, ils connaissaient ses préférences sexuelles. Enfin, pour couronner le tout, sans doute à cause de la honte et du choc, Noguera fut victime d'un infarctus environ une semaine après l'arrivée de Beatriz. Il s'en tira, mais en triste état et nécessitant des soins. Elle resta auprès de lui. La fille dévouée qu'elle avait toujours été se montra pleine d'abnégation, comme toutes les filles qui n'ont été élevées que par leur père, et cela, quelle que soit la façon dont il se comporte. Par chance, ils n'eurent pas de problèmes financiers au début, ils vécurent sur les économies que Noguera avait accumulées au cours de ces années où son salaire américain était appréciable et ses dépenses modestes, en attendant qu'il soit assez rétabli pour tenter sa chance dans le Michigan ou en Oklahoma ou au Nouveau-Mexique ou pour retourner en Espagne ; aucune décision n'avait été prise et, de toute façon, il était hors de question qu'il voyage pour le moment vu son état. Des mois passèrent. Le père se remettait très lentement, il était toujours très fragile, et le retour de Beatriz était sans cesse reporté. Allons, donne-moi une cigarette et un cendrier.

Il fit une pause, je lui tendis mon paquet et posai sur le sol un cendrier. Il laissa de côté sa pipe déjà éteinte, prit la cigarette, l'alluma et exhala deux ou trois ronds de fumée vers le plafond. Il était de ceux qui savent faire des ronds de fumée, tout comme Errol Flynn et ces acteurs dont il avait copié la moustache étant jeune et l'avait gardée. Il plaquait ses cheveux en arrière avec de l'eau, sa raie impeccable séparait une chevelure abondante. Il était là, silencieux, songeur. Je décidai de le stimuler un peu, au cas où…

— Pauvre Beatriz, dis-je. Jusqu'ici je ne vois rien dans sa conduite qui lui vaille d'être punie. Au contraire. Elle me paraît jusqu'à présent une jeune femme aimante et fidèle.

Il se souleva sur les coudes, me lança un regard aussi noir que si je lui avais sorti quelque impertinence.

— Tu ne le vois pas encore parce que nous n'en sommes pas là. Si tu deviens impatient et te mets à préjuger de la situation, mieux vaut que nous en restions là.

Je levai les mains, paumes ouvertes, en signe de capitulation ou comme pour me protéger, façon de dire : « Pardon,

pardon ! » ou « Trêve, trêve ! » Ou « Ne m'écoutez pas ». Alors, en un de ses gestes bien caractéristiques, il remit son pouce sous son aisselle, telle une minuscule cravache de soldat britannique, puis il ajouta :

— Bien sûr, si ça se trouve, quand nous en arriverons là, tu y verras, comme elle, une simple peccadille. Sans doute t'attends-tu à quelque chose de dramatique, de terrible. Qui sait, un crime, comme au cinéma. Rien de tout ça, tu le sais déjà. Juste un mensonge et son aveu, non pas vindicatif, mais irréfléchi, avec trop d'années de retard, quand elle aurait mieux fait de le garder pour elle. Des faits insignifiants de la vie intime peuvent, eux aussi, être sérieux. Il y en a tellement que souvent on ferme les yeux, pour ne pas mettre en péril la relation du couple. Ce n'est pas mon cas. Disons que, bien sûr, comme tout le monde, j'ai souvent fermé les yeux, mais pas en ce qui concerne celui-là, impossible.

— Eh bien, racontez-moi, continuez. Je ne vais pas préjuger de quoi que ce soit, oubliez ça. D'ailleurs, rien ne m'autorise à juger, cela ne m'incombe pas.

Il s'allongea à nouveau par terre, rasséréné ; c'est alors que je vis comme l'ombre d'un visage ou d'un buste à travers les carreaux de la partie supérieure de la porte qu'il avait fermée. Le verre dépoli ne me permettait pas de voir qui cela pouvait être. Lorsque Muriel m'avait prié de venir dans ses quartiers, il n'y avait personne d'autre à la maison. Les enfants étaient à la piscine, Flavia faisait les courses et quelques commissions, Beatriz était sortie aussitôt après le petit déjeuner sans plus d'explications, en tout cas pas à moi, bien sûr. Ainsi étendu sur le sol, Muriel ne pouvait pas voir grand-chose, ce visage demeurait hors de son champ de vision, cette ombre rosée, non pas collée contre le carreau, mais à un pas ou deux pour ne pas attirer l'attention, croyant qu'ainsi on ne la détecterait pas, si ce n'est que moi, assis devant la table, je la repérai. J'en vins à me demander si cette personne pouvait nous entendre ; les portes étaient fermées, mais, comme je l'ai dit, il y avait du jeu entre les battants et l'on n'entendait pas le déclic assurant de leur bonne fermeture, il n'était donc pas impossible qu'elle nous entende. J'hésitai à avertir Muriel de cette présence fantomatique, déformée. « Si je le lui dis, il s'interrompra immédiatement, pensai-je, je n'en saurai pas plus qu'avant et qui me dit qu'il sera une autre fois d'humeur à raconter ? Ne prenons pas de risque. » Plus je regardais et plus je croyais reconnaître l'ovale du visage de Beatriz, je l'avais déjà vu un jour à travers un carreau, si ce n'est qu'il était alors collé contre ce carreau, que le verre était transparent, qu'elle avait les paupières closes et que quelqu'un se l'enfilait par-derrière : cette fois-là, ce n'était pas moi, mais les deux souvenirs se confondirent et m'emplirent soudain de honte, je revoyais Van Vechten là-bas, au sanctuaire, et je me revoyais dans mon réduit, à tel point que je dus rougir. « Et à supposer que ce soit Beatriz, continuai-je à me dire, la version de Muriel n'aura rien de nouveau pour elle, il n'y aura rien qu'il ne lui ait reproché des centaines de fois en huit ans, ce sera une vieille blessure, si blessure il y a. » De fait, elle avait reconnu sa faute lors de cette fameuse nuit de maraude et de supplications, celle de mes débuts d'espion. « J'en suis vraiment désolée, mon amour, je regrette de t'avoir fait mal », lui avait-elle dit, peut-être était-elle sincère, peut-être finassait-elle. « Je voudrais que le temps fasse marche arrière. » N'est-ce pas là ce que nous souhaiterions tous parfois, mon amour, faire marche arrière, avoir une nouvelle chance pour changer le contenu de ce temps, trop souvent nous décidons nous-mêmes de son contenu et déterminons la façon dont il nous verra une fois qu'il s'en sera allé et appartiendra à jamais au passé, et pourtant, quand il passe, nous ne savons pas le voir et ne pouvons, par conséquent, le représenter. Il en restera un tableau immuable, un lacis de traits brusques, précipités, déformés, et ainsi demeurera-t-il toujours à nos yeux ou à notre œil unique, celui qui se trouve derrière notre tête, qu'il soit bleu marine ou bleu nuit. Je décidai de ne pas le prévenir, afin qu'il ignore cette ombre, ce buste ou cette tache.

— Non, cela ne te regarde pas, dit Muriel, mais tu ne pourras t'en empêcher. Tu émettras un jugement, même si tu ne le prononces pas haut et fort. Peu m'importe. Qu'est-ce que tu regardes ?

Il s'était rendu compte que je m'entêtais à détourner mon regard vers ma droite, vers la porte.

— Oh ! Rien. Il y a deux ou trois bouquins qui traînent, ça me dérange. Vous savez que je suis un maniaque de l'ordre, donnez-moi une seconde, je vais les remettre à leur place, excusez-moi.

Je me levai et m'approchai d'un petit meuble pivotant à deux étagères, à gauche de la porte, dans lequel Muriel, bibliophile sur les bords, conservait des éditions originales auxquelles il tenait ou qui portaient la signature de l'auteur ou des ouvrages qui lui avaient été dédicacés. Cette petite bibliothèque était beaucoup plus basse que les carreaux que je regardais, mais il goba mon excuse. Au moment où je passai devant la porte, la silhouette qui était de l'autre côté recula aussitôt ou disparut momentanément. J'étais à peu près sûr qu'il s'agissait de Beatriz, elle était revenue à la maison à notre insu ; en entendant nos chuchotis et en nous devinant ensemble, elle s'était arrêtée pour tenter de glaner des bribes de notre conversation. Je feignis de ranger des livres et retournai m'asseoir devant la table. Une minute plus tard, je vis réapparaître la tache rosée, tel un pastel inachevé.

— Laisse tomber, mon garçon.

— Excusez-moi, excusez-moi. Continuez, je vous en supplie. Que se passa-t-il ? Quelle faute a-t-elle commise ?

— Hum, hum..., dit-il, tel un Anglais peinant au

démarrage. Bon, je reconnais avoir commis la première faute si tant est que tomber amoureux en soit une, c'est presque toujours involontaire. Ça peut être aussi délibéré, mais c'est plutôt rare. Des mois et des mois passèrent, Beatriz ne pouvait laisser son père seul. Nous repoussâmes le mariage ou, en tout cas, nous décidâmes de ne pas fixer de date tant que la situation serait aussi floue, il était, en effet, difficile d'en prédire l'issue. L'homme était faible, il ne savait plus trop où il en était, il avait honte, il était incapable de prendre la moindre décision. D'après Beatriz, il avait vieilli de dix ans d'un coup. Ses cheveux avaient blanchi, son visage s'était fripé, il avait perdu son agilité physique et sa vivacité d'esprit, et son état ne s'améliorait pas. Quant à moi, je continuais, bien sûr, ici, à vivre ma vie, on ne peut pas se résoudre à attendre à jamais quelqu'un, surtout à une telle distance et, qui plus est, sans même avoir la possibilité d'entendre de temps en temps sa voix, alors que, de nos jours, c'est si facile… Je dois aussi reconnaître que la malchance a tendance à refroidir votre entourage, à l'éloigner et, pour peu qu'elle dure, on vous fuit… L'occasion de faire mon deuxième film se présenta et je m'y investis. À l'époque, les tournages, c'était rapide, trois ou quatre semaines, cinq au maximum, et ça y était. Venait ensuite le montage, etc. Et voilà qu'idiot que je suis, je tombai amoureux d'une autre femme, peu importe de qui il s'agissait.

« Une femme, de prime abord digne de toute ma confiance. Une amie d'autrefois, une ancienne actrice, même si elle ne l'était pas encore à l'époque où je fis sa connaissance », j'en pris bonne note et réfléchis. « Un amour d'autrefois. L'amour de ma vie, comme on dit », avait-il admis. Mais je préférai ne pas le détourner du sujet par une question oiseuse.

— Pour la première fois, je connus la passion. Je ne vais pas t'expliquer à quoi ça ressemble. Si tu ne l'as pas encore vécue — et il est rare qu'elle survienne avant la trentaine —, elle vibrera à tes oreilles avec l'extravagance de chansons enflammées ou les aigreurs stridentes de la *ranchera* mexicaine à moins qu'elle ne tombe dans les platitudes des romans de gare. Et si tu l'as déjà vécue, je ne t'apprends rien. La décrire ou décrire le sexe est toujours fastidieux. Les vivre est fascinant, les raconter assommant, c'est toujours, en gros, la même chanson, avec l'un ou l'autre personnage ou rôle qui change, guère plus. Il s'agit là, de toute façon, de quelque chose de pénible, quand on y repense, une fois la page tournée. Par la suite, il est même difficile de s'imaginer que l'on est passé par là. Mais tant que ça dure, on ne pense qu'à ça. Vous ne vous appartenez plus, vous avez l'illusion que c'est la vraie vie, la seule qui en vaille la peine, à côté d'elle le reste semble bien fade. On va jusqu'à regarder de haut ceux qui ne connaissent pas la passion, on tombe dans une sorte d'*hybris*. Il était clair pour moi que non seulement je voulais être avec cette femme, mais, figure-toi, je voulais que ce soit pour la vie. Elle était mon âme sœur, compte tenu du contexte, dois-je dire. Notre passion allait croissant, elle ne faiblissait pas. Il ne me restait plus qu'à rompre mes fiançailles avec Beatriz et mettre un terme à notre relation. Maintenant que j'avais découvert la passion, continuer à cheminer avec Beatriz eût été pour tous deux désastreux. Une telle démarche n'avait rien de plaisant, ça ne l'est jamais. Mais, vu les circonstances dans lesquelles Beatriz se trouvait, je m'en faisais une montagne.

Muriel étudiait, à présent, le plafond, et non pas le tableau. On aurait presque dit qu'il se parlait à lui-même. Il s'arrêta. Je jetai un coup d'œil à droite, assez rapide pour qu'il ne me voie pas. L'ombre était encore là, derrière les carreaux. Beatriz devait avoir mal aux jambes, elle était debout depuis un bon moment. Elle avait les jambes robustes, cela aurait dû l'aider ; sans doute aussi avait-elle retiré ses chaussures. Des bribes de notre conversation devaient lui parvenir, sinon elle ne serait pas restée là, immobile, sans y voir presque et sans rien entendre. Je doutais toutefois qu'elle en saisît davantage que des fragments, car la voix de Muriel ne s'élevait guère au-dessus du sol et je n'intervenais pratiquement pas. « Même ainsi, me dis-je, elle apprécie de retrouver un fil de cette histoire qu'elle connaît. »

— Et si je comprends bien, vous ne l'avez pas franchie, cette montagne, dis-je.

— Et qu'est-ce qui te fait dire ça, puis-je savoir ? me demanda Muriel, de nouveau furieux.

— Voyons, Eduardo, vous avez épousé Beatriz. Vous avez eu des enfants. Vous avez passé ensemble la moitié de votre vie. Que voulez-vous donc que j'en déduise ?

— Crois-moi, ne fais pas ton malin, jeune De Vere. Ne

fais pas ton malin, répéta-t-il, visiblement vexé, et il se rassit, comme mû par un ressort.

Je pensai qu'il allait se lever, qu'il apercevrait alors le visage flou derrière le carreau et interromprait le récit.

— Qu'est-ce que tu vas t'imaginer ? Que mon ressentiment tient au fait que je n'ai pas eu le courage de lui parler, que j'ai fichu ma vie en l'air par élégance ? Par couardise, pour m'épargner un coup dur ? Jamais je n'aurais pu lui mettre ça sur le dos, mon garçon, pour qui me prends-tu ?

Je me tus, il se calma et s'allongea à nouveau par terre, sa prédilection pour cette position ne cesserait jamais de m'étonner. Il retrouva son ton serein, toujours grave, cet air presque mélancolique qu'il se donnait tant de mal à masquer.

— Non, je me suis conduit de façon honorable, du moins dans la mesure du possible, mais que veux-tu, on ne peut demander à qui que ce soit de continuer ainsi indéfiniment. Je lui écrivis une longue lettre, lui expliquant ce qui s'était passé, ce qui m'arrivait. Je m'efforçai de me montrer aussi affectueux que possible, oui, je regrettais le mal que je lui causais, c'était bien malgré moi, bref les trucs habituels quand on est sur le point d'assener une mauvaise nouvelle. Le tact et les bonnes paroles ne servent pas à grand-chose, mais on y a recours quand même, on n'a pas le choix. Je ne pouvais pas la lui cacher. Je lui dis de rester aux États-Unis, de ne pas revenir. En tout cas, pas pour moi, car je ne serais plus là pour elle, c'était impossible. Je présumai que si elle s'établissait aux États-Unis, elle ne tarderait pas à m'oublier et poursuivrait son chemin de vie. Après tout, n'était-ce pas là-bas qu'elle avait passé son enfance ? N'était-ce pas davantage son pays que l'Espagne ? Ceux-là même qui avaient démasqué son père verraient en elle une victime innocente, ils l'aideraient avec une bourse d'études, ils lui trouveraient un travail. Je me sentais mal à l'aise avec la situation, bien sûr, comment eût-il pu en être autrement ? Je lui envoyai la lettre par courrier express, et m'apprêtai à attendre. Je n'écartai pas la possibilité d'un appel hâtif qui se serait révélé inutile, comment voulez-vous aborder ce genre de sujet tandis que le compteur tourne inexorablement ? À l'époque, on y réfléchissait à deux fois avant de passer un appel téléphonique, et on avait tendance à expédier les choses. « Tu vas te ruiner », disait-on pour peu que quelqu'un fût un peu trop disert. À la date où, selon mes calculs, la lettre aurait dû arriver, il n'y eut pas d'appel mais, quelques jours plus tard, arriva un télégramme. Je l'ouvris, persuadé que c'était une réponse, des cris, des insultes, des supplications ; des reproches, une menace, une exhortation d'attendre au moins de nous revoir, de lui laisser une chance de me reconquérir, car la distance déforme et fausse la perspective. Eh bien, non. Le télégramme disait : « Père mort hier soir. Nouvel infarctus. Deux semaines pour tout régler ici. Je rentre. Prépare tout. Je t'aime. »

— La lettre ne lui était donc pas encore parvenue, dis-je.

— De toute évidence, non. Elles pouvaient parfois avoir pas mal de retard, en dépit de tous les cachets du courrier express. Certaines se perdaient. Bon, c'est à peu près la même chose aujourd'hui. Je ne l'avais pas envoyée en recommandé, cela ne m'était pas venu à l'esprit. J'en étais malade. Elle la recevrait un de ces prochains jours ; à son chagrin viendrait s'ajouter le désespoir, elle sentirait que le monde s'effondrait sous ses pieds. Ah ! Si seulement j'avais pu rattraper cette lettre ! Non pour la déchirer, mais pour attendre un moment plus opportun, pour en ajourner la remise ne fût-ce que d'une semaine, pour que tout ne lui arrive pas coup sur coup. Mais ma missive volait vers sa destination, peut-être même y était-elle déjà parvenue. « Prépare tout. » Cela je le compris à la perfection. Pas moyen de s'y tromper ; ça voulait dire : « Prépare notre mariage. » Elle laisserait derrière elle son passé défunt, et j'étais son seul avenir, j'étais sa vie. Je ne savais que faire. Je fus tenté de l'appeler brièvement, au sujet de son père, afin qu'elle entendît ma voix. Mais cela eût été en contradiction avec ma lettre. Dans le télégramme, elle semblait plutôt calme. Vu l'état de cet homme, engagé dans une voie sans issue, la mort était, tout compte fait, une bénédiction. Mais elle l'adorait et cela n'avait pas changé, en dépit, je veux dire, des dernières et choquantes révélations : pour beaucoup de femmes, le père de la petite fille qu'elles furent survit intact, envers et contre tout, elles lui pardonnent tout. Elle devait se sentir perdue. Et plus ou moins seule. À la fin, je décidai que le plus sage serait de lui renvoyer un télégramme : « Très sincères condoléances. Lettre urgente suit. Important. Lis d'abord. T'embrasse fort. »

Il était clair que, dans cet échange télégraphique, Muriel se rappelait avec précision autant ses mots que les siens. Il les citait textuellement, sans doute les avait-il lus et relus des centaines de fois, et puis quelque chose de ce genre ne s'oublie pas, j'imagine. « Il n'écrivit même pas "Gros baisers", me dis-je, pas plus qu'il ne lui retourna son "je t'aime". "T'embrasse fort" c'est ce qu'on dit à n'importe qui, surtout à quelqu'un qui vient de perdre un être cher. » Il assura ses arrières, il dut peser chaque mot, il voulut éviter de se montrer brusque, de lui infliger coup sur coup, mais il ne voulait pas non plus lui laisser espérer que les choses pourraient changer. Oui, de ce côté-là, il se comporta honorablement.

— Et que se passa-t-il ?

— Rien. Jamais elle ne répondit à ce télégramme. Non qu'elle ait eu réellement besoin d'y répondre, si l'on y réfléchit bien. Elle se contenterait d'attendre la lettre annoncée. Elle devait avoir de quoi s'occuper entre l'organisation des obsèques, la remise des clefs au propriétaire de la maison, l'ouverture de la succession, non qu'il ait dû lui laisser beaucoup, mais peut-être y avait-il un petit quelque chose.

Du moins le supposais-je. À part cela, elle avait déjà dit l'essentiel : deux semaines pour tout régler et je reviens. Il ne me restait plus qu'à attendre la réaction à ma lettre. Elle finirait bien par arriver, mais je ne voyais rien venir. Inquiet, apeuré, j'attendais chaque jour cette réaction à laquelle je devrais faire face, mais les jours passaient et rien, toujours rien. Je désespérais tout en ressentant, je dois l'avouer, une sorte de soulagement illusoire, après tout on n'aime pas voir couler des larmes que l'on a causées. Mais elle ne laissa même pas s'achever les deux semaines de sursis, elle expédia tout le plus vite possible, comme si elle avait le diable ou le FBI à ses trousses — comme Harry et sa pute de haut vol — il partit d'un petit rire désobligeant, en se remémorant. Elle confia la paperasserie à l'un de mes amis avocats et, neuf jours plus tard, je reçus un nouveau télégramme : « Arrive à Barajas demain mercredi. TWA NY 7AM. Viens me chercher. Je t'aime plus que jamais. »

— Elle n'avait donc toujours pas lu votre lettre, dis-je. Et elle débarquait de New York le lendemain matin de très bonne heure. Elle ne vous donnait guère de temps pour prendre une décision, pour vous préparer. Et l'autre femme, pendant ce temps ?

Je ne pus m'empêcher de poser la question, de savoir ce qu'il était advenu de cet amour de sa vie qui, soit avant, soit après, avait été, elle aussi, victime de Van Vechten, c'est du moins ce qu'elle avait raconté à Muriel après avoir découvert que le pédiatre et lui étaient amis intimes.

— Tu finis par être pénible avec toutes tes questions, répondit-il. Allons, passe-moi une autre cigarette et sers-moi un verre. J'ai la bouche sèche à force de parler.

Je fis ce qu'il me demandait et me servis au passage. Je posai son verre sur la table basse, il pouvait l'atteindre depuis le sol et l'y poser. En me levant pour aller vers l'étagère aux liqueurs, l'ombre disparut à nouveau des carreaux, ou peut-être se baissa-t-elle. Muriel but une gorgée et reprit :

— Peu importe cette femme, je n'en ai que faire. Elle a énormément compté, mais elle appartient désormais à l'histoire ancienne. Elle a été consciemment et complètement radiée de ma vie, en tout cas durant de nombreuses années.

— Vous avez renoncé à elle.

— Évidemment. Que pouvais-je faire d'autre ? Je n'ai pas eu à réfléchir bien longtemps en recevant ce télégramme. Franchement, je n'avais pas le choix. Ma lettre s'était à jamais égarée ou elle n'arriverait qu'après son départ. Beatriz n'avait aucune idée de son contenu et elle volait vers moi, comme un être qui se dirige vers son salut, vers tout ce qui lui reste, persuadée que rien n'avait changé, que tout était encore tel qu'elle l'avait laissé en partant. C'était ce qui l'avait aidée à tenir pendant tous ces mois, et sous la femme prétendument adulte, on retrouvait vite la jeune fille de vingt et un ans. Je lui avais écrit cette missive quand son père était toujours en vie mais ne s'était pas encore remis de son premier infarctus et n'avait pour ainsi dire plus d'avenir dans l'enseignement après le scandale. Mais Beatriz pouvait encore se permettre de ne pas bouger : elle avait une raison fort légitime de rester là-bas — voire une mission —, elle devait aussi remettre sa vie sur les bons rails, d'une façon ou d'une autre. Pas pour le moment car elle avait brûlé les ponts derrière elle. Elle devait avoir investi une bonne partie de l'argent qui lui restait dans son billet d'avion ; elle devait avoir rendu les clefs de la maison du Massachusetts, impossible d'y retourner, elle n'en disposait plus ; rien ne la retenait dans ce pays, aucun lien véritable. Impossible pour elle de faire marche arrière. J'aurais pu camper sur mes positions, convaincu qu'une fois à Madrid, elle repartirait dans la vie. On se remet de tout, c'est certain, et son oncle et sa tante l'auraient hébergée au début. Ensuite, qui sait. On a vu des tas de gens dans des situations plus désespérées que la sienne, c'est sûr. Sans parler des innombrables orphelins qui peuplent les romans de Dickens.

Un reste d'humour, sa jovialité intrinsèque, affleurait presque toujours.

— Je n'ai pas eu le courage. J'avais essayé, mais cela n'a pas marché. Je me sentais engagé, en dette à son égard. Elle venait vers moi, sans la moindre idée de ce qui m'arrivait et de ce qui m'était arrivé ; pleine d'illusions et d'espoir malgré son chagrin et malgré ces chocs successifs. Comment aurais-je pu lui en asséner un autre auquel elle ne s'attendait pas, le coup définitif, du moins le croyais-je ? Voilà bien les inconvénients d'une éducation à l'ancienne, jeune De Vere, et j'étais encore jeune, je n'avais pas le recul suffisant. On m'avait inculqué le sens de la responsabilité, le respect de la parole donnée. Si aujourd'hui le concept de courtoisie paraît ridicule, disons qu'il l'était moins il y a vingt ans. Tout est devenu si éphémère.

« Cette fichue rapidité, pensai-je, elle n'affecte pas que la langue, elle affecte aussi le temps qui ne cesse d'entraîner dans sa course les êtres, les cultures, les concepts. »

— La conviction que vous devez éviter de causer du tort à autrui dans la mesure où cela dépend de vous.

Il porta les paumes à son visage, pressa sur ses joues jusqu'à se déformer la bouche. Je ne sus pas s'il pestait contre cette éducation à l'ancienne ou, au contraire, l'assumait rétrospectivement, s'il s'efforçait de la réintégrer au fond de lui-même ; à vrai dire, nous ne pouvons pas faire grand-chose contre le destin, pas plus que contre notre caractère, si nous ne parvenons pas à le changer. Il y a toutefois de plus en plus de gens qui de temps en temps se remettent en cause.

— Et comment l'autre femme l'a-t-elle pris ?

Le sort de celle qui avait été abandonnée me préoccupait, en dépit de la réticence de Muriel à parler d'elle.

Il éloigna les mains de son visage, souffla, sa bouche reprit sa forme habituelle, puis il tâta sa coque avec deux doigts pour s'assurer qu'elle était bien en place.

— J'ai passé toute la nuit avec elle. Je lui ai expliqué, je lui ai fait part de ce qui s'était passé, elle a pleuré toutes les larmes de son corps, elle a en partie compris, elle ne s'est montrée ni agressive ni hystérique. C'est à peine si elle a riposté, elle a juste pleuré, mais, comme je te l'ai déjà dit, mieux vaut la laisser en dehors de tout ça, car c'est bien là, en effet, que la pauvre s'est retrouvée : en dehors.

Muriel avait, à coup sûr, oublié quelque chose qu'il m'avait confié, peu auparavant, et dans un autre contexte. « Fais ce que tu estimes ton devoir, me dit-elle. Fais ce qui te tourmentera le moins, ce qui te permettra de vivre le plus en paix. Mais alors ne te souviens pas de nous, de toi et de moi. Ne te souviens jamais de nous ensemble si tu ne veux pas te lamenter jour après jour et, plus encore, nuit après nuit. Ne te souviens même pas de nous séparés, parce qu'à la fin, dans le souvenir, on se rejoint toujours. »

— Oui, vous m'avez déjà dit ça.

Et je lui rafraîchis la mémoire, en lui répétant ces mots.

Il se rassit, me regarda, ahuri, puis il se ressaisit, vite fait.

— Oui, c'est bon...

Et sa voix me parut altérée, voire un peu agacée par un rappel aussi précis.

— Tu as toujours présumé de ta mémoire, il faut faire attention à ce qu'on te dit, parce que tu enregistres tout, telle une machine. Oui, elle a dit quelque chose de ce genre. Mais à la fin. Crois-moi, cette nuit-là m'a paru bien longue. Elle a eu ses hauts et ses bas, j'ai parfois vacillé. Mais je m'en suis tenu à ma décision. Je l'ai quittée à six heures et demie du matin et j'ai filé à l'aéroport depuis chez elle. J'ai pris soin de refermer la porte derrière moi, de façon qu'elle ne me suive pas du regard depuis le seuil, le temps que l'ascenseur arrive. Peut-être m'observa-t-elle par le judas, impossible de le savoir. Je refermai la porte, conscient que je laissais échapper la passion et l'amour de ma vie. La passion, ô combien rare... En arrivant à Barajas, j'étais encore imprégné de son odeur, je suppose, peu m'importait. Personne n'allait me demander des comptes, il n'aurait plus manqué que ça ! Intelligente comme elle l'était, Beatriz n'aurait jamais commis une telle erreur, surtout après une aussi longue absence.

— Et comment se sont passées les retrouvailles ? Compte tenu d'où vous veniez, j'entends.

Je repris la parole, car il s'était tu à nouveau. Je jetai un coup d'œil en direction de la porte vitrée, le visage rosé était de nouveau à son poste.

— L'avion a atterri sans retard ou presque. Je suis arrivé pile à l'heure. Quand Beatriz est apparue, je l'ai trouvée jolie, je mentirais si je disais le contraire, rien à voir avec la Beatriz d'aujourd'hui. Non que j'y voie une compensation, mais c'était toujours ça de pris. Mieux vaut que la personne aux côtés de laquelle vous allez passer beaucoup de temps vous plaise, de la manière la plus élémentaire, la plus épidermique qui soit, j'entends. Elle m'étreignit avec force, avec un sourire comme je n'en ai jamais vu, un sourire radieux, lumineux. J'ai voulu faire reproduire ce sourire par l'une ou l'autre actrice dans mes films, sans jamais obtenir autre chose qu'une pâle imitation, si bonnes actrices fussent-elles. Elle souriait comme si elle n'arrivait pas à croire à sa chance, comme si elle n'arrivait pas à croire qu'elle m'avait retrouvé. Après quoi elle fondit en larmes, enfouit son visage dans ma poitrine, trempant ma gabardine. Elle devait vraiment l'avoir attendu ce moment. Quand il est clair que vous en êtes la cause, l'ignorance ou le bonheur d'autrui vous émeuvent. Vous vous en sentez la responsabilité ou celle-ci, soudain, devient plus pressante.

Ses bagages récupérés, sitôt qu'elle fut un peu remise de ses émotions je ne pus m'empêcher de lui demander : « Tu n'as jamais reçu ma lettre ? Celle que je t'annonçais dans mon télégramme. — Non ! répondit-elle d'un ton plaintif. Dieu sait pourtant que je l'attendais avec impatience ! Je pensais qu'elle me serait d'un grand réconfort, que tu me parlerais de mon père, de sa mort, qu'elle m'aiderait à y faire face. Tu n'imagines pas combien je suis furieuse qu'elle se soit perdue, dire qu'il a fallu que cela tombe sur celle dont j'avais le plus besoin. » Elle avait cru que ma lettre était une lettre de condoléances, comme on dit. Que je l'avais écrite en apprenant la nouvelle, à toute vitesse, pour qu'elle ne reste pas sur trois phrases laconiques en style télégraphique. À supposer qu'elle ait été postée alors, il ne s'était pas écoulé assez de jours pour qu'on puisse la considérer comme à tout jamais perdue : neuf ou dix au maximum. Je n'avais pas été assez explicite dans mon télégramme. « Lettre urgente suit. Important. Lis d'abord », avais-je écrit. Vu les circonstances, elle ne devait pas être en état de discerner les subtilités ni de lire entre les lignes. J'aurais dû ajouter « avant de venir » ou « avant de prendre des décisions ». « Attends de la lire avant de prendre des décisions » ; cela aurait dû suffire à la freiner, l'inciter à se poser des questions, à s'informer pour ne pas se précipiter ainsi ; et même à m'appeler, voyant que la lettre n'arrivait pas.

Il fit une pause, but une gorgée et sourit, un sourire empreint d'autodérision ou d'une légère amertume.

— Mais, vois-tu, à l'époque on lésinait sur les mots quand on envoyait un télégramme.

— Mais vous ne croyez tout de même pas que les choses auraient vraiment pris une autre tournure si vous n'aviez pas lésiné sur les mots ?

Il en eut alors assez d'être allongé par terre, à moins qu'il ne me voulût face à lui, car non seulement il se leva, mais il s'étira, étendit les bras au maximum, alla s'asseoir sur l'un des canapés, celui qui faisait dos à la porte (quand il se leva, l'ombre, sans doute prise au dépourvu, disparut à nouveau), et il me demanda de quitter mon poste derrière le bureau et de prendre place sur l'autre canapé.

— Allons, assieds-toi ici, ne me force pas à me dévisser le cou, ne peux-tu pas te mettre dans le crâne que mon champ de vision n'est pas le même que le tien ? Comme si cette coque n'était pas assez visible !

Et il se remit à tambouriner dessus, du bout des doigts. J'obtempérai, il reprit :

— Qui sait ? Sans doute pas. Peut-être aurait-elle trouvé une autre façon de faire l'innocente, de feindre l'ignorance. Ça, aujourd'hui, je le sais, mais en ce temps-là, je ne l'aurais jamais soupçonné. Bon, ça m'est venu à l'esprit, et plus encore à l'esprit de l'autre femme mais, estimant qu'elle disait cela par désespoir, j'ai écarté aussitôt cette éventualité. Comment une aussi jeune femme serait-elle capable de faire des coups aussi bas, avec un tel sang-froid ?

« Je suis un peu moins jeune qu'elle à l'époque, me dis-je subitement, et j'ai fait des coups bas à Eduardo, mais je ne pense pas l'avoir jamais trahi de sang-froid. »

— Et qui plus est, alors qu'elle traverse une période douloureuse, nous avons tendance à confondre vulnérabilité et innocuité, convaincus qu'une victime ne saurait faire de mal à une mouche, c'est là une erreur très répandue. Je ne la voyais pas capable de bâtir toute sa vie à venir sur un mensonge. De l'hypothéquer ainsi et de l'établir sur quelque chose d'aussi… précaire. Il est clair que plus le mensonge englobe d'éléments, plus le menteur a tendance à l'oublier. Elle me connaissait parfaitement, elle m'observait depuis des années, depuis qu'elle était enfant, quant à moi, j'étais distrait, je ne m'en rendais pas compte ; je ne la remarquais même pas. J'ai péché par excès de naïveté et de confiance. J'ai toujours estimé que l'on ne pouvait avancer dans la vie avec méfiance et jalousie. Je l'ai appris à mes dépens. Je ne suis même pas sûr d'avoir vraiment retenu la leçon. Mais que voulez-vous ? Les rudes leçons de la vie vous forcent à être plus prudent, mais le naturel revient au galop. Atténué, si l'on veut : guère plus.

— Et il vous a fallu des années pour découvrir la vérité.

— Douze ans, répondit-il, imagine ça ! Oui, à, peu près douze ans et quatre enfants plus tard. Et je ne découvris pas la vérité par moi-même, elle me l'envoya en pleine figure, dans un accès de colère, pour me faire mal. J'aurais pu mourir sans jamais savoir et cela eût mieux valu, je pense. Si tu ne m'avais rien dit, ajouta-t-il, si tu m'avais maintenu dans l'illusion…

Je me souvins l'avoir entendu dire.

— C'est vrai ? Vous dites cela sérieusement ?

Si précoce que je sois d'une façon générale, j'étais malgré tout trop jeune pour comprendre. Les jeunes s'attachent trop à la vérité, dans la mesure où elle les affecte. Ils lui font de constantes infidélités, mais on ne saurait leur demander de renoncer aux vérités qui les concernent et les affectent. Ils ne supportent pas que l'on se moque d'eux ou qu'on les prenne pour des idiots, alors que ce n'est pas bien grave et que c'est le lot commun des hommes et des femmes, sans distinction aucune.

— Oui, je le crois. Après tout, j'avais fait un effort. Un très gros effort. J'avais tenu compte du conseil de l'autre femme, que tu m'as fidèlement répété. Une recommandation rhétorique, pour ne pas dire dramatique, une mise en scène théâtrale. Oui, une sortie *en beauté* que la sienne. Parfaite dans ces circonstances, vu la brutalité de cet adieu inattendu, une façon de sauver les apparences. Mais je pris cela au pied de la lettre, j'en perçus la portée. Je suivis son conseil, de nous oublier elle et moi, dans la mesure du possible, c'est-à-dire en surface : il restera toujours, dans les tréfonds de notre être, certaine nostalgie de la vie que l'on a ainsi mise au rebut et, dans les mauvais moments, on s'y réfugie comme dans une rêverie ou dans un monde imaginaire. Mais une fois ma décision prise, ou une fois sorti de l'aéroport, Beatriz à mon bras ce matin-là, tel un vrai couple en route vers l'avenir, je résolus de suivre cette voie. « Je vais l'aimer, me dis-je, je vais être à jamais à ses côtés. Je vais lui être fidèle », me répétai-je des centaines de fois. « Je ne vais ni la laisser tomber ni l'abandonner. Elle est celle que le sort m'a dévolue sans que je la choisisse. C'est égal, je resterai auprès d'elle, je la protégerai, je la soutiendrai, je veillerai sur ses enfants, et je l'aimerai comme si je l'avais choisie. J'oublierai ce qui a été perdu en chemin, il est trop tard pour revenir en arrière et ce chemin n'est plus le mien. Je suivrai cette route sans me retourner et m'efforcerai de ne pas me plaindre. » Voilà ce que je me suis dit et répété Dieu sait combien de fois au long de ces années.

— Et vous y êtes parvenu ? lui demandai-je, même si je

connaissais la réponse, l'ayant entendue le soir où Beatriz avait frappé timidement à la porte, avec une seule jointure.

« Ce que j'ai pu être bête de t'aimer toutes ces années, du mieux que j'ai pu, alors que je n'en savais rien », avait-il dit en posant les mains sur les épaules de Beatriz, avant de tripoter son corps avec mépris, irrespect et, qui sait, quelque vague ou secrète lubricité refoulée depuis longtemps. Au bout d'un moment, après ce tripotage, elle avait fini par lui répondre : « Non, non, tu n'as pas été bête. Non, c'est tout le contraire, tu as bien fait de m'aimer toutes ces années, toutes ces années passées... Sans doute n'as-tu jamais rien fait de mieux. » J'eus la certitude que les yeux de Beatriz s'étaient embués, c'est la seule façon dont je m'explique la surprenante réaction de Muriel : « Ça, je te l'accorde, avait-il dit. Raison de plus pour que j'aie la conviction d'avoir fichu ma vie en l'air. Un pan de ma vie. Ça je ne peux pas te le pardonner. » Il avait dit cela d'une voix douce, presque plaintive.

— Oui, je le crois, peut-être même plus que de raison. Comme je te l'ai dit, ce fut plutôt facile de l'aimer, mais sans passion. La passion n'est toutefois pas essentielle. Ce fut encore plus facile après les révélations au sujet de son père, sa convalescence et sa mort ; je voyais en elle un être sans défense, déraciné, seul et sans endroit où poser la tête. Ce fut aussi relativement facile de la désirer jusqu'à ce que j'éprouve à son égard une vive répulsion, compte tenu de ce qu'elle avait fait et qu'elle se mette alors à se négliger. Je ne te dirai pas que je n'ai pas eu le moindre flirt pendant douze ans, nous étions souvent séparés lors de tournages aux États-Unis ou même plus près. Quoi qu'il en soit, ils furent très rares et restèrent des flirts occasionnels qui ne la menacèrent jamais, qui ne me marquèrent pas et ne me laissèrent aucun regret. C'est à peine si je m'en souviens. Les enfants arrivèrent et cela renforce les liens. Survint la mort de l'aîné, nous y fîmes face ensemble. Je ne vais pas te raconter ce que signifie la mort d'un enfant en bas âge, il y a déjà pléthore de littérature opportuniste et bon marché, de romans, d'autobiographies, trop de films qui ont exploité ce malheur pour faire pleurer dans les chaumières, c'est d'un cynisme indécent. Et jusqu'à Thomas Mann qui a versé là-dedans, dans son célèbre *Docteur Faustus*, si mes souvenirs sont bons. Bref, c'est quelque chose que l'on n'oublie pas. Non seulement vous n'oubliez pas l'enfant, mais vous n'oubliez pas non plus la personne qui a été à vos côtés, qui a vécu ce malheur avec vous, celle que vous avez vue souffrir et lutter pour garder la tête hors de l'eau, celle que vous avez soutenue et à laquelle vous vous êtes accroché pour qu'elle puisse vous soutenir. On ne peut pas rayer d'un trait tout ce que l'on a vécu, Juan, même s'il en ressort que l'origine de tout cela n'était, en fin de compte, qu'une imposture.

Il s'interrompit et resta plongé dans ses pensées. Il ne regardait plus vers le haut, mais fixait le sol, le pénétrait de son œil, comme s'il cherchait à voir par-dessous les lattes du plancher. Je n'osai m'approcher de la photo de Beatriz avec l'enfant, résistant à ma première impulsion ; en réalité, je n'en avais pas besoin, elle ne me manquait pas, je la connaissais bien, je l'avais étudiée de près. J'en profitai pour jeter un autre coup d'œil à la porte vitrée, il n'y avait plus trace du visage distordu, peut-être s'était-elle cachée derrière le bas de la porte ou était-elle partie, refusant d'en écouter davantage (à supposer qu'elle pût entendre) ou pour ne pas être découverte par son vieil amour, mais toujours d'actualité, qui la répudiait (« Je le regrette beaucoup, mon amour », « mon amour »... ainsi l'avait-elle appelé).

— Pourquoi vous a-t-elle raconté cela après tant d'années ?

— Oh, le pourquoi n'a aucun intérêt. Peu après la naissance de Tomás, nous nous disputâmes. Il y avait une actrice... Oh, à l'époque, elle ne comptait pas du tout ;

aucune n'a jamais compté, pas même la femme que j'ai abandonnée pour elle, et quand cette femme fit une brève réapparition dans ma vie, j'avais scrupuleusement fait ce que je devais faire. Et les moments de la vie ne sont pas interchangeables... Toujours est-il que j'eus un mouvement d'humeur, tu m'as déjà vu dans cet état, je peux sortir de mes gonds et pousser l'autre à bout. Et c'est ce qui s'est passé ce jour-là, et elle m'a lâché ça sans penser, sans réfléchir aux conséquences. On mesure mal ce genre de choses ; on s'imagine, mais à tort, que les mots font moins mal que les gestes. Entre les enfants, les films et notre mariage, il s'était écoulé tant d'années, tant d'eau avait coulé sous les ponts que sa tromperie lui paraissait, à présent, un simple enfantillage, du moins l'affirme-t-elle encore pour se défendre. Je la vois aussi comme relevant de la préhistoire, un incident que notre histoire à tous deux devrait avoir enterré depuis des éternités sous le poids du présent, sous le poids des événements, sous la chape de l'irréversible. Le pire ne fut pas qu'elle me l'avoua, mais plutôt qu'elle m'apporta la lettre pour que je la voie. Elle alla tout droit vers une étagère, la sortit d'un livre et me la remit. La lettre était là, ouverte, avec son enveloppe et ses timbres, le nom et l'adresse étaient de mon écriture, j'avais écrit « express » en rouge avant de la mettre au courrier d'une main tremblante, je l'avais même portée à la poste centrale de Cibeles pour qu'elle parte plus vite. L'écrire m'avait mis dans tous mes états, j'avais passé une nuit blanche, j'avais pesé chaque mot, m'efforçant d'être sincère sans la blesser, ou le moins possible. De mon côté, j'étais persuadé que cette lettre s'était perdue en chemin, qu'elle n'était jamais parvenue à destination et voici pourtant qu'elle était là, elle avait voyagé jusqu'aux États-Unis, en était revenue, glissée dans ses valises ou dans son sac ou dans le livre qu'elle avait prévu de lire durant ce long vol. Douze ans qu'elle la détenait, douze ans qu'elle la conservait. Pour quelle raison aurait-elle conservé cette lettre qu'il eût été plus approprié de détruire, de brûler, si cela n'avait été pour me la montrer un jour, pour me narguer, pour me la balancer à la figure, non contente d'avoir changé le cours de ma vie, de la diriger tel un réalisateur dirigerait un acteur, de s'y imposer et de l'occuper tout entière contre ma volonté expresse qu'elle connaissait dès le début. Elle voulait qu'un jour j'apprenne la vérité, elle ne me permit pas de rester dans le leurre, ce qui peut être un moindre mal, si vous avez fini par vous résigner à votre sort. Et tel était plus ou moins mon cas. Quoi qu'il en soit, j'avais complètement oublié la passion. Ce n'est guère difficile, vu que c'est si rare.

Je me souvins alors de ce qu'il m'avait dit un matin, au sujet de leur premier-né qui était mort et du mal que s'était donné Van Vechten pour tenter de le sauver et de tout ce qu'il avait fait pour eux au fil des ans. C'étaient là les mots de quelqu'un qui connaît la part des probabilités dans la vie des êtres humains, et qui ne se considère pas comme une exception. « Trop de vies reposent sur la tromperie ou sur l'erreur, tel est certes le cas de la plupart d'entre elles depuis que le monde est monde, pour quelle raison allais-je y échapper, pour quelle raison n'en serait-il pas ainsi de la mienne ? Cette pensée me réconforte parfois, elle m'aide à me convaincre que je ne suis pas le seul dans ce cas mais, au contraire, un de plus parmi la liste interminable de ceux qui essayèrent d'être justes et droits et de tenir leurs promesses, de ceux qui eurent à cœur de pouvoir dire ces mots que l'on perçoit de plus en plus comme une stupidité d'une autre époque : "Regardez, je tiens parole…" »

Il but, alluma une autre de mes cigarettes, croisa les jambes, elles étaient si longues que le pied de celle qui était en travers touchait le sol. Il fouilla dans la poche de son pantalon, en sortit sa boussole, approcha l'aiguille de son œil ou l'œil de l'aiguille, comme si elle contenait le temps écoulé ou non advenu ; je me dis qu'il avait peut-être achevé son récit, ou qu'il était las de se remémorer et me laissait tirer les conclusions.

— Pourquoi ne vous êtes-vous pas séparés ? Pourquoi ne l'avez-vous pas aussitôt abandonnée ? lui demandai-je, curieux de savoir pour quelle raison il avait opté pour ce long et indissoluble malheur.

Le divorce n'existait pas en Espagne et il ne devait pas exister avant l'année suivante mais, à partir de 1940, les gens se séparaient discrètement, sans officialiser, sans le crier sur tous les toits, surtout si c'était le mari qui décidait de prendre la clef des champs. Il en avait toujours été ainsi dans l'Espagne assujettie, on avait toujours trouvé des moyens de contourner les lois, du moins certaines.

— Ah, ça non !

Sa réaction ne se fit pas attendre, son œil étincelait de fureur. Il détourna son regard de la boussole.

— Quand elle me montra la lettre, je compris que ce sourire radieux de la matinée où j'étais allé la chercher à Barajas, ce sourire que j'avais essayé de reproduire chez des actrices, n'était pas celui du simple bonheur, ignorant du risque qu'elle avait encouru, mais le sourire conscient et triomphant d'une femme qui s'en est sortie avec les honneurs de la guerre. Elle devait en payer le prix, et la laisser en plan eût été lui permettre de s'en tirer à bon compte. Elle s'en remettrait tôt ou tard, peut-être se trouverait-elle un autre homme, elle était encore jeune. En revanche, si je restais dans les parages, ne fût-ce qu'à l'occasion, cela lui serait impossible. Et tel a été le cas.

— Elle *est* encore jeune, Eduardo, même si vous ne voulez pas le voir.

Il ne m'écouta pas ou il ignora ma remarque.

— J'ai exigé que nous fassions chambre à part et je lui ai à jamais fermé ma porte. À défaut d'autre chose, notre relation avait surtout été sexuelle. Je ne l'ai pas touchée depuis… Quel âge Tomás a-t-il ? Déjà huit ans… Je n'ai pas recommencé non plus à l'aimer de cette manière facile, festive, superficielle, dont je l'ai toujours aimée et qui lui suffisait.

Cependant, en de rares occasions, je les avais vus s'amuser ensemble peut-être même sans qu'ils s'en rendent compte et, depuis l'alerte du Wellington, il s'était montré attentif et presque affectueux à son égard : impossible, j'imagine, de changer nos vieilles habitudes du jour au lendemain, malgré tous nos efforts.

— Elle grossit, elle se fana, elle déprima, elle commença à perdre la tête peu à peu, de jour en jour. Ses tentatives de suicide sont postérieures à cela. Elles en sont, sans nul doute, une conséquence, du moins à l'origine. Avant cela, l'idée de suicide ne l'aurait jamais effleurée, c'était une femme qui n'avait pas à se plaindre de son sort. Faute d'être vraiment bienveillant, j'étais juste.

« Le pardon dure moins longtemps que la vengeance », pensai-je ou me rappelai-je. À moins que je ne pense ou ne me rappelle cela qu'aujourd'hui.

— Au prix de rester ligoté. On croirait une variante de cette expression bien de chez nous, n'est-ce pas ? : « Devenir borgne pour rendre l'autre aveugle. »

Il me regarda mi-sérieux, mi-ironique.

— Borgne, je l'étais déjà, jeune De Vere, tu ne l'avais pas remarqué ?

Et il tapota sur sa coque. Cette fois, il n'entendait pas cela au sens strictement littéral, il se référait aussi à sa bonne foi, à sa crédulité des quelque vingt dernières années.

— Désormais, je fais ce que je veux, je n'ai de comptes à rendre à personne, je n'ai pas à m'inventer des excuses, il ne manquerait plus que ça. Il en va de même pour elle, je suppose, qu'elle mène sa vie comme elle voudra, je m'en moque, ce n'est pas mon affaire ; mais ce qu'elle fait, c'est par obligation, non par choix personnel, elle le fait à contrecœur, je la contrains somme toute à disposer d'une liberté dont elle ne veut en aucune façon, elle préférerait m'être soumise ; à part ça, je n'ai rien raté : au cours de ces dernières années, il ne s'est présenté aucune femme qui m'ait intéressé au point d'envisager de partir avec elle. C'est terminé tout ça, hors de question. Même si, sait-on jamais, un jour...

— Si un jour quoi ?

Je l'avais trop pressé de questions, ces mots m'avaient échappé, mon impatience m'empêcha d'en savoir davantage, de savoir ce qui s'annonçait, ce qu'il espérait de l'avenir.

— Si un jour... Rien.

Il rentra aussitôt dans sa coquille.

— Le passé ne te regarde pas vraiment, mais l'avenir te regarde encore moins.

Je n'insistai pas ; prudent, je laissai couler. « C'est mieux comme ça, me dis-je aussitôt, en voyant à nouveau l'ovale du visage, cette fois reconnaissable, l'ombre rosée derrière les carreaux, de toute évidence peu lui importait que Muriel l'aperçût ou non, quoique, pour le moment, il lui tournât le dos alors que moi, en revanche, je me trouvais face à elle. Mieux vaut qu'elle n'entende pas, si tant est qu'elle puisse entendre, mieux vaut qu'elle ne l'entende pas, cette pauvre malheureuse, amoureuse et dolente. Pauvre âme, pauvre misérable. »

— Mais la façon dont elle mène sa vie vous importe tout de même, ajoutai-je, revenant à ce qu'il avait dit plus tôt, à en juger par l'état dans lequel vous étiez ce soir-là, à l'hôtel Wellington.

— Ha ! répondit-il.

Et quelques secondes plus tard, il émit à nouveau le même son, un *h* aspiré qui, plutôt qu'un petit rire, exprimait une vague déception, voire certaine morgue, comme s'il éprouvait le besoin de me faire sentir sa supériorité.

— Ha ! Voilà bien notre champion de la mémoire ; comme tu l'as dit toi-même : qu'elle mène sa vie comme elle veut, je m'en moque pas mal, ce n'est pas mon affaire, mais sa mort, ça c'est une autre histoire, et je ne veux pas qu'elle y parvienne. Je m'inquiète beaucoup de sa mort, l'idée qu'elle se suicide me préoccupe. C'est bien la dernière chose que je souhaite. Ce serait terrible pour mes enfants, tout autant que pour moi, qu'est-ce que tu crois ? Bien sûr que si un jour elle réussit, je ne pourrai rien y faire. Mais s'il en est ainsi, n'aie aucun doute que ce sera pour moi une tragédie et que mes larmes seront sincères. On n'efface pas d'un trait le passé, je te l'ai déjà dit. Même si l'on décide que l'on ne veut plus de ce passé.

Oui, je l'avais déjà entendu dire quelque chose de ce genre, il l'avait dit de façon plus élaborée à Beatriz à la porte de sa chambre, à Beatriz en chemise de nuit. À quoi bon sortir un jour de l'erreur et révéler soudain la vérité ? C'est encore pire parce que cela désavoue ou du moins invalide tout le passé, on se trouve forcé de raconter à nouveau ce qui a été vécu, ou de le nier. Et pourtant on n'a pas vécu autre chose : on a vécu ce que l'on a vécu. Et qu'est-ce qu'on en fait alors de tout ça ? Devrait-on revoir sa vie, annuler rétrospectivement ce que l'on a ressenti et cru ? Impossible, pas plus qu'il n'est possible de garder cela intact, comme si tout avait été vrai, une fois que l'on sait que tel ne fut pas le cas. On ne peut passer outre, mais on ne peut pas non plus renoncer à des années qui furent ce qu'elles furent, elles ne peuvent plus être autrement et il en restera toujours quelque chose, un souvenir, si fantasmagorique semble-t-il aujourd'hui, quelque chose qui s'est passé et ne s'est pas passé. Et où range-t-on ce qui s'est passé et ne s'est pas passé ? Oui, le ton était, à présent, celui de la plainte, il n'y avait plus ni mépris ni agressivité, juste un arrière-goût d'amertume. Beatriz avait aussitôt adopté ce ton, l'appelant « mon amour », exprimant son désir de remonter le cours du temps, lui demandant pardon, peut-être fallait-il y voir un de ses stratagèmes, peut-être était-elle sincère.

Elle ouvrit alors la porte, manifestant ainsi sa présence, puis elle apparut. Elle n'était pas pieds nus, elle avait ses hauts talons qu'elle portait presque toujours quand elle sortait de chez elle. Ils grandissaient sa voluptueuse silhouette. En entendant la porte, Muriel se leva et se retourna, à sa vue son œil étincela. Elle resta sur le seuil, le regard suppliant, comme si elle lui demandait de prendre la main qu'elle lui tendait et de la faire entrer, comme si elle l'appelait à nouveau « mon amour ». Entendre son mari dire que sa mort était bien le dernier de ses vœux, l'entendre dire que ses larmes seraient sincères avait dû lui paraître une raison d'être reconnaissante, ou même de nourrir de folles espérances. Mais le geste de Muriel ne laissait aucun doute, il était définitif. Un geste de rejet qu'il réitéra, lui intimant ainsi l'ordre de déguerpir sur-le-champ, comme s'il envoyait promener un chat. J'eus l'impression qu'il lui répétait ce qu'il n'avait cessé de lui dire depuis huit ans : *Non, pas de caresses*. « Non, pas de caresses. Et pas de baisers non plus. »

# XI

Oui, il la pleura, je le vis de mes propres yeux. Il la pleura en apprenant la nouvelle, il la pleura à chaudes larmes pendant l'enterrement, au cimetière de La Almudena, par une matinée madrilène ensoleillée ; je vis des larmes qu'il ne pouvait retenir couler de son œil loquace — pas de celui qui était muet, sans doute n'avait-il pas de canaux lacrymaux, à moins que la coque ne les retînt, tant elle était ajustée —, pendant que les fossoyeurs descendaient enfin le cercueil et jetaient dessus les premières pelletées de terre. Personne ne resta jusqu'aux ultimes pelletées, ni jusqu'à ce que la pierre tombale soit replacée, on l'avait relevée pour mettre le cercueil dans le caveau familial où il restait encore une place, vraisemblablement destinée à Muriel, c'est là que reposait depuis sa naissance le malheureux Javier ; mort en très bas âge, il n'occupait guère d'espace, il serait désormais réuni avec sa mère en une étreinte imaginaire. Même s'il eut du mal à dire adieu, Muriel ne s'attarda pas, et il fallut le soutenir car il chancelait ; Susana, Tomás et Alicia ne s'attardèrent pas non plus et lui vinrent en aide, plus soucieux de ce père en vie soudain vieilli — un coup de vieux temporaire, qui ne durerait que la journée — que de leur mère qui n'était déjà plus qu'une masse de chair inerte, qui se décomposerait bientôt sans que nul n'assiste, heureusement, à ce processus. Nous avons la bonne habitude de ne pas imposer de témoins aux défunts et de les laisser continuer à mourir dans leur funèbre pâleur. Ni Rico, ni Roy, ni Van Vechten, ni Gloria, ni Marcela, ni Flavia ne restèrent, pas plus que les collègues du collège où Beatriz enseignait l'anglais américain, ni les quelques étudiants représentant leurs camarades, ni les deux ou trois élèves auxquels elle donnait des leçons particulières. Ceux qui connaissaient Muriel furent encore moins nombreux, ils vinrent par obligation, ou par *vergüenza torera*, la crainte du qu'en-dira-t-on : le maestro Rafael Viana et d'autres fêtards, ce dernier accompagné de Celia, la fonctionnaire, qui me lança un regard neutre et voilé, deux ou trois diplomates et des gens du cinéma, parmi lesquels je repérai un marchand de vin que Muriel cajolait en vue de financements, j'entrevis Jess Franco qui s'en fut aussitôt à petits pas pressés, à coup sûr pour tourner une moitié de film dans ce qui lui restait de la journée. Je ne fus pas vraiment étonné d'apercevoir, discrète et un peu à l'écart, la femme d'affaires Cecilia Alemany ; je la reconnus malgré ses lunettes noires en partie parce qu'elle mastiquait un chewing-gum sans se rendre compte que, dans cet endroit et dans ce contexte, ses mouvements mandibulaires étaient des plus malséants. Une femme qui n'a pas froid aux yeux, comme presque toutes celles qui ont de l'argent, et ce que ne fit que confirmer la bonne amitié qui était née entre elle et mon patron ces derniers temps. Je ne restai pas moi non plus pour voir disparaître le cercueil sous terre, je n'avais pas à le faire, cela eût même paru étrange. Je me promis toutefois d'aller de temps en temps me recueillir sur la tombe, j'avoue ne m'y être rendu qu'une seule fois depuis, des années plus tard, pour accompagner celui qui y manquait et soutenir Susana, à présent la plus chancelante de tous.

Peu après notre conversation, lui et Beatriz, les enfants

et Flavia allèrent passer l'été dans une maison qu'ils possédaient à Soria, ville où il faisait frais, dotée d'églises romanes, de vestiges du poète Antonio Machado, d'un fleuve où se baigner et d'un parc superbe. Ils s'y rendaient depuis des années ou, s'il faisait trop chaud — et en fonction de leurs finances —, ils descendaient dans un hôtel de San Sebastián. Soria étant à moins de trois heures de Madrid par la route, Muriel pouvait y retourner si une affaire urgente l'exigeait. J'ignore ce qui se passa là-bas, si tant est qu'il se passa quelque chose. Sans doute ne s'y passa-t-il même rien, en dehors de la rudesse habituelle de Muriel, accentuée sans doute par le manque d'échappatoires : à mon avis, Muriel n'y fit que de brefs séjours, car on réclamait d'urgence sa présence à Madrid ou ailleurs, vraie ou fausse excuse, à moins qu'il n'y eût une femme qui, pour la première fois depuis des années, eût barre sur lui. À leur retour, à la fin du mois d'août, je cessai de travailler dans l'appartement de la Calle Velázquez et, comme prévu, je dis au revoir à mon cagibi. Je m'étais trop immiscé dans leurs affaires, à moins que ce ne soit ce couple qui se fût mis en travers de ma vie, celle d'un novice à peine déniaisé. La constante présence du docteur pesa, elle aussi, dans ma décision, il continuait à aller et venir comme à l'habitude cependant, avec moi, il n'était plus ni cordial, ni volubile, ni désinvolte, mais impassible et glacial. Muriel avait, à son égard, assez de reconnaissance et de bienveillance pour passer outre ce que le docteur avait pu faire, et même préférer l'ignorer — après que ses fichus doutes l'avaient incité à m'impliquer dans cette histoire sordide. À la différence de Beatriz, Van Vechten ne lui avait pas fait ça, avait-il dit, restait à savoir ce que cela pouvait être. Toujours est-il qu'après les confidences de Vidal et la rencontre au Chicote avec Van Vechten, après ses menaces qui n'avaient rien de voilé (« Écoute, fais gaffe à ce que tu racontes… Tu comprends, mon garçon, ou tu ne comprends pas ? »), je n'avais aucune envie de me retrouver dans la même pièce que lui.

Voilà pourquoi je ne pus être là pour suivre Beatriz, ni la garder, ni veiller sur elle, quand elle sortait seule, moments où, au dire de son mari, et d'après ce que j'ai pu constater, par la suite, il y avait le plus à s'inquiéter. D'autre part, j'avais abandonné cette habitude furtive et difficile à expliquer, à peu près depuis que j'avais couché avec elle, une seule nuit et sans que personne ne s'en rendît compte, à l'exception de quelqu'un qui avait couru dans le couloir et, par la suite, n'en avait dit mot, n'avait pas changé d'attitude à mon égard et ne m'avait pas lancé de regard réprobateur — pas un signe, rien —, qui que cela ait pu être, jamais je ne l'ai su avec une certitude absolue, même si j'ai des idées sur la question. Et à supposer que j'eusse été là, je n'aurais pu la suivre cet après-midi-là, pas plus que je n'ai jamais pu le faire quand elle enfourchait la Harley-Davidson et disparaissait Dieu sait où, avec Dieu sait qui, ou pour retrouver quelqu'un si tant est que ce quelqu'un existât. Jamais Muriel n'évoqua avec moi les deux tentatives de suicide de Beatriz avant que je n'entre dans leur vie, jamais en détail, mais si elles échouèrent, elles durent, à l'instar de celle que je contrariai, être moins radicales, moins rapides, moins bestiales, plus hésitantes, lui laissant une chance de s'en tirer. Beatriz Noguera s'écrasa contre un arbre au mois de septembre, à la tombée du jour, sur une route secondaire tout près d'Ávila, à deux kilomètres de l'endroit où s'était tué, des années plus tôt, le frère de Muriel, Roberto, en compagnie d'une jeune Française, tous deux très éméchés. J'ignore pourquoi je m'imaginai que c'était sans doute contre l'un de ces arbres — il y en a de longues rangées — autour desquels on a peint une ligne blanche à mi-hauteur du tronc pour les rendre plus visibles de nuit, mais il se pourrait qu'autour des années quatre-vingt, on ait renoncé à ces lignes blanches, je n'en suis pas sûr, je n'en ai pas souvenance. Bien que, dans un accident de moto ou de voiture, il faille toujours envisager l'involontaire, le hasard, la distraction, l'imprudence, voire l'imprévu, pour aucun d'entre nous, du moins adultes, il ne fit l'ombre d'un doute qu'elle s'était délibérément précipitée contre l'arbre. (Aux enfants, on donna, comme il sied, la version de la branche en travers de la route, de la flaque d'huile ou de l'animal errant, l'histoire édulcorée du destin cruel et du mauvais sort que Susana, perspicace comme elle l'était à quinze ans, feignit de croire par égard pour son frère et sa sœur.) Le choc avait été si frontal qu'on aurait dit que Beatriz avait choisi l'arbre avec soin, ce devait être celui-là et pas un autre, même s'ils se ressemblaient tous, peut-être se disait-elle : « Ma faute appartient au passé, mais la punition demeure. Si ce n'est pas maintenant, alors quand mon heure viendra-t-elle ? Je ne retournerai pas à mon lit de douleurs, je ne veux plus que le regret continue à me ronger. À moi de jouer. » D'après ce que j'appris de Rico, de Roy, de Flavia puis de Muriel lui-même, dans les jours qui suivirent, il semblerait qu'elle ait arrêté sa Harley-Davidson quelque part sur la route, qu'elle ait retiré son casque, peu de motocyclistes en portaient alors, mais ça lui arrivait : on le retrouva sur l'herbe, et non pas sur la route, à pas mal de mètres du lieu de l'accident, comme s'il était tombé ou comme si cette tête, dans laquelle ça ne tournait pas toujours rond, l'avait expédié dans la nature, en se disant, sait-on jamais : « Je ne veux pas d'une vie nouvelle avec un autre homme. Je veux la vie que j'ai eue toutes ces années avec le même homme. Je ne veux ni oublier, ni laisser ça derrière moi, ni passer à autre chose, je veux continuer comme avant. » À cette heure-là, il ne devait guère y avoir de circulation sur cette route, peut-être même avait-elle pu prendre son temps avant de gagner assez d'élan dans sa tête pour redémarrer et accélérer au maximum, se familiariser avec cet endroit verdoyant, le dernier que voilerait la nuit, et qui sait si elle ne se demanda pas en attendant : « Pour quelle raison celui que nous montrons d'un doigt tremblant devrait-il nous aimer ? Pour quelle raison serait-ce lui plutôt qu'un autre, comme s'il devait nous obéir ? Ou encore pour quelle raison celui qui nous trouble et nous excite, celui que nous voudrions tant posséder en chair et en os nous désirerait-il ? À quoi devons-nous de telles coïncidences ? Et quand il en est ainsi, pour quelle raison dureraient-elles ? Oui, pour quelle raison quelque chose d'aussi fragile, qui ne tient qu'à un fil, durerait-il… ? » Peut-être s'est-elle regardée une dernière fois, peut-être a-t-elle jeté un ultime coup d'œil sur son accoutrement, peut-être même a-t-elle sorti de son sac un miroir, en cet instant où elle allait à jamais se muer en passé ou se figer en portrait ; même si, à ce stade, elle se moquait de l'état dans lequel on la retrouverait ou on la verrait, même si elle avait à peu près ressenti ce que le poète Gustavo Bécquer écrivait dans une lettre : « Et alors, peu m'importera que l'on me mette sous une pyramide égyptienne ou que l'on me jette au fond d'un ravin, tel un chien. » Sans doute n'avait-elle même pas essayé de regarder la nouvelle lune, dont elle ne connaissait que trop l'œil las et impassible, lasse de sa propre insistance, et s'était-elle dit : « D'ici peu je n'appartiendrai plus au monde des fous et des êtres imparfaits, telle la neige qui tombe et fond aussitôt, tel le lézard qui, l'été, grimpe sur le mur de pisé ensoleillé, fait une pause sous l'œil paresseux qui ne remarquera même pas son existence. Je serai ce qui fut, et une fois que je ne serai plus, je serai ce qui jamais ne fut ; je serai un murmure inaudible, une lumière, une fièvre qui passe, une égratignure que vous remarquez à peine et qui aussitôt guérit. Bref, je serai le temps que nul n'a jamais vu ni ne verra jamais. » Et quand enfin ses yeux s'accoutumèrent à la pénombre, ou quand elle commença à avoir froid et alluma son phare pour mieux cibler l'arbre choisi de son doigt tremblant, et qu'elle appuya sur la pédale pour démarrer la moto de Muriel qui avait fini par devenir davantage à elle qu'à lui, sans doute sa dernière pensée, alors qu'elle fendait l'air, fut-elle plus brève, plus simple et toute proche de celle-ci : « Si rude soit le début, le pire reste derrière nous… »

Je laissai passer plusieurs jours après l'enterrement avant d'aller trouver Muriel, une façon tacite et privée de lui présenter mes condoléances et, je suppose, de lui tenir un moment compagnie, même si, la plupart du temps, il était très entouré ; en pareilles circonstances les gens affluent pendant une courte période, pas de répit pour l'être endeuillé, il faut qu'ils lui rendent visite, le fassent sortir, le distraient, l'occupent, l'étourdissent pour l'éloigner du seul objet de ses pensées afin qu'il ressente moins l'absence de l'être qui s'est à jamais absenté. Ensuite, ceux-là mêmes se lassent à l'unisson, et le laissent seul, comme s'il y avait une date de péremption sociale pour le deuil, deux ou trois semaines au plus, et qu'ils estimaient que le veuf ou la veuve était en état de se remettre en marche et de reprendre ses habitudes et sa vie de toujours alors que c'est précisément sa vie de toujours qui s'est achevée pour ne jamais revenir. Nul doute que Muriel était affecté et perplexe, on aurait dit qu'il s'était un peu tassé, il semblait vaciller sur ses jambes, comme si la perte de Beatriz eût laissé affleurer certaine vulnérabilité, que j'imaginais temporaire. Mais quand une situation se termine, elle nous manque, si pénible soit-elle, dussiez-vous avoir mainte et mainte fois souhaité qu'elle s'achevât. Cette nostalgie paradoxale ne dure pas longtemps, mais au début, vous avez le même sentiment de vide qu'après avoir atteint un objectif ou décroché un travail, par exemple, ou achevé un film ou mis le point final longtemps reporté à votre roman.

Muriel ne devait pas se souvenir des mots que j'avais entendus de sa bouche la nuit des supplications, juste après avoir passé les mains sur le corps de Beatriz négligemment, maladroitement, à la légère, après lui avoir pressé les tétons et lui avoir saisi le sexe comme on prend une poignée de terre ou d'herbe, comme on attrape au vol une aigrette de chardon avant de l'expédier d'un souffle dans les airs et de la laisser flotter sans même la suivre du regard. « Quand diable vas-tu te mettre dans le crâne que c'est sérieux et définitif, jusqu'à ta mort ou la mienne, avait-il vomi. J'espère que ce sera moi qui porterai ton cercueil, nul ne pourrait me garantir que tu n'irais pas te frotter contre mon cadavre encore tiède ou déjà froid, peu t'importerait. » Une autre version venait se superposer dans ma mémoire, plus concise, plus poétique, que nous aurions tendance à traduire ainsi : « J'espère que ce sera moi qui t'enterrerai, qui te verrai sans vie, mourir dans ta pâleur. » En tout cas, son vœu avait été exaucé, mais le problème était qu'il ne se rappelait même pas ces mots (on retient ce qui rentre par l'oreille et l'on tend à oublier ce qui sort par la bouche), alors que dans ma tête ils résonnaient encore, comme ils devaient avoir résonné dans celle de Beatriz, peut-être jusqu'à la tombée du jour, près de cet endroit verdoyant le long de la route où s'installait l'obscurité ; et sans doute lui avait-elle dit en pensée, alors qu'elle avait déjà enfourché la Harley-Davidson, les yeux rivés sur la cible : « Ça sera à toi de te frotter contre moi. » Muriel n'était pas allé aussi loin, bien sûr, mais il avait été ébranlé en apprenant la nouvelle, ainsi qu'au cimetière, et il était clair que dans la stupeur initiale où il se trouvait, la présence irritante, inconfortable, insupportable et parfois même exaspérante, le volume et les pas sonores de celle qui avait été sa femme à la fois trop d'années et sans doute pas assez car, quand quelque chose cesse, il nous semble presque toujours que ce n'était pas assez, que cela aurait pu durer un peu plus.

— Par moments, je crois entendre le tic-tac, Juan, me dit-il. Surtout quand je suis seul ici, quand les uns sont allés se coucher et que les autres s'en vont ou quand je rentre d'un dîner en ville avec une foule de gens. À vrai dire, ces derniers jours, mes amis m'ont contraint à une activité frénétique, c'en est presque obscène, comme si je faisais la fête, et tous s'y emploient avec la meilleure intention du monde, ils refusent de me laisser seul avec mes pensées sombres, car ils devinent ce qu'elles peuvent être. En fait, non, ils n'ont aucune idée de ce qu'elles peuvent être, mais ils sont sûrs de leur objet. Ridicule, n'est-ce pas, que je me prête à ça, comme si j'étais un veuf inconsolable ? Comprends-moi, je suis triste. Même si l'on s'y attend, même s'il n'y a rien que l'on puisse faire pour l'éviter, même s'il y a eu des avertissements, même si l'on n'est pas persuadé de vouloir l'éviter ; on a beau s'endurcir et assumer les possibles conséquences de son... — il fit une pause, chercha le mot approprié — ...de son imperméabilité, rien ne nous prépare à l'issue elle-même. Je suis triste car, de toutes ces années, ressurgissent soudain les plus lointaines, je revois Beatriz presque enfant, ni elle ni moi ne savions alors ce que l'avenir nous réservait. Je ne dirais toutefois pas que je suis éploré dans la mesure où ce terme s'applique à quelqu'un qui a subi une perte cruciale. Il y a là un élément d'invraisemblance qui me fait croire que j'entends le tic-tac de son métronome, comme si son écho ne s'était pas tu, et que je gardais encore dans ma tête sa musique sans musique, ce battement devenu un bruit de fond permanent. Et disons qu'il en va de même pour tout le reste : comme si les pas et l'odeur de Beatriz prenaient plus de temps à disparaître qu'elle-même, car leurs traces survivent aux êtres, du moins l'ai-je constaté, et c'est normal ; ils finiront par s'estomper. Mais en attendant, ils subsistent... Comme s'ils avaient besoin d'une prorogation pour disparaître complètement, pour faire le ménage et débarrasser le plancher. Autrement dit, jamais on ne leur donne assez de temps pour préparer leur déménagement.

Il se tut, je ne sus qu'ajouter, il n'y avait sûrement rien à ajouter.

— Je comprends, dis-je, pour dire quelque chose.

S'il donnait encore l'impression, ce jour-là, d'accuser les années, cela ne dura pas car ces signes de l'âge qui reviendrait le traquer, le hanter sans jamais oser prendre possession de lui, eurent tôt fait de s'estomper, sans jamais aliéner son esprit ni réellement affecter son aspect extérieur. Les cernes sous ses yeux, ses traits plus prononcés, sa fatigue, son dos légèrement voûté que l'on remarquait même quand il était assis, ne furent qu'un contrecoup passager de l'incident auquel nous ne sommes jamais préparés si avertis que nous soyons ; l'effet du choc et de la confirmation de la nouvelle. Il se redressa vite fait et me regarda de son œil alerte.

— Tu savais qu'elle était enceinte ?

J'en restai si ahuri que je ne pus éviter de poser une question saugrenue, même s'il se peut que je l'aie fait instinctivement, histoire sans doute de gagner quelques secondes, pour me remettre de cette révélation.

— Qui ça ?

— Beatriz, voyons ! De qui d'autre pourrait-il s'agir ? De qui parlions-nous, jeune De Vere ?

— Eh bien, non. Comment pourrais-je le savoir ? Elle vous l'avait dit ?

— Non. Pas un mot. Je viens de l'apprendre par le docteur. Par chance, il a réussi à ce qu'un interne de son hôpital se charge de l'autopsie, réduite au strict minimum, juste pour la forme, pas besoin d'en faire davantage. Assez néanmoins pour détecter ça. Qu'elle ne m'en ait rien dit n'a rien d'étonnant. Comme tu le devines, ce n'était pas de moi. Le docteur dit qu'il se pourrait qu'elle-même ne s'en soit pas rendu compte. Difficile à croire, après quatre enfants... Mais qui sait ?

— Et à quand cela remontait, on le sait ? lui demandai-je non sans une pointe d'appréhension.

— Environ deux mois.

Il se tut alors et contempla ses ongles, comme si la situation était soudain devenue embarrassante. En fait, ce n'était pas cela qui l'embarrassait, mais plutôt la question qu'il s'apprêtait à me poser :

— Tu n'aurais pas idée de qui il pourrait s'agir, par hasard ?

Je dus rougir, mais sans doute qu'en son for intérieur il rougit de même, aussi ne s'en rendit-il pas compte ; à moins qu'il n'eût attribué mon érubescence et ses roseurs sous-cutanées à une seule et même cause, toujours est-il qu'il se sentit forcé de me donner des explications avant même que je réagisse :

— Comme tu l'imagines, peu m'importait ce que faisait Beatriz. Je ne m'en mêlais pas, et ne lui posais jamais de questions, elle aurait pu voir là une preuve d'intérêt, voire de jalousie, va savoir. Mais si elle allait donner un frère à mes enfants et si cet enfant devait vivre ici, tu peux comprendre que cela puisse éveiller ma curiosité. Tu n'en aurais pas la moindre idée, par hasard ?

J'en déduisis qu'il m'incombait de répondre très vite et sans hésiter. Toute indécision, toute pause ne me trahirait peut-être pas, mais indiquerait que j'avais pu constater quelque chose ou que j'avais des soupçons. Je voulus croire, ou plutôt non, j'eus la certitude qu'il me posait cette question pour la seule raison qu'au cours des deux mois précédents, ou à peu près, j'avais été le gardien de Beatriz, alors qu'il tournait ses dernières scènes à Barcelone, avec Towers et Lom ; j'avais été la personne la plus proche d'elle et son principal témoin. Il n'était pas du genre méfiant, il ne lui était pas venu à l'esprit que j'aie quoi que ce soit à voir là-dedans. Pour lui, j'étais presque impubère. J'en appelai à la maudite vélocité de la langue, qui nous condamne tout autant qu'elle nous sauve, et je répondis sans hésitation :

— Non, et je n'en ai aucune idée, Eduardo. Don Eduardo. Comment pourrais-je savoir de qui il s'agit ?

Et en effet, il n'y avait aucun moyen pour que je le sache. Si bien que je ne fis même pas une entorse à la vérité.

Après cela, je ne le vis plus que de temps à autre et, à la fin, presque plus. On ne saurait dire que nous nous étions liés d'amitié, disons qu'il ne ressentait peut-être pas ce genre de liens que moi je ressentais à son égard, du moins était-ce mon impression et j'avais beau ne plus travailler pour lui, j'aurais été heureux de lui faire plaisir, eût-il sollicité mon aide dans le domaine de mes compétences. Mais on perd vite l'habitude de compter sur quelqu'un qui n'est plus présent au quotidien, et plus encore à toute heure et pour n'importe quelle tâche. Lui ne m'appelait jamais, alors que moi je l'appelais parfois, sans doute avais-je fini à la longue par l'importuner ; pour éviter de paraître insistant, j'espaçai mes visites jusqu'à me transformer en courant d'air.

Malgré son aversion pour les photos — cela explique que, des années durant, il y ait eu aussi peu de portraits de lui —, je commençai à le voir plus souvent dans la presse, mais non pas pour ses projets ou ses réalisations cinématographiques. En fait, il ne tourna qu'un film de plus et ce ne fut pas celui avec Palance et Widmark, qui alla finir dans les limbes vastes et surpeuplés des mort-nés, j'imagine qu'il ne parvint pas à obtenir de financement. On le voyait dans la presse people, malgré lui, résigné, d'abord comme le « nouveau partenaire » puis le mari de Cecilia Alemany, cette femme d'affaires assez séduisante et nantie pour susciter plus d'intérêt que lui qui, après tout, comme il me l'avait dit un jour en plaisantant, ressemblait de plus en plus à Sara Montiel, fût-ce avec un public progressivement minoritaire d'archéologues, de cinéphiles et d'érudits comme Roy. Je la trouvais également assez attirante pour avoir fait perdre tout espoir à Beatriz, au cas où cette dernière aurait eu vent de son existence, ou avoir jamais représenté une menace pour elle. Quelqu'un qui l'aurait empêchée de ramener à son lit de douleur le plus humble trophée, en se disant au retour de ses incursions nocturnes : « On verra bien ! »

Muriel se remaria un an et des poussières après avoir perdu sa femme, un discret mariage civil, auquel je ne fus pas convié, non qu'il y eût la moindre raison de m'inclure dans le casting, après tout, je n'étais rien de plus qu'un ancien employé, un jeune de passage à qui l'on avait donné une chance. Le divorce avait fini par arriver dans ce pays, mais Muriel n'en avait plus besoin, peut-être même n'y eût-il pas eu recours si Beatriz eût été encore en vie, j'ai parfois tendance à penser que les liens de la tromperie et du malheur sont les plus forts de tous, comme ceux de l'erreur ; ils peuvent lier plus étroitement encore que ceux de la transparence, de la satisfaction et de la sincérité. Sur les rares photos du mariage, je reconnus Van Vechten, Rico et Roy, ainsi que le maestro Viana venu consteller l'événement : après tout, un torero, c'est une mousqueterie d'étincelles, ça donne de l'éclat à ce genre de fête ! Je ne vis ni Gloria, ni Marcela, ni Flavia, aux yeux des deux premières c'eût été une trahison, quant à la troisième, elle préféra ne pas y assister. Je vis également les trois enfants, ils avaient grandi et ressemblaient toujours comme deux gouttes d'eau à Beatriz. Je regardai longuement Susana : d'ici peu, elle serait le portrait de Beatriz, telle qu'elle était sur ses photos de jeunesse qu'elle exposait aux yeux de tous, par nostalgie et par obstination, et que j'avais vues si souvent, celle où elle tenait dans ses bras l'enfant mort en bas âge, alors bien en vie, celle de son mariage avec Muriel une vingtaine d'années plus tôt. À présent, je comprenais mieux leurs expressions à l'un et à l'autre lors de cette occasion : son grand sourire à elle face à l'appareil photo, sa manifeste euphorie, ou, qui sait, son triomphalisme, une gamine déguisée en mariée. Lui, en revanche, l'air préoccupé, pour ne pas dire sombre, tel un homme convaincu qu'il est en train de prendre une énorme responsabilité. Elle jouait au mariage, lui prenait cela très au sérieux, il contractait mariage en toute honnêteté, comme s'il était conscient de ce que ce mot sous-entendait quant aux devoirs, aux dettes et aux maladies. Elle prenait la vie tout aussi à la légère que les conséquences de ses actes, qui, une fois accomplis, étaient d'ineptes enfantillages, appartenant au passé ; lui, pour sa part, savait déjà ce que signifiait le renoncement, conscient que l'amour arrive toujours à contretemps au rendez-vous, ainsi qu'il l'avait lu, me dit-il avec mélancolie, dans un livre, j'ignore lequel. Sur les photos de son remariage, il n'y avait aucune trace de cela ; l'œil était distrait, patient, il ne reflétait aucune gravité. On aurait juste dit qu'il se pliait à une formalité mondaine et regardait l'heure, sans la regarder.

Je me demandai ce qu'il adviendrait de cette famille, aussi nouvelle qu'artificielle, s'ils allaient vivre tous ensemble dans l'appartement de la Calle Velázquez ou s'ils emménageraient ailleurs ; si la célèbre femme d'affaires accepterait de bon gré d'avoir une adolescente et deux enfants — ou plutôt deux adolescents et un enfant — en permanence, et davantage même quand leur père s'absenterait des mois durant, pour tourner un film ; si Flavia les quitterait ou serait contrainte d'émigrer à la nouvelle adresse. J'hésitai à appeler Muriel pour le féliciter, mais je m'aperçus que je voyais là, moi aussi, une sorte de trahison. Si absurde cela fût-il, je sentis que ce serait rajouter des pelletées de terre sur Beatriz, même si elle avait elle-même creusé sa tombe sur cette route ombreuse et solitaire. Sans doute les liens charnels, si éphémères, si peu mémorables et, au fond, si insignifiants soient-ils, nous obligent à certains égards envers les êtres avec lesquels nous les avons établis ; à moins qu'ils ne nous imposent certaine loyauté fantomatique.

Je m'offris une entrée pour aller voir le dernier film de Muriel dès sa sortie. En général, l'accueil ne fut pas très chaleureux, mais il me plut. Je l'appelai pour le lui dire, mais il n'était pas là, après quoi je laissai tomber, estimant qu'il n'avait que faire de mon opinion. Il lui avait fallu cinq années après la mort de Beatriz pour réaliser ce film, et deux ans plus tard, soit sept ans après son suicide, j'appris que mon ancien patron et maître avait été foudroyé par un infarctus au cours d'un déjeuner avec des banquiers plutôt rustres, auxquels il tentait de soutirer trois sous en vue d'un nouveau projet. À peine avais-je appris la nouvelle par la télévision que j'appelai le professeur Rico, le seul du groupe avec lequel j'avais gardé contact, et le garde encore aujourd'hui. Il était désormais membre de l'académie : ses ennemis papyrus, ou momies je ne sais plus trop, avaient en série lâché la rampe et il avait été élu avec plus que le nombre de voix requises, presque à l'unanimité, même s'il s'était acquis depuis lors des ennemis farouches, sans lesquels il n'aurait su vivre ou se serait encore plus ennuyé. Il était sur le point de prendre un vol pour Madrid afin d'assister aux obsèques, dont il me précisa les détails. Je crois que c'est la seule fois où j'aie entendu sa voix se briser. En fait, non, ce n'est pas vrai, elle chevrote toujours un peu quand nous évoquons Muriel ou Beatriz — et c'est un sentimental —, même s'il y a des lustres qu'ils ont dit adieu à ce monde sans nous avoir dit adieu ni à l'un ni à l'autre.

Le lendemain matin, j'arrivai au cimetière de La Almudena, devant la tombe que j'avais déjà vue des années plus tôt, même si j'avais l'impression que c'était hier ; quand on revient sur un lieu où l'on ne se rend qu'en de rares et tristes occasions ou pour une raison exceptionnelle, le temps s'estompe. Il y avait beaucoup de monde et pas mal de journalistes, je restai par-derrière, n'osant me faufiler vers les premiers rangs. Pour la plupart de ceux qui étaient là, j'étais un inconnu, un intrus, un hurluberlu, pas quelqu'un dont il convenait de serrer la main. J'aperçus un peu plus loin, de dos, Susana et ses frères, je reconnus aussitôt leurs silhouettes, malgré les années qui s'étaient écoulées et la taille que les deux plus jeunes avaient atteinte. Elle tournait la tête de temps en temps, peut-être essayait-elle d'évaluer combien s'étaient déplacés, combien appréciaient son père, jusqu'à ce qu'elle me repère et se précipite vers moi. J'avais trente ans à l'époque, elle en avait vingt-deux, mais elle me serra très fort contre elle et versa des larmes silencieuses, avec cette confiante spontanéité que l'on réserve à quelqu'un qui appartient à des temps passés, certes imparfaits, mais moins tristes, où tous figuraient encore à l'appel. Me prenant par la main, elle m'emmena au premier rang, à côté d'Alicia, Tomás et Flavia ainsi que de personnes que je ne connaissais pas, et de Cecilia Alemany qui, sans nul doute, trouva une seconde pour me regarder derrière ses lunettes de soleil (cette fois-ci, elle ne mastiquait pas) et se demander qui diable je pouvais être : à mon avis, peu lui importait le passé d'un mari éphémère et défunt, tout ce qui comptait pour elle, c'était de se débarrasser de lui, comme on laisse derrière soi un épisode dû à la faiblesse ou à la séduction. Tout au long de la cérémonie, durant la mise en terre et le moment où l'on replaça la stèle pour la dernière fois (il n'y aurait plus de place pour qui que ce soit d'autre), Susana garda la main dans la mienne, me la serrant très fort pour ne pas perdre l'équilibre car, comme je l'ai déjà dit, elle chancelait, plus que la veuve, plus que quiconque. À moins qu'elle ne s'accrochât à ma main, telle une enfant obstinée.

Il y a si longtemps que je suis marié à Susana qu'elle a dépassé un âge que n'atteignit jamais sa mère, quant à moi j'ai plus ou moins celui qu'atteignit Muriel, qui survécut sept ans à sa femme ; sept ou huit ans : la différence d'âge entre Muriel et Beatriz était à peu près la même que celle entre Susana et moi, Muriel vécut donc au total une quinzaine d'années de plus que Beatriz. Vers 1980 je voyais en elle une femme mûre, comme un tableau, comparée à moi, j'avais alors vingt-trois ans et elle quarante et un ou quarante-deux — je ne le sus jamais au juste —, disons qu'elle avait une vingtaine d'années de plus que moi, ce qui est beaucoup pour un jeune encore presque imberbe. Aujourd'hui, en revanche, Beatriz me paraît rétrospectivement très jeune, trop jeune pour mourir, et pour tout le reste aussi. Rien d'étonnant, par conséquent, à ce qu'elle eût nourri des espoirs et que, les soirs de défaite, elle abandonnât la partie pour reprendre courage et forces, et se repliât dans sa chambre en se disant : « Pas ce soir, non, pas ce soir, peut-être une autre fois. Mon oreiller accueillera mes larmes et je saurai attendre comme attend cette lune vigilante et pressante. Un temps viendra où son humiliant pelotage glissera vers un autre terrain en latence où il se transformera aussitôt en désir ardent, en caprice irrésistible ou en sursaut de désir primitif : car rien ne disparaît comme ça par simple effort mental ou par décision punitive — du moins pas de façon définitive ou totale —, il s'agit là de simples trêves, de simples reports. Il peut revenir un jour, un soir, et alors, qui n'aime pas se sentir sollicité, aimé ? » Pour autant que je sache, il n'est jamais revenu, ni de jour ni de nuit, mais je ne saurais l'affirmer.

Oui, elle était jeune quand elle s'est tuée, et, en fait, elle était encore si féconde qu'elle attendait un enfant, c'est ce que me dit Muriel, c'est ce que lui avait dit Van Vechten, qui le tenait d'un jeune interne de son service à l'hôpital ; par conséquent, tout cela n'est qu'une rumeur qui a pris fin avec moi, et n'a jamais seulement atteint l'Arche de l'Occident, ni sa fille Susana, en tout cas pas à travers moi, et mieux vaut qu'elle reste en Orient. Plus d'une fois, au cours de ces années, m'est revenu ce murmure que Muriel m'a transmis sous forme d'une question de pure rhétorique (« Tu sais... ? »). Et j'ai souvent honte de me féliciter — d'un certain côté, je précise — que Beatriz se soit tuée et que l'enfant, garçon ou fille, n'ait pu naître, voire être assez développé pour que son écervelée de future mère s'en rende compte. J'ignore quel individu était responsable de cette jeune pousse, s'il s'agissait du docteur Van Vechten à Darmstadt ou du docteur Arranz sur la fameuse place, ou de quelque autre amant auquel elle allait rendre visite sur sa Harley-Davidson, à l'Escurial, dans la Sierra de Gredos ou à Ávila, je persiste à croire qu'il devait y avoir un troisième homme, histoire de partager les responsabilités. Je n'oublie pas non plus que cette jeune pousse pourrait aussi être mon œuvre par une nuit de chaleur et d'insomnie, Calle Velázquez, une vraie malchance, sans doute, mais ni l'un ni l'autre n'avions pris de précautions. Quand cet éventuel cauchemar me vient à l'esprit, j'en ai des frissons et ne peux m'empêcher de me réjouir — non sans un vague mépris de moi-même, néanmoins tolérable — que cet être en projet n'ait pas vu le jour, car on l'aurait sans doute pris toute sa vie, et à son insu, pour un imposteur, ou il aurait empêché tout ce qui m'est arrivé de bon, par la suite, dans la vie et, je pense, aussi dans celle de Susana, quant à nos filles, elles n'existeraient pas. Si cet enfant, à supposer que ce fût une fille, était venu au monde, elle aurait pu être la demi-sœur de ma femme, en quelque sorte ma belle-fille, quant aux filles que j'ai eues avec Susana, elles auraient été à la fois ses sœurs et ses nièces ; arrivé à ce point, j'arrête mes élucubrations, car toute cette parentèle hypothétique non seulement m'étourdit, mais suffit à me faire craindre qu'épouser ma femme eût été pour ainsi dire impossible. (Il s'en faut de bien peu pour que ce qui existe n'ait jamais existé.) De toute façon, on n'aurait rien pu prouver à l'époque et il est probable que Beatriz en aurait tu l'origine, à supposer qu'elle en ait eu la vive intuition ou en ait été sûre. Ce qui est incontestable, c'est que j'ai couché une fois avec la grand-mère de mes filles, autrement dit avec celle qui aurait été ma belle-mère pour peu qu'elle eût vécu assez longtemps. Mais qui sait ce que nous réserve le cours d'une vie, nous ne devons pas nous abstenir au nom de conjectures ou de prédictions qui dépassent notre entendement, contentons-nous de l'à-présent et laissons-là ce que l'avenir pourrait nous réserver, si tant est que nous nous adonnions parfois à anticiper.

Pendant de très longues années, le souvenir de cette fameuse nuit est resté très imprécis. Comme si son histoire bien ténue n'était jamais arrivée ; ainsi en fut-il durant toute la jeunesse de Susana et, malgré sa grande ressemblance avec sa mère, tant que cette jeunesse permit de garder naturellement à distance l'image de la Beatriz que j'avais connue en personne, moins celle de ses photos d'autrefois qui m'avaient amené à penser (non, il n'y avait pas que ces photos) : « Elle a dû être très séduisante, je comprends que Muriel l'ait voulue jour et nuit à ses côtés, j'aurais fait de même. Ne fût-ce que pour la sensualité qui compte déjà beaucoup dans le couple. Mais je n'étais pas Muriel à l'époque, pas plus que je ne le suis aujourd'hui. » Susana est à présent une femme mûre, ce souvenir s'est ravivé, il se glisse dans mon lit, il perturbe mon sommeil. Elle ressemble de plus en plus à la Beatriz de mes vingt-trois ans, même si elle ne me paraît sûrement pas grosse et est, d'ailleurs, loin de l'être, de fait, je n'ai perçu en elle que d'infimes changements — mais mon regard n'est guère objectif — depuis qu'à l'enterrement de Muriel elle m'est apparue comme une femme adulte, à peine sortie de sa chrysalide, au corps intimidant, explosif, pleinement épanoui et non plus comme l'adolescente que je m'interdisais de regarder — une autre représentation inanimée — et ne regardais pas, alors que, de son côté, et à mon insu, elle connaissait par cœur ce jeune garçon qui passait son temps chez elle, comme l'une de ces filles obstinées, déterminées à voir se réaliser leurs rêves d'enfance jusqu'à un certain âge ou jusqu'à ce qu'elles les voient à jamais brisés. Muriel m'a déjà dit que l'enthousiasme de l'autre est d'un grand secours, qu'il convainc et stimule. Et que l'amour que nous porte l'autre nous touche davantage et suscite plus de compassion que celui que nous pouvons ressentir.

Bien sûr que je ne trouvais pas non plus grosse la Beatriz quadragénaire, c'était mon patron qui s'y entêtait, c'était lui qui avait décidé de la comparer aux plus rondes des vedettes du cinéma, à seule fin de la blesser. Ainsi, depuis quelque temps dans mes moments d'intimité avec Susana, se glisse parfois cette lointaine image qui me met mal à l'aise, me perturbe, me laisse sans voix, me paralyse. Le passé est prégnant d'un futur dont nous ne tenons jamais compte, et de même qu'en cette nuit lointaine, le visage de Beatriz soudain rajeuni — le visage embelli comme celui de nombreuses femmes dans cet état d'abandon — m'incita à lui substituer un instant celui de sa fille, mêmes traits, même expression candide, aujourd'hui, dans les moments les plus inopportuns, la fille me fait penser à la mère, image à laquelle vient se superposer la scène observée depuis un arbre à Darmstadt, et qui, aujourd'hui, me répugne (par chance, je parviens à la chasser, elle s'éclipse à la vitesse de l'éclair). Le plus regrettable sans doute (ou plutôt le plus inquiétant, car impossible à intégrer) au sujet de ces images qui s'entrecroisent, c'est que je suis aujourd'hui ce vieil homme qui, en pleine jeunesse, apparaît dans notre inconscient et murmure mystérieusement à notre oreille, tel un fantôme surgi de l'avenir : « Enregistre bien cette expérience, notes-en le moindre détail, vis-la en pensant à moi, comme si tu savais qu'elle ne se reproduira jamais sauf dans ta mémoire, qui est ma mémoire ; tu ne pourras en préserver l'intensité, mais tu te souviendras de cette sensation de triomphe et surtout d'initiation : tu sauras que ça s'est passé et tu le sauras à jamais ; retiens tout cela, intensément, regarde-la bien, cette femme, et conserve cette image en lieu sûr, parce que plus tard, je te la réclamerai et tu devras me l'offrir à titre de consolation. »

Je ne veux pas la réclamer, mais les visions se mélangent et je finis par le faire. Et quand cela arrive, j'ai l'impression que Susana remarque quelque chose d'anormal, l'incongruité qui me traverse l'esprit, à moins que mon imagination ne me joue des tours et celle-là, pas moyen de la contrôler. Susana s'arrête, elle m'observe l'œil mi-clos, attend que mon mal-être disparaisse. Je me demande alors si elle ne sait pas depuis toujours ce qui s'est passé, si ce ne sont pas ses pieds nus que j'ai entendus dans le couloir, et à supposer que ce fussent ses pas, si ce qu'elle a ressenti n'a pas été l'indignation filiale ou la jalousie puérile de l'amoureuse, ou si une combinaison des deux n'a pas empourpré ses joues. Elle n'a jamais fait référence à cela, et moi encore moins, mieux vaut laisser en paix certains secrets. Voilà pourquoi je ne lui ai pas non plus raconté ce que j'ai découvert au sujet de sa mère quand je la suivais, ni ce que Muriel m'a confié par la suite, à quoi bon ? Elle a été témoin des résultats, de la façon blessante et humiliante dont sa mère a été traitée, je ne crois pas qu'elle souhaite s'intéresser à des causes perdues, antérieures à sa naissance. Quoi qu'il en soit, j'ai toujours peur qu'un jour, dans un accès de colère, elle ne se trahisse et me reproche ma conduite lors de cette fameuse nuit, qu'elle me la flanque à la figure et me dise : « Comment as-tu osé ? » ; à moins que ce ne soit moi qui, dans un accès de colère, lui révèle mon secret, comme Beatriz montrant à Muriel la lettre qu'elle prétendait ne pas avoir reçue, après l'avoir si bien dissimulée et lui avoir menti toutes ces années, entraînant ainsi son propre malheur. Les deux situations n'ont rien de comparable, et, dans notre cas, ce ne serait même pas forcément un malheur si nous parvenions à en rire, tout est possible, je ne suis pas Muriel et Susana n'est pas sa mère, même si, comme sa mère, elle a tendance à prendre les faits et gestes à la légère, les siens et ceux des autres, elle considère bien des choses comme des sottises ou des enfantillages et il est rare qu'elle accorde de l'importance à ce qui n'en a pas. J'ai bien fait d'attendre pour l'aimer, d'attendre qu'elle me choisisse de son doigt tremblant et que je sois à même de le voir ; et j'ai bien fait de l'aimer toutes ces années, toutes ces années passées, c'est sans aucun doute ce que j'ai fait de mieux dans ma vie.

D'où ma vive inquiétude quand, au milieu de nos moments d'intimité, j'entrevois l'image de Beatriz, si fugace soit-elle. J'essaye alors de faire revenir cette lointaine préfiguration qui m'a perturbé, qui m'a troublé : la vision éphémère, importune, d'une Susana adolescente. En revanche, j'aimerais à présent retrouver cette vision, afin qu'à travers son souvenir, la réalité soit restaurée, et que cet hier oublié nous rende l'aujourd'hui qui, un instant, nous échappe. Susana n'est pas seule à s'arrêter pour m'observer de son œil mi-clos, méfiant ou, qui sait, interrogateur, inquisiteur. Moi aussi je ralentis, je me déconcentre, m'absente, détourne un peu mon visage comme si je ne voulais pas être embrassé sur la bouche par un fantôme qui a détourné son visage et m'a refusé la sienne quand il était encore chair, chair plantureuse et palpitante. Vient un moment où je ne sais lequel des deux, Susana ou moi, pense : « Non, pas de baisers. » Nous nous regardons en silence et il se pourrait que nous soyons tous deux d'accord pour nous dire : « Non, pas de mots. »

Avril 2014

*Composition : IGS-CP*
*à L'Isle-d'Espagnac (16).*
*Achevé d'imprimer*
*par l'Imprimerie Floch*
*à Mayenne, le 8 décembre 2016.*
*Dépôt légal : janvier 2017.*
*Numéro d'imprimeur : 90460.*
ISBN 978-2-07-017821-6 / Imprimé en France.

**296174**